BASTEI
LÜBBE

Hedwig Courths-Mahler

Siddys Hochzeitsreise

Dein ist mein Herz

Hexengold

BASTEI LÜBBE

BASTEI-LÜBBE-TASCHENBUCH
Band 12864

Printed in Germany August 1998
Einbandgestaltung: Roland Winkler
Titelfoto: Bastei Eigenproduktion
Satz: hanseatenSatz-bremen, Bremen
Druck und Bindung: Elsnerdruck, Berlin
ISBN 3-404-12864-8

Hedwig Courths-Mahler

Siddys Hochzeitsreise

BASTEI LÜBBE

1

SO, SIDDY, JETZT sitzt der Brautkranz fest! Entzückend siehst du aus in diesem duftigen Weiß mit dem Myrtenkranz. Gefällst du dir?«

Siddy lächelte ein wenig verlegen. »Aber Margot, die Hauptsache ist doch, daß ich – anderen gefalle.«

»Du meinst damit selbstverständlich nur deinen künftigen Gatten«, sagte Margot lachend.

»Du Närrchen, wie kommst du zu dieser Weisheit?«

»Nun, man ist ja schon fast achtzehn Jahre alt – und hat auch schon seine Verehrer, die einem klarmachen, daß sie Margot Jung ganz gern zum Traualtar führen möchten.«

»Und Margot Jung? Was sagt die dazu?«

»Daß ihr Herz noch für keinen so laut und deutlich spricht, daß es ihr eilte zu heiraten. Vater sagt ohnedies, daß ein Mädel damit ruhig bis zur Mündigkeit warten soll, sonst sei es noch nicht reif zur Ehe. Du bist zwei Monate über einundzwanzig, und so lange will auch ich ledig bleiben. Nun haben wir noch ein halbes Stündchen zum Plaudern, ehe Frank dich abholt, um dich zum Altar zu führen. Weißt du, es kommt mir ganz seltsam vor, daß du schon seit zwei Stunden Frau Nordau heißt und nicht mehr Fräulein Jung. Denn seit der standesamtlichen Handlung bist du doch schon Franks angetrautes Weib nach Recht und Gesetz. Wie ist dir eigentlich zumute dabei?«

Siddy sah verträumt auf ihr eigenes Spiegelbild. »Ich kann dir das nicht beschreiben, Margot.«

»Du mußt doch vor Glück kaum atmen können, wenn es

richtig ist, was die Dichter über die Liebe schreiben. Du liebst Frank, und er liebt dich. Eure beiderseitigen Eltern haben euch nicht nur gern ihren Segen gegeben, sondern sie haben eure Verbindung stark begünstigt, weil die Firmen Nordau und Jung ohnedies fusioniert werden sollen. Keinerlei Schwierigkeiten sind euch in den Weg gelegt worden, alles ging glatt vom ersten Augenblick an, als Frank von seiner großen Auslandsreise zurückkehrte. Ehe er diese Reise antrat, lebtest du ein Jahr bei Tante Martha, und vorher warst du Frank Nordau kaum begegnet. Ich denke mir, daß er ganz neu auf dich gewirkt haben muß, als er dir nach seiner Heimkehr begegnete. Aber dann habt ihr euch wohl gleich ineinander verliebt?«

Siddy atmete tief auf. »Ich will dir ein ehrliches Geständnis ablegen, Margot – aber du mußt mir versprechen, zu niemandem davon zu sprechen.«

»Ehrenwort, Siddy, du kennst mich doch.«

»Nun also, ich will dir gestehen, daß ich Frank schon liebte, ehe ich zu Tante Martha ging. Deshalb wehrte ich mich auch dagegen, auf so lange Zeit fortgeschickt zu werden, so lieb mir Tante Martha auch ist und so sehr ich sie bedaure, weil sie seit ihres Gatten Tod so einsam ist und ihren einzigen Sohn durch den Krieg verloren hat. Es war eine Ehrenpflicht, die Einsame zu trösten und aufzuheitern. Du warst damals zu jung und besuchtest noch die Schule. Da mußte ich schon gehen, wenn ich es auch durchaus nicht gern tat.«

»So lange liebst du Frank schon? Und er hatte davon keine Ahnung?«

»Nein, wie sollte er? Wir kamen damals nur selten zusammen. Aber – ich liebte ihn, solange ich denken kann, ich glaube, schon seit dem Augenblick, als ich ihn zum ersten Male erblickte. Und ich war sehr traurig, daß er mich dann bei unserm Wiedersehen kaum beachtete. Weißt du, alle unsere Freundinnen nannten ihn einen Weiberfeind, weil er sich gar nicht um junge Damen kümmerte. Du kannst dir denken, wie mir zumute war, als er dann ganz plötzlich seine Zurückhaltung aufgab und sich um mich bewarb. Ich wollte es kaum glauben; aber ehe ich noch recht mit mir im klaren war, ob er mich wirklich liebte, hielt er um meine Hand an – und ich gab ihm nur zu gern mein Jawort. Nicht nur, weil die Eltern diese Verbindung sehnlich herbeiwünschten. Du sagst, es sei alles glattgegangen. Nun ja, zum Schluß ging wirklich alles fast zu glatt, nachdem ich Jahre voll Sehnsucht nach ihm hinter mir hatte.«

»Und er weiß nicht, daß du ihn schon so lange liebst?«

Siddy schüttelte den Kopf. »Aber nein, Margot, ich habe nicht gewagt, ihm das zu sagen. Weißt du, wir sind uns noch so fremd, und er ist so ernst – fast möchte ich sagen zurückhaltend. Mutter sagt, es gibt Männer, die nie so recht aus sich herausgehen können und ihr tiefstes Fühlen fast schamhaft verbergen. Das trifft wohl bei Frank zu. Ich habe immer eine leise Scheu vor seinem verhaltenen Wesen. Aber gerade wie er ist, so ist er mir lieb und teuer, und ich bin stolz und glücklich, daß seine Wahl gerade auf mich fiel.«

Margot hatte mit großen Augen zugehört. Nun küßte sie die Schwester.

»Das ist doch kein Wunder, Siddy – so schön und lieb und gut wie du ist keine sonst. Er hat jedenfalls einen sehr guten Geschmack bewiesen. Aber was du von seinem ernsten, zurückhaltenden Wesen sagst, das habe ich ebenfalls schon empfunden. Du weißt doch, wie unbekümmert ich allen Menschen meine Meinung sage – allein Frank gegenüber bin ich immer ein wenig befangen. Man hat eben das Gefühl, daß man einem so bedeutenden Menschen gegenüber besonders achtsam sein muß und sich nicht gehenlassen darf. Aber ich glaube, du wirst sehr glücklich mit ihm werden, denn trotz seiner Ruhe und Gelassenheit hat er zuweilen etwas in den Augen, was verrät, daß er sehr heiß und innig fühlen kann.«

Siddy wurde dunkelrot und legte ihre Wange an die der Schwester. »Ja, Margot, ich weiß, daß ich beneidenswert glücklich sein werde an seiner Seite, weiß, daß er nicht nur ein kluger, geistvoller und tüchtiger Mensch ist, sondern auch ein ehrenhafter Mann, in dessen Händen das Schicksal einer Frau gut aufgehoben ist.«

»Ich freue mich, daß ihr euch zusammengefunden habt, denn ihr paßt außerordentlich gut zueinander. Und auch Vater ist froh darüber, daß er, dem ein Sohn versagt geblieben ist, nun wenigstens einen Schwiegersohn bekommen hat, der seine Geschäfte weiterführen kann. Frank wird eines Tages der Herr über die beiden Firmen sein.«

Ein leiser Schatten flog über Siddys Gesicht. »Dieser Umstand ist mir ein wenig peinlich, weil er etwas Nüchternes, Geschäftliches in unsere Verbindung bringt.«

»Aber Siddy, wie kann dir das peinlich sein? Es hat doch nichts mit eurer Liebe zu tun.«

»Nein, gottlob nicht. Ich bin überzeugt, daß Frank nicht daran gedacht hat, als er um meine Hand anhielt, wenn er gewiß auch froh darüber ist, daß seine Wahl die Zustimmung seiner Eltern hatte. Ich mag aber am liebsten gar nicht daran denken. Begreifst du das, Margot?«

»Nun ja, ich kann es schon verstehen. – Aber sag mir doch, wie lange werdet ihr fortbleiben? Eure Hochzeitsreise wird sich lange ausdehnen, da ihr nach Amerika wollt.«

»Du weißt doch, Margot, daß Frank drüben geschäftliche Besuche machen möchte. Die Eltern wollten uns nicht gleich nach der Hochzeit auf so lange Zeit trennen, und da Frank unbedingt nach drüben reisen muß, so hat man beschlossen, uns beide hinzuschicken. Aber erst gehen wir auf vierzehn Tage in die Schweiz, diese Tage wenigstens gehören uns ganz.«

»Nun, während der Seereise seid ihr doch auch ungestört.«

Siddy lächelte. »Ich hoffe, man läßt uns ungeschoren. Und ich habe während dieser Reise immerhin mehr von Frank, als wenn ich hierbleiben würde. Außer den geschäftlichen Besuchen ist er frei für mich.«

»Jedenfalls kommt ihr zu einer schönen Hochzeitsreise. Ist es nicht herrlich, daß ihr sogar Florida kennenlernt? Dort herrscht ein elegantes und mondänes Badeleben. Freust du dich darauf?«

»Ach, weißt du, Margot, ich mache mir nicht viel daraus. So monatelang aus dem Koffer leben, statt behaglich in unserem neuen Heim zu sitzen, ist nicht sehr verlockend für mich. Aber immerhin ist es besser, als wenn ich zu Hause allein sein müßte, während Frank nach Amerika reiste.«

»Das ist gewiß, und zu Hause könnt ihr hinterher ja noch lange sitzen. Ich wünsche mir, ich würde auf meiner Hochzeitsreise auch nach Amerika kommen! Aber nun ist es wohl an der Zeit, daß ich dich verlasse und in meinen Brautjungfernstaat schlüpfe. Frank muß jeden Moment hier sein. Und da wir uns vor eurer Abreise kaum noch einmal ungestört sehen und sprechen können, will ich schon jetzt von dir Abschied nehmen. Leb wohl, meine geliebte Schwester, alles Glück mit dir auf deinen Weg, und auf glückliches Wiedersehen nach eurer Heimkehr!«

»Leb wohl, Margot! Behalte mich lieb und vergiß mich nicht.«

Die Schwestern küßten sich, und Margot sagte unter Tränen lächelnd: »Es ist wohl eher möglich, daß du mich über deinem jungen Glück vergißt, als daß ich dich vergessen könnte.«

Noch ein inniger Kuß wurde zwischen den Schwestern getauscht, dann huschte Margot hinaus, um sich umzukleiden.

Sidonie Nordau sah der Schwester eine Weile mit bebenden Lippen und feuchten Augen nach. Sie hatten einander sehr lieb, und die Trennung von Margot wurde ihr trotz aller Liebe zu ihrem Gatten schwer. Ihr Gatte? Eine glühende Röte stieg in ihr Gesicht. So unwirklich erschien es ihr noch immer, daß sie Frank Nordaus Frau war, schon seit zwei Stunden. Und nun sollte sie mit ihm vor den Altar treten zur kirchlichen Einsegnung ihrer Ehe. Wie seltsam das war! Noch war es kaum drei Monate her, daß sie auf ein solches Glück nicht zu hoffen gewagt hatte. Frank Nordau war ihr gegenüber anfänglich so zurückhaltend gewesen wie gegen alle anderen Damen. Ganz plötzlich hatte er dann sein Benehmen geändert, hatte begonnen, in dringlicher Weise um sie zu werben, und dann eines Abends, als sie sich in einer Gesellschaft befanden, um ihre Hand angehalten. Es war ihnen nur ein kurzes Alleinsein beschieden, und er hatte nicht viele Worte machen können. Ernst und ruhig hatte er gesagt: »Wollen Sie meine Frau werden, Sidonie Jung?« Ihr Herz hatte dabei fast ausgesetzt, und sie hatte erblassend in sein Gesicht, in seine ernsten grauen Augen gesehen. Aber lange besinnen konnte sie sich nicht, wollte es auch gar nicht. Ihr Herz flog ihm entgegen, und es kam ihr nicht zum Bewußtsein, daß seine Werbung sie förmlich überrumpelte, und daß er nicht einmal ein Wort davon gesagt hatte, daß er sie liebe. Sie sprach ja auch nicht davon, als sie ihm ihr Jawort gab. Sie fühlte nur beseligt, daß er sie danach in seine Arme zog, sie küßte und mit etwas unfreier Stimme sagte:

»Ich danke dir, Sidonie, und ich will dich so glücklich machen, wie es in meiner Macht steht.«

Sie hatte ihn verwirrt in ihrer Glückseligkeit angesehen und ihn gebeten: »Bitte, nenne mich Siddy, so nennen mich alle meine Lieben.«

Mit einem sonderbaren Blick hatte er sie darauf angesehen. Er hatte noch etwas sagen wollen, aber schon waren sie gestört worden, und da hatte er ihre Hand ergriffen und gesagt: »Ich bringe dich zu deinen Eltern, Siddy, wir wollen ihnen sagen, daß wir uns verlobt haben.«

Und Siddy wunderte sich gar nicht, daß die Eltern gern ihre Zustimmung gaben und sie dann erfuhr, kein Schwiegersohn könne ihnen so lieb gewesen sein wie gerade Frank Nordau. Denn den Vätern lag daran, die schon seit langen Jahren miteinander verbundenen Firmen Nordau und Jung endlich zu fusionieren. Nein, Siddy wunderte sich nicht darüber; sie fand es nur wunderschön, daß das Schicksal ihr gerade das Herz des Mannes zugewandt hatte, der ihrem Vater als sein Nachfolger lieber als jeder andere war.

Nichts ahnte sie davon, daß beide Väter die Verbindung längst geplant hatten, nichts davon, daß Franks Vater von seinem Sohn erst kürzlich sehr dringlich verlangt hatte, sich um Siddy zu bewerben.

Frank war Geschäftsmann genug, die Vorteile einer solchen Verbindung einzusehen. Er hatte zwar noch nicht daran gedacht, sich zu verheiraten, aber sein Herz war im Augenblick vollkommen frei, und er wehrte sich daher nicht, seines Vaters Wunsch zu erfüllen. Von da an begann er Siddy größere Aufmerksamkeit zu schenken und erkannte bald, daß sie nicht nur ein sehr schönes, sondern auch ein wirklich liebenswertes Mädchen war. Er ging darum ohne langes Besinnen auf sein Ziel los, und da Siddy seine Werbung scheinbar so ruhig angenommen hatte, glaubte er, auch sie sei von ihrem Vater beeinflußt worden. Er ahnte nicht, wie es in ihr gestürmt hatte, als er um sie anhielt, nahm für Ruhe, was nur Selbstbeherrschung war, und glaubte, daß sie ebenso wie er mit klarem Bewußtsein eine Vernunftehe eingehen wollte.

Als Frank Nordau später von seinem Schwiegervater gebeten worden war, Siddy ja nicht merken zu lassen, daß ihre Verbindung einen geschäftlichen Hintergrund habe, sah er ihn erstaunt an.

»Weiß Siddy denn nichts davon, daß ihr, du und mein Vater, diese Verbindung besonders wegen der Fusion der Firmen gewünscht habt?« hatte er gefragt.

»Aber nein, Frank, zum Glück war ihr noch nichts davon bekannt, und ich bin sehr froh darüber; denn Siddy ist ein eigenartiger Charakter. Vielleicht hätte es sie gegen dich eingenommen, wenn sie geahnt hätte, daß uns aus Vernunftgründen viel an dieser Heirat gelegen war. Junge Mädchen wollen ihre Ideale haben, und man darf sie ihnen nicht zerstören. Also bitte, laß sie nie merken, daß wir mit dieser Verbindung gerechnet haben. Ich hoffe, daß du nicht nur aus kühler Erwägung um Siddy angehalten hast, denn ich darf wohl ohne Vatereitelkeit sagen: Sie wird eine Frau sein, die ihren Mann zu beglücken vermag.«

Frank hatte seinen Schwiegervater groß und ernst angesehen. »Ich werde alles tun, was in meiner Macht steht, um Siddy glücklich zu machen und mich der Ehre wert zu zeigen, daß sie ihre Hand vertrauensvoll in die meine gelegt hat.«

Damit war Gustav Jung, Siddys Vater, vollkommen zufrieden. Er hatte seine Frau einst ebenfalls aus Vernunftgründen gewählt, und die Ehe war glücklich geworden. Freilich hatte seine Frau niemals erfahren, daß bei ihm die Liebe erst nach der Hochzeit gekommen war.

Frank Nordau hatte seit dieser Unterredung mit seinem Schwiegervater ein etwas beklommenes Gefühl seiner Braut gegenüber. Er beobachtete sie von diesem Tag an schärfer, und es schien ihm bisweilen, daß ihm aus Siddys Augen ein warmer Strahl entgegenleuchtete. Nun erst erkannte er langsam, einen wie tief angelegten, wertvollen Charakter sie hatte. Er entdeckte auch jetzt erst, wie reizend und liebenswert sie war, und wurde sich bewußt, daß das Schicksal ihm eine Lebensgenossin beschert hatte, die es durchaus wert gewesen wäre, nur aus Liebe erwählt zu werden. Langsam begann sein Herz sich ihr zu öffnen.

Kurz vor der Bitte seines Vaters, sich um Sidonie Jung zu bewerben, war er in eine Liebesaffäre verstrickt gewesen. Er hatte sich in Anny Frey, die in der Fabrik seines Vaters als Stenotypistin und Korrespondentin angestellt war, verliebt. Dieses schöne, begabte Geschöpf hatte ihn mit ihren seltsam faszinierenden grau-grünen Augen dermaßen bezaubert, daß er schnell in die von ihr ausgespannten Netze taumelte. Sie war ihm bei jeder Gelegenheit in den Weg gelaufen, so daß er ihrem Zauber verfiel und schon ernstlich den Gedanken erwog, sie zu seiner Frau zu machen.

Aber als sie seiner sicher zu sein glaubte, legte sie mehr

und mehr die Maske ab, um sich zu geben, wie sie wirklich war. Er sah, daß sie auch mit anderen kokettierte, ertappte sie auf häßlichen Lügen und entdeckte an ihr andere schlimme Charakterfehler, so daß seine Gefühle für sie sich wandeln mußten. So schnell sie ihn bezaubert hatte, so schnell wurde er nun ernüchtert. Er machte ihr Vorwürfe und sagte ihr, daß er sich in ihr geirrt habe. Schließlich brach er alle Beziehungen zu ihr ab, als er sie eines Abends am Arm eines fremden Mannes gesehen hatte.

Anny Frey versuchte freilich immer wieder, ihn zurückzuerobern. Je mehr sie sich aber anstrengte und zu den gewagtesten Mitteln griff, desto kälter und ablehnender wurde er. Es war ihm sehr peinlich, sie noch fernerhin in der Firma beschäftigt zu sehen. Jedoch wollte er nichts unternehmen, sie aus ihrer Stellung zu vertreiben.

Dann kam seine Verlobung mit Siddy. Mit gutem Gewissen konnte er diese Bindung eingehen, da von seiner Seite aus jegliche Beziehung zu Anny Frey abgebrochen war.

Diese schäumte vor Wut bei der Nachricht von seiner Verlobung. In ihrem Zorn redete sie sich ein, er habe sie lediglich aufgegeben, um eine reiche Partie zu machen, und war weit davon entfernt, sich selbst eine Schuld beizumessen, daß es zwischen ihr und ihm aus war. An ihrem Herzen nagten Grimm und Ärger, und finstere Rachegedanken erfüllten sie. Sie vernachlässigte ihre Pflichten trotz aller Ermahnungen schließlich in solcher Weise, daß ihr von ihrem direkten Vorgesetzten gekündigt wurde. Zwei Tage vor Frank Nordaus Hochzeit mußte sie ihre Stellung aufgeben.

Es geschah, ohne daß er etwas davon erfuhr, denn er kam in diesen Tagen nicht in die Abteilung, in der sich ihr Platz befand. Er hatte völlig mit den Vorbereitungen für die Geschäftsreise nach Amerika zu tun.

Von alledem ahnte Siddy nichts, und kein Zweifel an des Verlobten Liebe störte ihren Frieden. Es erschien ihr als etwas Selbstverständliches, daß er aus reiner Liebe um sie geworben habe. Und jetzt, in der Erwartung, daß ihr junger Gatte kommen solle, um sie an den Altar zu führen, schlug ihm ihr junges Herz mit so sehnsuchtsvoller Inbrunst entgegen, daß es fast schmerzhaft zusammenzuckte, als er eintrat.

Frank fühlte sich ergriffen und seltsam bewegt, als er Siddy, von weißen Spitzen und Tüllwolken umflossen, vor sich stehen sah. Sie waren nach ihrer standesamtlichen Trauung noch keine Minute ungestört beisammen gewesen. Er sah, wie ihr schönes, feinzügiges Gesicht sich rötete, wie ihre samtbraunen Augen scheu und verwirrt zu ihm aufsahen, und wie ihm aus diesen Augen ein zärtliches Leuchten entgegenstrahlte. Das bewegte ihn tief. Es trieb ihn, sie in seine Arme zu nehmen und seine Lippen auf die ihren zu drücken. Es waren in ihrer Brautzeit wohl schon Küsse zwischen ihnen getauscht worden, aber es war das erste Mal, daß Frank mit seinem Herzen so ganz bei diesem Kuß war. Er spürte, daß Siddy leise in seinen Armen erbebte, und gab sich in diesem Moment selbst das Wort, sie solle niemals erfahren, daß er nur eine Vernunftehe mit ihr hatte eingehen wollen. Warm spürte er es in sich aufsteigen, als er sie in den Armen hielt, und sie nahm zum ersten Male ein leidenschaftliches Aufleuchten in seinen Augen wahr. Das machte sie unsagbar glücklich. Aber in mädchenhafter Scheu löste sie sich aus seinen Armen, denn sie hörte draußen die Schritte ihrer Mutter. Diese trat auch unmittelbar darauf ein.

»Kinder, ihr müßt abfahren, es ist höchste Zeit!« sagte sie mit der Nervosität der Brautmutter.

Frank reichte seiner jungen Frau den Arm, und sie legte ihre Hand, die er verstohlen drückte, hinein. Auch er fühlte sich durch all diese Zeremonien beklommen wie die meisten jungen Männer in seiner Situation. Er wünschte, alles möchte bald vorüber sein, damit er mit Siddy allein sein dürfte. Ihm war jetzt zumute, als könnten sie sich viel zu sagen, viel zu geben haben, und zum ersten Male dachte er mit freudiger Erwartung an seine künftige Ehe. Er war überzeugt, daß er an Siddy eine sehr liebenswerte und liebenswürdige Frau haben würde. Ihre Schönheit, ihre weiblichen Reize waren ihm erst jetzt richtig zum Bewußtsein gekommen.

Für die nächsten Stunden kamen sie kaum noch zur Besinnung. Alle die Umständlichkeiten einer glänzenden Hochzeitsfeier mußten ertragen und überstanden werden. Frank und Siddy schritten, von neugierigen und teilnahmsvollen Augen verfolgt, zum Altar, legten das Gelübde der Treue ab, fuhren zu einem vornehmen Hotel, wo die Feier stattfinden sollte, nahmen dort die Glückwünsche der Festteilnehmer entgegen, saßen danach auf bekränzten Ehrenplätzen, ließen Toaste und Vorträge über sich ergehen und beteiligten sich halb geistesabwesend an dem vorzüglichen Hochzeitsmahl. Sie stießen mit ihren Gläsern an, lächelten, gaben Rede und Antwort und fühlten sich wie die meisten Brautpaare als Opfer all dieser Gebräuche.

Man konnte wohl behaupten, daß alle anderen sich viel besser bei diesem Festmahl vergnügten als die beiden Hauptpersonen. Da, wo Margot Jung ihren Platz an der Tafel hatte, ging es am lustigsten zu. Dort saßen die Brautjungfern und Brautführer und amüsierten sich königlich. Margot Jungs Brautführer, Peter Vahl, ließ dabei seine Augen nicht von Margots reizendem, lebensprühendem Gesicht. Es lag eine stille Anbetung in seinen gutmütigen Gesicht. Peter Vahl kannte Margot schon seit Jahren und hatte seitdem sein Herz an sie verloren. Da er aber durchaus nichts von einem Romanhelden an sich hatte und mit seinem zwar hübschen, aber etwas runden Gesicht nicht sehr bedeutend und interessant aussah, lehnte Margot seine anbetende Liebe energisch ab. Er ließ sich dadurch aber nicht beirren und war fest entschlossen, sie zu seiner Frau zu machen. Er zählte bereits dreißig Jahre, während Margot erst achtzehn alt war. Und wenn sie ihn auch ziemlich schlecht behandelte, sagte er sich doch: »Das macht nichts; eines Tages wird sie merken, daß keiner sie so treu und innig liebt wie ich. Ich werde sie mir dadurch erobern, daß ich unermüdlich um sie werbe.« Er war ihr treuester Verehrer, war immer bereit, ihr zu dienen, wurde nicht ungeduldig, wenn sie ihn auch noch so lange warten ließ auf eine Tennispartie oder bei sonst einer Verabredung. Er sandte ihr Blumen oder ihre Lieblingspralinen und umsorgte sie mit nimmermüder Geduld und Ausdauer. Margot ließ sich das endlich ganz gewohnheitsmäßig von ihm gefallen, beglückte ihn zuweilen mit einigen freundlichen Dankesworten oder einem schelmischen Lächeln und wurde zornig, wenn er ihr immer wieder versicherte: »Eines Tages werden Sie doch meine Frau, Fräulein Margot, das weiß ich bestimmt.«

Und so sehr sie sich ärgerte, wenn sie merkte, mit welch unentwegter Sicherheit er auf dieses Ziel losging, fehlte ihr schließlich doch etwas, wenn er einmal nicht zur Stelle war und sie ihn gerade gebraucht hätte. Er ließ sich dann bei nächster Gelegenheit beglückt von ihr ausschelten und strahlte sie mit seinen blauen, guten Augen entzückt an.

So ging das nun schon seit zwei Jahren, und da zufällig noch kein Mann Margots Lebensweg gekreuzt hatte, der ihrem jungen Herzen gefährlich geworden war, blieb Paul Vahl in seiner Rolle als ihr getreuester Vasall.

Er war von Beruf Rechtsanwalt und arbeitete sich in die bedeutende Praxis seines Vaters ein, die er später übernehmen sollte. Peter war die Zuverlässigkeit in Person, und es gab schon heute eine große Anzahl von Klienten, die sich lieber von ihm vertreten ließen als von seinem stark beschäftigten Vater.

Margots Eltern sahen es gern, daß der junge Anwalt sich um Margot bewarb, aber sie übten in dieser Beziehung keinen Einfluß auf die Tochter aus, denn es hätte ihren Widerspruch gereizt, wenn man sie zu Peters Gunsten hätte beeinflussen wollen.

Nur Siddy neckte sie manchmal ein wenig mit ihrem

treuesten Verehrer, wobei Margot sehr energisch mit den Füßchen aufstampfen konnte und sich derartige Neckereien verbat. Sie denke gar nicht daran, Peter Vahl zu heiraten, er sei ihr nicht interessant genug, habe Anlage zum Bauch und trage unmögliche Krawatten. Ob Siddy wirklich meine, sie habe Lust, Gattin eines solchen Mannes zu werden? Siddy sagte dann lachend, sie könne es sich sehr wohl denken, denn kein anderer Mann verstehe so ganz auf Margots Gedanken und Wünsche einzugehen wie er.

Peter Vahl war selig, als er erfuhr, Margot würde seine Brautjungfer sein, und als er danach mit ihr zusammengetroffen war, hatte er ruhig und bestimmt gesagt, er würde sonst nicht an der Hochzeitsfeier teilgenommen haben.

Margot fragte ihn, ein wenig kokett: »Betrachten Sie es denn als eine Auszeichnung, Herr Doktor, mein Brautführer zu sein?«

Da hatte er mit einem strahlenden Blick geantwortet: »Selbstverständlich. Das ist schon fast so wie eine Vorprobe auf unsere eigene Hochzeit.«

»So lassen Sie doch endlich diesen Unsinn!« hatte sie ihm zornig zugerufen.

Mit seinen guten, zärtlichen Augen hatte er sie angesehen, und um seinen Mund hatte sich ein merkwürdig energischer Zug eingegraben. »Es ist kein Unsinn, ich lasse einfach keinen anderen Mann an Sie heran! Sie werden schließlich doch auf mich zurückgreifen, wenn Sie nicht ganz darauf verzichten wollen, sich zu verheiraten.«

Spöttisch hatte sie mit den Schultern gezuckt. »Ich möchte wohl wissen, wie Sie es verhindern wollen, daß ich einen andern heirate?«

»Oh, sehr einfach, ich nehme Unterricht im Boxen. Und wenn ich merke, daß irgendwer Sie mir wegnehmen will, dann gebe ich ihm einen Kinnhaken, der seine Schönheit total ruiniert. Dann mögen Sie ihn nicht mehr, und die Sache ist erledigt.«

Sie mußte lachen. »Und Sie wollen ein guter Mensch sein?«

»Nein«, entgegnete er seelenruhig, »ich will es gar nicht. Aber wenn ich Sie ansehe, dann muß ich gut und fromm sein wie ein Lamm. Nur Sie sind schuld, wenn ich ein guter Mensch bin, und das verpflichtet Sie dazu, immer fein achtzugeben, daß sich nicht wilde Mordgelüste in meinem Busen regen. Sehen Sie das ein?«

»Gar nichts sehe ich ein, und ich sage Ihnen zum hundertsten Mal, daß es mir nicht einfallen wird, Ihre Frau zu werden.«

»Es ist schon das hundertelfte Mal, Fräulein Margot, ich führe genau Buch darüber. Ich warte, bis Sie es mir zum hundertfünfundzwanzigsten Male gesagt haben; dann werde ich nie mehr verlangen, daß Sie meine Frau werden.«

Das hatte er in einem sehr ernsten Ton gesagt, und seither hatte Margot es seltsamerweise vermieden, ihm diese Antwort zu geben. War es einmal nicht zu umgehen, dann zählte sie heimlich gewissenhaft mit. Aber keinem Menschen hätte sie das eingestanden. Bis zur Hochzeit ihrer Schwester war es immerhin einhundertundzwanzig Male geschehen.

Das hinderte die beiden aber nicht, heute sehr vergnügt zu sein. Nur zuweilen wurde Margot eine Weile still und nachdenklich, wenn ihr Blick zu ihrer Schwester hinüberflog. Und als sich Siddy nach Beendigung der Tafel mit einem letzten grüßenden Blick auf Margot zurückzog, traten auf einmal Tränen in Margots Augen. Das sah nur Peter Vahl; er zog schnell Margots Hand durch seinen Arm und sagte leise: »Kommen Sie, Fräulein Margot, ich führe Sie in ein stilles Nebenzimmer, damit niemand Ihre Tränen sieht.«

Sie ließ sich fortführen, sagte aber zornig: »Ich weine doch gar nicht! Warum sollte ich denn?«

»Weil Ihnen der Abschied von Ihrer Frau Schwester weh tut«, sagte er beruhigend und zärtlich.

»Ach, woher wollen Sie denn das so genau wissen?«

»Ich kenne Sie doch, Fräulein Margot, – und weiß ganz genau, was jetzt in Ihnen vorgeht. Ich weiß ja, wie zärtlich Sie Ihre Schwester lieben. Frau Nordau gehört nun zu ihrem Gatten und geht auf lange Zeit von hier fort. Sie werden sich sehr einsam fühlen.«

Margot wurde es bei diesen Worten weich ums Herz. »Sie sind doch ein guter, lieber Mensch, Peter!« sagte sie, ein Schluchzen mühsam unterdrückend.

Er strahlte sie an. »Ich muß Sie ein wenig trösten. Wollen wir morgen nachmittag zusammen Tennis spielen? Von fünf Uhr an bin ich dienstfrei.«

Sie nickte, sich zur Ruhe zwingend. »Ja, kommen Sie nur. Vor Ihnen brauche ich mich wenigstens nicht zu genieren, wenn ich vor Trennungsweh zu weinen anfange.«

»Nein, das brauchen Sie sicher nicht; aber ich werde mir Mühe geben, es nicht soweit kommen zu lassen. Hören Sie, da beginnt die Tanzmusik. Ich bitte Sie, lassen Sie uns tanzen, dieser Tanz gehört mir.«

Da trocknete Margot ihre feuchten Augen, puderte, ihren Taschenspiegel hervorziehend, hastig Nase und Wangen und sah ihn fragend an. »Sieht man noch, daß ich geweint habe?« fragte sie ihn ganz harmlos, ohne jede Verlegenheit.

Er seufzte. »Nein, man sieht nichts mehr.«

»Aber ich habe doch eine ganz rote Nase?«

Er seufzte noch tiefer. »Der Puder hat dem Übel schon abgeholfen.«

»Warum seufzen Sie dabei denn so zum Steinerweichen?«

»Weil ich habe konstatieren müssen, daß ich Ihnen wirklich ganz gleichgültig bin.«

»So? Haben Sie das endlich begriffen? Ich habe es doch nie verhehlt.«

»Nein, aber jetzt merke ich, wie ernst Sie es damit meinen, Fräulein Margot.«

Ein wenig unsicher sah sie ihn an. »Warum denn gerade jetzt?«

»Wenn ich Ihnen nicht völlig gleichgültig wäre, hätten Sie mich nicht auf Ihre rote Nase aufmerksam gemacht.«

Sie mußte lachen, aber da sah er sie so traurig an, daß ihr ein unbehagliches Gefühl das Herz beschwerte.

»Nun kommen Sie doch endlich zum Tanz!« rief sie, sich gegen dieses Gefühl entschieden zur Wehr setzend.

Er verbeugte sich und führte sie in den Saal zurück.

Dicht neben der Tür sahen sie Frank Nordau stehen und dem Tanz zusehen. Margot trat an ihn heran und sagte verwundert: »Du bist ja noch hier, Frank? Siddy ist doch schon hinaufgegangen, um sich umzukleiden.«

»Ja, Margot, sie braucht länger dazu als ich. So kann ich dir noch Lebewohl sagen.«

»Leb wohl, Frank, und grüße mir meine Siddy noch einmal.«

Das klang schon wieder bedenklich unsicher von Margots Lippen. Peter Vahl zog sie schnell mit sich in die Reihe der Tanzenden.

2

SIDDY HATTE SICH nach dem Verlassen des Saales schnell in das Hotelzimmer begeben, in dem alles zum Umkleiden für sie bereitlag. Die Dienerin, die ihr behilflich sein sollte, trat im Vorgemach auf sie zu und sagte:

»Gnädige Frau, in Ihrem Zimmer erwartet Sie eine junge Dame schon seit einer halben Stunde. Sie sagte mir, sie habe Ihnen etwas Wichtiges mitzuteilen und Ihnen etwas zu überbringen. Ich habe sie eintreten lassen, weil sie dringend darum bat. Sie wollte von niemandem gesehen werden.«

Siddy betrat das Zimmer und sah sich einer sehr schönen jungen Dame gegenüber, deren blasses Gesicht große Erregung verriet. Instinktiv überkam Siddy ein Gefühl, als müsse sie die Fremde hinausweisen. Aber als diese, ein Päckchen in der Hand haltend, ihr schnell entgegentrat, sah sie davon ab. Anscheinend überbrachte die Fremde ihr noch ein Hochzeitsgeschenk.

»Gnädige Frau, ich bitte um Verzeihung, wenn ich störe.«

»Ich habe freilich nur wenig Zeit, da ich im Begriff bin, auf Reisen zu gehen.«

»Ich weiß – auf Ihre Hochzeitsreise, gnädige Frau.«

»Mit wem habe ich das Vergnügen?« fragte Siddy, die sich der Fremden gegenüber ein wenig unbehaglich zu fühlen begann.

»Mein Name ist Anny Frey, gnädige Frau. Ich hatte schon vor Beginn Ihrer Trauung versucht, Sie zu sprechen, konnte aber nicht zu Ihnen gelangen. Nun komme ich mit meinem Anliegen wohl spät, aber hoffentlich nicht zu spät, um Ihnen noch mit dem, was ich Ihnen zu sagen und zu bringen habe, einen Dienst erweisen zu können. Hier, bitte, nehmen Sie dies Paketchen – es enthält Liebesbriefe Ihres Gatten, Herrn Frank Nordau, an mich. Ich – war seine Geliebte nach seiner Rückkehr von der letzten Auslandsreise.«

Siddy zuckte zusammen, wich unwillkürlich einen Schritt zurück und wurde sehr blaß. »Was soll das heißen?«

»Für Sie vielleicht nicht viel, für mich sehr viel. Ich bin gekommen, um Sie darüber aufzuklären, daß Frank Nordau Sie nicht aus Liebe zur Frau begehrt hat. Seine Liebe gehört mir, aber ich bin ein armes Mädchen, war angestellt bei der Firma Nordau und – wurde entlassen, zwei Tage vor Ihrer Hochzeit, weil ich Herrn Nordau inzwischen ein wenig unbequem geworden war. Er hat mich glauben lassen, daß ich seine Gattin werden sollte, aber er hat dann unter einem Vorwand seine Beziehungen zu mir abgebrochen und sich um Sie beworben. Ich bin auch in der Lage, Ihnen mitzuteilen, warum er sich um Sie beworben hat. Der Vater Frank Nordaus machte ihm klar, daß eine Verbindung zwischen Ihnen und ihm notwendig sei, weil man eine Fusionierung der Firmen Nordau und Jung plane, und daß Herr Frank Nordau später Chef der beiden Firmen werden solle. Ich selbst hörte, wie Herr Frank Nordau seinem Vater erwiderte, er sehe ein, daß die Fusion ein gewichtiger Grund sei, auf seine Freiheit zu verzichten. Wie mir dabei zumute war, brauche ich Ihnen nicht zu berichten, es wird auch kaum Interesse für Sie haben. Ich wußte nun wenigstens, daß es für mich keine Hoffnung mehr gab; und, wie gesagt, vor einigen Tagen bin ich entlassen worden. Ich habe gottlob gleich wieder eine Stellung gefunden, aber ich bin so erbittert, daß ich mir vornahm, mich an ihm zu rächen. Ja, ich sage es – ganz ehrlich – aus Rache bin ich zu Ihnen gekommen. Ich gestatte Ihnen gern, Gebrauch von meinen Mitteilungen zu machen.«

Siddy fühlte, wie ihre Knie zu zittern begannen, während sie diesen aus Wahrheit und Lüge gemischten Bericht anhörte. Nur mit Mühe konnte sie sich so weit beherrschen, daß sie nicht in Tränen ausbrach. Ihr ganzes Glück war vernichtet, denn sie konnte nicht anders, als jedes Wort Anny Freys zu glauben. Jetzt erst überdachte sie, in welcher Art Frank Nordau um sie geworben hatte. Nein, nicht ein einziges Mal hatte er ihr gesagt, daß er sie liebe; er hatte nur versprochen, alles zu tun, um sie glücklich zu machen.

Sie glücklich zu machen? Ach, mein Gott, es war nur ein Scheinglück gewesen! Mit kalter Berechnung hatte er um sie geworben. Nun wußte sie, weshalb alles so glattgegangen war! Die Fusion der beiden Betriebe war die Hauptsache gewesen, ihre Person dabei Nebensache.

Ein Schauder flog ihr über den Rücken. Sie sah mit toten, leeren Augen in das schöne, erregte Gesicht Anny Freys.

»Ich habe nichts von alledem gewußt, Fräulein Frey, sonst – bei Gott, sonst wäre alles ganz anders gekommen. Sie tun mir leid, obgleich Ihre Rache auch mich getroffen hat. Bitte, gehen Sie jetzt aber – Sie wünschen wohl kaum gesehen zu werden. Das verstehe ich sehr wohl. Gehen Sie – und nehmen Sie Ihre Briefe wieder mit. Was sollen diese mir?«

Aber Anny Frey legte die Briefe auf ein kleines Tischchen. »Ich brauche sie nicht mehr, sie haben keinen Wert mehr für mich. Und – vielleicht möchten Sie doch den einen oder anderen lesen, um sich von der Wahrheit meiner Worte zu überzeugen. Ich habe nun nichts mehr zu sagen, gnädige Frau.«

Anny Frey grüßte und verließ schnell das Zimmer.

Siddy sah ihr mit starren, brennenden Augen nach und brach kraftlos in einem Sessel zusammen. Ihre Hände falteten sich in ihrem Schoß, und sie atmete schwer, weil die Aufregung sie zu ersticken drohte. Was war aus ihrem

Glück geworden? Sie, die sich geliebt geglaubt hatte, war nichts als ein Mittel zum Zweck. Frank Nordau liebte eine andere und hatte doch diese andere herzlos verlassen, um eine günstige Partie zu machen. Mit diesem Bewußtsein, das sie zu Boden drückte, sollte sie nun mit ihm auf die Hochzeitsreise gehen und monatelang von früh bis spät mit ihm zusammensein?

Ob denn ihr Vater nicht wußte, daß Frank Nordau sie nur geheiratet hatte, um später Chef der vereinigten Betriebe zu werden? Ob er nicht wußte, daß sie nicht geliebt wurde? Und die Mutter? Vielleicht auch sie? Dann müßte man doch alles Vertrauen zu den Eltern verlieren. Nur Margot – nein, die wenigstens ahnte nichts, sie wenigstens hätte ihr die Wahrheit nicht verschwiegen!

Großer Gott, wie sollte sie Frank in die Augen sehen, mit dem Bewußtsein, seine ungeliebte Frau zu sein, die er nur mit in Kauf genommen hatte? Ihr Stolz bäumte sich auf. Was beginnen, um diese Demütigung von sich abzuwenden? Frank Nordau durfte niemals erfahren, daß sie ihn liebte. Zum Glück hatte sie das in ihrer scheuen Glückseligkeit niemals ausgesprochen, so wenig wie er. Ja, sie mußte ihn glauben machen, daß auch von ihrer Seite diese Ehe nur eine Vernunftehe war. So, wie er sie gedemütigt hatte, wollte sie auch ihn demütigen. Sie mußte etwas tun, um ihm mit gleicher Münze heimzahlen zu können, was er ihr angetan.

Aber wie sollte sie sich jetzt verhalten? Sie grübelte und grübelte und kam zu keinem Entschluß.

Dann sah sie nach der Uhr und schrak zusammen. Jetzt mußte sie sich schnell umkleiden, um fertig zu sein, wenn er kam und sie zur Abreise abholen wollte. Es war höchste Zeit! Sich mühsam aufrichtend, sah sie das Päckchen mit den Briefen vor sich liegen. Lesen mochte sie um keinen Preis, was er einer anderen geschrieben hatte.

Hastig griff sie nach den Briefen und warf sie in ihren bereitstehenden Handkoffer, der das Nötigste zur Reise enthielt, während das große Gepäck auf den Bahnhof geschickt worden war. Sie meinte, diese Briefe müßten ihr die Hand verbrennen. Rasch deckte sie sie mit allerhand im Koffer liegenden Kleinigkeiten zu.

Sie rief dann die Dienerin, um sich von ihr beim Umkleiden helfen zu lassen, und diese dachte bei sich, daß ihre junge Herrin eine sehr blasse und traurige Braut sei. Es schien doch nicht alles Glück zu sein, was danach aussah.

Siddy war gerade fertig geworden, als ihr Gatte an die Tür klopfte. Schnell gab sie der Dienerin noch eine Weisung, die diese im Zimmer festhielt, ehe sie »Herein!« rief.

Frank Nordau trat ein und sah durchaus nicht gleichgültig auf seine junge Frau. Siddy aber vermied es, ihn anzusehen. Sie hätte jetzt seinen Blick nicht ertragen. Ihr war, als müsse sie vor Schmerz laut aufschreien. Sie preßte die Lippen fest aufeinander und machte sich noch mit ihrem Handkoffer zu schaffen.

Endlich vermochte sie zu sagen: »Ich habe mich ein wenig verspätet. Ich bin jedoch gleich fertig.«

Damit schloß sie ihren Koffer zu, richtete sich auf und drückte den kleinen Hut auf ihr blondes Haar. Frank dachte, wie schade es sei, daß der Hut das schöne Haar verbarg, und er hätte ihr das gern gesagt. Aber da sie nicht allein waren, konnte er es nicht tun. Er bedauerte die Anwesenheit der Dienerin im Zimmer, denn gerade jetzt war ihm das Herz so warm, und er hätte seine junge Frau gern einmal in die Arme genommen. Er war froh und glücklich, daß er so für sie empfinden konnte.

Keine Ahnung kam ihm, daß Anny Frey hier inzwischen Unheil angerichtet hatte. Er konnte auch jetzt nicht so genau auf Siddy achten, sondern mußte sie hinunterführen, wobei er ihr Margots letzte Grüße bestellte.

Unten vor dem Portal wartete das Auto, das die jungen Eheleute zum Bahnhof bringen sollte. Siddy trug der Dienerin noch Grüße an Margot und ihre Eltern auf. Sie suchte sich zu fassen während dieser Zeit und hatte wenigstens ihre Haltung so weit wiedergefunden, daß sie sich äußerlich ruhig zeigen konnte.

In ihrem Inneren freilich sah es um so schlimmer aus. Unablässig grübelte sie darüber nach, wie sie sich ihrem Gatten gegenüber verhalten sollte. Am liebsten wäre sie jetzt allein in die Welt hinausgefahren. Denn seine Gesellschaft zu ertragen fiel ihr unsagbar schwer; aber mit ihrer herben Enttäuschung zu ihren Eltern zurückzukehren, war auch unmöglich. Sie fürchtete, daß man sie dort nicht verstehen würde. Sie war ja nun Frank Nordaus Frau und gehörte an seine Seite. Aber das erschien ihr gewiß: Als seine ungeliebte Frau an seiner Seite zu leben, ohne eine absolute innerliche Trennung zwischen ihm und sich herbeizuführen, war unmöglich. Sie mußte reinen Tisch zwischen ihm und sich machen. Er durfte nicht von ihr verlangen, daß sie als seine Gattin mit ihm lebte, ihm Rechte einräumte, die er sich verscherzt hatte. Vor der Welt mußte sie wohl als seine Frau gelten, aber niemals würde sie außerhalb der Öffentlichkeit die Pflichten einer Frau auf sich nehmen. Soviel stand bei ihr fest.

Und deshalb mußte er wissen, daß Anny Frey bei ihr gewesen war. Aber um keinen Preis würde sie ihm verraten, wie sehr sie das getroffen hatte und wie sehr sie ihn liebte, zu ihrer Qual noch immer liebte. Wie froh war sie jetzt, daß sie so wenig Gelegenheit zu einem kurzen Alleinsein gehabt hatten, und daß sie in ihrer mädchenhaften Schüchternheit stets überaus zurückhaltend ihm gegenüber gewesen war! Jetzt mußte sie ihn glauben machen, diese Zurückhaltung sei von ihrer Seite Herzenskälte, und auch sie sei lediglich aus Vernunftgründen seine Gattin geworden.

Während sie mit ihm zum Bahnhof fuhr, während er sie im Abteil umsorgte und ihr behilflich war, Hut und Mantel abzulegen, richtete sie ihr Wesen schon danach ein und verhielt sich so kühl und steif, daß er nicht wußte, was er davon denken sollte. Immer wieder sah er prüfend und forschend in ihr seltsam blasses Gesicht und konnte sich nur denken, daß sie sich aus mädchenhafter Verlegenheit so seltsam gebärdete. Das rührte ihn, und er hätte ihr gern über diese Peinlichkeiten hinweggeholfen. Aber dabei wurde ihm selbst immer wärmer ums Herz, und es hätte ihn durchaus keine Überwindung gekostet, sie zärtlich in seine Arme zu nehmen und ihre blaßroten Lippen zu küssen, bis dieser herbe Zug um ihren Mund sich gelöst hätte. Mußte er doch annehmen, daß sie ihn aus Liebe geheiratet hatte. Denn ihr Vater hatte es energisch verneint, daß sie gewußt habe, warum er sich ihn als Schwiegersohn wünschte. Doch allmählich begann er sich ebenfalls ein wenig unsicher und beklommen zu fühlen.

So verging der erste Teil der Reise. Nach einer Weile lehnte sich Siddy mit geschlossenen Augen zurück, weil sie es nicht länger ertragen konnte, Franks forschendem Blick zu begegnen. Er glaubte, sie wäre müde, schob ihr ein Kissen unter den Kopf und meinte, sie solle sich lieber legen, sie scheine müde zu sein.

Ja, sie sei sehr müde und wolle versuchen zu schlafen, sagte sie, ohne ihn anzuschauen. Und sie gab sich den Anschein, als ob sie einschliefe. Nun konnte sie wenigstens ruhig die Situation überdenken, sich zurechtlegen, wie sie sich künftig verhalten und was nun geschehen sollte. Was wußte sie von der Ehe? Nichts! Aber sie wußte das eine: Frank durfte niemals erfahren, daß sie ihn liebte. Lieber wollte sie als eine herzlose, verlogene Kokette gelten, als ihn auch nur einen einzigen Blick in ihr Herz tun zu lassen.

Sie benutzten beide ein Schlafabteil erster Klasse, aber die Betten waren noch nicht aufgeschlagen, und Siddy hatte dem Schlafwagenschaffner bedeutet, dies würde überhaupt nicht nötig sein, denn sie vertrüge das Fahren im Liegen schlecht. Frank hatte sich stumm dieser Anordnung gefügt, hatte er doch noch immer den Glauben, daß Siddys verändertes Wesen nur auf Verlegenheit zurückzuführen wäre. Er wollte sie ruhig gewähren lassen, bis sie diese überwunden hatte.

Siddy fand es am besten, so zu tun, als schliefe sie. Frank beobachtete sie eine ganze Weile mit seltsam weichen Gefühlen. Da saß ihm nun seine junge Frau gegenüber, mit sehr blassem Gesicht und geschlossenen Augen. Ob sie sich vielleicht nicht wohl fühlte? Daß sie so schnell eingeschlafen war, ließ auf eine gewisse Erschöpfung schließen. Es mochte ja wohl auch vielerlei Aufregung und Unruhe auf ein junges Mädchen einstürmen, wenn es den ersten Schritt in die Ehe tat.

Wie reizend Siddy aussah, wie hilflos und zart! Er hätte ihr gern die schönen, schlanken Hände gestreichelt, fürchtete aber, sie aufzuwecken. Der Schlaf würde ihr jedenfalls guttun. Immer mehr wuchs sie ihm ans Herz, je länger er sie betrachtete. Aber endlich wurde auch er müde, lehnte sich in seine Ecke zurück und schloß ebenfalls die Augen. Bald war er eingeschlafen.

Sie bemerkte das, als sie nach einer Weile vorsichtig zu ihm hinüberblinzelte. Ein bitteres Lächeln spielte um ihre Lippen. Wie froh mochte er sein, daß er ihr nicht verlogene Zärtlichkeiten erweisen mußte! Wie entsetzlich wäre es gewesen, wäre sie nicht durch Anny Freys Rachgier aufgeklärt worden, wenn sie vertrauensvoll und unbefangen seine Zärtlichkeiten hätte über sich ergehen lassen! Oder wäre es doch besser gewesen, wenn sie in ihrer Täuschung verharrt wäre? Hätte sie nicht glücklich sein können, ohne zu wissen, daß er sie nicht liebte?

Aber nein – es wäre ihr wohl zum Bewußtsein gekommen, daß seine Zärtlichkeiten gelogen waren, und dann erst wäre sie ganz elend und unglücklich geworden. Jetzt konnte sie sich wenigstens hinter ihren Stolz flüchten.

Was er wohl sagen würde, wenn er ahnte, was da oben in ihrem Handkoffer verborgen lag? Ihr graute vor dem Moment, da sie ihm die Maske vom Gesicht reißen und ihm sagen mußte, daß Anny Frey ihr seine Briefe gebracht hatte. Sie schauerte zusammen. Das würde das Schwerste für sie werden: ihn anzusehen, wenn er gezwungen war, die Maske abzulegen. Wenn er sich nur um Himmels willen nicht weiter in Lügen verstrickte, wenn er ihr nur dann offen und wahr gegenübertrat, damit sie ihm wenigstens ihre Achtung bewahren konnte! Noch hatte er sie nicht belogen. Er hatte ihr nicht ein einziges Mal gesagt, daß er sie liebte, und ihr als Bräutigam nur selten Zärtlichkeiten erwiesen – ach, jetzt nachträglich empfand sie, wie kühl und förmlich er dabei gewesen war. Sie hatte das nicht erkannt in ihrer eigenen Verliebtheit.

Ein Seufzer entfloh ihren Lippen, und als sie eine andere Stellung einnahm, glitt die Decke herunter, die er sorglich über sie gebreitet hatte. Er erwachte, sah sofort die herabgefallene Decke und erhob sich leise, um sie aufzuheben und vorsichtig wieder über sie zu breiten. Das bewegte sie so tief, daß sie kaum die Tränen zurückhalten konnte. Aber sie schloß aus lauter Angst die Augen so fest, daß er glaubte, sie schliefe.

So verstrich die Nacht. In Basel wurden sie durch die Zollkontrolle gestört. Als die Grenze passiert und das junge Paar wieder allein war, beugte sich Frank über seine junge Frau und legte die Hände leicht auf ihre Schultern. »Geht es dir etwas besser, Siddy?«

Sie lehnte sich tief in die Kissen zurück, so daß seine Hände von ihren Schultern glitten. »Ich fühle mich noch sehr abgespannt«, entgegnete sie so ruhig, wie es ihr möglich war.

»Das bedaure ich sehr. Ich hoffte, der lange Schlaf habe dich gestärkt. Du hast doch die ganze Nacht geruht – oder irre ich mich?«

»Ja, gewiß, ich habe geschlafen, aber – man hat doch nicht die rechte Ruhe im fahrenden Zug.«

Er strich ihr sanft über das blonde Haar, das so goldig glänzte und das feine, schöne Gesicht so reizvoll umgab. Ihr war, als müsse sie erstarren unter dieser liebkosenden

Bewegung. Sie wäre am liebsten geflohen. Aber um keinen Preis durfte es hier im Zug, wo am Coupe fortwährend Menschen vorbeigingen, zu einer Aussprache kommen.

Wiederum machte sie eine Bewegung, daß seine Hand abgleiten mußte.

Er wurde etwas unruhig. »Fällt dir meine Hand lästig, Siddy?« fragte er ein wenig vorwurfsvoll.

Sie schluckte krampfhaft die aufsteigenden Tränen hinab. »Verzeih, ich habe Kopfweh«, sagte sie mit leise bebender Stimme.

Da ließ er sich wieder ihr gegenüber nieder und glaubte, sie kämpfte noch immer mit ihrer Verlegenheit. Er sagte sich, es sei am besten, er gönnte ihr bis zur Ankunft im Hotel Ruhe. So bewahrten sie beide für den Rest der Reise ihre abwartende Zurückhaltung.

Sie hatten in Caux, oberhalb von Montreux, im Palast-Hotel Zimmer bestellt.

In Caux angekommen, wurden sie in ihre Zimmer geführt.

Siddy klopfte das Herz bis zum Halse herauf. Als sie ihre Zimmer erreicht hatten, zwei nebeneinanderliegende Räume mit wundervoller Aussicht nach dem Genfer See, hätte sie am liebsten den sie führenden Kellner zurückgehalten. Und als die Tür hinter diesem ins Schloß fiel, war ihr, als fiele ihr ein schwerer Stein auf die Brust.

3

FRANK HALF SEINER jungen Frau beim Ablegen ihres Mantels. Als er ihn aufgehängt und selbst seine Überkleider abgelegt hatte, wandte er sich zu Siddy um und lächelte ihr zu. Dicht zu ihr hintretend, wollte er sie umfassen.

Aber sie stand wie zu Stein erstarrt, machte dann eine ruckartige Bewegung und trat zurück. »Laß das!« sagte sie kalt und schroff.

Er zuckte ein wenig zusammen und sah sie betroffen an. »Aber Siddy, wir können doch nicht weiter in dieser zeremoniellen Art miteinander verkehren, schließlich sind wir Mann und Frau«, sagte er begütigend, und es schlich sich ein gutmütiges Lächeln um seinen Mund.

Sie biß die Zähne aufeinander und vermochte es, ihn kühl und abweisend anzusehen. »Zwinge dich nicht zu einer Komödie, Frank. Ich lege ebensowenig Wert wie du auf einen näheren Verkehr zwischen uns«, sagte sie so ruhig, wie es ihr möglich war.

Er sah sie betroffen an. »Aber Siddy, was soll denn das heißen?«

»Daß nun endlich diese Komödie zu Ende gespielt sein muß. Wie ich dir schon sagte, du brauchst mir keine konventionellen Zärtlichkeiten zu erweisen, wir wollen ganz ehrlich zueinander sein, da nun der Zweck unserer Verbindung erreicht ist. So wie du mich aus Vernunftgründen zu deiner Frau gemacht hast, so bin auch ich nur aus Vernunftgründen deine Frau geworden. Wir sind uns gegenseitig also nichts schuldig. Ich will dir ehrlich bekennen, daß ich nur auf Wunsch meines Vaters die Ehe mit dir eingegangen bin.«

Seine Augen ruhten erstaunt auf ihrem blassen, zuckenden Gesicht. »Du sprichst in Rätseln, Siddy. Dein Vater hat mir doch gesagt, du seiest deinem Herzen gefolgt und wüßtest gar nichts davon, daß unsere Verbindung noch einen anderen Zweck und Grund hatte.«

»Bitte, bleib ehrlich und sage ruhig, daß unsere Verbindung eben nur den einen Zweck hatte, die Fusion der Firmen Nordau und Jung perfekt zu machen«, sagte sie hastig.

»Aber – davon wußtest du doch nichts? Dein Vater hat mir sein Wort darauf gegeben und mich gebeten, dir nichts davon zu verraten.«

Er leugnete also gar nicht, daß er nur eine Vernunftehe geschlossen hatte! Sie wußte nun, daß ihr diese Ausrede mißlungen war, und raffte sich zusammen. Leicht die Schultern hebend, sagte sie mit einem erzwungenen Lächeln: »Nun wohl, dann muß ich Farbe bekennen und dir den richtigen Grund angeben, weshalb ich deine Frau geworden bin. Ich – nun ja, ich hatte mit meinen Freundinnen eine Wette abgeschlossen, daß ich dich binnen zwei Monaten dazu bringen würde, mir einen Heiratsantrag zu machen. Man hielt dich allgemein für einen Weiberfeind, und wir ärgerten uns ein wenig, weil du uns so wenig Beachtung schenktest. Ich wußte damals freilich noch nicht, weshalb du so zurückhaltend warst.«

Er starrte sie an, als erblicke er sie zum erstenmal. Und seltsamerweise tat ihm das Herz weh bei der Erkenntnis, daß sie so ganz anders war, als er geglaubt, und daß sie ein leichtfertiges Spiel getrieben hatte. Um einer Wette willen war sie die Seine geworden? Das paßte ganz und gar nicht zu seiner Ansicht über sie. Bei ihren letzten Worten aber horchte er auf. »Was willst du damit sagen, daß du damals noch nicht gewußt habest, weshalb ich so zurückhaltend gewesen sei?«

Wiederum hob sie scheinbar gleichgültig die Schultern. »Nun, ich wußte noch nicht, was mir erst bekannt wurde, als ich mich nach unserem Hochzeitsfest für die Reise ankleidete. Ich war sehr froh, daß ich das erfuhr, weil ich mir doch ein wenig Vorwürfe darüber machte, um einer Wette willen deine Frau geworden zu sein. Dieses wurde dann allerdings überflüssig, als ich in meinem Hotelzimmer einen Besuch vorfand, der mir die Eröffnung machte, du habest mich nur auf das Verlangen deines Vaters geheiratet. Wir sind also quitt.«

»Wer hat dich besucht, wer hat dir das gesagt?« stieß er heiser hervor und sah sie erregt an.

Sie richtete sich stolz auf. »Fräulein Anny Frey, deine Geliebte!« kam es klar und ruhig über ihre Lippen.

Er erblaßte und wich einen Schritt zurück. Dann sagte er heiser: »Sie ist nicht mehr meine Geliebte.«

»Aber sie war es. Und weil sie dir lästig wurde, als du dich auf Wunsch deines Vaters – und vielleicht auch des meinen – um mich bewarbst, entfernte man sie.«

Erstaunt sah er Siddy an. »Entfernt? Sie ist entlassen worden?«

Sein Erstaunen war so echt, daß sie heimlich aufatmete. Daran also war er nicht schuld gewesen. Darüber war sie froh, weil es ihn in ihren Augen erniedrigt hätte.

»Ja, wußtest du das nicht? Zwei Tage vor unserer Hochzeit hat man ihr den Laufpaß gegeben.«

»Ich gebe dir mein Wort, daß ich nichts davon wußte; das ist Angelegenheit unseres Personalchefs. Aber sie könnte glauben, daß ich ihre Entlassung veranlaßt habe.«

»Das hat sie allerdings geglaubt. Doch ich kann dich beruhigen, sie hat bereits eine andere Stellung angetreten.«

Er sah sie mit ernsten Augen an. »Ich danke dir. Es wäre mir allerdings peinlich gewesen, wenn sie brotlos geworden wäre. Ich – nun ja, ich leugne es nicht, ich habe sie einmal sehr liebgehabt.«

Das durchzuckte sie wie ein scharfer, schneidender Schmerz. Er hatte sie einmal sehr liebgehabt? Ach, so war diese Anny Frey immerhin beneidenswert.

»Sie wußte, daß du sie nur aufgabst, weil du um mich werben wolltest – oder mußtest.«

Er richtete sich auf. »Da bist du falsch unterrichtet! Ich hatte bereits mit ihr gebrochen, ehe ich daran dachte, um dich zu werben – weil – nun, weil sie mich betrog und obendrein log. Obwohl ich sie mit meinen eigenen Augen in Begleitung eines anderen Herrn gesehen hatte, leugnete sie es ab. Ich gebe zu, daß sie vielleicht einen gewissen Grund zu der Annahme hatte, ich würde sie einmal zu meiner Frau machen, obwohl ich ihr niemals direkte Andeutungen in dieser Beziehung gemacht habe. Daß ich sie vollständig aufgab, sobald ich ihren wahren Charakter erkannte, hat ihre Rachegelüste geweckt. Obwohl ich es war, der den Bruch herbeiführte, war ich an dem Anlaß dazu dennoch vollkommen schuldlos. Vielleicht wirst du das verstehen können.«

Seine Worte drangen ihr tief ins Herz, sie glaubte ihm; um so tiefer schmerzte es sie, daß er sie nicht liebte. Sie rang es aber ihrem Stolz ab, ganz ruhig zu scheinen, und sagte leise:

»Sie hat mir das etwas anders hingestellt, aber – ich glaube dir. Es ändert ja auch nicht viel an unserem gegenseitigen Verhältnis. Selbstverständlich ist es mir lieb, daß ich – dir meine Achtung nicht zu entziehen brauche. Daß du dem Wunsch – deines Vaters nachkamst und um mich warbst, darf ich dir nicht als Unrecht anrechnen, da ich ja selbst ohne Liebe deine Gattin wurde, eben nur – der Wette wegen.«

Er sah sie mit so düsteren, brennenden Augen an, daß sie erschrak. Ein bitteres Lächeln flog um seinen schmallippigen, energischen Mund. »Darf man wenigstens wissen, um was diese Wette ging?« fragte er grimmig, viel tiefer getroffen, als sie ahnte und als er es selbst für möglich gehalten hatte. Sie zuckte gemacht gleichgültig die Schultern. »Um eine Bonbonniere.«

Er lachte schneidend auf. »Oh, ein recht minderwertiger Einsatz für eine so große Sache!«

»Mir war ja nur um das Gewinnen zu tun«, stieß sie hervor.

Er sah eine Weile stumm vor sich nieder. Dann blickte er sie forschend an, als sei ihm ein Zweifel gekommen. »Wie lautete denn die Wette? Daß du mich in zwei Monaten dazu bringen würdest, dir einen Heiratsantrag zu machen?«

Sie nickte nur.

Durchdringend ruhten seine Augen auf ihrem Antlitz. Sie wurde dunkelrot, als er nun sagte: »Du hattest deine Wette schon gewonnen, als ich dich bat, meine Frau zu werden. Mithin warst du keinesfalls verpflichtet, mir auch noch ein Jawort zu geben, um deine Wette zu gewinnen.«

Ihr Herzschlag setzte aus, sie überlegte hastig, wie sie sich jetzt herausreden sollte. »Ach – nun ja – ich hätte dich abweisen können. Aber ich hatte mir inzwischen überlegt, daß – daß, nun ja – daß wir gegenseitig eine ganz passende Partie füreinander sein würden.« Gottlob, daß ihr diese Ausrede einfiel!

Seine Augen ließen aber nicht von ihr. Irgend etwas schien ihm nicht klar. Sie gönnte ihm jedoch keine Zeit, ruhig über das alles nachzudenken. Rasch trat sie an ihren Koffer heran und entnahm ihm die Briefe, die Anny Frey ihr übergeben hatte. »Hier sind die Briefe. Ich habe sie selbstverständlich nicht gelesen, sie interessieren mich nicht.«

Aus jedem ihrer Worte, ihrer ganzen Haltung, sprach eine so stark betonte Gleichgültigkeit, daß ihm das auffiel. Er nahm das Päckchen. »Ich danke dir dafür. Es wäre mir nicht lieb gewesen, hättest du die Briefe gelesen, denn sie enthalten wahrscheinlich sehr viel Törichtes. Als ich sie schrieb, sah ich in Anny Frey noch mein Ideal. Und wenn man eine derartige Torheit hinter sich hat und weiß, wie sehr man betrogen wurde, schämt man sich.«

Sie hörte mit klopfendem Herzen aus seinen Worten nur das eine: »Wenn man so eine Torheit hinter sich hat.« Das machte sie seltsam unruhig. Wenn er Anny Frey wirklich nicht mehr liebte, wenn sein Herz jetzt frei war – konnte es dann nicht möglich sein, sich seine Liebe zu erringen?

Bei dem Gedanken daran stieg ihr glühende Röte ins Gesicht, und als er das sah, fragte er sich, weshalb sie wohl errötete. Er hätte sie gern danach gefragt, sagte sich aber, daß sie ihm keinesfalls die Wahrheit gestehen würde. Darum fragte er nicht.

Siddy war nun zu Ende mit ihrer Kraft und Selbstbeherrschung und sagte bittend: »Ich wäre dir sehr verbunden, wenn du mich jetzt allein ließest. Ich möchte mich niederlegen, die Reise war etwas anstrengend.«

Er verneigte sich förmlich. »Das soll sogleich geschehen. Nur möchte ich dich bitten, mir zu sagen, wie du dir nun in Zukunft unsere Ehe denkst«, fügte er ein wenig ironisch hinzu.

Sie wurde wieder rot, zwang sich aber, ganz ruhig zu sagen: »Das ist doch klar. Wir wissen nun beide, daß wir nicht aus Liebe geheiratet haben und nichts füreinander empfinden.«

Er hob die Hand. »Bitte, das letztere habe ich nicht behauptet!«

Sie erzitterte leise und wich seinem durchaus nicht gleichgültigen Blick aus, als sie sagte:

»Wir sind aber beide davon überzeugt, und das ist die Hauptsache. Ich hoffe, daß du mir nicht die Geschmacklosigkeit zumutest, uns gegenseitig Gefühle vorzutäuschen, die nicht vorhanden sind. Unter anderen Umständen würde ich dir eine Scheidung vorschlagen, aber – unsere Ehe hat ja einen geschäftlich wichtigen Hintergrund. Es würde auch nur Aufsehen vor der Öffentlichkeit geben, wenn wir uns so kurz nach der Hochzeit trennen würden. Ich denke doch, wir haben gegenseitig so viel Hochachtung voreinander, daß wir als gute Freunde nebeneinander leben können. Wenn es dir recht ist, laß uns also die Konsequenzen unserer Vernunftehe ziehen.«

Sie suchte das alles ganz ruhig zu sagen, aber er merkte ihr sehr wohl ihre heftige Erregung an, die sie ihm verbergen wollte. Sie erschien ihm immer rätselhafter.

»Und – wenn ich nun nicht darauf eingehe, wenn ich meine Rechte als Ehemann geltend machen würde!« fragte er verhalten.

Sie versuchte ihn so kalt und abweisend anzusehen, wie es ihr möglich war. »Ich hoffe, du wirst Kavalier genug sein, mich nicht zu zwingen, die ungeliebte Frau eines ungeliebten Mannes zu sein«, stieß sie, bebend vor Angst und Unruhe, heraus.

»Du weißt aber nicht, was du damit von mir verlangst – du bist noch sehr jung und unerfahren«, erwiderte er mit einem seltsam brennenden Blick in ihr angstvolles Gesicht.

»Oh, du sollst alle Freiheit haben, als seiest du überhaupt nicht verheiratet. Nur den Schein brauchen wir ja zu wahren.«

Immer noch sah er sie forschend an. Es entging ihm nicht, daß sie voll Angst und Unruhe war.

»So, ich soll meine Freiheit haben, zu tun und zu lassen, was ich will?« forschte er.

Sie wurde leichenblaß, sagte aber fest: »Ja!«

Er trat wieder näher an sie heran. »Und du?« fragte er heiser.

Sie reckte sich in den Schultern. »Ich? Oh, ich weiß, was ich mir, was ich deinem Namen – und meinen Eltern schuldig bin; du brauchst nichts zu befürchten.«

Er schüttelte leise den Kopf, und ein leichtes Lächeln umspielte seine Lippen. Wie unerfahren sie noch war! Wie sie sich dies alles wohl dachte? Und wie sie innerlich in tausend Ängsten war! Und er sollte glauben, daß sie nur um einer Wette willen seine Frau geworden war? Nein! Wenn er sich im Augenblick auch nicht alles klarmachen konnte, weil er selbst viel zu erregt war, aber daran konnte, wollte er nicht glauben. Für so oberflächlich und leichtfertig vermochte er sie nicht zu halten. Alles in ihrem Wesen verriet ihm, daß sie ihm eine Komödie vorspielte. Aber vorläufig mußte er sich den Anschein geben, als glaubte er an diese Komödie.

»Also – wenn ich mir nicht auch noch deine Achtung verscherzen will, muß ich auf deine Wünsche eingehen. Ich werde es tun. Und damit du erst einmal ruhig wirst, werde ich mich jetzt zurückziehen. Gedenkst du später mit mir zu speisen?«

Sie schüttelte den Kopf. Sie vermochte kaum noch zu antworten. »Nein, danke, ich möchte nur ruhen; wenn du bitte bestellen willst, daß man mir etwas Tee und einige Toasts auf mein Zimmer bringt, werde ich dir sehr dankbar sein. Mehr brauche ich für heute nicht, ich möchte schlafen. Morgen früh sehen wir uns dann beim Frühstück wieder.«

»Dann wünsche ich dir gute Ruhe. Man soll dir den Tee sofort bringen. Ich werde sagen, daß du zu müde bist, um mit mir zu speisen, und werde allein in den Speisesaal gehen.«

»Ich danke dir. Gute Ruhe wünsche ich dir ebenfalls.«

Es kam ihm total unsinnig vor, daß sie einander so formell behandelten, und plötzlich streckte er ihr mit einem weichen Lächeln die Hand entgegen. »Da wir zum mindesten gute Freunde sein wollen, können wir uns doch wenigstens die Hände reichen, nicht wahr?«

Etwas zaghaft legte sie ihre Hand in die seine. Er spürte, daß diese kleine schlanke Hand sehr kalt war und leise bebte. Es rührte ihn. Was mochte nur in ihrem Kopf vorgehen, was fürchtete sie? Glaubte sie, daß er brutal auf seine Rechte pochen würde? Oder was erregte sie so sehr, daß sie zittern mußte?

Ritterlich führte er ihre Hand an die Lippen, verneigte sich noch einmal und ging hinüber in sein Zimmer. Sie hörte, wie er die Tür mit einem kurzen, energischen Ruck hinter sich zuwarf. Stumm und reglos stand sie mitten im Zimmer und sah ihm mit brennendem Blick nach. Und dann sank sie plötzlich, wie aller Kraft beraubt, auf den Fußboden nieder. Endlich war sie allein, endlich konnte sie sich ihrem Schmerz hingeben, endlich die starre Maske ablegen. Nun war alles klar zwischen ihnen, und sie würden fortan in einem kühl-freundschaftlichen Ton miteinander verkehren. Aber – gottlob, so schlecht, wie ihn Anny Frey gemalt hatte, war er nicht! So mochte ihr gemeinsames Leben sich vielleicht erträglich gestalten, wenn es auch nie, niemals ein Glück für sie sein würde, seine Gattin zu heißen. Und allerlei Qualen standen ihr doch bevor – wenn er, nur nach außen den Schein während, seine Freiheit für sich in Anspruch nahm. Bei dieser Erwägung stöhnte sie leise vor sich hin, und um dieses Stöhnen zu ersticken, biß sie die Zähne wie im Krampf zusammen.

Da klopfte es an ihre Tür. Sie faßte sich mühsam. Der Kellner brachte eine Platte mit Tee und einem Imbiß, stellte alles auf einen kleinen Tisch und entfernte sich dann wieder.

Siddy zwang sich, eine Tasse Tee und einige Bissen zu sich zu nehmen; sie mußte bei Kräften bleiben, um nicht krank zu werden.

Lange saß sie dann noch am Fenster und schaute hinunter auf den See. Nach und nach blinkten um seinen Spiegel herum Lichter auf – der Abend stieg empor. Zuweilen lauschte sie mit angehaltenem Atem nach dem Zimmer ihres Gatten hinüber. Sie hörte ihn leise hantieren, wahrscheinlich packte er seinen Koffer aus und kleidete sich um. Dann hörte sie ihn sein Zimmer verlassen. Und nun erst wagte sie sich an die Verbindungstür, um sie abzuschließen. Jetzt konnte er es ja nicht hören. Dann begab sie sich zur Ruhe, obwohl sie wußte, daß sie so bald nicht würde einschlafen können. Und als sie so dalag und mit starren Augen ins Dunkel sah, überfiel sie plötzlich wieder der ganze Jammer ihres verlorenen Glücks, und sie weinte, weinte lange und herzzerbrechend. Sie nahm an, daß Frank im Speisesaal sei, denn sie hatte seine Tür noch nicht wieder öffnen und schließen hören. So konnte sie all ihrem Schmerz Luft machen.

4

FRANK HATTE, NACHDEM er Tee und einen Imbiß für Siddy bestellt hatte, lange Zeit reglos in seinem Zimmer gesessen und vor sich hingestarrt. Er suchte das Rätsel zu ergründen, das sie ihm aufgegeben hatte. Wie sollte er sich das alles erklären? Er konnte unmöglich an die Geschichte mit der törichten Wette glauben. Sie war nicht gewohnt, zu lügen und Ausflüchte zu gebrauchen, und jedesmal war ihr verräterisch die Röte ins Gesicht gestiegen, wenn sie ihm eine erklärende Antwort hatte geben müssen.

Er versuchte sich jede Begegnung mit ihr seit seiner Werbung ins Gedächtnis zurückzurufen. Er konnte sich doch nicht so maßlos getäuscht haben, wenn er annahm, daß sie ihm ein warmes Gefühl entgegenbrachte. Sie war wohl mädchenhaft zurückhaltend gewesen, aber immerhin hatte er doch gespürt, daß ihr seine Zärtlichkeiten nicht lästig waren. Oft genug war sie erbebend zusammengeschauert, wenn er sie in seinen Armen hielt und sie sich zärtlich an ihn schmiegte. War das möglich, wenn sie ihm so kalt gegenüberstand, wie sie es glauben machen wollte? Ach, noch am Hochzeitstage, als er ihr nach der Tafel zugeraunt, nun sei es Zeit, sich für die Reise umzukleiden – wie beseelt, wie zärtlich der Ausdruck ihrer Augen gewesen war, wie innig-warm ihre Hand den Druck der seinen erwidert hatte! Diese kleinen Beweise ihrer Liebe waren es gewesen, die ihn aus seiner Gleichgültigkeit herausgerissen und ihm das Herz immer wärmer gemacht hatten.

Und nun wollte sie plötzlich behaupten, sie habe ihn wegen einer leichtfertigen Spielerei und aus kaltblütiger Erwägung geheiratet? Nein, je länger er darüber nachdachte, desto unwahrscheinlicher erschienen ihm ihre Gründe.

Eine Falte des Unmuts erschien auf seiner Stirn. Er riß mit raschem Griff aus seiner Brusttasche die Briefe Anny Freys heraus. Sinnend blickte er auf das mit einem blauen Band umwundene Päckchen. Das Band war neu, die Schleife ganz bestimmt nicht wieder geöffnet, seit sie einmal zugezogen war.

Keinesfalls konnte Siddy Kenntnis von dem Inhalt dieser Briefe haben. Unmöglich! Sie hatte sich lediglich durch die verlogenen und entstellten Angaben Annys beirren lassen und war dadurch zu vollkommen falschen Schlüssen gelangt. Das war der Grund für ihr verändertes Benehmen – nichts anderes!

Er glaubte kein Wort mehr von dem, was sie vorhin zu ihm gesagt. Wahrheit war einzig und allein dies: Sie – und plötzlich schlug sein Herz hart und laut – liebte ihn wirklich und fühlte sich beschämt und betrogen, als sie vernahm, was Anny Frey in ihrer Rachgier vorbrachte.

Das erklärte ihr ganzes Verhalten. Um nicht gedemütigt vor ihm dazustehen, hatte sie das Märchen von der Wette ersonnen.

Er sprang auf und wollte zu ihr hinübereilen, um vollends Klarheit zu erlangen. Aber dann zögerte er.

Es hätte keinen Zweck, sich jetzt an sie zu wenden; sie würde ihm nicht glauben, daß seine Gefühle für sie ganz andere geworden waren.

Ach, er stand ihr heute nicht mehr kühl gegenüber. Er liebte sie! Ja – er liebte sie! Ganz unversehens hatte sie durch ihre holde Lieblichkeit, durch hunderterlei wertvolle Eigenschaften, die er an ihr beobachtet hatte, sein Herz gewonnen. Und immer teurer war sie ihm geworden von Tag zu Tag, beinahe ohne daß er selbst darum wußte.

»Armes, süßes Kind«, murmelte er vor sich hin, »was kann

ich tun, um dir deine Ruhe, deinen Frieden wiederzugeben? Nichts, als nun ernstlich um dich zu werben, mir deine Liebe von neuem zu erringen. Und zart muß ich dabei zu Werke gehen, ganz zart und rücksichtsvoll, muß dir erst wieder Vertrauen zu mir einflößen, muß deine Scheu besiegen und dir den Wahn nehmen, daß du dir etwas vergibst, wenn du mir deine Liebe zeigst.«

So jagten seine Gedanken, und seine Augen brannten sehnsüchtig auf der Tür zu ihrem Zimmer.

Halb geistesabwesend nahm Frank das Abendessen im Speisesaal ein, und dann übergab er dem Portier ein Telegramm zur Besorgung, das seine und Siddys gute Ankunft nach Hause melden sollte. Leise ging er danach wieder in sein Zimmer. Er vermied das leiseste Geräusch, um sie nicht zu stören, falls sie eingeschlafen sein sollte. So hörte ihn Siddy nicht zurückkommen, die noch immer schluchzend auf ihrem Bett lag. Frank war leise an ihre Tür herangetreten und lauschte hinüber. Und da hörte er das trostlos krampfhafte Schluchzen. Das traf ihn bis ins Herz, denn es verriet ihm, wie unglücklich sie war. Jetzt, da sie sich allein wähnte, hatte sie den kalten Stolz abgeworfen, den sie in seiner Gegenwart festgehalten hatte. Dieses Weinen brachte ihm Gewißheit, daß sie ihn liebte und sich betrogen und gedemütigt glaubte.

Schon hatte er, von seinen Gefühlen überwältigt, die Hand auf die Klinke gelegt, um zu ihr hinüberzugehen und ihr alles zu sagen, was er empfand; aber er zog doch die Hand leise wieder zurück. Nein, wenn es für sie beide noch ein Glück geben sollte, das auf gegenseitiger Liebe und gegenseitigem Vertrauen aufgebaut war, dann durfte er sie jetzt nicht in ihrem Schmerz stören mit einer Erklärung, die sie doch nicht glauben würde. Ganz zart und langsam mußte er um sie werben, mußte ihr nicht mit Worten seine Liebe beweisen wollen, sondern mit Taten, an die sie glauben konnte. Vor allem mußte sie erst wieder ruhig sein.

Leise streichelte er ihre Tür, weil er sie nicht selbst streicheln konnte. Dann begann er sich auszukleiden, und ehe er sich niederlegte, lauschte er noch einmal hinüber. Sie schluchzte immer noch. Da öffnete und schloß er seine Tür nach dem Korridor laut und fest. Mit stark betonten Schritten ging er einige Male durch das Zimmer, und auf einmal erinnerte er sich wieder an Annys Briefe. Er nahm sie auf, und sein Gesicht wurde hart. Daß er dieses Weib hatte lieben können, daß er ihren wahren Charakter erst so spät erkannt hatte; zu spät, um Siddy eine solche bittre Erfahrung zu ersparen!

Langsam begann er, diese Briefe über einer großen Aschenschale an seinem Feuerzeug zu verbrennen. Als er damit fertig war, warf er die Asche zum Fenster hinaus, sie den Winden preisgebend.

Nichts mehr sollte ihn an Anny Frey erinnern.

Margot Jung hatte sich am Tage nach der Hochzeit ihrer Schwester mit Peter Vahl beim Tennis getroffen. Sie war stiller als sonst, und es huschte nur ein mattes Lächeln um ihren Mund, als Peter ihr einige besonders schöne Rosen überreichte.

»Sie geben wahrhaftig ein ganzes Vermögen aus für Blumen, Herr Doktor«, sagte sie.

»Machen sie Ihnen nicht ein wenig Freude, Fräulein Margot?«

»Gewiß, ich habe Blumen außerordentlich gern, zumal Rosen.«

»Das weiß ich, und wenn Sie sich auch nur ein ganz klein wenig darüber freuen, haben die Blumen ihren Zweck erfüllt. Wie ist Ihnen das Fest bekommen, Fräulein Margot?«

»Ich danke, Herr Doktor.«

»Ach, wenn Sie mich doch nicht immer so förmlich ›Herr Doktor‹ titulieren wollten!«

»Wie soll ich Sie denn sonst anreden?«

Er sah sie zärtlich an. »Nun, ›Peter‹ werden Sie mich leider noch nicht nennen wollen?«

Sie stampfte ein wenig mit dem Fuß auf. »Niemals!« sagte sie ärgerlich.

»Nun ja, erst wenn Sie meine Frau sind, oder wenigstens meine Braut.«

»Lassen Sie doch den Unsinn! Ich werde weder Ihre Braut noch Ihre Frau.«

»Das war eben das hunderteinundzwanzigste Mal, Fräulein Margot; ich hoffe, Sie zählen jetzt mit. Also, ich schlage vor, daß Sie mich einfach Peter Vahl nennen, wie Sie es schon manchmal getan haben, wenn ich besonders brav gewesen bin.«

Sie mußte lachen. »Also gut, Peter Vahl. Aber nun tun Sie mir den Gefallen, mich nicht immer wieder zu zwingen, Ihnen zu sagen, daß ich Ihre Frau nicht werden will. Ich kann nicht immer zählen, wieviel mal ich das nun schon gesagt habe.«

»Oh, ich werde Sie jetzt jedesmal darauf aufmerksam machen und für Sie mitzählen.«

Sie begannen nun mit dem Spiel. Es war leer auf den Tennisplätzen des Klubs, und sie konnten sich ungeniert Scherzworte zurufen.

In einer Spielpause saßen sie dann in bequemen Rohrsesseln an einem Tischchen und ließen sich eine Erfrischung bringen. Margot erzählte Peter Vahl, daß sie ihre Schwester schrecklich vermisse, es sei, als wäre die Wohnung ausgestorben. Wie sie das auf die Dauer ertragen solle, wisse sie nicht.

»Sie müssen eben auch heiraten, Fräulein Margot«, sagte er.

Sie zuckte die Schultern. »Wenn Sie weiter keinen Rat für mich haben, hilft mir das nichts. Ich denke gar nicht daran, zu heiraten. Dann hat man nur seinen täglichen Ärger mit seinem Mann.«

»Oh, ich würde Ihnen jeden Ärger aus dem Wege räumen.«

»Aber – Peter Vahl, ich –«

Er hob flehend die Hand. »Nein, bitte – sprechen Sie nicht weiter, das geht zu schnell!«

»Was denn?«

»Ich müßte doch schon wieder zählen. Viermal darf es nur noch sein. Und ich fürchte, Sie haben sich dann noch nicht besonnen. Darf ich Ihnen noch eine Portion Gefrorenes bringen lassen?«

»Nein, danke, ich habe mir schon gestern fast den Magen verkühlt bei dem Hochzeitsmahl. Das Eis war wundervoll.«

»Ich weiß, Ihre Lieblingssorte. Ich bin extra zu dem Hotelkoch gegangen und habe ihn bestimmt, unbedingt dies Eis servieren zu lassen.«

»Aber das ist doch wirklich unglaublich! Wie sind Sie nur darauf gekommen?«

»Das ist doch sehr einfach. Wenn ich weiß, daß Sie irgendeinen Wunsch haben, versuche ich ihn zu erfüllen. Ich kann Ihnen leider nur selten einen Wunsch ablauschen. Aber wenn Sie erst meine Frau sein werden, habe ich es leichter.«

Sie klopfte energisch auf den Tisch und wollte ihm eben zum hundertzweiundzwanzigsten Male versichern, daß sie nie seine Frau werden würde, aber er hob flehend den Blick zu ihr, und da sagte sie nur:

»Als Ehemann würden Sie genauso lässig damit werden wie andere Ehemänner auch.«

Er protestierte heftig, und dann sagte er, etwas heiser vor verhaltener Erregung: »Würden Sie mir eine Frage beantworten?«

»Das kommt auf die Frage an.«

»Haben Sie Ihr Herz schon anderweitig verschenkt, Fräulein Margot?«

»Gott behüte! Ich bin glücklicherweise noch vollkommen frei und ungebunden, und mir ist bisher kein Mann begegnet, bei dessen Anblick mir das Herz nur ihm geringsten schneller geschlagen hätte, was ja wohl ein Zeichen ist, daß man sich verliebt hat. Und so leicht werde ich auch keinen finden, der mir gefährlich werden könnte. Mein Ideal werde ich wohl niemals finden.«

»Darf ich fragen, wie Ihr Ideal beschaffen sein müßte?«

Sie lachte ein wenig und zog die Stirn kraus. »Warten Sie, da muß ich erst einmal nachdenken. Also – er müßte mindestens einen Kopf größer sein als ich, müßte dunkles Haar und dunkle Augen haben, ein schmales, rassiges und interessantes Gesicht, eine gut trainierte Figur. Er müßte mir in jeder Beziehung imponieren, müßte gut sein, aber nicht bis zur Schwäche, vornehm in der Gesinnung, tüchtig, arbeitsam und energisch. Und – vor allem müßte er mich sehr liebhaben.«

Er seufzte tief und schwer, denn er hatte all diese Eigenschaften bei sich gesucht und leider nur wenige gefunden. »Das letzte stimmt. Ich bin auch gut einen Kopf größer als Sie. Aber sonst? Die Haare könnte ich mir ja färben lassen; aber die Augen? Glauben Sie, daß die Wissenschaft in absehbarer Zeit ein Mittel finden wird, Augen nach Wunsch färben zu können?«

Sie lachte hell auf. »Schwerlich!«

Er nickte resigniert. »Ich kann auch nicht daran glauben. Und ein schmales, rassiges und auch noch interessantes Gesicht? Lieber Gott, wie soll man sich das verschaffen? Vielleicht, wenn ich eine Hungerkur machte, könnte ich ein schmales Gesicht bekommen; aber rassig?« Er zog seinen Taschenspiegel hervor, betrachtete sich kritisch und schüttelte den Kopf. »Nein, daraus wird nichts. Auch mit der gut trainierten Figur ist es Essig. Und imponieren soll Ihnen Ihr Ideal auch noch? Ausgeschlossen, Sie lassen sich doch von mir nicht imponieren. Vornehme Gesinnung? Nun, ich hoffe, daß ich darüber verfüge. Tüchtig und arbeitsam – damit kann ich dienen. Könnten Sie nicht auf die Kleinigkeiten, die mir zu Ihrem Ideal fehlen, großmütig verzichten?«

Sie wehrte hastig ab. »Lassen Sie doch den Unsinn, Peter Vahl! Sie sind ja so, wie Sie sind, sehr nett, und – ich mag Sie auch ganz gut leiden. Mit niemand unterhalte ich mich so gern wie mit Ihnen, und Ihre Güte rührt mich zuweilen, aber – quälen Sie weder sich noch mich mit Ihren Heiratsideen, lassen Sie uns gute Freunde bleiben. Dann vertragen wir uns sicher immer besser, als wenn wir heiraten müßten.«

Er schüttelte traurig den Kopf. »Nie werde ich aufhören zu wünschen, Sie möchten meine Frau werden. Immer werde ich wieder bei Ihnen anfragen müssen, ob Sie es sich nicht anders überlegt haben. Aber – wie ich Ihnen schon sagte, wenn meine hundertfünfundzwanzig Körbe beisammen sind, dann werde ich Sie nie mehr fragen – sondern mich für immer aus Ihrer Nähe verbannen. Jetzt hoffe ich immer noch; wenn ich aber keine Hoffnung mehr habe, dann kann ich es auch nicht mehr ertragen, Sie zu sehen und zu sprechen.«

Er sagte das sehr ernst, sehr bestimmt, und sie sah ihn mit großen Augen erschrocken an. »Aber, Peter Vahl, lieber, guter Peter Vahl, das ist doch nicht Ihr Ernst? Wir könnten doch immer gute Freunde bleiben.«

»Nein – ich nicht!« rief er energisch und bestimmt.

Sie sah ihn unbehaglich an. Ein Leben, in dem sie nicht täglich mit Peter Vahl sprechen, Tennis spielen, tanzen und sich zanken und streiten konnte? Nein, das ging doch gar nicht! Das war völlig unvorstellbar für sie. Sie sah ihn schmollend an. »Und Sie wollen nicht mein guter Freund bleiben?« fragte sie vorwurfsvoll.

»Nein, das will ich nicht, das ist mir zu wenig; das genügt mir nur so lange – bis zu meinem hundertfünfundzwanzigsten Korb. Dann bestimmt nicht mehr.«

Sie sprang erregt auf. »Ich gehe jetzt nach Hause!«

Er erhob sich schnell, um sie zu begleiten. Aber da kamen gerade einige junge Leute, Herren und Damen aus dem Klub, die nun ebenfalls Tennis spielen wollten. Von diesen wurden Margot und Peter ins Gespräch gezogen.

Sie blieben also noch ein Weilchen und sahen dem Spiel zu. Doch nach einer Weile wurde Margot ungeduldig und brach auf, sie wußte, daß ihre Mutter sehnsüchtig auf sie wartete.

Peter begleitete sie, und sie schritten stumm nebeneinander her bis zu Peters Auto. Daß er Margot nach Hause fuhr, war selbstverständlich.

Sie sprachen auch im Wagen kaum ein Wort miteinander. Peter sah Margot immer wieder forschend von der Seite an. Er sah, daß sie sehr ernst und ein wenig blaß aussah. Und er hätte sie doch so gern in seine Arme genommen und gesagt: Nun gut, wenn du es nicht anders willst, so bleibe ich denn bis ans Ende meiner Tage dein guter Freund.

Aber er wußte, dies Versprechen konnte er nicht halten, das ertrug er doch nicht auf die Dauer. Brachte ihn doch jetzt schon die Sehnsucht nach ihrem Besitz beinahe um den Verstand.

Als der Wagen vor dem Haus von Margots Eltern hielt, sprang Peter heraus und half ihr beim Aussteigen.

Sie sah ihn unsicher an.

»Kommen Sie mit herauf, um meiner Mutter guten Tag zu sagen?« fragte sie.

Er sah sie erfreut an. »Darf ich?«

»Selbstverständlich, meine Mutter wird sich bestimmt über alle Maßen freuen – sie mag Sie doch so gern.«

Da ging er mit hinauf, wurde herzlich von Frau Nora Jung begrüßt und blieb auf ihre Aufforderung sogar zum Abendessen.

Heute abend vermied Margot es, ihn zu kränken oder zu verletzen. Sie unterhielten sich ganz friedlich, musizierten ein wenig zusammen und sahen dann gemeinschaftlich Reisephotos an. Dabei trafen ihre Blicke zuweilen mit einem seltsam unsicheren Ausdruck in die seinen.

Als Peter Vahl an diesem Abend das Jungsche Haus verließ, war er schon wieder ein wenig hoffnungsvoller gestimmt, denn er hatte gemerkt, daß Margot der Gedanke gequält hatte, seine Freundschaft verlieren zu können. Das sah er in seiner unentwegten Liebe zu ihr schon für ein gutes Zeichen an.

Sie schieden mit einem festen Händedruck voneinander und der Verabredung, am übernächsten Abend gemeinsam ein Theater zu besuchen, zu einer vielbesprochenen und mit Interesse erwarteten Premiere.

5

ETWAS SPÄT, ES war schon gegen neun Uhr, erwachte Siddy. Ihr erster Blick flog zu Franks Tür hinüber. Sie hatte ihm gestern gesagt, sie würden sich beim Frühstück wiedersehen, aber dazu war es wohl schon zu spät. Vermutlich hatte Frank längst gefrühstückt. Eilig erhob sie sich und begab sich in das anstoßende Bad.

So schnell wie möglich zog sie sich an, wobei sie sich dabei ertappte, ihren Anzug mit großer Sorgfalt zu wählen. Ärgerlich über sich selbst, hängte sie ein reizendes fraisfarbenes Kleid, das sie für besonders kleidsam hielt, in den Schrank zurück und griff scheinbar interesselos nach einem anderen. Als sie es übergeworfen hatte und vor dem Spiegel stand, mußte sie sich aber eingestehen, daß gerade dies maulwurffarbige Samtkleid, das sie nun trug, sie besonders gut kleidete. Sie sah zwar ein wenig blaß aus, aber diese unbestimmte Nuance ließ den Teint besonders zart erscheinen. Da sie das nicht beabsichtigt hatte, ließ sie es dabei, legte nur noch einen kleinen Spitzenkragen um den Halsausschnitt, der sie ebenfalls gut kleidete. Zum Schluß wechselte sie die Schuhe noch einmal, denn sie schienen ihr nicht damit zu harmonieren. Selbstverständlich hätte sie niemals zugegeben, daß sie Frank gefallen wollte. Und doch war im Grunde dieser Wunsch der Antrieb zu all ihrem Tun.

Als sie sich noch einmal im Spiegel musterte, kam es ihr vor, als ob sie allzu blaß sei. Sie überlegte, ob sie ein wenig Rot auflegen sollte. Sie unterließ es schließlich doch. Mochte er sehen, daß sie blaß war! Er konnte ja annehmen, daß die Übermüdung von gestern daran schuld sei. Legte sie Rot auf, so könnte er auf den Gedanken kommen, sie lege Wert darauf, ihm zu gefallen. –

Als sie das Frühstückszimmer betrat, erhob sich von einem Tisch am Fenster Frank Nordau und kam ihr schnell entgegen. Er zog ihre Hand, die sie ihm ein wenig unsicher reichte, an die Lippen und fragte artig, wie sie geschlafen habe. Sie versicherte ihm, so ruhig sie konnte, sie habe wundervoll geruht, sei gleich eingeschlafen und zu ihrem Schrecken heute morgen erst gegen neun Uhr erwacht.

»Ich hoffe, du hast bereits gefrühstückt, Frank?«

Er war ein Feind jeder Lüge, die nicht unbedingt sein mußte, und gerade der Umstand, daß Anny Frey so leicht zu Lügen ihre Zuflucht nahm, hatte ihn zuerst gegen sie eingenommen. Nun wußte er freilich ganz genau, daß auch Siddy im Augenblick log, aber dies wirkte ganz anders auf ihn. Wußte er doch, daß nur stolze Scham sie dazu veranlaßte. Und so gab er sich den Anschein, ihr zu glauben.

»Ich freue mich, daß du gut geruht hast. Und gefrühstückt habe ich noch nicht, da wir doch ausgemacht hatten, es gemeinsam zu tun. Das sollten wir, wenn möglich, immer so halten.«

»Es tut mir leid, daß du solange warten mußtest.«

Er hätte ihr gern gesagt, daß er nicht um die Welt ohne sie gefrühstückt und daß er sich auf dieses erste gemeinsame Frühstück in ihrer jungen Ehe außerordentlich gefreut hätte. Aber er fürchtete, sie mit einer solchen Äußerung gleich wieder zu beunruhigen.

»Ich hatte ja nichts zu versäumen, Siddy, und habe gern gewartet«, sagte er nur.

Als sie, von ihm geführt, an den Tisch herantrat, sah sie, daß vor ihrem Platz ein Strauß roter Rosen stand. Sie errötete jäh. Rote Rosen? Und für sie? Das glich einer grausamen Ironie! Rote Rosen schenkte ein Mann doch nur der

Frau seiner Liebe. Sie kamen ihr also nicht zu. Mit zusammengepreßten Lippen schob sie das Glas mit den Rosen in die Mitte des Tisches.

Er merkte es wohl, sagte aber kein Wort darüber.

Die anderen im Frühstückszimmer versammelten Hotelgäste sahen mit mehr oder minder diskretem Lächeln auf das schöne junge Paar. Hochzeitsreisende! Das erschien zweifellos. So aufmerksam und galant wie Frank Nordau zu seiner jungen Frau war, ist doch ein junger Mann nur auf der Hochzeitsreise.

Zuweilen freilich stieg ihr das Blut ins Gesicht, wenn er sie mit seinen ausdrucksvollen grauen Augen seltsam werbend und bittend ansah.

Um keine Befangenheit bei ihr aufkommen zu lassen, begann er eine Unterhaltung über die schöne Aussicht, über den Genfer See, zeigte nach den Narzissenfeldern hinüber und fragte sie, ob sie wünsche, hinunterzufahren nach Montreux, wo heute die Blumenfeste begännen.

Sie stimmte zu; denn alles, was sie vor einem Alleinsein mit ihm bewahren konnte, war ihr erwünscht.

So schlug er vor, am Nachmittag hinunterzufahren, jetzt aber einen kleinen Spaziergang zu machen. »Wir gehen nicht weit, Siddy, damit du dich nicht ermüdest; nur ein Stündchen etwa. Ist dir das recht?«

»Ja, gewiß, wenn du nicht lieber einen weiteren Spaziergang allein unternehmen willst.«

»Nein, das will ich auf keinen Fall, Siddy. Du mußt bedenken, daß wir als Hochzeitsreisende gelten, da würde es auffallen, wenn ich meine junge Frau allein ließe. Um kein Aufsehen zu erregen, mußt du dir meine Gesellschaft also schon gefallen lassen.«

Wieder stieg das verräterische Rot in ihr Gesicht, und sie ahnte nicht, wie entzückend das aussah, und daß ihr Gatte von diesem Farbenspiel ganz bezaubert war.

Ja, Frank Nordau verliebte sich von Stunde zu Stunde mehr in seine junge Frau und bedauerte es unendlich, daß sie nach dem Geschehenen an seiner Liebe nicht würde glauben können. Noch nicht! Aber er schwor sich zu, sie früher oder später zu diesem Glauben zu zwingen. Zeit würde es brauchen, sie sich wieder zu erringen, das wußte er. Aber er wollte nicht müde werden, um sie zu werben. Diese Zurückhaltung würde ihm allerdings von Stunde zu Stunde schwerer werden, aber das sollte seine Buße sein dafür, daß er es gewagt hatte, ohne Liebe um eine so liebenswürdige und bezaubernde Frau zu werben. –

Auf dem Spaziergang, den sie nun bei herrlichem Frühlingssonnenschein unternahmen, plauderten sie zunächst ganz unbefangen. Frank machte Siddy aufmerksam auf verschiedene schöne Aussichtspunkte. Die schneebedeckten, stolzen Berge hoben sich wundervoll von dem Hintergrund des Himmels ab, an dem nur einige leichte Wolkenfetzen hingen, die durch ihr schneeiges Weiß das Blau des Firmamentes nur noch intensiver erschienen ließen. Der Dent du Midi grüßte herüber und überragte alle anderen Berge. Unten lag Montreux, und von dort aus dehnte sich weithin der Genfer See.

Das junge Ehepaar verkehrte außerordentlich höflich miteinander, und die Spaziergänger, die ihnen begegneten, hätten nichts an ihrer Unterhaltung auszusetzen gehabt. Und doch überlegten beide fast jedes Wort, ehe sie es aussprachen. Aber während alle Worte Franks warm und herzlich, zärtlich und werbend klangen, was Siddy immer wieder das Blut in die Wangen trieb, waren die ihren außerordentlich förmlich und kühl.

Als sie auf einer Bank an besonders schöner Stelle eine kurze Rast hielten, sagte Frank plötzlich mit sonderbar gespanntem Blick:

»Verzeih, wenn ich noch einmal auf unsere Unterredung von gestern zurückkomme; ich muß es aber tun, da doch mancherlei in unserem gegenseitigen Verhältnis noch nicht geklärt ist. Du wünschst also, daß unsere Ehe überhaupt keine Ehe sein soll, sondern nur, wenn ich es so bezeichnen darf, ein freundschaftliches oder – kameradschaftliches Verhältnis?«

Es zuckte gequält um ihren Mund. »Nun ja, das hatten wir doch ausgemacht.«

Er ließ seine forschenden Augen nicht von ihrem Gesicht. »Verzeih, ausgemacht kann man nicht sagen. Du hast es so bestimmt, und, wie die Dinge liegen, muß ich mich wohl fügen.«

Sie wandte ihr Gesicht von ihm ab und versuchte leichthin zu sagen: »Darüber braucht doch kein Wort mehr verloren zu werden, es ist mir peinlich.«

»Es muß aber geklärt werden, Siddy. Sage mir doch bitte noch, ob du mit dem festen Willen in diese Ehe gegangen bist, jede Gemeinschaft mit mir zu vermeiden, soweit sie nicht vor der Öffentlichkeit nötig ist, oder ob du erst zu diesem Entschluß gekommen bist, als du von Anny Frey erfuhrst, daß sie meine Geliebte gewesen ist – und – daß ich ohne Liebe um dich geworben habe?«

Sie wurde sehr bleich, warf aber stolz den Kopf zurück und sagte heiser, nur mühsam ihre betonte Gleichgültigkeit wahrend: »Selbstverständlich hätte ich auch dann nur eine Kameradschaftsehe mit dir führen können, wenn ich Fräulein Frey niemals gesehen und gesprochen hätte.«

In seinem Gesicht zuckte es, und sie gewahrte, als sie schnell zu ihm hinübersah, daß er die Zähne zusammenbiß. »Und glaubst du, daß ich in diesem Falle eingewilligt hätte, nur eine Kameradschaftsehe mit dir einzugehen?«

Wieder streifte ihn ein kurzer Blick, und sie bemerkte, daß er ihr mit atemloser Spannung ins Antlitz sah.

»Nun, du liebst mich doch nicht, ebensowenig wie ich dich. Ich wußte also, daß ich dir nichts schuldig bleiben würde.«

Es blitzte in seinen Augen auf. »Das erfuhrst du aber doch erst von Anny Frey? Wenn ich dich nun geliebt und am Hochzeitsabend von meiner jungen Frau erfahren hätte, daß sie nur freundschaftlich mit mir leben wollte – was hätte das wohl für einen Eindruck auf mich gemacht?«

Sie preßte die Handflächen in hilfloser Qual zusammen. »Daran – nein, daran habe ich nicht gedacht.«

»Wäre das nicht herzlos von dir gewesen, Siddy?«

Er sah, wie ein Zittern über sie dahinlief. »Wollen wir das Thema nicht fallenlassen, Frank? Gewiß, ich sehe jetzt ein, daß ich sehr leichtfertig gewesen bin.«

»Das liegt aber sonst gar nicht in deinem Charakter.«

Sie seufzte leise auf. »Was weißt du von mir und meinem Charakter? Du mußt doch einsehen, daß ich zum mindesten oberflächlich veranlagt bin«, sagte sie gequält.

»Nein, du bist nicht oberflächlich, sondern im Gegenteil eine sehr tief veranlagte Natur«, sagte er warm und sah sie mit einem weichen Blick an.

Sie zuckte zusammen und zog ihre Hand schnell zurück. »Es ist ritterlich von dir, daß du es mir leichtmachen willst, meine Schuld zu tragen; denn als eine an dir begangene Schuld muß ich meine törichte Wette ansehen. Ich bitte dich daher um Verzeihung – und, bitte, laß uns nicht mehr davon reden!«

Eine tiefe Rührung überkam ihn. »Oh, Siddy, wir wollen nicht darüber richten, wer von uns beiden die größere Schuld gegen den anderen zu tragen hat. Ich verzeihe dir von Herzen gern, wenn du etwas getan hast, was dir wie eine Schuld gegen mich erscheinen will. Wenn ich nur ebenso sicher sein dürfte, daß du mir verzeihst, daß ich es wagte, ohne ein tiefes Gefühl um dich zu werben. Es war ein großes Unrecht. Eine Frau wie du ist der innigsten und heißesten Liebe wert, das weiß ich. Nein, zucke nicht abweisend die Schultern – glaube mir, ich weiß, daß ich dich beleidigt habe mit meiner Werbung, und daß es mein innigstes Bestreben sein wird, dieses Unrecht wiedergutzumachen. Und um noch ein letztes Mal auf die Wette zu kommen – willst du mir nicht die Namen der jungen Damen nennen, mit denen du gewettet hast? Ich möchte doch wissen, wer von dieser meiner Schmach weiß, einfach als Wettobjekt gewertet worden zu sein.«

Blaß, mit geschlossenen Augen lehnte sie sich zurück. »Es hat wohl keinen Zweck, hier Namen zu nennen.«

»Doch, für mich hat es Zweck. Bitte, nenne mir die Namen, sie sind mir sehr wichtig.«

Sie schüttelte stumm den Kopf. Aber er drängte weiter: »So will ich dir sagen, wen ich im Verdacht habe, an der Wette beteiligt zu sein. War Margot dabei?«

»Nein, selbstverständlich nicht!« stieß sie hastig hervor.

»Margot also nicht? Das glaube ich – sie hätte es kaum gestattet, daß du eine so törichte Wette eingingst. Wie ist es aber mit Fräulein Jutta Brest? Die war doch wohl deine beste Freundin und gehörte auch zu deinen Brautjungfern. Mit ihr standest du sicherlich so, daß du eine derartige Wette mit ihr eingehen konntest.«

Er quälte sie, und das wußte er auch; aber er mußte um jeden Preis zu ergründen suchen, ob Siddy hinsichtlich der Wette die Wahrheit gesprochen hatte.

Und nur, um diesem Verhör nicht länger ausgesetzt zu sein, sagte Siddy hastig: »Nun ja, Jutta Brest war dabei. Aber nun bitte kein Wort mehr darüber! Du bist doch sonst so ritterlich; bitte, erinnere mich nicht mehr an diese unselige Torheit, deren ich mich schäme!«

Er zog ihre Hand an seine Lippen. »Ich glaube nicht, daß du je etwas tust, dessen du dich schämen mußt«, sagte er warm.

Aber da er diesen einen Namen gehört hatte, der ihm Gewißheit bringen sollte, daß Siddy diese Wette nur erfunden hatte, ließ er ab, sie länger zu quälen.

Als er eine Weile schwieg, sprang Siddy hastig auf ein anderes Thema über. Um sie zu beruhigen, ging er darauf ein, und dann traten sie den Rückweg zum Hotel an. Dort begab sich Siddy in ihr Zimmer, und Frank sagte ihr, er werde nach Hamburg schreiben, um andere Kabinen zu bestellen. Es war für ihn und Siddy eine Doppelkabine für die Überfahrt reserviert worden, und das mußte, wie die Dinge lagen, geändert werden. Er deutete Siddy gegenüber das zwar in zartester Weise an, sie wurde aber dennoch sehr rot. Schnell verabschiedete sie sich von ihm, um einige Worte nach Hause zu schreiben. Ehe sie sich trennten, hatte Frank ihr noch gesagt, daß er sie um ein Uhr zum Lunch an der Tür ihres Zimmers erwarten würde. –

Siddy war wieder ganz erschöpft, als sie allein in ihrem Zimmer war. Sie fiel müde und matt auf die Couch nieder und barg das Gesicht in den Händen. In welche schwierige Situation sie geraten war! Und – wie ritterlich und aufmerksam Frank sich ihr gegenüber benahm! Wenn sie nicht so genau gewußt hätte, daß er sie nicht liebte – sie hätte es nicht glauben können. Ach, daß sie es nie erfahren hätte! –

Frank aber saß im Schreibzimmer und bestellte zunächst andere Kabinen, dann aber schrieb er an Fräulein Jutta Brest:

»Sehr verehrtes gnädiges Fräulein! Von meiner Gattin bin ich beauftragt worden, Ihnen beifolgende Bonbonniere zuzusenden, die Siddy in einer Wette an Sie verloren hat. Ich weiß nicht, was das für eine Wette war, auch ist es mir leider entfallen, ob ich die Bonbonniere an Sie oder Fräulein Walter schicken sollte; Sie verstehen, auf der Hochzeitsreise ist einem manches ziemlich gleichgültig. Sollte also die Bonbonniere für Fräulein Walter bestimmt gewesen sein, so teilen Sie es mir bitte mit; ich möchte meine Frau nicht erzürnen durch eine Unachtsamkeit. Die Bonbonniere bitte ich Sie in diesem Falle als Ausdruck meiner Dankbarkeit annehmen zu wollen. Ich bitte Sie, mir umgehend nach hier Antwort zu geben, damit ich, wenn ich mich geirrt habe, noch eine gleiche Bonbonniere an Fräulein Walter schicken kann. Wir erhalten unsere Post hier postlagernd, es genügt: Postlagernd Montreux, unter meinem Namen. Ergebensten Dank schon im voraus für Ihre Mühe. Ihr ergebener Frank Nordau.«

Diesen Brief übergab Frank einem Boy aus dem Hotel, mit der Weisung, eine von ihm genau bezeichnete Bonbonniere zu kaufen und mit dem Brief absenden zu lassen.

Der Boy, der ein gutes Trinkgeld witterte, versprach eifrig, alles gut zu besorgen. Frank gab dem Kleinen noch den Auftrag, jedesmal, wenn er unten in Montreux zu tun habe, auf dem Postamt nachzufragen, ob ein postlagernder Brief für Herrn Frank Nordau angekommen sei. Auch das versprach der Boy. Er machte aber, als er sich entfernte, ein schlaues Gesicht. Eine Bonbonniere für eine Dame und ein postlagernder Brief, von denen die junge Frau nichts wissen sollte? Hm! Auf der Hochzeitsreise war das nicht sehr schön. Aber was ging es ihn an – das Trinkgeld war den Umständen angemessen, also konnte er sich jede Kritik sparen.

So kam Frank in einen schlimmen Verdacht bei dem Boy; aber das war vor ihm schon manchen anderen Menschen geschehen.

6

ALS SIDDY IHR Zimmer verließ, um sich zum Lunch in den Speisesaal zu begeben, stand Frank vor ihrer Tür und erwartete sie.

Wieder standen rote Rosen vor Siddys Gedeck, und wieder schob sie diese in die Mitte des Tisches. Diesmal ließ Frank das aber nicht so hingehen. Er fragte artig:

»Sind dir Rosen unangenehm, Siddy? Dann wäre es nett, wenn du mir verraten würdest, welche Blumen dir angenehm sind.«

Sie wurde dunkelrot. Ohne zu ihm aufzusehen, erwiderte sie rasch: »Sie sind mir nicht unangenehm. Ich – ich glaubte nur, sie seien nicht für mich bestimmt, sondern gehörten zur Tischdekoration.«

»Nein, ich ließ sie vor deinen Platz stellen. Sieh dich um, alle anderen Tische sind mit Narzissen dekoriert. Aber zu einer jungen Frau auf der Hochzeitsreise gehören rote Rosen.«

Er sah, wie es schmerzhaft um ihren Mund zuckte. Sie ging nicht weiter auf dies Thema ein und sprach von etwas anderem.

Als sie dann nach Tisch ihr Zimmer aufsuchte, um sich für den Ausflug nach Montreux umzukleiden, sah sie auf dem Tisch am Fenster wieder einen Strauß roter Rosen stehen. Sie starrte darauf nieder, und plötzlich schossen ihr die Tränen in die Augen. Wie sehr hätte sie sich über die Rosen freuen können, hätte sie sich von Frank geliebt gewußt! So erfüllte er mit seinen Blumenspenden lediglich eine Höflichkeitspflicht. Aber warum schenkte er ihr gerade rote Rosen? Er konnte sie nicht zufällig gewählt haben, er wußte doch, daß rote Rosen Liebesboten waren – wie sie zu einer jungen Frau auf der Hochzeitsreise gehörten.

Krampfhaft bemühte sie sich, während des Ankleidens ihre Tränen zu unterdrücken. Und dann versuchte sie, die Tränenspuren zu verwischen, indem sie sich die Augen mit kaltem Wasser kühlte und Puder auflegte.

Aber Frank merkte es doch, daß sie geweint hatte, und ahnte auch, was diese Tränen verursacht hatte.

Sie sagte, während sie an seiner Seite zum Ausgang schritt: »Du hast mir auch auf mein Zimmer Blumen stellen lassen. Ich bitte dich, das nicht wieder zu tun – in die Abgeschiedenheit meines Zimmers brauchst du nicht mit solchen Artigkeiten zu dringen, da muß ja der Schein nicht gewahrt werden.«

Er sah sie ernst an. »Du mußt nicht denken, daß ich dir Aufmerksamkeiten nur zum Schein erweise; es ist mir Bedürfnis, es zu tun.«

Sie richtete sich stolz empor und erwiderte fast schroff: »Trotzdem bitte ich dich, mir keine Blumen wieder ins Zimmer stellen zu lassen. Ich – ich vertrage Blumenduft im Schlafzimmer schlecht.«

»Wie du befiehlst; wenn ich dir damit lästig falle, haben die Blumen ihren Zweck verfehlt.«

Sie sah, daß er erbleichte und seine Stirn wie im Schmerz zusammengezogen war. Da tat ihr ihre Schroffheit leid, und gern hätte sie sie ungeschehen gemacht. Da dies aber nicht anging, gab sie sich wenigstens Mühe, einen etwas freundlicheren Ton anzuschlagen. Und zu ihrem heimlichen Erstaunen merkte sie, daß ihn das schnell wieder aufheiterte. Lag ihm etwas daran, daß sie freundlich zu ihm war?

Sie wäre keine Frau gewesen, hätte sie jetzt nicht die Probe auf das Exempel gemacht. Sie wechselte einige Male den Ton, und immer merkte sie, daß er bedrückt schien, wenn sie sich unnahbar oder abweisend zeigte, während seine Augen jedesmal froh aufstrahlten, wenn sie freundlich mit ihm sprach. Ruhiger machte sie das freilich nicht. Es gab ihr nur neue Rätsel auf.

Unten in Montreux gingen sie beide am Seeufer entlang. Die blumengeschmückten Festwagen standen auf einem freien Platz, und auf dem See fuhren blumengeschmückte Boote. Es herrschte überall ein fröhliches Treiben, und ohne daß sie es beabsichtigt hatten, wurden sie mit hineingezogen.

Frank traf auf der Promenade einen Jugendfreund, der mit seiner Gattin die Blumenfeste in Montreux besuchte. Siddy war von Herzen froh, für eine Weile dem Alleinsein mit Frank entgehen zu können, und zeigte sich von ihrer liebenswürdigsten Seite. Die Frau von Franks Freund war ein heiteres, lebhaftes Persönchen und schloß sich Siddy schnell an.

Man nahm zusammen den Tee im Hotel, das Kurt Hausmann und seine Frau bewohnten, und die beiden jungen Paare fanden so viel Gefallen aneinander, daß sie zusammenblieben bis zum Abend. Ehe man sich verabschiedete, versprachen Hausmanns, am nächsten Tag nach Caux hinaufzukommen.

Sobald Frank mit Siddy allein war, wurde sie sogleich wieder zurückhaltend. Er hatte sich sehr darüber gefreut, daß sie in Gegenwart seines Freundes und dessen Frau so heiter und gesprächig gewesen war. Nun fiel es ihm doppelt schwer aufs Herz, sie so still und förmlich zu sehen. Vergebens versuchte er, auch zwischen sich und ihr den munteren Ton von vorhin festzuhalten.

Im Hotel zog sich Siddy, Müdigkeit vorschützend, sofort auf ihr Zimmer zurück. Er mußte sich fügen und fragte, ob er sie zum Diner abholen dürfe. Sie sagte höflich zu, und so trennten sie sich.

»Das nennt man nun eine Hochzeitsreise!« murmelte Frank vor sich hin, als Siddy in ihrem Zimmer verschwunden war, und begab sich tief aufseufzend in die Hotelbar, um einen Kognak zu nehmen. Er saß eine Weile dort und beobachtete einige Herren, die zusammensaßen und außerordentlich fidel waren. Er konnte das schließlich nicht mehr ertragen, ging in die Hotelhalle und betrachtete die Verkaufsstände, die mit allerlei verlockenden Kleinigkeiten dekoriert waren.

Aber auch das fesselte ihn nicht lange. Eine unsinnige Sehnsucht überfiel ihn, Siddy aufzusuchen und ihr zu sagen, wie lieb er sie gewonnen habe. Aber dann stellte er sich vor, wie sie ihn groß und kühl und ungläubig ansehen würde, und der Mut verging ihm. Nein, so leicht würde es ihm nicht gemacht werden, sie von seiner Liebe zu überzeugen. Daß er sie aber liebte – viel tiefer und inniger, als er es je für möglich gehalten, als er je für eine Frau gefühlt hatte, wußte er längst. Und er wartete voll Sehnsucht, daß die Dinerzeit herankommen möge.

So vergingen einige Tage. Frank und Siddy trafen noch einige Male mit Kurt Hausmann und seiner Frau zusammen und unterhielten sich auch gut mit ihnen. Aber im Grunde waren sie froh, wenn sie wieder allein waren. Wenn dieses Alleinsein auch allerlei Bitternisse brachte, so fühlten sie doch beide ein inniges Genügen an ihrer eigenen Gesellschaft. Beide suchten immer wieder einen Gedankenaustausch herbeizuführen, der die drückende Leere zwischen ihnen überbrücken sollte. Und so kamen sie sich, ohne es zu wissen, doch sehr viel näher. Bei diesen Gesprächen entdeckten sie, wie viele seelische und geistige Werte sie verbanden. Im Grunde kannten sie sich ja noch so wenig, hatten in der kurzen Brautzeit kaum Gelegenheit gehabt, sich gegenseitig zu erschließen. Und obwohl Siddy ängstlich bemüht war, kühl und förmlich zu erscheinen, und Frank so zartfühlend und rücksichtsvoll wie möglich war, sprachen sie doch lebhaft und interessiert von verschiedensten Dingen, und Frank erkannte zu seiner Verwunderung, wie groß Siddys Wissen war, wie klar ihr Blick und wie bestimmt und klug ihre Ansichten über Dinge und Verhältnisse, die einer jungen Dame sonst fernlagen.

Siddy wiederum merkte, daß Frank viel tiefgründiger und geistvoller war, als sie geglaubt hatte. Sie wurde sich bewußt, daß sie an ihm bisher mehr die Äußerlichkeiten geliebt, daß sie von seinen inneren Werten noch sehr wenig gekannt hatte.

So hätten sie sich beide ganz harmonisch miteinander einleben können, wenn eben Franks Sehnsucht nach Siddys Besitz nicht immer größer geworden wäre, und Siddys Schmerz, ihn verloren zu haben, ohne daß sie ihn jemals besessen hatte, ebenfalls.

Wenn sie abends nach kurzem Abschied ihre Zimmer aufsuchten, zog es sie sehnsüchtig zueinander. Und sie lauschten beide mit verhaltenem Atem einer zu dem andern hinüber. Bis Siddy dann, still vor sich hin weinend, ihr Lager aufsuchte und Frank sich, von seiner Sehnsucht gefoltert, unruhig auf dem seinen hin und her warf.

So war die erste Woche ihrer Ehe vorübergegangen, als Frank endlich den ungeduldig erwarteten postlagernden Brief von Jutta Brest erhielt. Sobald er ungestört in seinem Zimmer war, öffnete er ihn hastig und las:

»Sehr geehrter Herr Nordau!

Ihr Brief ist in Begleitung der entzückenden Bonbinniere eingetroffen, aber leider haben Sie sich geirrt. Mit mir hat Siddy keine Wette abgeschlossen, noch nie. Um Ihnen auf der Hochzeitsreise Mühe oder gar Verdruß zu sparen, habe ich gleich bei Liane Walter angefragt, ob sie gemeint gewesen sein könnte; aber sie weiß auch nichts von einer Wette. Sie behauptet sogar, Siddy habe sich einmal sehr ablehnend über das Wetten geäußert, als sie mit ihr darauf habe wetten wollen, daß eine unsrer Freundinnen noch in dieser Saison den Führerschein erhalten würde. Liane meint, Siddy habe gesagt: ›Wetten ist unmoralisch‹.

Ich habe dann der Reihe nach bei all unseren Freundinnen telefonisch angefragt, ob eine von ihnen mit Siddy wegen irgend etwas eine Wette eingegangen sei. Aber alle haben es verneint, und ich bin nun sehr betrübt, Ihnen nicht helfen zu können. Sie werden Siddy wohl noch einmal fragen müssen; aber Sie können das unbesorgt tun, denn sie ist gar nicht imstande, jemandem wegen einer geringfügigen Vergeßlichkeit zu zürnen, am wenigsten ihrem heißgeliebten Gatten. Die Bonbonniere habe ich mit Liane Walter geteilt, und wir sagen Ihnen unseren herzlichsten Dank dafür. Der Inhalt war einfach himmlisch. Grüße an Siddy kann ich Ihnen leider nicht auftragen, da sie ja vorläufig nicht wissen darf, daß Sie bei mir angefragt haben. Wir wünschen aber Ihnen beiden alles Gute auf Ihrer weiten Reise und begrüßen Sie, sehr bedauernd, daß wir nicht helfen konnten, auf das herzlichste.

Jutta Brest.«

Aufatmend steckte Frank den Brief zu sich.

»Ich wußte es ja – diese Wette ist niemals abgeschlossen worden! Nur ihr Stolz hat ihr diese Unwahrheit diktiert«, sagte er vor sich hin, und eine große Last fiel ihm vom Herzen. Er konnte jetzt gewiß sein, daß Siddy nur aus Liebe seine Frau geworden war. Am liebsten wäre er auf der Stelle zu ihr geeilt, aber immer wieder mahnte ihn eine innere Stimme zur Vorsicht. Sie mußte erst wieder lernen, Vertrauen zu ihm zu fassen.

Am nächsten Morgen beim Frühstück erhielt Siddy einen langen Brief von Margot. Sie legte ihn, ohne ihn zu öffnen, neben ihre Tasse.

»Willst du nicht lesen, Siddy? Bitte, laß dich nicht stören«, sagte Frank.

Sie schüttelte den Kopf. »Er ist von Margot und wird vermutlich sehr ausführlich sein. Ich werde ihn lesen, wenn ich nachher allein bin.«

So trennten sie sich nach dem Frühstück, um sich für einen Ausflug umzukleiden. Sobald Siddy in ihrem Zimmer war, öffnete sie schnell Margots Brief und las:

»Meine schmerzlich vermißte Siddy!
Deinen lieben Brief haben wir erhalten und freuen uns, daß Ihr gut in Caux angekommen seid. Von den Eltern soll ich Dir vorläufig ihren Dank aussprechen, denn ich bin dazu ernannt worden, die Korrespondenz mit Dir zu führen. Das macht mir selbstverständlich Freude. Aber das kann ich Dir gleich sagen: Wenn Du mir schreibst, dann nicht bloß so in die Luft hinein! Ich kann mir ja denken daß Dir jetzt alles, was nicht mit Deinem heißgeliebten Frank zusammenhängt, ziemlich gleichgültig ist, aber ich muß sehr darum bitten, daß Du Deiner Schwester wenigstens mitteilst, ob Du glücklich bist, ob Dein Ideal Frank Nordau auch als Dein Gatte noch so anbetungswürdig ist wie zuvor, und ob auch Du ihn nicht enttäuscht hast.
Ich befinde mich nämlich jetzt in einem sehr nachdenklichen Stadium. Seit Du von zu Hause fort bist, finde ich es hier ziemlich langweilig. Wenn ich nur endlich ebenfalls mein Ideal finden würde, könnte ich mich vor lauter Verzweiflung am Ende doch entschließen, in den heiligen Ehestand zu treten. Aber den Mann, der mein Ideal sein könnte, gibt es, so scheint mir, überhaupt nicht. Was soll das werden?
Peter Vahl hat gesagt, weil er wisse, mein Ideal müsse unbedingt dunkle Augen haben, so würde er sich die Augen färben lassen, es müßte bloß erst das richtige Mittel erfunden sein. Die Haare will er sich jedenfalls gern färben lassen. Aber gesetzt den Fall, er erschiene nun wirklich als schwarzhaariger und schwarzäugiger Mensch – woher sollte er das Rassige und Interessante bekommen, das nun einmal bei meinem Ideal unerläßlich ist? Ach, Siddy, warum bist Du fort, warum kann

ich mich nicht mit all meinem Kummer in Deine Arme werfen? Bedenke doch, wenn ich mein Ideal nicht finde, muß ich als alte Jungfer sterben!

Peter Vahl hat jetzt glücklich ausgerechnet, daß ich ihm schon einhunderteinundzwanzig Körbe gegeben habe. Er will nur noch vier weitere über sich ergehen lassen, dann will er aus meiner Nähe verschwinden und mich niemals wiedersehen. Kannst Du Dir das ausdenken? Was soll ich denn ohne Peter Vahl machen, zumal meine einzige geliebte Schwester mich verlassen hat? Seit Peter Vahl mir diesen festen Entschluß mitgeteilt hat, bin ich ganz tiefsinnig geworden. Es ist mir schon klargeworden, daß ich vielleicht eher ohne mein Ideal als ohne Peter Vahl auskommen könnte. Er hat mich gräßlich verwöhnt, und ich kann mir ein Dasein ohne ihn absolut nicht vorstellen. Lache mich aber bitte nicht aus, ich bin wirklich in einem schrecklichen Dilemma. Du hast es gut, Du hast in Frank gleich Dein Ideal gefunden, und er hat Dich auch zur Frau begehrt. Denke Dir aber nur das Schreckliche, daß ich meinem Ideal begegnen würde, und dies wollte nichts von mir wissen! Du siehst, ich bin sehr nachdenklich und weiß nicht, was aus mir werden soll. Seit Du nicht mehr zu Hause bist, möchte ich am liebsten auch heiraten.

Mutter seufzt den ganzen Tag nach Dir, und Vater hat nach wie vor nur die Fusion von Nordau und Jung im Kopf, die dieser Tage perfekt werden soll.

Wenn ich da Peter Vahl nicht hätte! Du weißt, Mädchenfreundschaften liegen mir nicht, ich besuche zwar pflichtgemäß die Kränzchentees, aber dabei mopse ich mich schauerlich. Ich finde junge Mädchen so uninteressant. Du warst die einzige, mit der man ein vernünftiges Wort reden konnte. Alle andern öden mich an. Peter Vahl war mir immer der liebste Gesellschafter, und – er holte mir, das weiß ich, am liebsten die Sterne vom Himmel. Aber wenn ich ihn nun verliere? Was tue ich dann? Heiraten kann ich ihn nicht – dazu kennen wir uns viel zu gut. Ich bin wahrhaftig in einer schauderhaften Situation. Da falle ich Dir nun mit meiner Jeremiade in Dein himmlisches Flitterwochenidyll hinein. Das ist eigentlich gemein von mir, nicht? Aber mit wem soll ich sonst darüber reden? Na, und eine Viertelstunde wird ja Dein Frank auf Dich verzichten können, damit Du Dich Deiner unglücklichen Schwester widmen kannst. Ach, Siddy, hast Du es gut! Es ist wohl himmlisch, wenn man mit seinem Ideal verheiratet ist?

Jetzt muß ich aber schließen, ich höre eben Peter Vahls Auto vorfahren, wir wollen auf den Golfplatz. Peters Wagen ist wundervoll, er federt viel besser als unserer. Also, für heute Schluß, sonst muß Peter Vahl zu lange warten. Sieh nur zu, daß Du mir einen netten, langen Brief schreiben kannst; schicke doch Frank mal ein paar Stunden auf die Berge oder so. Aber selbstverständlich, dazu bist weder Du noch er imstande, auch wenn es gilt, eine unglückliche Schwester zu trösten, nicht? Kuß, Siddy! Aber aus meiner Sorte machst Du Dir jetzt wahrscheinlich nichts mehr! Grüße Frank herzlich, er ist doch ein riesig feiner Kerl! Kann schon verstehen, daß Du ihn wahnsinnig liebst. Ich möchte auch mal wissen, wie es ist, wahnsinnig in jemand verliebt zu sein.

Vergiß nicht ganz

Deine Schwester Margot.«

Siddy lachte und weinte durcheinander bei der Lektüre dieses Briefes. Ach, wenn Margot wüßte, wie ihr Glück aussah! Und wenn sie wüßte, wie sie zu beneiden war um eine so treue und unermüdliche Liebe, wie Peter Vahl sie ihr entgegenbrachte. Sie wollte gleich morgen oder heute abend schon an Margot schreiben und ihr zureden, sich ja reiflich zu prüfen, ehe sie den guten Peter Vahl von sich stieße. Jetzt mußte sie sich schnell fertig machen, Frank würde schon draußen auf sie warten. Aufmerksam war er wohl auch, wie Peter Vahl zu Margot, aber ach – er liebte sie nicht!

Margots Brief steckte sie in ihre Handtasche; ihr war, als sei sie der Schwester dadurch näher. Wie glücklich wäre sie gewesen, ihre kleine Margot bei sich zu haben! Ihr könnte sie vielleicht ihr Herzeleid klagen, wenn sie bei ihr wäre. Einem Brief aber konnte sie nicht anvertrauen, was sie quälte.

7

AM ANDERN VORMITTAG schrieb Siddy an ihre Schwester:

»Meine kleine Margot! Du mußt nicht denken, daß ich keine Zeit für Dich habe, wenn wir auch hier Freunde von Frank trafen, mit denen wir viel zusammen sind. Es ist wundervoll hier, und die Blumenfeste haben mir viel Vergnügen gemacht. Daß ich Dir über meine Ehe keine Mitteilungen machen kann, wirst Du begreifen; darüber kann man wohl einmal in einer stillen Stunde mit seiner Schwester sprechen, aber dem Papier kann man nicht anvertrauen, was einen bewegt. Es stürmt so viel Neues, Ungekanntes und Unbegreifliches auf einen ein, daß man wirklich genug mit sich selbst zu tun hat. Aber soviel Zeit, um meiner geliebten Schwester einen langen Brief zu schreiben, habe ich schon. Was Du mir von Deiner Verlassenheit und Einsamkeit schreibst, hat mich tief betrübt: ich weiß ja, Margot, daß wir immer mehr aneinander gehangen haben als andere Geschwister, weil uns, das erkenne ich erst jetzt, die Eltern nicht so viel gewesen sind, wie es wohl in anderen Familien der Fall ist. Ja, Margot, ich habe erst jetzt erkannt, daß die Eltern, Vater vor allem, uns recht wenig kannten. Wie ich das meine, wirst Du vielleicht später einmal erfahren. Aber ich will Dir das nur zum Bewußtsein bringen. Du solltest nicht unterschätzen, was Peter Vahl Dir zu bieten hat. Eine so treue, opferfreudige Liebe, wie

er sie Dir entgegenbringt, ist so ideal, daß Du nach anderen Idealen gar nicht suchen solltest. Was tut es, daß er blondes Haar und blaue Augen hat, daß sein Gesicht nicht rassig und interessant, sondern gütig und klug ist? Was gelten solche Äußerlichkeiten, wenn man geliebt wird! Und – er steht doch auch Deinem Herzen sehr nahe. Du schreibst, Du kannst Dir ein Leben ohne ihn nicht denken. Ist das nicht ein Beweis, wie lieb er Dir geworden ist? Ich möchte Dir dringend raten, prüfe Dich erst genau, ehe Du dem armen Peter seinen hundertfünfundzwanzigsten Korb erteilst. Ich traue ihm zu, daß er sein Wort wahr machen könnte, dann für immer aus Deinem Leben zu verschwinden. Er würde sehr unglücklich sein, viel unglücklicher, als Du Dir denken kannst. Das behalte im Auge. Weiter will ich Dir nichts sagen. Nur noch eines: Du unterschätzest Peter Vahl anscheinend. Er ist ein ausgezeichneter Rechtsanwalt, ein kluger Kopf, ein charmanter Mensch. Du hast das nur nie recht erkannt, weil er Dir gegenüber ein gewisses Minderwertigkeitsgefühl hat, das eben seiner großen Liebe zu Dir entspringt. Und weil er sich selbst zu gering einschätzt, tust Du es auch. Sieh ihn nur einmal genauer an. Er ist ein wertvoller und liebenswürdiger Mensch, ich könnte mir ganz gut vorstellen, daß er mir als Ideal eines Mannes gelten könnte – wenn ich eben Frank nicht liebte und in ihm mein Ideal gesehen hätte.
Süße kleine Margot, stoß Dein Glück nicht mit Füßen von Dir, das laß Dir sagen! Du wirst es sonst eines Tages bitter bereuen. Und nun heute nichts weiter, verlange nicht von einer jungverheirateten Frau, daß sie Dir von ihrem Glück erzählen soll. Grüße die Eltern herzlich; und Du sei liebevoll geküßt von

Deiner Siddy.

Frank läßt herzlich seine kleine Schwägerin grüßen.«

Als Siddy diesen Brief beendet hatte, lehnte sie sich aufatmend zurück und saß eine Weile mit geschlossenen Augen da. Ach, daß sie so glücklich sein könnte, wie die Schwester es glaubte! Was Margot wohl sagen würde, wenn sie alles wüßte?

Ein tiefer Seufzer hob ihre Brust. Wie sollte das nur weitergehen? Wie sollte sie dieses Leben ertragen, immer mit sich selbst im Kampf liegend, immer sich von dem Bewußtsein erdrückt fühlend, daß sie ihrem Gatten im Grunde nichts sei als eine Last? Nach außen hin würde er stets der rücksichtsvolle Gatte sein, der niemals vergaß, was er einer Frau schuldig war, die seinen Namen trug. Aber würde sie ihm nicht immer gleichgültig sein? Würde er sie nicht vielleicht sogar niedrig einschätzen müssen in der Annahme, sie sei leichtfertig und nur um einer leichtfertigen Wette willen seine Frau geworden? Allerdings war er viel zu ritterlich, um sie das fühlen zu lassen. Er hatte doch sogar, als sie sich ihm gegenüber als leichtfertigen Charakter bezeichnete, protestiert und gesagt: »Nein, du bist nicht oberflächlich, sondern im Gegenteil eine sehr tief veranlagte Natur.« Und was hatte er an jenem Tag noch gesagt? »Eine Frau, wie du es bist, ist der heißesten und innigsten Liebe wert.« Und es würde sein eifrigstes Bestreben sein, das Unrecht, das er ihr getan, gutzumachen, als er den Wunsch ihrer beiden Väter erfüllt und aus Vernunftgründen um sie geworben hatte. Das tat mancher Mann, dem man es nicht als Schuld anrechnen durfte. Er konnte ja im Grunde nichts dafür, daß er nicht imstande war, sie zu lieben, und daß sie ihn liebte. Oh, wie trostlos war das alles!

Während sie darüber nachgrübelte, lief Frank unten hin und her, immer wieder sehnsüchtig nach ihren Fenstern hinblickend.

Er war erfreut zu wissen, daß sie niemals jene häßliche Wette abgeschlossen hatte. In seiner Hand befand sich sogar der Gegenbeweis, der ihm die Gewißheit gab, daß sie ihn wenigstens zur Zeit ihres Eheschlusses geliebt hatte.

Ach, Siddy! Wie war es möglich, daß er sie früher kaum beachtet und erst nach der Verlobung angefangen hatte, sich mit ihr zu beschäftigen! Wann war eigentlich seine Liebe zu ihr erwacht? Er vermochte sich darüber keine Rechenschaft zu geben, wußte heute nur, daß diese Liebe übermächtig in ihm geworden war.

So dachten die beiden jungen Menschen sehnsüchtig aneinander und wären so glücklich gewesen, wenn sie gegenseitig ihre Gedanken und Wünsche erraten hätten.

Die letzten Tage in Caux vergingen weiter unter heimlichem Werben und mühsam zur Schau getragener Gleichgültigkeit. Kurt Hausmann und seine Frau waren mit dem Versprechen abgereist, sich in Berlin zu melden, wenn Frank Nordau mit seiner Frau von der Amerikareise zurück sein würde. Hausmanns lebten in einer kleinen Stadt in Sachsen, wo die Fabrik des Vaters von Frau Hausmann lag. Kurt Hausmann war nach seiner Verheiratung als Teilhaber in diese Fabrik eingetreten, weil sein Schwiegervater keinen Sohn hatte und er dessen Nachfolger werden sollte.

Frank und Siddy hatten inzwischen zwar noch einige flüchtige Bekanntschaften gemacht, aber zumeist waren sie auf sich selbst angewiesen. Siddy hatte Frank mehrfach vorgeschlagen, er möge doch ohne Rücksicht auf sie einige größere Ausflüge machen, sie wolle ihn nicht seiner Freiheit berauben; aber er hatte das abgelehnt, sie dabei groß ansehend.

»Ich hoffe, du traust mir nicht im Ernst die Rücksichtslosigkeit zu, dich hier allein zurückzulassen – es sei denn, ich wäre dir lästig.«

Dabei hatten seine Augen forschend auf ihrem Gesicht geruht. Sie war wohl errötet wie meist bei solchen Anlässen, hatte aber scheinbar ruhig geantwortet:

»Davon kann keine Rede sein. Aber ich will dich auf keinen Fall zwingen, mit meiner Gesellschaft vorliebzunehmen. Das wäre ja angesichts unseres gegenseitigen Verhältnisses lächerlich.«

Darauf hatte er geantwortet: »Ist es wirklich lächerlich, wenn ich mich, da mich keine Geschäfte in Anspruch nehmen, voll und ganz meiner Frau widme?«

Ach, wie glücklich machte es ihn, als sie darauf wiederum tief errötete! Es gab ihm neue Hoffnung. Siddy jedoch war der Gedanke peinlich, daß ihr bei solchen Anlässen immer wieder das Blut ins Gesicht schoß.

Unbewußt tat aber auch sie alles, was sie tun konnte, sich Frank angenehm zu machen. Sie hätte es sich selbst freilich niemals eingestanden, daß sie bei all ihrem Tun oder Lassen, bei jedem Kleiderwechsel, bei jedem Wort, das sie mit ihm sprach, darauf achtete, was ihm angenehm sein könnte. Uneingestanden warb sie im Grunde genauso um seine Liebe wie er um die ihre. Seit sie wußte, daß sein Herz nicht mehr Anny Frey gehörte, lebte doch wohl uneingestanden ein Fünkchen Hoffnung in ihr, daß er ihr sein Herz zuwenden könnte.

Und so wäre es fast ein Wunder gewesen, hätten diese beiden, die bewußt oder unbewußt einander zu gefallen suchten, nicht einen tiefen Eindruck aufeinander gemacht.

Am achtzehnten Mai sollte der Dampfer, den sie benutzen wollten, von Hamburg abgehen. So reisten sie am sechzehnten Mai von Caux ab, um zur rechten Zeit in Hamburg einzutreffen.

Am Tage vor ihrer Abreise bekam Siddy nochmals einen langen Brief von Margot, der abermals in der Hauptsache von Peter Vahl handelte. Siddy las ihn lächelnd durch. Aus jeder Zeile grüßte sie die echte Margot. Siddy antwortete gleich und erbat sich die nächste Post nach New York, wo sie mit Frank den ersten längeren Aufenthalt in Amerika nehmen sollte. Frank führten seine Geschäfte außerdem noch nach Philadelphia, Chicago, Cincinnati und dann in die Seebäder von Florida, von wo die Firmen Nordau und Jung bereits große Aufträge erhalten hatten und noch größere abzuschließen hofften, was durch Frank perfekt gemacht werden sollte.

Über diese Geschäfte hatte Frank mit seiner jungen Frau bisher noch nicht gesprochen, aber jetzt, auf der Reise nach Hamburg, brachte er die Rede darauf. Siddy gab sich Mühe, seinen Ausführungen zu folgen, und es freute ihn, daß sie sich in seine Interessen einzufühlen versuchte. Das erschien ihm als ein neuer Reiz an ihr. Ihr verständnisvolles Zuhören bei jedem neu angeschlagenen Thema hatte ihm schon immer gefallen. Sie schweifte niemals gedankenlos ab, wenn ihr irgend etwas nicht zusagte, sie suchte vielmehr, jeder Sache auf den Grund zu kommen. Sie suchte auch keine Ausflüchte, suchte ihn nie abzulenken von etwas ihn Interessierendem. Und als sie ihm wieder einmal aufmerksam zuhörte, zu ihrer Informierung nur einmal eine Frage einwerfend, sagte er plötzlich mit großer Wärme:

»Es ist wundervoll, Siddy, wie du zuhören kannst! Ich glaube, keine andere Frau weiß so verständnisvoll auf Themen einzugehen, die ihr an sich fernliegen müssen. Man fühlt, daß du nicht Interesse heuchelst, sondern daß es tatsächlich vorhanden ist. Und – das ist viel für einen Mann, wenn er sich mit seiner Frau auch über seine Berufsfragen aussprechen kann.«

Sie errötete tief, fühlte das und suchte ruhig zu scheinen. Wie oft in solchen Fällen flüchtete sie hinter kühle Ironie und sagte: »Ich muß mich doch für die Firmen Nordau und Jung interessieren – da ich doch dafür geopfert wurde.«

Er sah sie traurig an, ohne ein Wort zu erwidern. Sie fühlte, daß sie ihm weh getan hatte, allein sie ahnte nicht, wie sehr.

Still war es für eine kurze Weile zwischen ihnen geworden. Dann sagte Siddy mit bittendem Ton:

»Du wolltest mir davon erzählen, was du in Florida zu tun hast.«

Er ging gleich darauf ein, und wieder hörte sie aufmerksam zu. Als er fertig war, fuhr er fort:

»Es wird für dich ein wenig langweilig werden in den großen Städten drüben, während ich meinen Geschäften nachgehen muß. Du wirst meistens auf das Hotel angewiesen sein. Aber ich will mich immer tunlichst beeilen, zu dir zurückzukommen.«

»Oh, du sollst ganz unbehindert sein. Geschäfte gehen vor, das weiß ich als Kaufmannstochter zur Genüge.«

»Meine geschäftlichen Konferenzen werden immer nur kurze Zeit in Anspruch nehmen. Und sind wir erst in Florida, kannst du dir die Zeit in den eleganten Seebädern vertreiben. Dort wirst du kaum Langeweile verspüren. Ich habe diese Seebäder schon besucht, als sie zum Teil noch im Entstehen waren, und habe damals die erste Verbindung mit unsern Auftraggebern angeknüpft. Jetzt will ich sie weiter ausbauen. Seit wir fusioniert sind, werden wir doppelt leistungsfähig sein, und ich hoffe gute Abschlüsse zu erzielen. Wir können also mit gutem Gewissen etwas leichtsinnig sein, und du würdest mir ein Vergnügen machen und eine Ehre erweisen, wenn du mir gestattetest, dir in Hamburg ein hübsches Schmuckstück zu kaufen.«

Sie schüttelte hastig abwehrend den Kopf. »Nein – bitte nicht. Ich möchte auch in dieser Beziehung meine Freiheit behalten. Geschenke anzunehmen verpflichtet.«

Es zuckte in seinem Gesicht. »Du bist doch meine Frau.«

Er sagte das mit einem so weichen, zärtlichen Ausdruck, daß sie zusammenzuckte und sehr blaß wurde.

»Doch nur dem Namen nach und der Öffentlichkeit gegenüber«, stammelte sie.

»Nun wohl, aber für die Frau, die meinen Namen trägt, darf ich doch auch Geschenke auswählen. Ich wünsche, daß du drüben repräsentierst, und junge Mädchen pflegen meist wenig kostbaren Schmuck zu besitzen. Jetzt bist du aber

Frau, und ich werde dir nach und nach den nötigen Schmuck schenken; wenn du mir das verweigerst, kränkst du mich.«

Sie wagte ihn nicht anzusehen, sein Ton war so weich, so flehend. Er sah, wie sie die Hände im Schoß zusammenpreßte und ihre Lippen zitterten.

»Ich will dich weder kränken noch betrüben, und wenn du es für nötig hältst, daß ich Schmuck trage, um die Firma zu repräsentieren, so werde ich es selbstverständlich tun.«

Er nahm ihre Hand und zog sie an die Lippen, indem er sich tief herabbeugte, um ihr nicht ins Gesicht sehen zu müssen. Und da er spürte, daß ihre Hand in der seinen leise bebte, durchzuckte es ihn wie ein elektrischer Schlag. Er blieb sehr lange in dieser Stellung, und seine Lippen ruhten viel länger auf ihrer Hand, als es nötig gewesen wäre, um einen, wie sie glaubte, formellen Dank abzustatten.

In Hamburg angekommen, fuhr er noch am gleichen Tag zu einem Juwelier und kaufte einen Halsschmuck, einen prachtvollen bläulich schimmernden Aquamarin, von Brillanten umgeben, an einer Platinkette. Das mußte sehr kleidsam für Siddy sein und wundervoll zu ihrem goldschimmernden Haar passen.

Befriedigt von seinem Kauf fuhr er zum Hotel zurück und klopfte an die Tür ihres Zimmers. Ahnungslos, daß er es war – denn er hatte bisher niemals ihr Zimmer betreten, außer am Abend ihrer Ankunft in Caux – rief sie zum Eintritt, denn sie nahm an, es sei ein Angestellter des Hotels. Sie hatte sich schon zum Diner angekleidet und war dabei, einige Worte nach Hause zu schreiben. Erschrocken fuhr sie bei Franks Eintritt auf und wich unbewußt einige Schritte zurück.

»Verzeih, wenn ich störe, Siddy. Ich wollte dir nur ein Schmuckstück bringen, das ich eben für dich gekauft habe.

Ich würde mich freuen, wenn du es heute abend tragen würdest, damit ich sehe, ob es dich kleidet. Sonst tausche ich es morgen früh um, ehe wir zum Dampfer fahren.«

Er hatte das Etui aus seiner Brusttasche genommen, öffnete es und hielt es ihr hin. Sie sah scheu darauf nieder. Der Schmuck war wunderschön, aber das erschütterte sie nicht weiter. Sie mußte nur daran denken, einmal geäußert zu haben, daß Aquamarine sie besonders entzückten. Damals war sie noch seine Braut gewesen. Das hatte er also nicht vergessen. Es ging ein Erzittern über sie hin, und plötzlich stürzten ihr die Tränen aus den Augen.

Erschrocken sah er sie an, während sie sich bemühte, ihre Fassung zurückzugewinnen. »Was ist dir, Siddy?« fragte er besorgt.

Aber da fiel ihm ein, daß seine Wahl gerade auf diesen Stein gefallen war, weil sie ihm einmal gesagt hatte, daß Aquamarine ihre Lieblings- und Glückssteine seien. Gerade darum hatte er diesen Stein gewählt. Nun dachte wohl auch sie daran, und der Umstand, daß er es nicht vergessen hatte, verursachte ihr Tränen.

Wieder hätte er sie am liebsten in seine Arme genommen und all ihren Widerstand fortgeküßt; aber er sagte sich, daß sie dann annehmen müsse, es wäre nur eine sinnliche Aufwallung von ihm, die ihn bestimmte, sie in seine Arme zu reißen. Das durfte auf keinen Fall sein.

Nun hatte sich Siddy schon wieder gefaßt. »Verzeih – es ist töricht von mir, zu weinen. Aber ich habe eben einen Abschiedsbrief an Margot geschrieben, weil wir morgen früh Deutschland verlassen. Wir waren doch bisher nie auch nur einen Tag getrennt – und nun gleich so weit fort.«

Er gab sich den Anschein, als glaubte er diese Ausrede. Wie liebenswert zuweilen Unwahrheiten oder Ausflüchte sein können! Das hatte er seit seiner Verheiratung fast täglich an ihr kennengelernt.

»Wird dir nur der Abschied von Margot schwer? Nicht

auch von deinen Eltern?« fragte er, sie lächelnd betrachtend.

Sie strich sich das Haar aus der Stirn.

»Mit meinen Eltern, das muß ich dir offen sagen, haben wir beiden Schwestern niemals so gestanden, daß eine Trennung mir besonders weh tun könnte. Vater und Mutter haben immer wenig Zeit für uns gehabt, wir waren von klein auf bezahlten Leuten überlassen; zu einer großen Innigkeit ist es daher nie gekommen. Mutter ist, glaube ich, ungehalten gewesen, daß wir überhaupt auf die Welt kamen, wir waren ihr störend. Das haben wir beide gefühlt, Margot und ich, und vielleicht gerade deshalb schlossen wir uns so innig und fest aneinander. Mutter ist in letzter Zeit allerdings etwas liebevoller zu uns gewesen, hat etwas mehr Zeit für uns gehabt – ich glaube, weil sie nun zu alt ist, um es noch störend zu empfinden, Kinder zu haben. Aber so recht innig und herzlich konnten wir nicht für sie empfinden. Und Vater? Nun, ich denke, du kannst am besten über seine Gefühle für uns urteilen – wenn du bedenkst, daß er mich nur als Mittel zum Zweck benutzte, als er mich mit dir verlobte. Er muß doch gewußt haben, daß du mich nicht liebtest; und wenn er mich nur ein wenig gekannt hätte, mußte er wissen – aber nein, wozu soll ich darüber reden. Daran ist nichts mehr zu ändern.«

Sie sagte das so bitter und gequält, daß er es wohl begreifen mußte, wie schwer sie darunter litt, ihre Verlobung mit ihm auf diese Weise zustande gekommen zu wissen.

Er faßte ihre Hand. »Siddy, vielleicht hat dein Vater nicht gewußt, wie ich zu dir stehe, da ich mich nicht geweigert habe, dich zu heiraten. Ich gebe dir mein Wort, es gab bei mir keine Widerstände zu bekämpfen, als ich um dich warb. Mein Herz war frei, Anny Frey galt mir nichts mehr; ich warb freilich ohne Liebe um dich, kannte ich dich damals doch sehr wenig. Aber das habe ich deinem Vater nicht gesagt. Er gab mir nur zu verstehen, du dürftest nicht erfahren, daß unsere Verbindung gewissermaßen eine geschäftliche Notwendigkeit sei. Soviel kannte er dich also doch, um anzunehmen, daß du verletzt sein würdest, hättest du um das Zustandekommen unserer Heirat gewußt.«

Sie hatte ihn angehört, ohne ihn anzusehen. Nun richtete sie sich auf. »Ich wollte ja damit auch nur deine Frage beantworten, ob mir der Abschied von meinen Eltern schwer geworden sei. Von Margot, ja, mein Gott, da ist er mir sehr schwer geworden, obwohl ich da noch nicht ahnte – aber nein, bitte, laß uns dieses Gespräch beenden. Ich mag nicht darüber sprechen.«

Er biß sich auf die Lippen. Gut, mochte dieses Thema als abgetan gelten. Nach ein paar Augenblicken fragte er:

»Darf ich dir das Kollier umlegen, Siddy? Ich glaube, zu deinem Kleid paßt es vorzüglich.«

Damit hatte er das Schmuckstück aus dem Etui genommen und trat hinter sie, um es ihr umzulegen. Sie stand da wie gelähmt, und er sah im Spiegel, wie sie die Augen schloß und leichenblaß wurde.

Zart und behutsam befestigte er das Kettchen um ihren Hals und hütete sich, sie dabei zu berühren, weil er annahm, sie würde dann zusammenzucken, als habe Feuer sie verbrannt. Er war kraft seiner Liebe zu ihr imstande, sich mehr und mehr in ihr Seelenleben hineinzudenken.

Frank zwang sich zu einem Lächeln, wenn er auch aller Selbstbeherrschung bedurft hatte, seine Ruhe zu bewahren. »So, Siddy, nun kannst du die Augen öffnen und dich anschauen. Wie gefällt dir der Schmuck?«

Sie preßte die Lippen fest aufeinander und öffnete die Augen. Scheinbar kritisch betrachtete sie ihr Spiegelbild. Der Schmuck kleidete sie vorzüglich, das mußte sie sich eingestehen, aber wieviel glücklicher hätte das wertloseste Schmuckstück sie gemacht, wenn seine Liebe es für sie ausgesucht hätte! Mit wieviel Liebe der Ankauf von seiner Seite getätigt war, ahnte sie ja nicht.

»Er ist wunderschön – und viel zu kostbar. Ich danke

dir, Frank. Hoffentlich repräsentiere ich damit die Firma Nordau und Jung, wie es sich gehört.«

»Ich wäre sehr glücklich, Siddy, wäre es mir gelungen, dir eine kleine Freude damit zu machen«, sagte er weich und herzlich.

Sie mußte wieder mühsam ihre Tränen hinunterschlukken. Immer, wenn er in diesem sanften, fast zärtlichen Ton zu ihr sprach, hätte sie laut aufschreien mögen.

»Gewiß, ich freue mich sehr darüber – wir Frauen lieben nun einmal schöne Schmucksachen. Ich danke dir nochmals.«

»Bitte, nicht danken! Und nun will ich mich schnell fertigmachen, damit wir in den Speisesaal gehen können.«

Sie nickte ihm zu, als er ihre Hand an seine Lippen zog. Als sie allein war, sah sie wehmütig auf den Schmuck. Aber dann machte sie den Brief an Margot fertig und schrieb noch darunter:

»Denke Dir, Margot, Frank hat mir soeben ein wunderschönes Schmuckstück geschenkt, einen herrlichen Aquamarin, von Brillanten umgeben und an einer Kette aus Platin. Du weißt, daß ich einmal davon sprach, ich liebte Aquamarine ganz besonders, und daß sie meine Glückssteine seien. Du warst ja dabei, wir sprachen von Edelsteinen. Das hat er sich wohl gemerkt.«

Über jede Aufmerksamkeit Franks berichtete Siddy regelmäßig der Schwester und bauschte sie noch ein wenig auf, damit Margot daran glauben sollte, wie sehr ihr Gatte sie liebte.

Und wenn sie dann in ihren Briefen von seinen Aufmerksamkeiten berichtete, staunte sie selbst, wie viele Galanterien er ihr erwies. In dieser Hinsicht konnte sie sich wirklich nicht beklagen. Ein Mann, der sie liebte, konnte nicht aufmerksamer und ritterlicher sein.

Schnell machte sie den Brief fertig, und dann klopfte Frank an ihre Tür, kam aber nicht in ihr Zimmer, sondern wartete draußen, bis sie erschien.

Als beide den Speisesaal durchschritten, sah Frank, wie alle Männeraugen sich bewundernd auf seine Frau richteten. Er hatte das schon in Caux und Montreux bemerkt, fühlte, wie er beneidet wurde, und seufzte leise auf. Wenn sie nur Grund dazu gehabt hätten! Aber vorläufig stand sie ihm so kühl und unnahbar gegenüber, daß er sich durchaus nicht beneidenswert erschien.

Als er ihr dann gegenübersaß, labten sich seine Augen an ihrem Anblick. Sie sah entzückend aus mit dem etwas blassen, von heimlicher Erregung belebten Gesicht, aus dem die samtbraunen Augen so wunderbar herausleuchteten. Das schöne Haar fiel in weichen, tiefen Wellen um ihr reizendes Gesicht mit den feinen Zügen. Und er bedauerte, daß es so kühl im Saal war, daß sie den Pelzmantel um ihre Schultern gelegt hatte, wodurch ihm der Anblick des entzückenden Ansatzes ihrer Arme und Schultern entzogen wurde.

Frank Nordau glühte vor Sehnsucht nach seiner schönen jungen Frau, und es wurde ihm immer schwerer, in ihrer Gesellschaft ruhig zu sein. Er zergrübelte sich den Kopf, was er tun könnte, um sie von seiner Liebe zu überzeugen. Aber wie sollte man eine beleidigte Frau, die sich verschmäht glaubte, überzeugen, daß sie von eben dem Mann glühend geliebt wurde, der ihr selbst eingestanden hatte, daß er kühlen Herzens um sie geworben habe?

Auch diesen Abend führte er sie bis zu ihrer Zimmertür und beugte sich zum Kuß über ihre Hand. Als sie dann schnell hinter der Tür verschwand und, das Ohr an deren Füllung pressend, hinauslauschte, wohin er wohl gehen würde, hörte sie ihn einen tiefen Seufzer ausstoßen und bemerkte, daß seine Hand leise über die Tür streifte. Da wich sie erschrocken zurück und hielt sich die Ohren zu, als dürfe sie das nicht hören.

Aber sie legte doch noch einmal das Ohr an, und nun hörte sie, daß er sich langsam, zögernd entfernte und sein Zimmer betrat. Auch diesmal bewohnte er ein neben dem ihren gelegenes. Von unwiderstehlichem Zwang getrieben, huschte sie zu der Verbindungstür hin und legte erneut das Ohr an diese. Sie lauschte und lauschte, und das Herz schlug ihr überlaut. Sie hörte ihn rastlos umhergehen, und zuweilen entrang sich wieder ein halb erstickter Seufzer seinem Mund. Wem galt dieser Seufzer, fragte sie sich.

Das Blut stieg ihr ins Gesicht. Es wurde ihr klar, daß er wahrscheinlich nicht damit gerechnet hatte, daß sie jede Gemeinschaft mit ihm verweigern würde. Sie hatte einmal davon gehört, daß ein Mann, auch wenn er nicht liebte, eine Frau begehren könnte. Daran mußte sie denken, und das trieb ihr das Blut in jähen Wellen vom Kopf bis zum Herzen. Eine unsinnige Angst erfaßte sie, er könnte eines Tages von ihr verlangen, daß sie ihren Pflichten nachkam.

Lieber sterben! dachte sie. Nur nicht sich an einen Mann verschenken, der sie nicht liebte, an einen Mann, den sie selbst so sehr liebte! Ach ja, sie liebte ihn, liebte ihn von Tag zu Tag inniger und sehnsüchtiger als zuvor. Und obwohl sie sich dieser unbegehrten Liebe schämte, empfand sie dennoch, daß sie ganz von ihr erfüllt war.

Sie fürchtete, er würde sich eines Tages von ihr scheiden lassen, wenn sie auf ihrer kalten Abwehr beharrte. Der Gedanke, ihn aufgeben zu sollen, schien ihr fast unerträglich.

Aber ein noch quälenderer Gedanke überfiel sie. Wie, wenn er sich die anscheinend gleichgültig von ihr gewährte Freiheit zunutze machte und sich anderweitig für sein Herz Ersatz suchte – wie wollte sie das ertragen? Und ganz gewiß würde das eines Tages geschehen. Sollte sie wehrlos darauf warten? Würde sie dann nicht die Verzweiflung packen?

So peinigte sie sich selbst mit allerlei Gedanken und fand auch in dieser Nacht keinen Schlaf. Immer wieder lauschte sie zu ihm hinüber. Und einmal war ihr, als hätte sich Frank drüben erhoben und wäre an die Verbindungstür herangetreten. Da erhob sie sich leise und trat gleichfalls an die Tür heran. Sie preßte ihr Ohr daran, und da hörte sie ganz deutlich seinen Atem, der schwer und unruhig ging. Sie zitterte, rührte sich aber nicht, bis sie hörte, daß er sich seufzend von der Tür abwandte und sein Lager wieder aufsuchte.

Da preßte sie, von ihrem Gefühl überwältigt, ihre Lippen auf die Tür und ahnte nicht, daß ihr Kuß genau die Stelle traf, auf die drüben Frank seine Lippen auf die Tür gedrückt hatte.

Beide wußten nicht, daß sie auf diese Weise einen glühenden Liebeskuß getauscht hatten.

Am andern Morgen gab es einen ziemlich überstürzten Aufbruch, weil sie beide die Zeit ein wenig verschlafen hatten. Sie frühstückten hastig und fuhren zum Dampfer.

Hier stellte es sich aber heraus, daß es nicht mehr möglich gewesen war, getrennte Kabinen für das junge Paar zu belegen. Es war ein Appartement, bestehend aus Schlafzimmer und Salon. Als Frank die von Berlin aus erteilte Bestellung später änderte und dafür zwei getrennte Kabinen verlangte, waren schon alle einzelnen Luxuskabinen vergeben gewesen. Man hatte noch abgewartet, ob vielleicht zwei Einzelkabinen zurückgegeben würden, allein das war nicht geschehen.

Siddy erblaßte, als sie das hörte. Was sollte nun geschehen? In der ersten Klasse war überhaupt nichts mehr frei. Frank sah unsicher zu Siddy hinüber. Er wagte es nicht, sich über diesen Zufall zu freuen, weil Siddy ihn so entsetzt anblickte. Forschend sah er sich in den beiden Räumen um. Die Betten standen im Schlafzimmer, und dort befand sich der Anschlußwaschtisch und was dazugehörte. Der Steward sah ratlos auf das junge Paar. Da richtete sich Frank entschlossen auf.

»Bereiten Sie mir hier im Salon ein Nachtlager auf dem Diwan; meine Frau darf nicht gestört werden. Du, Siddy, benutzt das Schlafzimmer allein. Ich gehe frühmorgens sowieso ins Schwimmbad, brauche also den Waschtisch nicht.«

Siddy atmete auf, und der Steward versicherte, daß er alles nach Wunsch richten würde, sobald die Herrschaften die Kabinen verlassen hätten.

Siddy war inzwischen in die Schlafkabine getreten, kam aber sofort wieder herüber und sagte blaß und verzagt: »Aus dem Schlafzimmer führt nur ein Ausgang, nämlich durch dieses Zimmer.«

»Das allerdings, gnädige Frau«, bemerkte der Steward.

Frank sah seine Frau ratlos an.

»Das ist unangenehm, aber wie die Dinge liegen, müssen wir es in Kauf nehmen. Möchtest du unter diesen Umständen lieber im Schlafzimmer oder im Salon wohnen? Wählst du das Schlafzimmer, dann müßtest du durch den Salon ins Freie. Wählst du aber den Salon, dann müßte ich dein Zimmer passieren, wenn ich hinaus möchte.«

Siddy hatte sich schnell besonnen. »Nein, nein, ich nehme, wenn es dir recht ist, das Schlafzimmer. Es tut mir leid, wenn dein Lager etwas primitiv sein wird; aber mir ist es lieber, ich gehe durch dein Zimmer als du durch das meine.«

Er merkte, wie peinlich ihr die ganze Angelegenheit war, sonst hätte er sich gefreut, daß sich auf diese Weise mehr Berührungspunkte zwischen ihnen ergaben. So mußte sie wenigstens immer durch sein Zimmer. Und dadurch war sie gewissermaßen seine Gefangene. Er wußte aber, daß er sich diese Freude um keinen Preis anmerken lassen durfte.

Siddy stand in der Verbindungstür und sah in den Salon zurück, in dem Frank wartete. »Das alles ist – sehr unangenehm!« stieß sie hervor.

Sie sah ihn dabei nicht an und merkte nicht, wie ein gerührtes Lächeln um seinen Mund zuckte. Er konnte verstehen, was in ihr vorging. Aber gleich zwang er sich wieder zum Ernst, sie durfte nicht merken, daß ihm die Sache nicht ebenso peinlich war wie ihr. Begütigend sagte er: »Es ist ja alles nicht so schlimm, Siddy. Immerhin haben wir wenigstens zwei Zimmer. Die einzige Unannehmlichkeit besteht darin, daß du das meine passieren mußt. Aber wenn du es wünschst, werde ich auf ein Klopfzeichen von dir sofort aus dem Salon verschwinden, so daß du jederzeit ungestört hindurchgehen kannst.«

Sie atmete wie erlöst auf, sagte aber liebenswürdig: »Ich bedaure es, dich so primitiv untergebracht zu wissen. Ich werde alle Bequemlichkeiten haben, während du dich begnügen mußt.«

Er sah sie mit dem seltsamen Blick an, der sie immer irritierte, und sagte in dem von ihr so gefürchteten weichen Ton: »Wie glücklich macht es mich, daß ich dir auf diese Weise ein kleines Opfer bringen kann! Bitte, laß dich dadurch nicht stören.«

Sie trat nun vollends in das Schlafzimmer hinein. Jetzt wurden auch die Koffer gebracht. Siddy legte Hut und Mantel ab und machte sich mit Hilfe der Stewardeß sogleich ans Auspacken, was Frank ebenfalls mit dem Steward zusammen besorgte. Er war zuerst fertig und rief Siddy zu, daß er einstweilen auf die Deckpromenade gehe, um der Abfahrt des Dampfers zuzusehen. Wenn sie fertig sei, möge sie ihm folgen, er werde sie an der Treppe erwarten. Sie stimmte zu.

Als Frank aber den Salon verlassen hatte, ging sie hinüber und gab dem Steward Aufträge, wie er für die Bequemlichkeit ihres Mannes zu sorgen habe, damit er nichts entbehrte.

Erst dann machte sie sich schnell fertig und ging hinauf, wo Frank sie erwartete.

»Bist du nun etwas beruhigt über den ärgerlichen Zwischenfall, Siddy?« fragte er, ihre Hand auf seinen Arm legend.

Sie sah mit scheuem Lächeln zu ihm auf. »Ach, man ist immer gleich verstimmt, wenn einmal nicht alles so klappt, wie man es haben möchte. Aber nun ist ja alles erledigt. Ich habe schließlich nichts auszustehen. Nur du wirst allerlei Opfer bringen müssen.«

»Gönn mir das doch, Siddy!« bat er weich.

Sie machte ihn auf eine kleine Szene aufmerksam, die sich in ihrer Nähe abspielte, um ihn abzulenken und ihre Verwirrung zu verbergen.

Dann traten sie an die Reling heran und sahen zu, wie der Dampfer sich vom Kai löste. Die Musik begann zu spielen, und das Schiff setzte sich in Bewegung. Frank fühlte, daß Siddys Arm den seinen streifte; sie merkte es wohl nicht, aber ihn durchzuckte diese Berührung wie ein elektrischer Schlag. Er rührte sich nicht, um sie nicht zu verscheuchen. Sie sah nach der anderen Seite, und er konnte mit Muße ihr feines Profil bewundern. So standen sie lange Zeit und schraken erst zusammen, als die Lunchglocke ertönte.

8

DAS WAR ALSO der hundertvierundzwanzigste Korb, den Sie mir erteilt haben, Fräulein Margot«, sagte Peter Vahl sehr traurig, als ihm Margot wieder einmal ärgerlich erklärt hatte, es falle ihr nicht ein, seine Frau zu werden.

Sie hatte zwar Siddys Brief bekommen, in dem diese sie bat, es sich reiflich zu überlegen, ehe sie Peter von sich stieß. Und was Siddy von seinen guten Eigenschaften geschrieben hatte, war ihr nahegegangen. Aber um so trotziger wehrte sie sich gegen den Gedanken, seine Frau zu werden. Bei seinen Worten jetzt wechselte sie erschrocken die Farbe.

»Warum bringen Sie mich immer soweit, Peter Vahl? Warum reden Sie überhaupt davon, daß wir uns heiraten sollen. Es wäre doch viel netter, wenn wir gute Freunde blieben.«

Er schüttelte betrübt den Kopf. »Nein, ich kann mir das gar nicht besonders nett vorstellen, Fräulein Margot, und ich frage Sie deshalb immer wieder, weil ich die Qual nicht mehr ertragen kann, in Ihrer Nähe zu leben, ohne Sie besitzen zu dürfen. Sie sind heute neunzehn Jahre alt geworden, und deshalb habe ich nochmals um Ihre Hand angehalten. Seit etwa drei Jahren werbe ich um Sie und hatte mir vorgenommen, auf Sie zu warten, bis Sie neunzehn Jahre alt geworden seien. Das ist nun geschehen und – nun werde ich Sie nur noch ein einziges Mal fragen. Das wird das letzte Mal sein – bitte, bedenken Sie das, Fräulein

Margot! Wenn Sie mich auch dann abweisen – haben Sie mich an diesem Tag zum letzten Mal gesehen.«

Während dieses Gesprächs standen sie beide vor Margots Gabentisch.

Daß ihr auch diese Abweisung immer wieder so schnell über die Lippen flog! Sie brauchte doch nur irgend etwas Belangloses zu erwidern, dann konnte er lange auf seinen letzten Korb warten. Sich fassend, sagte sie ein wenig trotzig:

»Sie sind eigensinnig, Peter Vahl. Sie wollen mit Ihrer dummen Heirat unsere schöne Freundschaft zerstören. Das ist garstig von Ihnen.«

Er seufzte. »Ich kann nicht anders, Fräulein Margot, ich muß diese letzte Entscheidung so schnell wie möglich herbeiführen. So wie bisher kann es nicht weitergehen.«

»Mein Gott, wie Sie einen quälen! Sie wollen mir nur angst machen. Es ist doch unmöglich, daß Sie Berlin verlassen; und wenn Sie hierbleiben, werden wir uns nach wie vor sehen und sprechen.«

Mit ernsten Augen sah er sie an. »Sie irren, ich verlasse Berlin bestimmt, gleich nachdem Sie mir den letzten Korb gegeben haben. Ich werde dann nach Leipzig übersiedeln, wo mir ein bedeutendes Syndikat angeboten worden ist. Ich trenne mich nicht gern von meinem Vater und hätte dessen Praxis übernommen; es ist genug Arbeit für uns beide vorhanden. Aber, wie gesagt, ich kann so nicht weiter in Ihrer Nähe leben. Denn zusehen, wie Sie vielleicht eines Tages einen anderen Mann mit Ihrer Hand beglükken – nein, das vermag ich nicht.«

Ganz betreten sah sie in sein ernstes Gesicht.

»Ich werde niemals einen anderen Mann heiraten, Peter Vahl, das brauchen Sie nicht zu fürchten. Ich – ich heirate überhaupt nicht.«

»Das sagen Sie jetzt. Aber sobald Sie Ihrem Ideal begegnen, werden Sie diesen Vorsatz vergessen haben.«

Sie wurden durch den Eintritt von Margots Mutter gestört, die eine Weile abgerufen worden war. Sie unterhielt sich sehr liebenswürdig mit Peter Vahl, denn sie hätte ihn gern als Schwiegersohn gehabt. Frau Nora Jung gehörte zu den Müttern, die mehr an sich selbst als an ihre Kinder denken, und da nun Siddy verheiratet war und Margot das neunzehnte Jahr erreicht hatte, wollte sie auch ihre zweite Tochter unter die Haube bringen. Frau Nora war mit ihren fünfundvierzig Jahren noch eine sehr schöne Frau, und Siddy war im Irrtum, wenn sie glaubte, ihre Mutter fange bereits an, sich alt zu fühlen. Daß sie sich in letzter Zeit etwas mehr um ihre Töchter bekümmert hatte, lag daran, daß sie hoffte, sie nun bald beide verheiraten zu können.

Diese schöne, elegante Frau plauderte mit Peter und Margot; sie sprach davon, daß Siddy nun schon auf dem Weg nach Amerika sei und eine sehr interessante Reise vor sich habe.

Es kamen dann noch einige Besucher, um Margot ihre Glückwünsche darzubringen, Freundinnen von ihr, Bekannte und Freunde der Familie. Peter wollte sich entfernen, aber Frau Nora forderte ihn liebenswürdig auf, doch zu Tisch zu bleiben; es würden noch einige Gäste anwesend sein.

Er sagte zu, und Margot trat zu ihm heran. »Wie lieb von Ihnen, Peter Vahl, daß Sie bleiben wollen! Es wäre gar kein richtiger Geburtstag für mich gewesen, wenn Sie nur auf eine Stippvisite gekommen wären. Kommen Sie, helfen Sie mir die vielen Blumen in Vasen arrangieren, es steht alles so bunt durcheinander.«

Gehorsam folgte er ihr, wie immer bereit, ihr jeden Dienst zu erweisen.

Frau Nora widmete sich den anderen Gästen im angrenzenden Salon. So waren sie beide wieder allein.

Margot ließ sich noch einige Vasen herbeibringen, und er half ihr, die Blumen unterzubringen. Sie arrangierte alles sehr geschmackvoll. Dann nahm sie die Blumen, die ihr Peter Vahl gebracht hatte, und suchte sorgsam eine passende Vase dafür aus. Es war ein großer Strauß langstieliger Zentifolien, deren zartes Rosa mit dem von Margots Wangen wetteiferte. Margot wählte für sie die kostbarste unter den vorhandenen, eine schöne geschliffene Kristallvase. Mit leichter Hand ordnete sie die Blüten und lockerte sie, damit sie genug Raum hätten.

»Wundervoll sind die Rosen, die Sie mir gebracht haben, Peter Vahl! Sehen sie nicht reizend in dieser Vase aus?«

»Entzückend!« sagte er, sah aber dabei nur auf Margot, die in einem zarten cremefarbenen Spitzenkleid selbst wie eine junge Rose wirkte.

»Warten Sie einen Moment, ich trage sie selbst in mein Zimmer hinüber; sie sind zu schön, um zwischen den anderen Blumen zu stehen.«

Ihm lächelnd zunickend, trug sie die Rosen hinaus. Und als sie zurückkam, sah er, daß sie eine seiner Rosen an ihrem Gürtel befestigt hatte. Da stieg ihm das Blut in die Stirn, und als sie das sah und merkte, daß er dabei auf die Rose in ihrem Gürtel sah, errötete sie jäh. Es war das erste Mal, daß er wahrnahm, daß sie in seiner Gegenwart eine Verlegenheit beschlich. Bisher war sie ihm gegenüber immer unbefangen geblieben. Dies war das erste Zeichen für ihn, daß sie doch nicht mehr so ruhig ihm gegenüber war wie bisher. Er sagte aber kein Wort darüber, sondern sprach ganz unbefangen mit ihr, obwohl er am liebsten seiner stürmischen Freude Luft gemacht hätte. Er wußte: hätte er sie mit einer Bemerkung erschreckt, dann konnte bei ihrer Veranlagung alles wieder verloren sein, was er jetzt als Gewinn zu buchen wagte. Er kannte sie ja so genau, wußte, wie leicht ihr Trotz geweckt wurde, wenn man sie auf einer kleinen Schwäche ertappte.

Obwohl ihm das Herz bis zum Hals hinauf schlug, plauderte er heiter und vergnügt mit ihr. Sie waren noch immer mit den Blumen beschäftigt.

Dabei berührten sich zuweilen ihre Hände, und kein

Mensch konnte ermessen, was es Peter Vahl kostete, dabei ruhig zu bleiben.

Als sie fertig waren, gingen sie wieder hinüber zu den anderen, und bald darauf wurde gemeldet, daß angerichtet sei.

Die Tischordnung war zwanglos, jeder konnte sitzen, wo es ihm behagte, und selbstverständlich nahm Peter Vahl an Margots Seite Platz.

Sie plauderten wieder lebhaft wie immer. Es wurde auf das Wohl Margots angestoßen, und ein alter Freund der Familie hielt eine kleine Ansprache.

»Voriges Jahr war unsere liebe Siddy noch unter uns, als wir Margots Geburtstag feierten; jetzt schwimmt sie mit ihrem jungen Gatten auf dem Meer. Wer weiß, wo unsere guten Wünsche unser Geburtstagskind an seinem nächsten Geburtstag suchen müssen?« sagte er unter anderem.

Margot vernahm bei diesen Worten einen tiefen Seufzer neben sich, und sie dachte an Peter Vahls Worte, er hoffe, sie möge ihren nächsten Geburtstag als seine Frau erleben.

Sie sah rasch zu ihm hinüber und entdeckte, daß er sie gespannt beobachtete. Da wandte sie ihren Kopf hastig von ihm fort, aber er sah, daß ihre Hand unsicher war, als sie nach dem Glas faßte, um anzustoßen. An sein Glas rührte sie zuletzt mit dem ihren, und da hatte sie ihre leichte Verwirrung schon wieder besiegt. Sie merkte jedoch, daß er sie forschend ansah, und sogleich regte sich in ihr wiederum der Trotz, und sie sagte leise und ärgerlich zu ihm: »Toll, was manchmal so alte Herren zusammenreden!«

Er erwiderte kein Wort. Fühlte er doch, daß ein Aufruhr in ihr war, und er fürchtete, alles zu zerstören, falls er irgendeine Antwort gab. Um sie schnell auf ein anderes Thema zu bringen, sagte er:

»Sie müssen mir verzeihen, Fräulein Margot, wenn ich mich gleich nach Tisch empfehle, ich muß noch einmal ins Büro. Werden wir uns morgen beim Tennis sehen?«

»Ja, gewiß, das war doch schon ausgemacht.«

»Ich bin also pünktlich um fünf Uhr im Klub.«

Gleich darauf wurde die Tafel aufgehoben, und Peter Vahl verabschiedete sich von der Hausfrau und dem Hausherrn.

Schnell trat er dann nochmals an Margot heran. »Noch einmal meine herzlichsten und innigsten Wünsche für Sie, Fräulein Margot! Möge Ihnen alles Glück beschieden sein!« sagte er bewegt.

Sie ließ ihre Hand in der seinen ruhen. »Danke, lieber guter Peter Vahl. Ich weiß, daß Sie mir alles Gute wünschen, weiß, daß kein Mensch es so gut mit mir meint wie Sie – mein bester, treuester Freund«, erwiderte sie, ein wenig aus dem Gleichgewicht gekommen.

Als er sie verlassen hatte, trat sie im Nebenzimmer ans Fenster. Ihr war so wunderlich zumute. Siddys Brief war nicht ohne Eindruck auf sie geblieben. Warum konnte Peter Vahl nicht ihr Ideal sein? Siddy meinte doch auch, er sei sehr wohl geeignet, einer Frau alles zu bedeuten. Weshalb sehnte sie sich denn in törichter Sentimentalität nach einem Ideal, das ihr doch nie begegnen würde? Wie wenige Ehen würden geschlossen, wenn jede Frau nur ihr Ideal heiraten wollte? Und wie wenige Männer würden in der Ehe ein Ideal bleiben? Peter war so gut zu ihr. War es nicht viel wichtiger, wenn ein Mann gut war, als wenn er sonstige ideale Eigenschaften besaß?

Da sah sie unten Peter aus dem Haus treten und durch den Vorgarten der Straße zuschreiten. Sein Auto wartete an dem Garteneingang. Sie sah ihm nach. Er war doch eine sehr elegante Erscheinung. Wie fest und sicher er auftrat, und wie ruhig und stolz seine Haltung war!

Sie sah ihn auf die Straße treten und bemerkte eine Gruppe Kinder, die mitten auf der sonst wenig belebten Straße spielten. Und plötzlich sah sie, daß Peter Vahl, statt in seinen Wagen zu steigen, spähend den Kopf hob und die Straße entlangsah. Er rief seinem Chauffeur kurz etwas zu und sprang plötzlich mitten auf die Straße. Da kam ein

Auto, in merkwürdig unsicherer Fahrt herüber und hinüber schwankend. Margot reckte sich erschrocken auf und gewahrte, daß der Fahrer dieses Autos zur Seite gesunken war und gegen das Lenkrad lehnte. Mein Gott! Führerlos sauste der Wagen auf die Kindergruppe zu, die kein Warnzeichen hörte und sich in ihrem Spiel nicht stören ließ. Margot schrie auf – denn im gleichen Moment sah sie, wie Peter Vahl mit einem Satz auf das Trittbrett des Wagens sprang, die Tür öffnete und sich neben den Fahrer schob. Mit einem Ruck brachte er den Wagen zum Stehen.

Auf Margots Aufschrei waren alle im Zimmer Anwesenden ans Fenster geeilt und sahen nun gleich ihr, wie die Kinder erschreckt auseinanderstoben und daß Peter Vahls Chauffeur zu dem Wagen hinübersprang, den sein Herr zum Stehen gebracht hatte. Er half ihm, den anscheinend ohnmächtig zusammengesunkenen Fahrer des Wagens zur Seite zu schieben. Peter Vahl rief seinem Chauffeur einige Worte zu und brachte den Wagen schnell wieder in Gang.

Sein Chauffeur sah ihm eine Weile nach; als er sich dann seinem Wagen wieder zuwandte, war inzwischen Margots Vater aus dem Haus gelaufen und trat auf ihn zu.

»Was ist da geschehen?«

»Der Fahrer des Wagens lag bewußtlos auf seinem Sitz. Der Wagen war führerlos, und die Kinder wären überfahren worden, wäre der Herr Doktor nicht geistesgegenwärtig genug gewesen, auf das Auto zu springen und es zum Stehen zu bringen. Der Herr Doktor bringt den Fahrer in dessen Wagen zur Sanitätswache, ich soll mit dem des Herrn Doktors gleich nachkommen, weil der Herr Doktor noch eine wichtige Konferenz hat, die er nicht versäumen darf.« So berichtete der Chauffeur.

»Mein Gott, er hätte selbst dabei verunglücken können!« rief Gustav Jung erschrocken.

»Freilich, gnädiger Herr. Aber wenn es etwas zu helfen gibt, besinnt sich Herr Doktor nicht lange. Da ist er immer schnell bei der Hand«, erwiderte der Chauffeur.

»Bitte, grüßen Sie Herrn Doktor Vahl, und ich lasse bitten, mir telefonisch Nachricht zu geben, ob er bei dieser Geschichte ohne Schaden davongekommen ist«, sagte Gustav Jung.

»Sehr wohl, gnädiger Herr!« Und der Chauffeur fuhr davon.

Gustav Jung berichtete alsbald der aufgeregten Gesellschaft, was ihm der Chauffeur gesagt hatte.

Margot stand leichenblaß mitten im Zimmer und starrte ihren Vater mit großen Augen an. Sie bebte an allen Gliedern, denn sie hatte ja sehr wohl gesehen, wie der Wagen dicht vor den spielenden Kindern zum Halten gebracht wurde. Ihr Herz hatte gezittert, als sie beobachtet hatte, wie Peter Vahl tollkühn auf den Wagen sprang. Nun drückte sie verstohlen die Hände aufs Herz. Ach, gottlob, ihr lieber, guter Freund war ohne Schaden davongekommen und brachte hilfsbereit den bewußtlosen Fahrer zur Sanitätswache.

Während die andern laut ihrer Aufregung Luft machten, stand sie stumm dabei und lauschte in sich hinein. Es hatte einen großen Eindruck auf sie gemacht, als Peter Vahl so energisch und kurz entschlossen eingriff.

Peter Vahl ist ein Held – ja, ein Held! dachte sie seltsam erschüttert, und bat ihm im Herzen allen Spott, alle törichte Nichtachtung ab, mit denen sie ihn früher zuweilen gekränkt hatte. Mit einemmal war er für sie ein ganz anderer Mensch. Wenige Männer an seiner Statt hätten den Mut und die Besonnenheit besessen, so tatkräftig einzugreifen.

Im Überschwang ihrer Jugend steigerte sie sich in eine große Bewunderung hinein für Peter Vahl, den Helden.

Als sich ihre Aufregung allmählich legte und sie wieder ruhig denken konnte, wehrte sie sich gegen dieses Gefühl und suchte alles mit nüchternen Augen zu betrachten. Der jungmädchenhafte Trotz gegen das eigene Gefühl setzte sich zur Wehr. Schön, er hatte gehandelt, wie es jeder andere Mann sicher auch getan hätte. Ein lieber, guter Mensch war er ja, der nicht zauderte, galt es, ein Unglück zu verhüten. Aber – lächerlich von ihr, ihn im Überschwang ihrer Erregung gleich zum Helden zu stempeln. Der gute Peter Vahl mit seinem Vollmondgesicht! Er würde selbst darüber lachen, wenn er wüßte, daß sie ihn zum Heros gemacht hatte.

Aber sie wartete dennoch ungeduldig auf Nachricht von ihm. Der Vater hatte gesagt, er habe ihn durch den Chauffeur gebeten, telefonisch Bescheid zu geben. Bei jeder anderen Gelegenheit hätte Peter das bestimmt sofort getan, aber heute hielt ihn seine Konferenz lange auf. Er hatte den Fahrer bei der Sanitätswache abgeliefert. Dort wurde konstatiert, daß dieser nicht bewußtlos, sondern tot war. Er war, von einem Herzschlag getroffen, zusammengebrochen. Da aber sein Fuß auf dem Gashebel geblieben war, mußte der Wagen weiterfahren, wäre Peter Vahl nicht aufgesprungen und hätte ihn gestoppt.

Peter Vahl war sich absolut nicht bewußt, was für eine Bravourleistung er vollbracht hatte. Er war froh, daß es ihm gelungen war, ein weiteres Unglück zu verhindern. Nun aber mußte er sich schleunigst zu seiner Konferenz begeben.

Diese zog sich ziemlich lange hin. Sein Chauffeur hatte ihm Herrn Jungs Bestellung ausgerichtet, und dadurch wußte er, daß Jungs das Nötigste schon wußten.

Es war sieben Uhr geworden, ehe er endlich anrufen konnte.

Sogleich meldete sich Margot, die schon seit Stunden unruhig am Apparat gesessen hatte. »Sind Sie es, Peter Vahl?« rief sie in die Muschel.

»Ja, Fräulein Margot!«

»Mein Gott, wir warten schon so lange auf Ihren Anruf. Vater ist aber nun ausgegangen und Mutter auch.«

»Ausgezeichnet! Ich habe jetzt Zeit, so können wir uns doch noch ein Weilchen unterhalten. Ich konnte nicht eher anrufen, bin eben erst von meiner Konferenz nach Hause gekommen.«

»Aber nun sagen Sie mir doch: Haben Sie sich irgendwelchen Schaden zugefügt bei dem Unglück mit dem Auto?«

»Ich? Nein, wie denn auch? Ich bin doch nur aufgesprungen, um den Wagen zum Stehen zu bringen.«

Margot klopfte trotz dieser Versicherung das Herz bis zum Hals, ganz gleich, ob sie sich darüber selbst verspottete, daß sie Peter Vahl einen Helden genannt hatte.

Sie stieß nun hastig und erregt hervor: »Und wenn Sie dabei zu Schaden gekommen, wenn Sie herabgestürzt wären, wie schrecklich wäre das gewesen!« Es klang fast vorwurfsvoll.

Er schwieg eine Weile, dann fragte er seltsam erregt: »Hätte Ihnen das leid getan, Fräulein Margot?«

»Aber welch dumme Frage! Sie sind doch mein bester Freund. Haben Sie nicht an mich gedacht?«

Er atmete tief auf. »Soll ich diese Frage ehrlich beantworten?«

»Aber selbstverständlich, ehrlich, wie Sie immer sind.«

»Nun denn, als ich sah, daß der Fahrer den Wagen nicht mehr in der Gewalt hatte und er gestoppt werden müsse, irgendwie – da war einer der wenigen Momente, in denen ich nicht an Sie gedacht habe; ich dachte nur daran, wie ich die Kinder retten und den Wagen stoppen könnte.«

Sie vermochte nicht gleich zu antworten, ihr Herz rebellierte, und sie dachte, wie gut es sei, daß er nicht an ihrer Seite war, sonst – ja, wahrhaftig, sonst hätte er einen Kuß von ihr bekommen. Er war doch ein Held, ihr Freund Peter Vahl!

»Fräulein Margot, sind Sie noch da?« fragte er unruhig.

»Ja doch!« erwiderte sie leise.

»Nun sind Sie mir wohl böse, daß ich das gesagt habe? Sie wollten aber doch, daß ich ehrlich antworten sollte. Nun hätte ich mir durch eine nette kleine Lüge eine Gunst erringen können, indem ich sagte: Gerade weil ich an Sie dachte, habe ich den Wagen angehalten. Ich bin eben ein Pechvogel – wenn ich mal zu meinem Vorteil lügen kann, dann tue ich's nicht.«

»Lügen Sie denn sonst?« fragte sie unter Lachen.

»Haben Sie schon mal einen Rechtsanwalt gesehen, der nicht lügen kann? Das müssen wir doch so oft von Amts wegen tun.«

»Nun, das werde ich mir merken und ein bißchen vorsichtiger sein.«

»Oh, Sie werden das nie nötig haben. Eine richtige Lüge brächte ich Ihnen gegenüber nicht über meine Lippen.«

»Aber nun erzählen Sie doch erst mal, was war denn mit dem bewußtlosen Fahrer?«

»Leider war er nicht nur bewußtlos, sondern tot, einem Herzschlag erlegen.«

»Oh, wie schrecklich! Und Sie haben sich ganz gewiß nicht weh getan?«

»Doch, zwei wunderschöne Fingernägel habe ich opfern müssen, und mein Rock hat ein kleines Loch bekommen, er muß zur Kunststopferei, weil ich doch als künftiger solider Ehemann sparsam sein muß.«

»Peter Vahl –!«

»Was denn, Fräulein Margot?«

»Nichts weiter davon, bitte –«

»Also nein, ich habe heute an einem Korb reichlich genug.«

»Ich habe mich schrecklich um Sie gesorgt und sitze fast zwei Stunden hier am Telefon und warte auf Ihren Anruf.«

»Ach, Sie goldiges, anbetungswürdiges Geburtstagskind! Wirklich? Haben Sie sich ein klein wenig um mich gesorgt?«

»Nun, ja doch, das ist doch Freundespflicht.«

»Ach so! Nur aus Freundespflicht?« seufzte er.

»Selbstverständlich!«

»Also, morgen nachmittag um fünf Uhr auf dem Tennisplatz im Klub. Haben Sie den Wagen zur Verfügung, oder soll ich Sie lieber abholen?«

»Unser Wagen ist frei, Sie brauchen sich nicht zu bemühen.«

»Ich täte es aber sehr gern. Lassen Sie doch Ihren Wagen zu Hause. Es bedeutet für mich ja nur einen ganz kleinen Umweg.«

»Nun gut, weil Sie mir heute bewiesen haben, wie gut Sie mit Autos Bescheid wissen.«

»Herrlich! Also, zehn Minuten vor fünf Uhr bin ich mit meinem Wagen vor Ihrer Tür. Wie ist denn Ihr Geburtstag weiter verlaufen? Sind noch mehr Gratulanten eingetroffen?«

»Nein, alle waren schon am Vormittag da.«

»Und wie werden Sie den Abend verbringen?«

Sie seufzte. »Wahrscheinlich sehr langweilig! Heute abend hat Mutter ihr Bridgekränzchen, und Vater ist im Klub. Ich werde beim Bridgespiel kiebitzen und den alten Herrschaften allerlei Liebesdienste erweisen müssen, das nennt man einen Geburtstagsabend!«

Eine Weile war es still. Peter Vahl überlegte. Dann sagte er schnell: »Das ist doch unerhört! Müssen Sie denn dabeisein?«

»Das nicht. Aber was soll ich anfangen? Ich kann doch nicht schon um acht Uhr zu Bett gehen.«

»Nein, aber mit mir in die Oper. Ich habe nämlich zufällig von einem Klienten zwei Karten bekommen, er konnte sie heute nicht benutzen, und ich wollte eben bei einem Freund anklingeln, um ihm die zweite Karte anzubieten. Wie wäre es, wenn Sie diese benutzten? Es ist jetzt sieben Uhr, Sie könnten sich gerade noch umziehen, ehe ich Sie abhole.«

»Das wäre ein reizender Geburtstagsabschluß! Peter Vahl, Sie sind doch immer mein bester Freund! Warten Sie einen Augenblick, ich höre eben Mutter nach Hause kommen und will nur schnell fragen, ob ich Urlaub bekomme. Bitte, bleiben Sie am Apparat.«

Margot stürmte hinaus. Es fiel ihr nicht schwer, die Erlaubnis zu erhalten, denn im Grunde störte sie ihre Mutter nur. Waren junge Mädchen anwesend, mußte man immer soviel Rücksicht nehmen bei der Unterhaltung.

Margot eilte zum Apparat zurück. »Sind Sie noch da, Peter Vahl?«

»Selbstverständlich, Fräulein Margot.«

»Also, ich habe Erlaubnis! Was haben wir denn für Plätze?«

Peter Vahl kam da in eine Klemme; er hatte nämlich noch gar keine Eintrittskarten, hatte nur, die Gelegenheit ergriffen, um den Abend mit Margot verbringen zu können. Aber er überlegte schnell.

»Ich habe im Augenblick die Karten nicht bei mir, sie stecken in irgendeiner Tasche.«

»Nun, ist ja auch nicht so wichtig. In welche Oper gehen wir denn?«

Wieder eine Verlegenheitspause.

»Ich habe noch gar nicht nachgesehen; wenn Sie wünschen, tue ich das sogleich, wenn auch die Zeit eilt.«

»Nein, nein, lassen Sie nur; es ist ja gleich. Die Hauptsache ist, daß ich nicht zu Hause sitzen muß. Also, auf Wiedersehen! Ich muß mich mit dem Umkleiden beeilen.«

»Auf Wiedersehn, Fräulein Margot. Ich habe zwar heute keinen Geburtstag, aber mir ist gerade so zumute.«

Schnell hängte Margot ein.

Peter Vahl rief zuerst in der Staatsoper an und fragte, ob noch Plätze zu haben seien, am liebsten Logenplätze. Ja, zufällig seien eben zwei zurückgegeben worden.

»Also bitte, reservieren für Doktor Vahl – nein, nicht W, sondern V und mit H. Danke, ich lasse sie gleich holen.«

Uff! Peter hängte atemlos ein. Aber nun schleunigst einen Happen essen und dann umkleiden!

Er schickte den Chauffeur, um die Einlaßkarten abzuholen.

Pünktlich war er mit allem fertig, fuhr, die beiden Einlaßkarten in den Händen, zu Margot und holte sie ab. Sie war wirklich schon fertig, und als er im Wagen neben ihr Platz nahm, sagte er anerkennend:

»Das ist auch eine herrliche Eigenschaft von Ihnen, daß Sie immer pünktlich sind. Die Frau eines Rechtsanwalts muß unbedingt diese Tugend besitzen.«

»Peter Vahl!!!« rief sie warnend und flehend.

»Was befehlen Sie, Fräulein Margot?«

»Daß Sie mir den schönen Abend nicht verderben!«

»Nein, nein, keine Angst. Ich bin ja so glücklich, daß Sie mir diesen Abend geschenkt haben!«

»Wissen Sie denn nun, welche Oper wir sehen werden?«

Er starrte sie verblüfft an.

»Nein, wahrhaftig, immer noch nicht. Ich weiß nur, daß die Karten für die Staatsoper sind, und daß wir Logenplätze haben.«

»Herrlich! Welche Oper wir sehen werden, kann ich Ihnen sagen. Es wird ›Carmen‹ gegeben.«

»Mögen Sie diese Oper?«

»Sehr gern. Sie auch?«

»Das ist Nebensache. Die Hauptsache ist, daß Sie bei mir sind. Von dem, was auf der Bühne vorgeht, werde ich ohnedies nicht viel sehen.«

Sie sah ihn strafend an, und er duckte sich. »Nicht zanken, Fräulein Margot! Ich soll doch immer die Wahrheit sagen.«

»Mein Gott, sind Sie plötzlich so erpicht darauf, die Wahrheit zu sagen?«

»Nie mehr, als wenn ich mit Ihnen spreche.«

»Darauf möchte ich nicht die Probe machen.«

»Bitte sehr, ich unterwerfe mich rückhaltlos jeder Probe.«

Aber sie ahnte wieder, daß es dabei nur zu einer neuen Werbung kommen würde, und sie hatte unbeschreibliche Angst vor der Hundertfünfundzwanzig. Das war eine schlechte Zahl, geradezu scheußlich!

Sie griff schnell ein unverfängliches Thema auf, und beide

plauderten vergnügt, bis der Wagen vor der Staatsoper hielt.

Peter erwies Margot alle Aufmerksamkeiten, die ein Mann der Frau, die er liebt, nur erdenken kann. Als sie dann neben ihm in der Loge saß, betrachtete sie von der Seite sein Gesicht, als er sie zufällig nicht ansah. Und sie schalt sich selbst aus:

»Du bist ein abscheuliches Mädchen, Margot, daß du Peter Vahl immer damit verspottest, er habe ein Vollmondgesicht. Nun ja, ein bißchen zu rund ist sein Gesicht im Vergleich zu dem, das du bei deinem Ideal suchst. Aber es ist durchaus nicht so nichtssagend, wie du denkst. Er hat charakteristische Züge und eine sehr energische Linie um den Mund. Der ist überhaupt so schön und ausdrucksvoll, wie ein Männermund nur sein kann. Und seine Stirn ist hoch und gut gebaut, von den lieben Augen gar nicht zu reden. Du darfst nie wieder denken, daß er ein Vollmondgesicht hat. Und so intelligent sieht er aus und ist immer heiter, ruhig und bestimmt.«

Während sie sich das vorhielt, sah er sich plötzlich zu ihr um. »Weshalb sehen Sie mich so forschend an, Fräulein Margot?«

Sie erschrak, machte aber gleich wieder ein trotziges Gesicht. »Woher wissen Sie, daß ich Sie forschend angesehen habe?«

Er sah sie mit einem Blick an, der sie ein wenig erzittern machte. »Ich fühle es, wenn Ihre Augen auf mir ruhen. Bis ins Herz hinein spüre ich das«, setzte er leise hinzu.

Sie fühlte, daß ihr das Blut ins Gesicht stieg. Und um ihre Verwirrung zu verbergen, erwiderte sie spöttisch: »Was müssen Sie für feine Nerven haben!«

»Sie reagieren in bezug auf Sie wie ein Präzisionswerk, wenn ich auch sonst ziemlich starknervig und unkompliziert bin.«

»Ach, bitte, reichen Sie mir doch mal den Theaterzettel«, lenkte sie ab.

Während sie das Blatt studierte, beobachtete er sie und merkte sehr wohl, daß sie nicht so ruhig und gleichgültig war wie sonst in seiner Gegenwart. Das regte ihn selbstverständlich auf, und er preßte die Lippen fest aufeinander, um seine Ruhe zu bewahren. In seinen Augen aber flammte es auf. All die mühsam gebändigte Liebe für dieses blonde Geschöpf an seiner Seite drohte ihn zu überwältigen.

Gerade da sah Margot zu ihm hoch und erschrak. Peter Vahl hatte plötzlich ein ganz anderes Gesicht. So leidenschaftlich erregt hatte sie es noch nie gesehen, schmal und blaß erschien es ihr plötzlich, und sie zuckte leise zusammen. Wie seltsam verändert er in diesem Augenblick war!

Zum Glück begann jetzt das Vorspiel, und sie konnte sich wieder fassen. Sooft er sich aber von ihr abwandte, was immer nur auf kurze Momente geschah, studierte sie sein Gesicht und stellte daran immer mehr Vorzüge fest.

Das Ergebnis dieser Beobachtungen war, daß sie sich sagte: »Ich habe ihn entschieden unterschätzt. Er könnte mir sehr gut gefallen, wenn – wenn er mich nur nicht heiraten wollte!«

Peter Vahl spürte mit der ganzen Intensität seiner Liebe, daß Margot ihm gegenüber nicht so ruhig war wie sonst, und Wünsche und Hoffnungen erfüllten sein Herz. Sollte seine jahrelange Ausdauer ihn doch noch zum Ziel führen, sollte er belohnt werden für seine unentwegte Treue? Dann wollte er gern diese immerhin ziemlich qualvollen Jahre ertragen haben.

Er sah immer wieder in ihr reizendes Gesicht und suchte ihr zu suggerieren, daß sie ihren Widerstand aufgeben und ihm angehören möge.

Von der Oper nahmen sie beide auf diese Weise nur wenig Notiz, aber sie genossen trotzdem diesen Abend mit einer seltsamen Andacht.

Als sie später im Wagen nebeneinander saßen, fragte er sie, ob ihr die Aufführung gefallen habe.

Sie nickte verträumt. »Ja, es war wunderschön«, sagte sie versonnen.

Und als sie dann zu Hause angelangt war, vermochte sie nicht gleich zur Ruhe zu gehen. Im Salon ihrer Mutter war das Bridgekränzchen noch im Gange. Margot beschloß, an ihre Schwester zu schreiben, und berichtete ihr alles, was an diesem Geburtstag geschehen war. Einen großen Raum nahm der Bericht über Peter Vahls Heldentat ein, und zum Schluß schrieb sie:

»Du hast vielleicht recht, Siddy, wenn Du sagst, daß Peter Vahl keineswegs uninteressant ist. Ich glaube, er hat allerlei gute Eigenschaften, die er nur unter einer gewissen Schamhaftigkeit versteckt. Dahinter ist mehr, als er zeigen will. Ich verspreche Dir, mich ernsthaft zu prüfen, ehe ich das letzte Wort spreche. Meinem Ideal begegne ich doch kaum, die Männer sind alle so uninteressant, und Helden findet man nur in Romanen oder auf der Bühne. Das heißt, Peter Vahl hat ja heute eigentlich doch bewiesen, daß er ein Held ist, das kann man nicht ableugnen.«

Als sie soweit gekommen war, las sie den Brief noch einmal durch und schrieb energisch darunter: »Heiraten werde ich ihn aber doch nicht, auf keinen Fall!«

Diesen Brief schickte Margot nach New York an die von Frank angegebene Adresse, und sie mußte noch lange nachdenken, ob sie nicht Peter Vahl in all der Zeit schweres Unrecht getan habe. Er hätte es wirklich verdient, daß sie netter zu ihm gewesen wäre. Aber freilich – er allein war schuld daran, daß sie so abweisend zu ihm war; warum ließ er sie nicht mit seinen Heiratsprojekten zufrieden? Und warum machte er ihr immer wieder angst, daß er fortgehen würde, sobald sie ihm zum hundertfünfundzwanzigsten Mal gesagt hätte, daß sie seine Frau nicht werden wollte? Das war doch zu dumm von ihm!

9

FÜR SIDDY ENTSTANDEN allerlei Schwierigkeiten dadurch, daß ihr Zimmer lediglich durch das Franks einen Ausgang hatte. Wenn sie der Stewardeß bedurfte, mußte diese ebenfalls Franks Zimmer passieren, und das mußte ihn doch stören. Frank stellte das zwar in Abrede, und die Stewardeß war daran gewöhnt, durch Schlafzimmer zu gehen, und hatte auch nichts einzuwenden.

So blieb es also dabei. Immerhin war durch dieses Arrangement eine gewisse Vertraulichkeit angebahnt, die Siddy oft in Verlegenheit setzte, während Frank sich im stillen darüber freute.

Siddy hatte noch nie eine große Seereise gemacht, und das Leben und Treiben auf dem Luxusdampfer erschien ihr sehr interessant. Die Gesellschaft war auf dieser Fahrt erstklassig, und im Grunde war es eine große Vergnügungsfahrt. Auch Frank und Siddy konnten sich nicht von der allgemeinen Geselligkeit ausschließen. Sie waren den ganzen Tag beschäftigt und fanden einige sehr sympathische Menschen, mit denen sie viel verkehrten. Am meisten schlossen sie sich an ein junges Paar an, das sich ebenfalls auf der Hochzeitsreise befand. Der Mann war ein Deutschamerikaner, der sich seine junge Frau aus Deutschland geholt hatte. Er war Kaufmann und arbeitete zufällig in derselben Branche wie die Firma Nordau und Jung. Frank konnte von ihm manchen wertvollen Wink bekommen und revanchierte sich dadurch, daß er dem jungen Mann ebenfalls nützliche Aufschlüsse gab.

Sie konnten beide voneinander gewinnen und schlossen sich aneinander an.

Ebenso nahe wie die Männer traten sich auch die beiden jungen Frauen. Und je enger sich ihre Bekanntschaft gestaltete, desto mitteilsamer wurde die junge Frau. Sie war kein so verschlossener Charakter wie Siddy. Sie plauderte allerlei interne Angelegenheiten ihrer jungen Ehe aus und brachte Siddy dadurch öfter in Verlegenheit. Solange sie allein waren, ohne ihre Männer, ging das noch. Aber wenn derartige Interna in Gegenwart der beiden Herren auch nur leise gestreift wurden, war die Situation für Siddy sehr peinlich. Der junge Herr, Mr. Partmann, konnte dann herzhaft über Siddys Verlegenheit lachen und neckte sie ein wenig:

Einmal sagte er zu Frank: »Ihre Gattin ist noch viel sensitiver als meine Frau.«

Frank konnte ihn selbstverständlich nicht aufklären über das außergewöhnliche Verhältnis zwischen ihm und Siddy und erwiderte nur:

»Sie sagten mir, Sie seien schon wochenlang auf der Hochzeitsreise und hätten nach der Hochzeit bei verschiedenen Verwandten längere Zeit Station gemacht. Also sind Sie schon viel ältere Eheleute als wir. Zudem möchte ich bemerken, daß meine Frau ungewöhnlich feinfühlig ist. Ich bitte Sie daher, darauf Rücksicht zu nehmen; sie ist sehr leicht in Verlegenheit zu bringen.«

»Selbstverständlich werde ich in Zukunft vorsichtiger sein, wenn Ihre Frau Gemahlin in ihrer Verlegenheit auch besonders reizend ist.«

Damit war das Thema erledigt. Frank war froh, daß er Siddy auf diese Weise vor weiteren Peinlichkeiten schützen konnte.

Aber er hatte andere Kämpfe zu bestehen. Begreiflicherweise erregte Siddys Schönheit großes Aufsehen. Es drängten sich auch unverheiratete junge Herren in die Gesellschaft des jungen Paares und machten aus ihrer Bewunderung für Siddy keinen Hehl. Diese ließ sich die ritterlichen Aufmerksamkeiten ruhig gefallen, hielt dabei aber strenge Grenzen ein und ließ niemand zu nahe an sich herankommen. Frank litt trotzdem Qualen der Eifersucht. Gerade, weil er selbst seine Liebe noch nicht offen eingestehen konnte, schienen ihm all diese jungen Männer bevorzugt. Und da Siddy nicht wußte, daß er sie liebte und eifersüchtig war, konnte sie darauf keine Rücksicht nehmen. Jeder freundliche Blick, den sie einem andern gönnte, marterte Frank; jedes Lächeln, jedes liebenswürdige Wort neidete er den anderen. Nur Mr. Partmann konnte er ruhig in ihrer Nähe sehen, weil dieser in seine eigene Frau heftig verliebt war. Wenn getanzt wurde, hätte er Siddy am liebsten nicht aus den Armen gelassen, damit kein anderer sie berührte.

Aber selbstverständlich wäre es eine Lächerlichkeit, ihr zu verbieten, mit anderen Herren zu tanzen. Mrs. Partmann tanzte ja auch mit anderen Herren, weil ihr Gatte nicht viel Vergnügen am Tanz fand. Er engagierte außer seiner Frau nur ganz selten Siddy, ließ seiner Frau aber gern das Vergnügen, mit anderen zu tanzen. Sie tanzte gern und graziös. So sehr es Frank quälte, Siddy in den Armen anderer Herren zu sehen, konnte er doch den Blick nicht von ihr wenden, weil ihre anmutigen Bewegungen ihn entzückten.

Er war ein sehr eleganter Tänzer, und so wie er seine Frau heimlich bewunderte, wenn er ihr zusah, so bewunderte Siddy ihn, wenn sie ihn tanzen sah. Aber während sie mit vielen anderen Herren tanzte, forderte Frank außer Mrs. Partmann keine andere Dame auf.

Doch eine Erscheinung wie Frank hält sich nicht ungestraft von den Damen zurück. Aus vielen Frauenaugen flogen brennende und verlangende Blicke zu ihm hin. Alle Damen kokettierten mit ihm und warteten sehnsüchtig darauf, daß er mit ihnen tanzte. Siddy merkte das wohl, und, wie sich denken läßt, regte sich auch bei ihr die Eifersucht. Sie bekam Herzklopfen, wenn Frank auf diese Weise attackiert wurde. Doch so genau sie ihn auch heimlich beobachtete, kein Blick verriet, daß er für eine von diesen Frauen Interesse zeigte, und nicht eine forderte er zum Tanz auf. Aber eines Tages fing eine junge Dame es so geschickt an, daß Frank nicht anders konnte, als – wenn er nicht unhöflich hätte erscheinen wollen – sie aufzufordern.

Als er keine Anstalten machte, auf ihre verlockenden Blicke zu reagieren, trat sie ihm so schnell in den Weg, daß er sie streifen und eine entschuldigende Verbeugung machen mußte. Sie gab sich den Anschein, als halte sie diese Verbeugung für eine Aufforderung zum Tanz, und legte sich sogleich bereitwillig in seine Arme.

Siddy hatte das Manöver dieser Dame nicht bemerkt, weil sie sich in ihre Kabine begeben hatte, um etwas zu holen. Als sie wieder auf Deck kam, sah sie diese sehr schöne junge Dame im Arm ihres Mannes an sich vorübergleiten, die ihr über Franks Schulter hinweg einen triumphierenden Blick zuwarf. Frank merkte das nicht, er sah auch nicht, daß Siddy erblaßt war, als sie ihn mit der Dame tanzen sah.

Er gab sich dieser gegenüber ziemlich förmlich, und als er merkte, daß sie sich, mehr als nötig war, an ihn anschmiegte, hielt er sie weiter von sich ab.

»O bitte, halten Sie mich doch fester, Herr Nordau, es tanzt sich besser und sicherer«, sagte sie und suchte sich dichter an ihn anzuschmiegen.

»Seien Sie ganz außer Sorge, gnädiges Fräulein, ich halte Sie so sicher, wie es nötig ist.«

»Sie tanzen wunderbar! Ich freue mich, endlich einmal mit Ihnen tanzen zu können. Das Vergnügen ist mir noch nicht zuteil geworden. Ihre Frau Gemahlin ist wohl eifersüchtig und erlaubt es Ihnen nicht, mit anderen Damen zu tanzen?«

Frank sah ruhig und ernst auf sie herab, ohne sie sich nur einen Zentimeter näher kommen zu lassen. »Sie befinden sich in einem Irrtum, meine Frau ist absolut nicht eifersüchtig; sie hat das auch gar nicht nötig.«

Fräulein Weidner, die Tochter eines Großindustriellen, die ihren Vater auf einer Geschäftsreise begleitete, warf ihm einen feurigen, koketten Blick zu. Sie war gewohnt, daß jeder Mann ihr zu Füßen lag, wenn sie es wünschte; und gerade, weil Frank so zurückhaltend war, lockte es sie besonders, ihn vor ihren Triumphwagen zu spannen. Sie ärgerte sich heimlich darüber, daß Siddy eine so schöne und elegante Frau war, von der alle Herren an Bord entzückt waren. Sie wollte überall die Schönste sein, und kraft des Reichtums ihres Vaters hatte sie auch immer Verehrer. Das verstärkte ihre Eitelkeit. Sie glaube nicht, daß man nur die Tochter des reichen Mannes hofierte, sie bildete sich ein, eine sieghafte Persönlichkeit zu sein. Daß sie hier an Bord oftmals hinter Siddy zurückstehen mußte, ärgerte sie maßlos. Von Anfang an hatte sie begehrliche Augen auf Frank geworfen, gerade weil er sich nicht um sie kümmerte.

»Ich hoffe, Sie werden mich Ihrer Frau Gemahlin vorstellen; sie gefällt mir so gut und ist die einzige Frau hier an Bord, mit der ich bekannt sein möchte«, sagte sie jetzt.

Frank fand das Benehmen dieses reichen und auch schönen Mädchens zwar unangenehm aufdringlich, konnte jedoch diesen Wunsch nicht unerfüllt lassen. Als der Tanz zu Ende war, führte er Fräulein Weidner zu Siddy hinüber.

»Fräulein Weidner legt Wert darauf, Siddy, deine Bekanntschaft zu machen«, sagte er.

Siddy hatte keine Ahnung, wie es gekommen war, daß Frank gegen seine sonstige Gewohnheit mit einer fremden Dame tanzte. Sie hatte Fräulein Weidner schon vorher nicht sehr angenehm gefunden, weil sie ziemlich auffallend in ihrem Benehmen war und, wie sie gemerkt hatte, Frank ziemlich ungeniert Avancen machte. Seit sie sie mit Frank hatte tanzen sehen, war sie überzeugt, daß diese es erreicht hatte, Franks Interesse zu fesseln. Und in ihrer

Lage war die erwachte Eifersucht natürlich doppelt schmerzlich. War sie doch immer in Angst und Sorge, Frank könnte Anny Frey eine Nachfolgerin geben. Sie hätte es sogar dulden müssen, da sie Frank ausdrücklich gesagt hatte, er habe vollkommene Freiheit, zu tun und zu lassen, was ihm beliebe.

Der triumphierende Blick Fräulein Weidners traf sie bis ins innerste Herz. Sie war aber so sehr daran gewöhnt, sich zu beherrschen, daß sie auch in dieser Situation nicht versagte. Ruhig begrüßte sie Fräulein Weidner, und als diese ungeniert darum bat, an ihrem Tisch Platz nehmen und in ihrer Gesellschaft Tee trinken zu dürfen, machte sie höflich Platz, zu Frau Partmann hinrückend, die mit ihrem Gatten gleichfalls an ihrem Tisch saß.

So hatte es Fräulein Weidner erreicht, in unmittelbarer Nähe Frank Nordaus zu weilen. Als Frank jetzt weitere Sessel heranholte, rückte sie so beiseite, daß zwischen Herrn Partmann und ihr Platz wurde. Aber zu ihrem Ärger nahm Frank keine Notiz davon und stellte seinen Sessel zwischen den Platz seiner Frau und den Frau Partmanns. Es zuckte in Fräulein Weidners Gesicht ärgerlich auf, und Siddy wurde rot. Aber sie nahm nicht an, daß Frank dadurch einem Mißfallen habe Ausdruck geben wollen. Sie glaubte vielmehr, daß er sich nur nicht offiziell zu Fräulein Weidner bekennen wollte.

Die Unterhaltung war in der sonst so vergnügten Runde merkwürdig steif und förmlich geworden. Mrs. Partmann hegte eine starke Antipathie gegen Fräulein Weidner, deren auffälliges und ungeniertes Wesen ihr mißfiel. Mr. Partmann mochte sie ebenfalls nicht und hatte schon einige abfällige Worte über sie fallen lassen. Sie waren also beide nicht erfreut über diesen Zuwachs ihrer Gesellschaft. Frank war ebenfalls sehr still und zurückhaltend, und Siddy zwang sich, die Konversation so weit in Gang zu halten, daß sie nicht einschlief.

Fräulein Weidner aber schien sich ausgezeichnet zu unterhalten. Sie brillierte mit Geistesblitzen, warf Frank kokette Blicke zu, schwärmte Siddy gegenüber, wie wundervoll ihr Herr Gemahl tanze, und schien es absolut nicht zu merken, daß sie nicht gern gesehen war. Sie machte Siddy faustdicke Komplimente und versicherte ihr, wie glücklich sie sei, sie endlich näher kennenzulernen, da sie entschieden die eleganteste und entzückendste Frau an Bord sei; und als in diesem Augenblick ihr Vater auftauchte, der sie suchte, zog sie ihn an den Tisch heran.

»Papa, ich habe hier eine reizende und amüsante Gesellschaft gefunden. Wenn du sehr nett bist, darfst du mit Platz nehmen; nicht wahr, meine verehrten Herrschaften?«

Sie machte die kleine Tafelrunde mit ihrem Vater bekannt, und dieser ließ sich am Tisch nieder. Er war ein gutmütiger und auf seine schöne Tochter sehr stolzer Herr, der anscheinend ihr jeden Wunsch an den Augen ablas. Da er aber sehr zum Mißvergnügen seiner Tochter die beiden Herren in ein Gespräch über die politische Lage Europas verwickelte, sagte Marianne Weidner, das Näschen kraus ziehend:

»Politisch Lied, ein häßlich Lied, meine Herren! Wollen wir nicht lieber das Thema wechseln? Welches ist Ihr Reiseziel, Herr Nordau?«

Damit zwang sie Frank, ihr Rede zu stehen. Er mußte antworten, so wenig es ihm behagte.

»Zunächst New York, gnädiges Fräulein«, erwiderte er artig, aber formell.

»Ah, Papa und ich machen dort ebenfalls Station. Ich hoffe, wir begegnen einander dort.«

Durch weitere Fragen brachte sie heraus, daß man zufälligerweise in dem gleichen Hotel abzusteigen gedenke. Ungeniert forschte sie dann nach dem weiteren Reiseziel und klatschte wie ein Kind in die Hände, als sie glücklich herausgebracht hatte, daß man zur gleichen Zeit in Florida sein würde. Sie schien es vollkommen zu ignorieren, daß man ihr nicht sehr bereitwillig Auskunft gab. Mit großer

Dringlichkeit schlug sie sogleich allerlei Zusammenkünfte vor und verharrte unentwegt an dem Tisch, bis es Zeit war, sich für die Abendtafel umzukleiden.

Ihr Vater führte sie fort, und sie verabschiedete sich mit überfließender Liebenswürdigkeit von Siddy und den andern und bat mit neckischem Lächeln: »Sie müssen uns ein Plätzchen an Ihrer Tafel einräumen! Ich habe schon bemerkt, daß es bei Ihnen sehr amüsant zugeht, und Papa und ich haben an Bord noch keine so entzückende Gesellschaft gefunden wie die Ihre. Nicht wahr, wir dürfen uns Plätze belegen lassen?«

Was konnte man anders tun als zusagen? Diese Zusage fiel freilich allseitig ziemlich lauwarm aus, aber Marianne Weidner schien das nicht zu bemerken. Sie winkte wie ein neckisches, übermütiges Kind zurück und verschwand.

Mr. Partmann stieß einen langen Seufzer aus, als sie verschwunden war, und fragte lachend: »Womit haben wir soviel Huld und Gnade verdient? Finden Sie es sehr erstrebenswert, daß unsere Harmonie auf diese Weise gestört wird? Wie sind Sie denn auf den Gedanken gekommen, uns diese Bekanntschaft zu vermitteln?« wandte er sich an Frank.

Ehe dieser etwas erwidern konnte, fiel Siddy schnell ein: »Die junge Dame ist doch sehr liebenswürdig und amüsant.«

Es kostete sie zwar viel Überwindung, diese Anerkennung auszusprechen, denn sie war brennend eifersüchtig auf Marianne Weidner, aber sie wollte sich diese Eifersucht um keinen Preis anmerken lassen und vor allen Dingen ihrem Gatten eine Beschämung ersparen.

Frank aber lachte harmlos auf. »Mein lieber Mr. Partmann, ich bin ganz unschuldig. Fräulein Weidner sprach so bestimmt den Wunsch aus, meiner Frau vorgestellt zu werden, daß ich ihn erfüllen mußte.«

»Nun ja«, neckte Mr. Partmann, der ja keine Ahnung hatte von dem eigenartigen Verhältnis Franks zu seiner Gattin und glaubte, diese wären beide so glücklich, daß eine

Eifersucht zwischen ihnen genauso ausgeschlossen war wie zwischen ihm und seiner Frau, »wenn dieser Wunsch auch noch durch ein Paar schöne und flammende Augen unterstützt wird, ist man machtlos; dafür gehören wir zum starken Geschlecht.«

Seine Frau zupfte ihn lachend am Ohr. »Spiel dich nur nicht als Don Juan auf, das glaubt dir doch keiner!«

Frank hatte forschend in Siddys Gesicht gesehen und bemerkte, daß sie erblaßt war und ihre Lippen zuckten. Was mochte sie bewegen? War es Eifersucht, die sie unter anerkennenden Worten verstecken wollte? Dann – dann liebte sie ihn doch! Schon wollte er erklären, auf welche Weise ihn Fräulein Weidner gewissermaßen zum Tanz gezwungen und ihre Bekanntschaft ihm etwas gewaltsam aufgedrängt hatte, aber dann unterließ er es doch lieber. Vielleicht, so sagte er sich, bringt diese Eifersucht mir Siddy näher.

Ihre anerkennenden Worte über Fräulein Weidner hatte sie sich entschieden widerwillig abgerungen, denn daß sie ihr nicht sympathisch war, nahm er als selbstverständlich an. Siddys feines, vornehmes Wesen und die aufdringliche Art dieser jungen Dame stimmten unmöglich zusammen.

»Es tut mir sehr leid, daß die beiden Herrschaften, Vater und Tochter, störend in unser Idyll gefallen sind, aber zu meinem Bedauern kann ich es nicht ändern, und wir müssen gute Miene zum bösen Spiel machen«, sagte Frank. Und dann fragte er, sich an seine Gattin wendend:

»Oder wünschst du, Siddy, daß wir noch deutlicher merken lassen, daß sie uns unerwünscht sind? Ich finde, wir sind schon sehr deutlich geworden durch unsere mehr als formelle Art.«

Siddy stieg das Blut jäh zu Kopf. Sie richtete sich empor und sagte kühl: »Ich hoffe, der Dame nicht anders begegnet zu sein, als es gut und richtig war.«

Sie glaubte, daß Frank ihr einen Tadel aussprechen wollte wegen mangelnder Liebenswürdigkeit Fräulein Weidner gegenüber. Daß die anderen durchaus nicht entgegenkommender gewesen waren als sie, hatte sie nicht bemerkt, und so bezog sie Franks Worte nur auf sich.

»Aber nein, Siddy, du verstehst mich falsch; ich wollte mich nur ganz nach deinen Wünschen richten.«

Stolz warf sie den Kopf zurück. »Ich schließe mich den anderen Herrschaften an.«

Man erhob sich, um sich umzuziehen.

Als Frank mit Siddy allein war, fragte er, sie forschend ansehend: »Mir scheint doch, als ob dir Fräulein Weidner reichlich unsympathisch wäre, Siddy.«

Wieder warf sie den Kopf zurück. »Was dich aber nicht hindern soll, sie sympathisch zu finden.«

Es zuckte leise um seinen Mund; diese Worte verrieten sie. Sein Herz klopfte rasch und laut, und als sie zusammen seine Kabine betraten, hätte er sie am liebsten in seine Arme genommen und ihr gesagt: »Süße Siddy, du kannst ganz ruhig sein, dieses Fräulein Weidner ist mir mindestens so unsympathisch wie dir!« Aber er bezwang sich.

»Nun, sie ist ein schönes Mädchen, und klug scheint sie auch zu sein; aber von Sympathie wollen wir nicht reden. Wir werden ja sehen, wie sich diese Bekanntschaft weiter entwickelt. Ihr Vater ist jedenfalls ein bekannter und tüchtiger Geschäftsmann, und ich lerne gern, wie und wo ich kann.«

Das konnte Siddy schon verstehen, aber die erwachte Eifersucht flüsterte ihr zu: Er will nur nicht auf die Gesellschaft dieses Fräulein Weidner verzichten! Und ich kann ihm ja nicht einmal Vorwürfe machen, wenn er sich nach der Liebe einer Frau sehnt. Es ist ja immerhin anerkennenswert von ihm, daß er mir jede Rücksicht zuteil werden läßt.

Als sie sich dann allein im Schlafzimmer befand, preßte sie die Hände aufs Herz und starrte vor sich hin. War dieses Fräulein Weidner die Gefahr, die sie schon immer gefürchtet hatte?

Sie trat vor den Spiegel und verglich sich im Geiste sowohl mit Anny Frey als auch mit Fräulein Weidner. Und der Spiegel warf ihr ein so bezauberndes Bild zurück, daß sie tief aufseufzte. Sie war doch gewiß nicht häßlicher als diese beiden Mädchen. Sollte sie kampflos zusehen, wie Fräulein Weidner sich Franks Liebe zu erobern versuchte? Ahnte diese, daß er seine Frau nicht liebte, die nur an ihn verkauft worden war für geschäftliche Vorteile? Ach, wie sehr verdachte sie es ihrem Vater, daß er sie nur als Mittel zum Zweck benutzt hatte!

Aber – sie war doch immerhin Franks Frau, wenigstens dem Gesetz und der Öffentlichkeit gegenüber, und hatte ein Recht, um ihren Mann zu kämpfen. Nein, sie konnte ihn dieser unsympathischen Person nicht kampflos überlassen – wollte es auch nicht. Wenn sie auch Frank gegenüber machtlos war, ihr gegenüber war sie es nicht!

Mit großer Sorgfalt wählte sie unter ihren Kleidern. Sie besaß zum Glück sehr geschmackvolle und reizende Toiletten, die ihre Schönheit ins rechte Licht rückten. Ihre Schönheit? War sie schön? Oder sagte man ihr das nur aus Artigkeit? Aber so viele Herren umschwärmten und bewunderten sie. Wenn doch Frank zu diesen Herren gehörte!

Sie ahnte nicht, wie sehr er es tat. Und sie ahnte nicht, daß ihm fast der Herzschlag stockte, als sie in einem Kleid, das er noch nicht kannte und das sie sich für besondere Gelegenheiten reserviert hatte, vor ihm stand. Bezaubernd schön sah sie aus mit den vor verhaltener Erregung geröteten Wangen und den leuchtenden Augen, in denen Sonnenlichter zu glänzen schienen.

»Wie wundervoll siehst du aus in diesem Kleid, Siddy!« rief er aus, ganz hingerissen von ihrem Anblick.

Diese Worte deutete sie sich als gutes Zeichen, daß sie nicht im Kampf mit Fräulein Weidner unterliegen würde.

Sie vermochte ihn anzulächeln, mit einem ganz leichten Hauch von Koketterie.

»Gefällt es dir?« fragte sie anscheinend gleichgültig.

Er mußte sich mühsam beherrschen. »Ja, das Kleid – weil –«

Er wollte sagen: »Weil du es trägst.« Aber er behielt das doch lieber für sich und fuhr fort: »Weil es dir besonders gut steht.«

Sie gingen hinauf in den Speisesaal, und dort fanden sie bereits Partmanns und Herrn Weidner mit seiner Tochter am Tisch sitzen. Marianne Weidners Augen begannen gehässig zu funkeln, als aller Blicke bewundernd an der jungen Frau Nordau hingen. Auch sie hatte besonders raffiniert Toilette gemacht und schenkte Frank ihr verlockendes Lächeln. Aber er schien nur seine Frau zu sehen. Sehr reserviert begrüßte er sie und wandte sich dann wieder Siddy zu.

Von diesem Abend an begann ein heißer, heimlicher Kampf zwischen Siddy und Marianne Weidner, von dem kein Mensch etwas ahnte außer ihnen beiden. Sie führten alle Waffen ins Feld, über die sie verfügten, und die eine suchte die andere zu schlagen. Auch Marianne Weidner besaß sehr elegante und kostbare Toiletten und obendrein viel mehr kostbaren Schmuck als Siddy, die immer nur bei großen Gelegenheiten ihren Aquamarin-Anhänger trug. Marianne Weidner dagegen zeigte ein kostbares Juwel nach dem anderen, ließ Perlen und Brillanten funkeln; aber so schön sie auch aussah, es fehlte ihr das Ausschlaggebende: das Bezaubernde und Bezwingende der reinen, stolzen Frau, die bei aller Liebenswürdigkeit nie über die Grenze edler Weiblichkeit hinausgeht, die den schönsten Reiz einer Frau bedeutet.

Frank fühlte sich von seiner jungen Gattin rettungslos bezaubert, und Marianne Weidner hatte die Schlacht schon verloren, ehe sie begann. Aber das ahnte sie so wenig wie Siddy.

Die Unterhaltung war heute abend etwas weniger steif und förmlich. Partmanns hatten ihren Humor wiedergefunden, seit sie wußten, daß Nordaus dieser Zuwachs an der Tafel ebensowenig angenehm war wie ihnen, und sie suchten sich nicht von diesem stören zu lassen. Der alte Herr Weidner war bei näherer Betrachtung ein recht annehmbarer Gesellschafter, zeigte gesunden Humor und brachte verschiedene Male die Lacher auf seine Seite. Zum heimlichen Ärger seiner Tochter machte er Siddy die schönsten, etwas altväterischen Komplimente und beglückwünschte – Frank zu seiner ebenso entzückenden wie charmanten Frau, die er immer wieder ins Gespräch zog. Wahrscheinlich hätte Marianne ihm das noch mehr verdacht, wenn es ihr nicht Gelegenheit gegeben hätte, Frank mit Beschlag zu belegen, was dieser mit einem gewissen Galgenhumor über sich ergehen ließ. Seine Augen hingen jedoch immer an seiner Frau, die heute freilich mit Bewußtsein um seine Bewunderung kämpfte.

Man blieb auch nach der Tafel noch beisammen, besuchte die Bar und ging dann in den Musiksalon, wo Marianne Weidner eine brillante Rhapsodie von Liszt spielte. Dabei ließ sie ihre flammenden Augen kaum von Franks Gesicht, da sie auswendig spielte. Siddy bemerkte aber beruhigt, daß er das nicht sehen konnte, da er seitwärts vom Flügel saß und gar nicht zu Marianne hinübersah.

Als man sich endlich für diesen Abend trennte, richtete Marianne es geschickt ein, daß sie an Franks Seite kam. »Wie hat Ihnen mein Spiel gefallen? Sie sind der einzige, der mir kein Wort darüber gesagt hat.«

Er verneigte sich und sagte höflich, fast mit einer leichten Ironie: »Die höchste Anerkennung ist stumm.«

Sie blitzte ihn an mit ihren koketten Augen. »Sind Sie musikalisch?«

»Ausübend sehr wenig, genießend mit Inbrunst, gnädiges Fräulein.«

»Ist Ihre Frau Gemahlin auch musikalisch?«

Frank stutzte einen Augenblick. Es fiel ihm ein, daß er keine Ahnung hatte, ob Siddy musikalisch war. Er konnte das aber doch nicht eingestehen.

»Ja, gewiß, was man so fürs Haus braucht«, sagte er schnell.

Daraus entnahm Marianne, daß sie wenigstens in musikalischer Beziehung Siddy nicht als Rivalin zu fürchten habe. Und da sie sich selbst für eine unübertreffliche Klavierspielerin hielt, weil sie immer viel Beifall geerntet hatte, beschloß sie, Siddy eine kleine Niederlage zu bereiten, sobald sie wieder im Musikzimmer zusammentreffen würden.

Als Frank seine Frau bis zu ihrer Zimmertür begleitet hatte, küßte er ihr wie jeden Abend die Hand und wünschte ihr gute Ruhe. Sie dankte ihm und sah ihn mit einem Lächeln an, das nicht ganz so kühl war wie sonst. Da drückte er nochmals einen Kuß auf ihre Hand, der sehr intensiv ausfiel und länger dauerte als sonst.

Sie errötete jäh und verschwand schnell hinter ihrer Tür.

10

AM NÄCHSTEN ABEND wußte es Marianne Weidner geschickt so einzurichten, daß man wieder das Musikzimmer aufsuchte. Sie wollte zuerst mit einer musikalischen Leistung glänzen und dann Siddy auffordern, sich auch hören zu lassen, ohne weiteres davon überzeugt, daß Siddy nur eine sehr mittelmäßige Leistung bieten würde.

Als man Marianne bat, etwas zum besten zu geben, legte sie lächelnd ihre Armreifen ab und ließ sich am Flügel nieder. Sie spielte Chopin, ein Nokturno und den Minutenwalzer, zuletzt noch die Aufforderung zum Tanz von Weber. Und Siddy hörte ihr mit wirklicher Anerkennung zu. Da sie alles ohne Noten spielte, war es wirklich eine achtenswerte Leistung, wenn ihrem Spiel auch die Seele fehlte. Als sie fertig war und sich für den stürmischen Applaus bedankt hatte, trat sie an Siddy heran.

»Nun müssen aber auch Sie etwas zum besten geben, gnädige Frau! Ihr Herr Gemahl hat mir verraten, daß Sie ausübend musikalisch sind.«

Siddy warf ihrem Gatten einen forschenden Blick zu. Zwei Fragen interessierten sie: Wann er Gelegenheit gehabt hatte, mit Fräulein Weidner über dies Thema zu sprechen, denn in ihrer Gegenwart war das nicht geschehen – und woher wußte Frank überhaupt, daß sie musikalisch war? Sie wußte mit Bestimmtheit, daß sie in seiner Gegenwart weder gespielt noch gesungen hatte. Und sie war nicht nur eine sehr gute Klavierspielerin, wenn sie auch fast nie auswendig spielte, sondern auch eine gutgeschulte Sängerin. Sie pflegte freilich ihre Kunst fast nur im engsten Familienkreis auszuüben, weil sie sich vor vielen Menschen nicht gern hören ließ, da sie dann oft mit Hemmungen zu kämpfen hatte.

Frank wurde sichtlich verlegen, als sie ihn jetzt so fragend anblickte; aber sie deutete seine Verlegenheit anders. Sie nahm an, er hätte sich heimlich mit Marianne Weidner getroffen und ihr bei diesem Zusammensein verraten, daß auch Siddy musikalisch sei.

Ihre Augen suchten mit forschender Unruhe die seinen. Sie fühlte instinktiv, daß Marianne Weidner ihr eine Niederlage bereiten wollte. Das rief jedoch den Kampfesmut wieder in ihr wach. Fräulein Weidner sollte sich wundern! Jetzt war eine Gelegenheit da, wo sie zeigen konnte, was sie zu leisten imstande war!

Ruhig fragte sie ihren Mann: »Wünschst du, daß ich auf dem Flügel spiele, oder soll ich singen?«

Er war maßlos erstaunt, aber ehe er noch antworten konnte, riefen die anderen einstimmig: »Beides, gnädige Frau!«

So konnte sich Frank damit begnügen, sich zustimmend zu verneigen. Er sah selbst mit großer Spannung dem Kommenden entgegen. Er hatte gleich geahnt, Siddy mochte Marianne Weidners Worte so gedeutet haben, als sei er in Siddys Abwesenheit mit ihr zusammengetroffen. Er begriff auch sofort, daß Fräulein Weidner Siddy eine Niederlage bereiten wollte. Zudem ahnte er, Siddy könne auf Marianne Weidner eifersüchtig sein. Er war ganz gewiß nicht arrogant, aber die Art Fräulein Weidners verriet nur zu deutlich, daß sie ihn zu erobern suchte. Er mußte schon sehr deutlich Zurückhaltung üben, um sie in den nötigen Schranken zu halten.

Siddy antwortete auf den Zuruf der Gesellschaft mit einem liebenswürdigen Lächeln. Als Frank sie zum Flügel führen wollte, kam ihm ein junger Herr zuvor, der zu Siddys eifrigsten Bewunderern gehörte.

Siddy klopfte das Herz bis zum Hals, aber sie legte ihre Hand lächelnd auf den Arm des jungen Herrn, der sich auch erbot, sie beim Gesang zu begleiten. Sie dankte ihm, und während sie in den Noten suchte, sagte sie zu ihm: »Ich werde erst einige Stücke spielen. Wenn Sie mich dann zu einigen Liedern begleiten wollen, wäre ich Ihnen sehr dankbar.«

»Die Dankbarkeit, gnädige Frau, ist auf meiner Seite. Es macht mich stolz, daß Sie sich meiner Begleitung anvertrauen wollen.«

Nachdem sie einige Noten ausgesucht hatte, ließ sie sich am Flügel nieder und wandte sich an Marianne Weidner, die ziemlich nahe bei ihr saß.

»Die Verantwortung tragen Sie, gnädiges Fräulein. Wenn ich ein Fiasko erleide, haben Sie es verschuldet«, sagte sie lächelnd.

Frank, der diese Worte hörte, erkannte hellhörig, daß aus Siddys Worten eine gewisse Kampfbereitschaft klang. Forschend sah er in das Gesicht seiner jungen Frau. Es war ein wenig bleich, aber die Augen leuchteten.

Er nahm Platz, daß er in Siddys Gesicht sehen und zugleich Marianne Weidner beobachten konnte. Mit einer gewissen Spannung erwartete er nun Siddys Darbietung.

Diese legte graziös die Hände auf die Tasten, wartete noch eine Weile, bis alles still geworden war, und begann zu spielen. Zunächst spielte sie das süße Allegro moderato von Schumann, das sich gleich in aller Herzen schmeichelte und ihre Zuhörer aufhorchen ließ. Marianne Weidner, die mit spöttisch-mitleidiger Miene in ihrem Sessel lehnte, reckte sich jäh empor und starrte zu Siddy hinüber. Aber am meisten gefesselt fühlte sich Frank Nordau. Er erlebte eine neue Überraschung. Ehe er sich mit Siddy verlobte, hatte er sie für eine ziemlich unbedeutende Persönlichkeit gehalten; er war daher sehr erstaunt, als er späterhin hatte erkennen müssen, daß sie geistvoll, klug und charmant war. Nun wurde es ihm gar noch offenbar, daß sie bis in die

Fingerspitzen hinein musikalisch war, daß in ihrem Spiel eine tiefe Beseelung lag und sie mit staunenswertem Verständnis spielte.

Seine Augen wurden immer größer. Es war ihm nicht entgangen, daß Siddys Spiel für Marianne Weidner augenscheinlich eine unliebsame Überraschung bedeutete, aber dann achtete er gar nicht mehr auf sie. Er ließ seine Augen nicht von Siddy und trank mit einer unbeschreiblichen Ergriffenheit die Töne in sich hinein, die sie dem Flügel entlockte. Noch intensiver vertiefte er sich in die Mondscheinsonate von Beethoven, die Siddy begann, nachdem ein stürmischer Applaus der ersten Darbietung gedankt hatte. Es erschien Frank erstaunlich, wie wunderbar Siddy dieses Werk des großen Komponisten beherrschte. Der Flügel weinte und klagte unter ihren Händen, und dann schmeichelten die Töne sich wieder ins Herz, flehend und lockend, bis sie in tiefer, friedvoller Ruhe ausklangen zum harmonischen Schluß.

Frank saß wie bezaubert, rührte sich nicht, sah nur mit seltsam leuchtenden Augen in das ernste, gesammelte Gesicht seiner jungen Frau, die ihm in diesen Minuten gereifter erschien als sonst. Ihm war, als wäre er mit ihr allein, als spräche sie nur zu ihm. Und damit kam er der Wahrheit sehr nahe. Ja, Siddy spielte nur für ihren Mann, löste in Tönen all die Qualen und Kämpfe, die sie seinetwegen durchlitten hatte, und warb um seine Liebe mit der ganzen Inbrunst, die sie ihm sonst nicht zeigen durfte.

Siddy sowohl wie Frank schraken empor wie aus einem Traum, als der Beifall losbrach, der sich nicht beruhigen wollte. Siddy wurde mit ehrlich empfundenen Komplimenten überschüttet, und der junge Herr, der sich ihr zur Begleitung am Flügel angeboten hatte, konnte sich nicht genug tun, ihr seine bewundernde Anerkennung auszudrücken.

Frank verharrte auf seinem Platz und ging nicht zu Siddy hinüber. Sein Herz war voll und schwer, und er fühlte, er hatte sich im Augenblick nicht in der Gewalt.

Marianne Weidner hatte schon jetzt eine Niederlage erlitten, denn der Beifall, den Siddy fand, war viel herzlicher als der, der vorhin ihr gegolten hatte. Aber sie ließ sich nichts anmerken, sondern applaudierte stark und anhaltend.

Nun trat der junge Herr an Siddys Seite, und sie zeigte ihm die für ihren Gesang ausgewählten Noten. Sie sprachen einige Worte darüber, und Franks Augen sahen mit brennender Eifersucht zu ihnen hinüber. Siddy hatte sehr wohl bemerkt, daß ihr Mann ihr kein Wort der Anerkennung gesagt hatte. War das Gleichgültigkeit? Oder ärgerte er sich, daß sie Fräulein Weidner in den Schatten gestellt hatte?

Sie fürchtete das letztere. Ihre Eifersucht führte sie falsche Wege. Aber sie richtete sich kampfesmutig auf und stand in graziöser und stolzer Haltung am Flügel. Ein leichtes Neigen des Hauptes verständigte ihren Begleiter, daß sie bereit sei. Das Vorspiel klang unter den Händen des jungen Mannes auf, man merkte ohne weiteres, daß er ein guter Begleiter war, der sich anzupassen wußte.

Siddy sang zuerst Solveigs Lied von Grieg mit einer Innigkeit, die Frank erschauern ließ und die seiner Sehnsucht nach ihrer Liebe eine schmerzliche Stärke verlieh. Und ihm war, als setzte sein Herzschlag aus, als sie einen Augenblick zu ihm hinübersah bei den Worten: »Ich harre treulich dein!«

Er erschauerte unter diesem Blick, in dem, ohne daß Siddy es geahnt hätte, eine heiße Bitte lag. Ihre Augen wurden zu Verrätern.

Frank wußte nicht, wie ihm geschah; ihm war, als müßte er aufspringen, sie vor all den Menschen in seine Arme reißen und ihr zurufen: Mir gehörst du, mir allein; ich liebe dich, du meine süße, angebetete Frau! Aber er saß wie gelähmt und verwandte keinen Blick von ihr, und mit ihren zaubervollen Tönen trank er auch ihr lichtumflossenes Bild in sich ein.

Wieder erntete Siddy warmen und anhaltenden Beifall, für den sie mit einem reizenden Lächeln dankte.

Zum Schluß sang sie noch »Die Widmung« von Schumann. Auch dieses Lied war ein großer Sieg für Siddy. Man bestürmte sie um eine Zugabe, aber sie wehrte lächelnd ab. Für heute wollte sie es genug sein lassen.

Als sich die allgemeine Aufregung ein wenig gelegt hatte, trat Marianne Weidner an sie heran.

»Meine verehrte gnädige Frau, Sie haben mich überrascht mit Ihrer Leistung; ich hatte keine Ahnung, daß Sie eine so große Künstlerin sind«, sagte sie mit einem erzwungenen Lächeln.

Siddy mußte denken, daß Fräulein Weidner sie sonst ganz gewiß nicht zum Musizieren aufgefordert hätte; aber sie sprach das großmütigerweise nicht aus und erwiderte nur mit einem feinen Lächeln: »Sie beschämen mich, gnädiges Fräulein, wenn Sie mich eine Künstlerin nennen.«

»Das sind Sie aber! Ich verstehe genug von Musik, um das beurteilen zu können«, erwiderte Fräulein Weidner hastig. »Aber wir alle hatten das nicht erwartet, da Ihr Herr Gemahl mir versicherte, daß Sie nur soweit musikalisch seien, wie man es für das Haus brauche.«

Es glitzerte dabei so boshaft in ihren Augen, daß Siddy sich nicht enthalten konnte, zu sagen: »Sonst hätten Sie mich vielleicht nicht so dringend aufgefordert, nicht wahr? Aber um Sie über dies Urteil meines Gatten zu beruhigen, muß ich Ihnen sagen, daß er noch nie Gelegenheit hatte, musikalische Darbietungen von mir anhören zu müssen. Ich singe und spiele sonst nur im engsten Familienkreis, und – seit meiner Verlobung habe ich noch nie Zeit gehabt, zu musizieren.«

»Ah, wie interessant! Dann wird ja Ihr Herr Gemahl sehr freudig überrascht gewesen sein, als er Sie heute hörte!«

»Ja, und zu dieser Überraschung haben Sie ihm verholfen. Sie fragten ihn ja erst gestern, ob ich musikalisch sei, und er hat Ihnen wohl nicht verraten wollen, daß er noch gar nicht dazu gekommen ist, meine musikalischen Fähigkeiten zu prüfen.« Damit wollte Siddy diplomatisch herausbringen, wann Frank dieses Gespräch mit Fräulein Weidner gehabt hatte.

»Richtig, gestern abend, ehe wir alle auseinandergingen, fragte ich ihn, ob Sie musikalisch seien, als er mir über mein Spiel so große Komplimente machte.«

Siddy fühlte ein schmerzliches Gefühl in sich aufsteigen. Fräulein Weidner hatte Frank also Komplimente gemacht, ihr hatte er dagegen nicht ein Wort gesagt, weder über ihr Spiel noch über ihren Gesang.

»Sie verdienten auch alle Anerkennung, gnädiges Fräulein; ich fand es wirklich fabelhaft, daß Sie alles auswendig gespielt haben, das könnte ich nicht.«

Hier wurden sie unterbrochen, Herr Weidner sagte zu seiner Tochter, er wollte sich zur Ruhe begeben. Dabei sprach er Siddy noch einmal seine Anerkennung aus über ihre herrlichen musikalischen Darbietungen.

Man trennte sich für diesen Abend.

Frank führte seine Frau zu der Kabine. Als sie diese erreicht hatten, trat Frank vor Siddy hin, ergriff ihre Hand und sagte überrascht und überwältigt zugleich:

»Siddy, warum habe ich nie erfahren, daß du eine so große Künstlerin bist? Ich mußte das heute zusammen mit all den gleichgültigen Menschen erfahren. Du kannst mir glauben, daß ich derartig betroffen war, daß es mir nicht möglich war, dir zu sagen, was ich bei deinen Darbietungen empfunden habe. Deine Art zu musizieren entspricht so ganz meinem Geschmack; du ahnst nicht, wie tief du mich mit deinem Gesang und deinem Spiel berührt hat. Darf ich dir danken für diesen Genuß, da wir endlich allein sind?«

Sie war rot und blaß geworden. Er fühlte, wie ihre Hand in der seinen zitterte.

»Ich freue mich, daß dir meine Lieder und mein Spiel

nicht lästig und unsympathisch waren, wie ich fürchtete, weil du mir kein Wort darüber sagtest.«

»Das konnte ich nicht, da wir nicht allein waren. Aber ich wünschte, daß du mir oft die Freude machtest, dir zuhören zu dürfen – am liebsten, wenn wir ganz allein sein können.«

Das Blut stieg ihr ins Gesicht, als sie erwiderte: »Du brauchst mir nur zu sagen, daß du mich hören willst. Unaufgefordert singe und spiele ich nie.«

»Das will ich mir merken.«

Sie nickte ihm zu. »Gute Nacht, Frank. Ich möchte zur Ruhe gehen.«

Er hielt ihre Hand noch immer fest. »Siddy, könnte nicht alles noch gut werden zwischen uns?« fragte er dringlich und sah sie mit so brennenden Augen an, daß sie erschrak. Wie immer, wenn sein Gefühl für sie einmal durchbrechen wollte, stieg die Angst in ihr auf, daß nur seine Sinne für sie sprachen. Ohne zu antworten, riß sie sich hastig los und zog sich in ihr Zimmer zurück.

»Es ist ja alles gut, Frank. Gute Nacht!« rief sie ihm noch zu und schloß hinter sich ab.

Entmutigt sah er auf die geschlossene Tür und seufzte tief auf, ahnungslos, daß sie das Ohr lauschend an diese Tür gedrückt hatte wie so oft. Was sollte er nur tun, ihr die Überzeugung beizubringen, daß er sie liebte mit aller Inbrunst seines Herzens, wenn sie jeden kleinen Versuch, ihr das begreiflich zu machen, so stolz und scheu zurückwies?

Energischer vorzugehen wagte er erst recht nicht. Manchmal sagte er sich, ob es nicht das beste sei, sie in seine Arme zu reißen, seine Lippen auf die ihren zu pressen und ihr zu sagen: Ich liebe dich und du liebst mich, das weiß ich! Nun laß uns endlich alles andere vergessen über dieser beglükkenden Gewißheit!

Wahrlich, er diente ihr doch treu und unablässig – mußte sie nicht endlich merken, wie sehr sich seine Gefühle für sie gewandelt hatten?

Während er auf seinem Lager ruhte, schmeichelten sich ihre Lieder wieder in sein Herz, und der eine Blick ihrer Augen bei den Worten Solveigs: Ich harre treulich dein! ließ ihm das Blut in den Kopf steigen. Ja, mit diesem Blick hatte sie ihm verraten, daß sie, ihn liebte. Er mußte nur geduldig ausharren, bis sie verwunden, was sie gekränkt und gedemütigt hatte.

Er war fest entschlossen, getreulich zu harren, bis sie wieder Vertrauen zu ihm faßte.

11

AM NÄCHSTEN MORGEN, als Frank aus dem Schwimmbad in seine Kabine zurückkehrte, stand Siddys Zimmertür offen. Das war für ihn immer ein Zeichen, daß sie ihr Appartement schon verlassen hatte und ihn beim Frühstück erwartete. Er beeilte sich und betrat wenige Minuten später den Frühstücksraum. Der Kapitän stand an Siddys Tisch, und Frank merkte nun, daß die See unruhiger geworden war. Zum Fenster hinaussehend, sah er, daß der Himmel dich bewölkt war.

»Herr Kapitän, das Wetter scheint für den weiteren Teil unserer Fahrt umschlagen zu wollen?« fragte er, nachdem er seine Frau und den Kapitän begrüßt hatte.

»Ich habe Ihrer Frau Gemahlin eben gesagt, daß wir ein Frühgewitter zu erwarten haben. Das verspricht immer Sturm und Unwetter, aber dergleichen währt meistens nur kurze Zeit. Ihre Frau Gemahlin hat mir versprochen, sehr tapfer zu sein. Nun lassen Sie sich nicht weiter stören, frühstücken Sie vorsichtshalber recht kräftig. Es empfiehlt sich, denn später könnte der Appetit Ihnen vielleicht ein wenig vergehen. Übrigens – ich habe von unseren Passagieren viel über das wunderbare Konzert der gnädigen Frau gehört und bedaure, nicht dabeigewesen zu sein.«

Als der Kapitän gegangen war, sah Frank seine Gattin lächelnd an. »Du siehst, Siddy, daß du an Bord schon eine Berühmtheit geworden bist.«

Sie lächelte unbefangen. »Ich weiß ganz genau, was ich auf solche Komplimente zu geben habe. Das sind liebenswürdige kleine Gesellschaftslügen, wie man sie selbst oft genug gebraucht. Fräulein Weidner hat dieselbe Anerkennung zu fordern.«

Er wehrte heftig ab. »Um Gottes willen, vergleiche deine Kunst nicht mit ihren seelenlosen Bravourkunststückchen!«

Sie sah forschend in sein Gesicht, und ihr Herz klopfte rebellisch. War das wirklich seine Überzeugung – oder wollte er sie nur nicht merken lassen, daß er Fräulein Weidners Klavierspiel bewunderte?

»Immerhin gehört doch eine große Fertigkeit auch zu diesen Bravourkunststückchen, wie du es nennst. Das macht ihr so leicht niemand nach.« Diese Anerkennung rang sich Siddys Gerechtigkeitssinn ab.

»Nun, vielleicht. Das verstehe ich wohl nicht zu beurteilen. Jedenfalls geht deine Musik mehr zu Herzen. Übrigens habe ich mich Fräulein Weidner gegenüber blamiert. Als sie mich vorgestern abend fragte, warum ich kein Wort über ihr Spiel gesagt hätte, erwiderte ich, um diese Unhöflichkeit gutzumachen: Höchste Anerkennung macht stumm. Was soll man sagen, wenn man auf eine derartige Unterlassungssünde aufmerksam gemacht wird? Ich fand ihre Musik wirklich nicht so schön, daß ich ihr freiwillig hätte Lob spenden mögen. Aber das Schlimmste kommt noch. Sie fragte mich dann, ob auch du musikalisch seiest. Du kannst dir denken, wie verlegen ich war, konnte ich doch nicht einmal diese Frage beantworten. Ich suchte meine Rettung in einer belanglosen Bemerkung und erwiderte ihr: soviel, wie man fürs Haus braucht. Nach deinem Erfolg gestern abend wird sie mich für einen gräßlichen Banausen halten.«

In diesem Augenblick trat Herr Weidner mit seiner Tochter in den Frühstücksraum. Marianne sah sehr mißvergnügt aus, sie litt noch unter der Niederlage von gestern abend, die sie Siddy nicht verzeihen konnte, und außerdem war sie ärgerlich, weil schlechtes Wetter im Anzug war. Aber als sie Frank erblickte, hellten sich ihre Mienen auf, und als er sie begrüßte, artig und höflich wie immer, sah sie ihn mit einem ihrer eroberungssüchtigen Blicke an, der Siddy glauben machen konnte, daß zwischen ihr und Frank ein heimliches Einverständnis herrsche. Siddy wandte sich erblassend ab. Frank hatte diesen Blick Marianne Weidners gar nicht beachtet.

Dieser aber war Siddys Erröten nicht entgangen, und sie triumphierte. Es gelüstete sie zu sehr, zum mindesten das Glück dieser jungen Ehe zu stören, wenn sie Frank Nordau schon nicht für sich gewinnen konnte. Darauf verzichtete sie indessen noch nicht! Wie immer, wenn sie etwas nicht haben konnte, wurde ihre Begehrlichkeit noch mehr gesteigert, und sie verliebte sich von Tag zu Tag mehr in ihn.

Marianne verwickelte Frank in ein Gespräch, wobei sie ihn immer wieder verständnisinnig ansah, was Siddy nicht entgehen konnte. Frank bemerkte aber diese Blicke nicht, da er über die junge Dame hinweg nach dem Fenster sah, um zu konstatieren, daß sich dunkle Wolken zusammenballten.

Siddy aber meinte, er müsse diese Blicke sehen, und fragte sich mit einem schmerzlichen Groll, ob er sie wohl in gleicher Weise erwiderte.

»Ich gehe hinaus ins Freie«, sagte sie so ruhig wie möglich und verließ leicht grüßend den Raum.

Aber sie war kaum bis zur Tür gelangt, als Frank ihr schon nachkam. »Du willst doch nicht in diesem leichten Kleid hinaus, Siddy?«

Sie wandte ihm ihr blasses Gesicht zu. »Mich verlangt nach frischer Luft.«

»Du bleibst hier, bis ich dir einen warmen Mantel geholt habe.«

Das sagte er so bestimmt und ruhig, daß sie gehorsam im Treppenhaus stehenblieb und wartete. Durch ein Fenster sah sie zu Weidners zurück und merkte, daß Marianne wieder ärgerlich und verstimmt aussah. Und das bereitete ihr eine gewisse Genugtuung.

Als Frank zurückkam, hatte sie ihre Ruhe schon wiedergefunden.

Sorgsam hüllte er sie in den Mantel und zog ihre Hand durch seinen Arm. Denn in diesem Moment schwankte das Schiff auf den Wogen so bedenklich, daß sie den Halt verlor.

»Jetzt wird es lebhaft, Siddy. Wirst du tapfer sein?«

»Ich habe jedenfalls den Vorsatz dazu«, erwiderte sie lächelnd.

»Hoffentlich wird es nicht schlimm. Du hast noch keinen Sturm auf See erlebt.«

»Nein, dies ist ja meine erste Seereise.«

»Bist du bange?«

Sie sah rasch zu ihm auf und hätte so gern gesagt »Nein, du bist ja bei mir.« Aber sie brachte das nicht über ihre Lippen.

»Vorläufig noch nicht, ich finde es sogar sehr lustig, wie das Schiff schwankt, das ist wie in einer Schaukel, die ich immer gern benutzt habe in meiner Kinderzeit.«

Sie waren hinaus ins Freie getreten, und der Sturm umfaßte sie beide und trieb sie mit solcher Gewalt gegeneinander, daß sie in seine Arme flog.

»Holla, hier ist es lebhaft!« suchte sie ihre eigene Verlegenheit fortzuscherzen. Er ergriff diese herrliche Gelegenheit, sie zu schützen, und legte den Arm um ihre Schultern, sie so bis zur Reling führend. Da lehnten sie nun nebeneinander und sahen auf die immer höher gehenden Wogen. Jetzt wurden die Wolken schon von Blitzen zerrissen.

Nun traten Partmanns heraus und kamen zu ihnen heran. »Guten Morgen, Herrschaften! Wir bekommen, scheint es, einen lebhaften Tag!« rief Mrs. Partmann laut, um gegen den Sturm hörbar zu werden.

Sie begrüßten sich und lachten, weil sie dabei hin und her geworfen wurden.

Es dauerte nicht lange, da räumten Partmanns vorläufig das Feld, weil es immer unruhiger wurde. Der Dampfer schwankte wie ein Spielzeug auf den Wogen. Siddy hätte es nicht für möglich gehalten, daß dieser Koloß so hin und her geworfen werden könnte. Aber es war ein grandioses Schauspiel, wie sich die Wolkenballen langsam auf die sich emportürmenden Wogen herabließen. Der Donner grollte noch mäßig aus der Entfernung.

»Willst du nicht auch hineingehen, Siddy?« fragte Frank besorgt.

Sie seufzte auf. »Gern nicht, es ist so schön hier draußen. Selbstverständlich nur, wenn es dir nichts ausmacht!«

Er lachte. »Ich bin bei solchem Wetter am liebsten auf Deck, da ist man wenigstens ungestört.«

Und sie blieben zusammen draußen und ließen, da sie regendichte Mäntel trugen, das Wetter auf sich herniederprasseln. Sie wurden ganz übermütig, wenn sie hin und her geworfen wurden, und Frank war glücklich, daß er Siddy immer wieder in seinen Armen halten durfte.

Für eine Weile kam auch Marianne Weidner heraus, von ihrem Vater beschützt. Wütend sah sie Frank und seine Frau anscheinend in inniger Umarmung an der Reling lehnen, wohin sie der Sturm eben getrieben hatte. Sie wollte sich zu ihnen hinarbeiten, um dieses zärtliche Zusammensein zu stören. Aber sie kam nicht dazu, der Sturm faßte sie und trieb sie wieder in die schützenden Arme ihres Vaters.

Und als gleich darauf eine Wasserflut sie überschüttete, entfloh sie, ziemlich ramponiert durch Wind und Wetter.

Es wurde schlimm. Das Unwetter tobte immer wilder, und schließlich mußten Frank und Siddy doch das Deck verlassen. Frank bewunderte seine Frau, sie zeigte sich so tapfer und mutig, wie es nur selten eine Frau in solchen Fällen ist.

Es gab schon eine Menge Seekranke an Bord, und als das junge Paar den Gang zu seiner Kabine entlang ging, lachend hin und her taumelnd, wurde gerade Fräulein Weidner von ihrem Vater vorübergeführt. Auch sie mußte Neptun ihren Tribut zollen.

Siddy vergaß ihren Groll auf ihre Rivalin und wollte ihr behilflich sein, aber ihr Vater wehrte dankend ab.

Auch Frank sah ihr mitleidig nach; kein echter Mann kann eine Frau ruhig leiden sehen. Siddy fing diesen Blick auf, und sie fragte sich: Wen von uns beiden er wohl retten würde, wenn wir in Gefahr kämen – sie oder mich?

Sie schämte sich gleich wieder dieser Frage, die ihr töricht erschien; aber sie ließ sie lange nicht los.

Der Sturm wurde immer heftiger, nahm über Tag zu, und gegen Abend, als das Gewitter schon vorüber war, tobte er am heftigsten. Das Deck war mit Hagel überschüttet. Alles war seekrank, nur wenige Passagiere hielten sich aufrecht und kamen zu den Mahlzeiten in den Speisesaal. Darunter auch Frank und Siddy, denen der Sturm nichts anhaben konnte.

In der Nacht wurde es langsam ruhiger, und am Morgen schien die Sonne.

Da kamen nach und nach die Passagiere wieder zum Vorschein. Die meisten sahen ein wenig elend und übernächtigt aus, und zum Frühstück hatten nur wenige Appetit. Im Laufe des Tages erholten sich aber alle, und auch Fräulein Weidner erschien nachmittags zum Tee auf Deck. Sie hatte sorgfältig Toilette gemacht und etwas Rot aufgelegt, weil sie gefunden hatte, daß sie sehr schlecht aussah. Sie kam an den Tisch zu Nordaus und Partmanns heran, auf ihren Vater gestützt, und ließ sich nieder. Man erkundigte sich nach ihrem Befinden und bedauerte sie höflich. Als sie aber hörte, daß weder Frank noch Siddy seekrank gewesen waren und begeistert von dem herrlichen Sturm schwärmten, ärgerte sie sich sehr. Sie betrachtete es vermutlich als eine unberechtigte Bevorzugung Siddys, daß diese nicht auch von der Seekrankheit befallen worden war.

Und um sich dafür an ihr zu rächen, forderte sie einfach, nachdem sie den Tee eingenommen hatte, Frank auf, ein wenig mit ihr zu promenieren.

»Papa ist schon selber ganz elend. Bitte, opfern Sie sich, Herr Nordau, und führen Sie mich ein wenig umher. Ihre Frau Gattin, wird es wohl gestatten.«

Frank warf einen Blick zu Siddy hinüber und merkte, daß diese ein wenig blaß geworden war. Sie hatte sich aber schnell wieder in der Gewalt und sagte anscheinend gleichmütig: »Wenn es von mir abhängt, Fräulein Weidner, so gestatte ich es gern.«

Frank blieb nun nichts übrig, als sich zu erheben und Marianne Weidner den Arm zu reichen. Herr Weidner wollte zwar Einwendungen machen, er meinte, er sei ganz frisch und könne seine Tochter selbst herumführen. Frank protestierte höflich und ahnte nicht, wie weh er damit seiner jungen Frau tat.

Langsam führte er Marianne Weidner davon, die einen triumphierenden Blick zu Siddy hinüberwarf. Diese kostete es Mühe, zu bleiben und sich mit den Zurückgebliebenen zu unterhalten. Sie sah mit bangem, klopfendem Herzen, wie Fräulein Weidner sich dicht an Franks Seite schmiegte und lebhaft auf ihn einsprach, während sie immer wieder zu Siddy zurückschaute, als müsse sie sich versichern, daß diese sie nicht belauschte. Sie erweckte dadurch absichtlich den Anschein, als herrsche zwischen ihr und Frank Nordau eine besondere Vertraulichkeit.

Die anderen achteten nicht darauf, und Frank ahnte ganz gewiß nicht, daß seine Frau von heftigster Eifersucht geplagt wurde.

Während er so Marianne notgedrungen eine Weile herumführen muß?e, wobei sie ihm wieder so deutliche Avancen machte, daß er immer entschiedener abwehren mußte, trat der junge Herr, der vorgestern abend Siddy zu ihrem Gesang begleitet hatte, an Siddy heran und erkundigte sich artig, wie es ihr gehe, ob der Sturm sie sehr belästigt habe, und wann man wieder darauf hoffen dürfe, daß sie singen würde.

Siddy meinte, sie wisse nicht, ob unter den Noten noch für sie passende vorrätig seien.

»Darf ich Sie ins Musikzimmer führen, damit wir die Noten durchsehen können?« fragte er dienstbeflissen.

»Ach ja, Frau Nordau, erfreuen Sie uns heute abend wieder mit einigen Liedern!« baten Herr Partmann und seine Frau. Auch Herr Weidner schloß sich dieser Bitte an, worauf Siddy sich erhob, um mit dem jungen Herrn ins Musikzimmer zu gehen.

Sie fanden noch eine ganze Menge Noten, die für ihren vollen, weichen Mezzosopran geeignet schienen, und der junge Herr, der ihr inzwischen die feurigsten Komplimente über ihren Gesang und ihr beseeltes Klavierspiel gemacht hatte, legte diese Noten beiseite, damit sie am Abend gleich bereit wären.

Dann führte er Siddy an Deck zu ihrem Tisch zurück.

Dort waren inzwischen Frank mit Marianne Weidner wieder eingetroffen; als er Siddys Verschwinden gewahrte, fragte er unruhig, wohin sie gegangen sei.

»Sie fragen so ängstlich, als könnte Ihnen Ihre Frau Gemahlin an Bord gestohlen werden!« sagte Marianne spöttisch. Es verdroß sie, daß Frank Nordau ihr mit so kühler Ruhe begegnet war.

Er hörte kaum auf ihre Worte und sah sich unmutig um. Frau Partmann bemerkte seine Unruhe und sagte lachend:

»Sie wird gleich wiederkommen, sie sucht nur Noten im Musikzimmer aus. Ihr Begleiter von vorgestern bat sie, sie möge uns heute abend wieder etwas vorsingen. Wir haben uns dieser Bitte lebhaft angeschlossen, und Ihre Frau Gemahlin sucht nun passende Noten heraus.«

Frank setzte sich zögernd nieder. Dieser junge Herr benutzte jede Gelegenheit, sich in Siddys Nähe zu drängen. Das beunruhigte ihn, denn er war ein sehr hübscher und eleganter junger Mann.

Als Siddy endlich wieder auftauchte, und zwar am Arm des jungen Herrn, sagte Marianne spöttisch: »Da kommt Ihre Frau Gemahlin wieder, an der Seite ihres Ritters.«

Frank hätte ihr am liebsten grob geantwortet, wiewohl ihre Worte scherzhaft klingen sollten. Er merkte deutlich, daß sie ihn beunruhigen wollte. Dieses Fräulein Weidner schien eine gefährliche Person zu sein, vor der man sich hüten mußte. Sie war imstande, Unheil anzurichten, wenn es ihr darum zu tun war. Aber er zwang sich zur Ruhe und gönnte ihr nicht die Genugtuung, ihn beunruhigt zu haben.

Siddy trat wieder heran, löste ihre Hand aus dem Arm des jungen Herrn und nahm ihren alten Platz ein. Der junge Herr berichtete begeistert, was für Noten Siddy gefunden habe, und versprach sich und allen Anwesenden für den Abend einen großen Genuß.

Frank mußte zu alldem gute Miene machen, aber er hätte den harmlos von seiner Frau begeisterten jungen Herrn am liebsten über die Reling geworfen.

Marianne war wütend, daß die ganze Zeit über immer nur von Siddys Gesang und Klavierspiel gesprochen wurde. Keinem Menschen fiel es ein, bewundernd von ihrem Spiel zu sprechen. Sie schalt sich eine Törin, daß sie selbst Siddy zum Musizieren aufgefordert hatte, und kam sich vor wie der Zauberlehrling, der die Geister, die er gerufen, nicht wieder los wird.

Frank wurde immer unruhiger, je begeisterter der junge Herr von Siddys musikalischen Leistungen schwärmte. Er erkannte zwar recht gut, daß sie alles ihr gespendete Lob vollauf verdiente, aber er hätte es am liebsten allen anderen unmöglich gemacht, Siddy singen zu hören. Nur für ihn allein sollte sie singen und spielen. Es war nichts als glühende Eifersucht, was er empfand.

Aber was half es ihm? Siddy erklärte sich lächelnd bereit, sich heute abend hören zu lassen, solange man daran Gefallen fände. Dann neigte sie sich Marianne zu und sagte freundlich: »Ich bin gewiß, daß auch Fräulein Weidner uns bei einem kleinen Konzert unterstützen wird.«

Sogleich beeilten sich auch die anderen, Marianne um diese Mitwirkung zu bitten; aber sie war innerlich wütend, daß Siddy erst hatte auf sie aufmerksam machen müssen. Herr Weidner ergriff nun das Wort, bei ihm regte sich immer und überall der Geschäftsmann:

»Meine Herrschaften, ich schlage vor, daß dies Konzert als Wohltätigkeitsveranstaltung vom Stapel gelassen wird. Wer es hören will, soll ein Eintrittsgeld zahlen, und was eingeht, möge dazu bestimmt werden, der Besatzung des Dampfers ein kleines Fest zu geben. Wie denken Sie darüber?«

Alle waren einverstanden, und Herr Weidner erbot sich, um auch etwas zur guten Sache zu tun, das Erforderliche in die Hand zu nehmen. Mr. Partmann stellte sich ihm als Adjutant zur Verfügung, und beide begannen sofort ihren Werbegang. Mr. Partmann fertigte eine Liste an, auf der verzeichnet werden sollte, was die einzelnen Herrschaften für das Konzert und zum Besten der guten Sache zahlen würden. Sie wiesen bei ihrem Rundgang darauf hin, daß die Besatzung den Dampfer wohlbehalten durch den schweren Gewittersturm geführt hätte. Die Liste füllte sich mit recht ansehnlichen Beträgen. Es wurden auch noch einige Mitwirkende geworben, die sich an den musikalischen Vorträgen beteiligen wollten. Der junge Herr, der Siddy begleitet hatte, erklärte sich zu einem Violinsolo bereit, ein anderer wollte sich zur Laute hören lassen, und eine junge Dame versprach, einige französische Chansons zu singen. Das Programm war eiligst fertiggestellt, auf der Schreibmaschine vervielfältigt und überall befestigt worden.

Dieses Konzert, das so gar nicht vorbereitet war, sollte sehr glanzvoll werden. Nach der Abendtafel begann es. Alle erschienen in Festtoilette, und Herr Weidner und Mr. Partmann konnten dem Kapitän eine ansehnliche Summe für die Besatzung zur Verfügung stellen.

Siddy hatte der Entwicklung dieser Angelegenheit mit Bangen entgegengesehen. Als sie mit ihrem Gatten die Kabine aufsuchte, um sich für den Abend umzukleiden, fragte Frank: »Nun, Siddy, bist zu zufrieden mit dem Erfolg deiner Lieder?«

Sie sah ein wenig scheu zu ihm auf. »Ach, wenn du wüßtest, wie unbehaglich mir ist! Ich will die Besatzung selbstverständlich nicht um ihr Fest bringen, der gute Zweck muß mir eben Mut geben. Aber mir ist sehr beklommen zumute. Vorgestern waren, als ich sang, nur einige Menschen zugegen, die ich nun schon etwas näher kenne. Heute abend aber sind fast sämtliche Passagiere der ersten Klasse anwesend. Das wird das erste Mal sein, daß ich vor so vielen und fremden Menschen singen muß. Ich fürchte, ich bekomme Hemmungen, und vielleicht bleibt mir der Ton in der Kehle stecken.«

Er drückte leise ihren Arm an sich. Es beglückte ihn, daß sie ihm, ihm allein diese angstvolle Beklemmung eingestand.

»Du kannst ganz ruhig sein, Siddy, du wirst wieder Hervorragendes leisten, und ich werde sehr stolz auf dich sein – obwohl ich es am liebsten keinem Menschen gönnen würde, dich singen zu hören. Ich wünschte, du würdest das nur für mich allein tun.«

Das sagte er mit so leidenschaftlicher Dringlichkeit, daß sie glühendrot wurde. Das konnte doch nicht nur ein höfliches Kompliment sein? Seine Stimme bebte dabei, und seine Augen brannten in die ihren, als sie scheu zu ihm aufsah.

Sie konnte nur mühsam erwidern: »Wir müssen eilen, uns fertigzumachen.«

Damit verschwand sie in ihrem Schlafzimmer. Als sie aber die Tür hinter sich geschlossen hatte, sank sie beinahe kraftlos in einen Sessel. Was bedeutete das? Was hatte aus Franks Worten geklungen, daß sie bis ins Herz getroffen war? Weshalb gönnte er es keinem anderen Menschen, sie singen zu hören? Mein Gott, war ihr vielleicht durch ihre Stimme Macht gegeben, sich in sein Herz zu schleichen? Ach, dann wollte sie singen, so schön sie es nur konnte! Und ihre Lieder sollten nur ihm allein gelten, sollten um seine Liebe werben, ihm alles sagen, was sie ihm verbergen mußte. »Hilf doch, lieber Gott, daß es mir gelingt, mich in sein Herz zu singen, hilf, daß es sich mir erschließt! Laß es nicht zu, daß diese gräßliche Marianne Weidner ihn verlockt; sie ist nicht gut, will nur, um mir weh zu tun, ihn an sich fesseln zu einem flüchtigen Spiel. Wenn es ihr gelungen ist, wird sie triumphieren über mich, das weiß ich. Und ich – ich werde noch viel elender sein als jetzt. Hilf mir, lieber Vater im Himmel!«

So betete sie inbrünstig. Und dann sprang sie auf. Sie wollte sich wieder so schön machen, wie es in ihrer Macht lag, sie wollte kämpfen um ihren Mann, wollte ihn keiner anderen Frau gönnen, sie liebte ihn doch so sehr.

Und auch dieser Abend wurde für Siddy ein großer Triumph. Sie nahm allen Mut, alle Kraft zusammen, denn sie wollte um ihrer Liebe willen singen.

Schon ihr Klavierspiel war ein Erfolg. Sie hatte Marianne den Vorrang gelassen, diese hatte das Konzert mit einem ihrer brillanten Vorträge begonnen. Rauschender Beifall hatte ihr gelohnt. Aber als nach dem Violinsolo ihres Begleiters, das von dem Kapellmeister der Schiffskapelle begleitet wurde, Siddy mit Stücken von Grieg, Mendelssohn und Schumann zu Ende war, setzte ein so stürmischer Applaus ein, daß Siddy fast erschrak und Marianne Weidner vor Zorn erbleichte.

Danach sang ein Herr einige reizende Lieder zur Laute, und auch ihm dankte man begeistert.

Den Höhepunkt des Konzerts bildete aber Siddys Gesang. Zuerst sang sie ein Brahmssches Lied, das wahre Beifallsstürme auslöste, danach eines von Schumann.

Zum Schluß sang sie noch ein Griegsches Lied, das sie

nur für Frank sang und mit dem sie ihm ein Geständnis ablegte:

Du mein Gedanke, du mein Sein und Werden,
du meines Herzens höchste Seligkeit –
ich liebe dich wie nichts auf dieser Erden,
ich liebe dich in Zeit und Ewigkeit!

Und weil sie in dies Lied ihre ganze Liebeskraft hineinlegte, erschütterte es die Zuhörer, erschütterte aber zumeist ihren Gatten, der sich verzweifelt und ergriffen fragte, ob es ihm jemals gelingen würde, die Liebe dieses herrlichen Geschöpfes für sich zu gewinnen. Er wußte, daß er, wenn ihm das gelang, der beneidenswerteste Mensch auf Erden sein würde. Und während Beifallsstürme Siddy umbrausten, fragte er sich, wie so oft, ob Siddy ihn je geliebt habe, ob sie seine Frau geworden war, weil sie ihn liebte, oder ob es einen anderen Grund dazu gegeben habe. Und weiter fragte er sich, ob ihre Liebe, wenn sie ihm gehört hatte, durch seine Gleichgültigkeit ertötet war, und ob es ihm gelingen würde, sie wieder zu erwecken.

Er schrak erst auf aus seinen Gedanken, als sich der Beifallssturm gelegt hatte und die junge Dame, die zum Schluß französische Chansons singen wollte, an den Flügel geführt wurde.

Leise erhob er sich und trat hinter den Sessel, in dem seine Frau Platz genommen hatte. Dort blieb er stehen, halb stolz, halb bis ins tiefste Herz beschämt, weil er diesen Edelstein nicht erkannt hatte.

Er sah auf sie herab. Sie fühlte instinktiv, daß er hinter ihr stand. Ihre goldig flimmernden Haarwellen glänzten zu ihm empor, er sah den edel geformten Nacken, die vollendet schönen Arme und die kleinen etwas geröteten Ohren.

Leise legte er seine Hände auf den Sessel, in dem Siddy saß, nur, um ihr etwas näher zu sein.

Nach einer Weile lehnte sie sich zurück, und da berührten seine Hände ihren Nacken. Sie zuckte leise zusammen, verharrte aber eine Weile wie hilflos in ihrer Stellung. Sie war wie gelähmt, willenlos, spürte das Fluidum, das von seinen Händen auf sie überging, wie magnetische Ströme und schloß die Augen. Es war ein Moment gänzlichen Versagens ihrer Abwehrkräfte. Und sie empfand es im tiefsten Herzen: hier konnte sie unbesorgt einen Augenblick schwach sein. Aber dann raffte sie alle Kräfte zusammen, beugte sich über ihre Handtasche und löste durch diese Bewegung ihren Nacken von seinen Händen.

Sie täuschte ihn vollkommen, er ahnte nicht, daß sie seine Berührung gefühlt hatte. Er bedauerte nur, daß sie sich nicht wieder zurücklehnte, sondern steif aufgerichtet sitzenblieb.

Sie hatten beide nichts von den hübschen, feinpointierten Chansons gehört, die nun auch den geziemenden Beifall fanden.

Hiermit war das Konzert zu Ende, und der Kapitän dankte im Namen der Besatzung für die freundliche Mitwirkung der Musizierenden wie auch der Zuhörer.

An das Konzert sollte sich ein kleiner Tanz anschließen, und nun endlich konnte Frank seine Frau wieder einmal in seine Arme nehmen.

»Siddy, du bist mir hoffentlich nicht böse, daß ich dir auch heute wieder kein Wort über dein Spiel und deinen Gesang gesagt habe.«

Sie sah flüchtig zu ihm auf und errötete. »Wozu auch, dessen bedarf es doch nicht.«

»Meinst du? Kannst du dir nicht denken, wie das alles auf mich wirkt? Herrlich hast du gesungen, es ist kein Wunder, wenn alle Menschen begeistert sind von deinem Gesang, von deinem Spiel. Und man beneidet mich um meine Frau. Keiner weiß, wie wenig beneidenswert ich bin.«

Das klang so bitter, daß sie nicht wußte, wie er es meinte.

»Es tut mir leid, daß du mit dem Stand der Dinge nicht zufrieden bist, Frank; aber es ist doch leider nicht zu ändern.«

Er hielt inne mit Tanzen, blieb vor ihr stehen und sagte mit verhaltener Erregung: »Ist es wirklich nicht zu ändern, Siddy?«

Sie sah an ihm vorüber. Sie wagte nicht, ihm jetzt in die Augen zu sehen, denn eine wahnsinnige Angst hatte sie plötzlich erfaßt, daß er jetzt von ihr seine Freiheit fordern könnte. Wollte er frei sein, um sich mit Marianne Weidner verbinden zu können? Oder wie sollte sie seine Worte auffassen?

Keine Ahnung kam ihr, daß er sich danach sehnte, sie voll Liebe in seine Arme zu nehmen, ihre blassen Lippen zu küssen und ihr zu gestehen, wie lieb er sie hatte und wie er sich danach sehnte, ihre Liebe zu erringen. Waren doch nur wenige Wochen vergangen, seit er ihr offen gesagt, daß er ohne Liebe um sie geworben hatte.

Was sollte sie nur tun, um ihn zu halten? Sich ihm ergeben mit dem Bewußtsein, daß nur seine Sinne ihn zu ihr führten, während sein Herz nach einer anderen suchte? Noch hatte ja Marianne Weidner ihn nicht ganz gewonnen, das glaubte sie zu fühlen; aber sie mußte damit rechnen, daß dies jeden Tag geschehen konnte. Und wenn nicht Marianne, dann konnte eine andere kommen und ihm geben, was ihr Stolz ihm verweigern mußte. Sollte sie ihm angehören mit dem Bewußtsein, nicht geliebt, sondern höchstens begehrt zu werden? Er konnte es fordern, es war sein Recht. Und wenn sie ihm dies Recht nicht zubilligte, mußte er es sich bei einer anderen suchen. Das deuteten wohl seine Worte an.

»Wenn du Geduld haben könntest, Frank, vielleicht kommen wir beide über diese Situation hinweg. Jetzt mußt du mich nicht vor eine Entscheidung stellen«, stieß sie plötzlich heiser hervor, in dem angstvollen Wunsch, ihn zu halten, ihn nicht ganz hergeben zu müssen.

Er faßte ihre Hand. »Ich werde warten, Siddy, wenn ich nur Hoffnung haben darf, daß du eines Tages wirklich meine Frau sein wirst, wie du es jetzt nur dem Namen nach bist«, sagte er erregt.

Auch jetzt wagte sie ihn nicht anzublicken, sah nicht, wie liebevoll und zärtlich seine Augen auf ihr ruhten.

Und so befestigte sich in ihr der Glaube, er verlange nach ihrem Besitz, nicht, weil er sie liebte, so, wie sie geliebt sein wollte, sondern wie ein Mann eben die Frau begehrt, über die ihm das Gesetz ein Recht gegeben hat. Sie mußte zugeben, daß er nicht brutal und rücksichtslos sein Recht forderte, sein Verhalten war nach wie vor höchst ritterlich. Ach – zu ihrer Qual mußte sie ihn immer inniger und tiefer lieben.

In diesem Moment tiefer seelischer Erregung dieser beiden Menschen trat ein Herr an sie heran und forderte Siddy zum Tanz auf. Sie folgte ihm, froh, jetzt nicht länger mit Frank über dieses Thema sprechen zu müssen. Mit heißen Blicken sah er ihr nach und ahnte nicht, daß ihn nichts von seinem Glück trennte, wenn er ihr offen und ehrlich bekannt hätte, wie sehr er sie liebte, mit ganzem Herzen und mit ganzer Seele.

12

VON DIESEM TAG an wich Siddy, sobald sie allein waren, ihrem Gatten noch mehr aus als zuvor. In Gegenwart der anderen gab sie sich ihm gegenüber freundlich und herzlich, aber mehr im Sinn eines guten Kameraden als einer liebenden Frau. Nur zu gern hätte sie sich ihm als solche gezeigt, wäre in ihr nicht die Angst gewesen, er möchte aus diesem Entgegenkommen falsche Schlüsse ziehen. Aber sie tat alles, was in ihren Kräften stand und was sie ihrem Stolz abringen konnte, um sich ihm lieb und wert zu machen.

Er baute auf ihr Wort und sagte sich, durch geduldiges Warten käme er doch noch zum Ziel. Er hatte nun wenigstens die Hoffnung auf ein gutes Ende, und darum holte er alles vor seiner Werbung Versäumte nunmehr nach. Alle Damen an Bord neideten Siddy die aufmerksame Galanterie ihres Gatten. Am meisten noch immer Marianne Weidner. Dieses sonst so kalte kokette Geschöpf steigerte sich selbst in eine Leidenschaftlichkeit hinein, die ihrem spielerischen Wesen ganz fremd war. Sie haßte Siddy von Tag zu Tag mehr und sann nur darauf, wie sie ihr weh tun und Frank für sich gewinnen könnte. Denn mit dem Spürsinn der verliebten Frau erkannte sie, daß zwischen dem jungen Paar, gerade weil sie so musterhaft höflich gegeneinander waren, etwas nicht stimmte. Nicht abgeneigt, zuweilen mit der Dienerschaft ein wenig zu klatschen, wenn ihr daran gelegen war, etwas Wissenswertes zu erfahren, hatte sie angefangen, die Stewardeß auszuforschen über das

Nordausche Ehepaar. Und die gutmütige, aber etwas schwatzhafte Stewardeß plauderte lachend aus, wie ängstlich Frau Nordau darauf achte, daß ihr junger Gatte niemals ihr Schlafzimmer betrete, daß er im Salon sein Lager habe aufschlagen lassen müssen, daß er immer den Salon verließe, um in das Schwimmbad zu gehen, ehe Frau Nordau sich aus ihrem Zimmer wagte.

Frau Nordau müsse ihrem Gatten gegenüber sehr zimperlich sein, sie verlasse ihr Schlafzimmer immer erst, wenn sie völlig angekleidet sei, und dabei besitze sie doch so entzückende Dessous und Morgenkleider. Und sie beschrieb mit Sachkenntnis Siddys Wäsche, ihre Unterkleider und ihre Pyjamas.

Fast jeden Tag, wenn die Stewardeß in ihrer Kabine weilte, brachte Marianne das Gespräch darauf. Diese wußte nun schon, wie sehr sich Fräulein Weidner für das junge Paar interessierte, und daß sie immer ein sehr gutes Trinkgeld bekam, wenn sie Neues zu berichten hatte. Das ließ die Stewardeß ganz besonders genau auf alles Herrn und Frau Nordau Betreffende achtgeben. Eines Morgens berichtete sie Marianne kichernd, sie habe gesehen, wie Herr Nordau ein Spitzentaschentuch seiner Frau aufgehoben habe, das dieser beim Durchschreiten seines Zimmers entfallen sei. Er habe das Taschentuch verstohlen an seine Lippen gedrückt und unter sein Kopfkissen gelegt. Beim Bettordnen sei es ihr jedoch aufgefallen, daß es nicht mehr dort gewesen sei. Sie habe gemeint, er hätte es der jungen Frau mit ins Frühstückszimmer genommen, aber nachher habe Frau Nordau sie gefragt, ob sie nicht ihr Taschentuch gefunden hätte. Sie habe verneint, aber nicht verraten, daß Herr Nordau es gefunden habe.

Marianne vernahm das mit heimlichem Grimm, obwohl sie sich den Anschein gab, als amüsierte sie sich über das Gehörte. Sie wußte nicht, wie sie sich das Verhalten des jungen Paares zueinander erklären sollte, aber das schien ihr gewiß: irgend etwas mußte nicht stimmen. Und sie gab die Hoffnung nicht auf. Auch dann nicht, als ihr die Stewardeß lachend berichtete, daß Herr Nordau das Taschentuch seiner Frau in seiner Brieftasche auf dem Herzen trage. Ganz gewiß, sie irre sich bestimmt nicht; einmal, als Herr Nordau sich gerade umgekleidet und die Brieftasche auf dem Tisch gelegen habe, hätten die Taschentuchspitzen herausgeguckt.

An alledem hätte Marianne ohne weiteres erkennen können, daß Frank seine Frau liebte; allein das ließ ihre Eitelkeit nicht zu. Sie meinte in ihrem Fanatismus, der Mann, den sie begehre, müsse auch nach ihr Verlangen tragen, und den Umstand, daß er sich noch nicht genähert hatte, erklärte sie sich damit, daß er nur nicht den Mut gefunden habe. Sie war viel zu eitel, um anzunehmen, daß es irgendeinem Mann einfallen könnte, sie auf die Dauer zu verschmähen.

Der Dampfer näherte sich New York, und man beschäftigte sich an Bord schon damit, die Koffer zu packen. Abschied wurde genommen, Versprechungen getauscht, daß man sich wiedersehen, zum mindesten miteinander korrespondieren werde, was selbstverständlich meist schon eine Stunde nach der Trennung vergessen war.

Partmanns hatten aber Frank und Siddy ernsthaft das Versprechen abgenommen, sie in New York zu besuchen; wenigstens wollte man noch einen Abend gemeinsam in dem Hotel verbringen, in dem Nordaus Zimmer bestellt hatten. Daß sie bei dieser Gelegenheit wahrscheinlich mit einem Wiedersehen mit Herrn und Fräulein Weidner zu rechnen haben würden, nahm man in Kauf. Partmanns hatten sehr wohl bemerkt, wie sehr sich Marianne Weidner bemüht hatte, Frank in ihre Netze zu ziehen, hatten aber ebenso gut erkannt, daß Frank nicht daran dachte, sich fangen zu lassen. Denn sie wußten, wie sehr er seine junge Frau liebte, und daß diese ihn wiederliebte, wenn sie auch beide sehr zurückhaltend waren und ihre Gefühle nicht zeigten. Daß sie diese nicht einmal sich gegenseitig verrieten, ahnten Partmanns nicht.

So kam man in New York an und verlor sich schon im Trubel der Ankunftsformalitäten gegenseitig aus den Augen.

Frank und Siddy fuhren sofort zum Hotel und bezogen ihre nebeneinanderliegenden Zimmer in einem viel höheren Stockwerk, als es Siddy je bewohnt hatte. Mit einem leichten Schwindelgefühl schaute sie zum Fenster hinaus auf die belebte Straße.

Gleichzeitig war auch Marianne Weidner mit ihrem Vater im Hotel eingetroffen. Sofort erkundigte Marianne sich, wo sich Nordaus Zimmer befanden, und erreichte es, daß sie die anschließenden Räume erhielten. Sie manövrierte so geschickt, daß ihr Vater sich absolut nichts dabei dachte. Mit einer unverfänglichen Frage an den Zimmerkellner stellte Marianne fest, welches der beiden Zimmer Herr Nordau bewohnte. Sie wußte ja von der Stewardeß, daß die beiden Gatten getrennte Schlafzimmer benutzten.

Alle diese Hotelzimmer waren durch doppelte Schiebetüren miteinander verbunden oder voneinander getrennt.

Als Marianne allein war, beschäftigte sie sich erst einmal mit den Schiebetüren zwischen ihrem und Frank Nordaus Zimmer. Sie öffnete leise die in ihr Zimmer mündende Doppeltür, die ganz lautlos in Rollen lief. Dann lauschte sie hinüber und vernahm ein Geräusch. Also befand Frank sich noch in dem Zimmer.

Sie genierte sich nicht, durch das Schlüsselloch zu spähen, konnte aber nichts wahrnehmen. Vielleicht steckte drüben an der Doppeltür ebenfalls, wie bei ihr, der Schlüssel.

Leise schloß sie vorläufig die Doppeltür und begann sich in ihrem Zimmer einzurichten.

Als sie ziemlich damit fertig war, hörte sie drüben die Tür gehen, hörte, daß Frank Nordau auf den Gang trat und bei seiner Frau anklopfte. Marianne lauschte hinaus. Nach einer Weile vernahm sie, daß die Tür zu Frau Nordaus Zimmer geöffnet und geschlossen wurde, und dann hörte sie die beiden Gatten zum Fahrstuhl gehen und wie Frank sagte:

»Wir nehmen jetzt erst einen kleinen Imbiß und machen dann einen Bummel durch New York, ehe wir zum Diner hierher ins Hotel zurückkehren.«

Darauf antwortete Frau Nordau: »Mir ist es recht, Frank.«

Marianne wußte nun, daß Nordaus das Diner im Speisesaal einnehmen würden. Sie machte sich ebenfalls fertig, und als ihr Vater bei ihr anklopfte, war sie bereit, mit ihm auszufahren. Sie war nicht das erste Mal mit ihrem Vater in New York. Sie hatten hier sogar einige Bekannte, denen sie einen Besuch machen wollten. Marianne schlug ihrem Vater zunächst jedoch vor, sich im Speisesaal für das Diner einen Platz zu reservieren. Herr Weidner hatte noch verschiedenes mit dem Portier zu besprechen, und darum erbot Marianne sich, inzwischen selbst den Tisch auszusuchen.

Ein Kellner führte sie in den großen Speisesaal, wo in langen Reihen gedeckte Tische standen. Zur Zeit waren keine Gäste anwesend.

Diplomatisch sagte Marianne zu dem Kellner: »Wenn ich nicht irre, waren soeben unsere Bekannten, Mr. und Mrs. Nordau, hier, um Plätze für das Diner zu belegen?«

Und dieser Schachzug klappte.

»So ist es, Mylady; Mr. Nordau hat da drüben am Fenster den kleinen Tisch für zwei Personen belegt, vor wenigen Minuten.«

»Ganz recht. Bitte, reservieren Sie für mich und meinen Vater den Tisch daneben. Wenn wir auch mit unseren Bekannten nicht an einem Tisch sitzen können, da die Tische zu klein sind, so sitzen wir doch in ihrer Nähe.«

Befriedigt erledigte sie dann mit ihrem Vater die beabsichtigten Besuche.

Als zur Dinerzeit Frank und Siddy im Speisesaal eintrafen, nahmen sie ohne Argwohn ihre Plätze ein, ohne sich darum zu kümmern, wer an den Nebentischen saß.

Aber sie hatten noch nicht zu speisen begonnen, als neben ihnen Herr Weidner erschien, der seine Tochter am Arm führte. Marianne markierte größte Überraschung und ging mit ausgestreckter Hand auf Siddy zu. »Nein, wie reizend, daß wir zufällig hier zusammentreffen!«

Siddy war blaß geworden. Wohl hatte sie gewußt, daß auch Weidners in diesem Hotel wohnen wollten; aber bei der Größe dieser amerikanischen Häuser hatte sie eine nahe Berührung nicht gefürchtet. Nun tauchte dieses ihr so unsympathische Fräulein Weidner plötzlich auch hier auf und würde zweifelsohne schleunigst wieder Beschlag auf Frank legen. Und eine Frage durchzuckte schmerzlich Siddys Herz: Hatte Frank gewußt, daß Weidners hier neben ihnen einen Platz belegt hatten? War das vielleicht gar verabredet worden?

Wenn sie nur gewußt hätte, wie sehr Frank diese Begegnung verdroß, wäre sie beruhigt gewesen. Aber notgedrungen mußte auch er freudige Überraschung heucheln und konnte es nicht ablehnen, als Marianne in neckischem Übermut sagte:

»Natürlich lassen wir unsere Tische zusammenrücken, dann können wir besser plaudern.«

Siddy war es sehr schwer geworden, wenigstens kein Mißfallen an dem Auftauchen von Vater und Tochter zu zeigen. Ehe sie so recht wußte, wie es eigentlich geschah, waren die beiden Tische zusammengerückt.

Frank sah verstohlen zu seiner Gattin hinüber und merkte, wie blaß sie geworden war und wie still sie nun wurde. Während des Bummels durch New York war sie sehr lebhaft und munter gewesen. Sie hatte Frank erzählt, sie habe einen Brief von Margot vorgefunden, und ihm dessen Inhalt mitgeteilt. Auch er hatte Post vorgefunden, Geschäftsbriefe von den nun vereinigten Firmen mit Direktiven aller Art. Soweit es Siddy interessieren konnte, hatte er ihr darüber berichtet, hatte ihr Grüße von seinen Eltern und von ihrem Vater bestellt. So waren sie in lebhafter Unterhaltung gewesen, soweit ein Straßenbummel in New York es erlaubt. Und nun war Siddy plötzlich wieder blaß und still.

Auch ihm war das Auftauchen von Weidners sehr unangenehm. Er hatte sich auf ein Alleinsein mit Siddy gefreut, da sie gegenseitig ihre Zimmer nicht betraten. Aber was sollte man dagegen tun? Er argwöhnte freilich, daß Marianne Weidner diesem »Zufall« ein wenig nachgeholfen hatte, und es verstimmte ihn, wie aufdringlich sie ihm immer entgegenkam. Man konnte sie jedoch nicht vor den Kopf stoßen, zumal ihr Vater ein netter alter Herr war.

Dieser führte auch hauptsächlich die Unterhaltung. Marianne beschränkte sich darauf, Frank brennende Blikke zuzuwerfen und Siddy hier und da eine »liebenswürdige« Bemerkung zuzurufen, die aber meistens eine versteckte Bosheit enthielt. Siddy erwiderte auf dergleichen mit irgendeiner belanglosen Phrase. Und Frank kam in eine geschäftliche Auseinandersetzung mit Herrn Weidner, um möglichst wenig mit Marianne sprechen zu müssen, deren Blicke ihn irritierten und verstimmten.

Nach dem Essen fragte Herr Weidner, ob man nicht noch eine Weile draußen im Vestibül dem Konzert zuhören wolle. Vielleicht hätten die jungen Herrschaften Lust, ein Tänzchen zu machen. Aber Frank, der wußte, daß Siddy nichts daran gelegen war, lehnte schnell ab. Sie seien müde, da man schon zeitig hätte aufstehen müssen. Marianne ergriff die Initiative, bestimmte den Kellner, morgen wieder diesen Tisch zum Diner für vier Personen zu belegen, und erklärte, ebenfalls zur Ruhe gehen zu wollen. Sie hatte gar nicht erst gefragt, ob Nordaus damit einverstanden seien, morgen wieder mit ihr und ihrem Vater zu speisen, und weder Frank noch Siddy hatten zu protestieren gewagt. Siddy nicht, weil sie glaubte, Frank wäre daran gelegen, und Frank nicht, weil er einfach sprachlos war über Fräulein Weidners Eigenmächtigkeit.

Als sie zugleich den Fahrstuhl verließen, sagte Marianne scheinbar sehr erstaunt: »Ah, Sie wohnen auch in dieser Etage?«

»So ist es, gnädiges Fräulein«, erwiderte Frank knapp.

Siddys Herz beschlich aber bereits wieder ein Argwohn, ob nicht auch dies eine Verabredung zwischen Frank und Fräulein Weidner gewesen sei.

Als sich nun auch noch ergab, daß Mariannes Zimmer direkt neben dem Franks lag, überfiel Siddy wiederum eine so heftige Angst, ein so qualvolles Mißtrauen, daß sie sich kaum mit Haltung verabschieden konnte. Um ihr Mißtrauen zu erhöhen, benahm sich Frank in seiner ärgerlichen Überraschung so unsicher und unfrei, daß sie hätte laut aufweinen mögen. Ganz unbefangen blieb einzig und allein Herr Weidner, der eine scherzhafte Bemerkung machte über diesen neuen drolligen Zufall. Marianne aber warf Siddy einen so triumphierenden Blick zu, daß diese ihren Verdacht bestätigt sah.

Schnell verschwand sie in ihrem Zimmer, nachdem sie ihre kalte kleine Hand Frank gereicht hatte, der sie an seine Lippen zog und Siddy gute Ruhe wünschte.

Er wußte zwar, daß Siddy Fräulein Weidners Avancen ihm gegenüber mit Mißfallen bemerkt hatte, und daß sie auch über diesen »drolligen Zufall« wenig erfreut war; wie weit aber ihr Verdacht ging, ahnte er nicht, so absolut gegen Marianne Weidners Manöver gefeit, daß er gar nicht darauf kam, Siddy könnte auf sie eifersüchtig sein.

Nach kurzer Verabschiedung von Vater und Tochter suchte auch er sein Zimmer auf. Bald darauf hörte er Marianne drüben vor sich hin singen – ein zärtliches Liebeslied.

Ärgerlich schüttelte er den Kopf. Das ging doch wirklich etwas zu weit! Was dachte sich dieses Fräulein Weidner?

Energisch schob er seinen Koffer vor die Tür und hängte

eine Reisedecke so auf, daß sie das Schlüsselloch verdeckte. Er hielt Fräulein Weidner für fähig, durch das Schlüsselloch zu sehen.

Er überzeugte sich auch, ob seine Tür verschlossen war, und ahnte nicht, daß Marianne drüben den Riegel herabgedrückt hatte. Er hätte nur die Tür ebenfalls aufzuschließen brauchen, und die Verbindung zwischen den beiden Zimmern wäre hergestellt gewesen.

Er ahnte auch nicht, daß seine junge Frau drüben in ihrem Zimmer angstvoll hin und her lief und von Eifersucht maßlos gequält wurde.

13

AM ANDEREN MORGEN begann Frank seine geschäftlichen Angelegenheiten zu erledigen, und beim Frühstück fragte er Siddy, wie sie den Tag zu verbringen gedenke.

»Es tut mir leid, daß ich dir gar nicht sagen kann, wann ich frei sein werde und mich dir wieder widmen kann. Für alle Fälle habe ich ein Auto gemietet, das dir zur Verfügung steht; du brauchst dem Portier nur zu sagen, wann es vorfahren soll. Vielleicht machst du schon heute einen Besuch bei Frau Partmann; sie hat mir versprochen, sich während meiner geschäftlichen Abhaltungen deiner anzunehmen. Es kann immerhin sein, daß ich bis fünf Uhr nachmittags zu tun habe. Danach kaum noch.«

»Du brauchst dich nicht zu sorgen, Frank; ich werde mir die Zeit schon vertreiben. Vorerst will ich Briefe nach Hause schreiben. Heute möchte ich Frau Partmann noch nicht aufsuchen, sie wird kaum freie Zeit haben. Vielleicht spreche ich morgen einmal bei ihr vor. Ich werde nach dem Lunch, den ich hier im Hotel einnehme, ein wenig in New York umherfahren.«

»Tu das, Siddy. Aber fahre nur in dem von mir gemieteten Wagen, damit ich unbesorgt sein kann. Ich würde Herrn Weidner gebeten haben, dich mit unter seinen Schutz zu nehmen, aber – ich glaube, Fräulein Weidner ist dir nicht sehr sympathisch.«

Siddy wurde glühendrot. Gern hätte sie eine abfällige Bemerkung über Marianne Weidner gemacht, aber sie wußte nicht, ob diese Frank schon so teuer geworden war, daß ihn das kränken konnte. So sagte sie nur: »Nein, nein – um keinen Preis! Herr Weidner wird vermutlich ebenfalls geschäftlich in Anspruch genommen sein.«

»Dann hättest du dich ja mit Fräulein Weidner verabreden können; sie wäre wahrscheinlich gleichfalls froh gewesen, sich dir anschließen zu können.«

Siddy sah auf ihren Teller herab. Warum sagte er das? Lag ihm daran, daß sie mit Marianne Weidner zusammen war – oder wollte er durch diese Worte etwas bezwecken? Hatte er sich vielleicht selbst mit Marianne Weidner verabredet, wollten sie einander irgendwo treffen? Daß die junge Dame nicht abgeneigt sein würde, davon war sie überzeugt. Aber Frank? Würde er so etwas tun? Ihr Herz begehrte, ›nein‹ zu sagen, aber ihre Vernunft sagte ihr, sie könne es Frank ja nicht verdenken, näherte er sich heimlich einer anderen Frau. Sie hatte ihm ja selbst seine Freiheit zurückgegeben, und – er war ein Mann.

Das Herz tat ihr wieder einmal zum Zerspringen weh. Sie raffte sich aber auf und sagte scheinbar ruhig: »Fräulein Weidner ist mir nicht so sympathisch, daß ich freiwillig ihre Gesellschaft suchen möchte.«

»Dann freilich. Also, um fünf Uhr bin ich bestimmt wieder hier im Hotel, und wir können dann gemeinschaftlich den Tee einnehmen.«

»Es ist gut, auch ich werde um fünf Uhr hier sein.«

Er verabschiedete sich in seiner ritterlichen Weise, und sie wünschte ihm guten Erfolg. So trennten sie sich.

Während Frank seinen Geschäften nachging, fuhr Siddy wieder zu ihrem Zimmer hinauf, um Briefe zu schreiben. Als sie den Fahrstuhl verließ, trat gerade Marianne Weidner aus ihrem Zimmer.

»Ah, guten Morgen, gnädige Frau! Schon unterwegs?«

»Wie Sie sehen, Fräulein Weidner. Sie wollen ausgehen?«

Das fragte Siddy mit einer heimlichen Angst. Wollte Fräulein Weidner ausgehen, um sich mit Frank zu treffen?

»Nein, erst will ich mit Papa frühstücken. Haben Sie schon gefrühstückt?«

»Soeben.«

»Und Ihr Herr Gemahl, ist er noch im Frühstücksraum?«

Siddy merkte, wie begierig Marianne war, Frank zu sehen. Es bereitete ihr daher einige Genugtuung, zu antworten: »Nein, mein Mann hat einen kurzen Geschäftsgang zu erledigen, dann werden wir wieder zusammentreffen.«

»Oh, diese leidigen Geschäfte, das ist hier noch schlimmer als bei uns zu Hause! Ich werde Papa auch selten zu sehen bekommen, und Sie werden mich ein wenig ins Schlepptau nehmen müssen, damit ich nicht so allein bin. Was haben Sie und Ihr Herr Gemahl heute vor?«

Siddy merkte, daß ihr Verdacht, ihr Mann wolle sich mit Fräulein Weidner ein Rendezvous geben, falsch war, und sie bat es ihm reumütig ab. Aber sie wußte genau, daß dies nicht Mariannes Verdienst war. Diese wäre gewiß gern darauf eingegangen. Und sie beschloß, sie irrezuführen.

»Es ist noch unbestimmt. Ich will schnell noch einen Brief nach Hause schreiben, ehe ich wieder mit meinem Mann zusammentreffe. Dann nehmen wir wohl hier im Hause den Lunch ein.«

»Ah, famos, da treffen wir bestimmt zusammen; nicht wahr, um ein Uhr?«

Siddy neigte mit einem Lächeln den Kopf. »Jawohl, um ein Uhr!«

Damit trennten sich die beiden Damen, und Siddy war es eine kleine Genugtuung, daß Fräulein Weidner sehr enttäuscht sein würde, wenn Frank beim Lunch nicht erschien.

Etwas beruhigt suchte sie ihr Zimmer auf. Sie würde beim Lunch gern Fräulein Weidners Gesellschaft in Kauf nehmen, in Anbetracht der Gewißheit, daß diese nicht mit Frank zusammensein konnte.

In ruhiger Stimmung schrieb sie einen langen Brief an Margot, einen kürzeren an ihre Mutter und einige Ansichtskarten an ihre Freundinnen. Niemand konnte diesen heiteren Briefen anmerken, in wie schwierigen Verhältnissen sich Siddy befand. Die Empfänger mußten annehmen, daß diese Grüße von einer glücklichen jungen Frau geschrieben worden seien.

Sie saß dann noch eine Weile am Fenster und sah auf die belebte Straße hinab. Und da erblickte sie Marianne Weidner, die auf der anderen Straßenseite Schaufenster betrachtete und anscheinend ziemlich gelangweilt herumschlenderte. Ach, wie leicht wurde da Siddys Herz!

Sie machte sich später zum Lunch fertig und fuhr hinab.

Als sie an den Tisch herantrat, an dem sie gestern abend mit ihrem Gatten und Weidners gespeist hatte, sah sie Marianne schon dort sitzen – aber allein.

Sie trat ruhig grüßend heran. »So allein, gnädiges Fräulein? Ist Ihr Herr Vater noch nicht zurück?«

»Nein, es fragt sich, ob er schon zum Lunch kommt. Seit er fortgefahren ist, bin ich in den anliegenden Straßen herumgebummelt und habe mir Schaufenster angesehen. Glauben Sie, daß darin New York etwas zu bieten hat? Alles das haben wir in Berlin auch, und viel billiger. Ich habe mich wirklich sträflich gelangweilt und bin froh, daß ich nun mit Ihnen und Ihrem Herrn Gemahl beim Lunch ein Stündchen verplaudern kann.«

Es zuckte ein ganz klein wenig spöttisch um Siddys Mund, und mit heimlicher Genugtuung sagte sie: »Dann muß ich Sie leider ebenfalls enttäuschen. Sie werden mit meiner Gesellschaft vorliebnehmen müssen. Mein Mann wird jetzt noch nicht zurückkommen können; ich weiß gar nicht, wann er frei von Geschäften sein wird.«

Marianne Weidner versuchte nicht, ihre Verstimmung zu verbergen. »Oh, dieses New York! Es frißt alles auf mit seinem ewigen Busineß! Da sollen wir nun ganz allein, ohne männliche Gesellschaft, hier sitzen?«

»Es wird uns nichts anderes übrigbleiben.«

»Nun, das muß ich sagen, auf der Hochzeitsreise dürfte

mein Mann es mir nicht bieten, mich so lange allein zu lassen«, stieß Marianne ärgerlich hervor.

Siddy wurde immer froher. »Ich bin eine Kaufmannstochter wie Sie ja auch, und ich weiß, daß das Geschäft über das Vergnügen geht. Mein Mann würde selbstverständlich auch lieber bei mir sitzen.«

Nun bekam Marianne Weidner einen gehässigen Zug ins Gesicht. »Glauben Sie wirklich? Ach, lehren Sie mich die Männer kennen! Sie sind alle froh, wenn sie sich wieder einmal frei und ungebunden fühlen dürfen – sogar auf der Hochzeitsreise.«

Siddy konnte sich nicht enthalten zu antworten: »Das klingt ja, als hätten Sie schon die traurigsten Erfahrungen gemacht.«

»Nicht an mir, gottlob, aber anderen. Alle Männer sind treulos.«

Siddy erzwang ein Lachen. »Glauben Sie?«

»Felsenfest! Wenn ich mich einmal verheirate, dann habe ich keine Illusionen zu verlieren. Wir modernen Menschen sind ja darüber informiert. Mir kann kein Mann etwas weismachen. Deshalb suche ich meine Freiheit so lange wie möglich zu behaupten. Wir reichen Mädchen zumal werden doch immer nur aus materiellen Gründen begehrt. Oder glauben Sie daran, daß Sie aus Liebe gewählt worden sind?«

Eine dunkle Röte stieg Siddy ins Gesicht, und ihr Herz zuckte schmerzhaft zusammen.

»Darauf möchte ich die Antwort schuldig bleiben, gnädiges Fräulein. Aber es ist sehr traurig, daß Sie diese Überzeugung haben. Mit welchen Gefühlen müssen Sie einer Ehe entgegensehen!«

Marianne lachte spöttisch. »Ach, Sie sind noch sehr weltfremd. Für eine geborene Berlinerin, wie Sie es sind, ist das allerhand. Ich sehe mit klaren Augen in die Welt, und wenn ich mich einmal verheirate, werde ich die gleichen Rechte fordern, wie sie die Männer sich anmaßen. Und überdies – ehe ich mich binde, werde ich mich durchaus nicht mit verschlossenen Augen in die Ofenecke verkriechen, sondern sie weit aufmachen und mich umsehen, wo ich einen Mann finde, der mir gefällt. Und dann werde ich bestimmt nicht Blümchen zupfen und hangen und bangen in schwebender Pein; ich werde im Gegenteil kein Hehl aus meinen Gefühlen machen und mich frei und offen zu meiner Neigung bekennen. Schockiert Sie das vielleicht?«

Das war allerdings der Fall, aber Siddy gab es nicht zu. Diese ungenierte Dreistigkeit Marianne Weidners verblüffte sie.

»Sie wollen also damit sagen, daß Sie einem Mann, der Ihnen gefällt, Avancen machen würden?«

»Selbstverständlich; sonst kann er ja nicht wissen, daß er mir gefällt.«

»Und – und wenn dieser Mann nun nicht mehr frei wäre, wenn er einer anderen gehörte?«

Marianne zuckte die Schultern. »Dann kann er sich ja entscheiden, ob ich ihm besser gefalle oder die andere.«

»Sie wären also imstande, einer Frau den Mann wegzunehmen?« fragte Siddy voll heimlicher Erregung.

»Warum nicht?« erwiderte Marianne, sie gehässig anfunkelnd. »Was mir gefällt, danach strecke ich die Hand aus.«

»Aber, Fräulein Weidner?!«

Diese lachte und zündete sich eine Zigarette an. »Das schockiert Sie wohl?«

»Ich meine, mit derselben Berechtigung könnte auch ein Dieb die Hand nach fremdem Eigentum ausstrecken.«

Marianne lachte spöttisch auf. »Unsinn, ein Mensch kann nie das unumschränkte Eigentum eines anderen sein. Gefühle wechseln. Gefiele mir heute der Mann einer anderen, würde ich es auf einen Kampf zwischen ihr und mir ankommen lassen. Gewinne ich – dann hat sie sich zu fügen; gewinnt sie, dann muß ich verzichten.«

Siddy preßte unter dem Tisch die Hände krampfhaft zusammen. »Und – wenn Sie nun verheiratet wären und Ihren Mann lieb hätten, und dieser ließe sich dann in so einem Kampf, wie Sie es nennen, von einer anderen gewinnen, was dann?«

»Ich würde mich selbstverständlich mit allen Kräften wehren, würde alles tun, was in meiner Macht stände, um meinen Mann zu überzeugen, daß ich ihn mindestens ebensosehr liebte wie die andere. Ich würde meine Rivalin mit allen Mitteln besiegen wollen. Wenn das nichts helfen würde – nun, dann adieu! Dann würde ich mich schnellstens in einen anderen zu verlieben suchen.«

Fassungslos sah Siddy sie an. »Das geht doch nicht so leicht!«

Marianne lachte ein wenig spöttisch. »Würde von dem Mann ein besonderer Zauber ausgehen, nein, dann ginge es wohl nicht allzu leicht. Aber immerhin besser ein anderer, als sich in Sack und Asche hüllen.«

»Sie sprechen sehr seltsam. Alles, was Sie sagen, erscheint mir geradezu unerhört, ich kann Sie nicht verstehen.«

»Das glaube ich, so habe ich Sie gleich eingeschätzt und Sie immer schon ein wenig bemitleidet«, sagte Marianne spöttisch.

Siddy richtete sich empor. »Ich bedarf Ihres Mitleides nicht.«

Mariannes Augen glitzerten mit einem gefährlichen Ausdruck. »Das können Sie gar nicht wissen.«

»Doch, das weiß ich!«

»Ausgeschlossen! Ihr Mann kann Sie vielleicht in dieser Minute mit einer anderen betrügen, die den Willen dazu hat, und wenn nicht jetzt, dann morgen oder übermorgen, oder in Wochen oder Jahren. Es hat einmal irgendein Dichter gesagt: Betrogen werden ist das Schicksal, das sicherer als der Tod über dem Weibe steht! – Und ich glaube, er hat recht gehabt. Also, warum sollen wir Frauen nicht dem Mann dasselbe Schicksal bereiten?«

Mit alledem wollte Marianne Weidner Siddy quälen und beunruhigen. Es gelang ihr nur zu gut.

Betrogen werden ist dem Weibe sicherer als der Tod! Immer wieder meinte Siddy dieses grausame Wort zu hören. War das nicht auch ihr Schicksal? Saß sie nicht bereits der Frau gegenüber, die es ihr bereiten wollte? Was für Ansichten hatte dieses Mädchen! Wie dreist und unerschrocken sprach sie diese Ansichten aus! Und wenn sie wirklich Gefallen an Frank gefunden hatte, würde sie ihm nicht bereitwillig entgegenkommen, wenn er nur das geringste Verlangen nach ihr zeigte?

Sie raffte sich auf und sagte tief betroffen, aber doch mit Würde: »Wir wollen das Gespräch lieber beenden, Fräulein Weidner. Ich kann Ihnen nicht folgen, mich nicht dazu äußern.«

Marianne nahm noch einen Zug aus ihrer Zigarette und drückte dann das Feuer in der Aschenschale aus. Dabei sah sie Siddy mit ihren gefährlichen Augen spöttisch an. »Sie meinen wohl, man könne Leidenschaften auslöschen, zerdrücken, wie ich hier den Brand dieser Zigarette ersticke? Mir scheint, Sie sind noch recht unerfahren, obwohl Sie Frau sind. Sie könnten nicht unerfahrener sein, wenn sich Ihre Ehe in getrennten Schlafzimmern abspielte.«

Siddy zuckte leise zusammen. Was wollte Marianne Weidner damit sagen? Wußte diese mehr von ihrer Ehe, als sie ahnte? Und von wem anders konnte sie das wissen – als von Frank? War es schon so weit gekommen zwischen ihm und diesem Mädchen, daß er ihr das Geheimnis seiner Ehe preisgegeben hatte?

Sie ahnte ja nicht, daß Marianne die Stewardeß ausgeforscht und auch hier im Hotel festgestellt hatte, daß das junge Paar getrennte Zimmer bewohnte.

Ihr Herz erzitterte, sie mußte die Lippen zusammenbeißen, um nicht in Tränen auszubrechen. Nur der Umstand, daß Marianne Weidner sie lauernd beobachtete, gab ihr Haltung.

Sie erhob sich scheinbar ruhig. »Ich muß mich jetzt verabschieden, gnädiges Fräulein; ich glaube auch nicht, daß wir uns noch etwas zu sagen haben, was uns gegenseitig interessiert, denn unsere Ansichten gehen weit auseinander.«

Wieder funkelten Mariannes Augen boshaft.

»Wer weiß, ob das auf die Dauer der Fall sein wird; vielleicht haben wir zum Beispiel den gleichen Geschmack. Ich meine – Sie haben da ein sehr hübsches Kleid an, das mir so gut gefällt, daß auch ich es tragen möchte.«

Siddy wurde blaß. Das war deutlich genug. Sie meinte nicht das Kleid, sondern den Mann. Sie fand Mariannes Betragen schamlos und konnte doch nicht dagegen protestieren, weil diese doch nur spöttisch gelacht hätte.

All ihren Mut zusammennehmend, erwiderte sie:

»Es tut mir leid, Ihnen das Kleid nicht überlassen zu können. Auch würden Sie kaum abgelegte Kleider tragen wollen.«

»Ach, Sie wollen mich wirklich schon allein lassen, gnädige Frau?« sagte Marianne liebenswürdig bedauernd, als wäre nicht das geringste zwischen ihnen geschehen.

Darauf neigte Siddy nur den Kopf und verließ den Speisesaal.

Sie fuhr wieder hinauf auf ihr Zimmer und weinte sich dort erst einmal herzhaft aus. Jedes Wort Mariannes, so eindeutig oder zweideutig es gewesen sein mochte, rief sie sich ins Gedächtnis zurück. Und als sie sich wieder deren Bemerkung über die getrennten Schlafzimmer entsann, fragte sie sich nochmals: Konnte Fräulein Weidner das von Frank haben? Aber da sprang sie plötzlich auf und schüttelte energisch den Kopf. Nein, mochte er noch so intim mit einer fremden Frau stehen, das hätte er nicht getan! Ihr Geheimnis hätte er nicht preisgegeben. Marianne Weidner hatte wohl irgendwie ausspioniert, wie es um sie und Frank stand, daß ihre Ehe gar keine Ehe war. Unbedingt hatte sie ihr Verlangen nach Frank mehr als einmal verraten, und heute hatte sie ihre skrupellose Ansicht über einen Ehebruch klargelegt. An ihr lag es also sicherlich nicht, wenn Frank sich von ihr zurückhielt!

Ein Grauen schüttelte Siddy. Wie konnte ein Mädchen derartige Ansichten so unverhüllt preisgeben? Nein, dieser Frau durfte sie Frank nicht kampflos überlassen! Marianne Weidner hatte ihr unverhüllt den Kampf angesagt – nun wohl, sie würde ihn aufnehmen.

Sie machte sich wieder zurecht, wusch sich die verweinten Augen und erfrischte sich mit Kölnisch Wasser. Es war halb vier Uhr. Bald würde Frank zurückkehren. Er durfte nicht merken, daß sie geweint hatte. Nachdem sie eine leichte Puderschicht aufgelegt hatte, stellte sie sich an das Fenster und sah hinaus.

Dort unten eilten die Menschen in ruheloser Hast aneinander vorbei. Jeder von ihnen hatte wohl ein Leid zu tragen, aber sie erstickten es unter ihren täglichen Sorgen. So mußte auch sie ihr Leid verstecken.

Mitten in diese Gedanken hinein hörte sie Franks Zimmertür gehen. Sie lauschte hinüber. War er zurückgekommen?

Und da klopfte er auch schon an die Verbindungstür. »Bist du hier, Siddy?«

»Ja, Frank! Du bist schon zurück?«

»Oh, mir war die Zeit lang genug, ich sorgte mich um dich.«

»Mir ist nichts geschehen, du kannst unbesorgt sein.«

»Ich frische mich nur ein wenig auf; darf ich dich dann abholen, damit wir zusammen den Tee einnehmen?«

»Gern, Frank. Ich erwarte dein Zeichen, daß du fertig bist.«

Und während Siddy auf das Anklopfen Franks wartete, glitt plötzlich ein Lächeln über ihr Gesicht. Ach, daß sie sich hatte bange machen lassen, daß sie nur einen Moment hatte glauben können, Frank habe ausgeplaudert, wie es um ihre Ehe stand! Jetzt hatte sie die Lösung gefunden, woher Marianne Weidner wissen konnte, daß sie getrennte Schlafzimmer hatten: sie hatte von ihrem Zimmer aus wohl gehört, daß Frank heute morgen bei Siddy geklopft und gefragt hatte, ob sie gut geruht habe. Ja, so würde es sein. Das hatte dieses schamlose Mädchen ausgenutzt, um sie zu bluffen. Wie töricht von ihr, Frank zu verdächtigen! Er war doch bis in die Fingerspitzen Kavalier und würde nie ein Wort sagen, das ihr Verlegenheit bereiten könnte. Eine halbe Stunde später saß Frank mit seiner Frau im Teeraum des Hotels und berichtete ihr, daß er mit dem geschäftlichen Erfolg dieses Tages sehr zufrieden sei. Er habe Glück gehabt und viel mehr, als er geglaubt, erledigen können. Morgen vormittag habe er freilich wieder geschäftliche Konferenzen, aber den Nachmittag könne er sich bestimmt für sie frei halten.

»War es sehr langweilig für dich, Siddy? Wie hast du den Tag verbracht?« fragte er, sich an ihrem viel zu lange entbehrten Anblick labend.

Sie erzählte, und als er hörte, daß Fräulein Weidner mit ihr geluncht habe, zog sich seine Stirn ein wenig zusammen.

»Ich sehe es nicht gern, wenn du mit ihr in nähere Berührung kommst, Siddy«, sagte er bestimmt.

Sie sah ihn forschend an. »Warum nicht?«

»Sie ist kein Umgang für dich, glaube es mir.«

»Ich habe ihre Gesellschaft auch niemals gesucht. Aber mir scheint, sie drängt sich auf.«

Er lachte hart auf. »Das scheint mir auch so! Wenn ich dabei bin, mag es gehen; aber wenn du allein bist, suche ihr auszuweichen.«

Sie atmete tief auf. »Oh, wie gern!« stieß sie hervor.

»Das klingt ja beinahe, als hättest du schon schlechte Erfahrungen gemacht?«

Sie zwang sich zur Ruhe. »Ich – oh, ich glaube, wir haben sehr verschiedene Ansichten.«

»Gottlob, das glaube ich auch«, sagte er energisch.

Das Blut stieg ihr ins Gesicht. Sie wußte nicht, was sie

von seinen Worten halten sollte. Hatte er keine gute Meinung von Marianne Weidner?

Aber da hörte sie im Geist wieder Mariannes spöttische Stimme: »Betrogen werden ist das Schicksal, das sicherer als der Tod über dem Weib steht.«

Das würde ihr immer wieder einfallen, wenn sich eine zage Hoffnung in ihr Herz stehlen wollte. Sprach er nicht vielleicht so abfällig über Marianne Weidner, weil er nicht merken lassen wollte, daß sie ihn interessierte, daß er Verlangen nach ihr hatte?

Aber sie nahm den Kampf auf.

»Darf ich dir eine Bitte aussprechen, Frank?«

Seine Augen leuchteten so zärtlich in die ihren, daß ihr der Herzschlag stockte. »Du wirst mich glücklich machen, wenn ich dir einen Wunsch erfüllen kann.«

Sie holte tief Atem. »Würdest du heute abend mit mir in ein Theater gehen und dann irgendwo anders mit mir speisen als hier? Ich gestehe ganz offen, daß ich Fräulein Weidner, soweit es möglich ist, ausweichen möchte, auch wenn du dabei bist.«

Er sah eine Weile forschend in ihr blasses Gesicht. Instinktiv spürte er besondere Beweggründe hinter dieser Bitte. Hatte Marianne Weidner versucht, Unheil zu stiften? Aber er fragte nicht weiter, sondern sagte nur bereitwillig:

»Dein Wunsch ist mir Befehl, Siddy. Aber ich will nicht damit sagen, daß es mir schwerfallen würde, ihn zu erfüllen; im Gegenteil, du sprichst mir aus dem Herzen. Ich mag dich gar nicht gern in Fräulein Weidners Gesellschaft sehen, und – mir scheint, sie hat sich dir heute von einer wenig angenehmen Seite gezeigt. Wir werden einer Begegnung mit ihr ausweichen.«

Sie nickte ihm dankbar zu, aber im Innern fragte sie sich: Will er mich nur nicht mit ihr zusammen sehen, weil er sie zu seiner Geliebten machen will und keine Verbindung zwischen uns wünscht? Dieser Gedanke quälte sie unsagbar.

Frank aber beobachtete Siddy mit heimlicher Unruhe. Sie kam ihm verändert vor; ganz sicher mußte es etwas zwischen ihr und Marianne Weidner gegeben haben. Das bewies auch ihr Wunsch, heute abend nicht mit Weidners zusammenzutreffen. Doch er wollte nicht weiter forschen, das hätte die Sache nur kompliziert.

Er nahm ein anderes Thema auf und teilte Siddy mit, seine geschäftlichen Angelegenheiten hier in New York würden in zehn bis zwölf Tagen erledigt sein.

»Dann reisen wir ab, und du wirst überhaupt nicht mehr mit Fräulein Weidner zusammenzukommen brauchen«, sagte er zum Schluß.

»Hast du vergessen, daß Weidners zur gleichen Zeit wie wir nach Florida gehen wollen? Sie wollen doch in Miami mit uns zusammentreffen.«

»Ach, richtig, das hatte ich allerdings vergessen. Aber vielleicht können wir dieser erneuten Begegnung entgehen. Wir hatten wohl schon darüber gesprochen, in welchem Hotel wir dort wohnen wollten. Nun, in Miami gibt es mehrere gute Hotels, wir können ja unseren Plan ändern und ein anderes beziehen. Den alten Herrn möchte ich freilich nicht kränken, aber ihm gegenüber kann ich eine Ausrede ersinnen, weshalb wir ein anderes Hotel gewählt haben.«

Siddy biß sich auf die Lippen. Wie er von Marianne sprach, bewies doch, daß sie ihm ziemlich gleichgültig sein mußte. Oder – gab er sich nur den Anschein der Gleichgültigkeit, um seine Frau nicht merken zu lassen, daß Marianne Weidner ihm etwas gab? Sie schalt sich selbst aus, daß es ihr nicht gelingen wollte, mit ihrem heimlichen Argwohn fertig zu werden.

»Ich hoffe, daß sich eine Ausrede finden wird. Herrn Weidner möchte auch ich nicht kränken. Er ist sehr nett.«

Er sah sie mit einem gutmütigen Lächeln an. »Aber Fräulein Weidner erfreut sich deiner Antipathie, nicht wahr?«

Sie warf den Kopf kampfeslustig zurück und sah ihn groß

und fest an. »Sie gilt mir jedenfalls als ein unerfreulicher Verkehr.«

Er beugte sich vor und sah sie forschend an. »Sie hat dir doch hoffentlich nichts zuleide getan?«

Ihre Augen feuchteten sich ein wenig. Sie dachte daran, wie Marianne Weidner sie heute gequält hatte.

Warum sah Frank sie so an? Seinen guten, klaren Augen gegenüber schämte sie sich. Sie fühlte, wie die ewige Angst um Frank sie mißtrauisch und schlecht machte. Ja, ganz schlecht kam sie sich vor mit diesem immer wieder wachen Argwohn, den ihr die heiße, quälende Eifersucht eingab.

»Nein, zuleide hat sie mir nichts getan, aber sie hat Ansichten geäußert, die mir einen Verkehr mit ihr unmöglich machen. Ich möchte ihre Nähe meiden, wo es irgend geht.«

Er drückte plötzlich seine Lippen auf ihre Hand und sah sie groß und ernst an. »Es ist ja auch ganz unmöglich, daß so verschiedene Charaktere, wie ihr es seid, zusammenstimmen könnten. Also, sei unbesorgt, ich werde diese Angelegenheit so regeln, daß du nicht weiter behelligt wirst.«

Ach, wie froh war Siddy, daß er so ohne weiteres auf ihre Wünsche einging.

Sie verlebten beide einen reizenden Abend. Siddy war so frisch und munter, wie er sie noch gar nicht kannte. Er verlor vollends den Kopf. Wenn er sie lachen hörte, hätte er sie am liebsten in seine Arme reißen mögen. Er glaubte zu bemerken, daß sie es darauf anlegte, ihn zu bezaubern, und das trug nicht dazu bei, ihn zu beruhigen.

Nach dem Theater führte er sie in ein Lokal, wo man sehr gut speiste. Sie wurden beide immer vergnügter. Siddy zeigte, daß sie sehr viel Charme besaß; sie wollte doch versuchen, ihren Mann zu fesseln, er sollte nicht an eine andere Frau denken, wenn er bei ihr war, und – und auch dann nicht, wenn er nicht bei ihr war! Keine andere sollte, durfte ihm begehrenswert erscheinen. Und weil sie merkte, wie er sie bewundernd ansah, stieg eine leise Hoffnung in ihr auf, daß sie sich ihn gewinnen könnte – so, wie sie es wollte. Nicht nur seine Sinne wollte sie berücken, er sollte ihr auch sein Herz schenken. Und in der frohen Erregung dieser Abendstunden erschien ihr das nicht unmöglich.

14

ALS MARIANNE WEIDNER in einer berückend schönen Toilette an diesem Abend mit ihrem Vater an den für sie reservierten Tisch im Speisesaal trat, überreichte der Kellner dem alten Herrn ein Billett.

Marianne sah, als sie sich gesetzt hatten, unruhig zu ihm auf. »Von wem?« fragte sie hastig.

»Von Herrn Nordau, Marianne. Ach, wie schade, die beiden haben einer Einladung folgen müssen und bedauern, nicht mit uns speisen zu können.«

Der alte Herr bedauerte wohl das Ausbleiben des jungen Paares, war darüber jedoch nicht in solcher Weise enttäuscht wie seine Tochter. Diese war blaß geworden und zerrte nervös an ihrem Taschentuch, so daß die feine Spitze abriß. Sie warf es wütend zur Erde und trat mit dem Fuß darauf. In ihren Augen loderte ein gefährliches Feuer, sie nagte an ihren Lippen und wußte nicht, was sie vor unterdrücktem Zorn tun sollte. Keinen Augenblick war sie im Zweifel: Siddy Nordau hatte also die Kampfansage verstanden und wollte es ihr unmöglich machen, sie bei Frank auszustechen. Aber da hatte sie nicht mit Marianne Weidner gerechnet, die ließ sich nicht auf solche Weise außer Kurs setzen. Nun erst recht nicht! Ah, sie wollte dieser unbedeutenden Person schon zeigen, daß sich Marianne Weidner nahm, was sie begehrte! Und diesen Mann begehrte sie mit allen Fiebern ihres Seins, so, wie sie noch nie einen Mann begehrt hatte. Sie wollte ihn erobern, um jeden Preis – ja, um jeden!

In unbeschreiblicher Stimmung verbrachte sie den Abend. Sie wußte nicht, was sie aß, was sie sprach; ihre Augen brannten ins Leere, sie sah niemanden, achtete auf niemand, dachte nur an Frank Nordau, der ihr gehören sollte.

Und mit der steigenden Begehrlichkeit wuchs auch ihr Haß auf Siddy. Es würde ihr die gleiche Genugtuung gewähren, sie zu kränken, wie ihren Gatten zu besitzen. Sie dachte nicht daran, die Ehe dieser beiden Menschen zu trennen. Daran lag ihr gar nichts, aber gehören sollte ihr Frank Nordau, solange sie es wünschte!

Nach der Mahlzeit saß sie mit ihrem Vater für eine Weile im Vestibül und sah die Gäste kommen und gehen. Dann zog sie sich unter dem Vorwand, müde zu sein, in ihr Zimmer zurück.

Sie warf ihren Pelzumhang ab, setzte sich an den Schreibtisch und schrieb hastig und erregt:

»Ich muß Sie unbedingt heute nacht noch sprechen, es handelt sich um Wichtiges. Die Verbindungstür zu meinem Zimmer steht offen, Sie brauchen nur die Doppeltür zu öffnen. Zwischen meinem Zimmer und dem meines Vaters liegt das Badezimmer. Wir werden also ungestört sein, und ich muß Sie ganz ungestört sprechen, deshalb entschließe ich mich, Sie bei mir zu empfangen.

Marianne.«

Diese Zeilen steckte sie in ein Kuvert. Unschlüssig sah sie dann auf die Verbindungstür. Wenn sie diese nur einen Moment hätte öffnen können, um den Brief hinüberzubringen! Ihn durch einen Hotelangestellten befördern zu lassen, war ihr zu gewagt.

Sie trat an die Verbindungstür heran und versuchte die Doppeltür zu öffnen. Es gelang nicht. Aber halt, unten am Fußboden hatte sie gestern abend den Lichtschein aus Frank Nordaus Zimmer herüberschimmern sehen. Sie bückte sich und versuchte, den Brief unter der Tür durchzuschieben. Das ging sehr gut, sie konnte sogar den Brief mit einem kräften Schwung hinüberbefördern, damit er ein Stück ins Zimmer hineinflog.

Tief aufatmend erhob sie sich. So, nun war es geschehen! Sie zweifelte keinen Augenblick, daß Frank Nordau zu ihr herüberkommen würde. Und war er nur erst bei ihr – das Weitere würde sich finden. Sie wußte, wie man Männer besiegen konnte. Es war nicht das erste Mal, daß sie das versuchte, und sie war ihrer Sache sicher, weil sie wußte, wie schwach Männer einer von einer schönen Frau ausgehenden Versuchung gegenüber waren. Eitelkeit war Marianne Weidners hervorragendste Eigenschaft. Sie hielt sich für noch viel schöner und bezaubernder, als sie es in Wirklichkeit war, und fühlte sich frei von jeder Hemmung. Sie wollte Frank Nordau besitzen, eben weil sie ihn begehrte, und – vor allem, weil sie Siddy Nordau haßte und sie demütigen wollte. Sie hatte noch nicht vergessen, daß diese ihr auf dem Dampfer durch ihr Spiel und ihren Gesang eine Niederlage bereitet hatte!

Nervös zündete sie sich eine Zigarette an und warf sich auf den Diwan.

Wie lange würde sie warten müssen, bis Frank Nordau zurückkehrte? Oh, daß sie sein Gesicht sehen könnte, wenn er ihren Brief las! Dann würde sie gleich wissen, ob sie gewonnen oder verloren hatte.

Bah – verloren? Keine Frau verliert, wenn sie mit der Eitelkeit und Schwäche eines Mannes rechnet. So glaubte sie. Es waren nicht eben die besten Männer, die sie kennengelernt hatte, sondern zumeist niedrigdenkende, berechnende Individuen, die es nach ihrem Reichtum verlangte oder die eine flüchtige Stunde mit ihr vertändeln wollten. Im Grunde war Marianne Weidner zu bedauern. In einer Zeit aufgewachsen, in der sich durch den Krieg und seine Folgen alle Moralbegriffe gewandelt hatten, in der jeder zusammenraffte, was er zusammenraffen konnte, ohne zu fragen, ob es recht oder unrecht war, ohne eine Mutter, die sie schützen und behüten konnte, war sie ein Geschöpf geworden, das von krasser Ichsucht besessen war. Rücksichten auf andere kannte sie ebensowenig wie Rücksichten auf ihren guten Ruf. Solange sie die reiche Erbin ihres Vaters war, konnte sie sich alles erlauben, was ihr Vergnügen machte. Würde sie dann, wie sie es nannte, sich einmal ausgelebt haben, so bekam sie immer noch einen Mann, der mit seinem Namen ihren sogenannten Ruf wiederherstellen konnte. Auf ihren Vater Rücksicht zu nehmen, fiel ihr nicht ein. Dieser gute, schwache Vater, der ihr jeden Wunsch von den Augen ablas, hatte nur Geltung bei ihr als derjenige, der ihr Reichtum schaffte. Geistige oder seelische Interessen, sofern sie solche überhaupt besaß, verbanden sie nicht mit ihm. Sie wußte zudem ganz genau: Was immer sie auch tun und lassen würde, alles würde er mit seiner väterlichen Liebe decken. Aber sie vergalt ihm diese Liebe nicht mit Gegenliebe, sondern nur mit Schmeichelworten, wenn sie etwas erreichen wollte.

Wieder und wieder horchte sie auf, sobald sie das leise Schnurren des Fahrstuhls hörte, ob sich draußen Schritte näherten, die nur schwach vernehmbar waren auf den dikken Läufern.

Es wurde später und später. Sie erhob sich und sah auf die Straße hinab. Wie bewegliche Puppen gingen da unten die Menschen.

Ah, und jetzt fuhr ein Auto vor das Hotel. Sie beugte sich aus dem Fenster und sah mit scharfen Augen hinab. Ja, da stieg Frank Nordau aus und half seiner Frau galant aus dem Wagen. Marianne schloß das Fenster. Mit kritischen Augen musterte sie sich vor dem Spiegel. Sie trug noch das elegante Abendkleid, in dem sie bei Tisch gewesen war und hatte Frank darin erwarten wollen. Aber jetzt erschien es ihr zu offiziell; sie öffnete den in die Wand eingebauten Kleiderschrank und entnahm ihm ein leichtes, langfließendes Gewand, das sehr reizvoll und verlockend ihre Glieder umhüllte. Ein Gewand, das sich nur schüchtern den Anschein gab, verhüllen zu wollen, dafür aber desto mehr von seiner Trägerin preisgab.

Marianne lauschte hinaus. Da kam der Fahrstuhl herauf. Er hielt auf der Etage, und schon näherten sich leise Schritte. Ja – sie blieben stehen, ganz in der Nähe. Marianne knipste schnell das Licht in ihrem Zimmer aus und öffnete einen winzigen Spalt breit die Tür. Da sah sie wenige Schritte entfernt Frank Nordau vor seiner jungen Frau stehen. Leise sagten sie einander gute Nacht, und Frank drückte seine Lippen auf Siddys Hand. Dann huschte diese in ihr Zimmer, und Frank betrat das seine.

Sie knipste das Licht wieder an und schlich zu der Verbindungstür hinüber. Sie hatte die nach ihrem Zimmer führende Tür weit offenstehen lassen und preßte nun ihr Ohr lauschend an die seine. Zu ihren Füßen hatte ihr der Lichtschein verraten, daß drüben das Licht eingeschaltet war. Nun hörte sie Frank hin und her gehen. Und dann plötzlich – ja, jetzt stand er auf einmal still und schien zu stutzen. Hatte er endlich ihren Brief entdeckt? Ja, ganz deutlich hörte Marianne einen unterdrückten Ausruf und dann ein leises, scharfes Reißen von Papier. Sie glaubte Frank vor sich zu sehen, wie er ihren Brief aus dem Kuvert zog und las. Und dann wieder ein leiser unterdrückter Ausruf, den sie nicht verstehen konnte.

Frank hatte tatsächlich ihren Brief gefunden; nachdem er ihn gelesen, knüllte er ihn ärgerlich zusammen und sagte vor sich hin: »Das ist stark!«

Diese Worte hatte Marianne jedoch nicht verstanden. Sie wartete nun atemlos, ob er sich ihrer Tür nähern und zu ihr kommen würde.

Vorläufig geschah das aber nicht. Sie nahm an, er würde warten, bis er wußte, daß seine Frau sich zur Ruhe begeben habe. Sie hörte, daß er drüben leise hantierte, und nach einer Weile schien es ihr, als hätte sie den leisen Ruf einer Frauenstimme vernommen. Das war wirklich so, drüben aus ihrem Zimmer hatte Siddy ihrem Mann zugerufen: »Bitte, klopfe um acht Uhr morgen früh bei mir an, damit ich nicht verschlafe.«

Frank hatte seiner Frau gesagt, er müsse am andern Morgen zeitig fortgehen, sie möge aber ruhig länger schlafen. Aber sie hatte ihm lächelnd geantwortet, daß sie bestimmt mit ihm frühstücken würde. Und nun wollte sie sicher sein, daß er sie nicht verschlafen ließ.

Auf diesen Zuruf erwiderte Frank, laut genug, daß es Marianne hören konnte: »Ich klopfe bestimmt Punkt acht Uhr, Siddy. Gute Nacht!«

Marianne preßte die Hände auf ihre Brust. Also wirklich, die beiden da drüben betraten gegenseitig ihre Schlafzimmer nicht; die Stewardeß hatte recht gehabt! Was für eine Ehe mußten denn diese Menschen führen?

Selbstverständlich wartete sie fortan noch erregter, was nun geschehen würde. Sie trat noch einmal vor den Spiegel, puderte sich das Gesicht, zupfte an ihrem Haar, schob es tiefer in die Stirn, drehte sich nach allen Seiten und war zufrieden mit sich.

Wieder ging sie an die Verbindungstür heran. Und da zuckte sie zusammen. Ganz deutlich vernahm sie, daß Frank sich näherte, daß er den Schlüssel berührte – sie wich bis mitten ins Zimmer zurück, sah mit fiebernden Augen nach der Tür, in der Erwartung, daß er nun eintreten würde. Aber – die Tür blieb geschlossen. Frank hatte sich nur überzeugt, ob seine Tür verschlossen wäre, und hatte sich dann niedergelegt. Er dachte nicht daran, Marianne Weidners Zimmer zu betreten. Wenn diese ihm etwas Wichtiges zu sagen hatte, konnte sie es in Gegenwart seiner Frau tun. Er ahnte, daß sie ihn lediglich in eine Situation bringen wollte, die nur Unheil für ihn im Gefolge haben konnte. Und Siddy war heute abend so lieb und reizend zu ihm gewesen, daß er voll froher Hoffnung für die Zukunft war. Seine Gedanken waren nur bei ihr. Dieses Fräulein Weidner schien noch viel gefährlicher zu sein, als er geglaubt hatte. Er würde sich hüten, mit ihr in irgendeine Verbindung zu treten.

Aber ärgerlich war diese ganze Sache. Er überlegte, wie er wohl, ohne unliebsames Aufsehen zu erregen, den Umgang mit Weidners abbrechen konnte. Am liebsten hätte er gleich morgen das Hotel gewechselt.

Er ahnte nicht, daß er Siddy damit eine große Freude bereitet hätte. Nur darüber war er sich klar, daß Siddy den Wunsch hatte, Marianne Weidner aus dem Weg zu gehen. Was mußte es nur heute mittag zwischen Siddy und ihr gegeben haben?

Er war eben dabei einzuschlafen, als er zusammenschrak. Es hatte leise an seine Tür geklopft. Aber an welche? Er richtete sich auf und lauschte. Und da hörte er das leise Klopfen wieder. Es kam von der Verbindungstür zu Mariannes Zimmer her.

Welche Unvorsichtigkeit! Denkt denn dieses Mädchen nicht an ihren Ruf? dachte er.

Er legte sich wieder zurück und reagierte in keiner Weise auf das Klopfen.

Marianne Weidner hatte immer erregter und ungeduldiger auf seinen Eintritt gewartet. Was war das? War Frank Nordau zur Ruhe gegangen, ohne auf ihren Brief zu reagieren? Er hatte doch den Brief gefunden, hatte ihn gelesen, ganz deutlich hatte sie gehört, wie er das Kuvert zerrissen hatte. Sollte das heißen, daß er ihren Wunsch unbeachtet lassen wollte? Oder fürchtete er, daß seine Frau hören könnte, daß er zu ihr kam?

Verschmähte er sie? – Diese Frage brachte sie fast außer sich, und hemmungslos vor Erregung klopfte sie an seine Tür. Sie wollte ihn zwingen, ihr wenigstens Rede und Antwort zu stehen. Als er nicht reagierte, klopfte sie noch einmal, ganz unbekümmert darum, daß vielleicht auch seine Frau das Klopfen hören könnte. Aber alles blieb still da drüben.

Da riß sich Marianne wütend die Sachen vom Leibe und

stampfte mit den Füßen darauf herum. Sie warf sich auf ihr Lager und biß sich die Lippen blutig. Alle Qualen einer verschmähten Frau lernte sie kennen, und seltsamerweise fiel der Haß und Groll über diese Niederlage wieder auf Siddy. Sie wäre am liebsten zu dieser hinübergegangen und hätte sie erdrosselt. So wütend und rachgierig war sie.

Endlich beruhigte sie sich wieder. Sie mußte morgen mit ihm sprechen, denn sie wollte wissen, weshalb er nicht gekommen war. Und sie mußte eine Ausrede erfinden, weshalb sie ihn hatte sprechen wollen. Aber – verschmähte er sie wirklich, dann sollte er ihren Haß ebenso spüren wie sein blondes Tugendgänschen!

In dieser Nacht fand sie nicht viel Schlaf und war am anderen Morgen zeitig auf. Sie war auf eine Ausrede verfallen, die vielleicht nicht ganz stichhaltig war, die ihr aber ersparen sollte, gedemütigt vor ihm zu sehen.

Sie kleidete sich an und lauschte hinüber. Frank war schon auf und klopfte eben an die Tür seiner Frau. Ganz deutlich hörte Marianne, wie er sagte: »Es ist acht Uhr, Siddy. Halb neun erwarte ich dich an deiner Tür.«

Marianne ging nun ans Werk, um das in Szene zu setzen, was sie sich ausgesonnen hatte. Sie entnahm ihrem Gepäck Verbandszeug und umwickelte ihr Handgelenk. Dann strich sie an einer Stelle des weißen Verbandes ihren Lippenstift hin und her und goß auf diese rote Stelle etwas Kölnisches Wasser. So sah der Verband nun aus, als sei er von Blut durchzogen. Befriedigt, wenn auch mit zornigen Augen, betrachtete sie ihr Werk.

Kurz vor halb neun Uhr trat sie auf den Korridor hinaus und wartete an Frank Nordaus Tür, bis dieser heraustrat. Er wich erschrocken zurück, als er Marianne stehen sah.

»Um Gottes willen, gnädiges Fräulein!« sagte er leise.

»Haben Sie meinen Brief nicht gefunden?« fragte sie heiser.

»Doch. Aber bedenken Sie, ich kann doch nicht Ihren Ruf aufs Spiel setzen!«

»Ah, nur deshalb kamen Sie nicht?«

Er sah sie ernst an. »Ich wäre auch sonst nicht gekommen.«

Sie sah ihn an, sah, daß er erschrak. »So geben Sie mir wenigstens meinen Brief zurück!« stieß sie hervor.

Er entnahm seiner Tasche schnell den Brief, den er ihr ohnedies hatte wieder zustellen wollen. In diesem Moment trat Siddy aus ihrer Tür und sah, daß ihr Mann Marianne Weidner, die mit blassem, erregtem Gesicht vor ihm stand, einen Brief übergab. Frank hatte seine Frau noch nicht erblickt, aber Marianne sah sie und steckte schnell, als wäre sie verlegen, den Brief in den Ausschnitt ihres Kleides, damit Siddy annehmen mußte, daß Frank ihr heimlich ein Billett zugesteckt hätte. Mit Befriedigung bemerkte sie, wie Siddy erblaßte und wieder in das Zimmer zurücktreten wollte. Aber mit einem scheinbar verlegenen Lachen rief Marianne:

»Guten Morgen, Frau Nordau! Sie haben hoffentlich besser geschlafen als ich. Sehen Sie hier, ich habe mich heute nacht an meinem Kofferschloß verletzt und wollte Ihren Gatten zu Hilfe rufen, damit er mich verbinden möchte. Denn mein Vater hätte sich zu Tode erschrocken. Aber Herr Nordau schlief wohl zu fest oder hatte irgendwelche Hemmungen; es kam mir kein Mensch zu Hilfe, und ich mußte mich notdürftig selbst verbinden.«

Damit sah sie Frank Nordau mit großen Augen an. Sie fuhr, zu ihm gewendet, fort: »Sehen Sie, Herr Nordau, solchen Liebesdienst sollten Sie mir heute nacht als hilfreicher Samariter leisten; aber Sie haben lieber geschlafen.«

Sie hatte dabei den Arm mit dem Verband, der gefährlich genug aussah, vorgestreckt. Aber zu genau ließ sie die beiden nicht darauf niedersehen, sie zog ihn schnell wieder zurück.

Wie vernichtet fühlte Siddy sich. Hatte nicht das, was sie gesehen, ihre schlimmsten Vermutungen bestätigt? Sprach nicht Mariannes und auch Franks Verlegenheit deutlich genug für beider Schuld? Dennoch gewann sie es über sich, zu fragen: »Darf ich Ihre Wunde besser verbinden, als es bis jetzt möglich war?«

»Ich danke Ihnen. Vorläufig hält der Verband wohl. Ich muß nur noch etwas darüberziehen, damit mein Papa sich nicht zu sehr erschreckt. Bitte, verraten Sie ihm nicht, daß ich mich verletzt habe! Und nun möchte ich Sie nicht länger aufhalten. Wir werden uns ebenfalls bald unten zum Frühstück einfinden.«

Befriedigt sah Marianne, daß Siddy mit blassem, verstörtem Gesicht neben Frank herging. Sie hatte wenigstens ihre Rache gehabt und eine gute Ausrede zugleich. Frau Siddy aber würde nun schwer eifersüchtig sein, denn sie mußte nach dieser Szene unbedingt glauben, daß Frank Nordau ihr einen Brief zugesteckt habe.

Und so war es auch. Alle Hoffnungen Siddys waren zusammengestürzt wie ein Kartenhaus.

Frank war nicht nur sehr ärgerlich auf Marianne wegen ihrer unerhörten Keckheit – denn an die Ausrede mit dem verwundeten Arm glaubte er nicht –, sondern auch besorgt, Siddy könnte gesehen haben, daß er Marianne den Brief gab. Wie sollte er ihr erklären, was es mit dem Wisch auf sich habe, ohne dieses Fräulein Weidner bloßzustellen? Er war Kavalier genug, daß ihm das widerstrebte.

So gingen die Gatten sehr verstimmt in den Frühstückssaal. Sie konnten zunächst beide nicht sprechen. Erst als der Kaffee vor ihnen stand, fand Frank seine Fassung wieder und begann von seinen Geschäften zu sprechen. Siddy zwang sich, darauf einzugehen. Aber den Ton von gestern abend fanden beide nicht wieder.

Siddy war froh, als Frank endlich fortgegangen war und sie sich in der Einsamkeit ihres Zimmers ausweinen konnte. Nun schien ihr alle Hoffnung auf ein gemeinsames Glück mit Frank verloren. Und das bitterste war, daß sie ihn durch ihr Verhalten selbst dazu getrieben hatte, sich eine Geliebte anzuschaffen.

Für Marianne Weidner aber hegte sie eine tiefe Verachtung. Diese war zu offen schamlos, als daß sie ihr hätte verzeihen können. Sie liebte ihren Mann auch jetzt noch, da sie von seiner Untreue überzeugt war. Am allermeisten erbitterte sie jedoch der Gedanke, daß Marianne ihr mit voller Absicht und ohne alle Gewissensbisse ihren Mann genommen hatte.

Sie mußte nun wieder ihren Stolz zu Hilfe rufen, mußte ihre Liebe für alle Zeit sorgfältig vor Frank verbergen. Denn mit einer Marianne Weidner zu rivalisieren, hielt sie für unter ihrer Würde.

Sie fühlte sich heute fast noch unglücklicher als an ihrem Hochzeitstag, nach Anny Freys Eröffnung.

Es kamen jetzt einige wenig erfreuliche Tage für Frank und Siddy. Ihr Verhältnis zueinander hatte plötzlich wieder etwas Gespanntes bekommen. Siddy war ernst und still, und Frank entdeckte zuweilen, daß ihre Augen Spuren von Tränen zeigten, wenn er nach längerer Abwesenheit zu ihr zurückkam. Seine Geschäfte nahmen ihn so stark in Anspruch, daß er sie viel allein lassen mußte. Aber wie auf stille Verabredung vermieden sie es beide, mit Weidners zusammenzutreffen.

Siddy hatte am anderen Tag Frau Partmann besucht und war viel mit dieser zusammen. So war sie fast ebensolange vom Hotel abwesend wie ihr Mann.

Von dem Wahn befangen, daß Marianne Weidner wirklich Franks Geliebte sei, hatte sie den Kampf um seine Liebe aufgegeben; es war ihrer Meinung nach ja doch zu spät.

Frank aber war ganz verzweifelt. Was hatte Siddy plötzlich wieder so verändert, nach jenem Abend, an dem er so große Hoffnung gehabt hatte? Hatte sie erkannt, daß er ihr durchaus nicht mehr gleichgültig gegenüberstand, sondern sie mit aller Innigkeit liebte? Gab sie sich deshalb so kühl und zurückhaltend? Dann könne das allein bedeuten, daß sie ihn nicht liebte und ihm nur Kameradin sein wollte und konnte.

In der Zerrissenheit ihrer Gefühle gaben sie sich beide törichterweise so unfrei und gezwungen, daß sie sich gegenseitig immer mehr in ihre Zweifel und Befürchtungen hineintrieben.

Marianne Weidner hatte alles versucht, um ein Alleinsein mit Frank herbeizuführen. Aber wie sehr sie sich auch bemühte, es gelang ihr nicht, und ebensowenig, wieder mit Siddy zusammenzutreffen. Diese verließ schon frühmorgens mit ihrem Gatten das Hotel und kehrte erst abends zurück, nachdem sie entweder bei Partmanns oder in einem Restaurant mit ihm gespeist hatte.

Herr Weidner wunderte sich sehr darüber, daß Nordaus nie mehr im Speisesaal erschienen. Als er eines Tages zufällig mit Frank zusammentraf, sprach er ihn deswegen an. Dieser gab sich Mühe, sehr ruhig zu scheinen, und erklärte, er und seine Frau seien derartig mit Einladungen überhäuft worden, daß sie kaum noch frei über ihre Zeit verfügen könnten.

Nun gut, dann würde man in Miami hoffentlich bessere Gelegenheit zu häufigerem Zusammensein haben.

Hoffentlich, erwiderte Frank, wenngleich er fürchte, auch dort von anderer Seite stark in Anspruch genommen zu werden. Mit der Bitte, den Damen die besten Empfehlungen ausrichten zu wollen, trennten sie sich.

Es war für Frank eine abscheuliche Situation, sozusagen dauernd auf der Flucht vor Marianne sein zu müssen. Er ahnte noch immer nicht, daß Siddy gesehen hatte, wie er Marianne den Brief übergeben, und wie diese ihn in den Ausschnitt ihres Kleides geschoben hatte, und daß diese Wahrnehmung der Grund war für Siddys Verhalten ihm gegenüber.

Als er Siddy ein wenig später die Grüße Herrn Weidners ausrichtete, sah er sie jäh erblassen. Aber sie stellte keine Frage.

Da er es vermied, von Marianne Weidner zu sprechen, fühlte Siddy sich immer mehr in der Annahme bestärkt, daß er heimliche Zusammenkünfte mit ihr habe.

Frank erwähnte, der alte Herr habe ihm gegenüber die Hoffnung ausgesprochen, daß man sich in Miami wieder häufiger sehen würde. »Ich habe ihm selbstverständlich nicht gesagt, daß wir in einem anderen Hotel wohnen werden, denn ich hätte schlecht einen Grund dafür angeben können. Aber jedenfalls halte ich es für besser, wenn wir wenigstens getrennt wohnen; meinst du nicht auch, Siddy?«

Sie sah ihn nur einen Moment an, und er merkte, daß ihre Augen ganz erloschen blickten. »Ich hoffe, du zweifelst nicht daran«, entgegnete sie sehr kühl.

Die Tage in New York vergingen wie im Flug, und Siddy war sehr froh, als Frank ihr eines Nachmittags sagte, daß man am nächsten Morgen nach Philadelphia reisen würde. Seine Geschäfte in New York habe er erfolgreich abgeschlossen.

Siddy atmete auf, als man das Hotel verlassen hatte, ohne noch einmal mit Weidners zusammengetroffen zu sein. Ihr war, als müßte ihr nun leichter ums Herz werden, denn es war ihr bekannt, daß Weidners bis zu ihrer Weiterreise nach Florida sich die ganze Zeit in New York aufhalten würden.

In Philadelphia wickelten sich Franks Geschäfte glatt ab, und das gleiche war auch in anderen Städten der Fall.

In allen diesen Wochen fühlte Siddy sich ziemlich einsam. Aber sie konnte wenigstens wieder einmal frei atmen und mußte nicht immer daran denken, daß Frank, während sie allein war, sich vielleicht mit Marianne Weidner zusammenfand.

Verschiedentlich führte Frank sie auch in die Familien seiner Geschäftsfreunde ein, und dann erregte Siddy helle Bewunderung. Frank konnte stolz sein auf die Repräsentantin seines Hauses. Aber es lag ihm doch immer schwerer auf der Seele, daß es ihm nicht gelingen wollte, Siddy näherzukommen. Zwar war sie, seit sie New York verlassen hatten, etwas weniger abweisend und kühl, aber immer lag über ihrem Wesen ein undefinierbares »Rührmichnichtan«, das ihn stets zurückwies, wenn er den Versuch machte, ihr näherzukommen.

Mit ihrer Schwester Margot stand Siddy in dieser Zeit in regem Briefwechsel, aber auch ihr gegenüber sprach sie sich nicht aus. Wozu das? Margot konnte ihr ja doch nicht helfen und würde sich nur grämen, wüßte sie ihre Schwester unglücklich.

So mußte Siddy ihr Leid allein tragen. Sie hoffte nun nicht mehr darauf, Frank für sich zu gewinnen, und der Gedanke, daß sie jemals Nachfolgerin einer Marianne Weidner werden könnte, lähmte sie förmlich. Dieser Gedanke half ihr immer wieder, ihren Stolz aufrechtzuerhalten. Aber ihre Liebe zu Frank wurde zu ihrer Qual dadurch nicht weniger fest und tief, nur viel, viel schmerzlicher.

15

MARGOT JUNG UND Peter Vahl waren nach wie vor sehr viel zusammen. Im Tennisklub und auf dem Golfplatz erschienen sie immer gemeinsam. Es galt den anderen schon lange als selbstverständlich, daß diese beiden jungen Menschen zusammengehörten, und es traute sich kein anderer Mann so recht an Margot Jung heran.

Sie hütete sich jetzt ängstlich davor, Peter Vahl einen Korb zu geben, denn es würde der letzte, allerletzte sein – das wußte sie. Und sie konnte und wollte ihren guten lieben Freund Peter nicht verlieren – wollte aber noch immer nicht seine Frau werden. Obwohl er seit jenem Vorfall mit dem Auto entschieden an Bedeutung in ihren Augen gewonnen hatte, kam er doch immer noch nicht ihrem Ideal gleich. Und nach Margots Ansicht konnte man nur sein Ideal heiraten.

Peter Vahl aber, der so lange geduldig gewesen war, konnte jetzt absolut nicht mehr an sich halten. Margot wurde von Tag zu Tag reizender, und das Kindhafte ihres Wesens, das ihn immer wieder zur Geduld mahnte, wandelte sich ins Weibliche. Er versuchte eine Entscheidung herbeizuführen, weil er nicht mehr warten wollte. Aber sie wich jeder seiner Fragen und Anspielungen so geschickt aus, daß sie noch nicht dazu gekommen war, ihm den hundertfünfundzwanzigsten Korb zu geben.

Er merkte, daß sie nicht mehr so sicher und unbekümmert war wie zuvor. Sie konnte ihm nicht mehr ruhig und unbefangen ins Auge sehen, wurde zuweilen plötzlich rot unter seinen Blicken und danach immer besonders kratzbürstig. Das alles wären beglückende Zeichen für ihn.

Er wurde dadurch aber keineswegs ruhiger. Seine Worte wurden dringender, werbender, seine Augen flehten um ihre Liebe, wie seine zärtliche Stimme, wie alles, was er für sie tat. Er konnte sie jedoch niemals fassen; sie stellte sich begriffsstutzig und antwortete irgend etwas Ungereimtes.

Das hielt Peter Vahl schließlich nicht mehr aus. Er schwor sich: Beim nächsten Zusammentreffen muß sie Farbe bekennen!

Wieder einmal holte er sie zum Tennisspiel ab. Sie kamen ziemlich zeitig in den Klub, und noch war niemand anwesend außer ihnen. Auch die Balljungen waren noch nicht eingetroffen, und so setzten sie sich an einen der kleinen weißen Tische und warteten.

Peter Vahl hatte es so eingerichtet, daß sie zu früh kamen und darauf seinen Plan gebaut. Er hatte jetzt eine gute halbe Stunde vor sich, in der niemand sie stören würde.

Und so neigte er sich plötzlich vor und ergriff Margots Hand. Seine Augen sahen sie zärtlich flehend und doch ernst und entschlossen an.

»Fräulein Margot, ich bin absichtlich heute früher gekommen, ich wollte mit Ihnen allein sein. Denn ich ertrage es nicht länger, in diesem kühlfreundschaftlichen Verhältnis neben Ihnen dahinzuleben.«

Sie sah ihn erschrocken an. »Peter Vahl – ach, lieber, guter Peter Vahl, reden Sie bitte nicht weiter, seien Sie doch lieb und vernünftig!« bat sie und wollte ihre Hand aus der seinen ziehen.

Aber er ließ sie nicht los. »Nein, Fräulein Margot, mit dem Vernünftigsein ist es jetzt aus bei mir, ich mußte es schon viel zu lange sein. Jetzt will ich das letzte Wort von Ihnen hören, jetzt, in dieser Stunde, Sie dürfen mir nicht mehr ausweichen. Und hören Sie mir zu: Wenn Sie mich jetzt wieder mit irgendwelchen Redensarten zum Schweigen bringen wollen, betrachte ich das als Korb. Ich muß, ich will jetzt Antwort von Ihnen haben! Eine ernste und entscheidende Antwort, ob Sie meine Frau werden wollen oder nicht. Ich habe Sie so lieb, daß eine letzte Abweisung mich sehr unglücklich machen würde. Aber ich werde doch lieber dieses Unglück auf mich nehmen, als mich noch länger von Ihnen hinhalten lassen. Margot – mein ganzes Lebensglück liegt in Ihrer Hand. Wollen Sie meine Frau werden?«

Sie war rot und blaß geworden, und aller Mädchentrotz wachte noch einmal zur Abwehr in ihr auf, gerade weil sie fühlte, daß sie ihm am liebsten um den Hals gefallen wäre. Sie trotzte, weil er sie so in die Enge trieb, daß er ihr keine Zeit mehr lassen, sie jetzt zwingen wollte, eine Entscheidung zu treffen.

Sich mit einer letzten Kraftanstrengung von ihm losreißend, sprang sie auf und rief trotzig und zornig: »Nein, nein und nochmals nein, ich will nicht Ihre Frau werden!«

Er wurde sehr blaß, und seine blauen Augen blickten trübe. Um seinen Mund wurde plötzlich ein herber und weher Zug sichtbar. Langsam erhob auch er sich.

»Ich muß mich bescheiden, gnädiges Fräulein. Verzeihen Sie, wenn ich Sie belästigte – und leben Sie wohl.«

Damit verneigte er sich, griff nach seinem Schläger, der auf dem Tisch lag, und ging schnell davon, ohne sich noch einmal nach ihr umzudrehen.

Sie stand da wie gelähmt und starrte ihm nach. Bei jedem Schritt, der ihn weiter von ihr entfernte, wurde ihr das Herz schwerer, aber bei jedem Schritt hoffte sie auch, daß er sich umwenden und zu ihr zurückkehren würde. Aber das geschah nicht, er ging fest und sicher weiter und weiter bis zum Ausgang der Tennisplätze, und sie stand allein, bis ins tiefste Herz erschrocken, und konnte und wollte nicht glauben, daß ihr guter, lieber Freund Peter Vahl so von ihr ging.

Als er verschwunden war, preßte sie die Knöchel der Hand an ihre Zähne.

»Peter Vahl! Lieber Peter Vahl!« rief sie, wie ein erschrokkenes Kind, das man im Dunkeln allein gelassen hatte. Aber er kam nicht zurück.

Sie sah umher, wie aus einem schweren Traum erwachend. Konnte das denn möglich sein? Peter Vahl hatte sie verlassen, verlassen mit so traurigen Blicken, aber mit so fester Entschlossenheit! Nicht ein einziges Mal hatte er sich nach ihr umgeblickt; allein, ganz allein war sie nun.

»Das ist doch nicht recht von ihm! Wie konnte er nur!« sagte sie vor sich hin. Die Tränen liefen ihr aus den Augen, und sie fühlte sich auf einmal todunglücklich.

Und dann überkam sie die Angst, daß jetzt die anderen kommen und mit ihr sprechen würden. Das erschien ihr unmöglich; sie wußte, sie hätte nur weinen können, haltlos und trostlos weinen. Sie mußte fort, sie wollte niemanden sehen!

Langsam, unsicher, wie in einem bösen Traum schlich sie dem Ausgang zu. Und da fiel ihr ein, daß sie nicht einmal Geld hatte, die Straßenbahn zu benutzen; sie hatte doch mit Peter zurückfahren wollen. Wie seltsam das war, daß nun kein Peter mehr da war, der für sie sorgte, alles Unbequeme von ihr abwehrte, alles wie selbstverständlich für sie erledigte!

Aber das war nicht das schlimmste, schließlich konnte sie ja laufen – aber Peter war fort! Wollte nicht wiederkommen. Wollte fort von Berlin, um ihr nicht mehr begegnen zu müssen. Sie wußte, daß er das tun würde, daß sie ihn wirklich ganz verloren hatte. Da blieb sie stehen und lehnte sich an einen Baum, weil ihre Füße sie nicht weiter trugen.

»Peter, lieber, guter Peter – ich – ich hab' dich doch lieb, ich kann doch ohne dich nicht leben!« schluchzte sie vor sich hin.

Ja, plötzlich wußte sie es: Sie liebte Peter Vahl, sie hatte ihn schon immer geliebt und hatte es nur nicht gewußt. Das mit dem dummen Ideal war doch nur Unsinn, törichte

Mädchenphantasie. Peter war ihr doch der liebste Mensch von allen; ohne Peter zu leben war unmöglich. Er durfte nicht fort, um Gottes willen nicht!

Sie fing an zu laufen, kam zum Ausgang und atmete tief auf. Da stand ja noch sein Wagen! Vielleicht hatte er sich in den Wagen gesetzt und wartete auf sie. Bei diesem Gedanken wollte der Trotz sie noch einmal überkommen. Er hatte sie nur ängstigen wollen. Wie garstig von ihm! Nun war sie gedemütigt, wenn sie zu ihm in den Wagen steigen würde.

Sie richtete sich stolz auf und versuchte mit festen Schritten an dem Auto vorüberzugehen. Aber sie sah nun, daß es leer war, und der Jammer überfiel sie von neuem.

Da trat der Chauffeur an sie heran. »Gnädiges Fräulein, ich soll Ihnen sagen, daß der Wagen für Sie bereitsteht; der Herr Doktor ist mit der Straßenbahn gefahren, damit gnädiges Fräulein den Wagen benutzen können. Ich soll gnädiges Fräulein nach Hause bringen.«

Margot suchte sich zu fassen. »Es ist mir sehr unangenehm, daß der Herr Doktor mit der Elektrischen fahren mußte. Wenn – wenn er nur noch einige Minuten hätte warten wollen«, stieß sie heraus.

»Herr Doktor hatte leider keine Zeit, er hat wichtige telefonische Nachricht bekommen, daß er sofort nach Leipzig kommen soll. Ich will gnädiges Fräulein nur nach Hause bringen, dann hole ich Herrn Doktor ab, der sich inzwischen fertig macht zur Abreise, und fahre ihn zum Anhalter Bahnhof.«

Margot sah jetzt eine Gruppe junger Leute mit Tennisschlägern sich nähern; sie stieg schnell in den Wagen, und der Chauffeur schloß die Tür.

Ganz weit lehnte sich Margot zurück, damit sie von ihren Bekannten nicht gesehen wurde. Gottlob, sie kümmerten sich nicht um den Wagen und betraten die Tennisplätze. Der Chauffeur startete, und fort ging es.

Margots Tränen flossen von neuem. Wie lieb und gut von

Peter, daß er den Wagen für sie zurückgelassen hatte! Also, er wollte wirklich fort! So eilig hatte er es, nach Leipzig zu kommen? Wahrscheinlich wollte er nun gleich den Vertrag unterzeichnen, der ihn dorthin verpflichtete.

Der Jammer brach ihr fast das Herz. Was sollte sie nur tun? Sie konnte doch Peter nicht nach Leipzig fahren lassen? Dann sah sie ihn bestimmt niemals wieder. Dann war alles aus – und sie saß mit gebrochenem Herzen und ihrer Sehnsucht nach Peter allein. Nein, das durfte nicht sein! Er durfte gar nicht erst nach Leipzig; sie mußte das verhüten, dies war noch die einzige Chance für sie, ihr Lebensglück zu retten, das sie so töricht und unüberlegt aufs Spiel gesetzt hatte.

Ach, was war sie für ein abscheuliches Mädchen! Wie hatte sie den armen Peter gequält! Das erkannte sie erst jetzt, da sie selbst so bittere Qualen um ihn erleiden mußte. Ja, sie mußte ihn zurückhalten, er durfte nicht nach Leipzig fahren, sein Vater würde auch sehr unglücklich sein, wenn er fortging. Aber – was konnte sie nur tun, um ihn zurückzuhalten?

Sie sann nach. Dann richtete sie sich hastig auf, trocknete ihre Tränen und beugte sich vor, um die Glasscheibe zurückzuziehen, die den Fond vom Chauffeursitz trennte.

»Mir fällt eben ein, daß ich dem Herrn Doktor noch etwas sehr Wichtiges zu sagen habe; fahren Sie mich nicht nach Hause, sondern gleich bis zu seiner Wohnung. Ich warte dann im Wagen, bis er herunterkommt und zum Bahnhof fährt.«

»Sehr wohl, gnädiges Fräulein!«

Margot atmete auf. So, nun konnte er wenigstens nicht fort, ohne noch einmal mit ihr gesprochen zu haben. Was er wohl für ein Gesicht machen würde, wenn er sie im Wagen sah? Würde er sich freuen? Oder war er ihr nun so böse, daß er gar nichts mehr von ihr wissen wollte?

Sie wurde sehr ängstlich. Konnte das sein, daß Peter sie vielleicht nun gar nicht mehr liebte? Ach nein – das war nicht möglich! Vielleicht ein bißchen böse würde er sein, daß er nun seinen Koffer umsonst gepackt hatte.

Sie weinte sich erst noch einmal alle Angst vom Herzen und trocknete dann die Tränen. Sie zog die Puderdose aus der Handtasche und puderte sich das verweinte Gesicht. Himmel, wie sie aussah! Und mit dem Gesicht sollte sie sich ihren Peter wieder zurückerobern? Sie rieb und rieb, aber es half nichts, die Tränenspuren blieben sichtbar.

Nun, mochten sie bleiben, dann sah er wenigstens, wie sehr er sie gequält hatte, ihr Peter, ihr lieber, guter, dummer, törichter Peter, der glauben konnte, daß sie ihn von sich lassen könnte! Ihr Held, ihr geliebter Held und – ihr Ideal, jawohl, er war ja schließlich doch ihr Ideal! Keiner war so gut und lieb wie er, keiner so stark und treu, keiner so tüchtig und zuverlässig.

Weinend und lachend legte sie den letzten Teil des Weges zurück. Als der Wagen vor dem Portal der Villa hielt, die Peter mit seinem Vater bewohnte, stieg der Chauffeur aus und läutete an der Hausglocke, um zu melden, daß er mit dem Wagen wartete.

Margot drückte sich ganz tief in die Wagenpolster, damit sie nicht gleich gesehen werden konnte. Sie mußte ziemlich lange warten, bis endlich ein Diener erschien, der einen Handkoffer brachte. Er setzte ihn vorn neben den Chauffeursitz und achtete gar nicht auf Margot. Er hatte sie schon oft im Wagen seines jungen Herrn Doktor gesehen und glaubte, es sei zwischen diesem und der jungen Dame verabredet, daß sie ihn hier erwarte.

Nun kam Peter. Sie sah, daß er blaß und sehr ernst aussah. Noch tiefer zog sie sich in den Wagen zurück.

»Haben Sie Fräulein Jung nach Hause gefahren, hat sie den Tennisplatz schon verlassen?« hörte sie ihn den Chauffeur fragen.

»Nein, Herr Doktor, das gnädige Fräulein ist im Wagen, weil sie Ihnen noch etwas zu sagen hatte.«

Peter stutzte, sah mit heißen Blicken in den Wagen hinein und winkte nur dem Chauffeur, daß er abfahren solle. Dann stieg er hastig in den Wagen, der sich gleich darauf in Bewegung setzte.

Er fiel neben Margot in die Polster und ergriff ihre Hand. »Margot! Was haben Sie mir noch zu sagen?«

Da kamen die dummen Tränen schon wieder aus den Augen gestürzt.

»Ach, Peter, lieber Peter, es war ja alles Unsinn! Ich kann doch nicht ohne Sie leben, ich – ich habe Sie doch lieb, so lieb wie keinen anderen Menschen. Wie konnten Sie mich nur allein lassen?«

Er zog sie in seine Arme und atmete wie erlöst auf. Zum Glück fuhren sie durch eine menschenleere Gegend. Aber das Gegenteil wäre Peter jetzt auch einerlei gewesen. Er umfaßte Margots Kopf und sah ihr mit heißer, sehnsüchtiger Zärtlichkeit in die Augen. »Margot, du willst meine Frau werden?« jubelte er.

Sie nickte, während unter seinem Blick dunkle Glut in ihr Gesicht stieg. »Ja, Peter, ich kann ja nicht ohne dich leben.«

Da küßte er sie, bis sie beide atemlos waren, und war wie närrisch vor Freude und Glück.

»Süße, liebe Margot, Gott sei Dank, daß du endlich deinen Widerstand aufgibst! Habe doch nicht so große Angst davor, meine Frau zu werden. Ich hab' dich doch lieb, süße Margot, und will dich auf den Händen tragen.«

»Und nun fährst du nicht nach Leipzig, nein?«

Er lachte froh. »Ausgeschlossen! Jetzt fahre ich erst ein wenig mit dir in Berlin umher, das Weitere wird sich finden. Süße, sag mir doch, hast du deinen Peter lieb?«

Sie sah ihn strahlend glücklich an. »Ich habe ja gar nicht gewußt, daß ich dich so liebhabe. Als ich plötzlich allein auf dem Tennisplatz dastand, wußte ich es mit einemmal und war sterbensunglücklich bei dem Gedanken, ich könnte dich verloren haben. Ich brauche dich doch, Peter – ich habe dich so lieb!«

Gerührt und beglückt küßte er sie wieder, und dann legte er ihr Köpfchen an seine Brust und fragte leise: »Aber wie ist es mit deinem Ideal, Margot?«

Sie streichelte seine Hand. »Das habe ich endlich gefunden, Peterlein.«

Er sah erstaunt auf sie herab. »Wie, du hast nun dein Ideal gefunden, und trotzdem willst du meine Frau werden?«

Sie sah mit einem zärtlich-schelmischen Blick zu ihm auf, der ihn bezauberte und entzückte. »Ja, Peter, denke dir, als ich es richtig bedachte, entdeckte ich, daß du mein Ideal bist. Du bist gut und stark und großmütig, bist zuverlässig, treu, tüchtig – und ein Held. Und vor allem liebst du mich so sehr, wie ich geliebt sein möchte.«

Er wurde richtig rot vor Verlegenheit, der gute Peter, und lachte so jungenhaft glücklich, daß sie ihn küssen mußte.

»Aber Margot, ich habe doch keine dunklen Augen und keine dunklen Haare, und schlanker bin ich doch auch nicht geworden?«

Sie lachte ein wenig. »Ach, weißt du, Peterlein, auf die Farbe kommt es nicht an, wenn das Herz nur schwarz ist«, scherzte sie.

Da mußte er sie wieder küssen, und er bedauerte sehr, daß sie nun in belebte Gegenden kamen, wo sie brav nebeneinander sitzen mußten. Aber die Augen hingen in seliger Lust ineinander. Sie hatten sich soviel zu sagen. Margot beklagte sich, daß er sie mit seinem Davonlaufen so arg erschreckt habe.

»Und du wolltest mich wirklich und wahrhaftig nicht wiedersehen?«

Er drückte ihre Hand in der seinen. »Ich konnte nicht mehr, Margot, ich ertrug es nicht länger, so ruhig und beherrscht neben dir dahinzuleben. Die Sehnsucht, dich zu küssen, hat mich beinahe unsinnig gemacht.«

Und schnell küßte er sie noch einmal, da gerade niemand vorüberging.

Gleich darauf hielten sie am Anhalter Bahnhof, und der Chauffeur wollte den Koffer einem Gepäckträger übergeben.

Aber Peter hielt ihn zurück. »Lassen Sie den Koffer stehen; das gnädige Fräulein hat mir eben die Nachricht gebracht, daß ich nicht nach Leipzig brauche, es ist noch einmal angerufen worden. Aber bitte, fahren Sie den Wagen um die Ecke, wo er die Anfahrenden nicht stört, und erkundigen Sie sich dann, wann morgen der erste Zug nach Leipzig fährt, falls ich morgen fahren muß.«

Der Chauffeur verschwand, und Margot sah Peter erschrocken an. »Du willst doch noch nach Leipzig?« Er lachte. »Nein, ich will nur dem Chauffeur glaubhaft machen, wieso ich trotz deiner Botschaft zum Bahnhof gefahren bin; er hätte sich doch sonst sagen müssen, daß diese Fahrt unnötig gewesen sei.«

»Ach, Peter, du bist so klug!« lachte sie.

»Nun, ich denke, es genügt für einen Berliner Rechtsanwalt. Aber was tun wir nun? Wohin fahren wir jetzt?«

»Ich denke, du begleitest mich nach Hause. Du wirst doch meinen Eltern etwas zu sagen haben.«

»Das allerdings. Aber seit ich dein Jawort habe, eilt es mir nicht so sehr. Dein Vater ist ohnedies jetzt nicht daheim. Wir haben noch ein Stündchen Zeit. Und ich finde es so über alle Maßen schön, heimlich verlobt zu sein, daß ich diesen Zustand gern noch ein wenig auskosten möchte. Ich hoffe doch, daß du nichts dagegen hast, noch ein Weilchen mit mir im Wagen spazierenzufahren?«

»Absolut nicht«, sagte sie lachend.

Jetzt kam der Chauffeur zurück und meldete, wann morgen früh der erste Zug abfahre.

»Gut«, erwiderte Peter, »jetzt fahren Sie erst zu Hause vor und geben meinen Koffer wieder hinein. Dann müssen Sie uns noch einmal zum Tennisklub fahren, ich habe dort etwas vergessen, und danach bringen Sie uns zur Wohnung des gnädigen Fräuleins.«

Margot lachte. »Aber Peter, da fahren wir doch fast eine Stunde!«

»Macht nichts, mir wird sie sicherlich nicht zu lang, und wir kommen durch ziemlich menschenleere Gegenden, das ist mir die Hauptsache.«

Diese Fahrt, die einige Male unterbrochen wurde, erschien den Liebenden durchaus nicht zu lang. Als sie vor Margots Wohnung hielten, wunderten sie sich vielmehr, wie schnell sie vergangen war. Aber sie hatten Zeit gehabt, sich alles zu sagen, was sich Brautleute in solchen Situationen zu sagen haben. Und in den menschenleeren Gegenden hatten sich Gelegenheiten gefunden, das Gesagte durch Küsse zu bekräftigen.

Nun stiegen sie die Treppe zu Margots elterlicher Wohnung empor und erfuhren zu ihrer freudigen Überraschung, daß Frau Jung noch nicht zu Hause wäre, aber jeden Moment kommen würde. So war dem Brautpaar noch ein kurzes Alleinsein beschieden.

Dann kam erst die Mutter und dann der Vater, und das Weitere ergab sich von selbst.

Margot wünschte, daß die Verlobungsfeier erst stattfinden sollte, wenn Siddy mit ihrem Mann von der Hochzeitsreise zurückgekehrt sein würde. Bis dahin konnten allerdings noch einige Wochen vergehen, aber Margot und Peter fanden, daß eine heimliche Verlobungszeit viel schöner wäre als eine offizielle. Allerdings bat sich Peter aus, daß die Hochzeit dann nicht auch noch lange hinausgeschoben würde. Und so legte man den Hochzeitstermin dementsprechend fest. Im September würde Siddy zurückkommen. Dann sollte die Verlobungsfeier stattfinden und am zweiten Dezember die Hochzeit.

16

MARIANNE WEIDNER WAR außer sich, als sie erfuhr, daß Nordaus abgereist waren. Ein rasender Zorn auf Siddy erfüllte sie, denn sie glaubte, nur diese wäre schuld daran, daß Frank sich nicht verabschiedet hatte. Ihr Vater mußte sie besänftigen und erzählte ihr nun erst, daß er Frank Nordau getroffen habe und dieser hoffe, daß sich in Miami mehr Gelegenheit finden würde, wieder zusammen zu sein.

Aus diesen Worten entnahm Marianne, daß Frank wohl nur aus Vorsicht ihre Nähe gemieden habe. Wahrscheinlich hatte seine Gattin ihrer Eifersucht in irgendeiner Weise Luft gemacht. Das ihrem Vater Gesagte betrachtete sie daher als eine heimliche Botschaft. Sie beruhigte sich einigermaßen und verbrachte die weiteren Wochen in New York in heimlichem Fieber der Erwartung.

Die Zeit verging ihr viel zu langsam, und schließlich brachte sie den Vater dazu, möglichst bald mit ihr nach Florida aufzubrechen. Das geschah denn auch, und so waren Weidners schon über eine Woche in Miami, als Frank Nordau mit seiner jungen Frau dort eintraf.

Marianne Weidner hatte im Hotel, in dem sie mit ihrem Vater abgestiegen war, dafür gesorgt, daß die Zimmer neben den ihren nicht besetzt wurden. Sie ließ diese für Nordaus reservieren. Frank Nordau hatte aber inzwischen bereits Zimmer in einem anderen Hotel bestellt.

Er hatte alle seine Geschäfte, bis auf die mit der befreundeten Firma in Miami, erledigt, und zwar zu seiner vollsten Zufriedenheit.

Lächelnd hatte er zu Siddy gesagt: »Wenn wir wieder in Berlin sind, mußt du dir beim Juwelier ein sehr schönes Schmuckstück aussuchen; das haben die neuen Geschäftsverbindungen gut eingebracht.«

Aber er gewann Siddy damit kaum ein Lächeln ab. Ihr Herz trachtete nicht nach Schmuck und Tand. Was sie hätte glücklich machen können, war nur die Liebe ihres Gatten.

Als sie nach Miami reisten, befiel sie erneut die heftige Angst, daß Frank wieder mit Marianne Weidner zusammenkommen würde. Und später, in Berlin, würden sie sich vermutlich ebenfalls sehen. Nie mehr würde dieser quälende Druck vom Herzen weichen. Auch dann nicht, wenn Marianne Weidner nicht mehr die Geliebte ihres Gatten sein würde. Sie glaubte nicht an eine lange Dauer dieses Verhältnisses, Frank würde eines Tages ihren minderwertigen Charakter erkennen. Aber nach Marianne kam dann wohl eine andere an die Reihe. Für sie mußte das gleichbleiben. Zwischen ihr und Frank konnte es nie eine Gemeinschaft geben, nur ein formelles Nebeneinanderleben. Und diese Erkenntnis tat ihr unsäglich weh.

In Miami wurden ihnen im Hotel die von Frank bestellten Zimmer angewiesen. Von den Fenstern aus hatten sie einen herrlichen Blick auf die See. Am Strand herrschte reges Badeleben. Frank hatte in Miami nur mit einer großen Baugesellschaft zu verhandeln, das war das einzige Geschäft, das hier für ihn abzuwickeln war, aber er hoffte, daß es ein sehr großes und gutes werden würde. Er wollte aber mit seiner jungen Frau mindestens noch zwei Wochen bleiben. Der Luxus war groß, die wundervollsten Toiletten wurden an den Abenden getragen, während man fast den ganzen Tag im Badeanzug verbrachte. Das Leben spielte sich hauptsächlich am Strand ab, und Siddy fürchtete deshalb, daß sie hier Marianne Weidner nicht würde entgehen können, obwohl sie ein anderes Hotel bezogen hatten.

Und richtig, während sie am nächsten Morgen nach dem Frühstück mit Frank zum Strand ging, kam ihnen Marianne Weidner mit ihrem Vater entgegen. Sie trug einen koketten Badeanzug und hatte einen sehr eleganten Bademantel nur lose übergehängt. Siddy erblaßte bei ihrem Anblick und war sich ihrer absoluten Ohnmacht dieser Frau gegenüber bewußt. Zu ihrem eifersüchtigen Schmerz mußte sie sich eingestehen, daß Marianne Weidner noch nie so vorteilhaft ausgesehen habe wie eben jetzt. Ihre schlanke, schöne Gestalt kam voll zur Geltung, und sie wußte ihre Reize geschickt in das hellste Licht zu rükken.

Als Marianne Frank und Siddy erblickte, atmete sie wie erlöst von langer Pein auf. Sie hatte sehnsüchtig auf das Wiedersehen mit Frank gewartet und war froh, daß sie, wie sie genau wußte, sehr gut aussah. Mit ausgestreckten Händen und strahlendem Lächeln kam sie dem Ehepaar entgegen. »Ah, endlich eingetroffen, meine Herrschaften! Wann sind Sie angekommen?«

Siddy konnte es nicht umgehen, der Feindin für einen Moment ihre Fingerspitzen zu überlassen, obwohl ihr dabei war, als erstarre sie zu Stein.

Frank verbeugte sich sehr formell vor Marianne und reichte ihrem Vater die Hand. »Wir sind gestern abend eingetroffen.«

»Ah, gestern abend schon? Ich hörte nichts davon im Hotel. War es nicht lieb von mir, daß ich Ihnen Zimmer reservieren ließ mit dem Ausblick nach der See? Daß Sie dieser Tage kommen würden, wußten wir ja, und auch, daß Sie im gleichen Hotel mit uns wohnen würden.«

Frank war etwas verlegen. »Mein gnädiges Fräulein, das war sehr liebenswürdig von Ihnen, aber – ich hatte leider keine Ahnung davon. Und da ich hörte, daß in dem Hotel keine Zimmer mit Seesicht mehr zu haben seien, habe ich in einem anderen Quartier bestellt. Das haben wir gestern abend bezogen, daher ist Ihnen unsere Ankunft unbekannt geblieben.«

Mariannes Gesicht verzerrte sich, und sie warf einen

gehässigen Blick auf Siddy, als wollte sie sagen: Das habe ich dir zu verdanken!

Herr Weidner rettete die Situation, indem er lachend sagte: »Siehst du, Marianne, da waren wir ein wenig zu voreilig. Ich muß dann sogleich die reservierten Zimmer abbestellen.«

Da fuhr Marianne auf: »Aber das ist unmöglich, Papa! Ich habe sie fest bestellt, obwohl die Zimmer anderweitig vergeben werden sollten. Nicht wahr, meine Herrschaften, Sie werden einsehen, daß es das beste ist, Sie übersiedeln nun doch in unser Hotel.«

Frank sah in das Gesicht seiner Frau und merkte, daß sie tief erblaßt war und ihre Lippen zuckten. So richtete sie sich entschlossen auf und sagte bedauernd: »Leider geht das nicht, gnädiges Fräulein; auch wir haben unsere Zimmer im voraus bestellt, und zwar für die ganze Dauer unserer Anwesenheit hier. Außerdem habe ich in unserem Hotel verschiedene geschäftliche Konferenzen vereinbart. Daher möchte ich meine Adresse nicht ändern.«

»Selbstverständlich, geschäftliche Rücksichten gehen vor«, meinte Herr Weidner einsichtsvoll. »Du brauchst dir auch keine Kopfschmerzen zu machen, Marianne, ich regele das mit den Zimmern schon; die wird die Hoteldirektion sofort wieder los, da es Seezimmer sind. Es wäre allerdings hübsch gewesen, wenn wir gemütlich hätten beieinander sein können; aber wir werden uns ja auch ohnedies am Strand oft genug begegnen.«

Dieser Gedanke tröstete Marianne zwar ein wenig, aber sie war doch wütend, daß anscheinend alles nach dem Kopf dieses »blonden Tugendgänschens« ging und nicht nach dem ihren. Diese Frau Nordau war, das sah man, eifersüchtig auf sie. Und das sollte sie auch sein! Sie wollte ihr allen Ärger und alle Enttäuschung heimzahlen, die sie ihr bereitet hatte.

Mit einem schmachtenden Blick zu Frank aufsehend, sagte sie leise, während ihr Vater mit Siddy einige Schritte vorausging: »Ich habe Sie sehr sehnsüchtig erwartet und freue mich, daß Sie endlich gekommen sind.«

Der Wind trug diese Worte an Siddys Ohr. Sie hätte laut aufschluchzen mögen – was würde Frank darauf erwidern? Aber wie sie auch lauschte, sie konnte es nicht verstehen.

»Sehr liebenswürdig von Ihnen«, hatte Frank obenhin geantwortet.

»Wir müssen hier häufig zusammentreffen, Herr Nordau. Ich glaube, wir haben uns viel zu sagen«, und dabei versuchte sie ihn schmachtend anzusehen.

Er richtete sich auf und sah ihr scharf in die Augen. »Mein gnädiges Fräulein, ich fürchte, Sie verschwenden Ihr Interesse am untauglichen Objekt.«

»Oh, erlaubt es die Gattin nicht, daß Sie mit einem anderen weiblichen Wesen zusammentreffen? Schwingt sie den Pantoffel?«

»Weder das eine noch das andere«, sagte er mit geröteter Stirn.

Sie wußte sehr wohl, daß es kein Mann so leicht verträgt, in dem Verdacht zu stehen, er könnte ein Pantoffelheld sein. Mit aufreizendem Lachen fuhr sie fort:

»O ihr armen Ehemänner, euch sind die Flügel gebunden! Aber ich werde trotzdem nicht darauf verzichten, sie Ihnen ein wenig zu lösen. Vor allen Dingen müssen wir uns erst einmal unter vier Augen aussprechen; ich meine, wir hätten uns noch mancherlei zu sagen, wobei wir keine Zeugen brauchen können.«

Er zog die Stirn zusammen. »Ich glaube, es ist besser, wenn wir das unterlassen, gnädiges Fräulein.«

Sie warf ihm einen ihrer gefährlichen, verlockenden Blikke zu. »Haben Sie so große Angst vor mir?«

»Nein, höchstens für Sie. Gestatten Sie mir, Ihnen zu sagen, daß Sie ein gefährliches Spiel treiben.«

Sie lachte girrend und verführerisch auf, so daß es schmerzhaft in Siddys Ohren klang. Das sollte es auch, darauf war es berechnet. »Ich liebe gefährliche Spiele,

Frank Nordau – und gerade Sie als Partner wären mir sehr erwünscht.«

Seine Angst, daß Siddy etwas von Mariannes Worten hören könnte, machte ihn so unsicher, daß sie schon glaubte, gewonnenes Spiel zu haben.

Er sah besorgt zu Siddy hinüber, die mit dem alten Herrn stehengeblieben war, um Frank und Marianne zu erwarten. »Verzichten Sie auf meine Partnerschaft, gnädiges Fräulein, und – denken Sie bitte an sich, an Ihren Ruf; mehr will und kann ich Ihnen nicht sagen.«

»Ich bestehe darauf, daß wir uns unter vier Augen aussprechen, denn ich denke weder an meinen Ruf noch an sonst etwas, nur daran, daß ich Sie wahnsinnig liebe.«

»Es hat keinen Zweck, seien Sie vernünftig!«

Sie lachte hell auf. »Vernünftig werde ich sein, wenn ich achtzig Jahre alt bin. Ich bitte Sie, reizen Sie mich nicht, ich bin zu allem fähig. Einmal muß ich mit Ihnen sprechen – nur einmal! Ich werde mir überlegen, wie das möglich ist, ohne daß Ihre Frau davon erfährt. Im übrigen haben Sie wohl auch nicht Limonade statt Blut in den Adern, und eine Ehe, wie Sie sie führen, kann einen solchen Vollmenschen, wie Sie es sind, unmöglich beglücken. Also – wir sprechen uns noch.«

Sie waren so nahe an Siddy und Herrn Weidner herangekommen, daß Siddy diese letzten Worte hören mußte. Aber vor allen Dingen sah sie sehr wohl, daß Marianne erregt war und ihr Mann außerordentlich verlegen und unsicher.

Frank wußte allerdings nicht, auf welche Weise er Marianne Weidner entkommen sollte. Er sagte sich, es sei vielleicht wirklich das beste, auf ein Alleinsein mit ihr einzugehen, um ihr ganz unverhohlen zu sagen, daß er sich weitere Belästigungen von ihrer Seite verbitte. Er sah ein, daß dieses Mädchen absolut keine Hemmungen kannte und nicht eher von ihm ablassen würde, als bis er ihr eindeutig den Standpunkt klargemacht hatte.

Sein ganzes Herz gehörte Siddy, und er hatte gehofft, hier in Miami, wo er wenig von Geschäften beansprucht sein würde und sich ihr den ganzen Tag widmen konnte, mit ihr ins reine zu kommen. Lange konnte er den jetzigen Zustand nicht mehr ertragen, es mußte klar werden zwischen ihnen. Darum konnte er ein Zwischenspiel mit Marianne Weidner absolut nicht brauchen. Diese wurde ihm immer unsympathischer, er hatte niemals Frauen leiden mögen, die im Verkehr mit Männern die Initiative ergriffen. Und so schamlos wie sie hatte das noch keine getan, die er kennengelernt hatte. Er mußte sie sich energisch vom Hals schaffen, und zwar so, daß Marianne ihn nicht mißverstehen konnte.

Hart und fest sagte er: »Gut, wir sprechen uns noch!«

Siddy hörte auch das, und sie sah, wie Mariannes Augen triumphierend aufblitzten. Ihr war, als würde ihr das Herz mitten durchgerissen. Mußte sie das ertragen, daß dieses Mädchen vor ihren Augen so schamlos mit ihrem Gatten kokettierte, daß sie ihm solche Blicke zuwarf?

Sie richtete sich plötzlich stolz empor. »Ich gehe jetzt zum Hotel zurück.« Sehr bestimmt sagte sie es.

Frank war sofort an ihrer Seite. »Ganz wie du wünschst, Siddy.«

»Ei, haben Sie einen gehorsamen Gatten, gnädige Frau!« rief Marianne höhnend.

Herr Weidner lachte harmlos. »Na, das fehlte ja auch noch, wenn der Mann nicht einmal auf der Hochzeitsreise parierte! Nicht wahr, gnädige Frau?« scherzte er gutmütig.

Siddy neigte mit erzwungenem Lächeln den Kopf, dann verabschiedete sie sich von Marianne mit einem leichten, stolzen Neigen des Hauptes und ging davon. Frank hatte sich ebenfalls verabschiedet und ging an ihrer Seite.

Marianne sah ihnen spöttisch nach. »Mein Gott, ist das eine langweilige Pute!« stieß sie hervor.

Ihr Vater sah sie erstaunt an. »Du meinst doch nicht etwa die reizende kleine Frau Nordau damit, Mariannchen?«

»Ja, Vater, die meine ich!« stieß sie wütend hervor.

»Aber sie ist doch eine entzückende kleine Frau!«

»Ach, Papa, wenn ihr Männer nur ein hübsches Gesicht seht, meint ihr gleich, es müßten auch noch allerlei andere Reize vorhanden sein. Eine langweilige dumme Pute ist sie, strohdumm und – eifersüchtig. Merkst du denn nicht, sie möchte ihr Männchen in Watte wickeln und unter den Glassturz stellen, damit nichts an ihn herankommt, was wie Leben aussieht, weil sie selbst leblos und temperamentlos ist. Der arme Nordau, der kann einem ja leid tun! Er möchte ganz gern ein wenig über die Stränge schlagen, aber er wagt es nicht, weil er sonst wieder unter den Glassturz muß.«

Und Marianne glaubte selbst, was sie sprach. Sie war überzeugt, daß sie Frank Nordau schon »lebendig« machen würde, hätte sie ihn nur erst einmal allein für sich. Seine Zusage hatte sie ja erhalten, und nun sollte er ihr nicht mehr entkommen!

Sie brannte vor Glut und Verlangen, ihn für sich zu erobern, und war sicher, daß ihr das gelingen würde. Wenn eine Frau wie sie sich mit all ihren heißen Wünschen dafür einsetzte, dann wollte sie den Mann sehen, der stark bleiben konnte!

17

FRANK UND SIDDY waren eine Weile stumm nebeneinander hergegangen. Beide hingen ihren unerfreulichen Gedanken nach.

Endlich sagte Frank: »Dieses Fräulein Weidner ist ein etwas schwieriger und unerfreulicher Umgang.«

Siddy hob den Kopf zu ihm auf und sah ihn mit trüben Augen an. »Auch für dich, Frank?« fragte sie mit seltsamer Betonung.

Er horchte auf. Klang aus ihren Worten nicht Eifersucht heraus?

»Ich glaube, für mich fast noch mehr als für dich«, erwiderte er mit einem gewissen Galgenhumor.

Sie preßte ihre Lippen zusammen. War es schon so weit, daß ihm diese Liebschaft mit Marianne Weidner lästig wurde? Oh, sie konnte es sich schon denken; wirkliche Werte hatte Marianne Weidner einem Mann von Franks Art nicht zu bieten. Also hatte nur flüchtiges Gefallen ihn zu ihr gezogen. Würde dieser Rausch auch bald vergangen sein, hatte er dennoch unendlich vieles vernichtet und zerstört, was ihr Glück hätte ausmachen können. Nie würde sie wieder den Mut finden, Frank entgegenzukommen, um seine Liebe zu werben, denn sie würde immer Angst haben, daß, ehe sie noch ihre Hemmungen überwunden hatte, schon eine andere wieder seine Gunst gewonnen haben könnte.

Frank schoß es durch den Sinn, was wohl Siddy zu ihrer Frage bewegt haben möchte. Weshalb war sie auf einmal wieder so still und gedrückt? Seit ihrer Abreise von New York war sie etwas lebhafter geworden – warum blickten ihre Augen auf einmal wieder so trübe und traurig?

Um Himmels willen, das hing doch wohl nicht mit Marianne Weidner zusammen? Oder doch? Übte diese Person – genau wie auf ihn – auch auf Siddy einen unheilvollen Einfluß aus? Das mußte er zu ergründen suchen.

Jenes Abends in New York gedachte er, an dem Siddy so reizend lieb gewesen war, wo es ihm hatte scheinen wollen, als versuchte sie selbst, ihm näherzukommen, wo ihre Stimme so seltsam weich und kosend geklungen und ihre Augen ihn zuweilen mit verhaltener Zärtlichkeit angestrahlt hatten. An diesem einzigen Abend, an dem süße Hoffnungen in ihm erwachten, war sie verführerisch und bezaubernd lieb gewesen. Und am nächsten Morgen war alles wieder anders – an jenem Morgen, als Marianne vor seiner Tür auf ihn gewartet hatte, um den von ihr heimlich in sein Zimmer bugsierten Brief zurückzuverlangen.

Das alles war rätselhaft für ihn. Aber er wußte, das ertrug er nicht mehr lange. Er wollte mit Marianne sprechen, wollte sie fragen, ob sie irgendwelchen unheilvollen Einfluß auf seine junge Frau ausgeübt hatte. Er traute nach seinen jetzigen Erfahrungen Marianne jede Schändlichkeit zu. Sie war eine Person ohne jeden sittlichen Wert, eine jener Frauen, die nichts und niemand schonen, wenn sie ihrer Begehrlichkeit folgen.

Bei ihrer Rückkehr in das Hotel fanden beide Gatten Post aus Deutschland vor. Für Siddy war ein Brief von Margot da und für Frank Geschäftsbriefe.

Vor ihren beiden Zimmern zog sich ein kleiner Balkon hin, auf dem unter einem Sonnenzelt Stühle und Tische aufgestellt waren. Hier nahm Siddy Platz. Bald darauf erschien auch Frank.

»Stört es dich, Siddy, wenn auch ich hier meine – Briefe

durchsehe und mich zu gleicher Zeit ein wenig an der Aussicht erfreue?«

»Aber gewiß nicht, Frank. Ich habe ja nur Margots Brief zu lesen.«

»Hoffentlich hast du gute Nachrichten von daheim. Sieh nur, wie herrlich sich von hier aus das im Sonnenschein daliegende Meer ausnimmt! Es ist eigentlich ein Unsinn, während der Badezeit zum Strand hinunterzugehen. Wir sitzen hier oben viel schöner und sind wenigstens sicher vor unliebsamen Begegnungen.«

Sie sah ihn forschend an. Meinte er damit Marianne Weidner? Es schien so. Also sehnte er sich nicht nach einem öfteren Zusammentreffen mit ihr? Das machte sie trotz allem etwas froher.

»Oh, auch ich bleibe sehr gern hier oben sitzen.«

»Wenn es dir nur nicht zu langweilig wird.«

»Mir? O nein, aber dir wird es langweilig werden.«

Er sah sie mit einem warmen, festen Blick an. »In deiner Gesellschaft gewiß nicht.«

Das Blut schoß ihr verräterisch ins Gesicht, und das machte ihn unruhig.

Sie öffnete schnell ihren Brief und las:

»Meine liebe, liebe Siddy! Ich rate Dir, setz Dich fest, ganz fest, ehe Du diesen Brief weiterliest, damit Du nicht vor Überraschung umfällst. Siddy – ich habe mich verlobt! Da steht es schwarz auf weiß, und Du wirst nun fragen: Mit wem? Ich antworte Dir: Mit meinem Ideal! Ja, Siddy, denke Dir, ich habe plötzlich entdeckt, daß Peter Vahl, mein liebes, gutes Peterlein, mein Ideal ist. Gerade in dem Augenblick, als er mit meinem hundertfünfundzwanzigsten Korb davonging, für immer, wie er sagte, und festen Willens war, mit mir zu brechen – gerade da sah ich ein, daß er, nur er allein mein Ideal ist, daß ich nicht ohne ihn leben kann, und ich fühlte mich todunglücklich, als er plötzlich nicht mehr bei mir war. Und – ach, Siddy,

vielleicht ist das schrecklich unweiblich gewesen, aber ich hatte so große Angst, daß er mich nun für immer allein lassen würde – da bin ich ihm eben nachgefahren, habe ihn glatt abgefangen. Was weiter geschah, weiß ich eigentlich nicht mehr. Ich weiß nur, daß es himmlisch war, und daß mein Peterlein ein lieber, bezaubernder Mensch ist, und daß ich als seine Braut ganz unsinnig glücklich bin. Er vergöttert mich weiter wie bisher, liest mir jeden Wunsch von den Augen ab und weiß vor Glücksübermut nicht, was für Unfug er treiben soll. Ach, es ist doch wunderschön, wenn man einen geliebten Menschen glücklich machen kann! Nun, das brauche ich Dir nicht zu sagen, Du erlebst das ja täglich selbst in Deinem jungen Glück. Jetzt weiß ich auch, wie Dir an Deinem Hochzeitstag zumute war. Erinnerst Du Dich noch, wie Du mir an diesem Tag, nachdem ich Dir den Myrtenkranz aufgesetzt hatte, gestandest, daß Du Frank schon geliebt hattest vom ersten Augenblick an, da Du ihn gesehen, während er Dich erst gar nicht beachtet hatte? Und wie glücklich Du warst, als er sich nach der Rückkehr von seiner langen Auslandsreise Dir näherte und Dich dann bald zur Frau begehrte? Siehst Du, bei uns war es umgekehrt: mein Peter liebte mich schon, seit er mich zum erstenmal gesehen hatte. Ich dummes Ding beachtete ihn zunächst gar nicht und wollte absolut nichts von einer Heirat wissen. Und dabei muß ich ihn doch schon sehr lange liebgehabt haben. Man erkennt das erst viel zu spät, aber dann ganz plötzlich, und dann ist die Liebe schon fest in einem verankert. So wie mir wird es Deinem Frank ergangen sein, und Dir erging es wie meinem Peter. Die Hauptsache ist aber, daß wir nun beide sehr glücklich sind, mein Peter und ich, wahrscheinlich so glücklich wie Du mit Deinem Frank – oder doch beinahe so glücklich, ein klein wenig fehlt bei uns noch; das kommt wohl erst nach der Hochzeit, wenn wir endlich allein sein können. Denn jetzt sind wir kaum ein-

mal allein, obwohl die Verlobung erst offiziell gefeiert werden soll, wenn Ihr beide wieder hier seid. Denn ohne meine Siddy mag ich nicht Verlobung feiern. Und Anfang Dezember halten wir Hochzeit, Peter und ich. Ach, Siddy, wie ist das Leben schön! Und nun muß ich schließen, Peter kommt, da habe ich keine Zeit mehr. Also, kommt bald heim! Grüße Deinen heißgeliebten Mann von uns beiden. Tausend Küsse, Siddy!

Deine unsinnig glückliche Margot.«

Als Siddy an die Stelle kam, wo Margot von ihrem Hochzeitstag sprach, liefen ihr plötzlich Tränen aus den Augen. Sie saß ganz still und rührte sich nicht, damit Frank nicht aufmerksam würde. Eine ihrer Tränen fiel auf das Briefblatt herab. Das gab einen leisen Ton. Frank sah nun doch auf, aber so, daß es Siddy gar nicht merkte, weil sie, starr vor sich hin blickend, mit den Tränen rang. Er spürte, sie wollte ihm ihre Bewegung verbergen, und darum drängte er die Frage, die ihm auf die Lippen kommen wollte, zurück.

Aber verstohlen beobachtete er auch weiterhin. Er sah, daß sie mühsam nach Fassung rang, sah, daß sie den Brief ihrer Schwester in ihr kleines Nähetui legte, das sie vorhin mit herausgebracht hatte. Verstohlen zog sie ihr Taschentuch hervor und tupfte sich damit die Tränen ab.

Er saß da wie gelähmt. Weshalb weinte Siddy so bittere Tränen, die er nicht bemerken sollte? Wenn sie eine schlimme, traurige Nachricht bekommen hätte, dann hätte sie das nicht vor ihm verborgen. Was also stand in diesem Brief, das er nicht wissen durfte und das sie so sehr traurig machte?

Er mochte nicht in sie dringen, ihm anzuvertrauen, was sie so bewegte. Darum vertiefte er sich anscheinend weiter in seine Geschäftsbriefe und wartete, bis sie sich gefaßt hatte. Nach einer Weile nahm sie eine kleine Näherei in die Hand und beugte sich darüber, um ihn nicht ansehen zu müssen. Der Brief Margots lag zusammengefaltet in dem Nähetui.

Frank sah zu ihr hinüber und legte seine Post beiseite. Jetzt schien ihm Siddy wieder ruhig genug, um sie fragen zu können. »Nun, Siddy, hattest du gute Nachrichten von Margot?« fragte er scheinbar unbefangen.

Ohne von ihrer Arbeit aufzusehen, erwiderte sie: »Oh, die allerbesten, Frank; denke dir, meine kleine Margot hat sich verlobt. Sie hat endlich ihrem langjährig treuen Verehrer Peter Vahl ihr Jawort gegeben. Sie wollen mit der Verlobungsfeier warten, bis wir heimkommen, und Anfang Dezember wird schon die Hochzeit sein.«

»Oh, das freut mich sehr. Doktor Vahl ist ein prachtvoller Mensch, zuverlässig und von vornehmer Gesinnung. Er hat sich schon lange um sie beworben?«

»Ja, und sie hat ihm hundertfünfundzwanzig Körbe gegeben«, sagte Siddy, sich zum Lachen zwingend.

»Hundertfünfundzwanzig? Nun, das nenne ich Ausdauer!«

»Er hat sie sehr, sehr lieb«, sagte sie leise.

Und da grübelte er wieder, weshalb sie über den Brief geweint haben mochte. Diese Verlobung war doch eine freudige Angelegenheit. Sollte sie selbst vielleicht Peter Vahl geliebt und auf ihn haben verzichten müssen, weil er die Schwester liebte? Sie hatte immer sehr warm und herzlich von Doktor Vahl gesprochen. Ihm war auf einmal, als griffe eine Kralle nach seinem Herzen. Konnte das sein? Liebte sie Peter Vahl noch, und vergoß sie deshalb bittere Tränen, weil er sich mit der Schwester verlobt hatte?

Er sah verstohlen zu dem Brief hinüber. Wenn er ihn doch hätte lesen können!

Während er noch mit dem Entschluß rang, sie zu bitten, Margots Brief lesen zu dürfen, wurde Siddy abgerufen. Sie hatte in einem Geschäft eine Auswahl von Badeschuhen bestellt, und diese wurden nun gebracht. Siddy ging schnell in ihr Zimmer, um die Badeschuhe anzuprobieren. Und da konnte Frank nicht widerstehen, er zog den Brief zu sich heran und las ihn durch. Margots Liebesgeständnis rührte ihn, ihr junges Glück lachte ihn aus jeder Zeile an. Aber dann kam er an die Stelle, wo sie von Siddys Hochzeit sprach. Wie gebannt starrte er darauf hin: »Wie Du mir gestandest, daß Du Frank schon geliebt hattest vom ersten Augenblick an, da Du ihn gesehen, und daß er Dich erst gar nicht beachtet hatte. Und wie glücklich Du warst, als er sich Dir näherte und Dich zur Frau begehrte.«

Immer wieder las er das, und es erschütterte ihn über alle Maßen. Mit einemmal glaubte er alles zu verstehen. Siddy hatte ihn geliebt vom ersten Augenblick an und war glücklich gewesen, als er um sie warb. Glücklich und seiner Liebe gewiß war sie also noch gewesen, als ihr die Schwester den Brautkranz aufgesetzt hatte. Glücklich und ahnungslos auch noch an der Hochzeitstafel – ja, ganz gewiß, das wußte er jetzt. Und dann war Anny Frey zu ihr gekommen und hatte ihr die Binde von den Augen gerissen, hatte ihr verraten, daß sie seine Geliebte gewesen sei, und daß er Siddy nur geheiratet habe, um dem Wunsch ihrer beiderseitigen Väter zu genügen.

Mein Gott, wie mußte das auf Siddy gewirkt haben! Sie fand keinen anderen Ausweg aus dieser Demütigung, als das kleine törichte Märchen von der Wette mit den Freundinnen zu erfinden. Dahinter flüchtete sie mit ihrer verschmähten Liebe, ihrem gedemütigten Stolz. Also hatte er doch recht vermutet!

Tief aufatmend legte er den Brief in das Etui zurück. Drinnen hörte er Siddy noch mit der Verkäuferin sprechen, die ihr die Badeschuhe gebracht hatte.

Er starrte vor sich hin. Also darüber hatte sie geweint; die Erinnerung an ihren Hochzeitstag, der ihr soviel Weh und Leid gebracht hatte, war von neuem in ihr wach geworden. Herrgott im Himmel – dann liebte sie ihn aber doch? Dann war ihr Herz noch nicht wieder still und gleichgültig geworden! Das junge Glück der Schwester, die sich bestimmt geliebt wußte, und ihr eigenes Schicksal hatten alle Schmerzen wieder in ihr aufgewühlt.

Und nun wußte er auch, warum sie eifersüchtig auf Marianne Weidner war! Irgendein Instinkt hatte ihr wohl gesagt, daß Marianne ihm nachstellte, vielleicht hatte sie auch etwas bemerkt, was diesem Argwohn Nahrung gegeben hatte.

Nun, wie dem auch sei, jetzt hatte er wenigstens Gewißheit, daß sie ihn geliebt hatte. Und diese Liebe konnte noch nicht erstorben sein – durfte nicht erstorben sein! Vielleicht hatte er eine Torheit begangen, sich so ritterlich von ihr zurückzuziehen; vielleicht hätte er besser getan, ihr seine Gefühle zu verraten. Es war falsch, ganz falsch gewesen, sich vollständig von ihr fernzuhalten. Wie konnte sie daraus erkennen, daß er sie lieben gelernt hatte, und daß er es jetzt kaum noch ertragen konnte, so ruhig neben ihr hinzuleben, wie er es tat!

Ach, was für ein Tor war er gewesen, wie hatte er sie und sich gequält! Das sollte nun anders werden. Er wollte rückhaltlos mit ihr reden. Sie mußte ihm bekennen, wie sie im Herzen jetzt zu ihm stand, wie er bekennen würde, was er für sie empfand.

Als er hörte, daß die Verkäuferin fortging, erhob er sich schnell und trat auf die Schwelle zu Siddys Zimmer. »Nun, Siddy, hast du passende Schuhe gefunden?« fragte er scheinbar ruhig.

Sie hatte die gewählten Badeschuhe in der Hand und sah unsicher zu ihm auf. Er respektierte doch sonst ihr Zimmer strengstens, und es war das erste Mal seit jener Auseinandersetzung in Caux, daß er über ihre Schwelle trat. Sie sah, daß seine Augen sie seltsam flehend und zärtlich ansahen, und wieder stieg die heiße Angst in ihr auf, die sie immer überkam, wenn er diesen Ton für sie hatte.

»Ja, die Schuhe passen«, sagte sie mit gemachter Gleichgültigkeit und wollte an ihm vorüber wieder hinaus auf den Balkon. Aber er vertrat ihr den Weg.

»Bitte, einen Augenblick, Siddy. Ich möchte dir eine Frage vorlegen, um deren wahrheitsgemäße Beantwortung ich dich herzlich bitte.«

Sie wechselte die Farbe, blieb aber stehen und sah ihn mit ernsten Augen an. »Was willst du mich fragen, Frank?«

»Danach, warum du meine Frau geworden bist.«

Sie zitterte leise und sah vor sich nieder. Was sollte das? Wollte er vielleicht seine Freiheit von ihr zurückfordern, war diese Frage der Auftakt dazu?

»Ich – nun, ich habe dir das doch schon gesagt damals in Caux. Es war – die dumme Wette.«

»Nein, Siddy, ich möchte die Wahrheit wissen. Daß die Wette nur ein Vorwand von dir war, wußte ich gleich. Du bist nicht gewohnt zu lügen, und ich erkannte schon damals, daß ein Mädchen wie du nicht wegen einer solchen törichten Wette die Frau eines Mannes wird, den sie nicht liebt.«

»Es war doch die Wette! Laß uns nicht mehr darüber sprechen, ich habe mich längst dieser dummen Sache geschämt.«

»Du hast niemals eine solche Wette abgeschlossen, weder mit Jutta Brest noch mit einer deiner übrigen Freundinnen. Du findest Wetten überhaupt unmoralisch. Und um dir jedes weitere Leugnen zu ersparen, steile ich dir mit, daß ich mich von Caux aus brieflich an Jutta Brest gewandt habe mit der Bitte um Aufklärung. Eine Bonbonniere –« er lächelte ein wenig, als er es sagte, »unterstützte dieses Ansinnen.«

Er berichtete ihr, anscheinend ruhig und gelassen, welche Antwort er damals erhalten hatte.

Wie mit Blut übergossen stand Siddy vor ihm und wagte

nicht, ihn anzusehen. »Es war unrecht von dir, mir nachzuforschen. Es mußte dir genügen, welchen Grund ich dir angab«, sagte sie leise.

»Nein, Siddy, dieser Grund genügte mir schon damals nicht; jetzt aber auf keinen Fall.«

»Weshalb nicht? Laß doch die Dinge gehen, wie sie wollen. Ich dringe ja auch nicht in deine Geheimnisse, forsche nicht danach, was du tust und läßt, was du denkst und sinnst. Alles das ist mir gleichgültig. Ebenso soll auch dir alles gleichgültig sein, was über unser formelles Zusammenleben hinausgeht.«

Er fühlte sehr wohl, daß sie hinter ihrem Stolz angstvoll Deckung suchte. Er faßte ihre Hände und hielt sie fest, obwohl sie sich befreien wollte.

»Nichts ist mir gleichgültig, was dich betrifft, Siddy; und ich hoffe, daß auch dir nicht gleichgültig ist, was ich tue.«

Ihre Angst vor ihm, vor sich selbst, wurde immer größer, und außer sich stieß sie hervor: »Soll ich dich vielleicht fragen nach deiner Geliebten Marianne Weidner?«

Er zuckte zusammen und sah sie erschrocken – an. »Siddy! Wie kommst du auf diesen unsinnigen Gedanken?«

Seine Frage war so ernst, und er sah ihr dabei so fest und ruhig in die Augen, daß plötzlich ein unbeschreibliches Gefühl in ihrem Herzen erwachte. Angstvoll sah sie ihn an.

»Sie hat mir doch deutlich genug gezeigt, daß sie dich mir nehmen will. Sie verhöhnte mich mit unseren getrennten Schlafzimmern und sagte mir spöttisch: ›Betrogen werden ist das Schicksal, das sicherer als der Tod über dem Weibe steht.‹ Sie hat mich gar nicht im Zweifel darüber gelassen, daß sie alles tun würde, um deine Geliebte zu werden. Oder war sie es damals schon? Es war an dem Tag, als ich mit ihr allein geluncht habe. Ich bat dich dann, abends mit mir ins Theater zu gehen, denn – wenn ich dir auch alle Freiheit zugebilligt habe, mit der Frau, die heimlich deine Geliebte war, wollte ich doch nicht zusammen an einem Tisch sitzen. An jenem Abend glaubte ich freilich noch nicht, daß sie schon deine Geliebte war, ich – ich hoffte sogar, es sei noch zu verhindern.«

»Ah, und deshalb warst du an jenem Abend so lieb, so entzückend, deshalb zeigtest du dich mir als eine ganz andere als zuvor?«

Sein Herz jubelte bei dieser Frage; er erkannte, daß Siddy ihn an jenem Abend hatte fesseln, daß sie ihn Marianne hatte streitig machen wollen.

Wieder wurde sie blutrot und stotterte: »Ich – ich konnte nicht glauben, daß – nun ja, daß sie imstande sei, dich glücklich zu machen, weil sie so – ach, sie sprach so häßlich von alledem. Aber am anderen Morgen merkte ich, daß es schon zu spät war, ich sah, als ich aus meinem Zimmer trat, daß du ihr einen Brief zustecktest. Da wußte ich, daß nichts mehr zu ändern war, und – ließ die Dinge ruhig ihren Gang gehen.« Das sagte sie wiederum stolz und scheinbar gleichmütig.

Er hielt ihre Hände noch immer fest. »So, du ließest die Dinge gehen? Du wolltest mich ruhig einem solchen Geschöpf überlassen, wie Marianne Weidner es ist?«

Sie erzitterte bei dem Ton, in dem er das sagte.

»Wollen wir nicht endlich dieses Thema ruhen lassen? Ich mache dir ja keinen Vorwurf, du hast die Freiheit, zu tun, was du willst. Ich hätte nicht davon sprechen sollen, ich wollte dich gewiß nicht beschämen. Bitte, laß meine Hände los, du tust mir weh.« Das sollte als Grund gelten, weshalb ihre Tränen jetzt wieder liefen.

Da zog er aus seiner Brusttasche das Spitzentaschentuch, von dem die Stewardeß Marianne erzählt und das er seither auf dem Herzen getragen hatte.

Er ließ dabei nur ihre eine Hand los, nachdem er einen zarten Kuß darauf gedrückt hatte. Mit dem Tuch trocknete er ihr sanft und zärtlich die Tränen. Dann sagte er leise: »Sieh dir dieses Tuch an, Siddy. Es gehört meiner geliebtesten Frau, meiner süßen, holden Frau, deren Reize ich blöder Tor leider erst erkannte, als sie mir angetraut wurde. Aber seit jener Stunde liebe ich sie treu und innig, und weil sie gar nichts von mir wissen wollte, stahl ich ihr dieses Spitzentuch,um nur etwas von ihr zu haben. Sie wehrte mich ja immer stolz und kalt von sich ab, zur Strafe dafür, daß ich ihr ehrlich eingestanden hatte, daß ich ohne Liebe um sie geworben habe. Ich wußte damals noch nicht so gewiß wie heute, daß ich sie liebte, aber sie hatte sich unversehens in mein Herz geschlichen und sich darin so festgesetzt, daß keine andere Frau der Welt sie hätte verdrängen können, am wenigsten eine Marianne Weidner. Ich wagte es ihr in jener Stunde in Caux nicht zu gestehen, weil ich fürchtete, sie möchte glauben, daß ich mir dadurch nur Herrenrechte über sie anmaßen wollte. So scheu war sie, meine süße Frau. Und ich wollte zart und ritterlich um sie werben. Ich stand an ihrer Tür und lauschte zu ihr hinüber, während sie weinte und schluchzte. Ja, Siddy, wie ein Spion habe ich dich umschlichen, um zu erlauschen, ob du mich nicht so wiederlieben könntest, wie ich es hoffte, denn ich wollte an die dumme Wette nicht glauben. Und – vorhin habe ich ganz heimlich Margots Brief gelesen – und meine liebe kleine Schwägerin hat mir nun endlich verraten, was ich mir ersehnte, zu wissen: daß ihre Schwester Siddy mich schon vom ersten Sehen an geliebt hat. Wie gram war ich mir nun erst recht, seit ich wußte, daß ich dich gekränkt und gedemütigt hatte in deiner Liebe! Aber nun wußte ich auch, daß ich nicht länger zögern durfte, dir zu sagen, wie sehr ich dich liebe. Niemals war mir eine Frau so viel wie du, Siddy. Ich habe heimlich um dich geworben mit jedem Blick, mit jedem Gedanken, und war sehr, sehr unglücklich, daß du angstvoll zurückbebtest, weil du meine Bemühungen wohl in einem anderen Licht sahest. Ach, Siddy, nun sage mir doch – habe ich mir deine Liebe verscherzt? Kannst du mir nicht verzeihen, daß ich blind an dir vorüberging, ehe ich dich liebte? Ich liebe dich, meine holde, süße Frau! Und glaube mir, seit du die Meine bist, hat keine andere Frau auch nur einen meiner Gedanken fesseln können. Ich war dir treu, unwandelbar.«

Wie gelähmt hörte sie ihm zu, trank seine Worte in sich hinein, erzitterte unter ihnen und vermochte doch nicht für wahr zu halten, was er sagte.

Als er nun zu Ende war, sah sie zu ihm auf mit einem Blick, der ihn erschütterte und ihm das ganze Leid ihrer Seele enthüllte.

»Nein, nein, das kann nicht sein. Alles, was du mir jetzt sagst, gibt dir nur das Mitleid ein; du bist gut, du willst nicht, daß ich leide, und deshalb sagst du mir das alles«, stieß sie hervor.

Da legte er seine Arme um sie und zog sie fest zu sich heran. »Sieh mich an, Siddy«, bat er ernst, »glaubst du, daß ich dir eine Komödie vorspiele – aus Mitleid? Sieh in meine Augen – sieht so das Mitleid aus? Ich bin sehr unglücklich, daß ich dir all dies Leid angetan habe, aber glaube mir, es schmerzt mich ebensosehr wie dich selbst. Nein, nein, jetzt wollen wir keine falschen Worte mehr zwischen uns dulden! Genug haben wir uns schon gegenseitig geschadet durch falsche Rücksicht, falsche Schonung. Jetzt soll alles licht und klar zwischen uns werden. Glaube mir, ich liebe dich, meine Siddy, von ganzem Herzen, von ganzer Seele und ganzem Gemüt. Und nun laß deinen Stolz fallen, den ich verstehe und dem ich Rechnung getragen habe, sei auch du ehrlich zu mir und sage mir, ob du mich noch lieb hast. Ich bitte dich herzlich und innig darum.«

Sie lehnte den Kopf haltlos an seine Schulter und schluchzte auf. »Oh, wie ich dich liebe – mein Gott, ich wage ja noch nicht daran zu glauben, daß es wahr sein könnte, daß du mich liebst.«

»Sieh mich doch an! Sagen es dir meine Augen nicht viel deutlicher noch als meine Worte?«

Ein beseligtes Leuchten brach aus ihren Augen. Doch ein letztes Zagen drängte die Frage über ihre Lippen: »Aber was war mit Marianne Weidner? Ich sah doch selbst, daß du ihr einen Brief gabst. Und sie sagte mir so unverhüllt, so schamlos, daß – ach, Frank, wenn ich nur glauben könnte!«

Es lag eine wehe Klage in ihren Worten. Da faßte er ihren Kopf in beide Hände.

»All deine Zweifel will ich dir lösen. Jetzt kann ich Marianne Weidner nicht mehr schonen, es geht nicht nur um mein Glück, sondern auch um das deine. Aber ehe ich dir das alles erkläre, verlange ich von dir, daß du mir glaubst, daß du nicht mehr an mir zweifelst. Ich habe dir in Caux offen und ehrlich gesagt, daß ich ohne Liebe um dich warb, obwohl ich schon an jenem Tag fühlte, daß meine Empfindungen für dich sich gewandelt hatten. Ich gebe dir mein Wort, daß ich dir treu war mit jedem Gedanken, mit jedem Blutstropfen. Und wenn ich dir sage, daß ich dich liebe und daß ich dir treu geblieben bin, seit du meine Frau geworden bist, mußt du es mir ohne jeden anderen Beweis glauben. Willst du das tun?«

Da legte sie ihre Arme um seinen Hals und sah ihn voll schrankenloser Liebe an. »Ja, ja – o mein Gott, ja, ich glaube dir – und das macht mich überglücklich!« hauchte sie.

Er preßte seine Lippen fest auf die ihren, und unter seinem Kuß stieg die beseligende Gewißheit in ihr auf, daß nun alles Leid zu Ende sei, daß sie Frank Nordaus geliebte Frau war. Dieser Kuß währte lange und schloß alle Seligkeit in sich ein. Dann sahen sie sich in die Augen und küßten sich wieder, und er flüsterte ihr unzählige Liebesworte zu, die sie mit kleinen, schüchternen Zärtlichkeiten erwiderte.

Lange standen sie so, eines in dem andern aufgehend, alles um sich her vergessend. Von draußen klang Lachen, Rufen und Sprechen zu ihnen herein, sie hörten es nicht.

Als sie aber endlich aus ihrem Glücksrausch erwachten, zog Frank seine Frau neben sich auf einen Diwan nieder und nahm ihre beiden Hände in die seinen.

»So, Siddy, nun sollst du hören, wie es kam, daß ich Marianne Weidner einen Brief überreichte, und dann sollst du mir mitteilen, was sie dir an jenem Tag beim Lunch gesagt hat, denn das alles muß nun zwischen uns klar werden. Sie ist ein gefährliches Geschöpf, hemmungslos und nur auf Erfüllung ihrer Launen bedacht. Sie darf sich nicht anmaßen wollen, unser schwer errungenes Glück auch nur mit dem Hauch eines Schattens zu trüben.«

Und er erzählte ihr von allem, von jedem Wort, das ihm Marianne heimlich zugeflüstert hatte, und was der Inhalt des Briefes gewesen war, den er in seinem Zimmer gefunden hatte. Auch daß sie später noch zweimal an die Verbindungstür geklopft hatte, verschwieg er nicht. Und ebensowenig, daß sie früh vor seiner Tür gestanden und ihren Brief zurückgefordert hätte.

»Wie sollte ich dir, ohne dich zu beunruhigen, erklären, was da vorgegangen war! Marianne Weidner scheint übrigens keinerlei Vernunftgründen zugängig zu sein. Auch heute hat sie mir wieder in den Ohren gelegen, sie müsse mich um jeden Preis unter vier Augen sprechen. Ich bin schließlich darauf eingegangen, weil ich merkte, du seiest in irgendeiner Weise durch sie beunruhigt. Ich wollte von ihr erfahren, wodurch sie Einfluß auf dich erlangt habe, und sagte ihr darum zu, daß ich bereit sei, einmal mit ihr zusammenzukommen. Und diese Zusage werde ich halten, Siddy.«

Sie sah ihn erschrocken an. »Oh, Frank, sie wird alles versuchen, dich in ihre Netze zu ziehen!«

Er küßte sie innig. »Ich liege so fest in den Netzen meiner geliebten Frau, daß ihr das nicht gelingen wird. Aber – ich wünsche, daß du heimlich Zeugin dieser Unterredung wirst, zu deiner Beruhigung und – weil man bei ihr nie weiß, welcher Unüberlegtheiten sie fähig ist. Sie wird mir vermutlich bald eine Botschaft senden, wann und wo sie mich zu treffen wünscht. Es liegt dann in meiner Hand, ihr den Ort und die Zeit unserer Zusammenkunft vorzuschreiben. Ich werde es so einrichten, daß du alles hören kannst. Und ich gestatte dir, diese Unterredung durch dein Hervortreten zu beenden, wann es dir paßt. Ich denke, das wird wirksamer sein, als wenn ich ein Ende herbeiführe. Aber nun möchte ich wissen, was sie dir gesagt hat.«

Siddy berichtete ihm jedes Wort ihrer Unterredung mit Marianne und gestand ihm dann erglühend und verlegen, daß sie an jenem Tag den Entschluß gefaßt habe, mit Marianne um ihn zu kämpfen, und wie sie dann am nächsten Morgen geglaubt habe, erkennen zu müssen, alles sei zu spät und Marianne seine Geliebte.

Dieses Geständnis gab Anlaß zu neuen Liebkosungen und Zärtlichkeiten. Endlich hatte das junge Paar sein Glück gefunden. Wie vieles hatten sie sich zu sagen, nach wie vielem zu fragen! Sie meinten, der Tag würde nicht lang genug sein, um sich alles vom Herzen zu reden.

Das war ein seliges gegenseitiges Gestehen, und alle die vergangenen Leiden wandelten sich zu glücklichen Freuden. Beide gestanden sich, wie oft sie hüben und drüben sehnsüchtig an ihren Türen gelauscht hatten, wie sie eifersüchtig gewesen waren auf jedes Wort und jeden Blick, der einem anderen gegolten. Frank gestand seine Eifersucht auf den jungen Herrn, der Siddy zu ihren Liedern hatte begleiten dürfen, und daß er einmal brennend gewünscht hatte, ihn über die Reling werfen zu dürfen.

Nichts verhehlten sie einander mehr, und dieses schrankenlose Vertrauen war köstlich. Der Tag verging ihnen, als wäre er mit tausend Wundern angefüllt. Sie genossen jede Minute voll tiefinnerlichen Glücksbewußtseins. Und nichts trübte ihnen diesen ersten Tag der völligen Zusammengehörigkeit.

Dazu blaute der Himmel wolkenlos hernieder, das Meer rauschte, und das fröhliche Leben der vielen Badegäste schien zu dieser Harmonie zu gehören.

Im Grunde begingen Frank und Siddy erst heute ihr Hochzeitsfest.

18

AM ANDEREN MORGEN, als beide glückstrahlend beim Frühstück saßen, meldete der Kellner, daß ein Hotelboy Herrn Nordau zu sprechen wünsche.

Frank sah Siddy an. »Das ist der Bote von Marianne Weidner. Entschuldige mich für einige Minuten.«

Sie nickte ihm zu, und er ging hinaus.

Draußen in der Halle kam ihm der Boy entgegen und überreichte ihm ein Briefchen. »Wenn möglich, möchte ich gleich Antwort mitbringen«, sagte er.

Frank riß das schmale Kuvert auf und las:

»Paßt es Ihnen heute nachmittag um vier Uhr? Ich erwarte Sie hier im Hotel in meinem Zimmer. Mein Vater ist nach Key West gefahren, und ich werde allein sein. Oder wünschen Sie einen anderen Ort und eine andere Zeit?

M. W.«

Frank trat an ein Schreibpult heran, nahm einen Briefbogen des Hotels und schrieb:

»Sehr geehrtes gnädiges Fräulein! Die Zeit, die Sie für unser Zusammentreffen bestimmen, ist mir recht. Ich möchte jedoch aus gewissen Gründen nicht in Ihr Hotel kommen. Bitte, bemühen Sie sich in mein Hotel, meine Frau wird um diese Zeit am Strand sein. Verlangen Sie, nach dem Zimmer meiner Frau geführt zu werden, das

ist für Sie ungenierter. Ich bemerke noch, daß ich auf Ihren besonderen und dringenden Wunsch auf dieses Zusammentreffen eingehe und froh wäre, wenn Sie davon absehen wollten – um Ihretwillen. Sind Sie nicht davon abzuhalten, dann also um vier Uhr im Zimmer meiner Frau, Nummer 22.

Ergebenst

Frank Nordau.«

Als er das Billett beendet hatte, sagte er zu dem Boy: »Warten Sie einen Moment, ich habe noch etwas hinzuzufügen.«

Er ging in das Frühstückszimmer, wo Siddy auf ihn wartete, und legte schweigend Mariannes Brief vor sie hin.

Sie sah, als sie gelesen hatte, zu ihm auf. »Was wirst du tun?«

Er reichte ihr nun die von ihm geschriebenen Zeilen. »Bitte, lies, was ich geantwortet habe!«

Sie tat es, und nun wollte sie doch etwas wie Mitleid mit dieser Frau beschleichen. Jetzt, im ungetrübten Genuß ihres Glückes, konnte sie großmütig sein. »Willst du ihr nicht die Demütigung ersparen, Frank?«

Ein harter Zug lag um seinen Mund. »Diese Frau hat dich gepeinigt und gekränkt, sie hat in einer für eine Frau unerhörten Weise intrigiert und mich in eine Zwangslage versetzt, die dein und mein Glück vernichtet hätte, wenig es der Himmel nicht anders gefügt hätte. Sie muß eine Lehre erhalten, daß sie nicht nach ihren Wünschen mit Menschen umzugehen hat. Ich will dir und mir Ruhe vor ihr verschaffen, darum ist Mitleid nicht am Platz. Ich habe Rücksicht genug auf sie genommen und ihr gut zugeredet, sie solle vernünftig sein. Es hat nichts genützt, nun mag sie die Folgen tragen. Alles, was ich tun kann, um ihren Ruf zu schützen, habe ich ihrem Vater zuliebe getan, nicht aus Rücksicht auf sie, denn sie verdient keine.«

Da ließ sie ihn gewähren.

Frank ging hinaus und übergab dem Boy den Brief, den er geschlossen hatte.

Bald darauf begab er sich mit Siddy zum Baden hinunter an den Strand.

Sie vergaßen in ihrer jungen Glückseligkeit, an Marianne Weidner zu denken, und hatten auch das Glück, ihr nicht zu begegnen.

Marianne hatte den Boy im Hotel erwartet, nahm Franks Brief mit in ihr Zimmer und las ihn. Dabei leuchteten ihre Augen triumphierend auf. Nun hatte sie eine schriftliche Zusage in Händen! Das war viel. Sie war ihrer Macht über Männer gewiß und fest davon überzeugt, daß sie ihr Ziel erreichen würde.

Sie verbrachte den ganzen Tag damit, Vorbereitungen für dieses Rendezvous zu treffen. Stundenlang wählte sie unter ihren Toiletten, um die kleidsamste und verführerischste herauszufinden. Es überkam sie keinerlei Unruhe, und es machte ihr nichts aus, daß sie sich mit Frank Nordau gerade im Zimmer seiner Frau treffen sollte. Sie hatte keine Angst, daß diese sie und ihren Mann überraschen könne. Im Gegenteil, falls das geschehen sollte, kettete sie Frank Nordau um so fester an sich. Das blonde Tugendgänschen würde sich scheiden lassen, und danach gehörte er ihr – solange sie ihn haben wollte.

Die jungen Gatten besprachen indessen unten am Strand, wie das Zusammentreffen zwischen Frank und Marianne inszeniert werden sollte. Siddy hatte ein wenig Herzklopfen und gestand, sie habe Furcht vor Marianne. Er saß neben ihr im Sand und strich mit seiner Rechten kosend über ihren Fuß.

»Eben, weil ich weiß, daß du Furcht vor ihr hast, sollst du davon befreit werden.«

»Aber ich habe auch Mitleid mit ihr, Frank. In meinem Glück kann ich großmütig sein.«

»Deine Großmut wäre hier nicht am rechten Platz. Ich gebe ihr noch eine Chance, sich mit einigem Anstand aus der Affäre zu ziehen; du wirst erst erscheinen, wenn ich sie nicht auf gute Art loswerde. Und dann hat sie es sich selbst zuzuschreiben, erlebt sie eine Demütigung, die ihr wahrscheinlich sehr heilsam sein wird.«

Kurz vor vier Uhr begab sich Siddy in das Zimmer ihres Gatten, während dieser in Siddys Zimmer ging. Die Verbindungstüren zwischen beiden Räumen standen offen, und Siddy hatte hinter einem das Badezimmer abschließenden Vorhang Platz genommen. Hier konnte sie jedes Wort hören, das drüben gesprochen wurde, und außerdem durch einen Spalt im Vorhang den Teil des Zimmers übersehen, wo Frank sich während Mariannes Anwesenheit aufhalten wollte.

Pünktlich erschien Marianne in Siddys Zimmer. Sie trug eine kostbare Sommertoilette, die den schönen Wuchs ihres Körpers zur Geltung brachte. Den Hut und einen reizenden Sonnenschirm trug sie in der Hand und legte beides auf den runden Tisch in der Mitte des Zimmers.

»Guten Tag, Frank Nordau!« sagte sie, dicht vor ihn hintretend.

»Guten Tag, gnädiges Fräulein. Sie haben sich also von diesem immerhin gewagten Schritt nicht abhalten lassen!«

Sie warf sich neben ihn in einen Sessel, verschränkte die Hände hinter dem Kopf und sah mit einem leidenschaftlich glühenden Blick zu ihm auf.

»Wie Sie sehen, nein. Das haben Sie doch auch nicht im Ernst erwartet? Lange schon sehne ich mich nach diesem Zusammensein mit Ihnen, nach diesem Alleinsein.«

»Gnädiges Fräulein, ich mache Sie darauf aufmerksam, daß dies Alleinsein von sehr kurzer Dauer sein wird; meine Frau wird bald zurückkommen.«

Sie lachte girrend auf. »Mag sie doch! Ach, Frank, wenn Sie wüßten, wie gleichgültig mir das ist! Oder nein, nicht gleichgültig, sondern sehr erwünscht. Sie würde uns hier überraschen, und ich würde nicht leugnen, daß ich mir mit Ihnen ein Stelldichein gegeben habe, daß ich auf Ihren

Wunsch hierhergekommen bin, in das Zimmer Ihrer Frau. Wie entzückend, daß Sie jetzt dies Zimmer betreten, das diese kaltblütige Frau sonst vor Ihnen verschlossen hält! Zu mir sind Sie gekommen in dieses Zimmer. Ach, Frank – lieber Frank, ahnen Sie denn, wie ich Sie liebe, wie ich mich glühend nach Ihnen sehne?«

Sie hatte seine Rechte ergriffen und legte ihre heiße Wange darauf. Aber er zog die Hand rasch zurück und trat von ihr fort.

»Lassen Sie das! Kommen Sie doch zu sich, Fräulein Weidner, und bedenken Sie, was Sie Ihrem Vater antun! Vergessen Sie auch nicht, daß ich verheiratet bin, daß ich meine Frau liebe, anbete! Und sie liebt mich wieder. Zwischen ihr und mir ist kein Platz für eine Dritte, das hätten Sie längst merken müssen. Ich habe es Ihnen gegenüber wohl niemals verhehlt, daß Ihre mehr oder minder deutlichen Winke keinerlei Eindruck auf mich machen.«

Sie sprang auf und näherte sich ihm wieder. »Sie haben ja nur Angst, Frank! Sie fürchten ja nur, daß Sie irgendwelche Konsequenzen ziehen müssen. Das brauchen Sie nicht! Ich will Sie nicht an mich fesseln; frei und großzügig will ich Ihnen meine Liebe schenken. Ich glaube nicht daran, daß Sie Ihre Frau lieben, dieses unbedeutende, fischblütige Etwas. Was vermag Ihnen dagegen eine Frau wie ich zu bieten!«

»Genug! Erniedrigen Sie sich nicht noch mehr. All diese Manöver haben mir gegenüber weder Sinn noch Zweck. Ich habe Sie nur herkommen lassen, um Sie zu fragen, was Sie meiner Frau angetan haben, als Sie mit ihr in dem New Yorker Hotel lunchten.«

Ihre Augen funkelten ihn an. »Ich bin nicht gekommen, um über Ihre Frau mit Ihnen zu sprechen. Aber ich will Ihnen sagen, daß ich Ihre Frau hasse, weil sie eben Ihre Frau ist, und daß ich sie mit Behagen ein bißchen gequält habe. Sie sollte nicht ihres Glücks so unverschämt sicher sein; was hat sie vor mir voraus? Standesamt und Trauschein? Das sind nichtige Dinge in meinen Augen. Was hat sie sonst vor mir voraus?«

»Ich lehne es ab, mit Ihnen über den Wert meiner Frau zu debattieren, ich würde sie damit beleidigen. Und nun weiß ich, daß Sie meiner Frau absichtlich weh getan haben, daß Sie unsere junge Ehe zerstören wollten, habe erfahren, was ich von Ihnen wissen wollte. Ich habe nichts weiter mit Ihnen zu verhandeln und bitte Sie, mich zu verlassen.«

Da warf sie sich plötzlich herum und umarmte ihn mit einer so unerwarteten Heftigkeit, daß er zurücktaumelte. Sie hielt ihn fest umklammert. »Frank – ach Frank, ich liebe dich, ich verdurste nach dir!«

Er hatte sich schnell wieder gefaßt., Mit raschem Griff ihre Hände von seinem Hals lösend und so festhaltend, daß sie sich nicht rühren konnte, sagte er hart und laut: »Da kommt meine Frau!«

Das war das mit Siddy vereinbarte Stichwort. Zitternd hatte sie die ganze Szene beobachtet, und ihre Gefühle schwankten zwischen Entsetzen, Empörung und Mitleid hin und her. Sie war froh, hervortreten und dieser Szene ein Ende machen zu können. Laut die Tür zur Badestube in das Schloß werfend, als käme sie von draußen, trat sie durch Franks Zimmer herein und stand nun blaß und erregt vor den beiden.

Eine Weile sprachen sie alle drei kein Wort. Frank hatte seine Hände von denen Mariannes gelöst. Mit einem haßerfüllten Blick über ihre Schulter zu Siddy zurücksehend, warf sie sich wieder an Franks Brust und sagte zärtlich:

»Erschrick doch nicht, Geliebter! Deine Frau wird nun begreifen, daß sie uns nicht mehr trennen kann. Leugne doch nicht, daß wir uns lieben! Ich bekenne mich stolz zu meiner Liebe, mein geliebter Frank!« Und sie wollte ihn küssen.

Jetzt aber war es mit Franks Geduld vorbei. Er faßte sie hart an den Schultern und drückte sie in einen Sessel. »Sie sind von Sinnen! Kommen Sie zu sich! Und glauben Sie nicht, daß meine Frau Ihre Komödie für Ernst hält. Gottlob braucht sie keinen Zweifel zu hegen an meiner Liebe und Treue. Sie scheinen es darauf anzulegen, meine Frau zu beunruhigen und an mir zweifeln zu machen.«

Mariannes Augen sprühten förmlich Blitze. Sie sprang auf und wollte sich auf Siddy stürzen. Aber Frank war schneller als sie und auch stärker. Er drückte sie wieder in den Sessel und trat dann neben Siddy, seinen Arm schützend um sie legend.

Siddy sah mit großen ernsten und mitleidigen Augen auf Marianne. »Gehen Sie, Fräulein Weidner – wir wollen alles vergessen, was hier geschehen ist. Sie sind krank, beruhigen Sie sich!« sagte sie mitleidig und eindringlich.

Und es war seltsam – in dieser Minute erkannte Marianne Weidner, daß diese junge blonde Frau ihr überlegen war. Sie erhob sich, wie von einer unsichtbaren Macht getrieben, nahm Hut und Schirm und sah dann zu Siddy hinüber.

»Nun, ich habe Ihnen den Kampf ehrlich angesagt – ich habe ihn verloren – und ich werde Ihnen zeigen, daß ich mein Wort halte. Ich werde versuchen, mich so schnell wie möglich in einen anderen Mann zu verlieben. Hätte ich gewonnen, hätten Sie verzichten müssen; da Sie gewonnen haben, muß ich es tun. Leben Sie wohl! Sie brauchen mich nicht zu bemitleiden, ich gehöre nicht zu den schwächlichen Frauen, die des Mitleids bedürfen.«

Frank noch einen letzten Blick zuwerfend, zuckte sie die Schultern und ging hinaus.

Als die Tür sich hinter ihr geschlossen hatte, warf sich Siddy in die Arme ihres Mannes und schluchzte bitterlich. Dieses Weinen befreite sie von dem Druck, der seit Mariannes Eintritt in ihr Zimmer auf ihr gelegen hatte. Und Frank wußte sie so liebreich zu trösten, daß sie bald wieder ruhig wurde.

Am anderen Tag traf Frank mit Herrn Weidner zusammen, der ihm berichtete, er müsse am nächsten Morgen mit seiner Tochter abreisen, diese vertrage das Klima von Miami nicht.

Frank bedauerte das sehr und bestellte eine Empfehlung an das gnädige Fräulein, dem er baldige Besserung wünschen lasse.

Weidners reisten wirklich am nächsten Morgen ab, und seitdem trübte kein Wölkchen mehr Franks und Siddys Glück.

Sie genossen die letzten Tage ihres Aufenthaltes in Miami mit der ganzen Inbrunst ihrer Glückseligkeit und kehrten dann, nachdem Frank auch hier seine Geschäfte glänzend abgeschlossen hatte, nach Deutschland zurück.

Gleich nach ihrer Ankunft daheim fand die Verlobungsfeier Margots und Peter Vahls statt. Und am zweiten Dezember wurde Margot Frau Vahl.

Erst als auch Margot von ihrer Hochzeitsreise zurückgekehrt war und die beiden Schwestern in Siddys reizendem Heim zusammensaßen und von allem plauderten, was sie auf den Herzen hatten, erfuhr Margot, wie seltsam sich Siddys Hochzeitsreise gestaltet hatte.

Peter Vahl wollte nach, Büroschluß seine Frau von Nordaus abholen, aber er mußte mit ihr zum Abendessen bleiben. Frank wollte sie durchaus nicht fortlassen. Die beiden jungen Paare saßen froh und zufrieden beieinander, und man wußte nicht, wer von diesen vier Menschen am glücklichsten war.

Hedwig Courths-Mahler

Dein ist mein Herz

BASTEI LÜBBE

1

BARON VIKTOR VALBERG war gestern von einer längeren Reise zurückgekehrt. Im Herbst war er nach Tirol gegangen, um die übliche Traubenkur zu absolvieren. Danach hatte er einen fashionablen Winterkurort aufgesucht, um sich durch Wintersport für die kommende Hochsaison zu stärken. Er hatte seinem Körper die vielbewunderte Elastizität, seinen Nerven die nötige Spannkraft zurückerobert und war äußerst befriedigt wiederheimgekehrt.

Soeben stand er, aus den Händen seines Dieners entlassen, schlank und geschmeidig, im elegantesten Besuchsdreß, vor dem hohen Ankleidespiegel. Er warf einen letzten prüfenden Blick auf die eigene Erscheinung und war zufrieden. Niemand hätte ihm ansehen können, daß er bereits die Fünfzig überschritten hatte.

Die gut geschnittenen Züge zeigten noch nicht die geringsten Anzeichen des Alterns. Voll und dicht bäumte sich das leichtgewellte Haar über der hohen Stirn, in die keine Sorgen und Kämpfe Runen eingegraben hatten. An den Schläfen lag nur ein ganz leichter grauer Hauch über dem schwarzen Haar, so, als wäre eine Puderquaste leicht darüber hinweggehuscht. Dieses einzige kleine Anzeichen gab indes seiner Persönlichkeit eher noch eine interessante Note, als daß es das Alter verraten hätte.

Die jugendlich blitzenden, feurigen Augen straften diesen grauen Hauch Lügen, ebenso die raschen, elastischen Bewegungen der schlanken, mittelgroßen Gestalt, an der jeder Muskel von Stahl zu sein schien. Das Gesicht war bartlos. Seit sich in seinem sonst getragenen Lippenbart die fatale graue Schattierung gezeigt, hatte der Baron denselben entfernen lassen, sehr zum Vorteil seines charakteristischen Gesichts. Unter Umständen konnte der Baron noch für einen Dreißiger gelten, und das war ihm angenehm. Nicht, daß er ein Geck gewesen wäre, der sich jünger machen wollte als er war, aber er war ein Ästhet und hielt es für jedes Menschen Pflicht, sich so schön und jung wie möglich zu erhalten.

Baron Viktor Valberg war ein Liebling der Frauen, ein Sieger, dem alle Herzen zuflogen und der nicht einer von all den schönen Frauen, die ihm ihr Herz geschenkt hatten, die Treue halten konnte. Es gefiel ihm eine immer besser als die andere, und weil er eben jede, die ihm gefiel, zu erobern wußte, fand sein flatterhaftes Herz keine bleibende Stätte.

Seine Erfolge bei den Frauen waren sprichwörtlich in der Gesellschaft. Die Männer neideten ihm sein Glück, ohne ihm jedoch gram sein zu können. Die echte Liebenswürdigkeit seines Wesens machte ihn unwiderstehlich. Er hatte keinen Feind, aber viele Freunde, die seine geistvolle, zuweilen etwas sarkastische und immer fesselnde Unterhaltungsgabe schätzten.

Vor nahezu zwanzig Jahren hatte Valberg einmal besonders stark Feuer gefangen. Er hatte sich mit einer, bei seinem Naturell sehr ungewöhnlichen Heftigkeit, in das schöne blonde Fräulein von Rippach verliebt. In dieser Verliebtheit vergaß er die nötige Vorsicht, und die schöne Lisa von Rippach streifte dem Schmetterling flugs Fesseln über, die ihn für alle Zeiten binden sollten.

Baron Viktor zog die Konsequenzen, ergab sich mit leidlicher Haltung seinem durchaus nicht gewollten Schicksal, verspottete sich selbst in wenig schmeichelhaften Selbstgesprächen – und schritt mit nicht gerade freudigem und erhebendem Bewußtsein zum Altar.

»Ich ahne, daß die Sache schiefgeht und bin neugierig, wie lange ich diese Ehefesseln ertragen werde«, hatte er damals zu einem vertrauten Freunde gesagt. Lisa aber war sehr stolz und sonnte sich in dem Neid ihrer weniger glücklichen Geschlechtsgenossinnen. Es war immerhin nicht leicht gewesen, diesen Triumph zu erringen.

Valberg hatte mit seiner jungen Frau, auf deren dringenden Wunsch, sein Domizil in Düsseldorf aufgeschlagen, wo auch seine Schwiegereltern lebten. Lisa hatte sich nur besuchsweise in der heimatlichen Residenz aufgehalten. Er fühlte sich als Ehemann wie gelähmt und hatte sich ihrem Wunsche gefügt.

Einige Zeit suchte er sein Dasein als Ehemann mit Würde zu tragen. Aber das gelang ihm nur mangelhaft. Auch in Düsseldorf gab es sehr viele schöne Frauen, und er blieb seiner Schmetterlingsnatur treu.

Dann erfüllte sich seine Vorahnung – die Sache ging »schief«. Drei Jahre nach seiner Verheiratung ließ sich Lisa von ihrem Gatten scheiden. Er hatte ihr reichlich Veranlassung dazu gegeben.

Das einzige Kind, das dieser Ehe entsprossen war, ein Mädchen, wurde Lisa zugesprochen, die mit ihrem Kinde zu ihren Eltern zurückging.

Valberg war eine Weile ehrlich zerknirscht über seinen Leichtsinn. Er machte sich selbst die heftigsten Vorwürfe, daß er seiner Frau so viel Veranlassung zum Groll gegeben hatte.

Seine Schwiegereltern hatten ihm ebenfalls keinen Vorwurf erspart, trotzdem auch ihre Tochter nicht ganz ohne Schuld an dem Zerwürfnis war, denn sie hatte ihrem Gatten durch ihr kleinliches, engherziges Wesen das Haus zur Hölle gemacht und dadurch das Ihre getan, ihn zu veranlassen, bei anderen Frauen Trost zu suchen.

Valberg kehrte auf einige Zeit in seine heimatliche Residenz zurück. Lange hielt seine Zerknirschung nicht an. Er fühlte sich viel zu glücklich, wieder fessellos und unabhängig zu sein und legte sich selbst die heiligsten Eide ab, sich niemals wieder zu verheiraten. Er lebte wieder auf und nahm mit tief innerlicher Befriedigung seine Junggesellengewohnheiten wieder an. Und wie ein verloren gewesenes, geliebtes Kind nahm man ihn in den heimatlichen Kreisen wieder auf. Niemand kam ihm mit vorwurfsvoller Miene entgegen, am wenigsten die Frauen.

In den ersten Jahren erkundigte er sich höflich, aber ohne innere Anteilnahme, bei den Eltern seiner geschiedenen Frau nach dem Ergehen seines Kindes. Er machte auch von seinem Rechte, es von Zeit zu Zeit zu sehen, Gebrauch, obwohl ihm seine ehemalige Schwiegermutter, die diesen Wiedersehen beiwohnte, diese Stunden recht wenig angenehm machte.

Er hörte dann, daß seine Frau sich wieder verheiratet und ihr Kind aus erster Ehe im Hause ihrer Eltern belassen habe. Dann starb sein Schwiegervater, und nach dessen Tode sah er sein Töchterchen nur noch einmal wieder. Die Großmutter des Kindes benahm sich bei diesem Wiedersehen so feindlich, daß er ihr rundheraus erklärte, er habe kein Talent, sich wie ein Schuljunge maßregeln zu lassen, und wenn er auch tatsächlich der schuldige Teil bei dieser Trennung der Ehe gewesen sei, so verzichte er doch lieber ganz auf das Wiedersehen mit seinem Töchterchen, als daß er sich weiter solchen Widrigkeiten aussetze.

Er nahm darauf herzlichen und sehr zärtlichen Abschied von seinem damals sechsjährigen Töchterchen, beschenkte es reich mit allerlei, was einem Kinderherz Freude machen kann, und sagte zu der Kleinen, die sich zärtlich an ihn schmiegte:

»Wenn du groß bist, Maus, dann besuchst du deinen Papa, der dich sehr, sehr lieb hat. Bis dahin auf Wiedersehen.«

Wenige Jahre später starb auch seine Schwiegermutter, und seine ehemalige Gattin nahm ihre Tochter aus erster Ehe zu sich. Er sah und hörte nichts mehr von seinem Kinde, das nun ein Heim im Hause seines Stiefvaters gefunden hatte. Fast hätte er ganz vergessen, daß er je ein Kind besessen hatte. Aber wenn er zuweilen so ein süßes, kleines Mädchen sah, das so zierlich einhertrippelte mit drallen Beinchen, und schwarze Locken und große dunkle Augen hatte, wie sein Kind, dann stieg doch zuweilen ein wunderlich gerührtes Gefühl in seinem Herzen auf, und er meinte, das weiche Kinderkörperchen zu fühlen, das sich so zärtlich an ihn geschmiegt hatte.

Aber solche Anwandlungen hielten nie lange bei ihm an.

Er hatte sich, in die Residenz zurückgekehrt, damals eine reizende kleine Villa bauen lassen, die geradezu ideal als Junggesellenheim ausgestattet war. Seine Vermögensverhältnisse gestatteten ihm jeden Luxus. Er hatte von seiner verstorbenen Mutter ein Vermögen geerbt, das ihn zum Millionär machte. Seine Mutter war eine geborene Gräfin Oelderloh gewesen, die seinen Vater als vermögenslosen Offizier geheiratet hatte. Sein Vater hatte tatsächlich nichts besessen als seine liebenswürdige und bestrickende Persönlichkeit, eine nicht allzu große Schuldenlast, sein Offizierspatent und – die Anwartschaft auf das Majorat Valberg, das einem verwitweten kinderlosen Onkel gehörte. Dieser hatte jedoch den Neffen überlebt, und Baron Viktors Vater war als Major gestorben, bis zuletzt abhängig vom Vermögen seiner reichen Frau.

Baron Viktor erbte dann von seiner Mutter dies große Vermögen und kurz nach seiner Scheidung auch das Majorat Valberg, das in der Nähe der Residenz, zwei Eisenbahnstunden entfernt, lag. Fast empfand er es als eine Last, Majoratsherr zu sein, denn mit den Rechten eines solchen waren auch mancherlei Pflichten verbunden. Und Pflichten verkörperten für den Freiheitsdurstigen einen Zwang – und jeder Zwang war ihm verhaßt.

Zum Glück war er wenigstens nicht der letzte Valberg und hatte es nicht nötig, für einen Namenserben zu sorgen. Lieber hätte er auf das Majorat verzichtet, als nochmals eine Ehe einzugehen. Ein Vetter von ihm hatte einen

Sohn hinterlassen. Dieser, Baron Günter Valberg, lebte in der gleichen Residenz als ein vermögensloser Offizier. Baron Viktor betrachtete es als Ehrensache, diesem künftigen Majoratsherrn von Valberg einen anständigen Zuschuß zu gewähren, wofür ihm dieser sehr dankbar war.

Ein eigenartiges Verhältnis bestand zwischen Baron Viktor und Baron Günter. Sie verstanden sich sehr gut. Trotzdem Baron Günter erst dreißig Jahre zählte und kein Kopfhänger war, sondern ein frisches, junges Blut, wirkte er doch wie der Gesetztere, Vernünftigere von beiden. Ihm fehlte der göttliche Leichtsinn Baron Viktors, der diesen so bestrickend jung erscheinen ließ.

Baron Günter hatte schon mancherlei Schweres durchkämpft. Das Leben hatte ihn verschiedentlich rauh angefaßt. Er stammte aus einer jüngeren Linie der Valbergs, die nie mit Glücksgütern gesegnet gewesen war. Seine Eltern waren beide tot, früh aufgebraucht in Sorgen und Nöten ums Dasein. Er selbst hatte sich aber den fröhlichen Lebensmut nicht trüben lassen und hätte sich nun, da ihn Baron Viktor so nobel unterstützte, recht glücklich und zufrieden fühlen können – wenn ihm nicht das Glück – oder das Malheur passiert wäre, sich in eine vermögenslose junge Dame zu verlieben, so recht unsinnig und ausschließlich. Diese Liebe wurde zwar erwidert, und ganz im geheimen gab ihm diese Gewißheit glückliche Stunden, aber er mußte sich doch sagen, daß sie trotzdem so gut wie aussichtslos war. Auf die ungewisse Zukunft hin, ein Majoratsherr von Valberg zu werden, konnte er keine Ehe schließen, denn erstens war Baron Viktor noch sehr jugendlich und rüstig und konnte ein hohes Alter erreichen, und zweitens war es immerhin nicht ausgeschlossen, daß dieser sich noch einmal verheiratete und einem Sohn das Leben gab.

So war Baron Günter im ganzen viel ruhiger und vernünftiger als sein ewig junger und übermütiger Verwandter, den er übrigens »Onkel« nannte.

Waren die beiden Männer zusammen, so hatte es vielmehr den Anschein, als ob Günter der Ältere und Bedächtigere sei, der mit gutem Beispiel vorangehen müsse.

Das amüsierte Baron Viktor ungemein, obwohl er Günter herzlich zugetan war. Die Widrigkeiten des Lebens glitten an seinem Naturell ab.

Baron Viktor wollte heute eine Visitentournee absolvieren und sich bei seinen zahlreichen Freunden und Bekannten von seiner Reise zurückmelden. Vorher aber erwartete er Baron Günter Valberg, den er hatte zu sich bitten lassen, weil er ihn zuerst begrüßen wollte und zugleich etwas Wichtiges mit ihm zu besprechen hatte. Eben hatte er sich aus seinem eleganten Ankleidezimmer hinaus in einen der kleinen, entzückend eingerichteten Salons begeben, deren Ausstattung zur Genüge bewies, daß Baron Viktor nicht nur ein reicher, sondern auch ein sehr kunstverständiger und geschmackvoller Mann war.

Er warf sich in einen Sessel und wollte gerade nach einem Buche greifen, dem neuesten Werke einer literarischen Größe, als ihm Baron Günter Valberg gemeldet wurde.

Baron Viktor hatte sich mit tadellos geschulter Dienerschaft umgeben, die jeden Fingerzeig von ihm verstand und jeden Befehl auf das sorgsamste ausführte. Sein Kammerdiener und sein Koch waren berühmt, jeder Diener mustergültig und mit so viel Intelligenz begabt, wie sie ein guter Diener haben muß. Es genügte daher ein leichtes Heben der schlanken Hand, um seinen Willen kundzugeben. Günter wurde hereingelassen.

Er war eine schlanke, hohe Erscheinung, den die glänzende Uniform vorzüglich kleidete. Etwas größer als Baron Viktor hatte Günter auch breitere Schultern, sein gebräuntes, frisches Gesicht zeigte kräftigere und energischere Züge als die des Onkels.

Dieser erhob sich. Mit festem Händedruck begrüßten sich die beiden Herren.

»Pünktlich wie immer, mein lieber Günter«, sagte Viktor lächelnd.

»Ich konnte kaum die Zeit erwarten, dich zu begrüßen, Onkel Viktor. Ich freue mich, daß du so wohl und munter zurückgekehrt bist.«

»Und so weiter, und so weiter«, fiel Viktor dem jungen Mann in die Rede mit einem ironischen Ausdruck. »Strapaziere dich nicht, mein Junge. Ich kann mir wirklich nicht denken, daß es dich sonderlich freut, meine zähe Konstitution zu bemerken.«

Günter lachte harmlos: »Wenn ich dir nun auch mit neun heiligen Eiden versichere, daß es dennoch der Fall ist, so glaubst du es mir schließlich doch nicht. Aber das wirst du mir wenigstens glauben, daß ich mich freue, daß du wieder hier bist. In deiner Abwesenheit ist mir dies herrliche Tuskulum verschlossen, und ich kann mich nicht im genußsüchtigen Behagen an den Leistungen deines Kochs freuen.«

Viktor lachte laut auf.

»Schön, das will ich dir glauben, das wird mir wenigstens nicht schwerfallen. Aber nimm Platz.«

Sie setzten sich nieder, und der Baron fuhr fort:

»Siehst du, mein Junge, dir gegenüber habe ich, wie bei keinem anderen Menschen, das verdammt fatale Gefühl, daß ich dir im Wege stehe – daß ich dir, solange ich lebe, den Platz an der Sonne raube. Es wäre direkt ein märchenhafter Edelmut, wenn du dich über meine elastische Konstitution freutest. Nein, verteidige dich nicht. Dir müßte es, da du auch nur ein Mensch bist, viel erfreulicher sein, wenn ich ein gebrechlicher Mummelgreis wäre, dem man das Ende seiner Tage annähernd ansehen könnte.«

Günter lachte wieder frisch und lustig auf. »Du als Mummelgreis – hoffentlich erlebe ich das noch. Und trotzdem ich auch nur ein Mensch bin, freue ich mich ob deiner Frische und Gesundheit. Nicht nur, weil du ein so eminent nobler Mensch mir gegenüber bist, sondern auch, weil deine Elastizität ein erfreulicher Beweis ist, daß die Valbergs ein kräftiger Schlag sind. Man kann dann doch die angenehme Hoffnung hegen, diese schöne Welt recht lange mit seinem Dasein zu beglücken. Um aber den Stier bei den Hörnern zu fassen, lieber Onkel – du weißt, ich liebe Umschweife nicht –,so laß dir sagen, daß ich durchaus nicht mit einem Auge nach der Erbschaft des Majorats schiele, während ich in dem anderen eine Freudenträne über dein Wohlbefinden scheinheilig zerdrücke. Ich bin zwar nur ein armer Schlucker, aber trotzdem ein anständiger Kerl, der seinem Wohltäter ehrlichen Dank weiß. Glaub's – oder glaub's nicht – es ist so. Punktum. Und nun spiele bitte nicht wieder darauf an, daß du mich für einen heuchlerischen Erbschleicher hältst.«

Das sagte der junge Mann ganz gelassen und ruhig. Viktor reichte ihm vergnügt die Hand. »Schön – da hätte ich meine Standpauke weg. Das nenne ich wirklich den Stier bei den Hörnern fassen. Du bist ein famoser Kerl, Günter. Aber ›Punktum‹ kann ich trotzdem nicht hinter diese Angelegenheit setzen. Ich will dir nach deiner famosen Rede wahr und wahrhaftig nicht zutrauen, daß du mich am liebsten umbringen würdest – offen gesagt –, ich hätte das auch so nicht getan. Aber es stört meinen behaglichen Seelenfrieden doch recht bedenklich, daß ich, der ich doch ohnehin mit Glücksgütern gesegnet bin, einem armen Teufel sein Erbe vorenthalte, auf das er doch so viel Anwartschaft hat wie ich selbst. Das ist mir in letzter Zeit viel im Kopfe herumgegangen. Du bist wirklich ein anständiger Mensch, daß du mich das nicht entgelten läßt.«

Günter sah ihn warm und herzlich an.

»Daß ich das bin, danke ich dir nicht zuletzt, Onkel Viktor. Wer weiß – wenn du mir nicht in so echt vornehmer Liebenswürdigkeit einen so hohen Zuschuß gewährtest, der mich von allen drückenden Sorgen befreit, dann wäre vielleicht mein Charakter längst verdorben, und ich wäre wirklich ein scheußlicher Neidhammel geworden. Ich kann dir nicht genug für deine Güte danken.«

Viktor winkte heftig ab. »Nur nichts von Dankbarkeit.

Das Wort kann ich nicht ausstehen. Was ich für dich getan, war nur der Ausfluß des krassesten Egoismus. Es würde mir jede Freude versalzen, wenn du darben müßtest. Ich bin es mir selbst schuldig, soviel wie möglich zu tun, daß du mich nicht mit Inbrunst und Ausdauer unter die Erde wünschest – ich lasse mich übrigens verbrennen, wenn's soweit ist, das dünkt mich ästhetischer. Und um nun ganz sicher zu sein, daß dir auch in der dunkelsten Stunde niemals der Wunsch kommt: ›Wenn er doch abfahren wollte‹, habe ich dich heute rufen lassen, um dir einen Vorschlag zu machen.«

Günter sah ihn fragend an. »Du siehst mich sehr gespannt, Onkel Viktor.«

»Hm! Gleich sollst du alles hören. Aber erst wollen wir uns eine Zigarette anzünden – bitte bediene dich. Willst du einen Kognak? Nicht – also auch gut. So – nun brennen die Opferflammen. Also nun höre zu. Ich fühle schon lange, daß ich meine Pflichten als Majoratsherr nur sehr mangelhaft erfülle. Dies verwünschte Majorat hängt mir wie ein Klotz am Bein und hindert mich in meiner Freiheit. Du weißt, was ich für ein Freiheitsfanatiker bin. Jeder Zwang ist mir verhaßt. Was ich freiwillig mit Vergnügen tue, wird mir sofort zum Greuel, wenn ich's tun muß. Und trotz meiner mangelhaften Pflichterfüllung habe ich eine Menge Scherereien mit Valberg. Und jetzt droht mir wieder allerhand. Der Administrator, der nun seit vierzig Jahren seinen Posten ausfüllte, will sich zur Ruhe setzen, was man ihm mit seinen siebzig Jahren billigerweise auch nicht übelnehmen kann. Nun soll ich einen Ersatz schaffen. Guter Gott, das ist leicht gesagt. Mir wird übel, wenn ich daran denke, was mir da alles bevorsteht. Der alte Administrator hatte alles am Schnürchen, ihn konnte man mit der größten Ruhe schalten und walten lassen. Aber einem neuen Beamten kann man doch nicht so ohne weiteres vertrauen und ihn ohne Aufsicht lassen. Leuchtet dir das ein?«

Günter war aufmerksam seinen Worten gefolgt. »Gewiß,

Onkel Viktor, vollkommen. Du müßtest unbedingt einen längeren Aufenthalt in Valberg nehmen, wenn ein neuer Administrator eingestellt würde.«

Viktor nickte. »Siehst du wohl – ich müßte – müßte sogar unbedingt! Aber es fällt mir gar nicht ein, mich mit diesem ›muß‹ herumzuquälen. Das Landleben ist mir schon, wenn ich's mal freiwillig genieße, odiös. Ich gähne mich schon zuschanden, wenn ich mal acht Tage in Valberg sitzen muß.«

Günter lachte. Dann sagte er, tief aufatmend:

»So verschieden sind die Ansichten. Ich kann deine Aversion gegen das Landleben nicht begreifen. Valberg ist doch so wunderschön und liegt in der herrlichsten Gegend. Das Schloß ist komfortabel eingerichtet – hat sogar elektrisches Licht. Der prachtvollste Jagdgrund steht dir zur Verfügung, und es sitzen in der Nachbarschaft herum doch einige nette, liebenswürdige Menschen, mit denen sich's leben läßt.«

Viktor machte ein sonderbares Gesicht.

»Na – über Geschmack läßt sich nicht streiten. Vielleicht fände ich das alles auch sehr nett – wenn es nicht sein müßte. Übrigens die Nachbarschaft – außer Cronersheim liegt alles ziemlich weit ab. Und nicht eine einzige charmante, hübsche Frau auf Meilen im Umkreis. Der Croner von Cronersheim ist mit seinen fünfundvierzig Jahren auch noch Junggeselle und nicht viel zu Hause. Außerdem ist mir der Mensch ziemlich widerwärtig, ein unangenehmer Maulheld. Also viel angenehmer Verkehr ist da nicht zu haben.«

»Trotzdem – Valberg selbst entschädigt für alles.«

»So, so! Also du fändest es nicht schrecklich, den größten Teil deines Daseins in Valberg verbringen zu müssen?«

Günter lachte: »Durchaus nicht – im Gegenteil. Wenn du mich diesen Sommer einige Wochen Urlaub dort verbringen lassen willst, bin ich sofort mit Eifer und Freude einverstanden.«

»Hm! Nun ja – so ein Urlaub! Aber sag mal – du bist doch

mit Leib und Seele Soldat. Du würdest dich natürlich bedanken, als Krautjunker in Valberg Kohl zu bauen – ich meine für den Fall, daß man dich vor die Wahl stellte.«

Günter fuhr sich über die Stirn.

»Lieber Onkel, ich bin mit Leib und Seele Soldat, weil es nun mal mein Beruf ist und weil ein ganzer Mann seinen Beruf immer hochhalten und nach besten Kräften erfüllen soll. Aber ich kann dir sagen, daß ich mit Wonne meinen Kohl selber bauen würde, wenn ich nur die kleinste Klitsche mein eigen nannte. Ich denke es mir herrlich, so mit dem eigenen Boden zu verwachsen und aus ihm herauszuholen, was er geben will.«

Viktor sah lächelnd in sein leuchtendes Gesicht und legte seine schlanke, nervige Hand auf Günters Schulter.

»Junge – warum hast du mir diese schwärmerische Vorliebe für die Landwirtschaft nicht längst verraten?«

»Bester Onkel – du hast mich ja noch nie darum gefragt, und ich konnte nicht wissen, daß dich das interessierte. Das sind so stille Liebhabereien, die man verschwiegen in der Brust trägt, weil sie unerfüllbar sind.«

Viktor schüttelte energisch den Kopf.

»Aber durchaus nicht, mein Junge. Jetzt kommen wir langsam auf den Kern der Sache. Also, gesetzt den Fall, du würdest heute Majoratsherr von Valberg, so würdest du deinen Abschied nehmen und Valberg selbst bewirtschaften?«

Günter nickte vergnügt und ahnungslos, worauf sein Onkel hinauswollte.

»Unbedingt! Das würde ich sofort tun.«

Eine Weile sah Viktor nachdenklich in sein Gesicht. Dann nickte er, als sei er mit sich selbst einig und warf den Rest seiner Zigarette in die Aschenschale. Dann sagte er rasch:

»Na also – dann kann ich mich ja kurz fassen. Also höre, mein Junge, was ich dir für einen Vorschlag machen will, damit du nicht erst sehnsüchtig auf meinen Tod zu warten brauchst. Du übernimmst schon jetzt, zu meinen Lebzeiten, das Majorat Valberg unter folgenden Bedingungen: Du arbeitest dich unter der Leitung des alten Administrators in diesem Jahre, solange er noch bleibt, ein, damit dir der neue Administrator keine Flausen vormachen kann. Du übernimmst dann die Oberleitung und verwaltest das Majorat so, daß mein Nachfolger, also du selbst, damit zufrieden ist. Für den Fall, daß ich auf meine alten Tage doch noch Geschmack am Landleben finden sollte, werden mir im Schloß Valberg auf Lebenszeit eine Reihe Gemächer reserviert, über die ich jederzeit frei verfügen kann. Die Einkünfte aus dem Majorat gehören zur Hälfte dir, zur Hälfte mir. So – das wäre so das Wesentlichste vorläufig. Gehst du darauf ein, so bin ich die Sorge um das Majorat los und weiß es in den besten Händen. Und du wirst schon jetzt Majoratsherr, kannst schalten und walten, wie du willst, und hast für deine Mühe auch ein größeres Einkommen als bisher, denn du weißt ja, daß Valberg sehr ertragfähig ist. Was sagst du nun zu diesem Vorschlag?«

Günters Gesicht war etwas bleich geworden. Wie eine Fata Morgana stieg es vor ihm auf. Er dachte an das Mädchen, das er liebte. Dieser Vorschlag bot ihm eine Möglichkeit, sich ohne Sorge einen Hausstand zu gründen. Es war ein glänzendes Anerbieten, das ihn wohl verlocken konnte. Aber er sträubte sich, es ernsthaft für möglich zu halten.

Eine Weile sah er mit großen Augen seinem Onkel ins Gesicht, dann atmete er hastig auf und sagte mit erzwungener Ruhe:

»Du sahst mich einen Moment fassungslos, Onkel Viktor, wie von einem Schwindel befallen. Wenn einem armen Schlucker plötzlich das Große Los geboten wird, so versetzt es ihm den Atem. Ich weiß ja so ungefähr zu taxieren, was du da so mit offenen Händen verschenken willst. Es ist kein Wunder, wenn mir dabei das Blut ein wenig rebeilisch wurde. Aber wenn das von dir kein Scherz ist, so ist es doch wohl nicht reiflich bedacht, mir solch ein Angebot zu machen.«

Viktor schüttelte den Kopf.

»Keineswegs, mein Junge, es ist reiflich überlegt und bedacht. Ich weiß, daß Valberg in deinen Händen besser aufgehoben ist als in den meinen. Und ich bin, wie du weißt, reich genug, um auf die Hälfte der Einkünfte von Valberg verzichten zu können.«

Günter strich sich über die Stirn.

»Ja, ja – das mag alles sein. Aber du hast vergessen, mit einem Faktor zu rechnen.«

»Mit welchem Faktor?«

»Daß du dich noch einmal verheiraten und einen männlichen Erben bekommen könntest. Ginge ich jetzt auf deinen Vorschlag ein und gewöhnte mich so an die gute Zeit, an den Gedanken, Herr über Valberg zu sein, und es käme dann eines Tages ein Sohn von dir auf die Welt – dann hieße es für mich, meine Sachen packen und raus aus Valberg. Und dann würde es mich sehr bitter berühren, dann könnte es möglicherweise doch noch dazu kommen, daß ich ein schlechter, neidischer Mensch würde. Aufsteigen ist leicht – herabsteigen schwer.«

Viktor machte eine abwehrende Bewegung.

»Aber mein lieber Junge, du kannst dir wohl denken, daß ich dir diesen Vorschlag gar nicht erst gemacht haben würde, wenn ich die Absicht hätte, mich jemals wieder zu verheiraten. Ich bin doch kein Idiot. So eine Dummheit kann ein Mann wie ich im höchsten Falle nur einmal machen. Schon das war beinahe strafbar bei meiner Veranlagung.«

Günter mußte lachen.

»Man soll aber nichts verreden, Onkel Viktor. Und ich würde dann jedenfalls immer in Angst und Nöten schweben.«

Viktor machte ein nachdenkliches Gesicht.

»Nein, das sollst du nicht, das wäre ja ein schlechter

Dienst, den ich dir erwiese. Wie kann ich dich nur überzeugen, daß ich ganz gewiß nicht wieder heiraten werde? Ach – das ist ja Unsinn, mein Junge, verbeiß dich doch nicht in eine so absurde Idee, an der mein ganzer schöner Plan scheitern könnte. Aber warte – da komme ich auf einen Ausweg. Wir wollen mal das Fürchterliche, um dich zu beruhigen, in den Bereich der Möglichkeit ziehen. Gesetzt also den Fall, ich heirate und bekäme einen Sohn – der könnte doch, sagen wir, vor seinem einundzwanzigsten Jahre das Majorat nicht übernehmen. Wir beide schließen also einen Vertrag, daß du, selbst wenn ich einen männlichen Leibeserben hinterlasse, bis zu dessen vollendetem zwanzigsten Lebensjahre Valberg unter den Bedingungen, die ich dir eben gemacht habe, verwaltest, und daß dir keiner dreinzureden hat. Na, ich denke, daraufhin kannst du es wagen, den Abschied zu nehmen, den Vertrag machen wir nur zu deiner Beruhigung, denn es fällt mir nicht ein, nochmals Ehefesseln zu tragen. Also – sag ja und amen, mein lieber Günter, setze dich hin und schreibe dein Abschiedsgesuch und siedle nach erhaltenem Abschied sofort nach Valberg über. Es ist sehr leicht möglich, daß ich dann öfter mal nach Valberg komme, wenn ich dich dort weiß. Jedenfalls reisen wir zusammen hin und bringen alles in Ordnung. Ich übergebe dir feierlich den ganzen Kram und suche mir die Zimmer aus, die ich für mich reserviert haben will. Groß genug ist Schloß Valberg, dir damit keinerlei Beschränkung aufzuerlegen. Also besinne dich nicht lange. Einverstanden?«

Günters gebräuntes Gesicht rötete sich vor Erregung. Seine Stimme zitterte merklich, als er fragte: »Ist es wirklich dein Ernst? Du siehst mich sehr erregt, dies großmütige Anerbieten ...«

»Ach, Larifari, mein Sohn. Von Großmut keine Spur. Alles Egoismus. Und zum Scherz treibe ich solche Geschichten nicht, wenn ich auch sonst stets dazu aufgelegt bin. Also – willst du – oder nicht?«

Günter sprang auf. Es wurde ihm zu heiß. »Am Wollen fehlt's nicht, Onkel Viktor. Wenn man so etwas in solcher Form geboten bekommt – dann muß man schon ein ganzer Narr sein, wenn man nicht mit beiden Händen zugreift. Du ahnst ja nicht, welche ein großes Glück du mir da bietest – ich – ach Onkel Viktor – wenn ich dir nur so recht danken könnte – ich finde die rechten Worte nicht, ich ...«

Viktor sprang auch auf und machte eine komische fluchtartige Bewegung. »Du – sei so gut – verschone mich in Gnaden mit derlei Dankgestammle. Du machst mich damit einfach schamrot, denn ich gebe dir mein Wort, daß ich bei alledem zuerst und in der Hauptsache nur an mich und meine Bequemlichkeit gedacht habe. Ich habe dann endlich meine Ruhe, brauche mich nicht mit einem neuen Administrator herumzuquälen und muß mir nicht noch obendrein Gewissensbisse machen, daß ich mit einer nachlässigen Verwaltung das schöne Majorat verschandle und dich als meinen Nachfolger schädige. Wir sind also einig, mein Junge. Einzelheiten besprechen wir später – leiste mir morgen beim Diner Gesellschaft. Und jetzt werfe ich dich ohne Umstände hinaus – ich will Visiten machen.«

Günter Valberg verließ seinen Onkel in sehr froher, erregter Stimmung und suchte seine Wohnung auf. Das großmütige Anerbieten brachte ihn mit einem Schlage in Verhältnisse, die gegen seine bisherigen glänzende zu nennen waren – und die ihm vor allen Dingen gestatteten, vor die Eltern seiner Angebeteten zu treten und sie um die Hand ihrer Tochter zu bitten.

Carry von Platen hieß die junge Dame, die er heiß und leidenschaftlich liebte. Sie war die Tochter seines Obersten, der seiner Tochter keinerlei Mitgift geben konnte.

Carry war sehr schön und wurde viel bewundert, ohne daß sich jedoch ein annehmbarer Freier gefunden hätte. Günter hatte sein Herz an sie verloren, seit er sie zuerst gesehen. Er hatte sich jedoch mit aller Willenskraft von ihr zurückgehalten, weil er nicht daran denken konnte, sie zu heiraten und sie ihm zu teuer war, sie in eine aussichtslose Neigung zu verstricken.

Carrys Augen hatten ihm jedoch oft genug zu verstehen gegeben, daß sie seine Liebe erwiderte. Sie kamen natürlich gesellschaftlich sehr viel zusammen, es gab allerlei Berührungspunkte, und der Zufall, der wohl von Carry unterstützt wurde, führte auch hie und da zu einem kurzen Alleinsein. Dann mußte Günter alle Selbstbeherrschung aufbieten, um das schöne, goldhaarige Mädchen nicht in seine Arme zu reißen und den roten, feingezeichneten Mund mit Küssen zu bedecken.

Und eines Tages – es war im November – hatte das Regiment in den städtischen Forsten eine Hubertusjagd veranstaltet. Daran beteiligten sich auch die Damen und vor allem auch die Tochter des Obersten.

Carry war eine exzellente Reiterin und sah zu Pferde mit ihrer herrlichen Gestalt wunderschön aus. Günter war an ihrer Seite geritten, während der Jagd. Und da hatte Carrys Pferd einen Fehltritt getan und war in die Knie gebrochen. Sofort war Günter aus dem Sattel und an ihrer Seite. Das heiße Blut, vom Jagdeifer erregt, hatte sich in diesem Augenblick nicht zügeln lassen. Als er Carry emporhob aus dem Sattel – sie war ganz unverletzt geblieben – schlang sie die Arme, um sich zu stützen, um seinen Hals. Und da war es um ihn geschehen gewesen. In ihren Augen sah er denselben heißen Wunsch, der auch ihn beseelte – und plötzlich brannten die Lippen der beiden jungen Menschen aufeinander in einem langen, seligen Kuß.

Dieser kurzen Minute heißer Glückseligkeit folgten allerdings in Günters Herzen bittere Selbstvorwürfe. Als er Carry wieder in den Sattel geholfen hatte – auch das Pferd war unverletzt geblieben – und an ihrer Seite im langsamen Tempo weiterritt, um den anderen zu folgen, da klagte er sich selber an und sagte Carry alles, was er für sie empfand und was ihn hinderte, um sie zu werben. Er bat sie, ihm nicht zu zürnen und ihm zu vergeben, daß er sich diesen süßen Augenblick vom Glück gestohlen hatte.

Sie hörte ihm mit verträumtem Lächeln zu und sagte dann, ihn groß und voll ansehend:

»Das alles hab' ich gewußt, Günter. Ich habe dir nichts zu verzeihen. Die Liebe läßt sich nicht durch Vernunftgründe unterdrücken. Laß uns diese süße Stunde nicht trüben durch Selbstvorwürfe. Wer weiß, ob uns je wieder solch ein Augenblick des Glückes geboten wird.«

Günter versuchte nun, eine Möglichkeit zu finden, die ihm eine Verbindung mit der Geliebten gestattete. Er sagte ihr, daß er seinen Onkel, wenn dieser von seiner Reise zurückkam, bitten wollte, ihm zu helfen, daß er sich mit der Geliebten vereinigen konnte.

»Er wird es tun, Carry, Onkel Viktor ist großherzig. Und wenn wir uns auch ganz bescheiden einrichten müssen, wenn wir uns nur angehören dürfen. Warte nur noch diese kurze Zeit, mein süßes, geliebtes Herz.«

Carry hatte ihm lächelnd zugehört. Es entsprach ihren Wünschen durchaus nicht, eine Ehe einzugehen, die gleich zu Anfang mit Sorgen und Sparen beginnen sollte. Sie hatte das Elend einer Kommißehe ohne Vermögen an ihren eigenen Eltern erlebt. Von Jugend auf hatte ihr die in kleinlichen Sorgen aufgehende Mutter, der verbitterte Vater, vor die Augen geführt, daß nur eine reiche Partie sie aus allen Nöten erlösen konnte. Und sie wollte eine reiche Partie machen, wollte aus den engen Verhältnissen heraus, um jeden Preis. Ihre Schönheit sollte ihr dazu helfen.

Aber Jahr um Jahr verging, ohne daß der reiche Freier kam. Carry war bereits zweiundzwanzig Jahre. Und endlich diesen Winter zeigte sich ihr eine Aussicht. Der Freiherr Franz Croner auf Cronersheim, ein reicher Grundbesitzer, der Nachbar des Majorats Valberg tauchte in der Residenz auf und machte keinen Hehl daraus, daß er eine Frau suchte. Carry gefiel ihm sehr – aber diese fand ihn wenig liebenswert. Doch sein Reichtum lockte, die Mutter beschwor Carry in den höchsten Tönen, klug zu sein, und Carry selbst sagte sich, daß sich ihr hier endlich eine Gelegenheit bot, aus engen Verhältnissen herauszukommen.

Das hatte sie indes nicht gehindert, sich in Günter Valberg zu verlieben.

Deshalb lächelte sie nur zu seinen Plänen, lächelte süß und sinnbetörend, bot Günter wieder und wieder die heißen, roten Lippen und sagte leise: »Laß uns doch an nichts denken als an den Augenblick, Günter. Jetzt halten wir einander, jetzt küssen wir uns, und diese seligen Minuten soll uns niemand rauben. Sprich nicht von der Zukunft, nicht von Heiraten, das ist ja alles so wesenlos – wenn wir uns nur lieben. Und es bleibt unser süßes Geheimnis, nicht wahr, Liebster?«

»Ja, meine Carry – so lange, bis ich vor deinen Vater treten kann mit leidlichen Aussichten für die Zukunft, so lange müssen wir unsere Liebe verbergen. Aber du bleibst mir treu, nicht wahr – du bist mein?«

Da hatte sie leise geseufzt und dann wieder gelächelt.

»Ich liebe dich – und mein Herz wird dir immer gehören.«

Von dieser Stunde an fühlte sich Günter Valberg an die Geliebte gebunden. Nur selten war ihnen noch ein heimlicher Augenblick des Glückes beschert. Vor den anderen Menschen mußten sie sich nun doppelt beherrschen und fremd miteinander tun. Günter wartete sehnsüchtig auf die Rückkehr seines Onkels und war sehr froh gewesen, als der ihn heute zu sich rief.

Und nun? – Ehe er noch dazu gekommen war, Onkel Viktor seine bedrängte Lage zu schildern, hatte dieser das Füllhorn des Glückes über ihn ausgeschüttet. Er war nun imstande, Carry ein gesichertes, sorgenfreies Los zu bieten und sich stolz und glücklich vor aller Welt zu ihr zu bekennen. Das Herz wurde ihm groß und weit vor Glückseligkeit, und er konnte die Zeit kaum erwarten, bis er Carry das alles gesagt haben würde.

Am liebsten hätte er sich gleich seinem Onkel anvertraut, aber da ihn dieser so energisch hinauskomplimentiert hatte, mußte er es verschieben.

Voll heißer Dankbarkeit gegen Onkel Viktor und erfüllt von einem zärtlichen Ungestüm, voll Sehnsucht, der Geliebten die glückliche Wendung berichten zu dürfen, stürmte er in seine Wohnung. Er hatte jetzt nur noch Zeit, sich umzukleiden. Der Dienst ging vor. Aber er war in sehr gehobener Stimmung. Als ein glückliches Omen erschien es ihm, daß er, als er zur Reitbahn ritt, Carry von Platen begegnete. Sie war allerdings in Begleitung ihrer Mutter, und neben ihr ging mit einer unverschämten Vertraulichkeit Herr von Croner auf Cronersheim, den Günter ebensowenig leiden konnte wie Onkel Viktor.

Dieser Herr von Croner drängte sich immerfort in Carrys Nähe und verkehrte sehr viel im Hause des Obersten. Günter war seine laute, arrogante Art verhaßt, Croner posaunte seine Absicht, sich nun endlich mit seinen fünfundvierzig Jahren zu verheiraten und eine Frau zu suchen, in wenig delikater Weise aus. Von allen Seiten machte man Jagd auf die reiche Partie und man überbot sich an Liebenswürdigkeiten für den keineswegs angenehmen Freier – nur weil er eben Herr auf Cronersheim und sehr reich war. Mit einer unverschämten Arroganz ließ er sich umschwärmen und verwöhnen, erweckte Hoffnungen, die er nicht erfüllte, und kam sich riesig unwiderstehlich vor.

Grüßend ritt Günter vorüber. Seine Augen suchten aufstrahlend die der Geliebten, die seinen heimlichen Gruß mit dem gleichen Aufstrahlen erwiderte. Die Oberstin dankte würdevoll und Herr von Croner mit einer unangebrachten Vertraulichkeit, die er sich dem jungen Offizier gegenüber anmaßte mit der Begründung: »Wir werden ja doch eines Tages Nachbarn, wenn's auch wohl noch lange dauert, bis Ihnen der jetzige Majoratsherr Platz gemacht hat.«

Günter bemerkte noch, ehe er vorüber war, daß sich Croner sehr vertraulich zu Carry hinüberneigte. Diese hielt sich jedoch stolz aufrecht.

Günters Herz klopfte stürmisch. Was hätte er darum gegeben, wenn er Carry hätte zurufen dürfen, was ihm das Herz bewegte. Aber das ging natürlich nicht an. Erst wollte er morgen noch alle Einzelheiten mit Onkel Viktor feststellen, ehe er zu Platen ging. Diesem mußte er seine Verhältnisse genau klarlegen, wenn er ihn um die Hand seiner Tochter bat.

Seine stolze, süße Carry! Wie sie sich freuen würde, nun da alle Hindernisse zwischen ihnen beseitigt waren. War sie erst seine Braut, dann sollte sich dieser Herr von Croner nicht gestatten, ihr seine Gesellschaft aufzudrängen. Carry konnte diesen faden, arroganten Patron nicht ausstehen, der nach seiner sehr ausschweifenden Jugend nun eine junge Frau an sich fesseln wollte. Und nur die schönsten Mädchen fanden Gnade vor seinen Augen. Carry war aber die Schönste von allen – und sie war Günters Eigentum.

Strahlend vor Glück ritt er weiter.

Am nächsten Vormittag kam Günter müde vom Dienst nach Hause. Er wollte noch ein Stündchen ruhen, ehe er, sich umkleidete und zu seinem Onkel zum Diner ging.

Sein Bursche mußte ihm die Reitstiefel ausziehen und ihm den Hausrock bringen.

»Sonst was los, Kuschke?«

»Befehl, Herr Leutnant, zwei Briefe sind angekommen.«

»Schön. Her damit. Und nun kannst du verschwinden, mein Sohn. Falls ich einschlafe, in einer Stunde wecken. Und hier – warte mal, Kuschke – hier hast du einen Taler. Kauf deiner Herzallerliebsten ein himmelblaues Band oder 'ne Flasche Veilchenduft.«

Kuschke ließ vergnügt grinsend den Taler verschwinden.

»Befehl, Herr Leutnant – ich danke schön.«

»Gut, gut – und nun raus!« Kuschke verschwand.

Günter sah erst eine Weile, in rosenrote Träume versunken, dem Rauch seiner Zigarette nach. Dann erinnerte er sich wieder an die Briefe, die neben ihm auf einem Tischchen lagen.

Gemächlich öffnete er den ersten. Er enthielt eine Einladung zu einem Hausball in einer befreundeten Familie. Der zweite Brief enthielt eine große steife Doppelkarte.

»Hm! Was ist denn das?« sagte er vor sich hin und schlug die Karte auseinander. Günter sah darauf nieder – und da richtete er sich plötzlich mit einem Satz hoch auf und starrte auf die Karte herab, als traue er seinen Augen nicht.

»Die Verlobung ihrer Tochter Carry mit dem Freiherrn Franz Croner auf Cronersheim beehren sich hiermit ergebenst anzuzeigen

Oberst von Platen und Frau
geb. Freiin von Reckling.«

Das stand auf der einen Seite. Und auf der andern – Günter las es wieder und wieder, als könne er es nicht fassen:

Carry von Platen
Franz von Croner
E. s. a. V.

Langsam legte Günter die Zigarette fort – sie schmeckte ihm bitter. Und langsam faltete er die Karte zusammen – und ließ sie aus seinen zitternden Händen gleiten.

Sein gebräuntes Gesicht war fahl, wie das eines Kranken, und um den Mund erschien ein herber, bitterer Zug. Seine Augen blickten trübe. Mit einem Male war alle Freude, die ihn seit gestern beseelte, erloschen.

Erst wehrte er sich verzweifelt, das zu glauben, was ihm diese Karte verkündete. Carry – seine Carry – sein stolzes, geliebtes Mädchen – und dieser Freiherr von Croner. Das konnte doch nicht sein – er war im Fieber – er hatte Halluzinationen.

Verstört hob er die Karte auf und las noch einmal.

Nein – es war keine Täuschung, schwarz auf weiß wurde ihm dieser unerhörte Treubruch verkündet. Er war aufgegeben – um eines Croners willen – weil er weniger – viel weniger zu bieten hatte als dieser.

Carry die Braut Croners – dies schöne, stolze Geschöpf in den Armen dieses faden Gecken mit der brutalen Arroganz.

Und kein Wort von ihr hatte ihn darauf vorbereitet – sie ließ es zu, daß ihn dieser Schlag wie aus heiterem Himmel traf. Freilich – sie hatten sich seit zwei Wochen nie allein gesehen – und schreiben wollte sie wohl nicht. Aber auf irgendeine Weise hätte sie ihn vorbereiten müssen. Überhaupt – wie hatte sie ihm das antun können, wenn sie ihn wirklich liebte?

Nein – sie konnte ihn nicht lieben. Falsch waren ihre Liebes schwüre, falsch ihre Küsse – falsch die heißen, lokkenden Augen, in denen er seinen Himmel gesehen. Oh – über diese Falschheit! Wie hatte sie über Croner gespottet, wie hatte sie ihm kühl und unnahbar den Rücken gedreht, wenn er sie mit seinen frechen Augen anstarrte. Und das alles war nur Schein gewesen, um ihn zu düpieren?

Er ahnte nicht, daß Carry Platen durch diese Zurückhaltung nur den durch allerlei Avancen verwöhnten und übersättigten Croner mit kühler Berechnung hatte reizen und fesseln wollen. Er wußte nicht, daß die schöne Carry nie im Ernst daran gedacht hatte, die Frau des armen Günter Valberg zu werden, der ihr im günstigsten Falle ein sehr bescheidenes Los und eine sehr unsichere Aussicht auf ein Majorat zu bieten hatte, das er wohl nie erhielt oder doch nur erst nach langen, entbehrungsreichen Jahren. Er ahnte nicht, daß Carrys ganzes Streben nur nach Glanz und Reichtum ging und daß er ihr gerade nur gut genug gewesen war, ein flüchtiges Liebesspiel mit ihm zu treiben. Nur so viel wurde ihm klar, daß Carry Croners Bewerbung nur seines Reichtums halber angenommen hatte.

Aus welchem Grunde aber auch – für ihn war sie nun verloren – und sein Ideal lag zerbrochen am Boden. Die Carry, die sich für Geld verkaufen konnte, war nicht dieselbe, die er mit heißer Inbrunst und Verehrung geliebt, die er zu seiner Frau hatte machen wollen.

Und nun freute es ihn kaum noch, daß seine Verhältnisse sich so glänzend verbessert hatten. Ihretwegen hatte ihn das am meisten beglückt – und sie hatte ihn herzlos verraten. Das tat bitter weh. Er hatte sein ganzes, ehrliches Herz an das schöne Mädchen gehängt.

Was nützte ihm nun das großmütige Anerbieten Onkel Viktors?

Er grub sein Gesicht in das Kissen auf dem Diwan.

»Zu spät!« stöhnte er.

Aber mit bitterem Hohn verbesserte er sich selbst: »Nein – gerade noch zur rechten Zeit, um dich von einer großen Torheit zurückzuhalten. Sei froh, daß dir die Augen aufgehen, ehe es zu spät war. Diese Carry hätte dich nie glücklich machen können.«

Aber die Erkenntnis brachte ihm jetzt keinen Trost. Er warf sich wieder auf den Diwan und sah starr vor sich hin. Und das Herz zuckte ihm in bitterer Qual. Wie hatte er sie geliebt – wie glücklich war er gewesen im Bewußtsein, von ihr geliebt zu werden. Und wie heiß waren ihre Küsse. – Fort damit – nicht mehr daran denken. Was sich einem Franz Croner ergab, hatte keinen Reiz mehr für ihn.

Müde erhob er sich, als nach einer Stunde sein Bursche eintrat. Und er dachte, wie gut es war, daß er gestern Onkel Viktor nichts von seinen Beziehungen zu Carry Platen verraten hatte.

Heute würde er es nun sicher nicht tun.

Und das Herz tat ihm weh, als sei ihm etwas Schönes, Teures gestorben.

Baron Viktor hatte am Tage vorher, nachdem ihn Günter verlassen hatte, seine Visitentournee angetreten. Er hatte überall nur Karten abgeworfen. Zuletzt war er auch bei seiner langjährigen Freundin, der verwitweten Generalin von Tronsfeld, vorgefahren.

Sie gehörte zu den tonangebenden Persönlichkeiten der Residenz. In ihrem Salon traf sich alles, was Anspruch auf Geist und guten Namen hatte. Vor ihrer Verheiratung war sie Hofdame der Prinzessin Leonie, der Schwester des regierenden Herzogs, gewesen.

Jetzt bewohnte Ihre Exzellenz mit einer ebenfalls verwitweten Cousine zusammen eine hübsche, geräumige Villa. Jede der beiden Damen hatte eine Etage für sich und hatte ihren eigenen Haushalt. Ohne sich gegenseitig zu genieren, hatten sie doch einen Zusammenhalt, wenn sie danach verlangten.

Exzellenz Tronsfeld bewohnte die erste Etage. Diese war so reizend und harmonisch eingerichtet, mit allerlei hübschen Plauderecken, daß jeder Besucher sich zu Hause fühlte.

Die Generalin war eine sehr weltkluge und sympathische Frau von fast fünfzig Jahren. Ihr verstorbener Gemahl war reichlich zwanzig Jahre älter gewesen, doch hatten sie eine anscheinend sehr glückliche Ehe geführt. In ihrer Jugend war sie eine gefeierte Schönheit gewesen, und auch jetzt war sie noch eine sehr hübsche, stattliche Frau.

Gestern nun hatte Valberg seine Freundin nicht angetroffen. Deshalb wiederholte er heute seinen Besuch, denn ihn verlangte nach einem Plauderstündchen mit der geist- und gemütvollen Frau, bei der er immer Verständnis fand.

Als ihr Valberg gemeldet wurde, saß sie in einen hohen Lehnstuhl geschmiegt an dem kaschierten Marmorkamin, in dem der Heizkörper der Zentralheizung verborgen lag.

Ohne sich zu erheben, streckte sie dem Baron ihre feine, schlanke Hand entgegen, an der sich noch keinerlei Altersspuren bemerkbar machten. Um ihren Mund lag ein warmes Lächeln, und die von schwarzen Wimpern umsäumten grauen Augen grüßten ihn mit dem klaren, gütigen Blick, der dieser Frau eigen war.

Sie begrüßten sich, als hätten sie sich gestern zum letztenmal gesehen – und doch lagen Monde zwischen jetzt und ihrer letzten Begegnung.

»Teuerste Freundin – ich lege mich Ihnen zu Füßen«, versicherte Viktor lächelnd, ihre Hand an die Lippen ziehend.

»Strapazieren Sie sich nicht, lieber Baron, setzen Sie sich lieber mir gegenüber in diesen Lehnstuhl, das ist bequemer. Wenn Sie ein Weilchen Zeit haben, wollen wir plaudern.«

Er nahm ihr gegenüber Platz.

»Ah – wie gut sitzt es sich an Ihrem Kamin – in diesem mir so wohlbekannten Sessel – meinem Beichtstuhl. Verfügen Sie ganz über mich. Bis zum Diner bin ich völlig frei. Ich war schon gestern vor Ihrer Tür, traf Sie aber leider nicht zu Hause an. Nun bin ich glücklich, Sie endlich begrüßen zu können.«

»Ja, ich hörte von Ihrem Besuch, lieber Baron. Daß Sie von Ihrer Reise zurückgekehrt waren, hörte ich schon unterwegs. Die ganze Residenz ist voll davon. Sie wissen, in unserer Residenz gibt es keine Geheimnisse.«

»Oder doch nur solche, von denen alle Welt weiß.«

»Mich wundert es, daß Sie nun doch endlich wieder heimgefunden haben.«

Er sah sie lächelnd an.

»Die Sehnsucht nach einem Plauderstündchen mit Ihnen trieb mich heim.«

Ein feines Lächeln umspielte ihren Mund.

»Lieber Baron – das muß ich hoffentlich nicht glauben.«

Er legte die Hand beteuernd aufs Herz.

»Ehrenwort, Exzellenz. Nach Ihnen habe ich immer und überall Sehnsucht.«

Sie stützte das Haupt in die Hand. »Muten Sie mir nicht zuviel zu?«

Ernst blickte er sie an. »Das müssen Sie mir glauben.«

Sie lachte leise. »Wehe der Frau, die Ihnen etwas glaubt, mon cher.«

Sich verbeugend, sah er sie bittend mit seinen unwiderstehlichen Blicken an. »Wenn diese Frau nicht Maria Transfeld heißt. Diese eine Frau kann und soll mir alles glauben.«

»Warum gerade ich?«

»Weil Sie die einzige Frau sind, Maria, die ich nie zu belügen wagen würde.«

»Und warum nicht?«

»Weil Sie die einzige Frau sind, die mir gegenüber nie schwach geworden ist. Oft habe ich über Frauenherzen gesiegt, ohne es zu wollen. Bei Ihnen wollte ich siegen, lange Zeit habe ich mich heiß bemüht, Ihre Gunst zu gewinnen – nein – Ihre Liebe. Ich habe alles daran gesetzt, Sie mir zu gewinnen. Aber all mein heißes Ringen ist an Ihrem überlegenen Lächeln abgeglitten. In diesem Kampf blieben Sie Siegerin. Und da blieb mir nichts anderes übrig, als um Ihre Freundschaft zu betteln, damit ich nur nicht völlig Fiasko machte.«

»Was Ihre Eitelkeit nicht verwunden hätte«, spottete sie.

Er schüttelte abwehrend den Kopf.

»Nein, nein – ich sah es bald ein – Sie standen zu hoch für eine Liebelei, und ein großes Gefühl hatte ich in der Liebe nie zu vergeben – leider. Ich wollte, es wäre anders gewesen. Leider habe ich mich in kleiner Münze ausgegeben. Ich sah ein, daß man einer Frau wie Ihnen nur ein ganzes, volles Herz bieten darf – oder Freundschaft. Und so wurde ich bedingungslos ihr treuester, ergebenster Freund. Das glauben Sie mir doch?«

»Ja – das glaube ich Ihnen.«

Eine Weile sahen sie sich schweigend und lächelnd an. Dann sagte er nachdenklich: »Es ist doch seltsam, teuerste

Exzellenz. Gerade auf Sie, die mir nie das leiseste Fünkchen Liebe entgegengebracht hat, die mich stets hat kalt abfallen lassen, wenn mein heißes Blut einmal rebellisch aufloderte, gerade auf Sie war meine einstige Gattin am eifersüchtigsten. Ein harmloses Billett von Ihnen, das Sie mir über eine Wohltätigkeitsangelegenheit schrieben, ich glaube, es war eine Quittung über eine gestiftete Summe, gab den letzten Anlaß, daß ich meine Gattin verließ, nachdem sie mir einen eklatanten Treubruch schon fast vergeben hatte. Gerade auf Sie war sie am eifersüchtigsten.«

Die Generalin sah mit großen Augen in sein Gesicht.

»Das ist doch nicht Ihr Ernst?«

»Doch, es ist so. Aber nun erschrecken Sie nicht noch nachträglich darüber. Sie wissen ja selbst am besten, wie unschuldig Sie waren. Aber meine Gattin hatte es sich in ihren sehr eigensinnigen Kopf gesetzt, daß Sie mich liebten, nicht nur, daß Sie meiner Herzensruhe gefährlich gewesen wären. Das letztere war ja der Fall, aber das erstere – lieber Gott, wie kalt ließen Sie mich abfallen. Meine Gattin aber witterte andere Gefühle hinter Ihrem kühlen Wesen. Erinnern Sie sich der kurzen Zeit, da ich mit ihr hier in der Residenz die Hofbälle mitmachte? Da behauptete sie, nicht nur Prinzeß Leonie, sondern auch Sie seien in heißer Liebe zu mir entflammt. Damit hat sie mich gequält. Ist das nicht sonderbar?«

Stumm sah die Generalin eine Weile vor sich hin. Endlich sagte sie leise: »Man sagt Eifersucht macht blind. Manchmal macht sie aber auch hellsehend.«

»In diesem Falle also blind. Es hat meiner Frau an Scheidungsgründen nicht gefehlt, ich gab ihr wahrlich genug Grund zur Eifersucht. Aber gerade da, wo ihre Eifersucht am grundlosesten war, war sie am stärksten.«

Noch immer lag der seltsame Ausdruck in ihren Augen. Aufatmend lehnte sie sich zurück. »Lieber Baron – Ihre Gattin war in diesem Falle doch – hellsehend.«

Erstaunt sah er sie an. »Wie meinen Sie das, Exzellenz?«

Ein weiches Lächeln lag um ihren Mund. »Ihre Frau hat mehr und tiefer gesehen, als Sie selbst, lieber Freund. Uns Frauen ist oft in solchen Fällen ein sechster Sinn eigen. Und mit diesem sechsten Sinn hat Ihre Gattin wohl herausgefunden, was andern Menschen und auch Ihnen ein Geheimnis blieb, bis heute.«

»Was wäre das?« fragte er betroffen.

»Das Geheimnis, daß Maria Tronsfeld den Baron Viktor Valberg heißer und tiefer geliebt hat als jede andere Frau.«

Er reckte sich empor, als habe ihn ein magnetischer Strom berührt. »Maria!« Und sich wieder zurücklehnend, fuhr er fort: »Sie belieben, mich zu verspotten.«

Lächelnd schüttelte sie den Kopf. Es war wieder das überlegene und doch gütige Lächeln, das ihr immer eigen war. »Nein, mein lieber Freund, ich spotte gewiß nicht. Jetzt, mit meinen fünfzig Jahren, bin ich über die Zeit hinaus, in der ich Ihnen aus meiner Liebe ein Geheimnis machen wollte und mußte. Und da es gerade zur Sprache kommt, kann ich es Ihnen ja ruhig eingestehen. Ja, lieber Freund – ich habe Sie geliebt – über alle Begriffe – mit tausend Schmerzen und mit bitterstem Leid.«

Fassungslos sah er sie an und strich sich über die Stirn.

»Nein – nein – das kann nicht wahr sein, Maria! Wie oft habe ich um Ihre Liebe gebettelt. Nie habe ich mich so mit aller Kraft um die Liebe einer Frau gemüht, wie um die Ihre. Sie blieben immer kalt und stolz, wiesen mich zurück.«

Sie nickte leise und sah ihn ruhig an. »Ja, weil ich nicht eine von den vielen sein wollte, über die Sie nach leichtem Siege unbekümmert hinwegschritten. Ich war zu stolz, Ihnen zu zeigen, daß ich mein törichtes Herz, trotzdem ich Sie nur zu gut kannte, an Sie verloren hatte. Lieber wäre ich gestorben, als mich von Ihnen besiegen zu lassen. Die Zähne habe ich zusammengebissen, um meinen Stolz behaupten zu können. Und um eine Schranke zwischen mir und Ihnen aufzurichten, nahm ich die Bewerbung meines Mannes an, der mir eine väterliche Neigung entgegenbrachte. Ihm habe ich mein ganzes Empfinden anvertraut, er allein wußte, wie es in mir aussah. Und er hat mir geholfen, daß ich mich nicht selbst verlor. So rang ich mich nach jahrelanger Pein durch diese schmerzvolle Liebe und wurde endlich in Wahrheit, was ich Ihnen vortäuschte – Ihre Freundin, zu der Sie kamen, wenn Sie ausruhen wollten von Ihren törichten Leidenschaften, die Ihr Herz doch leer ließen, weil Sie sich verzettelten. Ich war doch glücklicher, mit meinem einzigen großen Gefühl, wenn es mir auch mehr Schmerzen brachte als Freude. Ja ja, mein Freund, so ist das Leben. In der großen Welt da draußen haben Sie wohl wieder manches Frauenherz im leichten Spiel betört. Sie bleiben jung in dem ewigen Auf und Nieder Ihrer Gefühle. Ich aber bin im Herzen eine alte Frau geworden, die abgeschlossen hat mit allen großen und stürmischen Empfindungen. Ich sitze hier behaglich am Kamin und sehe mit abgeklärter Ruhe zurück auf die Stürme, die einst meine Seele durchtobten.«

Ein tiefer Seufzer hob seine Brust.

»Das habe ich nicht geahnt, Maria! Sie sehen mich fassungslos erschüttert. Ich möchte andachtvoll vor Ihnen die Knie beugen – und möchte Ihnen doch zugleich zürnen. Mir ist, als hätten Sie mich durch Ihren Stolz um das Köstlichste betrogen, was mir das Leben zu bieten gehabt. Wenn Sie mir Ihre Liebe geschenkt hätten, Maria, Ihnen hätte ich die Treue halten können, Ihnen allein. Sie hätten mich von der Ruhelosigkeit erlösen können. Denn Sie haben mich tiefer und mehr geliebt als andere Frauen, denen meine Liebe auch nur ein Spiel war.«

Lächelnd schüttelte sie den Kopf.

»Das reden Sie sich jetzt ein, lieber Freund. Hätte ich Sie erhört, wie es andere auch getan, so wäre ich in Ihrem Leben auch nur eine flüchtige Episode gewesen, nicht mehr. Von Ihrer Ruhelosigkeit, von Ihrem fast krankhaften Freiheitsdrang hätte ich Sie so wenig kurieren können, wie andere Frauen auch. Der Schmetterling bleibt immer nur zur kurzen Rast auf einer Blume sitzen und nascht von ihrer Süßigkeit, ohne auf den Grund des Kelches zu kommen, es treibt ihn weiter, von einer zur andern. Und Ihre Schmetterlingsnatur kennt das Gefühl der Treue nicht. Ich habe Sie kennengelernt, wie wohl sehr wenige Menschen, weil Sie mir einen tieferen Einblick in Ihr Inneres gestatteten. Und weil ich Sie kannte, mit allen Fehlern – aber auch mit allen Vorzügen Ihres Charakters, deshalb vermochte ich es schließlich, Ihre Freundin – nichts als Ihre Freundin zu werden. Solange mein Herz noch jung und rasch in der Brust schlug, wollte es mir nicht gelingen. Nun bin ich aber schon seit manchem Jahre Ihre echte, rechte Freundin, bin es mit innerer Befriedigung. Denn dadurch habe ich mir das bessere Teil an Ihnen gesichert – und Ihre Treue. In der Freundschaft ist Ihnen die Treue Bedürfnis, und in der Liebe – die Untreue.«

Nun faßte er doch ihre Hand und legte sein Gesicht eine Weile stumm in diese kühle, schöne Frauenhand, die sich noch den ganzen Zauber der Jugend bewahrt hatte. Als er dann nach langer Zeit das Antlitz hob, lag ein feuchter Glanz in seinen Augen.

Dann erhob er sich, ging an das Fenster und blieb eine Weile stehen. Endlich setzte er sich wieder zu ihr und sagte mit verhaltener Stimme:

»Diese Stunde wird mir ewig unvergeßlich sein, Maria. Nie in meinem Leben hat mich etwas so tief bewegt, wie Ihr Bekenntnis. Und daß Sie mir dies Bekenntnis nicht für immer vorenthalten haben, daß Sie mich für würdig hielten, es zu hören – das hebt mich über mich selbst hinaus. Ich weiß nicht, ob mich Ihre Liebe nicht doch zu einem anderen, besseren Menschen hätte machen können. Denn gerade in meinem ewigen Suchen, in meinem Hasten von einer Frau zur anderen, lag doch die Sehnsucht, etwas Großes, Reines, Erhabenes zu finden, zu erleben. Mein Durst wurde nie gestillt. Sie hätten ihn doch vielleicht stillen können.«

Maria Tronsfeld schüttelte mit ihrem stillen Lächeln den Kopf.

»Nein nein, lieber Freund, reden Sie sich das nicht ein. Ich kenne Sie besser, als Sie sich selbst. Und nun wollen wir dies Thema ruhen lassen. Das waren Reminiszenzen aus vergangenen Tagen. Ich freue mich, daß Sie zurückgekehrt sind. Sie kommen gerade zur rechten Zeit.«

Er seufzte auf. Sie winkte hastig ab.

»Lieber Freund – beschämen Sie mich nicht, und kein Wort mehr davon zwischen uns, sonst müßte ich bedauern, Ihnen dies Bekenntnis abgelegt zu haben.«

»Nein, das sollen Sie nie, niemals bedauern. Und wenn ich nicht mehr davon sprechen darf, so will ich es doch mit mir nehmen wie ein köstliches Geschenk und es hüten wie einen Schatz. Und nun, teure Freundin – für heute gestatten Sie mir, mich Ihnen zu empfehlen. Von alltäglichen Dingen kann ich jetzt nicht sprechen. Ich bin durch Ihr Bekenntnis mehr erschüttert, als Sie mir glauben werden. Und ich will es wenigstens still in mir ausklingen lassen.«

Sie reichte ihm die Hand und sah ernst zu ihm auf.

»So gehen Sie. Und vergessen Sie nicht, daß ich morgen meinen Jour habe. Ich darf Sie doch erwarten?«

Er küßte ihre Hand.

»Adieu, lieber Freund.«

Noch einen andachtsvollen Kuß drückte er auf ihre Hand. Dann ging er schnell mit seine elastischen Schritten hinaus. Als die Tür hinter ihm ins Schloß fiel, seufzte sie auf.

»Wie jung er geblieben ist! Und ich – wie bin ich alt und ruhig geworden«, dachte sie.

Aber es war doch eine Freude in ihr, daß er so bewegt war über ihr Bekenntnis und daß er nicht in seiner sonstigen leichten Art darüber zur Tagesordnung übergehen konnte.

Baron Viktor Valberg war so sehr von dem, was ihm die Generalin gesagt hatte, in Anspruch genommen, daß ihm

Günters stilles, bedrücktes Wesen nicht besonders auffiel. Die beiden Herren dinierten zusammen, taten aber beide dem leckeren Mahle nicht die rechte Ehre an.

Erst als der Baron zum Nachtisch Sekt servieren ließ, wurde die Stimmung bei ihm selbst etwas besser. Und da bemerkte er bald, daß Günter oft mit blassem Gesicht düster vor sich hin blickte. Endlich konnte er das nicht mehr ruhig mit ansehen.

»Holla, mein Junge, was ist denn heute mit dir? Hat dir etwas die Petersilie verhagelt, oder fühlst du dich nicht wohl?«

»Doch, Onkel Viktor, ich bin ganz wohl. Bitte, achte nicht auf mich – ich – ja – ich hatte heute mit der Post eine schlechte Nachricht.«

»Nun, nun – hast du Schulden? Hat dich ein Gläubiger gemahnt?«

»Nein, du weißt, daß ich mich hüte, Schulden zu machen und immer mit dem auskomme, was du mir gibst.«

»Hm! Also kann ich dir nicht helfen?«

»Nein, es ist eine ganz persönliche Angelegenheit.«

Er ließ das Thema fallen und kam wieder auf Günters Übersiedlung nach Valberg zu sprechen.

Am nächsten Morgen schickte Viktor der Generalin einen herrlichen Blumengruß. Eine Karte begleitete die Blumen, auf der in seiner steilen eleganten Handschrift folgende Worte standen:

»Lassen Sie mich mit diesen Blumen das Grab schmükken, in dem ein großes Gefühl eingesargt wurde, das eine arme irrende Seele stets voll Sehnsucht gesucht hat, ohne es zu finden. Dies letzte Wort der Dankbarkeit gestatten Sie

Ihrem dankbar ergebenen Freunde
Viktor Valberg.«

Die Generalin streichelte lächelnd über die Blumen hinweg.

»Er ist und bleibt ein großes Kind, das sich gern selbst betrügt«, dachte sie mit dem mütterlich nachsichtigen Gefühl, das sie ihm entgegenbrachte.

Als sich dann am Abend Valberg als erster der Jour-fix-Gäste bei ihr einstellte, rührten sie beide mit keinem Wort mehr an das, was gestern zwischen ihnen gesprochen worden war. Aber in seinem Wesen lag noch mehr ausgeprägt als früher die verehrungsvolle Zartheit, mit der er Maria Tronsfeld entgegenkam.

Und als sie dann plaudernd zusammensaßen, sagte die Generalin mit einem ernsten Blick:

»Lieber Baron! Ich fand heute in der Kölner Zeitung eine Nachricht, die Sie wohl einigermaßen berühren wird. Oder wissen Sie schon – daß Ihre ehemalige Gattin gestorben ist?«

Er blickte sie betroffen an.

»Lisa?«

»Ja. Lisa von Heerwege, geborene von Rippach.«

Der Baron fuhr sich über die Stirn.

»Nein, das wußte ich nicht.«

»Ich dachte es mir und habe Ihnen das Blatt aufgehoben. Herr von Heerwege zeigt den Tod seiner Gattin an, und auch die Namen der Kinder – sie muß in zweiter Ehe auch Kinder gehabt haben – sind unterzeichnet.«

Sie reichte ihm die Zeitung, und er überflog die Anzeige.

Clauß von Heerwege unterzeichnete als Gatte, Rita, Hans, Lena und Sybille als Kinder.

Seine Augen blieben auf dem Namen »Rita« haften.

Das war seine Tochter, sein kleines dunkellockiges Mädchen, das nun einen anderen Vater nannte. Er sah sie noch vor sich, wie er sie zuletzt gesehen, ein zierliches Persönchen im weißen Kleidchen mit üppigen schwarzen Locken. Daß sie inzwischen älter geworden war, daran dachte er nicht.

Er machte eine Bewegung, als schüttele er etwas Drükkendes ab. Fast hilflos blickten seine Augen zu ihr hinüber.

»Seltsam! Seit ich nach Hause zurückgekehrt bin, kommt allerlei über mich, was mich aus dem Gleichgewicht zu werfen droht. Die Vergangenheit tritt mahnend vor mich hin. Lisa tot! Sie ist nur achtundvierzig Jahre alt geworden. So vollkommen hat sie sich selbst aus meinem Leben gestrichen, daß ich sie fast vergessen hatte. – Hoffentlich hat sie in ihrer zweiten Ehe das Glück gefunden, das sie bei mir vergeblich suchte. Ihr Tod berührt mich trotz alledem tief. Sie war doch die Mutter meines Kindes, das mir so ganz entfremdet worden ist. Meine kleine zärtliche Maus! Sie schmiegte sich immer so liebevoll an mich, wenn ich sie einmal sehen durfte. Jetzt weiß sie vielleicht kaum noch etwas von meiner Existenz. Sicher ist sie in die neue Familie ihrer Mutter mit allen Fasern ihres Seins hineingewachsen und fühlt sich wohl und glücklich, ohne mich zu vermissen.«

»Das wäre nur zu wünschen, lieber Freund. Auf solch ein junges Gemüt wirkt es meist recht traurig, wenn es mit seiner Liebe zwischen beiden Eltern steht und sich für den einen und gegen den anderen entscheiden soll. Es war das beste für Ihre Tochter, daß sie ganz von Ihnen losgelöst wurde, damit sie in der Familie ihres Stiefvaters Wurzeln schlagen konnte.«

Er sprang auf und fuhr sich über die Stirn.

»Ja, ja – es ist das beste so für Rita. Sie gehört nun zu ihren Geschwistern und weiß vielleicht kaum noch, daß ihr ein anderer Vater lebt als ihr Stiefvater. Sprechen wir nicht mehr davon, teuerste Exzellenz. Ich will mich nicht weichmachen.«

Eine Weile blieb es stumm zwischen den beiden.

»Um auf etwas anderes zu kommen, liebe Freundin – ich werde meinem Neffen Günter Valberg das Majorat Valberg übergeben.«

Er erzählte ihr, was er mit Günter besprochen hatte. Sie

hörte ihm aufmerksam zu, und als er zu Ende war, sagte sie mit leisem Kopfschütteln:

»Daß Sie nur allen Zwang von sich werfen müssen! Sie sind ein wahrer Freiheitsfananker. Also Günter Valberg soll gewissermaßen sein Erbe antreten, ehe Sie es ihm nach Ihrem Tode hinterlassen.«

Der Baron lachte.

»Ja – es ist mir ein so ungemütliches Gefühl, wenn ich weiß, daß jemand auf meinen Tod warten muß.«

»Deshalb sterben Sie weder früher noch später.«

»Gewiß. Aber es ist mir unerträglich. Ich gehe schon lange mit diesem Gedanken um und will ihn nun schnell verwirklichen.«

»Nun – Günter Valberg wird darüber nicht böse sein. Ich gönne es dem jungen Mann, den ich sehr gern habe. Schon weil er Ihr Nachfolger im Majorat ist, hat er mich immer interessiert, und so oft ich in Gesellschaft mit ihm zusammentreffe oder ihn in meinem Hause sehe, habe ich ihm meine besondere Aufmerksamkeit zuteil werden lassen. Dabei glaubte ich zu bemerken, daß er ein besonders warmes Interesse für die schöne Tochter des Obersten von Platen an den Tag legte.«

Der Baron blickte interessiert auf.

»Die schöne Carry Platen?«

»Ja, ja.«

»Hm! Ich wüßte nicht, ob ich Günter wünschen sollte, daß er sich da ernstlich engagierte. Dies unstreitig sehr schöne Mädchen scheint eine kalte berechnende Natur zu haben. Und Günter ist sehr warmherzig und prädestiniert zum guten Ehemann.«

»Carry Platen ist eben das Produkt der Verhältnisse, lieber Freund. Ich halte sie im Grunde sogar für einen ziemlich leidenschaftlichen Charakter, der sich nur selbst im Zügel hält, um sein Ziel zu erreichen. Und dies Ziel ist eine glänzende Partie, die ihr Glanz und Reichtum sichert. Dies Ziel hat sie nun übrigens erreicht – und ich möchte wohl wissen, wie Günter Valberg die Verlobungsanzeige aufgenommen hat, die mir gestern, gleich nach Ihrem Fortgehen, mit der Post zugeschickt wurde.«

Der Baron lauschte gespannt. Günters bedrücktes düsteres Wesen von gestern fiel ihm wieder ein.

»Hat sich etwa die schöne Carry verlobt?« fragte er hastig.

»Ja – mit Ihrem Valberger Nachbarn, dem Freiherrn Franz Croner auf Cronersheim.«

Ein leiser, überraschter Ausruf drängte sich über seine Lippen.

»So so? Die schöne Carry – und der recht wenig schöne und angenehme Croner? Ein ungleiches Paar – er ist auch doppelt so alt als sie. Hm! Und Sie meinen, liebe Exzellenz, daß Günter sich für Carry Platen interessiert hat?«

»Mir schien es so. Doch ich kann mich auch irren.«

»Nun – Sie pflegen scharf und klar zu sehen. Und Günter war gestern außerordentlich melancholisch und sagte mir auf mein Befragen, er habe in einer persönlichen Angelegenheit eine schlechte Nachricht mit der Post erhalten. Ich riet sofort auf eine unglückliche Liebe und scheine mich nicht getäuscht zu haben.«

»Was Sie mir da sagen, bestärkt mich in meiner Vermutung. Ich möchte nur nun wissen, ob Carry Platen nicht doch lieber Baronin Valberg geworden wäre, wenn sie gewußt hätte, welche Aussichten Sie Günter eröffnet haben. Er ist zwar auch jetzt noch keine so glänzende Partie für die Tochter des vermögenslosen Obersten. Vielleicht ist Ihr Entschluß, Günter Valberg das Majorat zu übergeben, nur kurze Zeit zu spät gekommen, um aus ihm und Carry ein glückliches Paar zu machen.«

Viktor schüttelte energisch den Kopf.

»Nein, nein, ich kann es nicht glauben, daß Günter mit der schönen Carry glücklich geworden wäre. Das ist keine Frau, die für ihn paßt.«

Sie zuckte die Achseln. »Wer weiß?! Vielleicht wäre Carry als Günters Frau eine ganz andere geworden. So manches Menschen Glück und Charakter wird nur durch die Verhältnisse entschieden, in die ihn das Leben drängt. Doch wie die Sache nun einmal liegt will ich nur hoffen, daß Günter Valberg schnell über eine etwaige Enttäuschung hinwegkommt.«

»Davor ist mir nicht bange. Er ist ja ein Mann.«

Sie lächelte mit gutmütiger Ironie.

»Lieber Freund – nicht alle Männer vergessen so schnell und leicht wie Sie.«

Carry Platens Verlobung mit Franz von Croner wurde auf diesem Jour eifrig besprochen und mit mehr oder minder liebenswürdigen Lichtern beleuchtet. Aber Günters Name wurde dabei nicht genannt. Außer den scharfen, klaren Augen der Generalin hatten keine anderen Carrys und Günters Geheimnis durchschaut.

Baron Viktor Valberg hatte schnell sein heiteres Gleichgewicht wiedergefunden, das ihm in den ersten Tagen nach seiner Rückkehr durch allerlei Erregungen abhanden gekommen war. Er schwamm munter in dem rauschenden Strom glänzender Geselligkeit und wurde, wie immer, von allen Seiten verwöhnt. An das Bekenntnis Maria Tronsfelds dachte er doch zuweilen in stillen Stunden, dann war ihm immer ganz andächtig und feierlich zumute. Noch öfter als sonst suchte er sie zu einem Plauderstündchen auf.

Mit Günter hatte er noch verschiedene Konferenzen. Dieser hatte bereits seinen Abschied eingereicht. Es war ihm sehr lieb, daß er bald aus der Residenz verschwinden konnte, wo Carry Platens Verlobung Tagesgespräch war, das ihn überall verfolgte.

Pflichtschuldigst machte er eines Tages eine Gratulationsvisite im Hause des Obersten. Er hatte es über sich vermocht, Carry äußerlich ruhig einen Glückwunsch auszusprechen. Ihre Hand lag dabei leise bebend und kalt in der seinen, und aus ihren Augen traf ihn schnell und verstohlen ein traurigflehender Blick.

Dieser Blick, das leise Beben ihrer Hand und ihre ganze, wundervolle Schönheit hatten ihn schmerzlich erregt. Als er aber gleich darauf sah, daß Franz von Croner Carry in wenig delikater Weise an sich zog und sie sich das ohne Widerstreben gefallen ließ, da fühlte er, daß er die Hochachtung vor ihr verloren hatte.

Dann bekam er die Einladung zu einer großen glänzenden Verlobungsfeier in einem der ersten Hotels, die Freiherr von Croner für unerläßlich hielt. Trotzdem er am liebsten sofort abgesagt hätte, überlegte er doch, daß er damit vielleicht Aufsehen erregt hätte. Außerdem war es wie ein Zwang in ihm, dieser Feier beizuwohnen. Er wollte Carry beobachten an der Seite ihres Verlobten, dieses unausstehlich faden Menschen, und meinte, es müsse ihn von seiner Liebe heilen, wenn er sah, wie sie sich dem andern zu eigen gab. Was ein Franz von Croner in seine Arme nahm, mußte allen Wert für ihn verlieren.

Auch Baron Viktor Valberg hatte die Einladung zu diesem Verlobungsfest angenommen. Während desselben beobachtete er Günter verstohlen, um zu erforschen, ob die Generalin recht gesehen hatte. Günter beherrschte sich zwar meisterhaft, aber kleine Anzeichen bestätigten dem Baron doch, was er wissen wollte.

Günters forderte Heiterkeit war nicht echt. Das wußte aber außer dem Baron nur noch Carry Platen – die schöne Braut. Ihr Gewissen war schwer belastet. Sie fühlte, daß das falsche Spiel, das sie mit Günter getrieben, ihn bis ins Innerste verwundet hatte. Und sie hatte ihn, trotz allem, sehr lieb gehabt – hatte ihn noch immer lieb.

Von ihrem Vater hatte sie flüchtig gehört, daß Günter seinen Abschied eingereicht hatte. Nach einem Grund hatte sie nicht geforscht, weil sie diesen Grund zu kennen glaubte.

Viel lieber wäre Carry Günters Frau geworden, wenn er

ihr ein glänzendes Los an seiner Seite hätte bieten können. Croner war ihr durchaus nicht sympathisch. Und doch hatte sie alles getan, was in ihrer Macht stand, um Croner an sich zu fesseln. Sie wußte, man beneidete sie um diese Partie, und die Mutter sagte ihr jeden Tag, wie beneidenswert glücklich sie sei, die Frau des reichen Mannes zu werden, der ihr alle Wünsche erfüllen würde.

Das wiederholte sie sich auch immer selbst, wenn sie zuweilen die Sehnsucht nach Günter übermannte. Unruhig suchte sie nach einer Gelegenheit, mit Günter einige Worte allein sprechen zu können. Sie wollte ihn um Verzeihung bitten, wollte ihm sagen, daß ihre Eltern sie zu dieser Verbindung gedrängt und daß eine Verbindung zwischen ihm und ihr, da sie doch beide arm seien, unmöglich gewesen wäre.

Bisher war es ihr nicht gelungen, Günter zu begegnen, trotzdem sie oft absichtlich seinen Weg zu kreuzen suchte. Um ihm zu schreiben, war sie zu klug und zu berechnend. Ihr Charakter war ein eigenes Gemisch von Berechnung und Leidenschaftlichkeit. Sie fürchtete sich, etwas Schriftliches aus den Händen zu geben, was sie kompromittieren konnte.

Heute, zu ihrem Verlobungsfest, hoffte sie, einen Augenblick des Alleinseins mit Günter herbeiführen zu können. Diese Hoffnung erfüllte sich auch. In einem der stillen Nebensäle begegneten sie sich. Niemand war in ihrer Nähe. Günter wollte kalt und stolz an ihr vorübergehen. Sie vertrat ihm jedoch den Weg und sah ihn aus feuchtschimmernden Augen flehend an. Und ohne Zögern berührte sie den springenden Punkt.

»Sie zürnen mir, Baron Valberg«, sagte sie leise.

Ihre bezaubernde Schönheit, der feuchtschimmernde, bittende Blick und die zitternde Stimme bekämpften seinen Stolz. Es kostete ihm Mühe, sich zu beherrschen. Trotzdem sagte er kalt und abwehrend:

»Ich wüßte nicht, weshalb, gnädiges Fräulein.«

Sie atmete tief auf. »Doch, Sie wissen es. Ach Günter – Günter – ich bin sehr traurig, daß ich dir – Ihnen Veranlassung dazu geben mußte. Glaube mir – ich war nicht Herr meines Willens. Ich bin nicht glücklich, Günter, das weißt du – du weißt, wo mein Glück lag. Aber wir müssen vernünftig sein. Es wäre kein Glück für uns geworden, wenn wir beide unsere Armut zusammengetan hätten. Es ist so schrecklich, arm zu sein, jeden Pfennig zu berechnen. Mein ganzes Leben lang habe ich rechnen müssen. Ich will heraus aus der Misere. Und deshalb habe ich mich nicht besonnen, als Herr von Croner um mich warb. Aber du sollst mir nicht zürnen, Günter – ich habe dich lieb, dich allein, und du mußt mein Freund bleiben, ich bitte dich darum.«

Es zuckte in seinem Gesicht. Nie war sie ihm so schön erschienen wie jetzt. Heiß stieg es in ihm auf. Er hätte sie am liebsten an sich gerissen und sie gebeten: Löse die Bande, die du dir übergestreift hast, werde frei für mich. Ich bin jetzt imstande, dir ein angenehmes, sorgenfreies Leben zu bieten, sei mein, löse dich von diesem Menschen, der mir so widerwärtig ist. Aber er preßte die Lippen zusammen.

Nein, wenn auch die heiße Leidenschaft bei ihrem Anblick wieder aufloderte, wenn auch das stürmische Begehren nach ihrer Schönheit stärker war denn je, so wußte er doch, daß keine Macht der Erde ihm das Vertrauen zu ihr wieder zurückgeben konnte. Ihr Treubruch hatte ihm dies Vertrauen für immer geraubt.

Er atmete auf. »Es ist wohl das beste, wir beenden diese Unterredung, mein gnädiges Fräulein«, sagte er kurz, fast schroff.

Sie sah ihn flehend an. »Günter – sei nicht so hart – sei gut zu mir.«

»Das ist Sache Ihres Verlobten«, stieß er schroff heraus.

Sie preßte die Hände zusammen. »Nicht so – nicht so, Günter. Sage mir wenigstens, daß du mir verzeihst.«

Er fühlte, daß er sich kaum noch beherrschen konnte, und um sich selbst zu verhärten, sagte er hart und kalt:

»Ich habe nichts zu verzeihen – habe mich nur zu bedanken, daß Sie mich vor einer Torheit bewahrten.«

Sie wurde bleich und strich sich zitternd über die Stirn. Und doch glaubte sie, Günter noch nie so sehr geliebt zu haben als in dieser Stunde.

»Das war grausam – und hat weh getan«, sagte sie leise. Und da eben ein Kellner mit einem Tablett vorüberging, fuhr sie im leichten Ton fort: »Sie haben Ihren Abschied eingereicht?«

Er wäre am liebsten weitergegangen, um dies quälende Zusammensein zu beenden. Aber unhöflich durfte er nicht sein.

»So ist es.«

»Und warum – warum?« fragte sie hastig.

Er richtete sich straff auf und sah sie fest an. Was er ihr jetzt sagen wollte, barg eine Genugtuung für ihn.

»Ich übernehme das Majorat Valberg. Mein Onkel will in seiner großen Güte nicht, daß ich darauf warten soll bis nach seinem Tode. Er übergibt es mir schon jetzt als freien Besitz.«

Sie wurde sehr bleich und starrte ihn mit großen Augen an. – »Sie – übernehmen Valberg? Aber wenn nun Ihr Onkel noch einmal heiratet – er ist noch so jung«, stieß sie unruhig hervor.

Es war eine innere Befriedigung in ihm, ihre grenzenlose Überraschung zu bemerken.

»Mein Onkel ist bereits fünfundfünfzig Jahre – und jedenfalls wird er nicht wieder heiraten. Aber selbst, wenn er es tun würde Valberg ist mir vertraglich für alle Fälle zugesichert.« Sie atmete hastig. Ihr Blick war starr und glanzlos. Mit einem Male ward ihr klar, was sie sich verscherzt hatte. Günter Valberg als Majoratsherr war eine ganz andere Persönlichkeit als der »kleine« Leutnant Valberg. Ihr war, als müsse sie ein Netz zerreißen, das sie sich selbst übergeworfen hatte. Und ihr graute plötzlich doppelt vor einer Vereinigung mit Franz von Croner.

»Also deshalb – deshalb wollen Sie Ihren Abschied nehmen?« fragte sie tonlos.

»Ja, mein gnädiges Fräulein.«

Das klang wieder so höflich und kalt, daß sie fror.

»Wie töricht ich war – ich glaubte, Sie täten es, um aus meiner Nähe zu kommen.«

Die Muskeln seines Gesichts strafften sich. Er wollte nicht weich werden. So schön sie war in ihrer hilflosen Unsicherheit, so sehr stieß es ihn doch ab, daß sie als Herrn von Croners Verlobte sich ihm gegenüber so vergaß.

»Das war allerdings ein Irrtum. Ich habe keine Veranlassung, Ihre Nähe zu fliehen. Sie werden ja auch als Frau von Croner auf Cronersheim in der nächsten Nachbarschaft von Valberg wohnen.«

Sie fühlte, daß sie bei ihm völlig verspielt hatte. Nun hieß es, sich abzufinden mit den Gedanken, daß sie sich selbst den Weg zum Glück verlegt hatte. Sie kannte Günter nur zu gut, um sich nicht zu sagen, daß er sie nun nicht mehr zur Gattin begehren würde, auch wenn sie sich von Croner wieder lösen würde. Und doch brannte jetzt größer als je die Sehnsucht in ihrem Herzen nach seiner Liebe – nach seinen Küssen, die sie allen Vernunftsgründen zum Trotz selig gemacht hatten. Und der einzige Trost in ihrem Kummer war ihr, daß Günter auch in Zukunft in ihrer Nähe leben würde. Das würde ihr das Dasein an Croners Seite erträglich machen. Und sie wollte alles daransetzen, dann wieder in ihm zu erwekken, was jetzt in Zorn und Groll erstickt war. Er liebte sie doch – liebte sie heiß und innig. Solch eine Liebe starb nicht von heute auf morgen, das fühlte sie an sich selbst. Wenn er sie auch jetzt nicht mehr zur Frau begehren würde, seine Liebe wollte und mußte sie sich zurückerobern um jeden Preis.

Mit einem rührenden, bittenden Lächeln streckte sie ihm

die Hand hin. »So lassen Sie uns Freunde sein – wenigstens gute Nachbarn, in Zukunft.«

Er berührte nur leicht ihre Fingerspitzen, zog sie flüchtig an die Lippen und ließ sie schnell wieder frei.

»Wie Sie wünschen, mein gnädiges Fräulein.«

Ihre Augen strahlten heiß und lockend in die seinen.

»Wie glücklich bin ich, daß ich Sie in nächster Nähe von Cronersheim weiß«, sagte sie mit verhaltener Stimme.

Er verneigte sich förmlich und trat einen Schritt zurück. Carrys Mutter trat in den leeren Raum, und am Eingang desselben, hinter der Oberstin, sah Günter einen Augenblick das Gesicht seines Onkels auftauchen, der ihn seltsam besorgt ansah.

Nach einigen höflichen Worten, die Günter mit Mutter und Tochter wechselte, schritt er in den Hauptsaal hinüber. Die Oberstin sah, als sie mit ihrer Tochter allein war, unruhig in deren Gesicht.

»Ich bitte dich, Carry, sei vorsichtig; Croner sucht dich überall. Du solltest dich nicht mit Leutnant Valberg isolieren«, sagte sie ängstlich.

Carry sah ihr mit einem seltsam abwesenden Blick ins Gesicht.

»Sag nicht mehr Leutnant Valberg, Mama, sondern, Baron Valberg auf Valberg. Sein Onkel übergibt ihm das Majorat. Deshalb hat er seinen Abschied eingereicht. Du siehst, jetzt ist Günter Valberg auch eine Partie«, sagte sie mit klangloser Stimme.

Die alte Dame verfärbte sich ein wenig. »Mein Gott, Kind, wenn wir das gewußt hätten. Nun tut es dir natürlich leid, daß du Croner dein Wort gegeben hast«, sagte sie besorgt und unruhig.

Carry sah in das versorgte, frühzeitig verwelkte Gesicht der Mutter. Sie warf den Kopf zurück. »Laß nur, Mama, es sollte nicht sein. Mache dir keine Sorgen. Ich zimmere mir mein Leben schon zurecht. Für Sentimentalitäten bin ich nicht geschaffen. Das ist ein Luxus, den sich nur reiche

Leute gestatten können. Und immerhin, man weiß doch nicht, wie das mit dem Majorat kommt. Cronersheim ist mir sicherer. Sieh nicht so bedrückt aus, das ziemt sich nicht für die Mutter einer glücklichen Braut.«

Sie lachte auf und führte die Mutter nach dem Hauptsaal zurück.

»Ach, Carry, ich bin so froh, daß du vernünftig bist«, erwiderte die alte Dame, die in dem Begriff Reichtum, den sie stets hatte entbehren müssen, alles Glück der Welt zusammenfaßte.

An der Tür, die in den Hauptsaal führte, kam ihnen Herr von Croner entgegen. Seine etwas gedrungene Gestalt nahm sich in dem eleganten Frackanzug sehr wenig vorteilhaft aus. Das stark gerötete, den Genußmenschen verratende Gesicht sah entschieden ärgerlich aus.

»Wo steckst du nur, Carry? Ich suche dich schon eine Ewigkeit«, rief er ihr ungeduldig entgegen.

Carry sah ihn kühl erstaunt an und stand in ihrer ganzen schlanken Höhe vor ihm. Der ungeduldige Ton ihres Verlobten mißfiel ihr gründlich. Sie war nicht gesonnen, ihm das ohne weiteres so hingehen zu lassen. Es lag keinesfalls in ihrer Absicht, sich unter das Joch eines tyrannischen Gatten zu beugen.

»Lieber Franz, diese Ewigkeit kann höchstens eine Viertelstunde lang gewesen sein. Ich hatte mich ein Weilchen zurückgezogen, weil ich Kopfweh hatte. Bist du vielleicht der Ansicht, daß ich dich darum jedesmal um Erlaubnis fragen muß?« fragte sie spöttisch kühl und wie befremdet.

Er duckte sich unwillkürlich ein wenig und nahm schmeichelnd ihre Hand.

»Nun, nun, Carry, nicht gleich böse sein, wenn dein ungeduldiger Bräutigam Sehnsucht nach dir hat«, sagte er, halb begütigend, halb vorwurfsvoll.

Sie blickte ihm, sich zu einem Lächeln zwingend, in die verliebt funkelnden Augen. »Um deiner Sehnsucht willen muß ich dir wohl den Ton verzeihen, mit dem du mich eben anließest, Franz. Ich will ihn aber nicht wieder von dir hören.«

Sie legte ihre Hand auf seinen Arm.

»Haben Sie gehört, teuerste Schwiegermama, da habe ich bereits die erste Schelte weg von meinem schönen Bräutchen«, sagte er lachend zur Oberstin, die ängstlich in Carrys Gesicht sah. Da Croner lachte, verlor sich ihre Unruhe, und sie lachte ebenfalls.

»Ja, lieber Sohn, Carry ist nur mit Liebe zu ziehen. In Güte kann man alles von ihr verlangen, aber sobald man sie rauh anfaßt, wird sie trotzig.«

Er drückte Carrys Arm zärtlich an sich. »War ich wirklich rauh zu dir, Liebchen?«

Die Oberstin verschwand beruhigt und Carry lächelte verzeihend. »Du wirst es nie wieder sein, lieber Franz.«

»Wenn du so lieb zu mir bist, mein Bräutchen, dann kannst du mich um den Finger wickeln«, flüsterte er zärtlich, und sein heißer Atem wehte ihr entgegen. Sie schauerte zusammen, als träfe sie ein Hauch eisiger Kälte.

Croner warf stolz den Kopf zurück. Er war doch ein verfluchter Kerl. Die schönsten Mädchen hatten sich um ihn gerissen, und just das allerschönste hatte er zur Braut erwählt, trotzdem der Racker so verteufelt stolz gewesen und ihm keinen Schritt entgegengekommen war.

Es war Zeit für ihn, in den Hafen der Ehe einzulaufen. Man wollte doch nun nach einer stürmischen Jugend seine Ruhe und Bequemlichkeit haben. Cronersheim brauchte einen Erben, und er selbst eine Frau, die ihm das Alter verschönern konnte. Carry würde mit Eleganz die Honneurs seines Hauses machen und seinen Reichtum zur Geltung bringen. Wenn sie ihm nur erst angehören würde. Er konnte die Zeit kaum erwarten. Sie hielt ihn verteufelt knapp mit Zärtlichkeiten. Na ja, das waren so Mädchenlaunen, Sprödigkeiten. Das reizte ihn nur noch mehr. So war es ihm gerade recht. Eine schöne und stolze Frau wollte er haben, die gegen alle herb und unnahbar war, nur nicht gegen den eigenen Mann. Nach der Hochzeit würde sie schon auftauen. Er war doch der Mann danach, eine Frau glücklich zu machen. Wohlgefällig und sehr mit sich zufrieden strich Herr von Croner über seinen stattlichen Schnurrbart und reckte sich stolz in den Schultern, damit er neben Carrys stolzer schlanker Erscheinung nicht kleiner aussah. Strahlenden Auges zeigte sich das Brautpaar den Gästen. Auch Carrys Antlitz strahlte jetzt. Sie wollte den neidischen Blicken zeigen, daß sie eine glückliche, beneidenswerte Braut sei.

Ihre Augen suchten jedoch verstohlen nach Günter Valberg.

Dieser hatte sich, nachdem er den Saal wieder betreten hatte, an eine Säule gelehnt und sah mit brennenden Blikken nach Carry hinüber.

»Ein falscher Edelstein«, sagte er in Sinnen verloren vor sich hin.

Da legte sich eine Hand auf seinen Arm. Er blickte sich um und sah seinen Onkel vor sich stehen.

»Das ist auch meine Ansicht über die schöne Braut, mein Junge, aber es ist besser, du sagst das nicht so laut«, sagte Viktor ruhig.

Günters helle Stirn, die gegen das bronzefarbige Gesicht abstach, rötete sich.

»Habe ich laut gesprochen?« fragte er unsicher.

»Beruhige dich, nur ich habe es gehört. Übrigens gibt es mehr falsche Edelsteine auf der Welt. Du stehst so abseits vom festlichen Treiben. Amüsierst du dich?«

»Mäßig, Onkel Viktor.«

»Hm! Geht mir auch so. Es ist kein erhebender und erfreulicher Anblick, wenn sich die schöne Carry an diesen aufgeblasenen Laubfrosch anschmiegt, und die Menge vor Entzücken oder aus anderen Gefühlen heraus die Augen darüber verdreht.«

»Du bist so scharf und bitter, Onkel Viktor.«

»Hm! Ich habe plötzlich entdeckt, daß du mir sehr ans

Herz gewachsen bist, mein Junge, und dein blasses Gesicht stört mir den Seelenfrieden. Ich schlage vor, wir drücken uns heimlich und trinken in einer gemütlichen Ecke, abseits von diesem Festgepränge, eine gute Flasche Wein. Mir bekommt die Luft hier so wenig wie dir. Du siehst wirklich miserabel aus.«

»Ich habe ein wenig Kopfweh, Onkel Viktor.«

Dieser schob seinen Arm unter den seines Neffen.

»Ja, ja, ich weiß schon. Aber ich will dir etwas sagen, mein Junge. Viele Frauen sind es nicht wert, daß sich ein ehrlicher Kerl Kopfschmerzen um sie macht. Ganz sicher aber diese Carry Platen nicht. Ich kenne diese Art ganz genau.«

»Ich bitte dich, Onkel Viktor – ich –«

»Ja, ja, ist schon gut, mein Jungchen. Sei vergnügt, daß du nicht an Croners Stelle bist, hörst du? Von allen Schrekken das Schrecklichste ist ein berechnendes Weib. Das ist das einzige Genre, was ich nicht vertragen kann. Also komm, wir echappieren und ersäufen unseren Groll. Das ist heilsamer, als wenn du hier stehst und dir Kopfschmerzen machst.«

Und damit zog Baron Viktor Günter mit sich fort.

Langsam gingen sie durch den Saal und verließen das Fest.

2

ES WAR EINIGE Tage später. Nachmittags gegen vier Uhr fuhr an der Villa Valbergs eine einfache Mietdroschke vor. Die Villa lag in einem Garten, und obwohl eine breite Torfahrt in dem Gitter vorhanden war und ein breiter Fahrweg bis vor das Haus führte, war diese Torfahrt doch verschlossen, und so ließ der Kutscher sein Fahrzeug auf der Straße halten. Neben der Torfahrt befand sich noch eine kleinere Pforte, an der eine Klingel angebracht war.

Als die Droschke hielt, entstieg ihr eine schlanke, junge Dame in einem dunklen Reisemantel. Sie lohnte den Kutscher ab, faßte nach der kleinen braunen Reisetasche, die neben ihr auf dem Sitz des Wagens gelegen hatte, und sah mit großen dunklen Augen ein wenig bang und unsicher durch das eiserne Gitter nach der in vornehmer Ruhe daliegenden Villa hinüber.

Der Wagen, der sie gebracht hatte, fuhr wieder davon, und nun stand die junge Dame ganz allein in der stillen Straße. Sie atmete endlich, wie einen Entschluß fassend, auf und druckte auf die elektrische Klingel.

Wie erschrocken zuckte sie zusammen, als gleich darauf das schmale Tor, wie von unsichtbaren Händen geöffnet, aufsprang. Aber sie preßte die Lippen fest aufeinander, passierte mit zagen Schritten das Tor und ging auf dem kiesbestreuten Wege auf die Villa zu.

Unter dem überdachten Portal stand bereits, ihrer wartend, ein Diener in vornehmer, dunkler Livree und sah ihr etwas verwundert entgegen.

Wieder atmete die junge Dame tief auf, als sei ihr die Brust zu eng. Dann trat sie vor den Diener hin.

»Ist der Herr Baron Valberg zugegen?« fragte sie, ihrer Stimme Festigkeit gebend.

Der Diener sah prüfend in das schmale, blasse Gesicht der jungen Dame, aus dem die großen dunklen Augen erregt und fast ängstlich herausleuchteten. Er wußte nicht, was er aus ihr machen sollte. Ihr Anzug war einfach, aber gediegen und elegant, und ihr ganzes Auftreten, trotz der leisen Unsicherheit, entschieden damenhaft. Darauf kannte sich der Diener genau aus.

So antwortete er höflich: »Der Herr Baron ist momentan abwesend.«

»Wann wird er zurückkommen?« fragte die junge Dame weiter.

»Das ist unbestimmt.«

»Aber heute kehrt er bestimmt zurück? Er ist doch nicht verreist?«

»Verreist ist der Herr Baron nicht. Möglicherweise kommt er sehr bald nach Hause, doch es kann auch spät abends werden.«

Einen Moment überlegte die junge Dame. Dann hielt sie dem Diener plötzlich mit einer energischen Bewegung ihre Reisetasche entgegen.

»Nehmen Sie! Und führen Sie mich in das Empfangszimmer. Ich werde dort auf ihn warten«, sagte sie energisch.

Einigermaßen verblüfft faßte der Diener auf diesen befehlenden Ton nach der Tasche, halb gegen seinen Willen. Aber er stand unschlüssig, was er tun sollte.

»Es ist vermutlich eine Reisebekanntschaft des Herrn Barons, denn in unsere Residenz gehört sie nicht, das ist gewiß«, sagte er sich. Und dann bemerkte er laut:

»Darf ich um den Namen des gnädigen Fräuleins bitten? Ich weiß doch nicht, ob ich Sie so ohne weiteres einlassen darf.«

Die junge Dame richtete sich entschlossen auf.

»Mein Name tut nichts zur Sache. Tun Sie, was ich Ihnen sage, Sie werden sich sonst nur Unannehmlichkeiten machen. Die Verantwortung übernehme ich dem Herrn Baron gegenüber.«

»Es kann aber sehr spät werden, bis er nach Hause kommt«, wandte der Diener, noch immer unschlüssig, ein.

»Das ist ganz gleich. Ich warte auf jeden Fall. Also bitte.«

Dies »Also bitte« klang sehr energisch. Man merkte, die junge Dame war gewöhnt, der Dienerschaft gegenüber ihre Befehle zur Geltung zu bringen.

So entschloß sich der Diener, die junge Dame ins Haus zu führen. Er ließ sie in ein Empfangszimmer eintreten. Dort setzte er die Reisetasche auf einen Stuhl, und die junge Dame sank sogleich, wie in tiefer Erschöpfung, in einen Sessel.

Der Diener zog sich unschlüssig zurück und beobachtete die junge Dame eine Weile durchs Schlüsselloch. Er sah aber nur, daß sie wie leblos, mit geschlossenen Augen im Sessel verharrte.

Er hielt es nun doch für besser, auf alle Fälle den Kammerdiener von dem seltsamen Besuch zu benachrichtigen. Wenn es eine Reisebekanntschaft war, dann kannte dieser sie vielleicht, da er stets mit seinem Herrn auf Reisen war. Außerdem mochte lieber der Kammerdiener die Verantwortung tragen.

Dieser nahm den Bericht des Dieners entgegen. Er schien ihm etwas unklar, und er ließ sich herbei, selbst noch einmal mit der jungen Dame zu verhandeln. Es war zwar nicht das erstemal, daß sein Herr Damenbesuch empfing, indes wußte er das meist vorher und gab seine Instruktionen. Heute war das nicht geschehen.

So begab sich der Kammerdiener Jean gravitätisch in den Empfangssalon. Es war inzwischen dämmerig geworden, und Jean bemerkte bei seinem Eintritt, um diesen zu erklären, er wolle das elektrische Licht einschalten.

Die junge Dame neigte nur das Haupt. Als das Licht aufflammte, ließ Jean seinen Blick prüfend auf der jungen Dame ruhen. Nein – die kannte er nicht. Sie schien noch sehr jung zu sein. Jeans Kennerblick stellte sofort fest, daß diese junge Dame durchaus nicht nach einem galanten Abenteuer aussah. So blaß und kindlich erschien sie ihm, und die dunklen Augen blickten bei aller Befangenheit doch so ruhig und klar.

Jean räusperte sich diskret. »Es ist möglich, der gnädige Herr kommen erst in der Nacht nach Hause.«

Sie nickte müde. »Es ist gut – ich warte.«

Jean stutzte.

Das war wieder in einem so verblüffend energischen Ton gesagt, der so gar nicht zu dem blassen, verzagten Kindergesicht paßte.

»Indes – es ist möglich, der gnädige Herr befinden sich im Klub. Ich könnte, wenn die Angelegenheit dringend ist, telephonisch anrufen.«

Sie blickte rasch auf.

»Ach ja! Bitte tun Sie das sofort.«

»Ich bitte dann um Ihren Namen, gnädiges Fräulein.«

Die junge Dame zögerte. Dann sagte sie schnell:

»Sagen Sie nur, eine Dame wünsche ihn in dringender Angelegenheit sofort zu sprechen. Das genügt.«

Sie sagte das mit so selbstverständlicher Sicherheit, daß Jean nicht wußte, wie er sich das alles erklären sollte. Er wußte jedoch, daß es sein Herr für eine Todsünde hielt, einer Dame gegenüber ungalant zu sein. Und um sich seines Herrn würdig zu zeigen, bemerkte er höflich, er werde sofort im Klub anfragen.

Damit verschwand er aus dem Zimmer. Gerade als er durch das Vestibül ging, kam der Baron nach Hause.

Jean berichtete ihm sofort, indem er ihm den Pelz abnahm, was er ihm eben telephonieren wollte. Valberg warf einen Blick in den hohen Spiegel und fragte verwundert:

»Eine Dame mit einer Reisetasche?«

»Zu Befehl, gnädiger Herr«, antwortete Jean.

»Ist sie jung – alt?«

»Sehr jung.«

»Hübsch?«

»Passabel«, antwortete Jean mit Kennermiene.

»Hm! Na – also hören wir uns an, was die junge Dame auf dem Herzen hat«, dachte er.

Jean sah ihn erwartungsvoll an.

»Wünschen der gnädige Herr die junge Dame zu empfangen?«

Der Baron wandte sich vom Spiegel ab, nachdem er seinen Anzug gemustert hatte.

»Gewiß!«

Jean beeilte sich, ihm die Tür zum Empfangssalon zu öffnen.

Schlank, erfrischt von der Fahrt durch die reine Winterluft im offenen Wagen, vom Scheitel bis zur Sohle der elegante, vornehme Kavalier, so trat Valberg ein.

Die junge Dame richtete sich hastig bei seinem Eintritt aus ihrer müden, lässigen Haltung empor. Aber sie blieb sitzen, die Hände krampfhaft um die Armlehnen des Sessels geklammert. Mit großen ängstlichen Kinderaugen sah sie zu ihm auf.

Prüfend ruhte der Blick des Barons auf dem schmalen Gesicht, das sich jetzt mit einer leisen Röte überzog. Er konstatierte ebenfalls sofort, daß er eine Dame vor sich hatte, und zwar eine Dame aus vornehmen Kreisen. Aber sie war ihm völlig unbekannt, nur die großen dunklen Augen erinnerten ihn an jemand; er wußte nur nicht, an wen.

»Mein Gnädigste – mein Diener meldete mir, daß Sie mich in einer dringenden Angelegenheit zu sprechen wünschen. Ich bin Baron Valberg. Darf ich bitten, mir zu sagen, was mir die Ehre Ihres Besuches verschafft und wen ich vor mir habe?«

Die junge Dame atmete tief auf und blickte ihn zaghaft an.

»Kennst du mich gar nicht mehr?« fragte sie leise.

Er fuhr, betroffen durch den vertraulichen Ton und das noch vertraulichere »Du«, zurück. Ein hilflos suchender Ausdruck lag in seinen Augen.

»Ich bedaure sehr – aber – nein – ich kann mich im Moment wirklich nicht erinnern. Gnädigste müssen mir schon zu Hilfe kommen. Mein Gedächtnis reagiert leider in keiner Weise, obwohl – ja – obwohl Ihre Augen mich unbestimmt an jemand erinnern.«

Wieder atmete die junge Dame zaghaft auf und sah ihn wie flehend an. In die großen dunklen Kinderaugen trat ein feuchter Schimmer. Und dann sagte sie mit bebender Stimme:

»Ich bin Rita!«

Es zuckte etwas in ihm auf.

»Rita?«

Betroffen sah er sie an, und schnell näher zu ihr herantretend, fragte er fassungslos noch einmal:

»Rita? Doch nicht – nein – doch nicht –?«

Sie nickte energisch.

»Doch Papa! Rita Valberg – deine Tochter Rita.«

Fassungslos sank der Baron in einen Sessel ihr gegenüber.

»Wirklich? Meine kleine Rita? Das ist allerdings eine Überraschung – eine große Überraschung.«

Sie faltete die Hände wie in heißer Bitte zusammen.

»Aber du freust dich doch ein wenig, daß ich zu dir komme? Als ich dich zuletzt sah, sagtest du zu mir: Wenn du groß bist, Maus, dann besuchst du mich. Weißt du das noch, lieber Papa?«

Er atmete gepreßt. Ganz seltsam klang dies »lieber Papa«. Und ihm war so sonderbar zumute, teils beklommen, teils erfreut.

»Also das hast du dir gemerkt, das hast du nicht vergessen, daß ich das zu dir gesagt habe – in all den langen Jahren nicht?« fragte er, noch immer fassungslos und unsicher.

»Nein, ich habe es nie vergessen, habe immer daran denken müssen. Aber nun sage mir doch – freust du dich ein wenig, daß ich zu dir kam?«

Er sah sie unsicher an.

»Ja, natürlich freue ich mich – sehr – außerordentlich. Nur – ich bin natürlich sehr überrascht und fassungslos. Wir haben uns so lange, lange nicht gesehen. Ich erkannte dich nicht. Also so eine große Tochter habe ich! Ich hatte dich immer im Gedächtnis als das kleine Mädchen, das ich vor Jahren zum letztenmal sah – meine kleine Maus im Hängekleidchen und offenen Locken. Und nun – eine erwachsene junge Dame! Ja, ja – die Zeit ist nicht stillgestanden inzwischen. Aber ich freue mich doch sehr, daß du mich nicht ganz vergessen hast, daß du mich besuchst. Du bist wohl auf der Durchreise hier?«

Nie in seinem Leben war Valberg unsicherer gewesen, als dieser jungen Dame gegenüber, die doch seine Tochter war.

Sie schüttelte den Kopf. »Nein Papa – nicht auf der Durchreise. Mama ist gestorben.«

Er nickte. »Ja, ich weiß, ich habe es in der Zeitung gelesen. Wenn ich gewußt hätte, daß man in deinem Herzen noch nicht das Andenken an deinen Vater verwischt hätte, dann hätte ich dir wohl geschrieben.«

Sie atmete auf. »Ach – also deshalb ließest du so gar nichts von dir hören.«

»Gewiß Kind, ich wollte dich nicht beunruhigen, deine Seele nicht in einen Zwiespalt bringen.«

Ihre Augen leuchteten glücklich auf.

»Ach – ich wußte es ja, daß du mich nicht so ganz vergessen haben konntest.«

»Nein, gewiß nicht. Es tut mir auch für dich so sehr leid, daß du deine Mutter verloren hast. Das war ein schwerer Verlust für dich, der dich sicher sehr betrübt hat.«

Rita strich sich über die Augen. Ein herber, weher Zug lag plötzlich um den jungen, weichen Mund.

»Mama hatte mich nicht sehr lieb. Meine jüngeren Geschwister waren ihr viel, viel lieber. Sie sind auch alle so viel hübscher und liebenswürdiger als ich. Alle so blond und rosig und schön – wie Mama es war. Und – ich konnte nicht so zärtlich sein zu Mama wie meine Geschwister.«

Es lag eine stille Klage in diesen halblauten Worten. Ganz heiß wurde dem Baron unter dem traurigen Blick der dunklen Kinderaugen. Er hätte Rita so gern zärtlich getröstet und gestreichelt, aber er war so unbeholfen, so unsicher in dieser Situation, die ihn so völlig überrascht hatte.

»Das ist sehr traurig für dich, mein armes Kind. Aber nun sage mir, wie kommt es, daß du mich jetzt besuchst? Hat man es dir erlaubt? Du bist doch hoffentlich nicht allein, ohne Begleitung gereist? Wie lange willst du dich hier aufhalten?«

So fragte er beklommen, nicht wissend, welchen Ton er seinem Kinde gegenüber anschlagen sollte.

Sie preßte mit einem hilflos bittenden Blick die Hände zusammen.

»Doch – ich bin ganz allein hier – und – ich will nun immer bei dir bleiben. Ich will dir nur gleich alles sagen. Sie haben zu Hause gar nicht gewußt, was ich vorhabe. Ich bin heimlich fort, habe nur einen Brief zurückgelassen, in dem ich meinem Stiefvater und meinen Geschwistern mitgeteilt habe, daß ich zu meinem lieben Vater gereist bin. Deine Adresse wußte ich, ich habe mir immer heimlich Zeitungen von dieser Stadt gekauft und habe immer bei großen Festlichkeiten deinen Namen gelesen. Und der Kutscher, der mich vom Bahnhof hierhergefahren hat, wußte auch gleich, in welcher Straße sich deine Villa befindet.«

Sie sagte das alles halb beklommen, halb triumphierend.

Er strich sich über die Stirn, als sei ihm zu heiß geworden.

»Aber Kind – liebes Kind – wie unbesonnen! Weshalb tatest du das?«

Große Tränen standen plötzlich in ihren Augen und fielen in klaren Tropfen über ihre Wangen.

»Keiner hatte mich dort lieb! Ich war so allein, immer, seit Großmama tot ist und ich in das Haus meines Stiefvaters kam. Er nahm mich nicht gern auf. Und – ich hatte so große Sehnsucht nach dir.«

Ein ganz seltsames, warmes Gefühl erwachte unter diesem lautlosen Weinen und unter diesen traurigen Worten im Herzen des Barons.

»Keiner hatte mich lieb.« Wie ergreifend diese Klage sich über die jungen Lippen drängte und wie bang die feuchten Kinderaugen zu ihm aufsahen. Er sprang auf und trat zu ihr.

»Meine arme kleine Rita!« sagte er, und zum ersten Male erfaßte er, daß die Trennung seiner Ehe einen tiefen Schatten auf den Lebensweg seines Kindes geworfen hatte.

Sie haschte nach seiner Hand und küßte sie. Ein froher Schein glomm in ihren Augen auf.

»Du hast mich lieb, Papa, nicht wahr?«

»Ja, mein armes Kind.«

Sie seufzte glücklich auf.

»Ach, ich habe es ja gewußt, wenn auch alle sagten, du tätest es nicht. Einer muß mich doch liebhaben auf der Welt. Mein Stiefvater hat seine Kinder auch so lieb. Nur mich mochte er nicht leiden. Ich war ihnen allen so fremd, auch Mama. Sie freute sich gar nicht, als ich nach Großmamas Tode zu ihr kam. Und wenn ich sie nach dir fragte und sie mit Bitten quälte, mir doch etwas von dir zu erzählen, nannte sie mich ein abscheuliches Mädchen und schickte mich auf mein Zimmer. Ach – und ich wollte dich so gern wiedersehen. Ich bettelte Mama darum, mich zu dir zu lassen. Aber da wurde sie so böse. Und ich hatte nur immer einen Trost – deine Worte: Wenn du groß bist, Maus, dann kommst du zu mir. Daran habe ich mich immer gehalten, wenn mir das Herz recht wehe tat. Und da bin ich zu dir gereist. Nicht wahr, Papa, du hast mich lieb?«

Es klang ein so heißes Flehen aus dem weichen Stimmchen. Und ihre Worte enthüllten ihm das ganze Martyrium ihrer jungen Seele. Nicht um die Welt hätte er ihr sagen können, daß er durch ihre Ankunft viel mehr erschreckt als erfreut war.

Außerdem sah er immerhin die Dame in ihr, die ein unbedingtes Anrecht auf seine Ritterlichkeit hatte. Er bezwang die hilflose Verlegenheit, in die ihn ihre Ankunft versetzt hatte, und streichelte sanft ihre kleine, kalte Hand.

»Gewiß habe ich dich lieb, meine kleine Rita, das ist doch selbstverständlich, wenn wir uns auch ein wenig fremd geworden sind durch die lange Trennung.«

Sie atmete wie erlöst auf und drückte seine Hand zwischen der ihren.

»Ach, ich habe es ja gewußt. Mama hat mir immer gesagt, du liebst mich nicht und willst nichts von mir wissen. Auch Großmama hat immer gesagt du seiest froh, mich losgeworden zu sein. Aber ich habe es nicht geglaubt, und dann war ich böse und sagte ihnen, daß sie lügen – und da wurde ich ihnen so abscheulich. Aber ich konnte es doch nun mal nicht glauben, wußte ich doch noch so gut – ach – so gut, wie zärtlich du immer zu mir warst, wenn ich dich früher ab und zu sehen durfte. All die Spielsachen, die du mir schenktest, habe ich sorgsam verwahrt, und wenn sie mir meine Geschwister fortnehmen wollten, dann habe ich es nicht gelitten, habe sie fest an mein Herz gedrückt und geküßt. Da höhnten sie mich. Und einmal hatten sie mir heimlich vieles davon zerbrochen. Da habe ich in meinem Schmerz und Zorn um mich geschlagen, wie von Sinnen. Und da hat mich mein Stiefvater geschlagen und eingesperrt. Mama ließ mich tagelang nicht vor ihr Angesicht. Ich saß dann heimlich weinend bei meinem zerbrochenen Spielzeug, und eins der Hausmädchen schlich zu mir, tröstete mich und half mir die Spielsachen wieder heil machen. Ich habe sie dann in meinen Schrank geschlossen und den Schlüssel immer bei mir getragen. Und immer sagte ich mir zum Trost: Ich habe ja noch einen lieben Papa, der so zärtlich zu mir war, und wenn ich groß bin, dann gehe ich zu ihm, wie er es mir gesagt hat. Mama hatte ja wohl recht, ich glaube, ich war recht abscheulich und undankbar und konnte mich an nichts freuen. Aber wenn einem das Herz so voll ist von Jammer und Sehnsucht und keiner einen lieb hat – dann kann man doch nicht liebenswürdig und dankbar sein. Und als Mama gestorben war und ich vor Schrecken und Herzeleid gar nicht weinen konnte, da schalten mich die Geschwister herzlos, und mein Stiefvater sagte mir, ich solle ihm aus den Augen gehen, mein herzloses Gebaren könne er nicht länger ansehen. Ach, wenn er mir nur hätte ins Herz sehen können, wie weh und wund da alles war. Da habe ich denn erst einige Tage auf meinem Zimmer gesessen. Man brachte mir auch das Essen dorthin. Und da konnte ich dann den Jammer nicht länger aushalten. Die Sehnsucht nach dir wuchs riesengroß. Da bin ich denn von zu Hause fortgegangen, ganz heimlich, als alle noch schliefen und bin schnell nach dem Bahnhof gelaufen, wie ich es mir oft schon heimlich ausgedacht hatte. Und hier bin ich nun.«

Ein wunderliches Gefühl, aus Rührung und Verlegenheit gemischt, beherrschte den Baron bei dieser Schilderung der kindlichen Leiden seiner Tochter, an denen er nicht schuldlos zu sein glaubte. Er zog sich einen Sessel heran und setzte sich dicht neben ihr nieder. Voll zarter Galanterie zog er ihr die Handschuhe von den kleinen, kalten Händen und streichelte sie, daß sie warm werden sollten.

»Mein armes, kleines Mädchen, ich habe ja gar nicht geahnt, daß du dich so nach mir sehnst. Ich habe geglaubt, du lebst froh und glücklich bei deiner Mama und wollte dich in keiner Weise stören. Ganz sicher schien es mir, daß du mich längst vergessen hast. Ich kann das alles noch immer nicht fassen, kann es kaum glauben, daß du hier vor mir sitzest. Und nun weiß ich nicht einmal, was nun mit dir geschehen soll.«

Sie sah ihn mit einem reizenden, rührenden Lächeln an, ein Lächeln war es, das dies schmale, blasse Kindergesicht seltsam verschönte und die großen Augen wundersam aufstrahlen ließ.

»Was mit mir geschehen soll?« fragte sie leise, verzagt und doch hoffnungsvoll. »Ach, das ist mir nun ganz gleich. Wenn ich nur nun immer bei dir bleiben darf. Nicht wahr – du schickst mich nicht wieder fort?«

Flehend und vertrauend sah sie ihn an. Er wich ihren Augen aus.

»Ja, mein liebes Kind – ich weiß doch nicht – sieh, mein Haus ist so gar nicht eingerichtet, eine junge Dame zu beherbergen. Ich lebe nun schon seit langen Jahren hier als Junggeselle und kann dir kaum einen passenden Aufenthalt bieten. Du würdest sicher hier viel vermissen.«

Wieder lächelte sie so reizend, halb verzagt, halb glücklich.

»Ach, du wirst schon ein Winkelchen für mich haben. Ich will ganz bescheiden sein, wenn ich nur bei dir bleiben kann.«

Er strich sich aufgeregt über die Stirn. Eine unsinnige Angst kam plötzlich über ihn – die Angst vor einem Zwang, vor Unfreiheit. Ihm war bei alledem gar nicht wohl. Was sollte er mit einer erwachsenen Tochter in seinem Junggesellenheim beginnen? Und überhaupt – er und eine erwachsene Tochter! Das war ja einfach lächerlich. Er – und Ballvater? Denn das Kind mußte doch auch ausgeführt werden. Nein das ging wirklich nicht. Das lud den Fluch der Lächerlichkeit auf ihn. Daran mochte er gar nicht denken. Ihm war, als legten sich plötzlich tausend Fesseln um ihn. Was tat er nur mit diesem jungen Geschöpf? Rita tat ihm furchtbar leid, erfühlte auch wirklich, daß sie ihm lieb und teuer war. Es war ganz unmöglich, sie wieder fortzuschikken. Er konnte sie doch nicht herzlos ihrem Schicksal überlassen. In das Haus ihres Stiefvaters konnte er sie unmöglich zurückschicken. Der würde sie auch nicht wieder aufnehmen, nachdem sie ihm einfach davonlief.

Hilflos und betreten sah er sie an und streichelte über ihre Wange.

»Ja, mein liebes Kind – das ist wirklich nicht so einfach, wie du denkst. Ich habe nicht einen einzigen weiblichen Dienstboten im Hause, weiß nicht, wie ich dich in aller Eile unterbringen soll. Eine Baronesse Valberg kann doch nicht einfach in einem Winkelchen unterkriechen. Soll sie auch nicht. Wenn ich meiner Dienerschaft sage, daß du meine Tochter bist, dann muß ich auch für ein standesgemäßes Unterkommen für dich sorgen. Du hättest mir wenigstens erst schreiben sollen, damit ich alles zu deiner Aufnahme vorbereiten konnte.«

Sie seufzte tief auf, und eine trostlose Traurigkeit lag auf ihrem blassen Gesicht.

»Ach – so ist es immer. Ich mache immer alles falsch und dumm!« sagte sie leise.

Und plötzlich die Hände vor das Antlitz schlagend, schluchzte sie auf in tiefer Angst und Not.

Er sah sie ratlos an und zog ihr die Hände vom Gesicht.

»Nein, nein, meine kleine Rita, nicht weinen, nicht weinen. Das sollst du nicht, das kann ich nicht sehen. Sei ruhig«, sagte er zärtlich und warm.

Sie schluckte tapfer die Tränen hinunter.

»Ach – wenn du mich nur nicht fortschickst. Ich weiß ja nicht, wohin – ich könnte nur gleich ins Wasser laufen«, stieß sie schluchzend hervor.

Er mußte lächeln über ihre kindliche Verzweiflung, und doch griff sie ihn ans Herz. »Nun nun – das wollen wir doch bleiben lassen, du kleine dumme Maus! Vom Fortschicken ist ja gar keine Rede – ich muß mir nur erst überlegen, wie und wo ich dich unterbringe.«

Sie sprang plötzlich auf, warf die Arme um seinen Hals und lachte und weinte durcheinander.

»Ach, gottlob – gottlob. Jetzt hast du Maus zu mir gesagt, und nun weiß ich, daß du mich nicht fortschickst. Ach, wie bin ich glücklich!« rief sie und schmiegte sich an ihn.

Er hielt sie fest an seinem Herzen und fühlte sich teils beklommen, teils glücklich. Dabei grübelte er, wie er sich aus diesem Dilemma lösen konnte, ohne ihr wehe zu tun. Und plötzlich kam ihm ein Gedanke. Seine Freundin, Exzellenz Tronsfeld, fiel ihm ein. Er atmete auf. Ja – zu ihr wollte er gehen und sie um Rat und Hilfe bitten. Er selbst war dieser Situation nicht gewachsen. Und er hoffte ganz bestimmt, daß sie ihm alle Schwierigkeiten abnehmen würde. Vielleicht nahm sie sich überhaupt Ritas an, vielleicht erbot sie sich, das Kind ganz bei sich aufzunehmen. Das wäre ja herrlich. Da konnte er Rita sehen, so oft er wollte, ohne von ihr in seiner Freiheit beschränkt zu werden. Denn davor hatte er eine fast krankhafte Angst.

Er wurde plötzlich ganz aufgeräumt.

»Also höre mir zu, Maus, ich fahre jetzt gleich zu einer mir sehr befreundeten Dame, Exzellenz Tronsfeld. Die bitte ich um Rat und Hilfe, wie ich dich unterbringen kann. Ich weiß ja nicht, was ich mit solch einer jungen Dame anfangen soll. Komm, lege nur erst einmal Hut und Mantel ab. Das haben wir unpraktischen Menschen ganz vergessen. Du machst es dir inzwischen hier ein wenig bequem und wartest, bis ich von Exzellenz Tronsfeld zurückkomme. Ich beeile mich.«

Er löste ihr selbst den Hut von dem dunklen Haar. Bewundernd ruhte sein Blick auf den starken, dunklen Flechten, die um den feinen Kopf gelegt waren.

Er strich zärtlich darüber hin.

»Was hast du für wundervolles Haar, mein kleines Mädchen«, sagte er erfreut.

Sie strahlte ihn glücklich an und lächelte froh. Und dabei sah sie wieder so reizend aus, daß er ganz überrascht war.

»Gefällt es dir wirklich, Papa? Mama konnte es nicht

leiden. All meine Geschwister haben so schönes goldblondes Haar, wie Mama selbst hatte. Ich war immer das Bete noir in der Familie. Mama sagte immer, ich hätte Augen und Haare von dir geerbt – und – ja – ich glaube, deshalb konnte sie mir nicht gut sein.«

»Sie war wohl sehr böse auf mich – die Mama?« fragte er.

Sie sah ihn unsicher an.

»Gesagt hat sie es nicht – aber – ich habe es gefühlt – weil sie immer so zornig wurde, wenn ich von dir sprach.«

»Und hast du da nicht auch eine schlimme Meinung von mir bekommen? Sag's nur ehrlich.«

Sie schüttelte im reizenden Eifer den Kopf.

»O nein. Ich habe mir immer gesagt Papa kann wohl auch nichts dafür, so wie du selbst, daß ihn Mama nicht leiden mochte und von ihm fortging. Weißt du – es ging ihr wohl mit dir und mir, wie es mir mit meinen Geschwistern und dem Stiefvater ging – ich konnte und konnte sie nicht liebhaben, soviel Mühe ich mir auch gab. Und doch sagten alle Leute, mein Stiefvater sei ein tüchtiger, ehrenwerter Mann und meine Geschwister seien reizende, wohlerzogene Kinder. Ich denke, man kann nicht dafür, wenn man nicht geliebt wird, wie man nicht dafür kann, daß man zu manchen Menschen nicht lieb sein kann.«

Baron Valberg zog Rita fest an sich und küßte sie auf die Stirn.

»Meine liebe kleine Rita – wie rührend ist es, daß du mich trotz allem so liebbehalten hast.«

Sie schmiegte sich an ihn.

»Hast mich doch auch ein wenig lieb, ja?« fragte sie bittend.

Er nickte.

»Sehr lieb hab' ich dich. Und wir wollen uns nun wieder näherkommen und uns noch lieber gewinnen. Aber nun will ich doch erst zu Exzellenz Tronsfeld fahren.«

Er nahm ihr den Mantel ab und schritt zur Tür, um zu klingeln.

»Papa!« rief da ein leises, schüchternes Stimmchen hinter ihm.

Er wandte sich um.

»Was willst du, Rita?«

Glühende Röte schoß in ihr Gesicht.

»Ach, lieber Papa! Ich habe so großen Hunger – seit heute morgen habe ich keinen Bissen gegessen. Ich hatte nur einige Kekse in meinem Zimmer. Geld hatte ich nur so viel, um die Fahrkarte zu kaufen und den Wagen zu bezahlen.«

Er mußte lachen. »Mein armes, kleines Mädchen! Sogar Hunger mußtest du leiden. Und ich denke gar nicht dran, dir etwas anzubieten! Warum hast du das nicht gleich gesagt?«

»So lange ich nicht wußte, ob du mich behalten würdest, spürte ich vor Angst gar keinen Hunger. Aber nun ist es mit einem Male sehr arg.«

»Da brauche ich mich nicht zu wundern, daß du so blaß aussiehst. Nun warte nur einen Augenblick – gleich sollst du einen Imbiß haben. Daran soll's nicht fehlen. Gleich wollen wir zusammen den Tee nehmen, der wohl schon für mich bereit ist. Und ich lasse für dich schnell noch eine warme Platte auftragen. Ich leiste dir Gesellschaft. Auf ein halbes Stündchen kommt es nicht an.«

Er klingelte nun, und schnell trat der Diener ein.

Der Baron übergab ihm Ritas Mantel und deutete auf den Hut und die Reisetasche.

»Verwahren Sie das im Garderobezimmer. *Meine Tochter* bleibt vorläufig hier. Dann servieren Sie schnell den Tee für die Baronesse und mich. Der Koch soll schnell eine warme Platte anrichten. Eilen Sie sich. Und melden Sie mir, wenn alles bereit ist.«

Das Gesicht des Dieners blieb völlig unbeweglich, wenn auch in seinen Augen ein leises Staunen aufzuckte, als sein Herr die junge Dame als seine Tochter bezeichnete. Schnell verschwand er mit den Sachen der Baronesse. Vater und Tochter plauderten noch ein wenig, aber kaum waren fünf

Minuten vergangen, da meldete der Diener, daß alles bereit sei.

Valberg bot seiner Tochter den Arm und führte sie in das anstoßende Zimmer. Dies war das kleine Speisezimmer, im englischen Charakter, in dem er seine Mahlzeiten nahm, wenn er allein oder nur mit Günter zusammen speiste. Wenn er größere Herrengesellschaft bei sich sah, speiste man in einem größeren Raum. Dies kleine Zimmer war reizend und zweckmäßig ausgestattet mit entzückenden Chippendale-Möbeln, die der Baron direkt von England bezogen hatte.

Rita waltete mit reizender Schüchternheit wie eine kleine, anmutige Hausfrau am Teetisch. Der Baron weigerte sich erst galant, sich von ihr bedienen zu lassen, sah aber dann doch wohlgefällig auf die schönen, schlanken Hände seiner Tochter herab und freute sich an ihren graziösen Bewegungen. Gewohnheitsgemäß küßte er die kleinen Hände, die sich für ihn mühten. Da wurde Rita rot und lachte leise. Und wie aus tiefstem Herzen heraus sagte sie glücklich: »Ach, wie ist es schön und traut bei dir, mein lieber, lieber Papa!« Dann setzte sie sich zu ihm und beide speisten.

Er wollte nicht zeigen, daß ihm trotz allem doch nicht recht behaglich zumute war. Er sorgte, daß sie ordentlich zulangte, scherzte über ihre lange Hungerkur und plauderte anscheinend leicht und froh. Und doch war ein Gefühl in ihm, als sei er fremd in seinen eigenen vier Pfählen.

»Wenn ich erst mit Maria Tronsfeld gesprochen habe, wird das besser werden«, tröstete er sich selbst.

Er erhob sich schließlich rasch. »So, mein Kind, jetzt bleibe du ruhig noch sitzen und stille in aller Behaglichkeit deinen Hunger; du hast noch viel nachzuholen. Ich fahre inzwischen zu Exzellenz Tronsfeld. Wenn du fertig bist, kannst du wieder in den Salon hinübergehen und es dir bequem machen. Ich werd dafür sorgen, daß du ungestört bist. So schnell es geht, bin ich wieder zurück. Und dann wird mir Exzellenz geraten habe, was ich mit meinem Töchterchen beginnen soll.«

Sie faßte seine Hände. »Wird sie dir auch nicht raten, mich wieder fortzuschicken?«

»Nein, nein – das tut sie sicher nicht.«

»O, dann ist alles gut.«

Er küßte sie auf die Stirn, ein wenig flüchtig und zerstreut.

»Also auf Wiedersehen, Maus.«

»Auf Wiedersehen, lieber Papa!«

Sie sah ihm eine Weile wie verträumt nach und drückte die Hände auf Herz.

»Papa – mein lieber, lieber Papa«, flüsterte sie innig.

Valbergs Auto hielt vor dem Hause der Generalin Tronsfeld. Als er ausstieg, sah er zu den Fenstern der ersten Etage empor. Sie waren zum Teil erleuchtet. Exzellenz war also zu Hause. Hoffentlich war sie auch allein. Er befahl seinem Chauffeur zu warten, und ging ins Haus.

Maria Tronsfeld empfing ihn wieder in ihrem kleinen Salon. Sie saß mit einem Buche auf ihrem Lieblingsplatz am Kamin. Schnell legte sie das Buch beiseite und reichte ihrem Besucher die Hand.

»Die Teestunde ist vorüber, lieber Freund. Heute hätte ich Sie nicht mehr erwartet.«

Er beugte sich herab und küßte ihre Hand. Sein Antlitz war gerötet, und seine Augen blickten unruhig und erregt. Sie, die ihn so genau kannte, wußte sofort, daß ihn etwas Besonderes zu ihr führte. Auf einen Sessel ihr gegenüber deutend, forderte sie ihn auf, Platz zu nehmen. Er ließ sich nieder und sah sie aufatmend an.

»Ich komme heute nicht als Besucher zu Ihnen, teuerste Freundin, sondern als ein Ratloser, der aus dem Gleichgewicht gekommen ist und Ihren Rat, Ihre Hilfe braucht.«

Sie sah ihn forschend an. »Ich sehe, lieber Freund, daß Sie erregt und unruhig sind. Hoffentlich haben Sie mir nichts Schlimmes zu melden. Aber was es auch sei – Ihre alte Freundin ist immer bereit, Sie anzuhören und, wenn sie kann, Rat und Hilfe zu gewähren. Das wissen Sie.«

Er atmete auf. »Ja, das weiß ich, teuerste Maria. Und da ich Ihnen nun gegenübersitze, kommt mir meine Sorge schon halb behoben vor. Also kurz – ich hatte heute – als ich etwa vor einer Stunde nach Hause kam, eine ganz seltsame Überraschung. Denken Sie sich, mein Diener empfing mich mit der Nachricht, daß mich eine junge Dame zu sprechen wünsche und im Empfangszimmer auf mich warte.«

Exzellenz Tronsfeld legte die Fingerspitzen aufeinander, und es zuckte wie leiser Spott um ihren Mund, als sie erwiderte:

»Lieber Baron – das ist doch schließlich nicht etwas so Außergewöhnliches, daß es Sie derart aus der Fassung bringen könnte.«

Er schüttelte heftig den Kopf. »Nein, nein, was Sie glauben, trifft nicht zu. Es handelt sich durchaus nicht um eine Herzensaffäre, wenigstens nicht in diesem Sinne.«

Nun lachte sie leise. »Aber mit dem Herzen hängt es doch zusammen, nicht wahr?«

Er nahm ihre Hand und sah ihr mit außergewöhnlichem Ernst in die Augen. »Nicht so, wie Sie denken, Maria. Sie sollen mir gleich jeden derartigen Verdacht abbitten. Also, was glauben Sie, wen ich in meinem Empfangszimmer finde?«

»Nun? Ich bin sehr gespannt.«

»Meine Tochter Rita.«

Überrascht richtete sie sich auf. Mit großen Augen sah sie ihn an.

»Nicht möglich!«

»Doch – meine kleine Rita – nicht mehr mein kleines Lockenköpfchen im kurzen Hängekleidchen – nein – eine erwachsene junge Dame, in Trauerkleidern um ihre verstorbene Mutter. Ein blasses, schlankes Geschöpfchen mit schmalem Gesicht, mit rührend traurigen Augen und mit einem Lächeln – ja – dies Lächeln kann ich überhaupt nicht beschreiben. Aber es hat mir das Herz um und umgekehrt.«

Die Generalin sah nun selbst sehr erregt aus.

»Also wirklich Ihre Tochter, lieber Freund? Sie ist gekommen, um Sie zu besuchen?«

Wieder schüttelte er den Kopf.

»Nein, nicht besuchen. Ich dachte es erst auch. Aber sie ließ mich nicht lange im Zweifel und erklärte mir, sie sei dem Hause ihres Stiefvaters entlaufen und wolle nun bei mir bleiben.«

Ein Lächeln huschte um ihren Mund. Nun konnte sie sich die Aufregung ihres Freundes erklären.

»Erzählen Sie mir – wie kam dies alles?«

Hastig erklärte er ihr alles und berichtete ausführlich, was er von Rita gehört hatte.

Aufmerksam lauschte sie. Als er zu Ende war, sagte sie bewegt:

»Das arme, arme Kind! Wie grausam ist es, daß solche schuldlosen Geschöpfe darunter leiden müssen, daß ihre Eltern nicht miteinander auskommen können.«

Er seufzte. »Ja, Sie haben recht, wie immer, teuerste Exzellenz. Das habe ich mir auch schon gesagt.«

»Sie müssen viel an Ihrer Tochter gutmachen, lieber Freund.«

Unsicher blickte er sie an. »Ja, ja! Können Sie sich wohl nun vorstellen, wie mir zumute ist, Maria? Da kommt plötzlich das Kind in mein Haus, das ich fast vergessen hatte, bringt mir sein ganzes, junges Herz voll Liebe mit, sieht in mir sicher einen ganz vortrefflichen Menschen – und erklärt einfach, daß es bei mir bleiben will.«

Sie nickte. »Natürlich. Ihres Vaters Haus ist doch unter diesen Umständen selbstverständlich der einzige richtige Platz für die Baronesse.«

Sein Gesicht nahm einen ganz hilflosen Ausdruck an.

»Teuerste Freundin, das ist aber durchaus nicht so einfach. Ich kann doch unmöglich jetzt plötzlich eine erwachsene Tochter in mein Haus aufnehmen.«

Mit einem großen, ernsten Blick sah sie ihn an.

»Hier kommt es nicht darauf an, was Sie wollen und können, sondern darauf, was Sie müssen, was Ihre Pflicht ist.«

Er strich sich über die Stirn, als sei ihm zu heiß geworden. »Nein, nein, das ist ganz unmöglich, in meine Junggesellenwirtschaft hinein kann ich doch nicht eine junge Dame verpflanzen. Ich müßte das ganze Haus, meine Gewohnheiten, kurz, alles auf den Kopf stellen. Teuerste Exzellenz, ich komme ja eben zu Ihnen, daß Sie mir raten, helfen sollen, was ich mit Rita beginne. Sie müssen mir einen Ausweg zeigen aus diesem Dilemma.«

Ihre Blicke wurden sehr vorwurfsvoll.

»Lieber Freund, Sie haben sich bisher Ihre Vaterpflichten sehr, sehr leicht gemacht. Jetzt zum ersten Male treten diese Pflichten ernsthaft an Sie heran. Und in blinder Angst vor einem möglichen Zwang wehren Sie sich auch jetzt, diese Pflichten zu erfüllen. Aber das dürfen Sie nicht. Wenn Sie einen Rat von mir wollen, so kann ich Ihnen aus ehrlichem Herzen nur einen geben: Erfüllen Sie Ihre Pflicht an dem armen, verlassenen Kinde. Nehmen Sie es an Ihr Herz, in Ihr Haus und zeigen Sie sich endlich in Wirklichkeit als Ritas Vater.«

Wie verzweifelt hob er die Hände. »Aber bedenken Sie doch, liebste Freundin. Ich lade ja direkt den Fluch der Lächerlichkeit auf mich, wenn ich jetzt plötzlich in der Gesellschaft mit einer erwachsenen Tochter auftrete. Ich stelle mich doch dabei so ungeschickt wie möglich an.«

»Das lernt sich«, sagte sie seelenruhig und unbestechlich.

»Sie haben Zeit, sich an diesen Gedanken zu gewöhnen. Solange Rita um ihre Mutter trauert, geht sie nicht in Gesellschaft, keinesfalls diesen Winter mehr. Bis zum nächsten Winter haben Sie sich mit ihr eingelebt, und es wird alles besser gehen als Sie glauben. Der Zuschnitt

Ihres Hauses muß wohl etwas geändert werden. Aber auch das macht nicht gar so viele Schwierigkeiten. Ihre Villa ist geräumig genug. Mit Geld und gutem Willen lassen sich schnell einige Zimmer für Ihre Tochter einrichten.«

Er stöhnte auf. »Bedenken Sie doch, ich habe nur männliche Bedienung.«

Sie ließ sich nicht beirren. »Ganz recht. Zunächst müssen Sie eine Zofe für Ihre Tochter engagieren. Das will ich gern für Sie tun. Vorläufig genügt das. Später werden Sie vielleicht noch eine Hausdame engagieren müssen, wenn Ihre Tochter ausgeht und Besuche empfängt.«

Entsetzt sah er sie an.

»Mir stehen die Haare zu Berge. Müssen, müssen – was soll ich plötzlich alles müssen? Ich, der ich an jedem ›Muß‹ verzweifle. Das ist ja eine trostlose Aussicht! Nein – Sie wollen mich nur erschrecken, wollen mich ein wenig quälen. Sie haben sicher einen besseren Rat für mich.«

»Einen besseren? O nein. Ihnen ist es auch nur darum zu tun, einen Rat zu hören, der Ihnen bequemer ist. Lieber Freund, bisher habe ich alle Ihre kleinen Torheiten liebenswürdig und verständlich gefunden. Hier handelt es sich aber um mehr. Kommen Sie zu sich. Sie sind nur ein wenig kopflos geworden. Wenn Sie nur wollen, wird sich alles leicht einrichten lassen. Sie meinten vielleicht, ich sollte Ihnen raten, das Kind in irgendeiner Familie unterzubringen. Vielleicht glaubten Sie auch, ich selbst würde mich bereit erklären, Rita bei mir aufzunehmen. Bei Gott – nichts täte ich lieber, als so ein liebes, junges Ding, Ihre Tochter, Viktor Valberg, zu mir ins Haus zu nehmen. Aber damit ist dem Kinde nicht geholfen. Es ist schon zu viel rechtlos herumgestoßen worden, ist aus einer Hand in die andere gegangen, ohne daß man Rücksicht auf die junge, liebebedürftige Seele nahm. Das Kind braucht jetzt vor allem eine Heimat, in der es wurzeln kann, eine Heimat für sein Herz, eine Heimat, auf die es ein Recht hat, die ihm nicht aus

Gnade und Barmherzigkeit oder aus noch weniger edlen Gründen geboten wird. Und diese Heimat findet Ihre Tochter nur allein im Hause ihres Vaters. Und Sie werden sie ihr gewähren, lieber Freund, bis sie einst am Herzen eines Gatten eine andere Heimat findet. Ich bitte Sie – um Ihrer selbst willen nicht zuletzt –, erfüllen Sie Ihre vornehmste Pflicht, wie ein edler und guter Mensch. Lassen Sie mich nicht die Enttäuschung an Ihnen erleben, daß sie aus Bequemlichkeit und Egoismus Ihre Pflicht gegen Ihr armes Kind vernachlässigen, jetzt, da diese Pflicht zum ersten Male an Sie herantritt.«

Valberg saß mit sehr zerknirschter Miene vor ihr, und es zuckte in seinem Gesicht wie tiefe Erregung.

»Sie haben ja recht – sehr recht, teuerste Exzellenz! Aber wahrhaftig, selbst wenn ich nicht an mich denke, ich bin dem Kinde gegenüber ganz hilflos. Was weiß ich denn, was so einem Mädelchen frommt? Glauben Sie mir, es ist mir so warm und weich ums Herz geworden, als ich Rita vor mir sah, als sie sich so voll Liebe und Vertrauen an mich schmiegte und um meine Liebe flehte. Ich verstehe und fühle auch, daß sie Liebe braucht. Liebe will ich ihr auch geben. Aber – lieber Gott – ich kann mir nun mal nicht helfen – in mein Haus hinein kann ich sie mir nicht denken.«

Sie lächelte. Ihr gütiges Herz fand immer eine Entschuldigung.

»Sie sind wahrhaftig selbst ein großes Kind, lieber Freund. Fassen Sie nur Mut, mit ehrlichem Willen geht alles. Ich will Ihnen gern hellen, soviel ich kann. Und zuerst, für die ersten Tage, bringen Sie mir Ihre kleine Rita nur hierher. Sagen Sie ihr, daß Sie erst Vorbereitungen zu ihrer Aufnahme treffen müssen. Dann lassen Sie erst einmal einige Zimmer für sie einrichten. Ein Schlaf- und Ankleidezimmer und ein Boudoir genügen vorläufig. Wer weiß, ob sich nicht sehr bald ein Freier finden wird für Ihre Tochter. Dann werden Sie Ihrer Pflichten wieder ledig. Aber bis dahin müssen Sie sich mit guter Miene ins Unvermeidliche fügen. Und geben Sie acht – es gefällt Ihnen schließlich sehr gut, ein junges Töchterchen im Hause zu haben. Ich werde mich der jungen Dame auch nach Kräften annehmen, um Sie zu entlasten, soviel es geht. Sie wird ja hoffentlich Vertrauen zu mir fassen. Nur muß sie jetzt vor allen Dingen wissen, daß ihre Heimat bei ihrem Vater ist. Sie darf um keinen Preis merken, daß sie Ihnen ungelegen kommt, lieber Freund. Gehen Sie achtsam mit der jungen Seele um, an der schon viel gesündigt wurde.«

Er sprang auf und ging einige Male im Zimmer auf und ab. Dann blieb er vor ihr stehen.

»Und die Gesellschaft? – Was wird man darüber denken?«

Sie lächelte mit leichter Ironie.

»Haben Sie sich jemals viel darum gekümmert, was die Gesellschaft sagt und denkt? Ich glaube, das war Ihnen immer herzlich nebensächlich. So legen Sie solchem Gerede auch jetzt keinen Wert bei. Erklären Sie ruhig jedem, der es hören will, daß Ihre geschiedene Frau gestorben ist und Sie deshalb Ihre Tochter jetzt zu sich nehmen. Jeder Mensch wird das verständig und richtig finden. Daß Sie verheiratet waren und geschieden sind, weiß tout le monde. Es wird kaum Aufsehen erregen, daß Ihr Töchterchen jetzt bei Ihnen leben wird. Man wird auch das, wie alles, was Sie tun und lassen, sehr interessant finden, und es werden Ihnen vielleicht noch einige schwärmerische Herzen mehr zufliegen.«

Ein tiefer Seufzer entstieg seiner Brust.

Mit einem guten, fast mütterlichen Blick sah sie zu ihm auf.

»Ich spotte nicht. Sie wissen selbst recht gut, daß der Baron Viktor Valberg stets und immer ein Enfant gâté der Gesellschaft sein wird, wie er es stets gewesen ist.«

Er sah ein, daß ihm alles nichts half –, es ging nicht anders – er mußte sich fügen. Und schließlich hatte seine teure

Freundin recht, wenn sie in diesem Falle unerbittlich war. Es wäre grausam gewesen, Rita das Vaterhaus zu verschließen.

Und dennoch – es war ein furchtbar unbehagliches Gefühl. Die gute Exzellenz dachte sich das so leicht, so ein junges Mädchen in einen Junggesellenhausstand zu verpflanzen. – Lieber Gott, da mußte alles umgekrempelt werden. Es gab da in seinen Zimmern allerlei, was für die reinen, unschuldsvollen Kinderaugen seiner Tochter nicht geschaffen war. Da mußte er erst sorgfältig sichten und ordnen. Aber das konnte er mit einer Dame nicht erörtern, auch nicht mit seiner sonst so verständigen, einsichtsvollen Freundin.

Sichtlich beklommen erhob er sich.

»Also liebste, teuerste Exzellenz, ich darf Ihnen noch heute abend meine Tochter bringen. Für eine kurze Zeit geben Sie ihr Obdach in Ihrem Hause, bis ich alles Nötige zu ihrer Aufnahme bereit habe? Sie haben doch nichts vor heute abend?«

»Nein, nein, ich bin zu Hause, und Sie sind mir mit Ihrer Tochter zu jeder Stunde angenehm. Nun gehen Sie, lieber Baron, lassen Sie das arme Kind nicht zu lange allein. Sie wird ein gar schweres Herz haben, die arme kleine Rita – viel schwerer als das Ihre, lieber Freund, vergessen Sie das nicht.«

Er küßte ihre Hand. »Ich will es nicht vergessen. Wenn ich auch ein Rabenvater bin – lieb habe ich das Kind doch.«

»Das glaube ich Ihnen, und das erfüllt mich auch mit Hoffnung für Sie beide. Und – was mir eben noch einfällt – es dürfte wohl gut sein, wenn Sie an Ritas Stiefvater depeschieren und ihre Ankunft melden. Man wird dort doch in Sorge sein.«

Er lächelte verbindlich. »Sie denken an alles, liebe Maria, und ich bin wieder einmal Ihr Schuldner.«

Schnell verabschiedete er sich nun und ging.

Mit einem guten, stillen Lächeln sah sie ihm nach. Dann

erhob sie sich, um Befehl zu geben, daß ein Zimmer für ihren jungen Gast hergerichtet würde.

Viktor Valberg fuhr in keineswegs rosiger Stimmung nach Hause zurück. Die Gedanken, denen er Audienz gab, hatten ein recht unfreundliches Gesicht. Er kam sich plötzlich vor wie ein Mensch, der mit schweren Sorgen beladen war.

Zu Hause angelangt, gab er dem Chauffeur Weisung, sich in Bereitschaft zu halten, da er bald wieder ausfahren würde. Sein Kammerdiener empfing ihn und nahm ihm Pelz und Hut ab. Ganz wehmütig sah sich der Baron in dem vornehmen und stimmungsvollen Vestibül um. Hier würde ja nichts geändert zu werden brauchen, auch nicht im Empfangszimmer und den Speiseräumen. Aber sonst – von manchen lieben Gewohnheiten hieß es nun bald Abschied nehmen.

Seufzend begab er sich zu seiner Tochter. Sie befand sich in dem Empfangszimmer. Ängstlich und unruhig sah sie ihm entgegen. Je länger sie auf den Vater wartete, desto beklommener war ihr ums Herz geworden. Die Furcht stieg wieder in ihr auf, der Vater könnte doch noch anderen Sinnes werden und sie wieder fortschicken.

Als der Vater nun eintrat, stand sie mitten im Zimmer und sah ihn mit großen, ängstlichen Augen an. Es entging ihr nicht, daß er nicht sehr froh aussah, nicht so frisch und heiter, wie er heute nachmittag zu ihr ins Zimmer getreten war, als er noch nicht wußte, wer ihn erwartete.

Er zwang zwar sogleich wieder ein Lächeln auf sein Gesicht, aber sie war sehr feinfühlig, wie es Menschen sind, deren empfindsame Seelen oft verletzt worden sind.

»Habe ich dich lange warten lassen, Maus?« fragte er liebenswürdig, in einem gewollt leichten Tone, der ihm nicht von Herzen kam.

Sie sah ihn schüchtern an. »Ich habe natürlich die Minuten gezählt, bis du wiederkamst, Papa. Wenn man wartet, erscheint einem die Zeit doppelt lang. Aber nun bist du ja wieder da.«

Er mußte mit einem scheußlich faden Gefühl daran denken, daß einst seine Gattin sich so oft über sein langes Ausbleiben beschwert und ihn immerfort mit vorwurfsvollem Gesicht erwartet hatte. Und er sagte sich, daß nun in Zukunft wohl seine Tochter sein Kommen und Gehen kontrollieren würde. Ihm wurde sehr heiß bei diesem Gedanken. Zerstreut fuhr er sich über die Stirn.

»Ja, nun bin ich wieder da. Und nun wollen wir erst mal eine Depesche an deinen Stiefvater aufsetzen.«

Sie erschrak und wurde ganz bleich.

»An meinen Stiefvater?« fragte sie mit trockenen Lippen.

»Ja, ich muß ihm doch melden, daß du wohlbehalten hier eingetroffen bist. Man wird sich dort wohl um den kleinen Ausreißer gesorgt haben«, versuchte er zu scherzen.

Sie schüttelte traurig den Kopf.

»Ach nein – um mich sorgt sich dort niemand. Sie wissen ja, daß ich zu dir gereist bin.«

Das griff ihn wieder ans Herz. Er legte seinen Arm um ihre sehr schlanke Gestalt.

»Wir wollen jedoch höflich sein und deine Ankunft melden, nicht wahr?«

Sie nickte und sah forschend und unruhig zu ihm auf.

»Wenn du depeschierst – wirst du dann auch gleich bitten, daß man mir meine Sachen nachschickt?« fragte sie und kam sich sehr diplomatisch vor.

Er nickte lächelnd und fand es doch wieder sehr reizvoll, sein Töchterchen im Arm zu haben.

»Natürlich, wir bitten, daß dir deine Sachen recht schnell hierhergeschickt werden.«

Sie warf plötzlich mit leidenschaftlicher Innigkeit die Arme um seinen Hals.

»Also ich darf bei dir bleiben, Papa – ach, lieber Papa, ich hatte so Angst, es wäre dir leid geworden.«

Tränen stürzten ihr aus den Augen, aber sie unterdrückte

das Weinen schnell, weil es der Vater mich nicht sehen sollte.

Nun war er wieder so gerührt, daß er nicht wußte, was er ihr zuliebe tun sollte. Zärtlich strich er über die wunderschönen dunklen Flechten.

»Aber du dumme, kleine Maus, was denkst du dir? Natürlich bleibst du bei mir. Nur auf einige Tage bringe ich dich zu Exzellenz Tronsfeld, die sich schon sehr auf dein Kommen freut. Dort bleibst du, bis ich hier alles in Ordnung habe. Ich muß doch für mein Töchterchen einige hübsche Zimmerchen neu ausstatten lassen – so echte, rechte Mädchenstübchen, mit hellen, duftigen Stoffen und zierlichen Möbeln. Und die gute Exzellenz engagiert für dich eine Jungfer zur Bedienung. Alles andere findet sich dann.«

So sagte er mit erzwungener Fröhlichkeit und setzte sich nieder, um schnell eine Depesche aufzusetzen.

Ritas Empfindungen schwankten zwischen Glück und Unruhe.

»Ich mache dir wohl schrecklich viel Umstände, lieber Papa?« fragte sie schüchtern.

Lächelnd blickte er zu ihr auf. »Nicht doch, das richtet sich alles ein. Du mußt nur ein wenig Geduld haben und einige Tage die Gastfreundschaft der guten Exzellenz annehmen.«

Er schrieb nun schnell eine Depesche nieder. Rita nahm ihm gegenüber Platz und faltete dankbar die Hände. Als er fertig war, sah er lächelnd zu ihr hinüber.

»Hast du denn wenigstens Nachtzeug mitgebracht, Rita?«

Sie nickte stolz.

»Ja – an alles habe ich gedacht und es selbst in die Handtasche gepackt, damit niemand etwas merkte. Aber nur dies eine Kleid habe ich bei mir. Man wird ja schnell meine anderen Sachen schicken. Sie sind sicher froh, wenn sie alles los sind, was zu mir gehört.«

»Nun, schlimmstenfalls kann dir Exzellenz Tronsfeld

morgen einiges Nötige kaufen. Die Hauptsache ist, daß du für die erste Nacht versorgt bist. Und nun will ich die Depesche besorgen lassen. Dann können wir uns aufmachen.«

Er klingelte und gab dem Diener die Depesche und den Befehl, die Reisetasche seiner Tochter in das Auto zu tragen und dann Hut und Mantel für sie zu bringen.

In demselben Moment wurde ihm gemeldet, daß Baron Günter Valberg soeben gekommen sei.

Einen Augenblick überlegte er. Dann sagte er hastig: »Führen Sie den Herrn Baron in mein Arbeitszimmer, ich komme sofort.«

Als der Diener verschwunden war, wandte er sich an Rita. »Da kannst du gleich erst noch einen Vetter kennenlernen. Günter Valberg ist der künftige Majoratsherr von Valberg. Wir sind zwar nur im vierten oder fünften Grad miteinander verwandt, aber Günter ist mir lieb geworden, wie ein Sohn. Es soll mich freuen, wenn ihr euch befreundet. Nimm noch ein Weilchen Platz, Rita, ich will Günter nur erst auf deine Anwesenheit vorbereiten. Dann bringe ich ihn hierher.«

Sie ließ sich gehorsam in einen Sessel gleiten, und er verließ rasch das Zimmer.

Gleich darauf stand er in seinem Arbeitszimmer Günter gegenüber. Sie begrüßten sich herzlich, wie immer.

»Führt dich heute etwas Besonderes zu mir, Günter?« fragte Viktor ein wenig zerstreut.

Günter lachte. »Du hast wohl vergessen, Onkel Viktor, daß du mich heute morgen eingeladen hast, mit dir zu Abend zu speisen. Wir wollten noch verschiedenes über Valberg sprechen, und ich sollte etwas zeitiger kommen. Scheinbar hast du mich aber gar nicht erwartet.«

Valberg griff sich an die Stirn. »Richtig, richtig?! Das hatte ich ganz vergessen, mein Junge.«

»Komme ich ungelegen, dann verschwinde ich sofort wieder.«

»Nein, nein – ich bin nur ein wenig aus dem Konzept. Ist

auch kein Wunder! Ich habe heute ein Erlebnis gehabt, das mich ganz aus dem Gleichgewicht gebracht hat.«

»Doch hoffentlich nichts Unangenehmes, lieber Onkel?« fragte Günter besorgt.

Der Baron lachte seltsam auf. »Na – wie man's nimmt – eigentlich ist es ja ein sehr freudiges Ereignis.«

Er faßte einen Knopf des jungen Mannes und sah mit tragikomischer Miene in sein Gesicht.

»Sieh mich mal an, mein Junge. Sehe ich aus wie ein glücklicher Vater?«

Günter schüttelte lächelnd den Kopf. »Nein – eigentlich nicht.«

»Hm! Kannst du dir vorstellen, daß ich nächste Saison eine erwachsene Tochter als Ballvater ausführen muß?«

Wieder schüttelte Günter den Kopf. »Nein, das kann ich mir auch nicht gut vorstellen.«

Viktor seufzte abgrundtief. »Ich auch nicht. Aber ich rate dir, gewöhne dich an den Gedanken, daß dich der Anblick nicht überwältigt. Ich muß mich auch daran gewöhnen.«

Günter sah ihn besorgt und betroffen an.

»Onkel Viktor – fühlst du dich nicht wohl?«

Dieser mußte lachen – über sich selbst und über Günters betroffenes Gesicht. »Nee, nee – sieh mich nicht an, als ob du mich für krank hieltest. Ich habe auch nicht zu gut gefrühstückt. Es ist ganz klar und logisch, was ich dir sage. Also kurz und gut – meine geschiedene Frau ist vor einiger Zeit gestorben. Und als ich heute nachmittag aus dem Klub nach Hause komme, sitzt in meinem Empfangszimmer eine erwachsene junge Dame, die mich Papa nennt und mir erklärt, daß sie nun bei mir bleiben will für immer.«

Günter sah sehr überrascht auf. »Donnerwetter!« entfuhr es seinen Lippen.

Viktor nickte resigniert. »Das hätte ich auch am liebsten gesagt. Aber ich konnte mich beherrschen. Kannst du dich nun in mein Empfinden hineindenken?«

Günter mußte lachen. »Vielleicht nicht so ganz, Onkel!«

»Aber komisch und lächerlich findest du es gewiß, daß ich nun plötzlich mit einer erwachsenen Tochter behaftet bin?«

Der junge Mann wurde ernst. »Nein, weder komisch noch lächerlich. Aber ich merke, daß du sehr bedrückt bist, trotz deines Galgenhumors, und ich kann mir sehr gut denken, daß dir daraus allerlei Unbequemlichkeiten erwachsen werden.«

Tief atmete Valberg auf.

»Na, Gott sei Dank, du scheinst wenigstens Verständnis für mein Empfinden zu haben, ohne mich gleich für einen herzlosen Menschen zu halten. Mit dir werde ich also ein vernünftiges Wort darüber reden können. Natürlich bleibst du hier. Wir speisen nachher zusammen; ich bin froh, daß du mir Gesellschaft leisten wirst, sonst versinke ich heute in eine gräßliche Stimmung. Aber du mußt mich dann eine halbe Stunde entschuldigen. Ich will meine Tochter erst zu Exzellenz Tronsfeld bringen. Sie will das Kind einige Tage bei sich aufnehmen, bis ich in meinem Hause die nötigen Vorbereitungen für die Aufnahme Ritas getroffen habe. – Kannst dir ja denken, daß hier erst mancherlei umgemodelt werden muß.«

Günter warf einen verstehenden Seitenblick durch das Zimmer. Lächelnd blieben seine Augen auf einer Anzahl weiblicher Fotografien haften, die auf dem Schreibtische standen. Es war eine ganze Schönheitsgalerie, offenbar Künstlerinnen, darunter Vertreterinnen der leichtesten Muse in gewagter Kostümierung. Daneben lag ein zierlicher Fächer, ein Andenken von schöner Hand, und ein langer, zartfarbener Handschuh, Pariser Fabrikat, der ganz sicher nicht auf eine Männerhand gehörte.

»Ja, ja – das kann ich mir denken«, sagte der junge Offizier.

Viktor war seufzend seinem Blick gefolgt.

»Na also – wir sprechen nachher noch über das alles. Jetzt komm, bitte, mit hinüber. Ich will dich Rita vorstellen. Und höre, mein Junge: Sei ein bißchen gut und nett zu ihr. Sie ist nämlich ein armes, verschüchtertes Ding, das nicht viel Liebe erfahren hat. Sie tut mir schrecklich leid, wirklich. Ich erzähle dir nachher alles. Also nicht wahr, sei ein bißchen gut und nett zu ihr.«

»Das wird mir kaum schwerfallen, Onkel Viktor. So ein kleines Bäschen ist doch eigentlich etwas sehr Nettes. Früher habe ich mir brennend ein Schwesterchen gewünscht, das ich so ein wenig verhätscheln und beschützen könnte. Nun werde ich mich gleich brüderlich zu der jungen Dame stellen, wenn du es gestattest.«

»Ja, das tue nur. Und wenn du in den nächsten Tagen freie Zeit hast, dann siehst du wohl mal nach ihr. In deiner jetzigen Stimmung tut dir das Alleinsein ohnedies nicht gut, und Rita kann sehr hübsch plaudern. Sie wird dir vielleicht ein wenig helfen, die schöne Carry zu vergessen. Und du tust mir einen Gefallen, wenn du dich Ritas ein wenig annimmst.«

»Selbstverständlich tue ich das gern, Onkel Viktor. Das ist einfach Ehrensache. Das Bäschen soll mit mir als Kavalier zufrieden sein.«

»Gut! Also komm!«

Sie gingen in das Empfangszimmer hinüber.

Und wenige Augenblicke später stand Günter vor der kleinen, schüchternen Rita, die mit großen, gläubigen Kinderaugen den stattlichen, hübschen Vetter anstaunte wie einen Märchenprinzen. Auch Günter beschlich sofort ein wunderlich gerührtes Gefühl, als er in das feine, schmale Gesichtchen blickte.

»Ich freue mich sehr, Sie kennenzulernen, liebes Bäschen. Sie müssen mir gestatten, Vetternrechte bei Ihnen geltend zu machen«, sagte er warm und herzlich.

Sie atmete hastig, die kleine Rita, wie erregte Kinder es tun.

»Ach, ich habe ja gar nicht gewußt, daß ich einen Vetter habe. Aber ich freue mich sehr, sehr darüber. Es ist ein so großes Glück, wenn man Menschen hat, die zu einem gehören.«

Er hätte sie am liebsten so recht tröstlich gestreichelt, wie ein großer Bruder sein verzagtes, ängstliches Schwesterchen.

»So wollen wir nur gleich Freundschaft schließen, wenn es Ihnen recht ist, liebe Rita.«

Ihre Augen strahlten ihn glückselig an.

»Ach – mir ist es sehr recht. Ich bin Ihnen sehr dankbar, daß Sie mir gleich Freundschaft entgegenbringen. Aber ich muß Ihnen gleich erst etwas sagen. Ich weiß nicht, ob es Sie später reuen wird. Ich bin, glaube ich, ein recht unausstehliches Mädchen. Alle meine Angehörigen haben mir das schon gesagt. Nur Papa noch nicht.«

Günter lachte. Und dies warme, klare Lachen blieb Rita im Ohr hängen und setzte sich in ihrem Herzen fest, wie ein goldener Klang Sie nahm dies Lachen an diesem Abend mit in ihre Träume hinüber, und es gab ihr ein frohes Heimatgefühl, trotzdem sie auch heute nicht im Vaterhause schlief.

»Ich glaube nicht, daß Sie unausstehlich sind, liebes Bäschen. Dazu sind Sie zu ehrlich und haben zu gute und liebe Augen.«

Helles Rot schoß in ihr Gesicht, und das reizende, hilflose Lächeln, das ihren Vater so überrascht hatte, lag um ihren feingeschnittenen Mund.

Viktor legte seinen Arm um Ritas Schulter.

»Wenn ihr euch als Vetter und Base akzeptiert, dann streicht aber auch gleich das steife ›Sie‹ aus eurem Verkehr. Das ist ungemütlich und ein Unding zwischen Verwandten.«

Günter bot Rita die Hand. »Darf ich ›du‹ sagen, Rita?«

Sie nickte eifrig und strahlend.

»O ja, das dürfen Sie.«

»Dann mußt du es auch tun. Ich heiße Günter.«

Sie zögerte ein Weilchen, lächelte wieder hilflos und schüchtern und atmete dann energisch auf.

»So will ich dich Günter nennen«, sagte sie schnell.

»Schön! Aber für heute müßt ihr es nun mit der kurzen Begrüßung bewenden lassen. Ich muß Rita nun zu Exzellenz Tronsfeld bringen, damit wir nicht zu spät kommen. Du erwartest mich, Günter, wirst dir schon irgendwie die Zeit vertreiben.«

»Darum sorge dich nicht, Onkel Viktor«, erwiderte Günter.

Er half nun Rita in ihren Mantel. Das kleine Hütchen drückte sie schnell und achtlos auf das Haar. Mit brüderlicher Vertraulichkeit rückte es ihr Günter noch ein wenig zurecht. Dann reichte er ihr mit einigen liebenswürdigen Scherzworten den Arm und führte sie hinaus, bis zu dem Wagen. Sorglich hob er sie hinein und fragte artig:

»Darf ich mich morgen nach deinem Befinden erkundigen, Rita?«

Sie nickte erfreut.

»Oh – ich werde mich sehr freuen, wenn du kommst.«

»Dann also auf Wiedersehen!«

»Auf Wiedersehen!«

Er trat zurück. Viktor stieg zu seiner Tochter ins Auto, das sofort abfuhr.

»Nun, mein Töchterchen, wie gefällt dir der neue Vetter?« fragte er, um einen Gesprächsstoff zu finden.

Rita faltete die Hände zusammen.

»Er ist so gut – so gut!« rief sie, voll dankbarer Innigkeit für die wenigen lieben Worte, die ihr Günter hatte zuteil werden lassen.

Gerührt nahm der Vater ihre Hand. »Kann man denn anders, als gut zu dir sein, kleine Rita?«

Sie seufzte bekümmert.

»Oh, wenn ich trotzig bin, dann bin ich, glaube ich, sehr unleidlich. Sonst wäre ich wohl von Mama nicht so oft gestraft worden. Aber wenn man gut zu mir ist, dann bin ich nie trotzig.«

Er lächelte. »Dann wollen wir also recht gut zu dir sein.«

Schmeichelnd preßte sie seine Hand an die Wange.

»Ach – wie werde ich glücklich sein.«

Schnell war die Wohnung der Exzellenz erreicht.

Diese empfing Rita mit so viel warmer, mütterlicher Herzlichkeit, daß Rita schnell ihre Scheu verlor und leidlich getröstet zurückblieb, als der Vater sich bald darauf wieder entfernte, zumal er versprach, gleich morgen vormittag nach ihr zu sehen.

»Grüße Vetter Günter, lieber Papa!« rief sie ihm nach.

Er sah in ihre strahlenden Augen und stutzte einen Augenblick.

Als er dann in seinem Auto allein heimwärts fuhr, grübelte er über einen Gedanken, der wie ein Blitz durch seinen Kopf gegangen war, ein Gedanke, der ihm plötzlich einen Ausweg zeigte aus aller Not und Unbequemlichkeit: Wenn Rita Günters Frau würde!

Sie schien gleich großes Wohlgefallen für ihn zu empfinden. Und Günter? Er hatte eben erst eine große Enttäuschung hinter sich. Carry Platen war ihm verloren. Bekanntlich ist das Herz nie aufnahmefähiger für eine neue Liebe, als nach einer solchen Enttäuschung. Das war wenigstens Viktors Meinung

Und Rita würde sich schnell entfalten und ein sehr hübsches Mädchen werden, wenn sie nur etwas Farbe bekam und ihre Formen sich etwas mehr rundeten.

Wenn Günter Rita heiratete, dann war er mit einem Male als Vater aller Verantwortlichkeit enthoben. Und außerdem – es würde alles ganz herrlich zusammenpassen. Rita würde dann Majoratsherrin von Valberg und bekam in Günter einen Mann, wie ihn nur jeder zärtliche Vater seiner Tochter wünschen konnte. Und Günter, den er wie einen Sohn liebte, war dann nicht nur der unumschränkte Besitzer von Valberg, sondern erbte eines Tages mit Rita zusammen sein ganzes großes Vermögen. Also auch Günter konnte sich keine bessere Partie wünschen.

Und überhaupt – es wäre ganz wunderschön, wenn aus Günter und Rita ein Paar würde. Es konnte doch gar nicht so schwer sein, die beiden jungen Leute zusammenzubringen – man konnte ein wenig nachhelfen, ein wenig Vorsehung spielen!

Ja, Viktor war schon mitten drin im Plänemachen, wie er seine Tochter wieder loswerden könne.

Auch Günter hatte sich inzwischen in Gedanken mit Rita beschäftigt, mit ihr und Onkel Viktor.

Lächelnd hatte er sich vorgestellt, als er durch die schön ausgestatteten Räume der Villa ging, wie schwer es Onkel Viktor ankommen würde, sein Tuskulum umzumodeln, damit es als Aufenthaltsort für eine junge Dame geeignet erschien. Als nun Valberg heimkehrte, gingen die beiden Herren zunächst ziemlich schweigsam zu Tisch. Auch während der Tafel wechselten sie nur wenig Worte. Erst, als sie dann mit einer Zigarette behaglich am Kamin in dem runden, im maurischen Stil gehaltenen Rauchzimmer saßen, begann Valberg zu erzählen, wie und warum Rita so plötzlich bei ihm aufgetaucht war. Er sagte Günter auch offen, daß er die Exzellenz Tronsfeld aufgesucht habe in der Hoffnung, daß diese ihm anbieten würde, Rita unter ihren Schutz zu nehmen, und berichtete, wie sehr er enttäuscht worden war durch ihren energischen Hinweis auf seine Vaterpflicht.

Günter hatte aufmerksam zugehört. Ein tiefes Mitleid mit der kleinen Rita erfüllte sein gutes Herz. Und trotzdem konnte er doch auch Onkel Viktor verstehen. Und nun sprach er, im Verlangen, beiden zu helfen, aus, was ihm vorhin durch den Kopf gegangen war. Er richtete sich in seinem Sessel empor.

»Soll ich dir einen Vorschlag machen, Onkel Viktor, der dich wenigstens vorläufig von aller Not und Plage erlöst und dir Zeit läßt, dich ruhig an den Gedanken zu gewöhnen, Rita hier in dein Haus aufzunehmen?«

Der Baron sah ihn forschend an.

»Nun? Du siehst mich sehr gespannt.«

Günters Augen wurden scharf von der Lampe beleuchtet. Sie leuchteten in frohem Bewußtsein, seinem Wohltäter einen guten Rat geben zu können. Langsam strich er mit der schlanken, festen Hand über das dunkle gescheitelte Haar.

»Du wolltest doch mit mir nach Valberg gehen, Onkel Viktor. Wenn du nun Rita mitnähmst? Du könntest vielleicht deinen Aufenthalt dort etwas verlängern, könntest zur Not zu den letzten Festlichkeiten dieser Saison jedesmal von Valberg nach der Residenz reisen. Rita könnte dann ruhig inzwischen in Valberg bleiben, da du jedesmal schnell zurückkehrtest. Und im Frühling ist es dann sehr schön in Valberg. Auch für Rita wäre der Aufenthalt gut. Sie ist so schmal und blaß. Die Landluft wird ihr guttun. Und in Valberg ist so viel Platz, und nichts braucht geändert zu werden. Da sind Zimmer aller Art, auch für Damen geeignet. Da ist Rita niemand im Wege und ist doch im Vaterhause. Und du kannst dann in aller Ruhe Pläne für die Zukunft machen.«

Viktor sprang auf wie erlöst und streckte die Arme von sich, als könne er sie wieder frei regen. Günters Vorschlag leuchtete ihm sofort ein. Und außerdem dachte er weiter. In Valberg fand sich dann wohl Gelegenheit, daß sich Günter und Rita näherkamen. Eventuell gab er Günter einen Wink oder sprach ihm auch ganz offen von seinen Wünschen, wenn er erst merkte, daß Rita diesen Wünschen näherkam. Jedenfalls war Zeit gewonnen, und Valberg eignete sich viel besser zum Aufenthalt für Rita als sein Junggesellenheim.

Er schüttelte Günter freudestrahlend die Hand.

»Das ist ein famoser Gedanke, Günter. Damit hast du mir einen großen Gefallen getan. Daß ich nicht selbst auf diesen einfachen Ausweg verfallen bin. Natürlich läßt sich Rita in Valberg viel besser unterbringen als hier. Und ich hatte doch ohnedies die Absicht, einige Wochen mit dir dahin zu gehen. Wie steht es mit deinem Abschied? Was meinst du, wann du bereit sein wirst, nach Valberg überzusiedeln?«

»Ich denke, in vierzehn Tagen ist alles erledigt.«

Aufatmend warf sich Valberg wieder in seinen Sessel und zündete sich eine neue Zigarette an.

»Gut, gut! In vierzehn Tagen ist hier ohnedies die Saison zu Ende. Für später nehme ich dann keine Einladungen mehr an. Wir fahren dann zusammen mit Rita nach Valberg. Exzellenz Tronsfeld wird es dann langsam unter die Leute bringen, daß meine Tochter mit mir zusammen in Valberg lebt. Da brauche ich mich nicht ausfragen und anstaunen zu lassen. Herrgott noch mal! Es wäre ja schauderhaft gewesen, ganz schauderhaft. Und meine kleine Maus wird sich auch freuen, daß wir in deiner Gesellschaft nach Valberg gehen. Sie scheint dich gleich ins Herz geschlossen zu haben. Sie schwärmte davon, wie gut du zu ihr gewesen wärest und hat mir noch zuletzt einen Gruß an dich aufgetragen.«

Das alles kam hastig und froh über die Lippen des Barons. Er beobachtete Günter dabei scharf. Als ein in Herzensangelegenheiten sehr erfahrener Mann wußte er nur zu gut, daß sowohl geschmeichelte Eitelkeit als auch Mitleid oft Liebe zu erwecken vermögen.

Er hatte auch die Genugtuung, daß ein weiches, gerührtes Lächeln um Günters Mund huschte.

»Lieber Gott!« sagte er mitleidig. »Das arme Kind scheint wirklich nicht mit Liebe und Güte verwöhnt worden zu sein, wenn ihr ein paar gute Worte so viel Eindruck machen.«

Viktor seufzte. »Ja, wahrhaftig, das Leben ist ihr bisher viel schuldig geblieben. Das belastet mein Gewissen, obwohl ich nicht geahnt habe, daß ihre Mutter sie darunter leiden ließ, daß sie meine Tochter ist. Hoffentlich bekommt sie einmal einen recht guten, liebevollen Mann, der sie für alles entschädigt, was sie in ihrer Jugend entbehren mußte.«

Günter sah sinnend vor sich hin. »Wie alt ist Rita eigentlich?«

»Fast neunzehn Jahre.«

Überrascht sah der junge Mann auf.

»Doch schon? Ich hätte sie nicht älter als siebzehn taxiert.«

»Ja, sie sieht noch sehr kindlich aus, weil sie schlank und zierlich ist.«

»Und so scheu und verschüchtert. Armes Bäschen – ich werde sehr lieb und gut zu ihr sein.«

Es war ziemlich spät, als sich die beiden Herren trennten. Auch Günter war heute zum erstenmal seit Carry Platens Verlobung in etwas besserer Stimmung.

Und als er in der hellen, kalten Winternacht langsam seiner Wohnung zuschritt, dachte er nicht an die schöne Carry Platen, wie sonst die ganze Zeit, sondern an sein armes, kleines Bäschen.

Rita hatte die Nacht gut und traumlos geschlafen. Nun saß sie mit Exzellenz Tronsfeld am Frühstückstisch und plauderte mit ihrem lieben, weichen Stimmchen so herzig, daß die Exzellenz voll Wohlgefallen zuhörte.

Aber nicht nur das klare, weiche Stimmchen gefiel ihr, sondern auch die feinen Züge des schmalen Gesichtchens und die schönen, großen Augen, die sie so lebhaft an Viktor Valberg erinnerten.

Den klugen Augen der gütigen, erfahrenen Frau entging es nicht, daß man Ritas Äußerem bisher wenig Interesse und Sorgfalt hatte angedeihen lassen. Es schien sich niemand so recht um das Kind gekümmert zu haben, man hatte sie nicht genügend gehegt und gepflegt. Es hatten auch keine liebevollen Hände versucht, die feinen Reize und Vorzüge dieser jungen Dame zur Geltung zu bringen. Das schöne, dunkle Haar, das heute im Sonnenlicht so eigenartige Reflexe zeigte, wie reife, dunkle Kastanien, war viel zu fest und reizlos um das feine Oval des Kopfes gelegt, und das schwarze Kleidchen das Rita trug, war zwar von feinem Stoff und auf Seide gearbeitet, aber es war nicht vorteilhaft und kleidsam im Schnitt und ließ die ohnehin zarten Konturen der schlanken Gestalt nicht zur Geltung kommen.

Man hatte auch nicht darauf geachtet, das Kind gut und zweckmäßig zu ernähren. Rita war gesund. Wie leicht mußte es sein, durch geeignete Pflege die schlanke Gestalt zu runden, den blassen Wangen Farbe zu geben. Es zuckte der guten Exzellenz in den Fingern, Ritas ganzem Äußeren durch entsprechende Kleidung und eine andere Frisur eine andere Note zu geben, wie sie zu ihrem eigenartig feinen Gesichtchen passen würde.

Sie war überzeugt, daß es ihr nicht schwerfallen würde, in ganz kurzer Zeit eine sehr hübsche und reizende junge Dame aus dem kleinen verschüchterten Mädchen zu machen.

Die Generalin forschte Rita geschickt nach ihrem Toilettenbestand aus, den diese in Düsseldorf zurückgelassen hatte und den man ihr nachsenden sollte. Viel Ersprießliches kam ihrer Meinung nach nicht dabei heraus. Es war sicher das klügste, man stattete die junge Dame neu aus, zumal sie nur zwei Trauerkleider besaß und sonst jetzt nichts in Frage kam. Die Generalin nahm sich vor, mit dem Vater darüber zu sprechen.

Es war jedenfalls ein recht behagliches Frühstücksstündchen, das die beiden Damen abhielten. Und im Laufe des Vormittags wurde aus der förmlichen »Exzellenz« und »Baronesse« eine »Tante Exzellenz« und eine »liebe Rita«.

Ritas Augen leuchteten dabei glücklich auf, und sie versicherte Tante Exzellenz, daß sie eine liebe, herrliche Frau sei, und fragte sie immer wieder, ob sie glaube, daß der Papa sie so recht von Herzen liebgewinnen würde.

Diese versicherte das sehr energisch. Sie erzählte Rita allerlei kleine, liebenswürdige Züge aus dem Leben ihres Vaters. Sie pries seine Güte und Hilfsbereitschaft armen Menschen gegenüber, seine vornehme Gesinnungsart, seine Liebenswürdigkeit. Sie schilderte, wie sehr er beliebt sei in der Gesellschaft und daß er wohl nicht einen Feind habe. Zuletzt kam sie auch darauf zu sprechen, wie großherzig er sich Günter Valberg angenommen hatte, wie er ihm erst eine angemessene Zulage gegeben, und ihm nun auch das Majorat abtreten wollte.

Rita hörte ganz andächtig zu.

Schon immer, wenn sie zuweilen so recht einsam und traurig war, hatte sie sich ausgemalt, wie das sein würde, wenn sie eines Tages zu ihrem Papa gehen würde.

Freilich, ganz so, wie sie es erhofft und ersehnt hatte, war das Wiedersehen nicht gewesen. Aber das kam daher, daß sie so überraschend gekommen war, und weil sie sich ein wenig fremd geworden waren in der langen Zeit der Trennung. Und dann hatte er auch vor Schreck nicht gleich gewußt, was er mit ihr anfangen sollte. Tante Exzellenz hatte ihr das alles voll Güte erklärt. Sie verstand nun auch sehr gut, daß es nicht so einfach war, als sie gedacht hatte, sie im Vaterhause unterzubringen. Wie gut, daß Tante Exzellenz sie gleich aufgenommen hatte, sonst wären dem armen Papa allerlei Verlegenheiten aus ihrem Kommen erwachsen. Ach, wie gut waren alle zu ihr, die gute Tante Exzellenz, der Papa – und auch Vetter Günter.

»Mein Vetter Günter«, wiederholte sie sich und seufzte glücklich. Das arme, kleine Ding, wie dankbar war es für ein wenig Liebe.

Als dann bald darauf der Baron Günter Valberg gemeldet wurde, flog ein rosiger Schein über Ritas Gesicht. Die Augen wurden groß und glänzend, und die weichen Lippen öffneten sich ein wenig, als wenn sich ein Freudenruf durchdrängen wollte. Aber zum Glück fiel ihr noch rechtzeitig ein, daß eine erwachsene und wohlerzogene Dame sich beherrschen müsse.

Es war Ende Februar, und ein voreiliger lauer Frühlingswind hatte sich aufgemacht, um die Menschen zu narren. Und in Ritas jungem Herzen richtete dieser vorzeitige Frühling allerlei Unfug an, so daß es gar heftig stürmte und klopfte, als sich ein warmer Männermund auf ihr schlankes Händchen preßte und zwei gute, offene Männeraugen sie so recht lieb und warm anblickten.

Keine Ahnung kam Günter, welch tiefen Eindruck er auf Rita machte. Ihr war, als erlebe sie einen schönen, herrlichen Traum. Und alle Märchen von schönen Prinzen und goldenen Glückseligkeiten wurden in ihrer Seele lebendig. Der schönste Prinz von allen trug Günter Valbergs Züge, und er führte sie an der Hand in das goldene Wunderland.

Bald daruf kam auch der Vater. Sie flog in seine Arme und barg ihr Gesicht jubelnd an seiner Brust, als sei er der Spender all der Herrlichkeiten, die in ihrer Seele erwacht waren.

Er streichelte lächelnd und gut gelaunt ihre Wangen und küßte sie herzlich.

»Gut geschlafen, Maus?« fragte er.

Sie nickte.

»Wunderschön!«

Und dann zeigte sie ihm strahlend die Rosen und die Bonbonniere, die ihr Günter gebracht hatte. Als dabei ihre Augen dankbar und glücklich zu dem jungen Mann hinüberflogen, wurde Valberg noch vergnügter und scherzte lustig mit ihr. Dann eröffnete er Rita und der Generalin, daß er mit Rita nach Valberg gehen wollte, weil er doch ohnehin Günter dort einführen mußte.

Die Exzellenz fand das sehr vernünftig. Sie hoffte, daß sich Vater und Tochter in der Stille des Landlebens schneller näherkommen würden als in dem unruhigen Leben und Treiben der Residenz, das den Vater viel zu sehr in Anspruch nehmen würde.

Rita war sehr glücklich. Günter malte ihr den Aufenthalt in Valberg in den rosigsten Farben. Inzwischen besprach Tante Exzellenz mit dem Baron die Toilettenfrage und sagte ihm, daß es das beste sei, allerlei neu anzuschaffen für die junge Dame.

Er gab ihr in allem freie Hand und dankte ihr herzlich, daß sie sich seiner Tochter so freundlich annahm. Und dann fragte er sie:

»Sind Sie nun zufrieden mit mir, teuerste Exzellenz?«

Sie neigte lächelnd das Haupt.

»Ich wußte, daß Ihr Vaterherz über kleinliche Bedenken siegen würde. Sie werden sich noch sehr glücklich fühlen lernen, daß Sie Ihr Töchterchen bei sich haben.«

Ein wenig verlegen war er doch, weil er wußte, daß er jetzt keinen größeren Wunsch hatte, als seine Tochter so schnell wie möglich wieder loszuwerden. Aber er tröstete sich selbst mit der Versicherung, daß er sonst alles tun wollte, was in seinen Kräften stand, um Rita glücklich zu machen.

3

DIE VERMÄHLUNGSFEIER CARRY von Platens sollte bereits Mitte März stattfinden. Der Bräutigam hatte energisch erklärt, er wünsche keinen langen Brautstand. Obwohl Carry sonst in allen Dingen ihren Willen durchzusetzen versuchte, gab sie doch in diesem Punkte sofort nach.

Daß Günter Valberg sich soviel wie möglich von ihr zurückzog, merkte sie nur zu gut. Sie hoffte jedoch, ihm wieder näherzukommen, wenn er in Valberg weilte und sie in Cronersheim. Warum sie so brennend eine erneute Annäherung an ihn wünschte, wußte sie selbst nicht. Sie kam in diesen Wochen überhaupt nicht zur Klarheit über sich und ihre Empfindungen. Nur das wußte sie, daß sie mit brennender Sehnsucht danach strebte, daß Günter ihr die alte Liebe entgegenbringen möchte. Sie zweifelte nicht daran, daß er sie noch immer liebte, war gewiß, daß er sie immer lieben würde, wenn er ihr auch wegen ihrer Untreue grollte. Und sie wollte alles tun, sich diese Liebe zu erhalten. Wenn sie auch seine Frau nicht werden konnte, so sollte doch sein Herz ihr gehören.

Von ihrem Vater wußte sie, daß Günter Anfang März nach Valberg gehen würde. Ihre Hochzeitsreise würde sich bis Ende April ausdehnen – dann endlich würde sie nach Cronersheim kommen. Und es stand fest bei ihr, daß sofort ein nachbarlicher Verkehr zwischen Cronersheim und Valberg angebahnt werden müsse. Nur diese Aussicht ließ das Grauen in ihr vor einer Vereinigung mit Croner zum Schweigen kommen.

Es war Carry zu Ohren gekommen, daß die Tochter Valbergs plötzlich aufgetaucht war und nun bei der Generalin Tronsfeld wohnte, bis sie mit ihrem Vater und Baron Günter nach Valberg übersiedeln würde. Carrys Interesse für Rita war sofort geweckt. Eine gewisse Eifersucht erwachte in ihr. Sie gönnte es keinem anderen weiblichen Wesen, in irgendwelchen Beziehungen zu Günter zu stehen. Und doch sagte sie sich, daß es nützlich sei, sich gut mit Baroneß Rita zu stellen, da man sie vielleicht gebrauchen konnte, um einen harmlosen Verkehr zwischen Valberg und Cronersheim anzubahnen.

Sie fühlte plötzlich den Drang in sich, mit ihrer Mutter zusammen einen Besuch bei der Exzellenz Tronsfeld zu machen. Und dabei wurde ihr Wunsch erfüllt, sie lernte Rita kennen. Sogleich war sie sich darüber einig, daß dieses kleine, unscheinbare und unbedeutende Geschöpf ihr nicht gefährlich werden könne. Neben ihrer stolzen Schönheit verblaßten allerdings Ritas Reize vollends. Carry war nun außerordentlich liebenswürdig zu Rita, wie es sonst jungen Damen gegenüber gar nicht in ihrer Natur lag. Sie versicherte Rita, daß sie sich sehr freue, ihr nach ihrer Hochzeit in Valberg zu begegnen, und war so blendend und bezaubernd, daß Rita bewundernd zu ihr aufsah. Exzellenz beobachtete Carry jedoch schärfer – und ihre auffallende Liebenswürdigkeit Rita gegenüber wollte ihr nicht recht gefallen. Sie erschien der klugen, scharfsichtigen Frau nicht echt.

Rita und Carry trafen dann noch einmal zusammen in einem Modenhaus, wo sie beide Einkäufe machten, Rita natürlich in Gesellschaft der Exzellenz.

Auch diesmal war Carry außerordentlich liebenswürdig, und Rita schwärmte nachher ganz entzückt von dem schönen Mädchen, das »so lieb und gut« zu ihr war. Die Exzellenz störte ihr diesen Glauben nicht.

Noch ein einziges Mal traf Carry mit Günter zusammen in einer Gesellschaft. Und es gelang ihr, ihn wieder einige

Augenblicke zu isolieren. Sie erzählte ihm, daß sie Rita kennengelernt habe und daß sie sich freue, ihr in Valberg zu begegnen. Seine Miene blieb bei dieser Mitteilung unbeweglich. Er sprach nur einige höfliche, belanglose Worte. Und da loderte es in ihrem Herzen auf wie eine sengende Flamme.

»Seien Sie doch gut zu mir, Günter, Sie wissen nicht, was ich leide. Ich wußte nicht, was ich tat, als ich meinen Eltern gehorchte und dem anderen mein Jawort gab. Ein Wort von Ihnen, Günter, nur ein einziges Wort – und ich mache mich von Croner frei und bin die Ihre«, flüsterte sie erregt, alles auf eine Karte setzend.

Günter schoß das Blut stürmisch durch die Adern. Die heißen Worte Carrys blieben nicht ohne Wirkung. Seine Sinne drohten ihn fortzureißen. Schon wollte er das von ihr so heiß gewünschte Wort aussprechen, wollte sie bitten: »Sei mein – laß den anderen«, aber er hielt es zurück. Nein – diese Frau, die so leichtfertig mit Treue und Glauben spielte und jetzt nur zu ihm zurückkehren wollte, weil er Valberg übernahm, dieser Frau konnte er nicht seine Hand, seinen Namen geben. So sehr auch seine Sinne nach ihr verlangten – sein Herz hatte sich losgelöst von ihr. Das fühlte er mit fast schmerzlicher Deutlichkeit.

Sie merkte, daß er mit sich im Kampfe lag, fühlte, daß ihre Worte ihn nicht gleichgültig ließen. Aber sie ahnte nicht, daß sie seinem Herzen fremd geworden war. »Günter – ich liebe nur dich – nur dich«, flehte sie, sein Schwanken zu ihren Gunsten zu beenden suchend.

Er sah sie an. Es loderte auf in seinen Augen, als ihm aus den ihren heiße Flammen entgegenschlugen. Sie hatte sich seine Hochachtung verscherzt. Diese stand nicht mehr als Schutz zwischen ihm und ihr. Was jetzt in ihm begehrend emporloderte, war keine reine Flamme.

»Schweig! Schütze dich vor mir und laß mich«, stieß er hervor und wandte sich schnell ab, ohne sie noch einmal anzusehen.

Sie schauerte zusammen und sah ihm nach, wie er eilig aus ihrer Nähe strebte. Was er mit seinen Worten sagen wollte, verstand sie nicht ganz, sie wußte bloß, daß sie noch Macht über ihn hatte, daß sie ihm nicht gleichgültig war. Aber instinktiv fühlte sie auch, daß er zu ehrenhaft war, sie von Croner loszureißen. Das schienen ihr seine Worte zu sagen. Sie sah ein, daß es zwecklos war, jetzt noch auf eine Verbindung mit ihm zu hoffen.

Nach diesem Zusammentreffen sahen sich Günter und Carry vor ihrer Hochzeit nicht wieder.

Günter war froh, daß er das Hochzeitsfest nicht mitzufeiern brauchte. Er würde mit Rita und Onkel Viktor in Valberg sein.

Die Zeit bis dahin verging sehr schnell. Die Exzellenz hatte für Rita einige hübsche Toiletten besorgt. Inzwischen waren auch ihre Sachen angekommen, ohne ein Wort des Stiefvaters und ihrer Halbgeschwister.

Auf Anraten Frau von Tronsfelds hatte Rita an ihm Angehörigen geschrieben, hatte um Verzeihung gebeten wegen ihrer Flucht und hatte dem Stiefvater gedankt, daß er ihr so lange Aufnahme in seinem Hause gewährt hätte. Rita war in den neuen Verhältnissen so glücklich, daß sie alle Unbill vergessen hatte, die sie hatte erdulden müssen, und war versöhnlich gestimmt. Aber man erwiderte ihr kein Wort auf ihren Brief.

Tante Exzellenz rangierte sofort energisch aus, was ihr für Rita nicht passend erschien, und ergänzte das fehlende durch hübschere und kleidsamere Sachen. Sie schmuggelte auch unter die schwarzen Trauerkleider einige von weißer Farbe und sorgte, daß auch den Trauerkleidern das allzu düstere genommen wurde, weil sie wußte, daß dem Baron die strenge, schwarze Tracht Ritas unangenehm war.

Günter war nun frei. Sein Abschied war bewilligt worden, und die Kameraden hatten sich gelegentlich einer stimmungsvollen Feier von ihm verabschiedet. Einige derselben hatte Günter schon eingeladen, ihren Urlaub in Valberg zu verbringen.

Nun kam der Tag der Abreise heran. Ritas neue Zofe war schon vorausgereist nach Valberg. Sie sollte sich mit der langjährigen Haushälterin von Valberg in Verbindung setzen, damit für alle Bequemlichkeiten gesorgt war, wenn sie ankam. Valberg ließ es keineswegs an Aufmerksamkeiten für seine Tochter fehlen. Nach einem sehr herzlichen Abschied von Tante Exzellenz fuhr Rita mit ihrem Vater und Vetter Günter zum Bahnhof.

Das schöne alte Schloß mit dem mächtigen, von einem Turm gekrönten Mittelbau und den langen, geräumigen Seitenflügeln gefiel Rita unbeschreiblich.

Es begann nun ein ganz anderes Leben für sie in Valberg. Bisher hatte sie in ihrem Leben keinen selbständigen Schritt unternehmen dürfen, hatte niemals nach ihren Wünschen leben können. Nun durfte sie in Schloß Valberg tun und lassen, was ihr gefiel. Sie gab den Ton an. Alles richtete sich nach ihr. Oft lachte sie leise in sich hinein, wenn der Vater und Vetter Günter sie so ganz als Dame respektierten und ihr allerlei Artigkeiten erwiesen. Das war ihr so beglückend neu, daß sie sich erst nicht hineinfinden konnte.

Köstlich und wundervoll fand sie es in Valberg. Es war herrlich, daß man hier so ungezwungen und frei in den erwachenden Frühling hineinlaufen konnte. Oft tat sie das ganz allein und kam sich dann in dem großen, schönen Park ganz verzaubert vor.

Am schönsten war es aber, wenn Papa oder Günter Zeit für sie hatten und ihr Gesellschaft leisteten.

Günter fiel es nicht schwer, sehr herzlich und gut zu Rita zu sein. Ihre dankbare Freude für jede kleine Aufmerksamkeit, für jedes gute Wort, rührte ihn und spornte ihn immer von neuem dazu an. Und ganz unversehens wuchs ihm Rita ans Herz, wie ein zärtlich geliebtes Schwesterchen.

Baron Viktor sah mit inniger Befriedigung das herzliche, innige Verhältnis zwischen den beiden jungen Menschen. Günter ahnte nichts von den heimlichen Plänen und Wünschen des Onkels. Nie wäre es ihm in den Sinn gekommen, Rita mit anderen Augen zu betrachten, als mit denen eines guten, großen Bruders. Sie erschien ihm noch so unbedingt kindlich in ihrer ganzen Art, in ihrem Äußeren, daß er unbefangen und harmlos mit ihr verkehrte.

Gleich in der ersten Zeit bekam Rita auf ihren Wunsch Reitunterricht. Sie dachte es sich so schön, auf dem Rükken eines Pferdes die herrlichen Wälder zu durchstreifen.

Günter selbst erbot sich als Lehrmeister. Und seine Schülerin machte so überraschende Fortschritte, daß er, gleich ihr, mit großer Lust und großem Eifer dabei war. Bald konnte Rita auf ihrem, von Günter sorglich ausgewählten Reitpferd die beiden Herren auf ihren Ausritten begleiten. Das fand sie über alle Maßen schön und herrlich. Zuweilen gingen Jubel und Glückseligkeit mit ihr durch, und sie stürmte kühn auf dem schöngebauten, schlanken Fuchs voraus und kehrte erst nach einer Weile lachend, und in lieblicher Verlegenheit über ihren eigenen Übermut, zurück.

Sonderbarerweise langweilten sich die beiden Herren nie in Ritas Gesellschaft. Sie hatte oft ganz originelle verblüffende Einfälle, die zu lustigen Debatten anregten. Oder man mußte ihre naiven Anschauungen und Bemerkungen korrigieren.

Viktor wunderte sich über sich selbst, daß ihm diesmal der Aufenthalt in Valberg so kurzweilig erschien. Das machte nicht nur Günters Gesellschaft, mit dem er sich famos verstand, sondern auch Ritas Gegenwart. Wie Frühlingszauber ging es, von ihr aus. Dem verwöhnten Frauenliebling und Frauenkenner war es ein eigener, neuer Reiz, das Aufblühen seiner eigenen Tochter zu beobachten. Er freute sich sehr, daß sie mit jedem Tage hübscher wurde.

Ihre Zofe verstand es außerordentlich gut, ihre Vorzüge gewissermaßen zu betonen und zu unterstreichen. Exzellenz Tronsfeld hatte sie gut instruiert, und sie war tüchtig und geschickt. Sie ordnete Ritas herrliches Haar in zwanglos anmutiger Weise und sorgte für die vorzüglichste Körperpflege ihrer jungen Herrin. Die Kleider waren sorgfältig ausgewählt und brachten Ritas elegante Schlankheit, die jetzt bereits edlere, rundere Linien zeigte, vorzüglich zur Geltung. Rita sah jetzt viel vorteilhafter und reizvoller aus.

Dann kam eines Tages Besuch. Es war nicht der erste, da schon mehrere Nachbarn Visiten mit den »Valbergern« getauscht hatten. Aber dieser Besuch hatte eine besondere Bedeutung für die Beteiligten. Es war Herr von Croner mit seiner Gemahlin Carry, die in den ersten Tagen des Mai von Cronersheim herüberkamen, um in Valberg eine Antrittsvisite zu machen. Sie waren erst einige Tage zuvor von der Hochzeitsreise zurückgekommen, und Carry behauptete liebenswürdig, ihr erster Besuch gelte Valberg. Sie habe sich danach gesehnt, Baroneß Rita wiederzusehen.

Einigermaßen erstaunt konstatierte Carry bei sich, daß Rita sich in der kurzen Zeit sehr zu ihrem Vorteil verändert hatte, aber trotzdem erschien sie ihr noch immer zu unbedeutend, um ihr besondere Wichtigkeit beizumessen. Sie fand es nur gut und nützlich für ihre Pläne und Wünsche, daß Rita in Valberg weilte. Man konnte so ungenierter einen regen Verkehr aufrechterhalten. Rita aber sah mit atemloser Bewunderung zu der schönen Frau empor, die eine hochelegante Besuchstoilette trug und ihr noch viel schöner und bezaubernder erschien denn als Mädchen.

Sie machte so gar keinen Hehl aus dieser Bewunderung, so daß Frau Carry ihr eine gewisse Huld entgegenbrachte, zumal sie merkte, daß zwischen Günter und Rita ein durchaus unbefangener, geschwisterlicher Verkehr bestand.

Günter wurde durch dies Wiedersehen mit Carry doch mehr erregt als er geglaubt hatte. Es lag etwas Faszinierendes, Bestrickendes im Wesen der jungen Frau, etwas so sehnsüchtig Weiches und Betörendes, daß er alle Beherrschung nötig hatte, um sich diesem neuen Zauber zu entziehen.

Sie legte es aber auch direkt darauf an, ihm die Sinne zu verwirren. Wenn ihr Gatte in seiner derben, wenig delikaten Weise sein Besitzerrecht an ihr betonte, dann sah sie wie hilfesuchend, wie gequält in Günters Gesicht. Und da sie bemerkte, daß er dabei einige Male die Farbe wechselte, klopfte ihr Herz in stürmischer Freude. Sie fühlte sich noch immer von Günter geliebt und ahnte nicht, daß seine Gefühle für sie so ganz andere geworden waren, wenn sie auch stärker als sonst auf seine Sinne wirkte.

Carry fühlte sich in ihrer Ehe durchaus nicht glücklich. Sie wußte erst jetzt, welches Martyrium sie auf sich genommen hatte, als sie sich an Croner verkaufte. Sie sagte sich, von Grauen geschüttelt, daß sie nicht gewußt hatte, was sie tat, als sie Croners Frau wurde, und von Tag zu Tag wuchs ihre Sehnsucht, diese Fesseln wieder abzustreifen.

Auch heute, bei diesem ersten Besuch in Valberg, ergab sich für einige Minuten ein Alleinsein zwischen Carry und Günter. Viktor war abgerufen worden, und Rita zeigte Herrn von Croner ihr Reitpferd. Carry schlug das Herz bis zum Halse hinauf. Günter schlug ihr hastig vor, Rita und Croner nach den Ställen zu folgen. Sie schüttelte wie müde den Kopf.

»Nein, nein – lassen Sie uns hierbleiben. Ist es Ihnen denn so schrecklich, einige Minuten mit mir allein zu sein? Ach Günter – wenn Sie wüßten, was ich leide! Wenn Sie wüßten, wie ich mich danach gesehnt habe, Sie wiederzusehen«, sagte sie halblaut und blickte ihn sehnsüchtig an.

Es lag so gar keine Pose, so gar keine Berechnung in ihren Worten. Sie waren echt empfunden. Er stand, durch das ganze Zimmer von ihr getrennt, am Kamin und zwang sich, ruhig zu erscheinen, wenn ihm auch das Blut stürmisch durch die Adern kreiste. Er wußte, daß er verloren war, wenn er nur einmal schwach wurde ihren Reizen gegenüber.

»Gnädige Frau, ich bin mir nicht bewußt, diese Auszeichnung zu verdienen«, sagte er schroff.

Sie seufzte tief auf. »Verdienen? Muß denn alles verdient sein? Seien Sie doch nicht so schroff und so hart zu mir. *Ich* habe es ja *verdient*, daß Sie so zu mir sind – aber ich habe es auch schon tausendfach gebüßt. Sie vergeben sich nichts, wenn Sie mir den einen Trost lassen, daß ich Sie ab und zu sehen darf.«

Er richtete sich straff auf. »Sie sollten es lieber möglichst vermeiden, mir zu begegnen, gnädige Frau, es wäre besser für Sie.«

»Und für Sie, Günter?« fragte sie atemlos.

Er wurde der Antwort enthoben, Rita trat plaudernd mit Herrn von Croner wieder ein, der ihr übrigens ebenso unsympathisch war, als sie Carry bewunderte.

Lächelnd trat sie zu Günter heran. »Denke dir, Günter, Herr von Croner hat sofort herausgefunden, daß mein ›Goldboy‹ von der ›Lady bleß‹ abstammt«, sagte sie mit ihrem lieben, weichen Stimmchen und legte ihre Hand zutraulich auf seinen Arm.

Günter war zumute, als gehe unter dem leisen Druck dieser kleinen Mädchenhand das stürmische Pulsieren seines Blutes zur Ruhe. Ein stiller Frieden zog in sein Herz, als er in die klaren, reinen Kinderaugen blickte. Herr von Croner lachte behäbig.

»Ja, ja, meine gnädigste Baronesse, in Pferden und Wei ... ich meine Frauen, da kenne ich mich aus.«

Jetzt wandte sich Carry, scheinbar ganz unbefangen, an Rita.

»Wie gut, Baroneß Rita, daß Sie jetzt in Valberg sind. Wir müssen uns oft gegenseitig besuchen. Ich hoffe, Sie bald in Cronersheim zu sehen. Auf dem Lande ist man auf wenige gute Freunde angewiesen und muß darum zusammenhalten.«

Rita sah froh in Carrys schönes Gesicht.

»Ich freue mich sehr, daß Sie diesen Wunsch aussprechen, gnädige Frau. Natürlich kommen wir gern nach Cronersheim.«

Schmeichelnd legte Carry ihren Arm um Rita. Da war Günter zumute, als müsse er Rita von ihr wegreißen, als müsse er sie vor einer Berührung Carrys schützen, wie vor etwas Unreinem.

Viktor war ebenfalls ins Zimmer zurückgekehrt. Er kam gerade dazu, wie Carry ihre Arme um Rita legte. Ein sarkastisches Lächeln umspielte seinen Mund.

Er beobachtete Carry heimlich. Als sie sich später mit ihrem Gatten entfernt hatte und er mit Günter allein war, sagte er zu ihm:

»Die schöne Frau Carry wird sehr bald zu den unverstandenen Frauen gehören, die einen Tröster brauchen. Ich glaube, sie hält schon jetzt Umschau nach einem solchen.«

Günter zog die Stirn in Falten. Sobald Carry nicht mehr in seiner Nähe war, hatte sie keine Macht mehr über ihn. Er fühlte dann nichts mehr für sie als Verachtung.

»Das ist wohl möglich, Onkel Viktor«, erwiderte er ruhig.

Der Onkel sah ihn forschend an.

»Nun – wie wirst du dich ihr gegenüber verhalten, wenn sie in dir ihren Tröster sehen würde?«

Groß und offen blickte Günter in sein Gesicht.

»Carry von Platen hat mir die Treue gebrochen – Carry von Croner ist mir nichts als eine Mahnung, die Vergangenheit zu vergessen. Zwischen ihr und mir kann und wird es keinen Zusammenhang mehr geben.«

Valberg strich sich über das Kinn.

»Mein lieber Junge – sie ist eine gefährlich schöne Frau. Aber ich muß dich wohl nicht erst zur Vorsicht mahnen.«

Günter schüttelte den Kopf.

»Ich kenne die Gefahr, Onkel Viktor, und deshalb werde ich ihr nicht unterliegen.«

»Das soll mir lieb sein. Wenn solche kalte, berechnende Naturen einmal Feuer fangen, dann schrecken sie vor nichts zurück. Das laß dir von einem alten Praktiker sagen. Mir ist gar nicht wohl bei dem Gedanken, daß Cronersheim in nächster Nähe von Valberg liegt. Croner ist mir widerwärtiger als je – und Frau Carry wüßte ich lieber auf dem Monde.«

»Sei unbesorgt, Onkel Viktor, ich werde ihr ausweichen, soviel ich kann, und ich werde bald genug mit alten Erinnerungen fertig sein.«

»Hm! Das soll mich freuen. Frau Carry scheint die Absicht zu haben, den Verkehr zwischen Cronersheim und Valberg recht rege zu gestalten. Augenscheinlich ist sie nur deshalb so liebenswürdig zu Rita.«

Günter fuhr auf. »Sie soll Rita aus dem Spiele lassen – ich kann es nicht sehen, wenn sie sich so voll Falschheit an dies reine, unerfahrene Kind herandrängt!« rief er zornig.

Da war Viktor plötzlich aller Sorge los. Dieser zornige Ausbruch Günters erfüllte ihn mit Hoffnung. Er hob abwehrend die Hand.

»Ruhe, Ruhe, mein lieber Junge. Ritas bester und wirksamster Schutz gegen Frau Carrys Liebenswürdigkeit ist ihre Unschuld und Harmlosigkeit.«

Trotz der heimlichen Gegenwehr der beiden Herren entspann sich doch ein ziemlich reger Verkehr zwischen Valberg und Cronersheim. Sowohl Carry als auch Rita sorgten dafür, beide freilich aus sehr verschiedenen Motiven heraus.

Ungeachtet dieser Unterbrechungen nahm das friedliche, behagliche Leben in Valberg seinen Fortgang. Günter und Rita kamen sich immer näher dabei. Der Baron beobachtete das mit Befriedigung. Und doch sagte er sich, daß Günter nicht daran dachte, seinem Verhältnis zu Rita eine Wendung zu geben. Er war sehr zufrieden mit der geschwisterlichen Neigung, die ihn und Rita verband, und dachte nicht daran, um sie zu werben.

In Ritas Augen lag oft ein unbewußter, zärtlicher Ausdruck, der auf mehr deuten ließ als auf eine geschwisterliche Neigung, wenn sie Günter selbstvergessen nachblickte. Das hatte Viktor bald herausgefunden. Und diese Entdeckung befriedigte ihn sehr. Wenn Rita gewillt sein würde, in Günter ihren zukünftigen Gatten zu sehen, dann würde Günter kaum Schwierigkeiten machen.

So stand es bei Viktor fest, daß aus Rita und Günter ein Paar werden müsse.

Carry hatte es nicht an Bemühungen fehlen lassen, Günter allein zu begegnen oder ein längeres Alleinsein mit ihm herbeizuführen. Aber er war auf der Hut und vereitelte alle ihre Bemühungen.

Carry war eine vorzügliche Reiterin und streifte auf ihrem herrlichen Vollblüter, den ihr gleich nach der Ankunft in Cronersheim ihr Gatte geschenkt hatte, stundenlang im Walde umher, in der Hoffnung, Günter zu begegnen. Ein Ritt zu zweien in dem verschwiegenen Walde, das mußte ihrer Ansicht nach süße Erinnerungen wecken und Günter wieder zu ihr zurückführen. Herr von Croner war zu schwerfällig und bequem geworden, um noch viel auszureiten, trotzdem ihm der Arzt schmale Kost und viel Bewegung verordnet hatte.

Carrys Ehe war wirklich eine namenlose Marter für sie. Das hatte sie vorher nicht geahnt. Ihr war oft zumute, als müsse sie entfliehen, als müsse sie zu Günter eilen, ihm zu Füßen stürzen und ihn anflehen: »Erlöse mich aus dieser Qual, die ich auf mich genommen habe, ohne sie zu kennen!«

Der Reichtum, der sie jetzt umgab, schien ihr nichtig. Was galt es ihr jetzt noch, daß ihr sofort jeder Wunsch erfüllt wurde, da ihr der eine immer unerfüllt blieb, der sich tiefer und tiefer in ihre Seele brannte – Günter zurückzugewinnen. Und bei alledem mußte sie ihrem Gatten stets ein liebenswürdiges Gesicht zeigen, mußte sich seine oft sehr derben und undelikaten Späße gefallen lassen und seine Zärtlichkeiten dulden, wenn er einmal in der Laune war, sich mit ihr zu beschäftigen.

Aber es war seltsam. Je heißer die Flammen zuweilen aus Carrys Augen hervorbrachen, desto kälter und ruhiger wurde Günter. Carrys Wesen erschien ihm mehr und mehr aufdringlich, und es wurde ihm immer leichter, ihr gegenüber seine Ruhe zu bewahren und ihre Bemühungen um ihn zu ignorieren. Nur selten flackerte noch einmal das Begehren nach ihr in ihm empor, und geschah es doch, so genügte ein straffes Zurückweisen seiner eigenen Wünsche, um ihm die Selbstbeherrschung zurückzugeben.

Ganz unversehens wuchs ihm Rita mehr und mehr ans Herz, und er fing an, zu bemerken, daß sie täglich holder und lieblicher erblühte.

An einem wundervollen warmen Morgen – es war Ende Mai – ging Viktor mit Günter durch den Park nach dem kleinen idyllisch gelegenen See, der etwa zehn Minuten entfernt lag. Herrliche alte Buchen umschlossen diesen nicht großen, aber sehr tiefen See und bildeten eine Allee, die rund um den See herumführte. Auf demselben lag ein elegantes, kleines Ruderboot, das viel von Rita und Günter benutzt wurde.

Die beiden Herren hatten allerlei Geschäftliches zu besprechen, und da das Wetter so sonnig und warm war, trieb es sie ins Freie.

»Wir können draußen ebensogut wie im Zimmer erledigen, was besprochen werden muß«, hatte Viktor gesagt.

Zu gleicher Stunde hatte Carry Croner die Sehnsucht nach einer Begegnung mit Günter nach Valberg getrieben. Sie war allein zu Pferde herübergekommen, hatte ihr Pferd in dem kleinen Gärtnerhäuschen an der Parkmauer eingestellt und dabei dem Gärtner gesagt, sie wolle zu Fuß durch den Park nach dem Schlosse gehen und den Herrschaften guten Morgen sagen.

Langsam war sie auch wirklich bis zum See promeniert,

immer die Augen herumspähen lassend, ob sie Günter nicht erblickte.

Sie sah dann die beiden Herren von weitem kommen und beobachtete, in einer der Gebüschgruppen verborgen, wohin sie ihre Schritte lenkten. Hoffend, daß die Herren sich trennen würden und sie dann ein Alleinsein mit Günter herbeiführen könne, beschloß sie, sich verborgen zu halten.

Sie sah, daß die Herren in ein Gespräch vertieft den See einmal umkreisten, und der Zufall wollte es, daß sie gerade vor dem Gebüsch, hinter dem Carry sich verborgen hielt, auf einer Ruhebank Platz nahmen. Carry konnte nun jedes Wort verstehen, das sie sprachen.

Zuerst waren es für Carry sehr langweilige Beratungen. Sie glaubte nun doch nicht, daß die Herren ihre geschäftliche Konferenz unterbrechen und sich trennen würden, und wollte sich schon leise entfernen und nach dem Schloß gehen, um sich Rita melden zu lassen, als plötzlich das Gespräch eine Wendung nahm, die sie sehr interessierte und sie bewog, auf ihrem Lauscherposten auszuhalten.

»Mein lieber Günter«, sagte Valberg, »nun sind wir wohl über alles Geschäftliche im reinen. Und das ist mir lieb. So langsam muß ich wohl nun daran denken, meinen Aufenthalt in Valberg abzubrechen. Solange ich das Majorat besessen habe, bin ich noch nie so lange hier gewesen wie diesmal. Und mein ruheloser Geist sehnt sich nun langsam wieder nach Veränderung.«

Günter sah ihn sichtlich unangenehm überrascht an.

»Jetzt willst du fort, jetzt, wo es erst recht schön wird hier? Sieh doch, wie herrlich alles grünt und blüht. Und Rita – sie hat erst heute morgen beim Frühstück wieder gesagt, daß der Frühling nirgends so herrlich sein könnte wie in Valberg. Das ist auch meine Ansicht.«

Valberg legte seinen Arm auf die Lehne der Bank.

»Ja, ja, Rita ginge am liebsten nie mehr fort von Valberg. Aber mich faßt die Unruhe an, wenn ich so lange auf einem

Fleck weile. Am liebsten möchte ich wieder auf Reisen gehen.«

»Aber was soll dann mit Rita werden, Onkel Viktor?«

Der Baron seufzte. »Ich weiß es leider selbst nicht, mein Junge. Es ist sehr bedauerlich, daß ich so gar kein Talent habe zum ruhigen Familienvater. Wahrhaftig, ich habe das Kind innig in mein Herz geschlossen, sie ist mir teurer, als es je ein anderer Mensch gewesen ist – aber trotzdem – es ist mir ein schrecklicher Gedanke, daß ich ihr meine Freiheit opfern soll. Du kannst mir das wohl kaum so recht nachfühlen, denn du bist, glaube ich, direkt zum ruhigen, seßhaften Familienvater veranlagt.«

Günter lachte ein wenig.

»Da hast du recht, Onkel Viktor, das fühle ich selbst.«

Valberg richtete sich lebhaft auf. »Das ist auch gut, Günter, sehr gut. Du bist der letzte Valberg, und es wäre doch schade, wenn das Majorat nach deinem Tode an die Krone fiele.«

Günter schob den leichten Strohhut aus der Stirn.

»Das hoffe ich nicht, Onkel Viktor. Ich betrachte es gewissermaßen als meine Pflicht, zu heiraten und eine Familie zu gründen.«

Der Baron nickte lebhaft. »Das freut mich – freut mich sehr. Ich fürchtete schon, die Enttäuschung, die dir Carry bereitet, hätte dir das Heiraten verleidet. Wir haben ja nie viel über diese Affäre gesprochen, du hast mir nicht gesagt, wie weit du mit Carry Platen engagiert warst, als sie dir Croner vorzog, und ich wollte mich nicht in dein Vertrauen drängen.«

»So will ich es dir heute sagen, Onkel Viktor. Ich habe bisher nicht darüber sprechen können – die Bitterkeit drohte mich stets zu übermannen, wenn ich daran dachte. Aber du hast ein Recht auf mein Vertrauen, und deiner Diskretion bin ich sicher. Also ich war heimlich mit Carry verlobt – ich wenigstens betrachtete mich als gebunden. An dem Tage, da du mir so großmütig antrugst, mir das Majorat schon jetzt zu übergeben, war ich grenzenlos glücklich, weil ich nun glaubte, Carry ein sonniges Los bieten zu können. Ich wollte nur noch alles mit dir besprechen, ehe ich bei ihrem Vater um sie anhielt. Am nächsten Morgen erhielt ich ihre Verlobungsanzeige mit Croner.«

»Und du versuchtest nicht, deine Rechte geltend zu machen?«

»Nein!«

Carry zuckte auf ihrem Lauscherposten zusammen, so schneidend und scharf klang dies Nein.

Valberg nickte. »Ich kann es dir nachfühlen, daß dich dann nicht mehr nach dieser Hand verlangte. Aber – hast du nun auch wirklich überwunden? Diese Frau ist, soviel ich beobachten kann, mit dir noch nicht fertig.«

»Aber ich mit ihr, Onkel. Da ich einmal bei Bekenntnissen bin, will ich dir ganz offen gestehen, daß ich noch manchmal, wie in einem hitzigen Fieber, nach ihrem Besitz verlangt habe, trotzdem sie einem anderen gehört. Und wenn ich schließlich ruhiger geworden bin, so danke ich es, glaube ich, dem Umgang mit Rita. Sie ist ein so lauteres Geschöpf, daß es wie ein heilender Zauber von ihr auf mich übergegangen ist. Es tut mir sehr weh, daß du sie nun von Valberg fortführen willst. Sie ist mir so herzlich lieb geworden, die kleine Rita. Ich habe sie ins Herz geschlossen, wie ein zärtlich geliebtes Schwesterchen, und sie wird mir überall fehlen, wenn sie nicht mehr hier ist.«

Viktor Valberg richtete sich plötzlich straff und entschlossen auf. Jetzt hatte er das Gespräch, wo er es haben wollte. Nun hieß es, die Gelegenheit beim Schopfe zu fassen.

»Es liegt ja in deiner Macht, Günter, Rita für immer hier zu behalten«, sagte er langsam, mit seltsamer Betonung.

Der junge Mann blickte ihn betroffen an.

»Wie meinst du das, Onkel Viktor?«

Dieser warf seinen Hut neben sich auf die Bank, als sei ihm zu heiß. Dann sagte er, seiner Stimme Festigkeit gebend:

»Hast du wirklich noch nicht gemerkt, Günter, daß Rita dir ein wärmeres, innigeres Gefühl entgegenbringt, als es einem Vetter gegenüber üblich ist? Du brauchtest nur ein Wort zu sagen, dessen bin ich sicher, und ihr junges Herz wäre dein, für alle Zeit.«

Günter wurde ein wenig blaß und Carry preßte auf ihrem Lauscherposten die Lippen fest aufeinander, um einen Aufschrei zurückzuhalten.

Eine Weile blieb es stumm. Dann sagte Günter unsicher. »Ich weiß, sie hat mich herzlich lieb – aber ich meine doch, nur mit einer schwesterlichen Liebe.«

Viktor schüttelte den Kopf. »Nein – es ist mehr. Sie ist sich wohl freilich in ihrer Unschuld noch nicht bewußt geworden, was in ihrer Seele für dich lebt. Aber ich habe mancherlei bemerkt, was mir diese Überzeugung beibrachte. Und laß mich dir ganz offen sagen, ich habe mich darüber gefreut. Denn sieh, ich wüßte meine Tochter in deinen Händen wohl aufgehoben. Ich kenne dich, liebe dich wie einen Sohn und weiß, daß du nicht anderweit gefesselt bist. Rita ist gesund an Leib und Seele, ein reiner, lauterer Charakter – und Wachs in deiner Hand. Du kannst sie dir ziehen, wie du willst. Laß mich ganz offen sein – ich habe im stillen schon lange gehofft, daß ihr euch zusammenfinden würdet. Es ist ein gut Teil Egoismus bei diesem Wunsch, das gebe ich zu. Ich würde wieder frei – und wüßte Rita doch in guter Hut. Denke nicht schlecht von mir. Ich bin zu alt geworden, um noch Fesseln ertragen zu können, und wären sie auch nur lose von Kinderhänden geschlungen. Und deshalb entschließe ich mich zu diesem offenen Wort. Dir gegenüber kann ich das. Du hast mir immer Verständnis entgegengebracht. Laß dir das einmal durch den Kopf gehen; du brauchst dich nicht gleich heute zu entschließen. Wenn du dich entschließen könntest, Rita zu heiraten, so wäre Valberg ohne jeden Vorbehalt dein Eigentum. Die Hälfte der Einkünfte, die du mir jetzt noch abgeben sollst, würde ich als Ritas Nadelgeld betrachten.

Daß Rita einst auch die alleinige Erbin meines Vermögens ist, bemerke ich nur nebenbei. Ich weiß, daß diese Punkte nicht bestimmend auf dich einwirken. Also bedenke dir das einmal in Ruhe.«

Aufatmend schwieg er still. Günter saß eine Weile reglos da. Ein heißes, inniges Mitleid mit Rita erfüllte sein Herz. Wenn sie ahnte, welch eine Last sie ihrem Vater war, den sie doch so innig liebte –

Er verdammte Baron Valberg deshalb nicht, er wußte auch, daß dieser Rita trotz allem herzlich liebte; aber Rita tat ihm sehr leid.

Langsam strich er sich über die Stirn.

»Lieber Onkel Viktor, ich weiß zu würdigen, welches Vertrauensvotum du mir mit diesen Worten gegeben hast. Die materielle Frage laß mich gar nicht berühren, sie ist nicht imstande, mich irgendwie zu beeinflussen. Ich habe bisher mit keinem Gedanken erwogen, daß Rita einst meine Frau werden könnte. Aber es ist auch nichts in meiner Seele, was sich diesem deinem Wunsche widersetzte. Wenn ich bisher für Rita nichts empfunden habe als brüderliche Zuneigung, so lag das wohl einerseits an der schlimmen Erfahrung, die ich kürzlich gemacht habe, und andererseits daran, daß ich in Rita bisher noch ein halbes Kind sah.«

»Hast du nicht bemerkt, wie überraschend sie sich in dieser letzten Zeit entwickelt hat?«

Günter nickte nachdenklich. »Ja – kürzlich fiel es mir auf, daß sie sehr hübsch und reizend geworden ist. Aber ich habe nicht darüber nachgedacht.«

»Und willst du dir meinen Vorschlag überlegen?«

Günter stützte den Kopf in die Hand. »Überlegen? Es gibt da nicht viel für mich zu überlegen. Daß ich eines Tages heiraten würde, stand bei mir fest. Eine Leidenschaft, wie ich sie für Carry Platen empfunden habe, wird mir kaum noch jemals eine Frau einflößen können. Aber was ich für Rita fühle, ist genug, mir eine innige Gemeinschaft mit ihr auf Lebenszeit möglich erscheinen zu lassen. Wenn ich dir nicht schon heute eine entscheidende Antwort geben kann, so geschieht es nur nicht, weil ich mich erst selbst überzeugen muß, ob Rita mich wirklich liebhaben kann wie einen Gatten. Für eine Frau ist das meines Erachtens nach viel wichtiger als für einen Mann. Die Frau lebt viel mehr mit dem Herzen. Kann ich die Überzeugung erlangen, daß sie mich liebt, so hoffe ich auch, sie glücklich machen zu können. Und dann wäre ich sehr gern bereit, dein Schwiegersohn zu werden, schon – verzeihe meine Offenheit – um das arme Kind vor einer neuen Enttäuschung zu bewahren. Denn wenn sie merkte, daß sie dir, auch dir, eine Last ist, sie würde sehr unglücklich sein. Und dann würde ich dir auch gern meine Dankbarkeit dadurch beweisen, daß ich dir die Sorge um Rita abnehme. Also bitte, gib mir eine kurze Frist, ehe ich mich entscheide. Ich will Rita jetzt einmal mit anderen Augen zu betrachten versuchen, will erforschen, was in ihrer Seele für mich lebt. Finde ich wirklich, daß sie mich liebt, dann will ich sie ohne Zögern bitten, meine Frau zu werden und ihr eine wahre Heimat geben, aus der sie niemand verdrängen kann.«

Viktor atmete wie befreit auf und reichte ihm die Hand.

»Ich danke dir, Günter. Und denke nicht zu schlecht von mir. Ich bin überzeugt, daß Rita bei dir viel besser aufgehoben sein wird als bei mir.«

Günter lächelte. »Nein, nein, ich denke gewiß nicht schlecht von dir, denn ich kann dich verstehen, trotzdem ich ganz anders geartet bin wie du. Aber nun wollen wir von dieser ganzen Angelegenheit niemals mehr reden. Rita darf keine Ahnung haben von dem, was wir jetzt besprochen haben. Einige Wochen wirst du es hoffentlich in Valberg noch aushalten können, und in diesen Wochen soll sich alles entscheiden.«

»Gut, mein Junge, so soll es sein. Und nun wollen wir zurückgehen. Wir haben Rita versprochen, vor Tisch noch einen Spazierritt mit ihr zu machen, und es dürfte wohl an der Zeit sein.«

Sie erhoben sich und gingen langsam zurück.

Als sie weit genug entfernt waren, teilte sich das Gebüsch, und Carry Croner trat heraus. Sie war totenblaß. Ihr Antlitz war verzerrt vor Qual, und es zuckte eine leidenschaftliche Erregung darin. Mit einem qualvollen Aufstöhnen sank sie auf die Bank, auf der die Herren gesessen hatten, und schlug die Hände vor das zuckende Gesicht.

Jedes Wort, das die Herren gesprochen, hatte ihr furchtbare Pein verursacht. Und doch – sie richtete sich plötzlich mit wilder Entschlossenheit empor – es durfte nicht sein, er durfte die andere nicht zu seiner Frau machen. Er gehörte ihr, ihr allein. Es war ja nicht wahr, was er gesagt hatte, daß er mit ihr fertig sei. Das hatte er seinem Onkel nur gesagt. Wenn auch der Groll gegen sie die Flamme verschüttet hatte, die in seinem Herzen für sie gebrannt, ausgelöscht war sie noch nicht. Sie schlummerte nur unter der Asche und mußte neu geweckt werden. Hatte er nicht selbst gesagt, was er für sie empfunden, würde er nie mehr für eine andere Frau empfinden. Er sollte auch nicht – sie wollte kämpfen um seine Liebe, wollte alles daransetzen, sie sich zurückzugewinnen, sie mußte sich zurückerobern, was ihr gehört hatte, um jeden Preis – um jeden Preis.

Und diese Rita, die ihr Vater an Günter verkaufen wollte, weil sie ihm eine Last war, dieses unbedeutende, unscheinbare Geschöpf, sollte sie ganz sicher nicht aus Günters Herzen verdrängen. Nein – tausendmal nein – das sollte sie nicht. Und wenn sie es hindern konnte, sollte sie auch nicht Günters Gattin werden. Sie gönnte keiner anderen den Platz an seiner Seite.

Sie sprang auf und sah mit brennendem Blick und zusammengebissenen Zähnen nach dem Schloß hinüber. Dann stürmte sie in wilder Erregung nach dem Gärtnerhäuschen zurück und bestieg ihr Pferd. Dem Gärtner warf sie ein Goldstück zu.

Dann jagte sie davon, um den Sturm in ihrer Brust auszutoben.

In den nächsten Tagen beobachtete Günter Rita mit geschärften Blicken. Zum ersten Male sah er das Weib in ihr, und er mußte sich zugestehen, daß sie sich sehr reizvoll entfaltet hatte.

Er bemerkte auch sonst noch allerlei, was ihm bisher nicht aufgefallen war. Einmal in diesen Tagen, als sie von einem gemeinsamen Ausritt heimkehrten, hob er sie, wie sonst immer, vom Pferde. Dabei hielt er sie einen Moment länger, als nötig war, in seinen Armen und zog sie mit sanftem Druck an sich. Da merkte er, daß ein leises Zittern über sie dahinflog und daß dunkle Röte in ihre Wangen schoß. Dabei sah sie ihn an, scheu und verstohlen, und doch mit einem weichen, zärtlichen Schimmer. Als sie seinem forschenden Blick begegnete, wurde sie verlegen und eilte davon.

Ein andermal reichte sie ihm bei Tisch etwas. Dabei faßte er ihre Hand mit warmem Griff. Und da zuckte das kleine Händchen merklich, und wieder wurde sie unter seinen Blicken rot.

Streichelte er ihr, wie sonst, zärtlich über das Haar oder die Wange, dann schmiegte sie sich nicht mehr, wie in der ersten Zeit, in kindlicher Harmlosigkeit in seine Arme, sondern zuckte zurück und sah verwirrt an ihm vorüber.

Es war, als hätten Viktors Worte Günter für all diese kleinen Anzeichen die Augen geöffnet.

Rita wurde immer unsicherer im Verkehr mit ihm, und unter seinen forschenden Augen bekam ihr Gesicht oft einen Ausdruck hilfloser Verlegenheit.

Kurzum, es währte nur wenige Tage, bis Günter die Gewißheit erlangt hatte, daß Rita ihn liebte, daß ihre junge Seele sich ihm erschlossen und zu eigen gegeben hatte.

In diese Tage fiel eine größere Gesellschaft in Cronersheim, zu der die beiden Valbergs und Rita schon früher eingeladen worden waren. Rita hatte erst absagen wollen, weil sie noch in Trauer war, aber Frau Carry hatte die Absage nicht gelten lassen wollen, weil sie fürchtete, daß dann auch die Herren nicht kommen würden.

Sie hatte Rita versichert, daß es durchaus keine große offizielle Festlichkeit sei, sondern nur ein nachbarliches Zusammenkommen, wie es auf dem Lande üblich sei.

Auch die Toilettenfrage hatte Carry liebenswürdig gelöst. »Sie ziehen eines ihrer reizenden weißen Kleider an und fertig«, hatte sie gesagt.

So hatte Rita schließlich zugesagt und mit ihr die beiden Herren.

Nun war der für die Gesellschaft bestimmte Tag herangekommen. Frau Carry war in den letzten Tagen nicht in Valberg gewesen. Man hatte sich nicht gesehen seit dem Tage, da Carry das Gespräch der beiden Herren belauscht hatte. Sie hatte nicht die Kraft in sich gefühlt, ruhig zu bleiben und war außerdem noch nicht mit sich ins klare gekommen, wie sie sich verhalten sollte.

In Valberg war Carry nur von Rita vermißt worden. Diese sagte sich indessen, daß Carry wohl durch die Vorbereitungen zu der Gesellschaft in Anspruch genommen sei. Sie hatte natürlich keine Ahnung, was inzwischen geschehen war und wie wenig freundlich Carry ihrer gedachte.

Rita hatte ihre Toilette beendet. Ihre Zofe hatte sie so hübsch wie möglich gemacht. Sie trug ein weißes Kleid von feinem, weichem Seidenstoff mit schönen, schwarzen Spitzen und einer breiten, schwarzen Samtschärpe garniert. Dies Kleid hatte Tante Exzellenz für kleine Gesellschaften bestimmt. Es hatte einen kleinen, herzförmigen Ausschnitt, aus dem das feine, schlanke Hälschen gar lieb hervorkam, und der die edle Nackenlinie freiließ.

Das Kleid schmiegte sich in elegantem Sitz um die schlanke Mädchengestalt. Mit den kleidsam arrangierten, reichen Flechten hob sich das feine Köpfchen so reizend auf den runden, zarten Schultern, daß Viktor und Günter ganz überrascht waren von der Lieblichkeit ihrer Erscheinung.

Sorglich legte Günter einen leichten Mantel um ihre Schultern und führte sie zum Wagen. Er drückte ihren Arm fester als sonst an sich und sagte lächelnd:

»Was ist meine kleine Rita für eine stolze Dame geworden.«

Sie lachte ein wenig verwirrt und sah mit den scheuen Gazellenaugen zu ihm auf. Viktor setzte sich neben seine Tochter, und Günter nahm ihr gegenüber Platz. Er mußte sie immer wieder ansehen, und unter seinen Blikken kam und ging die Farbe in ihrem Gesicht. Dies Wechselspiel erschien Günter sehr reizvoll, und als sie ihn dann einmal groß und voll mit den dunklen, zärtlichen Augen anstrahlte, wurde ihm recht unbrüderlich zumute, und er hätte ihr Gesichtchen am liebsten herzhaft abgeküßt.

In Cronersheim wurden sie von dem Hausherrn mit großer Vertraulichkeit und wenig geistvollen Scherzen, von der schönen Hausfrau mit forcierter Heiterkeit, aber mit unruhig flackernden Augen begrüßt.

Die Gesellschaft war schon fast vollzählig versammelt. Es waren trotz Frau Carrys gegenteiliger Versicherung eine Menge Menschen geladen, alle Nachbarn im weiten Umkreis, die Offiziere aus der nächsten Kreisstadt, einer ziemlich großen Garnison, mit ihren Damen, der Landrat mit seiner Gemahlin, und überhaupt alles, was erreichbar gewesen war und zur guten Gesellschaft gehörte.

Neben Carrys sieghaft schöner Erscheinung, die durch eine raffiniert elegante und kostbare Toilette noch gehoben wurde, verblaßte freilich der feine, stille Reiz Ritas. Carry hatte mit einem Blick festgestellt, daß sie den Vergleich mit ihr nicht im entferntesten aushalten konnte. Es lag heute eine verhaltene Glut in Carrys Wesen. Mit bezaubernder Liebenswürdigkeit machte sie die Honneurs, und die Herren umdrängten sie, sagten ihr mehr und minder geschmackvolle Komplimente und schienen alle von ihr bezaubert zu sein.

Günter hielt sich ihr fern, aber auch er mußte immer wieder zu ihr hinübersehen, und als ihre Blicke zuweilen verstohlen und doch in heißer Glut, in verzehrender Sehnsucht in die seinen tauchten, da verlor er doch wieder seine Ruhe ein wenig. Nie hatte Carry aber auch so sinnbetörend schön ausgesehen. Und Günter war auch nur ein Mensch. Er sah, wie alle Männeraugen bewundernd die schöne Frau anstrahlten, sah, wie Croner im behäbigen Besitzerrecht ihren Arm an sich preßte – und sah, wie Carry in diesem selben Moment wie in hilfloser Angst, wie in flehender Sehnsucht zu ihm herübersah. Da mußte er sich abwenden, um seine Fassung zu bewahren. Ihre Schönheit berauschte und quälte ihn zugleich. Noch einmal glomm aus der Asche ein heller Funke auf. Und das hatte Carry mit ihren geschärften Sinnen bemerkt.

»Er ist mein – trotz allem mein – und ich lasse ihn nicht«, dachte sie, und sie machte sich schnell unter einem Vorwand von ihrem Gatten los und folgte Günter.

Sie sah ihn in einer Fensternische stehen, ganz allein. Schnell trat sie zu ihm und legte leise ihre Hand auf seinen Arm.

»Günter«, flüsterte sie, weich und bebend.

Er zuckte zusammen. Ihre Hand brannte wie Feuer auf seinem Arm, und in seinen Augen sprühte ein unruhiges Feuer.

»Sie wünschen, gnädige Frau«, stieß er heiser hervor.

Ihre Hand zitterte auf seinem Arm. »Du liebst mich *doch* noch, Günter, wie ich dich liebe. Alles Wehren hilft uns nichts, wir gehören zusammen. Ich lese es in deinen Augen, daß du mich noch liebst. Hab' Dank dafür – hab' Dank. Diese Gewißheit erlöst mich aus tiefer Verzweiflung. Sieh mich doch an – wie ich dich liebe!«

In zitternder Glut drückte sie sich an seine Seite. Wie ein Schlag ging es durch seinen Körper. Einen Moment verlor er die Herrschaft über sich. Heiß und begehrend flammte sein Auge über sie hin. Aber sogleich riß er sich wieder zusammen. »Gehen Sie – gehen Sie«, stieß er hervor.

Da lachte sie auf, selig, selbstvergessen. »Ich wußte es ja – du kannst nicht los von mir, wie ich nicht von dir. Ich möchte lachen und weinen wie ein Kind. Sei gut zu mir, Günter. Ich muß dich einmal sprechen, ein einziges Mal, nur eine Stunde schenke mir, ich habe dir so viel zu sagen.«

Er trat hastig von ihr zurück und sah sich um, als suche er, ihr zu entkommen. Aber er konnte nicht an ihr vorbei.

Da kam ihm unerwartet Hilfe. Plötzlich stand Viktor neben ihnen.

»Meine gnädigste Frau, ich muß Ihnen unbedingt ein Kompliment über Ihre wundervolle Toilette machen. Sie ist eine herrliche Symphonie von Farbentönen.«

Carry fuhr ziemlich unbeherrscht, mit einem Ausdruck des Hasses nach ihm herum. »Wie vielen Damen haben Sie dies Kompliment heute schon gemacht?« fragte sie gereizt.

Er blieb ganz gelassen. »Nur Ihnen allein, ich schwöre es. Hoffentlich habe ich nicht eine interessante Unterhaltung gestört?«

Sie lachte spöttisch. »Fragen Sie Ihren Neffen, ob es ihm interessant war, daß ich ihm soeben mitteilte, daß er mein Tischnachbar sein wird.«

Damit verneigte sie sich leicht und ging davon.

Er hatte sie sehr zur Unzeit gestört, aber sie triumphierte trotzdem, sie hatte nun wieder die Gewißheit, daß Günter sie liebte, und hoffte, ihn so weit zu bringen, daß er ihr ein Alleinsein gewähren würde. Und dann mußte noch alles gut werden zwischen ihnen. Sie wollte sich von ihrem Mann scheiden lassen, wollte Günter angehören, um jeden Preis – ach, was wollte sie nicht alles. Was sie einst heiß erstrebt hatte, war ihr wertlos geworden, und was sie erst so leicht aufgegeben hatte, schien ihr jetzt erstrebenswert und kostbar.

Günter drückte seinem Onkel aufatmend die Hand. »Du kamst zur rechten Zeit, ich danke dir«, sagte er leise.

»Ich sah dich in Bedrängnis, du sahst aus, als wenn du Fluchtgedanken hättest, da kam ich dir zu Hilfe«, erwiderte der Baron lächelnd.

Günter zog es in Ritas Nähe. Er fand sie im Gespräch mit einer alten Dame. Still trat er hinter ihren Sessel. Sie blickte mit ihren gläubigen Augen zu ihm auf. Die strahlende Reinheit dieser Augen übte einen beruhigenden Einfluß auf ihn aus. Es wurde wieder Frieden in seiner Brust, und er begriff nicht mehr, daß Carry doch noch einmal solche Macht über ihn gewonnen hatte.

Als man zu Tisch ging, mußte sich Günter Carry wieder nähern. Sie stand gerade neben ihrem Manne. Croners Gesicht strahlte eitel Befriedigung. Er sah sich beneidet um seine schöne Frau und kam sich wieder einmal ganz als der verfluchte Kerl vor, der sich glattweg die schönste der Frauen erobert hatte. Außerdem freute er sich auf die auserlesenen Delikatessen, die seiner an seiner eigenen Tafel warteten.

»Man ißt nirgends so gut wie zu Hause«, pflegte er immer zu sagen. Und er war stets sein bester Gast.

Günter verneigte sich vor Carry und führte sie zu Tisch. Aber sie merkte wohl, daß er sich jetzt in der Gewalt hatte und vorsichtig war. Es gelang ihr nicht wieder, seine Ruhe zu erschüttern. Saß doch Rita ihm schräg gegenüber und sah ihn immer wieder an, als fühle sie, daß ihre Augen ihm Ruhe und Frieden gaben.

Sie hatte einen lustigen jungen Offizier zum Tischherrn und unterhielt sich scheinbar sehr gut mit ihm. Ihr warmes, klares Lachen klang einige Male zu ihm hinüber. Sie nahm die artigen Galanterien des jungen Offiziers fröhlich auf. Fast mißgönnte Günter dem jungen Mann Ritas

Gesellschaft. Er hätte selbst viel lieber an ihrer Seite gesessen als an der Carrys.

»Ihre Cousine unterhält sich anscheinend sehr gut, Baron Günter«, sagte Carry mit einem sonderbaren Lächeln.

»Hoffentlich tut sie das«, antwortete er.

»Sie sieht heute recht niedlich aus. Ich glaube, es wird ihr nicht an Bewerbern fehlen, wenn sie erst ausgeht. Sie war ja in der Wahl ihres Vaters sehr vorsichtig, wenigstens, was seine Vermögensverhältnisse anbelangt«, fuhr Carry fort.

»Rita ist auch ohnedies liebenswert genug!« sagte er schroff. Irgend etwas in Carrys Worten reizte ihn. Die schöne Frau wählte ihre Worte gar nicht klug. Sie wollte damit Günter nur darauf hinweisen, wie unbedeutend Rita war, und ahnte nicht, daß ihre Worte etwas wie eine leise Eifersucht in Günter weckten und ihn zum Widerspruch reizten.

Zum ersten Male dachte er daran, daß ein anderer Mann Ritas Hand begehren könne. Und dieser Gedanke beunruhigte ihn seltsamerweise.

So siegessicher war Carry, so sehr sich ihrer Macht und Schönheit bewußt, daß sie gar nicht daran dachte, Rita könne ihr bei Günter den Rang streitig machen. Sie wußte ja auch aus seinem eigenen Munde, daß er Rita nur wie eine Schwester liebte, und daß er nie eine andere Frau so lieben würde, wie sie selbst. Das hatte sie sich in diesen Tagen zur Beruhigung gesagt. Und sie hoffte, daß alles zwischen ihr und Günter wieder gut werden würde, wenn sie nur ein einziges Mal ungestört mit ihm sprechen konnte, wenn sie ihm sagte, daß sie alles dahingeben wollte, um nur ihm allein angehören zu dürfen. Er konnte ihr ja auf die Dauer nicht grollen, und hatte sie erst seinen Groll bezwungen, dann würde die alte Liebe zu ihr siegreich wieder emporflammen. Und dann konnte Viktor Valberg zusehen, wem er seine Tochter aufbürdete.

Aber wie sollte sie zu einem ungestörten Alleinsein mit Günter kommen, wie ihn dazu bewegen?

Sie grübelte vergeblich darüber nach, und erst, als die Tafel aufgehoben wurde, flüsterte sie ihm zu:

»Ich werde jeden Nachmittag um drei Uhr im Walde bei dem Wildhäuschen sein – bei jedem Wetter.«

Günter hörte es, aber er antwortete nicht und wußte ganz bestimmt, daß er nicht an das Wildhäuschen kommen würde. Er hatte nichts mit Carry zu sprechen – und wer sich mutwillig in Gefahr begibt, kommt darin um. So ganz sicher war er seiner nicht. Er wußte, daß er heißes, rotes Blut in den Adern hatte.

Zwar war es ungalant, eine Dame warten zu lassen, und sein hastiges »Ich komme nicht!« hatte Carry nicht mehr hören können, aber es half nichts – lieber ungalant als ehrlos.

Günter war froh, als dies Fest in Cronersheim zu Ende war und er mit Rita und ihrem Vater den Heimweg antreten konnte. Als er Rita wieder im Wagen gegenübersaß, fragte er sie lächelnd:

»Hast du dich gut amüsiert, Rita?«

Das Licht der kleinen elektrischen Lampe, die an der Decke des Wagens angebracht war, fiel hell auf ihr Gesicht.

»O ja, es war sehr hübsch. Alle Menschen waren gut und freundlich zu mir. Und mein Tischherr war so lustig und amüsant. Ich habe viel über seine munteren Worte lachen müssen. Hast du dich auch gut unterhalten, Vetter? Du sahst zuweilen aus, als seiest du nicht guter Laune.«

»Weil du so weit von mir entfernt saßest bei Tisch und ich nicht mit dir plaudern konnte«, erwiderte er rasch.

Sie blickte ihn überrascht an und wurde rot.

»Ach, hättest du das gern tun mögen?«

»Ja, sehr gern.«

Sie atmete hastig und schüttelte den Kopf.

»Warst du denn mit deinem Platz nicht zufrieden?«

»Nein – gar nicht!«

»Das verstehe ich nicht.«

»Warum nicht, Bäschen?«

»Weil du neben der schönen Gastgeberin sitzen durftest.«

»Das ist doch kein Grund, weshalb ich nicht lieber bei dir gesessen hätte.«

Sie nickte ernsthaft. »O doch! Ich bin nur so ein kleines, dummes Mädel. Frau von Croner aber ist sehr geistreich und charmant, das sagte meine Tischherr auch. Wir haben beide um die Wette für sie geschwärmt. Sie ist so wunderschön. Und heute trug sie ein so entzückendes Kleid. Ich konnte mich nicht satt schauen an ihr und habe dich sehr beneidet, daß du so nahe bei ihr sitzen durftest.«

»Dann hättest du dich aber nicht so gut mit deinem Tischherrn unterhalten können.«

»Das ist wohl wahr, ich hätte dann vielleicht nichts getan, als sie anzuschauen. Aber das wäre die schönste Unterhaltung für mich gewesen. Jedermann bewunderte Frau von Croner, ich hörte so oft, daß man auf sie aufmerksam machte. Es muß herrlich sein, wenn man so schön ist. Alle Menschen haben einen dann lieb.«

»Vielleicht doch nicht, Rita«, sagte Viktor.

»Doch, es kann gar nicht anders sein, Papa. Aber weißt du, was ich finde?«

»Nun?«

»Daß Herr von Croner gar nicht zu seiner Frau paßt. Ihn mag ich eigentlich gar nicht leiden; es tut mir direkt weh, wenn ich ihn neben seiner Gattin sehe. Das ist wie eine Dissonanz. Ich weiß nicht – er ist so – nun, wie soll ich sagen – so derb – ich möchte sagen – unfein.«

Die beiden Herren wechselten verstohlen einen Blick. Da hatte Rita wieder einmal einen ihrer verblüffenden Einfälle gehabt, als sie diese Ehe eine Dissonanz nannte.

»Ja, ja, mein Töchterchen, du hast recht, das ist eine Dissonanz«, sagte ihr Vater lächelnd.

Wieder atmete Rita in ihrer raschen, kindlichen Art, wie immer, wenn sie etwas erregte.

»Ich kann gar nicht verstehen, daß diese schöne, feine Frau den häßlichen, derben Mann liebhaben kann.«

»Vielleicht tut sie es auch nicht, mein kleines Mädchen«, erwiderte der Vater.

Rita sah ihn mit ihren großen, unschuldigen Augen lächelnd an. »Aber Papa, dann wäre sie doch nicht seine Frau geworden.«

Er streichelte ihre Wange. »Wer weiß! Es gibt noch andere Gründe, sich zu verheiraten. Vielleicht wollte die schöne Frau Carry nur die Frau des reichen Croner von Cronersheim werden.«

Ganz erschrocken blickte Rita zu ihm auf.

»Ach, Papa, wie kannst du nur so etwas Niedriges von Frau von Croner denken! Sie ist nicht nur schön, sondern auch gut und edel. Menschen mit so schönen, feinen Zügen können keine niedrige Gesinnung haben.«

Wieder wechselten die beiden Herren einen verstohlenen Blick. Dann sagte ihr Vater lächelnd:

»Nun denke einmal, wie leicht es nach deiner Theorie wäre, gute und böse Menschen voneinander zu unterscheiden. Nein, nein, mein Töchterchen, so leicht wird uns das nicht gemacht. Es gibt häßliche Menschen, in denen eine schöne, edle Seele wohnt und umgekehrt. Jedenfalls ist es besser, du läßt dich nicht so sehr durch Äußerlichkeiten in deinem Urteil beeinflussen.«

Rita sah nachdenklich aus. »Ja – vielleicht tue ich unrecht, wenn ich Herrn von Croner nicht leiden mag, weil er derb und häßlich ist. Vielleicht ist er ein ganz guter Mensch. Aber Frau von Croner ist ganz sicher gut und edel. Wie lieb und freundlich ist sie immer zu mir und allen anderen Menschen.«

Die beiden Herren schwiegen. Sie wollten Ritas holden Glauben nicht stören. Mochte sie immerhin nur Gutes von Carry Croner denken. Ihre Unschuld und Reinheit war der beste Schutz im Verkehr mit Carry. Sie brauchte nicht zu wissen, daß Carry ihr nur Liebenswürdigkeiten erwies, weil sie ihrem Verkehr mit Valberg einen harmlosen Anstrich geben wollte.

Es war zwei Tage nach dem Fest in Cronersheim. Viktor und Günter hatten mit dem Administrator eine Konferenz und befanden sich in Günters Arbeitszimmer.

Rita war sich inzwischen selbst überlassen. Sie saß auf der Veranda des Schlosses, in einem der modernen Korbsessel, die hier aufgestellt waren, und hatte ein Buch vor sich liegen. Aber sie las wenig aufmerksam. Ihre Gedanken schweiften immer wieder ab und verloren sich in einer unbegrenzten Ferne. Sie merkte nicht, daß der Administrator wieder fortritt, sonst hätte sie wohl nach Günter und dem Vater Ausschau gehalten.

Endlich legte sie das Buch ganz zur Seite und erhob sich. Sie trug heute ein schlichtes, weißes Lingeriekleidchen ohne jeden Schmuck. So schlicht und anspruchslos sah sie aus, und doch so vornehm und anmutig. Sie stützte den Arm auf den mit Blumen geschmückten Verandapfeiler und lehnte ihren Kopf dagegen. Mit großen, verträumten Augen sah sie ins Weite.

Es lag ein weicher, sehnsüchtiger Ausdruck auf ihrem Antlitz, und die ganze Haltung der schlanken Gestalt verriet eine tiefe Versunkenheit. Sie merkte nicht, daß Günter aus einer der geöffneten Türen auf die Veranda heraustrat und auf den dicken Kokosmatten langsam und lautlos herankam.

Seine Augen umfaßten die reizende, holde Erscheinung.

So kam er dicht an sie heran, ohne daß sie ihn in ihrer Versunkenheit bemerkt hätte. Nun stand er hinter ihr und legte sanft und sacht die Arme um ihre Schultern.

»Woran denkt meine kleine Rita?« fragte er leise.

Sie war zusammengezuckt, wie von einem Schlage berührt. Glühende Röte schoß in ihr Gesicht, und ein scheuer, verwirrter Ausdruck lag in ihren Augen. Unwillkürlich machte sie eine fluchtartige Bewegung.

Er aber hielt sie fest. Und seine Augen tief in die ihren senkend, fragte er sanft: »Habe ich dich erschreckt? Weshalb willst du fliehen vor mir?«

Das dunkle Rot in ihrem Gesicht wich einer jähen Blässe. Es lag etwas in seiner Stimme, was ihr den Herzschlag stocken ließ. Und unter dem Blick seiner Augen überlief sie ein Zittern. Sie strebte in jungfräulicher Schamhaftigkeit aus seinen Armen und wäre doch so gern geblieben. Wie um sich vor seinem Blick zu bergen, drückte sie ihr Antlitz einen Moment gegen seine Schulter. Und dann richtete sie sich hastig wieder empor und sagte leise: »Ja, ein wenig. Ich hatte dich nicht kommen hören.«

Ihre sichtliche Befangenheit erregte ihn.

»Du warst so tief in Gedanken versunken und sahst so sehnsüchtig in die Ferne – als ginge es dir wie deinem Vater, als sehntest du dich fort von Valberg, in die Welt hinaus.«

Sie sah ihn betroffen an.

»Von Valberg fort? O nein – hier ist es ja so schön wie sonst nirgends auf der Welt.«

Er hielt sie noch immer fest, als fürchte er, daß sie entfliehen könnte. Doch sie stand wie gelähmt unter seinem Blick. »Dein Vater will aber fort von Valberg, Rita, sehr bald. Er hat es mir gesagt. Und du – du wirst dann wohl mit ihm gehen.«

Ganz bleich wurde sie wieder. Ihre Augen weiteten sich und sahen voll heißer Unruhe in sein Gesicht.

»Fort? Fort von Valberg? Und du?« stieß sie hervor.

»Ich? Ja, ich muß natürlich hierbleiben. Valberg ist ja nun für immer meine Heimat. Du aber wirst mit deinem Vater in die Residenz zurückkehren, wirst alle Freuden der Geselligkeit kennenlernen, dich amüsieren – und den armen Günter bald vergessen, der einsam und allein in Valberg zurückbleiben wird und es gar nicht fassen können wird, daß er kein liebes, warmes Stimmchen mehr in Valberg hören wird, das ›lieber Günter‹ zu ihm sagt.«

Ihr Antlitz drückte so deutlich Schmerz und Qual aus,

daß es keines weiteren Beweises bedurfte, um ihn erkennen zu lassen, daß ihr der Abschied von ihm mehr war als der von einem lieben Vetter.

»Warum will Papa nur fort von hier, wo es so schön – so schön ist?« stammelte sie fassungslos.

»Deinem Vater ist es zu still und einsam – zu langweilig hier. Er ist an Menschen gewöhnt.«

Sie schluckte die aufsteigenden Tränen hinunter.

»Ach – er hat doch dich – und mich – was braucht er noch fremde Menschen?«

»Kind, dein Vater liebt die Geselligkeit im großen Stil. Würde es dir denn gefallen, immer in Valberg zu leben?«

Sie nickte und sah mit einem wehen Blick an ihm vorbei.

»O ja, nirgends möchte ich lieber sein als hier. Es ist so schön hier, und ich war so glücklich in Valberg, so glücklich, wie noch nie in meinem Leben.«

Sein Herz klopfte nun doch recht unruhig. Sie war so hold und süß in ihrer Angst und Not, von Valberg zu scheiden, von Valberg – und von ihm. Das fühlte er. Und warm stieg es in ihm auf.

»So bleib doch hier – bei mir, süße, kleine Rita?« flüsterte er zärtlich. Sie zuckte zusammen. Vergehend, in scheuer Unruhe blickte sie in seine Augen. Und als sie darinnen den heißen, zärtlichen Ausdruck sah, weiteten sich ihre Augen, als könnten sie nicht fassen, was sie sahen. Sie schauderte zusammen, und ihr Atem ging tief und schwer.

»Bei dir? Ohne Papa? Das geht doch nicht.«

Er zog sie näher an sich heran. Sein Blick hielt den ihren fest.

»Doch Rita, es geht, wenn du nur bei mir bleiben willst – für immer – als meine süße, kleine Frau.«

Wieder flog ein Schauer über sie hin. Bleich wurde das süße Gesicht, als wenn jeder Blutstropfen daraus gewichen wäre. Nur die roten Lippen glühten ihm entgegen. Das Weib war erwacht in ihr und strebte ihm sehnsüchtig entgegen. Aber dann ging plötzlich ein Ruck durch ihre Gestalt, als wecke sie sich selbst aus einem Traume. Sie konnte nicht fassen und glauben, was er sagte.

»Das darfst du nicht, Günter – mit solchen Dingen treibt man keinen Scherz«, sagte sie laut, wie in jäher Angst und wollte sich von ihm losreißen.

Er aber hielt sie fest, ganz fest in seinen Armen. Und er spürte Sehnsucht, ihre unberührten, zuckenden Lippen zu küssen.

»Süße Rita, wie kannst du nur glauben, daß ich scherze. Ich frage dich im Ernst, willst du meine liebe Frau werden?«

Da traten plötzlich funkelnde Tränen in ihre Augen. Hilflos schüttelte sie den Kopf, als könne sie das Wunder nicht fassen.

»Günter – ach Günter – ich kleines, dummes Ding – hast du mich denn wirklich so lieb, daß ich deine Frau werden soll?«

»Ja, mein Liebling, ich will dich nie mehr von mir lassen, an meinem Herzen sollst du für immer deine Heimat haben. Hier in Valberg wollen wir leben und glücklich sein, wenn du willst.«

Da warf sie sich zitternd an seine Brust und barg das Antlitz in hilfloser Seligkeit an seiner Schulter.

Zart hob er ihr den Kopf empor und sah ihr tief und zärtlich in die Augen.

»Süße, kleine Rita – meine Rita!« flüsterte er und preßte seinen Mund auf den ihren, fest und innig.

Und Carry war vergessen. Vor dem holden Zauber dieser reinen, jungen Liebe, die ihm jetzt entgegengebracht wurde, verblaßte ihr schönes Bild. Günter Valberg trank Heilung von Ritas roten Lippen und aus ihren frommen, gläubigen Augen, in denen jetzt die ganze jubelnde Seligkeit ihrer Seele lag. Die Verheißung eines neuen, besseren Glückes strahlte ihm aus diesen Augen entgegen. Innig umschlungen standen die beiden jungen Menschen lange Zeit, sahen sich an und küßten sich – wieder und wieder.

Endlich löste sich Rita aber aus Günters Armen und sah sich scheu, wie erwachend, um. So süß und reizend war sie in ihrer Verwirrung, daß er sich froh und glücklich bewußt wurde, daß er sie wirklich liebte mit zärtlicher Innigkeit – wenn auch nicht mit der heißen Glut, die er einst Carry entgegengebracht hatte.

Sie strich sich das Haar aus der Stirn. Und dann sagte sie leise und zaghaft: »Was wird Papa dazu sagen, Günter?«

Er lachte und küßte ihre Hände. »Ja und amen wird er sagen, mein holdes Bräutchen.«

Sie wurde nachdenklich. »Eigentlich ist es doch nicht recht von mir, Papa nun wieder allein zu lassen. Er hat mir so oft gesagt, wie sehr er sich gefreut hat, daß ich zu ihm kam, und daß er mich so liebgewonnen hat – und nun will ich ihn allein lassen.«

Ein leiser Ausdruck der Verlegenheit flog über Günters Gesicht, der ihr nicht entging und den sie sich nicht deuten konnte.

Günter legte schnell den Arm um ihre Schulter.

»Komm, Rita, du magst deinen Vater selbst fragen, wie er darüber denkt.«

Viktor saß im Bibliothekszimmer, hatte ein Buch in der Hand und gähnte eben verstohlen, als das Brautpaar bei ihm eintrat. Ein Blick in Günters Gesicht genügte ihm, zu erkennen, was geschehen war.

Er erhob sich rasch, und da flog Rita auf ihn zu und umarmte ihn erregt.

»Papa – lieber Papa – jetzt wirst du gleich erkennen, was für ein egoistisches, undankbares Geschöpf ich bin – du wirst es gleich bedauern, mir so viel Liebe geschenkt zu haben.«

Der Baron drückte ihr Köpfchen an seine Brust und sah darüber hinweg in Günters Gesicht. Der nickte stumm. Da beugte sich der Vater lächelnd und voll heiterster Liebenswürdigkeit zu seiner Tochter herab.

»Ei, ei, siehe da! Egoistisch und undankbar also? Nun, sieh mich einmal an, ich will doch sehen, ob ich es nicht erraten kann, was dieses böse Mädchen verbrochen hat.«

Liebevoll und doch zerknirscht sah sie zu ihm auf.

»Das rätst du ganz sicher nicht! Ich will es dir nur gleich eingestehen. Günter – nein ich – ich meine – ach Papa – Günter will mich zur Frau haben!«

Nun war es heraus! Sie atmete tief auf.

Der Baron zog sein Gesicht in ernste Falten.

»So so! Ei siehe da – dieser Schelm will mir so ohne weiteres mein kleines Mädchen wieder abnehmen? Ja – was machen wir denn da? Hast du ihm schon eine Antwort gegeben?«

Sie barg erglühend ihr Gesicht an seiner Brust.

»Ich hab' ihn so lieb, Papa! Aber dich habe ich auch lieb, glaube es mir. Am besten wäre es, du bliebst auch für immer in Valberg, dann brauchte ich nicht zwischen euch beiden zu wählen.«

Der Baron streichelte sanft ihr Köpfchen. Nun war ihm doch sehr warm und gerührt zumute, und ein wenig schämte er sich.

»Kleine Rita, liebe kleine Rita, das geht nicht an. Aber wenn du Günter lieb hast, dann sollst du dich auch für ihn entscheiden. Ich muß dann mein Leben fortführen, wie ich es bisher gewohnt war. Du brauchst dir wirklich nicht den kleinsten Vorwurf zu machen, was dich zu Günter zieht, ist mächtiger als alles andere. Ich werde recht oft nach Valberg kommen und mich an eurem Glücke freuen. Bei mir hättest du ohnedies keine Ruhe gefunden. Ich bin so ein ruheloser Zugvogel und hätte dich von Ort zu Ort geschleppt. Es ist recht schön, daß du an Günters Herzen eine feste Heimat findest. Eines Tages hätte ich dich doch an einen Gatten abtreten müssen – und da ist mir Günter schon am liebsten. Wir wollen uns freuen, daß alles so gekommen ist.«

Er küßte Rita herzlich, und die Augen waren ihm doch

feucht, trotzdem er sich wie erlöst fühlte von einem Zwang. Das Kind war ihm wirklich lieb – sehr lieb geworden, und er freute sich, daß sie so glücklich war. Keine Sorge kam ihm, daß die schöne Carry das Glück seines Kindes gefährden konnte, trotzdem er ahnte, daß Günter noch nicht ganz fertig war mit ihr. Er hoffte, durch die Ehe mit Rita würde er völlig von seiner Leidenschaft kuriert werden.

Sanft schob er Rita Günter in die Arme.

»Gott schenke euch Glück – ein ruhiges, festes Glück, meine lieben Kinder.«

4

SO WAR DENN Rita Günters Braut geworden.

Es wurde an diesem Tage noch mancherlei beraten. Zunächst stellte nun Viktor mit innerer Befriedigung fest, daß in seiner Junggesellenwohnung nichts geändert zu werden brauchte. Gleich am nächsten Morgen wollte er in die Residenz fahren und Exzellenz Tronsfeld die Verlobung Ritas verkünden. Er wollte sie bitten, seiner Tochter noch eine kurze Zeit Aufnahme in ihrem Hause zu gewähren. In Valberg konnte Rita jetzt nicht bleiben. Die Hochzeit des jungen Paares sollte indes in Anbetracht der besonderen Umstände in allernächster Zeit stattfinden. Von einer Verlobungsfeier sollte ganz Abstand genommen werden. Die Verlobungsanzeigen sollten erst von der Residenz aus herumgeschickt werden. Viktor reiste also gleich am nächsten Morgen nach der Residenz. Er wollte schon am Abend zurück sein, und wenn Tante Exzellenz einverstanden war, wollte er dann am nächsten Tage mit Rita nach der Residenz zurückkehren, Rita bei der Generalin unterbringen und selbst seine Junggesellenwohnung wieder beziehn. Günter sollte dann auf einige Tage nach der Residenz kommen, damit die Ringe und Verlobungsanzeigen besorgt wurden.

Für alle Fälle hatte sich Valberg telegraphisch bei seiner alten Freundin angemeldet.

Sie empfing ihn in ihrer alten, liebenswürdigen Gelassenheit.

»Also das ist noch nicht geschehen, seit wir Freunde sind,

lieber Baron, daß Sie mir Ihre Ankunft telegraphisch anmelden. Ich gestehe ganz offen, daß ich schrecklich neugierig bin, zu erfahren, was Sie von Valberg hierhertreibt. Da Sie Rita nicht mitbringen und, wie ich weiß, in Ihrem Hause noch keine Vorbereitungen zu ihrer Aufnahme getroffen sind, kann es sich doch noch nicht um eine Rückkehr handeln. Ich bin sehr gespannt«, sagte sie scherzend.

Er hatte sich ihr gegenübergesetzt und suchte eine leise Verlegenheit hinter einer liebenswürdigen Nonchalance zu verstecken.

»Ich bringe Ihnen eine große Neuigkeit, teuerste Exzellenz. Sie sollen die erste sein, die sie erfährt. Also – Rita hat sich gestern mit Günter Valberg verlobt«, sagte er schnell, als müsse er sich dieser Botschaft hastig entledigen.

Überrascht sah ihn die Generalin an. Ganz still und ruhig ließ sie dann ihren Blick eine Weile auf seinem Antlitz ruhen. Darauf sagte sie halblaut:

»Sie sind wirklich ein Schoßkind des Glückes, lieber Freund. Kaum droht Ihnen einmal eine ernste Pflicht – da befreit Sie das Geschick auch schon wie spielend davon. Also Günter Valberg und Rita? Nun – das könnte eine innige Harmonie geben – wenn sich die beiden jungen Leute lieben. Ich darf wohl annehmen, daß es der Fall ist – Günter Valberg hat also Carry Platen vergessen, wenn sie ihm, wie ich zu bemerken glaubte, einmal etwas war?«

Valberg hatte ihren Blick vermieden. Nun zwang er sich, sie ruhig anzusehen. »Sie haben sich wirklich beide sehr lieb, und ich bin über das Schicksal meiner Tochter ganz ruhig. Rita gefällt es in Valberg so gut, daß sie niemals fortmöchte. Sie hat Günter ihr junges Herz zu eigen gegeben, und ich weiß sie bei ihm gut geborgen. Er hat Rita herzlich lieb, und wenn zwischen ihm und Carry Platen etwas war, so ist das längst überwunden. Sie verkehren ganz nachbarlich ruhig miteinander.«

Sie reichte ihm die Hand.

»Es soll mich freuen, wenn die beiden jungen Leute glücklich miteinander werden. Das wünsche ich auch Ihnen, lieber Freund«, sagte sie ernst.

Er küßte ihre Hand und sah sie ein wenig bedrückt an.

»Sie meinen natürlich, daß mir diese Verbindung sehr gelegen kommt. Nun gut, ich gestehe das ein. Aber glauben Sie mir, Rita ist mir von Herzen lieb und teuer geworden, und ich würde meine Einwilligung nicht gegeben haben, wenn ich nicht die Überzeugung hätte, daß meiner Tochter Schicksal in Günters Händen gut aufgehoben ist. Ich werde oft und gern bei den Kindern in Valberg weilen. Trotzdem gestehe ich offen, daß ich froh bin, daß es so gekommen ist, daß ich meine persönliche Freiheit nicht aufzugeben brauche. Nicht wahr, teuerste Freundin, ich brauche nun nicht erst für die kurzen Wochen – die Hochzeit soll schon im Juli stattfinden – mein Junggesellenheim umzumodeln. In Valberg kann Rita als Günters Braut auch nicht bleiben. Ich bin deshalb so unbescheiden, Sie herzlich zu bitten, Rita noch einmal für diese Wochen bei sich aufzunehmen und ihr behilflich zu sein, ihre Aussteuer zusammenzustellen. Bin ich sehr unverschämt, dies Ansinnen an Sie zu stellen?«

Sie lachte leise.

»Furchtbar, lieber Baron.«

»Nein, im Ernst?«

»Also im Ernst. Wenn man jemand ein sehr liebes Geschenk macht, ist man doch nicht unverschämt. Ich freue mich ja so sehr, meine kleine Rita wieder einige Wochen bei mir haben zu dürfen. Ach, lieber Freund – um was für schöne Stunden bringen Sie sich selbst. Und ich soll Rita ausstatten helfen? Das ist wundervoll. Wissen Sie nicht, daß es für uns Frauen eine Glückseligkeit ist, eine Ausstattung zu besorgen? Da ich leider keine eigene Tochter habe, ist mir das Schicksal eigentlich diesen Ersatz schuldig.«

Wieder küßte er ihre Hand.

»Sie sind und bleiben die charmanteste, entzückendste Frau, die ich kenne. Und ich bin glücklich, daß ich mir Ihr Mißfallen nicht zugezogen habe. Wirklich, ich war ein musterhafter Vater in diesen Monaten in Valberg. Ich muß mich selbst ein wenig loben. Manchmal war ich über mich selbst ganz gerührt.«

Sie lachte wieder. »Ja, ja – und sicher haben Sie auch das Ihre getan, um Ihrer Tochter zu einem guten Mann zu verhelfen.«

Er machte eine zerknirschte Miene.

»Ist das sehr schlimm?«

Sie seufzte ein wenig. »Ihnen schlägt ja gottlob alles zum Guten aus. Günter ist gewiß ein Schwiegersohn, wie ihn der ängstlichste, gewissenhafteste Vater nicht besser hätte auswählen können. Wenn nur Cronersheim nicht gar so nahe bei Valberg liegen würde! Aber ich bin da gewiß zu ängstlich. Und außerdem hat es keinen Zweck, jetzt noch ›Wenn‹ und ›Aber‹ zu beleuchten. Also bringen Sie mir Rita getrost, lieber Freund. Und dann sagen Sie mir, wie hoch ich Ihr Konto belasten darf, um das Bräutchen auszustatten. Billig sollen Sie nicht davonkommen. Ich will das Kind so recht nach Herzenslust ausstatten, mit den reizendsten, köstlichsten Dingen, wie es der Tochter des reichen Baron Valberg zukommt. Im Geiste sehe ich mich schon wohlig versinken in einem Berg von Spitzen und Bändern und all den duftigen Geweben.«

Viktor lachte froh. Ihm war nun das Herz erst richtig leicht. Die leisen Gewissensbisse, die er noch mit sich herumgetragen hatte, verstummten. Er beriet noch allerlei mit der Generalin und verabschiedete sich dann in bester Stimmung von ihr, um nach Valberg zurückzukehren.

Rita hatte am Vormittag des nächsten Tages einen Abschiedsbesuch mit ihrem Vater in Cronersheim gemacht.

»Wir verraten aber in Cronersheim noch kein Wort von deiner Verlobung, Rita, Croners sollen durch die Anzeige überrascht werden«, sagte der Vater unterwegs zu seiner Tochter. Er fürchtete, Carry könne sich in der Überraschung irgendwie verraten. Rita war damit einverstanden und völlig ahnungslos, was den Vater zu diesem Wunsche bewogen hatte.

Frau von Croner war sehr erstaunt, als sie hörte, daß der Baron mit seiner Tochter nach der Residenz zurückkehren wollte.

»Das kommt ja so überraschend, ich denke, Sie bleiben den ganzen Sommer noch in Valberg«, sagte sie, unruhig in Ritas Antlitz forschend.

»Papa wünscht es«, sagte Rita nur, ein wenig errötend.

Carrys Herz klopfte rebellisch. Sie glaubte, Günter habe dem Baron gesagt daß er Rita nicht heiraten könne, sie glaubte es, weil sie es wünschte. Deshalb brach wohl nun der Baron seinen Aufenthalt so plötzlich ab. An eine andere Möglichkeit wollte Carry nicht denken. Es war eine heiße Freude in ihr, daß Vater und Tochter jetzt abreisten. Nun mußte es ihr gelingen, Günter allein zu sprechen – und wenn sie ihn direkt in Valberg aufsuchen sollte. Sie fieberte danach, sich mit ihm auszusprechen, seine Verzeihung zu erringen und ihm zu sagen, daß sie sich von Croner trennen wollte, um ihm angehören zu dürfen. Dann mußte er ja endlich allen Widerstand gegen sie aufgeben.

Rita sagte ihr, daß sie vorläufig wieder bei Exzellenz Tronsfeld Wohnung nehmen würde.

»Bestellen Sie bitte Exzellenz herzliche Grüße von mir.

Vielleicht besuche ich Sie in nächster Zeit einmal dort, liebste Rita. Ich will ohnedies einmal nach meinen Eltern sehen«, erwiderte Carry.

»Ich werde Ihre Grüße ausrichten und mich sehr freuen, Sie in der Residenz zu sehen, verehrte gnädige Frau«, sagte Rita ehrlich erfreut und blickte bewundernd in Carrys schönes Gesicht.

»Wann werden Sie reisen?« fragte die schöne Frau.

»Heute nachmittag, mit dem Schnellzug.«

Danach verabschiedete sich der Baron mit seiner Tochter. Herr von Croner machte noch einige geschmacklose Scherze, Carry zog Rita in überströmender Liebenswürdigkeit in ihre Arme und küßte sie, worüber die ahnungslose Rita sich harmlos freute, und Valberg tauschte noch einige liebenswürdige Phrasen mit Frau Carry, trotzdem sie sich beide im innersten Herzen feindlich gesinnt waren.

Dann fuhr Baron Viktor mit Rita wieder davon.

Frau Carry sah ihnen mit unruhig flimmernden Augen nach und grübelte über die Ursache zu dieser plötzlichen Abreise nach. Und dann kam ihr ein Gedanke – gleich heute wollte sie ein Alleinsein mit Günter erzwingen. Sie wußte schon, wie sie das erreichen konnte. Voll Ungeduld erwartete sie den Nachmittag. Gleich, als sie von der Mittagstafel aufgestanden war, kleidete sie sich um und bestellte den Wagen. Sie befahl, daß man einen Strauß der schönsten Rosen zusammenstellen und ihn bereithalten sollte.

Dann ging sie auf die Veranda. Dort lag ihr Gatte bequem in einem Lehnsessel, hatte eine Flasche seines geliebten Rotspons vor sich, den ihm doch der Arzt so streng verboten hatte, und rauchte eine schwere Importe.

Carry trat zu ihm, um sich zu verabschieden.

»Nanu, Carry, wo willst du denn hin?« fragte er, sie durch die halb zugekniffenen, weinseligen Augen mit Kennerblikken musternd.

»Nach Valberg, Franz. Ich will Rita ein paar Blumen als Abschiedsgruß bringen.«

Er lachte gemütlich.

»Und dazu hast du dich so verführerisch schön gemacht? Siehst patent aus, Carrychen, wahrhaftig. Aber wissen möcht' ich doch, was du für einen Narren gefressen an dem Gänschen.«

»Pfui, Franz, wie kannst du solche Ausdrücke gebrauchen. Jetzt bekommst du zur Strafe keinen Kuß zum Abschied.«

Er streckte sich behaglich knurrend im Sessel aus.

»Kleiner Racker – dadurch strafst du dich doch selbst am meisten. Ich weiß doch, daß du ein kußliches Mäulchen hast. Also sei gescheit, bring' dich nicht selbst um einen Genuß. Komm her.«

Sie warf den Kopf zurück. »Nein, ich will nicht.«

»Aber Carrychen, das ist doch das kleine Gänschen nicht wert, daß wir schmollen.«

Es klang schon eine leise Ungeduld in seiner Stimme, und sie wußte, daß er sich sehr leicht erhitzte und dann ausfallend wurde, wenn man ihm den Willen nicht tat. Sie zwang sich zu einem Lachen.

»Rita ist kein Gänschen – sondern nur ein kleines, weißes Lämmchen, mit dem ich gern ein wenig spiele«, sagte sie mit seltsam flimmernden Augen.

Er lachte schallend auf. »Auch gut! Also so ziemlich sind wir doch einer Ansicht über sie. Komm, gib mir einen Kuß und schmolle nicht mehr – wenn du auch sehr reizend bist, wenn du schmollst. Das weißt du nur zu genau, deshalb schmollst du so oft.«

Sie fieberte, fortzukommen von ihm und bog sich schnell herab, um mit ihren Lippen flüchtig die seinen zu berühren. Aber er hielt sie fest und küßte sie mit fast brutaler Heftigkeit.

Sie wehrte sich dagegen, aber er faßte die sich sträubende Frau nur um so fester. Bei diesem Ringen stieg das Blut beängstigend in sein dickes Gesicht, er sah fast blaurot aus, als es Carry endlich gelang, sich loszumachen.

Ein grenzenloser Ekel schüttelte sie.

Sie mußte alle Selbstbeherrschung aufbieten, um ihn nicht ins Gesicht zu schlagen.

»Nun hast du mir meine Frisur in Unordnung gebracht«, stieß sie grollend hervor.

Er lachte, nach Atem ringend, keuchend auf.

»Warum sträubst du dich, mein Liebchen! Denkst wohl, ein wenig Wehren spornt das Begehren. Keine Angst, ich bin noch immer heftig verliebt in meine schöne Frau, brauchst dich nicht so rar zu machen mit deinen Zärtlichkeiten. Bist schon ein schlauer, kleiner Racker, sorgst klug dafür, daß sich dein Gatte nicht zu schnell abkühlt. Na ja – es muß ja auch für ein ganzes Leben aushalten. Nun geh, kleine Frau, bring' deine Frisur in Ordnung und eile dich ein wenig, sonst kommst du zu spät nach Valberg, und dein weißes Lämmchen ist schon fort.«

Carry winkte ihm nur hastig zu und verschwand. Franz von Croner lachte schallend hinter ihr her. Er glaubte, Carry sei so schnell entflohen, weil sie sich von ihm durchschaut glaubte. Vergnügt konstatierte er wieder bei sich, daß er ein ganz verfluchter Kerl sei. Und er hatte keine Ahnung, wie es im Herzen seiner Frau aussah.

Als Carry seinen Blicken entschwunden war, blieb sie einen Augenblick stehen und preßte die Hände aufs Herz. Ein Schauder rann ihr über die Glieder. Und wie eine heiße, allmächtige Flut stieg die Sehnsucht in ihr auf, sich aus diesen unwürdigen Banden zu lösen. Ach – einmal nur wieder in Günters Armen ruhen, einmal nur wieder seine Lippen auf den ihren fühlen. Dann mußte all die Qual dieser schrecklichen Ehe von ihr abfallen. Nur einen Augenblick in den Armen eines Mannes, ohne diesen furchtbaren Schauder ruhen dürfen – damit sie entsühnt war. Dann sollte sie Franz von Croner nie mehr berühren dürfen, dann würde sie Kraft haben, diese Ehe zu lösen.

Langsam schritt sie in ihr Ankleidezimmer zurück und ordnete ihr Haar, ohne ihre Zofe zu rufen. Dann ging sie zum Wagen, der bereitstand. Sie hatte keine Eile – denn sie wollte zu spät nach Valberg kommen, wollte Rita nicht mehr antreffen.

Die Blumen, die bereits im Wagen lagen, sollten ihr nur als Vorwand dienen.

Absichtlich zögerte sie, ihre langen Handschuhe schließend, bis sie einstieg.

»Fahren Sie den Weg über das Vorwerk nach Valberg«, gebot sie dem Kutscher.

Dieser Weg war schöner – aber auch länger, und darauf kam es Carry an. Mit brennenden Augen und zuckenden Lippen saß sie hochaufgerichtet im Wagen.

Wie sie beabsichtigt hatte, kam sie zu spät in Valberg an. Als sie mit dem Strauß in der Hand ausstieg und den herbeieilenden Diener nach Baroneß Rita fragte, meldete dieser, daß die Herrschaften vor zehn Minuten nach der Station gefahren seien.

Carry zeigte eine bestürzte, enttäuschte Miene.

»Oh – wie fatal! Ich wollte der Baronesse diese Blumen zum Abschied bringen. Es ist mir unbegreiflich – nach meiner Uhr ist es noch reichlich Zeit«, sagte sie, nach ihrer Taschenuhr sehend.

Der Diener konstatierte, daß die Uhr der gnädigen Frau nachgehen müsse.

Carry überlegte scheinbar.

»Ist Baron Günter mit zur Station gefahren?«

»Sehr wohl, gnädige Frau.«

»Nun – dann will ich wenigstens seine Rückkehr abwarten und mich entschuldigen. Der Weg zur Station ist nicht lang, und der Herr Baron wird bald zurück sein.«

Der Diener verneigte sich und führte Frau von Croner in einen Salon. Hier warf Carry die Blumen auf den Tisch. Sie hatten ihren Zweck erfüllt und ihr Eindringen in Valberg unverfänglich erklärt.

Ruhelos ging sie im Zimmer auf und ab und lauschte angestrengt auf die Rückkehr des Wagens von der Station. Ihre Bewegungen hatten etwas eigenartig Weiches, Gleitendes. Die herrliche, schlanke Gestalt war in eine elegante, duftige Frühjahrstoilette gehüllt. Hut und Mantel hatte sie draußen abgelegt. Die Schleppe rieselte wie ein leuchtender Wasserfall hinter ihr her. Bleich war das schöne Gesicht, nur die roten Lippen glühten darin. Das üppige, goldblonde Haar umgab in einem lockigen Scheitel das

Antlitz und leuchtete wie flüssiges Gold. Die wunderbaren Augen strahlten im feuchten, sehnsüchtigen Glanze. Sie war sinnbetörend schön, dies junge Weib, und gefährlich für die Herzensruhe eines Mannes, der sie einst mit allen Fasern seines Seins geliebt hatte.

Endlich hörte sie einen Wagen vorfahren. Ein Zucken lief über ihr erregtes Gesicht. Ihr Fuß stockte. Mitten im Zimmer blieb sie stehen, den Blick in atemloser Erwartung, im heißen Verlangen nach der Tür gerichtet.

Und durch diese Tür trat nach einigen Minuten Günter Valberg.

Der Diener hatte ihm gemeldet, daß Frau von Croner mit Blumen für Baroneß Rita zu spät gekommen sei und nun auf den Herrn Baron im Salon warte.

Es war Günter äußerst unangenehm, Carry anzutreffen. Er ahnte, daß sie mit Absicht dies Alleinsein herbeigeführt hatte. Und ein wenig bangte ihm doch vor diesem Alleinsein. Er wußte nicht, trotzdem er Rita herzlich liebte, ob er Carrys gefährlichem Zauber gegenüber Herr über sich bleiben würde. Aber jedes Zögern war ausgeschlossen, ebenso, als sich vor Carry verleugnen zu lassen. Sie hatte Stunde und Gelegenheit gut gewählt.

So ruhig wie möglich trat er über die Schwelle und zog die Tür hinter sich zu.

»Gnädigste Frau – ich bedaure sehr, daß Sie zu spät kamen, um Baroneß Rita Ihren Blumengruß zum Abschied zu bringen. Noch mehr bedaure ich, daß ich Sie habe warten lassen. Ich bitte sehr um Verzeihung«, sagte er förmlich.

Sie blieb reglos stehen, nur ihre Augen flammten in verzehrender Sehnsucht in die seinen.

»Ja, ich kam zu spät, die Blumen abzugeben«, sagte sie mit verhaltener Stimme. »Da liegen sie nun und welken, ohne ihren Zweck erfüllt zu haben. Aber nein – sie haben trotzdem ihren Zweck erfüllt. Ahnen Sie nicht, warum ich hier bin, Günter?«

Er war in der Nähe der Tür stehengeblieben. Wie eine leise Furcht kam es über ihn, als er sie so erregt vor sich sah. Zum ersten Male seit jenen Stunden, da er sie voll Liebe und heimlicher Glut in seinen Armen gehalten hatte, war er ganz allein mit ihr. Und sie war schöner, bezaubernder noch, als damals, und die Hochachtung vor der reinen Frau stand nicht mehr schützend zwischen ihr und ihm. Wohl hatte sein Herz nicht mehr teil an ihr, wohl meinte er, durch Ritas Liebe gegen Carrys Zauber gefeit zu sein. Aber er war auch nur ein Mensch, ein Mensch mit jungem, heißem Blut. Und er wußte – fühlte es, daß er nur die Arme auszustrecken brauchte, dann lag sie an seiner Brust und trank seine Küsse – wie damals.

Hart und schwer klopfte sein Herz. Er wehrte sich gewaltsam gegen die Macht dieser Stunde. Verlor er sich jetzt, dann war er auf immer verloren. Es durfte nicht sein – Ritas wegen.

So ruhig und kühl wie er konnte, antwortete er:

»Warum Sie hier sind? Nun – ich denke doch, um Baroneß Rita diese Blumen zu bringen.«

Sie stand noch immer reglos, sich selbst im Banne haltend.

»Nein«, stieß sie bebend hervor, »nicht darum. Das war nur ein Vorwand. Ich wollte Sie zwingen, mir endlich einmal Auge in Auge gegenüberzustehen. Sie sind mir ausgewichen, Günter – weil Sie nicht den Mut hatten, Ihrem Herzen zu folgen. Ich habe diesen Mut. Ach, Günter – Günter – warum hast du es zugelassen, daß ich diese furchtbare Ehe einging!,«

Carry trat ihm zitternd einen Schritt näher und sah ihn verzweifelt an. Der ganze Jammer ihres verfehlten Lebens sprach aus ihren Zügen und beunruhigte ihn.

»Sie haben mich nicht danach gefragt – Sie waren verlobt, ehe ich es hindern konnte, und was ich damals gelitten habe, weiß nur ich allein«, sagte er rauh.

Sie hob die Hände.

»Ich wußte ja nicht, was ich tat, Günter. Seit meiner Kindheit ist es mir eingeprägt worden: Du mußt eine reiche Partie machen, um aus der Misere eines armseligen Daseins herauszukommen. Und so nahm ich Croners Bewerbungen an, weiß Gott, mit wehem Herzen. Aber ich glaubte, dich vergessen zu können, Günter, glaubte, es sei auch für dich besser, wenn ich dich freigab. Und dann – dann sagtest du mir, zu meiner Verlobungsfeier, daß dir dein Onkel Valberg übergeben hatte, daß du imstande warst, einer Frau ein sorgenloses Dasein zu bieten. Da hätte ich aufschreien mögen vor Qual. Ach, Günter, warum ließest du es dann noch zu, daß ich Croners Frau wurde? Ich zeigte es dir doch, daß ich bereit war, mich für dich frei zu machen. Du bist ein Mann, du mußtest wissen, was ich auf mich nahm mit dieser Ehe. Aber statt mich zu halten, stießest du mich in deinem Groll von dir. Und ich wurde Croners Frau, während mein Herz voll Sehnsucht nach dir rief. Ich weiß nicht mehr, wie ich jene Tage verbracht habe. Ich erkannte ja erst, wie sehr ich dich liebte, als du mir verloren warst. Durch meine Schuld – ich weiß es – ach, ich weiß es. Ach, Günter – ich leide unsäglich. Ich kann Croners Frau nicht bleiben. Das Grauen vor ihm bringt mich noch von Sinnen. Erlöse mich erlöse mich, Günter! Deine Liebe zu mir kann nicht gestorben sein – sie darf nicht, wenn ich nicht verzweifeln soll. Sei gut zu mir, Günter, sag', daß du mir verzeihst, daß du mich wieder aufnimmst in deinem Herzen. Ich habe keinen Stolz mehr dir gegenüber, Günter, und ich bin nichts als ein zitterndes, hilfloses Weib. Alles, will ich auf mich nehmen, jede Buße, die du von mir verlangst, nur sag' mir, daß du mich noch liebst, mir verzeihst und mich retten willst aus dieser Pein. Ich kann nicht leben ohne dich – ich habe mich selbst nicht gekannt. Sei gut, Günter, erbarme dich meiner, laß mich nicht versinken im Elend dieser Ehe. Du allein kannst mich retten vor Verzweiflung.«

Erschöpft schwieg sie still. Sie hatte das alles in heißer

Glut hervorgestoßen, ohne sich von ihrem Platz zu rühren. Schlaff hingen ihre Arme herab, und nur ihre Augen flehten um seine Liebe.

Günter stand wie gelähmt. Wie springende Funken tanzte es vor seinen Blicken. Er fühlte mit schmerzhafter Gewißheit, daß sie keine Komödie spielte, daß ihr Empfinden echt war. Und dies Bewußtsein machte ihn schwach. Er strich sich über die Augen.

»Gnädige Frau – kommen Sie zu sich – Sie sind krank, erregt. Solche Worte dürfen nicht gewechselt werden zwischen uns. Denken Sie daran, daß Sie den Namen Ihres Gatten in Ehren halten müssen. Eine Ehe ist nicht so schnell gelöst, wie sie geschlossen ist. Und – Sie haben es nicht anders gewollt. Zwischen uns kann und darf es keine Gemeinschaft mehr geben – es ist zu spät«, stieß er hastig hervor.

Sie strebte zitternd, mit ausgestreckten Händen zu ihm hin.

»Günter – Günter – sag' das nicht – nicht zu spät«, flüsterte sie, und ihn plötzlich, alles vergessend, umschlingend, sank sie so an ihm herab zu seinen Füßen nieder. Ihre Augen sahen mit heißem Flehen, mit sehnsüchtigem Glanz zu ihm empor.

Es war eine gefährliche Situation. Der bebende Frauenkörper zu seinen Füßen raubte ihm fast die Besinnung. Sie fühlte, daß er die starre Haltung verlor, sah, daß seine Augen nicht mehr ruhig blickten. Sein Atem ging unruhig.

Ihre Lippen glühten ihm entgegen, die Erinnerung an einstige selige Stunden überflutete ihn.

Sie faßte seine Hände und preßte sie an ihr Herz.

»Laß mich nicht versinken, Günter, hilf mir«, flehte sie zitternd und preßte seine Hände krampfhaft zwischen den ihren.

Schon war er im Begriff, sich zu ihr herabzuneigen. Da zuckte er plötzlich zusammen. Sie hatte seine Hand so stark gepreßt, daß ein schlichter, goldener Ring scharf und schmerzend in sein Fleisch schnitt. Diesen dünnen Goldreif, ein unscheinbarer Kinderring, hatte ihm Rita gestern abend in einer zärtlichen Stunde an den kleinen Finger der linken Hand gesteckt und ihm dabei gesagt: Trag' ihn, bis wir uns wiedersehn, weil wir noch keine Verlobungsringe haben. Er soll dich schützen wie ein Talisman.

Günter war, als höre er wieder diese Worte von Ritas liebem, weichem Stimmchen.

Und da wurde ihm der kleine Ring wirklich zum Talisman. Die fieberhafte Erregung, die Carrys Worte in ihm entfacht, verließ ihn. Er wurde ruhiger, und Carrys heißes Flehen verlor die Macht über ihn.

Schnell hob er sie auf, löste ihre Hände mit sanftem, aber festem Griff von sich ab und führte sie mit zwingender Gewalt zu einem Sessel, in den er sie niedergleiten ließ.

»Gnädige Frau – kommen Sie zu sich und fassen Sie sich. Ich kann Ihnen nicht helfen, selbst wenn ich wollte. Ich würde Ihnen und mir einen schlechten Dienst tun, wenn ich dem Zauber dieser Stunde erliegen würde. Wir müssen beide zu vergessen suchen, was einst war. Es ist Ihrer und meiner unwert, wenn wir uns noch in Erinnerungen an einst verlieren. Ich will Ihnen gern verzeihen – alles. Und wenn Sie Ihre Ehe lösen wollen – so muß es geschehen, ohne eine Beziehung zu mir – denn ich bin seit vorgestern mit Baroneß Rita verlobt.«

Sie fuhr empor und starrte ihn entgeistert an. Ein fahles, verzerrtes Lächeln flog über ihr Gesicht.

»Darum also – darum – jetzt hast du dich verkauft, Günter – verkauft – jawohl, ich weiß es – du liebst sie nicht – du liebst mich – mich allein. Sie darf dich mir nicht nehmen – du bist mein – mein!« stieß sie jammernd, verzweifelt hervor.

Er trat von ihr zurück. »Sie dürfen nicht mehr hierbleiben – wir sind zu Ende miteinander. Ich bitte, fassen Sie sich. Ich lasse Sie jetzt einige Augenblicke allein. In einigen Minuten komme ich mit einem Diener zurück, der Ihnen Ihre Sachen bringt, und begleite Sie zu Ihrem Wagen.«

Mit diesen Worten verließ er schnell das Zimmer, ehe sie noch etwas entgegnen konnte.

Sie sprang auf, als wollte sie ihn halten. Aber dann fiel sie kraftlos in ihren Sessel und preßte die Hände vor ihr Antlitz.

»Er flieht, weil er mich dennoch liebt, weil er dieser Rita sein Wort nicht brechen will. Wie ich sie hasse, dies nichtssagende unbedeutende Geschöpf, das kein Recht an ihn hat, das der eigene Vater an ihn verkaufte. Sie soll nicht glücklich werden an seiner Seite – ich dulde es nicht – ich dulde es nicht!«

So dachte sie, die Zähne im wilden Schmerz aufeinanderbeißend. Langsam ließ sie dann die Hände vom Gesicht gleiten. Und die oft geübte Gewohnheit, sich beherrschen zu müssen, half ihr, die Haltung wiederzugewinnen. Sie erhob sich und trat an den Tisch heran, wo die Blumen lagen. Starr sah sie darauf nieder.

Gleich darauf öffnete sich die Tür. Günter trat ein, ließ aber die Tür hinter sich offen stehen, und als er sah, daß sie sich beruhigt hatte, winkte er einem ihm folgenden Diener.

»Der Diener bringt Ihnen Hut und Mantel, wie Sie befohlen haben, gnädige Frau«, sagte er laut.

Sie wandte ihm das blasse Gesicht zu und neigte konventionell das Haupt. Er nahm dem Diener den Mantel ab und legte ihn ihr um. Mit einer Verbeugung bot er ihr den Arm.

»Also lassen Sie die Blumen ins Wasser stellen, Herr Baron, und gönnen Sie ihnen ein Plätzchen in Valberg, bis sie verwelkt sind«, sagte sie höflichkühl, des Dieners wegen.

»Das wird geschehen, gnädige Frau«, antwortete er ebenso.

Der Diener nahm auf einen Wink des Barons die Blumen auf, und Günter führte Carry hinaus. Draußen half er ihr artig in den Wagen. Einen Augenblick sahen sie sich beide in die bleichen Gesichter. Hastig neigte sie sich noch einmal vor.

»Auf meinen Glückwunsch müssen Sie verzichten – ich will nicht, daß Sie glücklich werden – mit einer anderen«, flüsterte sie tonlos mit zuckenden Lippen und einem Blick, der ihm ihren ganzen Jammer enthüllte. Dann fuhr der Wagen davon.

Günter sah ihm nach.

»Sie tut mir leid, trotz allem, was sie mir getan. Aber ich liebe sie nicht mehr, ihre Leidenschaftlichkeit stößt mich ab. Nur mein Blut konnte vorhin einen Moment aufwallen – mein Herz weiß nichts mehr von ihr. Aber ich werde ihr ausweichen, wo ich kann.«

Und als er dann in seinem Zimmer stand, küßte er den dünnen, schlichten Goldreif.

»Kleine Rita – holde, kleine Rita, es war doch gut, daß du mir diesen Talisman gabst. So schwach sind wir Männer, wenn uns nicht der Zauber einer reden Liebe beschützt.«

Rita saß mit Tante Exzellenz über einen Stoß von Modejournalen und Geschäftskatalogen gebeugt. Sie waren beide eifrig beschäftigt, denn Ritas Aussteuer mußte schnell fertiggestellt werden.

»Siehst du, Rita, dies entzückende Teekleid, das ist etwas für dich. Spitzen sind immer kleidsam. Eine Frau kann gar nicht genug Spitzen tragen. Also dieses wählen wir. Und hier – was sagst du zu dieser Robe für kleine Festlichkeiten? Ihr werdet ja doch ein Haus machen. Wir müssen auch noch große Toiletten aussuchen. Dinertoiletten mußt du auch haben. Wir wollen gleich heute nachmittag uns Verschiedenes vorführen lassen.«

Exzellenz war ganz Eifer und freudige Erregung.

Rita lachte. »Ach, Tantchen, du bist mit so viel Eifer dabei, mich schönzumachen, als gälte es dir selbst.«

Die Generalin küßte sie lächelnd auf die Wange. »Vielleicht wäre ich dann weniger eifrig, so wie du, mein Kleinchen. Dir scheint dies alles gar nicht so wichtig, und doch – du glaubst nicht, wie sehr es das ist. Das Schicksal einer Frau hängt oft von einem einzigen Kleide ab. Ihr Glück kann durch eine einzige kleidsame Robe gemacht werden, und ihr Unglück kann eine unkleidsame besiegeln.«

»Es mag wohl so sein, Tantchen. Und ich bin dir so dankbar, daß du mir hilfst. Wer weiß, ob mich Günter so liebgewonnen hätte, wenn du mir nicht für Valberg so reizende Kleider ausgesucht und meiner Zofe so genau vorgeschrieben hättest, wie sie mich schönmachen soll. Aber – ich glaube doch, Günter hat nicht viel Sinn für schöne Kleider. Frau von Croner ist doch so wunderschön, und du solltest einmal sehen, was für wundervolle Toiletten sie hat und wie sie die zur Geltung bringt. Günter sieht das aber einfach nicht. Neulich hat er direkt neben ihr gesessen bei Tisch, und da trug sie ein märchenhaft schönes Kleid. Als ich Günter fragte, wie ihm das gefallen hat, wußte er gar nicht, wie es ausgesehen hatte.«

Die Generalin sah Rita forschend an. »Ihr verkehrtet wohl viel mit Croners?«

»O ja, Tantchen, sehr viel – fast täglich. Frau von Croner ist eine reizende Dame und sehr gut und liebenswürdig zu mir. Sie sagt, wir müßten gute Freundinnen werden und recht zusammenhalten. Wie sie staunen wird, wenn sie unsere Verlobungsanzeige erhält. Papa wollte nicht, daß ich ihr davon sprach. Sie wird übrigens nächstens in die Residenz kommen, um nach ihren Eltern zu sehen. Dann will sie auch uns besuchen, und ich soll dir Grüße von ihr bestellen.«

Der klugen, erfahrenen Frau wollte das gar nicht sehr gefallen. Wenn Carry Croner Rita so auffallend liebenswürdig entgegenkam, hatte sie gewiß eine Absicht dabei. Aber sie sprach das nicht aus, es hätte Rita nur beunruhigt.

Gleich darauf wurde Besuch gemeldet – Baron Günter Valberg.

Rita sprang auf, und jähe Röte schlug ihr ins Gesicht.

»Günter!« rief sie, mit jubelndem Klang in der Stimme.

Schon stand er auf der Schwelle. Artig küßte er die Hand der Generalin und begrüßte Rita mit großer Innigkeit.

»Ach, Günter, welch eine frohe Überraschung, ich habe dich erst morgen erwartet.«

»Papa hat dich mir so schnell entführt, daß ich kaum zum Bewußtsein meines Glückes gekommen bin. In diesen zwei Tagen, die du von Valberg fort bist, hast du mir so sehr gefehlt, daß ich lieber heute schon kam. Ich habe mich ohne weiteres bei deinem Vater einlogiert. Er wird mir bald folgen.«

Exzellenz entschuldigte sich – sie müsse unbedingt einmal nachsehen, ob man einen Auftrag von ihr ausgeführt habe.

Kaum war sie hinaus, da zog Günter Rita in seine Arme und küßte sie innig. »Exzellenz ist eine kluge, reizende Frau. Sie wußte gleich, daß sie momentan hier überflüssig war«, sagte er lächelnd.

Rita sah ihn glücklich an.

»Ach, Günter, wie gut, daß du gekommen bist. Mir war in diesen zwei Tagen oft, als habe ich mein Glück nur geträumt. Ich fürchtete immer, ich würde aufwachen als die arme Rita, die im Hause ihres Stiefvaters allen Menschen lästig war und die niemand liebhatte.«

Er faßte ihre Hand und steckte ihr den Verlobungsring an.

»So, mein Liebling – unsere Verlobungsanzeigen sind, wie mir Papa sagte, schon gestern abgeschickt worden, und heute bringe ich dir erst den Ring. Wenn du nun noch einmal zu träumen fürchtest, soll er dir immer sagen, daß du nun niemals mehr ungeliebt durchs Leben gehen mußt.«

Sie küßte den Ring, andächtig und innig, und dann hielt

er ihr den anderen Verlobungsring hin und bat sie, ihm denselben überzustreifen.

Sie tat es mit bebenden Fingern, und da sah sie den schlichten, dünnen Goldreifen wieder, den sie ihm vor ihrer Abreise von Valberg gegeben.

»Nun kann ich dir diesen wieder fortnehmen, Günter. Er hat seine Dienste getan«, sagte sie lächelnd.

Er aber schüttelte den Kopf, und sein Gesicht wurde ernst.

»Nein, Liebling – laß ihn mir. Er hat, glaube ich, wundertätige Kraft und soll mir immer ein Talisman sein.«

Und innig umarmte und küßte er sie und war im tiefsten Herzen froh, daß er ihrer reinen Liebe würdig geblieben war.

Nun kam die Generalin zurück, und gleich darauf wurde Baron Viktor gemeldet. Er begrüßte die Damen.

Rita fragte ihren Verlobten: »Wann reist du wieder nach Valberg zurück, Günter?«

»Ich bleibe bis Ende der Woche. Eigentlich habe ich ja hier gar nichts mehr zu suchen, aber Papa war so liebenswürdig, mir mit seinem Zorne zu drohen, wenn ich nicht bis Sonnabend bleibe.«

Ihr Gesichtchen strahlte.

»Das war lieb von Papa. Wir sehen uns ja dann lange Wochen nicht wieder.«

»Ja, mein Liebling, genau heute in acht Wochen wirst du meine liebe, kleine Frau.«

»Nun, teuerste Freundin«, sagte inzwischen Viktor, »ich stehe hier zwischen einem Berg von Modejournalen. Über Langeweile brauchen Sie wohl in den nächsten Wochen nicht zu klagen?«

»Nein, wir haben viel, viel zu tun, Rita und ich. Aber das ist schön. Ich möchte gar nichts weiter zu tun haben als junge, glückliche Bräute auszustatten.«

»Nun – über Geschmack läßt sich nicht streiten. Aber jetzt bin ich eigentlich gekommen, um Sie und Rita, samt

Günter, in meinem Auto zu entführen. Wir wollen eine Ausfahrt machen. Das Wetter ist so schön, und wenn ich Sie und Rita nicht zuweilen entführe, vergessen Sie sicher über diesen wichtigen Ausstattungsfragen, sich in frischer Luft zu erholen. Meine kleine Rita soll ihre blühenden Wangen nicht wieder verlieren.«

Rita hatte das gehört und umarmte den Vater zärtlich.

»O du einzig guter, himmlischer Papa!« rief sie innig.

Ein wenig verlegen sah er auf Günter. Er war sich bewußt, dies Lob nicht zu verdienen. Die neugeschenkte Freiheit war ihm wie ein Rausch zu Kopfe gestiegen. Er war so glücklich, daß er nun wieder ungestört sein Junggesellendasein führen konnte.

Die Damen kleideten sich nun schnell für die Fahrt um, und kurze Zeit darauf ging es im schnellsten Tempo durch die Straßen der Residenz ins Freie.

»Na, sieh mal an, Carry«, sagte Herr von Croner am Frühstückstisch zu seiner Gattin, während er die Post durchsah. Carry sah mit müden Augen zu ihm hinüber. Seit ihrer Unterredung mit Günter war sie wie unter einem lähmenden Bann. Einen ganzen Tag hatte sie sich, Unwohlsein vorschützend, in ihr Zimmer eingeschlossen und hatte, in dumpfe Verzweiflung versunken, vor sich hingestarrt. Sie wußte nicht, was sie nun mit sich und ihrem Leben beginnen sollte. Müde und abgespannt war sie dann endlich wieder zum Vorschein gekommen und suchte nun die Gewohnheiten des Lebens wieder aufzunehmen. Von ihrem Vorsatz, sich von Croner scheiden zu lassen, war sie wieder abgekommen. Es hatte jetzt keinen Zweck mehr, wenn sie sich von ihm löste. Günter war ja nun gebunden – und er würde sich nicht wieder lösen, sie kannte ihn zu gut, um das für möglich zu halten. Ach – wenn sie geahnt hätte, wie schnell der Handel abgeschlossen wurde zwischen Viktor und Günter – dann hätte sie diese Verlobung doch wohl hintertreiben können.

Aber konnte sie da nicht auch jetzt noch? Dieser Gedanke hatte sie aufgerüttelt aus ihrer Verzweiflung. Sie fühlte aber nicht mehr die Kraft in sich, einen Entschluß zu fassen. Ja, wenn sie frei gewesen wäre, hätte sie wohl den Kampf fortgesetzt. Aber sie war gebunden, wie mit Ketten. So leicht würde sie die Fesseln ihrer Ehe nicht abstreifen können, sie hatte keinen Grund zur Scheidung, und wenn sie ihrem Gatten einfach davonlief, dann war es noch fraglich, ob er sich scheiden ließ. Und bis dahin würde es längst zu spät sein – dann war Rita wohl längst Günters Frau.

Seine Frau!

Ein glühender Haß gegen Rita stieg in ihr auf, obwohl sie dazu keinen Grund hatte und obwohl sie nicht glaubte, daß Günter Rita jemals lieben würde. Noch immer war sie überzeugt daß Günter nur sie liebte. Sie hatte ja gefühlt, wie er mit sich im Kampfe lag, und wenn er sich inzwischen nicht an Rita gebunden hätte, dann wäre alles gut gewesen.

Und darum haßte sie Rita. Und das eine stand fest bei ihr – glücklich sollte sie nicht mit Günter werden, sie wollte ihr Günters Liebe streitig machen, solange noch Leben in ihr war.

»Was ist denn, Franz, hast du eine besonders interessante Nachricht?« fragte sie nun ihren Gatten.

Er reichte ihr eine große, elegante Doppelkarte.

»Da sieh mal an, was dir dein kleines, weißes Lämmchen für eine Überraschung bereitet hat.«

Sie faßte lässig nach der Karte.

»Ich glaube nicht, daß ich sehr überrascht sein werde. Wahrscheinlich kündet uns diese Karte die Verlobung der Baroneß mit Baron Günter Valberg«, erwiderte sie, sich zu einem Lächeln zwingend.

»Donnerwetter, kleine Frau – das hast du schon vorausgeahnt? Aha – das weiße Lämmchen hat dir das süße Geheimnis schon anvertraut, ehe die Sache zum Klappen kam?«

»Nimm an, daß es so ist. Vielleicht habe ich's auch nur erraten.«

»Hm! Weißt du, Carry, du solltest ein Glas Rotwein trinken, du siehst so blaß aus seit einigen Tagen.«

»Du weißt doch, daß ich Migräne habe, dagegen hilft Rotwein nicht.«

»Na ja, wie du denkst. Daß du Migräne haben könntest, hab' ich auch nicht gedacht. Ihr Frauen seid doch wirklich das schwache Geschlecht. Und um noch mal auf diese Verlobung zu kommen – verdammt früh bindet sich Baron Günter Valberg mit Ehefesseln. Er ist doch nicht viel über dreißig. Und so ein patenter Kerl – da ist Schneid drin. Aber ein Schaf – jawohl. In dem Alter soll man noch nicht heiraten, soll sich seines Lebens freuen. Zum Heiraten käme er in zehn Jahren auch noch früh genug.«

Ein Gefühl, das an Haß grenzte, stieg in Carry gegen ihren Mann empor. Er hatte stets eine so nichtachtende Art, von der Frau und der Ehe zu sprechen, die ihr das Blut ins Gesicht trieb, trotzdem auch sie die Ehe nicht gerade heilig hielt.

»Baron Günter Valberg ist darüber wahrscheinlich anderer Ansicht wie du, lieber Franz«, sagte sie.

»Hm! Scheint so. Na, jedem für sein Geld, was ihm schmeckt. Übrigens liegt ja die Chose bei ihm auch anders. Diese kleine Baronesse ist ein fetter Bissen für ihn. Aus Liebe heiratet er das spindeldürre Dingelchen sicher nicht.«

»Das glaube ich auch nicht«, erwiderte Carry aufatmend.

Und sie glaubte es wirklich nicht.

Nach dem Frühstück ritt sie aus. Und die Sehnsucht trieb sie nach dem Valberger Fort hinüber. Wenn Rita noch in Valberg gewesen wäre, hätte sie nichts abgehalten, dort einen Besuch zu machen, um nur Günter sehen zu dürfen.

Und in der Verzweiflung ihres Herzens klammerte sie sich an eine Hoffnung. Wenn Günter erst das Elend einer liebeleeren Ehe kennenlernte, würde er leiden, wie sie, und dann würde er sich nach Befreiung sehnen, wie sie, und den Weg zu ihr zurückfinden. Was dann werden sollte, daran dachte sie nicht. Es war jetzt nur noch der brennende Wunsch in ihr, sich von ihm geliebt zu wissen.

In tiefe, bittere Gedanken versunken, war sie bis an das Valberger Parktor geritten. Vor dem Gärtnerhäuschen stand die Frau des Gärtners. Carry ritt langsam heran. Die Gärtnersfrau knixte untertänig – Frau von Croner hatte ihr schon manch schönes Trinkgeld gegeben und war immer so gütig. Auch heute nickte sie der einfachen Frau freundlich zu.

»Guten Morgen.«

»Guten Morgen, gnädigste Frau. Wenn gnädige Frau die Herrschaften besuchen wollen, können sich gnädige Frau den Weg sparen. Es ist niemand zu Hause. Der gnädige Herr und das gnädige Fräulein sind schon vor einigen Tagen abgereist, und unser junger Herr ist heute morgen auch nach der Residenz gefahren.«

Carry lauschte interessiert.

»So, so – der junge Herr Baron ist auch abgereist? Auf längere Zeit?«

»Wohl nur auf einige Tage.«

Carry ritt grüßend davon.

Also Günter war nach der Residenz – zu seiner Braut.

Eine wütende Eifersucht erfaßte sie. Ihr war, als müsse sie Günter schleunigst folgen und zwischen ihn und Rita treten. Das letztere konnte sie freilich nicht – aber wer sollte sie hindern, auch nach der Residenz zu reisen? Sie hatte doch ohnedies ihre Eltern besuchen wollen. Und außerdem hatte sie Rita versprochen, sie demnächst zu besuchen. So würde ihr Auftauchen nicht auffallen. Und sie konnte Günter wiedersehen. In der Residenz konnte er nicht so leicht ausweichen, da fanden sich überall Berührungspunkte.

Schnell ritt sie nach Hause. Bei Tisch erklärte sie ihrem Gatten, daß sie nach der Residenz reisen wollte.

»Ich will endlich meine Eltern einmal wieder besuchen und habe auch Einkäufe im Sinn. Außerdem will ich Baroneß Rita einen Gratulationsbesuch machen«, sagte sie leichthin.

»Du verlangst doch hoffentlich nicht, daß ich dich begleite, Carry?« fragte Herr von Croner.

Nein, das verlangte Carry nicht, im Gegenteil. Aber sie tat doch, als ob sie es erwartet hätte.

»Du sagtest doch neulich, daß du mal wieder unter Menschen wolltest, Franz?« fragte sie.

Er lachte.

»Na ja, kleine Frau – aber eigentlich war das anders gemeint. Weißt du was, mein Schätzchen – reise du allein. Es liegt mir so absolut nicht, bei Schwiegermama im Salon zu sitzen und mich von deinen neiderfüllten Freundinnen anstaunen zu lassen. Es gönnt dir doch keine, daß du Frau von Croner geworden bist. Na, na – kein Mäulchen ziehen. Ich stifte dir für deine Einkäufe ein paar braune Lappen mehr. Und dann mache ich inzwischen eine Spritztour nach Berlin.«

»Nach Berlin?« fragte sie, im innersten Herzen froh, daß er sie nicht begleitete. Er lachte.

»Ja, nach Berlin. Muß mich mal ein bißchen auffrischen. Brauchst aber nicht eifersüchtig zu werden; hast mich ja fest am Seil, und schöner als du ist so leicht keine.«

Sie hätte ihm irgend etwas Fürchterliches in sein sattes, selbstgefälliges Gesicht hineinschreien mögen, das seine unausstehliche Eitelkeit auf den Tod verwundet hätte – aber sie preßte die Lippen fest aufeinander – und schwieg. Sogar ein Lächeln zwang sie in ihr Gesicht, und dann sagte sie:

»Eigentlich müßte ich böse sein, Franz, daß du lieber nach Berlin reist als mit mir.«

Er tätschelte ihre Hand.

»Versuch's nur gar nicht erst, Carrychen. Bist doch sonst eine ganz vernünftige kleine Frau und läßt mich nach meiner Fasson selig werden. Allein mag ich nicht zu Hause bleiben, wenn du fort bist – also – entweder du verzichtest auf deine Reise nach der Residenz oder du gibst mir während der Dauer deiner Abwesenheit Urlaub nach Berlin.«

Carry gab diesen Urlaub nur zu gern. Es schien ihr eine Wohltat, einige Tage frei zu sein von dem fast unerträglichen Zwang des Zusammenlebens mit ihrem Manne.

Und doch dachte sie nicht mehr an eine Scheidung. Günter konnte sie sich doch nicht durch eine solche zurückgewinnen, und zurück in die ärmlichen Verhältnisse ihres Vaterhauses – gar noch als geschiedene Frau –, davor graute ihr. Sie hatte sich schon zu sehr daran gewöhnt, eine reiche Frau zu sein und das Geld mit vollen Händen auszugeben. So kamen die Gatten überein, auf vierzehn Tage einander Urlaub zu geben.

Rita hatte energisch gestreikt. Solange Günter in der Residenz war, wollte sie nichts von Einkäufen, Bestellungen und Kostümproben wissen. Günter erhielt zwar Urlaub von ihr, des Abends mit seinen Regimentskameraden zusammenzutreffen, aber am Tage war das Brautpaar viel zusammen. Tante Exzellenz hatte sich lächelnd gefügt, und wenn sie sah, wie liebevoll und zärtlich Günter zu Rita war, hatte sie gar keine Sorge mehr, daß die nahe Nachbarschaft von Cronersheim Rita gefährlich werden könnte.

Es war am Mittwochvormittag zur Besuchsstunde. Das Brautpaar saß mit der Generalin in dem hübschen, behaglichen Salon, als Frau von Croner gemeldet wurde.

Tante Exzellenz sah zu Günter hinüber. Dessen Stirn hatte sich jäh gerötet, und seine Augen blitzten wie im Unwillen auf. Der alten Dame entging das nicht. Sie merkte, daß Günter unruhig war und es verbergen wollte.

Rita sprang aber erfreut auf. »Ach, wie lieb!« rief sie, sah aber in demselben Augenblick in Günters finsteres Gesicht und fragte erschrocken: »Ist es dir nicht lieb, daß Frau von Croner kommt?«

Er rückte sich zusammen und zwang sich zu einem Lächeln.

»Natürlich wäre es mir lieber gewesen, wenn Frau von Croner dich in meiner Abwesenheit besucht hätte. So kürzt sie uns die wenigen Stunden unseres Beisammenseins.«

Sanft strich sie über seine Stirn. »Sie wird nicht lange bleiben, Günter. Es ist doch sehr nett von ihr, daß sie uns besucht. So bald hatte ich sie nicht erwartet. Sicher will sie uns ihren Glückwunsch persönlich bringen.«

Forschend sah die Generalin Günter an.

»Soll ich sie abweisen lassen? Sie kann ja ein andermal wiederkommen.«

Rita hob bittend die Hände.

»Ach nein – ach nein, Tantchen. Wie unfreundlich würde das aussehen! Sie hat doch gehört, daß wir zu Hause sind. Sie wurde sehr böse werden – und mit Recht.«

»Das würde auch nicht schaden – im Gegenteil«, hätte die Exzellenz am liebsten gesagt. Irgend etwas gefiel ihr nicht an diesem Besuch Carrys, der ausgerechnet mit dem Günters zusammenfiel. Daß dieser nicht entzückt war, Frau von Croner hier zu treffen, entging ihren klugen Augen nicht. Aber auf Ritas Wunsch gab sie doch das Zeichen, Frau von Croner einzulassen.

Liebenswürdig und schön wie der junge Tag rauschte Frau von Croner in einer wundervollen Besuchstoilette aus lichtgrauem Chiffon-Velours mit kostbaren Spitzeninkrustationen herein. Sie trug einen Strauß köstlicher dunkelroter Rosen in der Hand, und nachdem sie die Exzellenz artig begrüßt hatte, wandte sie sich an Rita.

»Ich habe meinen Besuch in der Residenz eigens zu dem Zwecke schon jetzt vorgenommen, um Ihnen, liebste Baroneß, persönlich meinen Glückwunsch zu Ihrer Verlobung zu überbringen. Und diese Rosen sollen meine Wünsche illustrieren. Wie haben Sie uns überrascht mit Ihrer Verlobung«, sagte sie liebenswürdig.

»Wie gütig von Ihnen, gnädige Frau. Ich danke Ihnen herzlich. Sie sind, wie immer, so lieb und gut zu mir.«

Carry umarmte sie und küßte sie auf die Wangen. Rita

war sehr gerührt, aber der Exzellenz entging es nicht, daß Carrys Wesen etwas Gezwungenes hatte und ihre Augen unruhig flimmerten.

Und jetzt gab sich Carry den Anschein, als bemerke sie erst in diesem Augenblick Günters Anwesenheit.

»Ah – Sie auch hier, Herr Baron? Das ist ein freundliches Zusammentreffen. Ich wußte gar nicht, daß auch Sie sich in der Residenz befinden und glaubte Sie in Valberg. Wir haben uns lange nicht gesehen – ich glaube, nicht, seit der kleinen Festlichkeit in Cronersheim. So kann ich auch Ihnen gleich meinen Glückwunsch bringen«, sagte sie, Günter die Hand reichend.

Er mußte ihre Hand erfassen und an die Lippen ziehen. Sie umkrampfte seine Finger mit fast schmerzhaftem Druck und sah ihn einen Moment mit einem jammervollen Blick an. Er war froh, daß sie dabei den beiden Damen den Rücken zukehrte. Es war ihm ein peinigendes Gefühl, vor Ritas unschuldigen Augen eine Art Komödie aufführen zu müssen.

»Ich bin erst seit vorgestern hier, gnädige Frau. Vielen Dank für Ihren Glückwunsch«, sagte er ziemlich kurz.

Sie wandte sich lächelnd an Rita. »Da freuen Sie sich gewiß, liebste Baroneß. Brautleute trennen sich nicht gern.«

»Oh, Günter reist leider schon Sonnabend nach Valberg zurück«, erwiderte Rita harmlos.

Die Unterhaltung wurde nun allgemein. Günter merkte, daß sich Carry anscheinend zu einem längeren Besuch niederließ.

Da erhob er sich hastig.

»Die Damen wollen gewiß Toilettenfragen erörtern. Da will ich nicht stören.«

»Du willst fortgehen, Günter?« fragte Rita sichtlich betrübt.

»Ich hole nur Papa ab und komme mit ihm zurück, er erwartet mich.«

Sofort erhob sich auch Frau von Croner.

»Da können wir zusammen gehen, Herr Baron. Ich wollte mich nicht länger aufhalten. Mama geizt natürlich mit jeder Stunde meiner Anwesenheit. Aber meinen Glückwunsch wollte ich Ihnen doch gleich am ersten Tage abstatten.«

Sie verabschiedete sich hastig. Günter biß sich auf die Lippen. Die Exzellenz sah es wohl. Nur Rita blieb harmlos.

Günter wäre nun am liebsten zurückgeblieben. Das konnte er jedoch nicht, ohne direkt unartig zu sein.

Er blieb ein wenig zurück, als Carry das Zimmer verließ.

»Ich komme schnell wieder, Liebling. Wenn ich gewußt hätte, daß Frau von Croner so bald wieder geht, wäre ich überhaupt nicht fortgegangen. Nun darf ich aber nicht unhöflich sein«, flüsterte er Rita zu.

Sie faltete die Hände um seinen Arm. »Ja, komme bald wieder. Du magst wohl Frau von Croner nicht leiden, Günter?«

Er sah sie unsicher an. »Mir wäre es jedenfalls lieber, wenn du dich nicht so innig mit ihr befreundetest.«

Erschrocken sah sie ihn an. »Ach – ich wußte nicht, daß es dir unangenehm war. Ich verstehe das nicht.«

Da fürchtete er, schon zuviel gesagt zu haben. Ihre Unbefangenheit durfte nicht getrübt werden.

Er zwang sich zu einem Lächeln. »Ich bin ein Egoist, Liebling – und gönne niemand, von dir geliebt zu werden.«

Ein strahlendes Leuchten glitt über ihr Gesicht. »Ach, Günter – wie glücklich macht mich dieser Egoismus. Also, komm schnell wieder!«

»Ja, ja. Adieu einstweilen, Liebling.«

Eiligst folgte er Frau von Croner, die sich inzwischen von der Generalin verabschiedet hatte.

Stumm und mit unbewegtem, ernstem Gesicht geleitete Günter die schöne Frau die Treppe herab. Er vermied, sie anzusehen, fühlte aber, daß ihre Augen an seinem Gesicht hingen. Und dann sagte sie leise: »Wenn du mich auch nicht ansiehst, Günter, ich weiß es doch, daß dein Herz noch mir gehört, und nicht der, die du deine Braut nennst. Du hast dich verkauft, wie ich es getan – und unsere Seelen werden einander suchen in tausend Qualen. Diese Gewißheit allein läßt mich das Leben weiterschleppen – ich weiß – du bist mein.«

Er fuhr auf und wollte antworten. Aber er fürchtete eine Szene – und schwieg. Mochte sie glauben, was sie wollte, es durfte ihn nicht mehr interessieren.

Stumm öffnete er die Tür und ließ sie hinaustreten auf die Straße. Zu seiner großen Erleichterung fuhr in demselben Augenblick das Auto Viktors vor, und dieser sprang heraus.

»Gnädige Frau – da ist mein Onkel bereits, den ich abholen wollte. Ich werde mir das Vergnügen versagen müssen, Sie weiterzubegleiten«, sagte er kühl und höflich.

Viktor hörte das. Er trat heran mit einem sarkastischen Lächeln, verneigte sich tief vor Carry und küßte ihre Hand.

»Verehrte gnädige Frau – da ich Sie um die Begleitung meines Neffen bringe, bin ich Ihnen einen Ersatz schuldig. Darf ich Ihnen mein Auto und meine Person zur Verfügung stellen?«

Carrys Augen funkelten ihn an.

»Ihr Auto nehme ich mit Dank an – auf Ihre Begleitung verzichte ich. Ihre Tochter erwartet Sie, und man soll einen so liebevollen Vater nicht von seinem Kinde zurückhalten.«

Das klang entschieden sarkastisch, und Viktor machte ein etwas sonderbares Gesicht. Er half ihr galant beim Einsteigen und fragte beiläufig:

»Bleiben Sie längere Zeit in der Residenz, gnädige Frau?«

»Nein, nur einige Tage.«

»Hoffentlich habe ich noch das Vergnügen, Sie wiederzusehen. Ist Ihr Herr Gemahl auch hier?«

»Nein, er ist in Berlin. Adieu.«

»Auf Wiedersehen, gnädige Frau, ich hoffe bestimmt auf ein Wiedersehen.«

Sie neigte das Haupt, grüßte Günter noch einmal mit den Augen und fuhr davon.

Viktor wandte sich an Günter.

»Die schöne Frau war entschieden ungnädig. Den liebevollen Vater warf sie mir mit Aplomb an den Kopf, sie unterstrich ihn entschieden spöttisch. Scheinbar kam ich ihr weniger gelegen als dir.«

Günter nickte.

»Ich wollte mich entfernen, weil ich annahm, Frau von Croner wollte länger bei Rita bleiben. Sobald ich aber aufbrach, tat sie das gleiche. Ich hatte als Vorwand gebraucht, daß ich dich abholen wollte.«

Viktor legte seine Hand auf Günters Arm.

»Sie sah wieder blendend schön aus – schön wie die Sünde. Und in ihren Augen flackert jetzt immer ein heißes Feuer. Sie scheint an deiner Kälte von neuem Feuer zu fangen. Das kommt bei dieser Art Frauen zuweilen vor und dann wird leicht eine Feuersbrunst daraus. Halte sie dir soviel wie möglich fern, mein Junge.«

»Das brauchst du mir wahrlich nicht erst zu sagen, aber – sie ist wie eine Klette«, stieß Günter wider Willen heraus.

Valberg sah ihn von der Seite an.

»Nun, nun – da hilft dann freilich nur ein probates Mittel – abschütteln, ganz energisch. Du bist zu gut, dich von so einer Frau als Spielball benutzen zu lassen. Heute wirft sie dich weg, morgen will sie dich wieder einfangen. Da hilft nur eisige Abwehr, zur Not deutlicher, als es sonst einer Dame gegenüber zulässig ist.«

»Nach diesem Rezept handle ich schon. Aber bei alledem tut sie mir leid. Wenn sie nicht gerade an Croner geraten wäre! Rita hat recht, das ist eine Dissonanz.«

»Die wir aber nicht in Harmonien auflösen können!«

Am Sonnabend fuhr Günter nach innigem Abschied von seiner Braut mit Viktor zum Bahnhof, um abzureisen.

Auf dem Wege zum Bahnhof überholte das Auto einen Wagen, in dem Frau von Croner mit ihrer Mutter saß. Ein brauner, eleganter Reisekoffer, der neben dem Kutscher stand, verriet, daß die Damen ebenfalls zum Bahnhof fuhren. Das Auto war geschlossen und fuhr so schnell vorbei, daß die Herren nicht grüßen konnten, aber sie hatten Mutter und Tochter und auch den Reisekoffer erblickt.

Einen Moment sahen sich die Herren verblüfft an. Dann sagte Viktor ironisch:

»Siehe da – Frau von Croner scheint denselben Zug wie du zur Heimkehr benutzen zu wollen. Hat sie etwas in Erfahrung gebracht, daß du heute reisest?«

Günters Stirn hatte sich zusammengezogen.

»Rita hat es ihr neulich in ihrer Harmlosigkeit verraten, daß ich Sonnabend abreise, und natürlich hat sie angenommen, daß ich diesen günstigen Zug benutze. Tue mir den Gefallen und laß uns auf einem anderen Weg zurückfahren. Ich reise dann lieber erst am Nachmittag, sonst muß ich entweder während der ganzen Eisenbahnfahrt in einem Abteil mit ihr sitzen oder unhöflich werden. Beides möchte ich vermeiden.«

»Mit Vergnügen«, antwortete der Baron, öffnete das kleine Fenster und rief dem Chauffeur zu:

»Fahren Sie die Lindenallee zurück und über die Kaiserbrücke nach Hause – nicht zum Bahnhof.«

Dann schloß er das Fensterchen mit befriedigter Miene.

»So, mein Junge – das wäre besorgt. Nun möchte ich nur das Gesicht der schönen Frau Carry sehen, wenn du ausbleibst. Sicher hat sie mein Auto vorüberfahren sehen und wähnt dich schon auf dem Bahnhof. Das hätte ihr wohl gefallen können – so zwei Stunden mit dir allein im Coupé. Da läßt sich für eine so schöne Frau viel Nutzen herausschlagen, und sie will dich, scheint mir, à tout prix zurückerobern, trotzdem du verlobt bist. Ihr Gatte scheint ihr reichlich über zu sein.«

Günter hätte am liebsten seinem Schwiegervater offen

gebeichtet, was ihm Carry in Valberg für eine Szene gemacht hatte. Aber sein ritterliches Empfinden sträubte sich dagegen, eine Dame bloßzustellen. Carry tat es schon selbst mehr, als gut war. Helfen konnte ihm der Onkel auch nicht. Und einmal würde Carry doch vernünftig werden und einsehen, daß ihr Spiel verloren war.

Die Herren fuhren nun nach der Wohnung Valbergs und suchten dann Rita nochmals auf.

»Kindchen – da bringe ich dir Günter noch auf einige Stunden – wir haben den Zug versäumt. Diese Gnadenfrist wollen wir gut ausnützen. Wir fahren nach Sonnenberg hinaus und dinieren dort zusammen«, sagte Viktor vergnügt.

Rita war glücklich über diese Überraschung. Die Verlobten verbrachten in Gesellschaft des Barons und der Generalin noch einige gemeinsame frohe Stunden in einem idyllisch gelegenen Pavillon des großen Gartenetablissements Sonnenberg, das viel von der guten Gesellschaft frequentiert wurde.

Frau von Croner hatte ihre Mutter gleich am Eingang des Bahnhofes verabschiedet.

»Du bleibst gleich im Wagen sitzen, Mama, damit du dich nicht auf dem zugigen Perron erkältest«, hatte sie gesagt. Ihren scharfen Augen war das Auto Valbergs, auf dem auch ein Reisekoffer stand, nicht entgangen, und sie war nun ganz sicher gewesen, daß Günter diesen Zug benützen würde. Daß das Auto kurz vor dem Bahnhof in die Lindenallee einschwenkte, hatte sie nicht bemerkt. Die Oberstin ließ sich also nach Hause schicken, und der Diener trug Carry die Handtasche nach.

Schnell und erwartungsvoll begab sich Carry zu dem Zuge, aber so weit ihr Auge spähte, sah sie weder den älteren noch den jüngeren Baron Valberg. Sie durchschritt den ganzen D-Zug und spähte in jedes Abteil – aber Günter wär nicht zu finden.

Bitter enttäuscht nahm sie schließlich in einem Abteil erster Klasse Platz und schickte den Diener fort. Noch hatte sie Hoffnung, daß die beiden Herren vielleicht noch im Bahnhofsrestaurant säßen, und daß Günter erst in der letzten Minute kommen würde. Sie spähte unruhig den Perron entlang und wartete.

Der Zug hatte nur einen einzigen Wagen 1. Klasse. Wenn Günter kam, mußte er hier einsteigen. Sie wartete und wartete. Und als die Bahnhofsuhr die Zeit zur Abfahrt des Zuges ankündigte, beugte sie sich aus dem Fenster, um noch einmal Ausschau zu halten nach Günter. Aber nichts war von ihm zu sehen.

In demselben Augenblick setzte sich der Zug in Bewegung. Carry wäre am liebsten wieder herausgesprungen. Sie kam sich genarrt und verhöhnt vor und sank, vor Zorn und Enttäuschung weinend, in die Kissen zurück.

Viel früher, als sie die Absicht gehabt hatte, war sie wieder abgereist, nur, um mit Günter zusammen die Heimfahrt zurücklegen zu können. Und nun war er nicht gekommen, trotzdem sie ganz sicher war, ihn auf dem Wege zum Bahnhof gesehen zu haben. Eine Ahnung sagte ihr, daß er sie bemerkt und deshalb noch im letzten Augenblick seine Reise verschoben hatte.

Und dieser Gedanke söhnte sie dann doch wieder aus mit ihrem Fiasko. Wie wenig sicher mußte er seiner sein, daß er es nicht wagte, zwei Stunden mit ihr allein zu sein. Eigentlich mußte sie darüber frohlocken, denn es bewies ihr wieder, daß sie noch von ihm geliebt wurde.

Als sie an der heimatlichen Station ankam, sah sie neben ihrem Wagen auch den Valberger halten. Der Diener stand daneben. Das war ein neuer Beweis, daß Günter die Absicht gehabt hatte, mit diesem Zuge zu kommen.

Von den widerstreitendsten Empfindungen beseelt, fuhr sie nach Hause. Und still und stumm rannen große Tränen über ihr Gesicht. Sie weinte um das Glück, das sie sich selbst verscherzt hatte. Statt dessen – sie dachte an ihren Mann, und das Grauen schüttelte sie.

So fuhr sie nach Hause, in der eleganten Equipage, in kostbare Kleider gehüllt – und war doch so arm – so bettelarm. Den einzigen Trost hatte sie jetzt, daß ihr Mann nicht zu Hause war, daß sie ihn noch über eine ganze Woche nicht zu sehen brauchte.

Gegen Abend fuhr sie wieder aus und dirigierte den Wagen so, daß er zur Ankunft des anderen Schnellzuges in der Nähe der Station war. Und so mußte Günter an ihr vorüberfahren, als er ankam.

Einem schnellen Impuls folgend, ließ sie ihren Wagen halten und gab auch Günters Kutsche ein Haltezeichen.

»Guten Tag, Herr Baron. Auch schon zurück aus der Residenz?« sagte sie scheinbar unbefangen, ihm die Hand entgegenstreckend.

Der Leute wegen mußte er mit guter Miene standhalten. Flüchtig berührte er ihre Hand mit seinen Lippen, und, als er in ihr blasses, zuckendes Gesicht sah, in ihre großen traurigen Augen, fühlte er wieder großes Mitleid mit ihr.

»Ich bin soeben angekommen, gnädige Frau.«

Wie hungernd und bettelnd sah sie ihn an.

»Ich bin schon heute morgen zurückgekehrt. Die Residenz war mir so langweilig. Jetzt im Sommer ist nichts los. Für Sie gilt das natürlich nicht – als glücklicher Bräutigam gefällt Ihnen die Welt überall, wo Ihre Braut ist. Ich bin leider noch Strohwitwe. Mein Mann bleibt noch eine Woche in Berlin. Ich hoffe, sie lassen sich zur Besuchsstunde einmal in dieser Zeit in Cronersheim sehen.«

So sagte sie in konventioneller Liebenswürdigkeit, aber in ihren Augen brannte die Sehnsucht.

»Wenn ich es möglich machen kann, gewiß, gnädige Frau. Ich bin jedoch jetzt sehr stark beschäftigt, und muß nachholen, was ich in diesen Tagen versäumte. Valberg muß instand gesetzt werden bis zu unserer Hochzeit, die bereits im Juli stattfindet«, erwiderte er ebenso. Carrys Gesicht wurde noch einen Schein bleicher. Sie biß die Zähne zusammen, um nicht aufschreien zu müssen in bitterer Qual. Und nur mühsam rang es sich tonlos über ihre Lippen:

»Trotzdem – für gute Freunde hat man immer ein Stündchen übrig – ich werde warten.«

Damit reichte sie ihm die Hand und preßte die seine wie im Krampf.

»Ich warte«, klang es nochmals leise, wie in höchster Not an sein Ohr. Dann fuhren die beiden Wagen in entgegengesetzter Richtung auseinander.

Günter warf sich aufatmend in den Fond zurück und schloß die Augen. So sehr er sich wehrte – immer sah er den hungrigen, flehenden Blick Carrys vor sich. Seine Verachtung wollte nicht standhalten. Er hatte sie doch einst geliebt mit aller Glut und Innigkeit seines Herzens – und er sah nun, wie sie litt unter ihrer eigenen Untreue. Er konnte nicht anders, als sie bemitleiden.

So vergingen Tage und Wochen, und Carrys Sehnsucht nach einem Alleinsein mit Günter erfüllte sich nicht. Was sie von einem solchen Alleinsein hoffte, wußte sie selbst nicht, sie wußte nur, daß die Sehnsucht danach wie ein Feuer in ihr brannte, wußte nur, daß sie für einen einzigen Kuß, für eine Minute in seinen Armen die ganze Seligkeit dahingegeben hätte.

Ihr Gatte war in einer gereizten, verdrießlichen Stimmung von Berlin zurückgekehrt. Entweder hatte er sich zu gut oder gar nicht amüsiert. Jedenfalls hatte er aber wieder unglaublich gegen die Vorschriften seines Arztes gesündigt, war gierig jedem Genuß nachgejagt, hatte die schwersten Weine und Delikatessen genossen und fühlte sich nun nicht wohl. Das ließ er in wenig liebenswürdiger Art seine Frau entgelten, die in ihrer jetzigen Stimmung alle Selbstbeherrschung nötig hatte, um ihm ihren Abscheu nicht in das dicke, dunkelgerötete Gesicht zu schreien.

Ihr Leben war erfüllt von namenloser Pein.

So war der Termin zu Ritas Hochzeit herbeigekommen.

Das Brautpaar hatte sich nicht wiedergesehen in dieser Zeit.

Nun waren alle Vorbereitungen beendet. Die Hochzeit sollte in Valberg gefeiert werden. Es war jedoch nur eine beschränkte Anzahl von Gästen geladen worden, die nächsten Nachbarn von Valberg, Günters Kameraden aus seinem früheren Regiment, einige, Viktor nahe befreundete Familien und natürlich auch Croners.

Günter hatte alles für die Aufnahme und Bewirtung der Gäste vorgesorgt. Sie trafen zum großen Teil schon am Vorabend der Hochzeit ein, soweit sie nicht in der Nachbarschaft wohnten. Am Morgen desselben Tages traf Rita in Begleitung ihres Vaters und der Tante Exzellenz ein. Sie wurde feierlich eingeholt von dem Bräutigam, und die ganze Straße von der Station bis zum Schloß war festlich geschmückt.

Als Abgesandter des Hofes traf Prinz Herbert ein. Der Prinz kam an diesem Abend zum erstenmal näher mit Carry von Croner in Berührung. Er durfte sie zu Tisch führen und widmete sich ihr mit besonderer Aufmerksamkeit. Franz von Croner war sehr eitel und stolz auf diese Auszeichnung seiner Gemahlin. Er sah sehr wohl, daß Prinz Herbert seine Augen kaum von der bezaubernd schönen Frau lassen konnte, aber das war ihm gerade recht. Von einem Prinzen beneidet zu sein um seine schöne Frau – das war so recht nach seinem Geschmack.

In all dem Festtrubel gab es kaum eine ruhige, stille Stunde für das Brautpaar. Rita kam kaum zur Besinnung. Aber sie war eine rührend liebliche Braut. Darüber waren sich alle einig, als sie am Hochzeitsmorgen an der Seite ihres Verlobten erschien, in einer herrlichen Brauttoilette, von duftigen Spitzen überrieselt.

Carrys Augen brannten heiß beim Anblick ihrer holdseligen Erscheinung. Und doch war sie selbst so viel schöner als Rita, trotz ihres etwas bleichen Gesichts.

Sie trug eine märchenhaft kostbare Toilette, und Franz von Croner konnte befriedigt konstatieren, daß seine Frau die schönste und eleganteste von allen war. Sonst war er jedoch nicht sehr zufrieden. Seit seiner Rückkehr von Berlin litt er oft an Übelkeit und Schwindelanfällen, und erst heute morgen, kurz vor der Abfahrt von zu Hause, hatte er wieder einen solchen Anfall gehabt, stärker als zuvor. Er hatte es jedoch seiner Gattin verheimlicht, weil er fürchtete, sie würde dann der Hochzeitsfeier mit ihm fernbleiben wollen. Da er sich von dieser Hochzeitsfeier verschiedene Genüsse versprach, hätte ihm das nicht gepaßt. Nachdem der Anfall vorüber war, fühlte er sich auch wieder leidlich wohl.

Carry hörte kaum auf das, was ihr Prinz Herbert sagte, der sich sofort wieder zu ihr gesellt hatte und sie voll heißer Bewunderung betrachtete. Auch heute sah sie sehr bleich aus – aber schöner denn je mit den sehnsüchtigen Augen, die immer wieder Günters Blicke suchten. Prinz Herbert verfiel rettungslos ihrem Zauber – er konnte von diesem Tage an Carry nicht wieder vergessen.

Dann fand die Trauung statt. Prinz Herbert führte Frau von Croner und saß während der Trauungszeremonie neben ihr. Und als am Altar das bindende Wort zwischen dem Brautpaar gewechselt wurde, da vernahm er einen Seufzer neben sich, nur wie ein Hauch tönte er an sein Ohr. Aber zugleich fühlte er, daß sich seine Nachbarin wie in einem Schauer schüttelte und sah, daß sie ihre Zähne wie im Krampf aufeinanderbiß.

Besorgt sah er sie an. Und er legte instinktiv, wie schützend, einen Moment seine Hand auf die ihre, die ihre Sessellehne umklammert hatte. Da traf ihn ein Blick aus Carrys Augen, der ihn seltsam erschütterte. Das Elend und der Jammer eines verfehlten Lebens lag in diesem Blick.

Gleich senkten sich ihre Augen wieder, und ihr Gesicht zeigte eine starre Ruhe.

Da blickte Prinz Herbert zu Herrn von Croner hinüber,

der stier und stumpf auf seinem Platze saß. Prinz Herbert glaubte Carry zu verstehen. Angesichts dieser Liebesehe, die vor ihren Augen geschlossen wurde, kam ihr wohl zum Bewußtsein, was ihr fehlte. Unmöglich konnte diese Frau einen Mann wie Croner lieben.

Dann kam die Gratulationscour.

Carry vermochte es über sich, Rita zu umarmen und zu küssen, während ihre Augen über deren Kopf hinweg mit einem jammervollen Blick in die Günters trafen. Auch während der folgenden Feier drängte sich Carry, die eine krampfhafte Heiterkeit zur Schau trug, wieder und wieder in die Nähe des Brautpaares, und sie überschüttete Rita mit Zärtlichkeiten und versicherte immer wieder, sie müßten Freundinnen sein und recht innig zusammenhalten. Und dabei blickte sie Günter immer wieder mit den hungrigen, flehenden Augen an.

Er fürchtete jeden Augenblick eine Entgleisung Carrys und sehnte die Stunde herbei, da er mit Rita aufbrechen konnte zur Hochzeitsreise. Er konnte sich nicht glücklich fühlen unter Carrys Augen.

Auch Rita fühlte sich unter Carrys Liebkosungen seltsam beklommen. Trotz ihrer Harmlosigkeit entging ihr dennoch nicht Carrys Erregung und Unruhe, und die von ihr zur Schau getragene Liebenswürdigkeit erschien ihr doch etwas zu stark betont, um echt zu sein. Sie wurde von allen Seiten zu stark in Anspruch genommen, als daß sie lange hätte darüber nachdenken können.

Carry fühlte die warme Teilnahme des Prinzen wohl, und in all ihrem Jammer und ihrem Elend war ihr sein zart fühlendes Bemühen um ihre Person wie ein ganz leiser Trost, der es ihr möglich machte, Haltung zu bewahren.

So kam endlich die Stunde heran, da das Brautpaar aufbrechen mußte. Die Generalin führte Rita verstohlen hinauf in ihre Zimmer und wartete im Vorzimmer wie eine treue Schildwache, bis Rita umgekleidet war. Sie wußte selbst nicht, was sie fürchtete, aber jedenfalls wollte sie verhüten, daß sich Carry Croner noch einmal an Rita herandrängte.

Günter hatte sich gleichfalls umgekleidet. Als er nun im Reiseanzug durch die große Halle ging, um Rita in ihrem Zimmer abzuholen, stand plötzlich Carry vor ihm und sperrte ihm den Weg.

Mit fieberhaft glänzenden Augen sah sie ihn an.

»Günter – Günter!« stieß sie mit versagender Stimme hervor.

»Gnädige Frau – ich bitte Sie, seien Sie ruhig und gehen Sie zur Gesellschaft zurück. Man darf Sie hier nicht so fassungslos sehen.«

Sie preßte die Hände aufs Herz. Ein Schauer rann über sie hin.

»So sage mir nur eins – damit ich die Marter dieses Tages ertragen kann – sage mir, daß du mich noch liebst, daß dein Herz der anderen nicht gehört – daß du an mich denken wirst – wie ich an dich – nur an mich denken.«

Günter sah in diesem Augenblick aufatmend seinen Schwiegervater erscheinen.

»Papa!«

Er rief es heiser und unruhig. Das fassungslose, leidende Weib tat ihm furchtbar leid. Und doch konnte und durfte er ihr nicht sagen, was sie sich zu hören sehnte.

Schnell kam Valberg herbei.

»Lieber Papa – die gnädige Frau ist unwohl. Bitte, nimm dich ihrer an. Ich muß fort.«

Mit einer Verbeugung reichte Baron Viktor Carry seinen Arm. Es flog nun doch wie Mitleid über sein Gesicht, als sie ihm mit einem halbirren Blick ins Gesicht starrte.

»Meine gnädige Frau, gestatten Sie, daß ich Sie ein wenig hinaus in den Park führe. An der frischen Luft werden Sie sich bald erholen.«

Ruhig nahm er ihre Hand und legte sie auf seinen Arm.

»Adieu Günter – glückliche Reise – grüße Rita noch einmal!« rief er Günter zu und gab ihm einen Wink, sich zu entfernen.

Günter verneigte sich und sprang die Treppe empor. Carry sah ihm nach, und ein Stöhnen brach aus ihrer Brust.

Fast gewaltsam führte sie Valberg in den Park bis zu dem See hinüber. Auf derselben Bank, wo damals die beiden Herren zuerst von einer Verbindung zwischen Rita und Günter gesprochen hatten, sank Carry in sich zusammen.

Viktor hatte den Wagen mit dem jungen Paar fortfahren hören und atmete auf. Er war vor Carry stehengeblieben und sah nicht ohne Mitleid auf sie herab.

»Ist Ihnen nun etwas wohler, gnädige Frau?«

Sie bezwang sich mit aller Kraft und hob das Haupt. Ein Blick traf ihn, in dem es wie Haß flackerte, wie Haß und doch wie tiefer Jammer. Sie sah sich um, wie aus einem Traum erwachend und erkannte den Platz, wo sie sich befand. Ein bitteres, höhnisches Lächeln glitt über ihr Gesicht.

»Glauben Sie, daß die Ehen im Himmel geschlossen werden, Herr Baron?« fragte sie höhnisch.

»Darüber kann ich Ihnen leider keine Auskunft geben, meine Gnädigste.«

Sie lachte grell auf. »Manchmal werden sie auch woanders geschlossen – zum Beispiel auf so einer harmlosen Bank, wie diese hier, zuweilen auch auf der Geldbank. Es ist lustig, wenn man sich das überlegt.«

Er glaubte, sie rede irre in ihrer Erregung. Keine Ahnung hatte er, worauf sie anspielte. Er verneigte sich nur und sah sie besorgt an.

Sie sprang plötzlich auf.

»Mir ist wieder ganz wohl – führen Sie mich ins Schloß zurück, Herr Baron, ich glaube, es wird jetzt getanzt – und ich will tanzen – tanzen.«

Langsam führte er sie zurück. Die Generalin kam ihnen vor dem Schloß entgegen. Sie wollte dem Baron die letzten Grüße seiner Tochter überbringen. Als sie in Carrys Gesicht sah, überkam sie ein tiefes Mitleid mit ihr. Sie fühlte instinktiv, daß diese Frau ihre eigene Seligkeit verspielt hatte und nun elend war.

Zwischen den beiden ging Carry in den Saal zurück. Prinz Herbert hatte Carry vermißt und kam ihr entgegen.

Und sie tanzte mit ihm – tanzte ohne Unterlaß. Sie hätte sich zu Tode tanzen mögen. Sie vermochte es auch, zu scherzen und zu lachen, sie sprühte nur so von geistreichen, lustigen Einfällen. Alle Anwesenden waren entzückt, Franz von Croner sonnte sich in dem Bewußtsein, eine so schöne, charmante Frau zu besitzen.

Prinz Herbert aber tat Carrys Heiterkeit weh. Er fühlte, daß sich Schmerzen darunter bargen.

Das Fest war bis zum Schluß glänzend verlaufen.

Als einer der ersten drängte Franz von Croner zum Aufbruch. Er hatte wieder sehr unmäßig gegessen und getrunken und fühlte sich unbehaglicher, je später es wurde.

Carry wollte noch nichts von einem Aufbruch hören. Ihr graute vor einem Alleinsein – vor allem vor einem Alleinsein mit ihrem Gatten.

Aber endlich wurde dieser so ungeduldig, daß sie einen Ausbruch seiner brutalen Heftigkeit fürchtete. Prinz Herbert fing ihren angstvollen Blick auf, und er hätte sich am liebsten trennend und schützend zwischen sie und ihren Gatten gestellt.

Mit ehrerbietigen Handkuß verabschiedete er sich von ihr.

»Ich hoffe, Sie recht bald in unserer Residenz begrüßen zu dürfen, gnädige Frau«, sagte er artig.

»Vor dem Winter kaum, Hoheit«, erwiderte sie mit einem Lächeln, das ihm wehe tat.

Bewundernd sah er ihr nach, als sie an dem Arm ihres Gatten dahinschritt.

Und Prinz Herbert hatte seine Herzensruhe auf diesem Feste verloren.

In ihren Mantel gehüllt, stieg Carry in ihren Wagen und sank wie tot in die Wagenkissen zurück. Ihr Gatte stieg schwer und wuchtig zu ihr, und kaum setzte sich der Wagen in Bewegung, da riß er seine Frau mit brutaler Heftigkeit in seine Arme und küßte sie, bis ihr der Atem verging.

»Wie das Prinzlein sich in dich vergafft hat, mein Schätzchen, das hat mir Spaß gemacht, alle haben Franz Croner um seine schöne Frau beneidet«, stieß er keuchend hervor. Und wieder riß er sie an sich.

Der Weindunst, der seinem Munde entströmte, sein ganzes zügelloses Benehmen erfüllte sie mit Abscheu. Sie rang mit ihm, um sich frei zu machen.

»Du bist betrunken, laß mich los!« rief sie außer sich.

Er lachte schallend auf. »Sei nicht so zimperlich, Närrchen. Betrunken – ich bin nicht betrunken, kann mir gar nicht passieren. Ich freue mich nur, daß ich eine so schöne Frau habe, nach der sich selbst dieser stolze Prinz die Augen ausschaut. Du bist sündhaft schön, meine reizende Carry, sonst wärst du auch nicht Frau von Croner auf Cronersheim.«

Wieder wollte er sie an sich reißen und sie küssen. Da übermannte sie der Abscheu. Unfähig, sich länger zu beherrschen, schlug sie ihn mitten ins Gesicht.

Einen Moment wurde es totenstill in dem dunklen Wagen. Dann lachte er zornig auf.

»Warte, du Krabbe!« stieß er hervor und wollte sie fassen. Wie von Sinnen schlug sie um sich. Er hielt das wohl für einen Scherz und suchte ihre Arme zu haschen. Und endlich hielt er sie fest und wollte sie wieder an sich ziehen. Das dicke Blut war ihm zu Kopfe gestiegen. Plötzlich fühlte er, stärker als je, den Schwindel aufsteigen, der ihn schon oft befallen hatte.

Mit einem gurgelnden Schrei ließ er sie los und sank dumpf und schwer in die Kissen zurück. Ein unheimliches Röcheln drang über seine Lippen. Das klang so fürchterlich, daß Carry das Grauen packte. Es wurde ihr klar, daß ihm etwas geschehen sein mußte. Sie klopfte angstvoll an die Scheiben des Wagens. Der Kutscher hielt sofort an, und der neben ihm sitzende Diener sprang herab und öffnete den Wagenschlag.

»Bringen Sie schnell Licht, Friedrich, der Herr ist von einem Unwohlsein befallen«, stieß Carry zitternd hervor.

Der Diener brachte die Wagenlaterne und leuchtete Herrn von Croner ins Gesicht. Er war blaurot und starr. Der röchelnde Atem kam mühsam aus der Brust.

Carry starrte dem Diener ins Gesicht wie von Sinnen.

»Was ist das?« fragte sie erschrocken.

»Der gnädige Herr scheint ernsthaft erkrankt, gnädige Frau.«

»Ja, ja – wir müssen schnell nach Hause, haben wir noch weit?«

»In fünf Minuten können wir es schaffen, gnädige Frau!« rief der Kutscher.

»Dann vorwärts, schnell. Friedrich – steigen Sie mit ein«, gebot Carry.

Die Zähne schlugen ihr wie im Frost aufeinander. Um keinen Preis wäre sie mit dem röchelnden, bewußtlosen Mann allein geblieben.

In eiliger Fahrt ging es weiter. Der Weg bis Cronersheim dünkte Carry eine Ewigkeit. Endlich hielt der Wagen vor dem erleuchteten Portal. Sie sprang heraus, wie auf der Flucht vor etwas Gräßlichem.

Diener kamen herbei. Sie trugen ihren bewußtlosen Herrn ins Haus.

»Fahren Sie sofort zum Arzt«, gebot Carry mit zitternder Stimme, »bringen Sie ihn sofort mit.«

Dann folgte sie ihrem Mann ins Haus. Achtlos schleifte sie die Schleppe des kostbaren Kleides hinter sich her.

Das ganze Haus geriet in Aufruhr.

Man hatte den großen, schweren Mann in sein Zimmer getragen und auf den Diwan gelegt.

Die alte Haushälterln hatte ihm sofort kalte Kompressen auf den Kopf gelegt und Fußpackungen gemacht. Sie war erfahren in der Krankenpflege und ahnte, daß ihr Herr von einem Schlaganfall betroffen war. Der Arzt hatte das längst vorausgesagt.

Carry hatte sich schnell von ihrer Jungfer ein bequemes Hauskleid überwerfen lassen und ging wieder an das Lager ihres Mannes zurück, so sehr sie sich auch vor seinem Anblick fürchtete.

Endlich kam der Arzt. Da atmete sie auf.

Nachdem der Arzt den Kranken untersucht und seine Verordnungen getroffen hatte, bat er Carry, ihm ins Nebenzimmer zu folgen.

»Sie haben oft gehört, gnädige Frau, daß ich Ihren Herrn Gemahl vor jedem Diätfehler gewarnt habe. Ich weiß, er hat sich nicht nach meinen Verordnungen gerichtet, und ich habe längst vorausgesehen, was heute geschehen ist. Ich muß einen schweren Schlaganfall konstatieren. Sicher hat Ihr Herr Gemahl heute wieder schwere Weine getrunken.«

»Und ist sein Zustand lebensgefährlich?« fragte Carry mit bleichen Lippen.

»Es ist nötig, daß Sie sich auf alles gefaßt machen, gnädige Frau. Jedenfalls steht Ihrem Herrn Gemahl ein schweres Siechtum bevor, wenn wir ihn überhaupt am Leben erhalten.«

Carry saß die ganze Nacht am Lager ihres Mannes, trotz ihres heimlichen Grauens bei seinem furchtbaren Anblick. Sie hatte gleich nach der Unterredung mit dem Arzt eine Depesche an ihre Eltern abgeschickt und bat um den Besuch ihrer Mutter, weil sie fürchtete, wahnsinnig zu werden, wenn sie niemand hatte, mit dem sie sich aussprechen konnte. Zuviel war heute auf sie eingestürmt, und sie verlangte nach einer Seele, die zu ihr gehörte.

5

INZWISCHEN HATTEN GÜNTER und Rita ihre Hochzeitsreise angetreten. Günter war wie erlöst, daß er nicht mehr in Carrys Nähe zu weilen brauchte. Gewiß tat sie ihm leid, trotzdem sie selbst an ihrem Unglück schuld war, aber er konnte ihr nicht helfen. Er hoffte, sie würde nun endlich, während seiner Abwesenheit, zur Vernunft kommen und sich ins Unvermeidliche fügen lernen. Nun er mit seiner jungen Frau davonfuhr, wehrte er die Gedanken an Carry wie etwas Lästiges von sich ab.

Mit großer Zartheit umgab und umsorgte er Rita, die ihn in ihrer holdseligen, glücklichen Scheu entzückte.

Sie reisten zunächst in ein holländisches Seebad, wo sie sehr zurückgezogen ihrem Glück lebten und fast nur auf die eigene Gesellschaft angewiesen waren. Ihr Glück war so rein und wolkenlos, wie es nur das zweier junger Menschen sein kann, die sich innig zugetan sind und sich gegenseitig die größte Hochachtung entgegenbringen.

Rita blühte herrlich auf in dieser sonnigen, glücklichen Zeit. Nach einigen Wochen gingen sie nach Baden-Baden, wo Rita das Leben und Treiben der eleganten Welt während der großen Badener Woche kennenlernen sollte.

Ihre großen, staunenden Kinderaugen nahmen das alles auf, als sei dies ganze Treiben wie auf einer großen Bühne für sie aufgeführt. Hier trafen sie mit mehreren Bekannten zusammen. Einige Kameraden Günters, die auch ihre Hochzeit mitgefeiert hatten, waren anwesend. Und eines Abends, als die Herren mit ihren Damen in einem der eleganten Hotels zusammen soupierten, erfuhr das junge Paar zum ersten Male etwas von dem Unfall, der Herr von Croner betroffen hatte.

Einer der Offiziere sagte zu Günter: »Mit Herrn von Croner scheint es seit seinem Unfall sehr schlimm zu stehen. Weißt du etwas Näheres, Günter?«

Dieser blickte betroffen auf.

»Herr von Croner? Einen Unfall? Davon haben wir überhaupt noch nichts gehört. Was ist denn geschehen?«

»Herrschaften! Nun ja – Hochzeitsreisende leben auf seligen Inseln und wissen nicht, was auf der Welt vorgeht. Also Sie wissen nicht, daß Herr von Croner auf der Heimfahrt von Ihrem Hochzeitsfest einen Schlaganfall erlitten hat?«

Rita sah ihn mit großen, ängstlichen Augen an.

»O wie schrecklich!«

»Weißt du, wie es ihm geht?« fragte Günter den Kameraden.

»Er ist vollständig gelähmt und der Sprache beraubt. Seine schöne Gattin soll ihn, von ihrer Mutter unterstützt, aufopfernd pflegen. Es soll wenig Hoffnung auf eine Genesung vorhanden sein.«

»Ach, die arme Frau von Croner«, sagte Rita mitleidig. Und es tat ihr im stillen leid, daß sie sich Carry gegenüber so zurückhaltend gezeigt hatte an ihrem Hochzeitstage. Am nächsten Morgen, nachdem das junge Paar das Frühstück eingenommen hatte, sagte Rita:

»Du mußt mich jetzt ein halbes Stündchen entschuldigen, Günter. Ich will ins Schreibzimmer gehen.«

Er küßte zärtlich ihre kleine, schlanke Hand.

»An wen willst du schreiben? An Papa oder an Tante Exzellenz?«

Sie schüttelte lächelnd das Haupt.

»An keinen von beiden, sondern an Frau von Croner. Es tut mir so schrecklich leid, daß sie solch ein Unglück betroffen hat. Wenn ich auch Herrn von Croner wenig leiden mochte, nun er so schwer krank ist, bin ich doch sehr betrübt. Ich will Frau Carry ein paar liebe Worte schreiben.«

Ein leiser Schatten war über sein Gesicht geflogen. Sie merkte es und schmiegte sich zärtlich an ihn.

»Das darfst du mir nicht wehren, Günter, wenn du auch Frau von Croner nicht leiden magst. Sie ist jetzt unglücklich und bedarf der Teilnahme.«

Er streichelte ihr Köpfchen. Wie schon oft, so stieg auch jetzt der Wunsch in ihm auf, Rita alles zu sagen, was zwischen ihm und Carry gewesen war. Aber er fürchtete immer wieder, ihre junge, reine Seele mit diesen trüben Bildern zu belasten. Ihre Unbefangenheit war wirklich der beste Schutz. Und außerdem widerstrebte es ihm, Carry anzuklagen und bloßzustellen. So schwieg er auch jetzt.

»Ich will es dir gewiß nicht wehren, meine süße, kleine Frau. Was könnte ich dir überhaupt wehren, wenn du mich so ansiehst.«

Sie umfaßte seinen Hals und legte ihre Wange an die seine.

»Ach, Günter – mir tut oft das Herz weh vor Glück darüber, daß du mich so lieb hast. Wenn ich jetzt an die Vergangenheit denke, dann kann ich es kaum glauben, daß ich dieselbe Rita bin, die sich oft so verzweifelt und trostlos nach ein wenig Liebe sehnte. Jetzt bin ich so reich. Die Gegenwart hebt sich im goldenen Licht von dem grauen Hintergrund der Vergangenheit ab. Müßte ich jetzt wieder aus der warmen Atmosphäre von Liebe und Zärtlichkeit in das alte, liebeleere Leben zurück – das ertrüge ich nicht – da wollte ich viel lieber sterben – ich müßte sterben.«

»Aber Liebling, wie kannst du so törichte Gedanken hegen«, schalt er zärtlich.

Sie lächelte zu ihm auf – das reizende, glückliche Lächeln, in dem es immer wie heimliche Rührung zitterte. Dies Lächeln verfehlte nie seine Wirkung auf Günter. Es ließ ihm Rita schön und lieblich erscheinen und weckte in seiner Seele ein stärkeres, innigeres Gefühl für sie. Daß ihm Rita lieb und teuer war, wußte er, schon seit er um sie geworben hatte. Aber er empfand doch nicht das für sie, was er einst für Carry empfunden hatte, als er noch an sie glaubte. Und manchmal sehnte er sich heimlich nach diesem starken, heißen Gefühl, das ihn wie auf Flügeln über alles Alltägliche hinweggetragen hatte. Warum konnte Rita nicht dieses Gefühl in ihm erwecken?

Er mußte sich sagen, daß es nicht die echte, alles bezwingende Liebe sei, die er für Rita empfand. Er glaubte, diese Liebe könne er nie mehr empfinden. Rita war ihm teuer – gewiß – aber er bildete sich ein, daß er in ihr immer nur das Bäschen gesehen haben würde, daß er sie nie zur Frau begehrt hätte, wenn ihr Vater ihm das nicht nahegelegt hätte. Das bedrückte ihn und machte ihn Rita gegenüber zuweilen unfrei, trotzdem er alles tat, sie glücklich zu machen und trotzdem es ihn rührte und entzückte, ihre Glückseligkeit zu sehen. Dazu kam noch, daß ihn der Gedanke an Carry quälte. Immer wieder sah er ihre hungrigen, bettelnden Augen vor sich, wie er sie zuletzt gesehen. Er fürchtete sich fast, ihr wieder zu begegnen, und er meinte, nur dann ganz frei von ihr werden zu können, wenn sie nie mehr seinen Weg kreuzte. Das war aber nicht möglich bei der nahen Nachbarschaft zwischen Cronersheim und Valberg.

Rita wußte zu ihrem Glücke nicht, was in ihm vorging.

»Sind es törichte Gedanken, Liebster? Ich weiß es nicht. Ich weiß nur, daß ich jetzt so namenlos glücklich bin, daß ich den Verlust dieses Glückes nicht ertragen könnte. Dann lieber sterben – ehe es entweicht. Aber ich halte es ja fest in meinen Händen. Du hast doch recht – es sind törichte Gedanken. Und jetzt will ich schnell an Carry Croner schreiben und mich dann zum Ausgehen fertig machen. Weißt du, das Leben hier in Baden-Baden ist wundervoll, aber ich möchte es doch nur für kurze Zeit genießen, nicht für immer. Ich freue mich auf unser geliebtes Valberg. Heute in vierzehn Tagen sind wir daheim. Freust du dich auch?«

Er lachte. Sie hatte in solchen Momenten noch etwas unbedingt Kindliches.

»Ja, ich freue mich sehr. Aber nun geh. Ich warte hier auf dich.«

Sie küßten sich, und Rita eilte davon.

Er warf sich in einen Sessel und sah vor sich hin. Ein weiches Lächeln flog um seinen Mund. Ja – Rita war wirklich noch viel mehr Kind als bewußtes Weib. Und erst dann würde sie seinem Herzen alles geben, was er ersehnte, wenn sie reifer, weiblicher geworden sein würde, wenn ihre Seele ihm in alle Höhen und Tiefen des Lebens folgen konnte.

Das junge Paar war nach Valberg zurückgekehrt. Auf der Durchreise durch die Residenz hatten sie Tante Exzellenz begrüßt, die eben aus einem Seebad zurückgekehrt war.

Valberg war herrlich in der üppigen Spätsommerpracht. Es lag wie ein Märchenschloß im Grünen.

Carry Croner hatte einige Zeilen auf Ritas Brief geantwortet. Sie hatte ihr gedankt für ihre Teilnahme und bemerkte, daß sie sehr in Anspruch genommen sei durch die Pflege ihres Mannes, sich aber sehr auf Ritas Heimkehr freue. Günter hatte Carry mit keinem Wort erwähnt in diesem Brief. Er fühlte etwas wie Erleichterung darüber. Vielleicht hatte Carry das Unglück ihres Mannes abgelenkt und ruhiger gemacht.

Sobald Rita eine freie Stunde hatte, fuhr sie hinüber nach Cronersheim, um Carry zu besuchen und sich nach Herrn von Croners Befinden zu erkundigen.

Carry empfing Rita in ihrem kleinen entzückenden Salon, der, in Hellblau und Gold gehalten, für ihre blonde Schönheit eine wirksame Folie abgab.

Sie zog Rita mit fast krankhaftem Druck in die Arme und sah ihr mit einem langen, seltsam forschenden Blick ins Gesicht.

»Also endlich zurück von der Hochzeitsreise, kleines Frauchen! Wie ich mich freue, Sie wiederzusehen. Sie sind glücklich – o ja – Sie sind es – man braucht nicht zu fragen«, sagte sie hastig.

Aber ihre Augen fragten doch mit unruhigem Forschen und mit heißer Sehnsucht, daß Rita diese Frage verneinen möge.

Diese aber streichelte voll Mitleid ihre Hände. Keine Spur von Argwohn trübte ihre junge Seele, warum sich Carry so sehr für ihr Glück interessiere.

»Auch Sie werden wieder glücklich sein, liebe Frau Carry, Ihr Herr Gemahl wird wieder gesund werden. Darf ich fragen, wie es ihm geht«, antwortete sie.

Carry strich sich hastig über die Augen.

»Es ist immer dasselbe. Meine Mutter und ich teilen uns in seine Pflege, natürlich von einigen Wärtern unterstützt, da wir seinen schweren Körper nicht allein heben können. Mein armer Mann ist völlig gelähmt.«

Rita wurde bleich vor Mitgefühl.

»Wie schwer ist das für Sie. Aber er wird doch hoffentlich wieder gesund werden?«

Carry schüttelte den Kopf.

»Nein – der Arzt gibt gar keine Hoffnung – im Gegenteil – wir müssen täglich, stündlich auf das Schlimmste gefaßt sein.«

Rita faltete die Hände zusammen. Und sie mußte denken, daß Frau von Croner unmöglich ihren Gatten lieben konnte. Sonst hätte sie unmöglich so ruhig und gefaßt einer solchen Möglichkeit ins Auge gesehen.

»Wie gut, daß Sie wenigstens Ihre Frau Mutter bei sich haben«, sagte sie leise.

Carry seufzte tief auf.

»Lange wird Mama auch nicht mehr bleiben. Wenn Papa aus dem Manöver zurückkommt, muß sie nach Hause. Papa wird sonst ungeduldig. Papa wird Mama hier abholen und will selbst einmal nach meinem Gatten sehen.«

Es lag ein trostloser Ausdruck in diesen Worten. Ritas Herz zitterte vor Mitleid.

»Oh, dann will ich Sie recht oft besuchen, damit Sie nicht gar zu einsam sind.«

Ein seltsames, starres Lächeln erschien in Carrys Gesicht.

»Das ist sehr freundlich von Ihnen. Aber Ihr Herr Gemahl wird kaum damit einverstanden sein – ich meine, daß Sie ihn oft allein lassen.«

»Oh, er hat jetzt so viel zu tun, hat so viel Arbeit nachzuholen. Da habe ich manche freie Stunde«, erwiderte Rita harmlos.

Bald verabschiedete sie sich, mit dem Versprechen, recht oft wiederzukommen.

Carry ging, als sie allein war, noch eine Weile ruhelos auf und ab. Nicht ohne Schauder hatte sie in diesen schrecklichen Wochen in das Antlitz ihres Gatten sehen können, dies entsetzlich starre Antlitz, das sie geschlagen hatte auf jener Heimkehr von Günters Hochzeit. Zuerst war etwas wie Schuldbewußtsein in ihr gewesen, als er, gleich nach diesem Schlag, bewußtlos zusammengesunken war. Aber der Arzt hatte sie von diesem quälenden Gefühl befreit. Sie wußte nun, daß die Katastrophe auch ohnedies hereingebrochen wäre.

Anstelle des Abscheus gegen ihren Gatten war dann ein echt weibliches Mitleid getreten mit dem kranken, hilflosen Manne. Sie fühlte auch etwas wie Befreiung, daß sie jetzt weder Zärtlichkeiten noch brutale Ausbrüche von ihm erdulden mußte.

Gewissenhaft pflegte sie ihn, und voll Mitleid mit seiner Hilflosigkeit streichelte sie zuweilen sanft über sein Gesicht. Dann lag es wie wortlose Abbitte in seinen Augen.

Er hatte das Bewußtsein wiedererlangt, wenn er auch weder reden noch sich viel bewegen konnte. Mühsam schrieb er zuweilen einige Worte mit der nicht ganz gelähmten rechten Hand auf ein Täfelchen. Und eines Tages hatte er darauf geschrieben:

»Nicht böse sein, Carry.«

Da strich sie ihm sanft das Haar aus der Stirn und schüttelte mit blassem Lächeln den Kopf.

»Nein, Franz – ich bin nicht böse. Sei du es auch nicht«, antwortete sie.

Da tastete er nach ihrer Hand und hielt sie mit schwachem Druck einen Moment fest.

Ein Testament hatte Franz von Croner kurz nach seiner Hochzeit gemacht. Darin hatte er Carry zu seiner Universalerbin eingesetzt. Nur einige Legate hatte er für andere bestimmt. Carry wußte das, und wenn sie daran dachte, war etwas wie Befriedigung in ihr. Wenn jetzt ihr Gatte wirklich sterben sollte, wurde sie wenigstens nicht um den Kaufpreis betrogen für ihre Person. Reichtum erschien ihr noch immer als etwas Erstrebenswertes.

Wenn sie frei wurde – –

Sie entsetzte sich nicht vor diesem Gedanken. Der Arzt hatte ihr gesagt, eine Heilung ihres Gatten sei ausgeschlossen. Sie hätte auch, wenn sie Croner liebte, nur wünschen können, daß er von seinen Leiden erlöst wurde. Dieses Schattendasein mußte eine Qual ohnegleichen sein für ihn, der stets nur im vollen Lebensgenuß Genüge gefunden hatte.

Oft hatte Carry schon erwogen, was geschehen würde, wenn ihr Gatte stürbe. Und dann packte sie immer ein wahnsinniger Schmerz daß nun Rita zwischen ihr und Günter stehen würde. Sie haßte Viktor Valberg mit Inbrunst, weil er Günter veranlaßt hatte, Rita zu heiraten, sie haßte Rita, weil diese Günters Werbung angenommen hatte. Sie glaubte nicht, daß Rita Günter sehr liebte, hielt Rita überhaupt keines großen Gefühls fähig und glaubte, diese wäre mit irgendeinem andern jungen Mann, der hübsch und unbedeutend war, wie sie selbst, mindestens ebenso glücklich geworden, wie mit Günter. Warum mußte sie ihr gerade Günter nehmen?

Der Oberst holte bald darauf seine Gattin ab und bat Günter bei dieser Gelegenheit harmlos, er möge sich seiner Tochter ein wenig annehmen, falls diese Rat und Hilfe brauche.

Günter versprach es.

So vergingen einige Wochen. Günter kam zuweilen mit Rita nach Cronersheim, manchmal fuhr auch Rita allein.

Eines Tages kam Günter aus der nahen Stadt. Der Weg führte ihn an Cronersheim vorüber, und da er wußte, daß Rita Carry einen längeren Besuch abstatten wollte, sprach er in Cronersheim vor und wollte Rita abholen.

Diese war indes schon wieder zurückgefahren.

Carry empfing Günter allein, und zu seiner heimlichen Erleichterung blieb sie auch während dieses kurzen Alleinseins völlig ruhig und beherrscht, trotzdem es in ihr stürmte und sie sich am liebsten in seine Arme geworfen hätte.

Mit keinem Wort rührte sie an das, was zwischen ihnen gewesen war, dankte ihm nur ruhig, daß er ihrem Vater versprochen hatte, sich ihrer ein wenig anzunehmen, und legte ihm einige geschäftliche Fragen vor, die freilich jeder andere auch hätte beantworten können.

Bereitwillig und froh, ihr in dieser ruhigen Art dienen zu können, gab er ihr Auskunft und verabschiedete sich dann mit einem Handkuß.

Ihre Hand bebte nicht, sie lag nur seltsam kalt und still in der seinen.

Erleichtert trat er den Heimweg an. Dieses erste Alleinsein mit Carry hatte ihn von aller Sorge befreit. Sie war wirklich ruhig und vernünftig geworden.

Und bei dieser Erkenntnis fühlte er plötzlich etwas wie eine Leere in sich. Es war ihm mit einem Male zumute, als fehle ihm etwas. Fast hatte er ein Empfinden, als sei er unzufrieden, daß sie ihre Sehnsucht nach ihm bezwungen hatte. Wohl meinte er, daß er nun einer Gefahr entronnen sei, aber die heimliche Erregung, in die ihn diese Gefahr zuvor versetzt hatte, fehlte ihm nun wie etwas, an das er sich gewöhnt hatte. Mehr als sonst dachte er auf diesem

Nachhauseweg an Carry – und an das, was einst zwischen ihnen gewesen war.

Als er nach Hause kam und Rita ihm entgegeneilte, verlor sich dieses Gefühl jedoch sofort. Er zog sie zärtlich an sich und sah in ihr strahlendes Gesicht.

»Wir haben uns verfehlt, Rita. Ich wollte dich in Cronersheim abholen.«

»O wie schade, daß ich das nicht wußte.«

Günter war heute besonders lieb und zärtlich zu Rita. Ihm war, als habe er ein Unrecht an ihr gutzumachen.

Zwei Tage später kam am Vormittag ein reitender Bote von Cronersheim und brachte die Meldung, daß Herr von Croner am frühen Morgen nach einem zweiten Schlaganfall verschieden sei. Carry Croner war Witwe.

Günter und Rita fuhren sofort nach Cronersheim, um Carry ihre Hilfe anzubieten. Sie fanden Carry ruhig und gefaßt. Eine elegante schwarze Robe, die sie bereits trug, hob ihre blonde Schönheit besonders.

Sie dankte Günter und Rita für ihre Teilnahme und sagte ihnen, daß schon ein Telegramm an ihre Eltern unterwegs sei. Sie hoffe, diese würden sofort zu ihr kommen und ihr beistehen. Günters Hilfe wolle sie deshalb nicht in Anspruch nehmen.

Dieser war sehr hilfsbereit herbeigeeilt, und es verstimmte ihn ein wenig, daß Carry seine Hilfe so ohne weiteres zurückwies.

Der Oberst kam mit seiner Gattin noch an dem nämlichen Abend an, um seiner Tochter alles Schwere abzunehmen. So sah Günter Carry erst bei der Beisetzung ihres Gatten wieder.

Ein großes Trauergefolge hatte sich versammelt – in Vertretung des Hofes war Prinz Herbert erschienen, der, wie viele andere, seinen Blick nicht lassen konnte von der wundervollen Erscheinung der jungen Witwe.

Carry begegnete Günter nicht anders als allen anderen

Herren. Es geschah das heute ohne jede Nebenabsicht Carrys. Aber Günter war dabei wieder so seltsam zumute, als fehle ihm etwas.

Was alle Aufdringlichkeit Carrys nicht erreicht hatte, das bewirkte jetzt ihre kluge Reserve. Die männliche Eitelkeit wurde in Günter geweckt. Eine gewisse Neugier war in ihm, ob Carry wirklich ruhiger geworden war oder ob sie sich nur besser beherrschen gelernt hatte.

Heute fiel ihm auch auf, daß sich Prinz Herbert fast ausschließlich an Carrys Seite hielt, und er sah immer wieder forschend zu ihr hinüber. Während der Beisetzung stand Rita neben ihrem Gatten, Carry und Prinz Herbert gegenüber. Günter achtete gar nicht auf seine Frau. Als die Zeremonie zu Ende war, fragte Rita ihren Gatten etwas. Er hörte sie nicht und gab ihr keine Antwort. Da blickte sie zu ihm auf und sah, daß er mit einem seltsamen, weltvergessenen Blick zu Carry Croner hinüberblickte. Rita folgte seinem Blick und gewahrte, daß Carry diesen Blick ihres Gatten mit einem heißen, intensiven Aufleuchten erwiderte.

Es war plötzlich ein ängstliches, unsicheres Gefühl in der jungen Frau. Sie legte impulsiv ihre Hand auf ihres Mannes Arm.

»Günter – Günter!«

Fast angstvoll rief sie seinen Namen. Er zuckte leise zusammen und sah in ihr erblaßtes Gesicht.

Sofort beugte er sich liebevoll besorgt zu ihr herab und führte sie fort. »Was willst du, Rita?«

»Ich fragte dich etwas, Günter, und du hörtest mich nicht.«

Er drückte ihren Arm zärtlich an sich und war ärgerlich über sich selbst, daß er sich so in Carrys Anblick vertieft hatte. Ein jäher Schreck hatte ihn durchzuckt, als er in Ritas angstvolles Gesicht sah. Nur um Gottes willen ihren Seelenfrieden nicht stören! Er fühlte in diesem Augenblick mit schmerzhafter Klarheit, daß ihm Ritas Glück mehr galt als das seine.

»Man hat so seine eigenen Gedanken am Grabe eines Menschen. Siehst auch ganz bleich aus, Liebling«, sagte er liebevoll.

Und dabei fragte er sich unruhig, ob sie Carrys heißen, aufflammenden Blick gesehen hatte, mit dem ihn diese plötzlich angesehen, als er zu ihr hinüberblickte. Daß er selbst Carry auch mit einem nichts weniger als gleichgültigen Blick angesehen hatte, wußte er gar nicht.

Rita schalt sich aber schon selbst aus wegen der dummen Angst, die sie plötzlich befallen hatte. Sie lächelte unsicher zu ihm auf und holte tief Atem.

»Ganz angst wird einem zumute«, sagte sie leise.

Dann wurde dem Trauergefolge eine Erfrischung gereicht. Carry war umringt von einer Menge Menschen, die ihr einige teilnehmende Worte sagen wollten, ehe sie sich entfernten.

Rita sprach im Nebenzimmer mit Carrys Mutter, und Günter wartete in einer Fensternische, bis auch er der jungen Witwe einige Worte sagen konnte.

Der Oberst war von Prinz Herbert in eine Unterhaltung gezogen worden. So stand Carry denn ganz allein, als sich das übrige Trauergefolge entfernt hatte. Da trat Günter zu ihr.

»Gestatten Sie auch mir nochmals, Ihnen meine Teilnahme auszusprechen, gnädige Frau«, sagte er artig.

Sie wandte ihm langsam das Gesicht zu. Kein Zug darin änderte sich. Nur ihre Augen weiteten sich und senkten sich in die seinen.

»Wozu die Lüge, Herr Baron? Sie wissen ja doch – müssen es wissen – daß ich als Befreiung empfinde, was die Menschen einen Verlust nennen. Mein Mann hatte vom Leben nichts mehr zu erwarten als Schmerzen und Qualen, ihm ist die Ruhe zu gönnen – aber mir auch. So oder so – ich hätte mich eines Tages frei machen müssen von ihm – es ging so nicht weiter. Was ich gelitten in dieser Ehe – es war furchtbar. Das soll kein Vorwurf sein für den Verstorbenen. Er hat mir ehrlich gegeben, was er zu geben hatte, und hat nicht mehr versprochen, als er halten konnte. Ich allein trug die Schuld, daß ich bitter enttäuscht war. Man versündigt sich nicht ungestraft am Sakrilegium der Ehe – glauben Sie mir das. Und das habe ich getan.«

Sie hatte das alles ganz ruhig, fast monoton gesagt. Um so mehr wirkte es auf Günter. Sie tat ihm namenlos leid, und er hätte ihr gern ein gutes Wort gesagt. Er wußte aber nicht, ob er es ungestraft tun konnte, trotzdem sie so ruhig und gefaßt schien. Aber sagen mußte er doch etwas.

»Das Leben wird auch für Sie wieder freundliche Tage haben, gnädige Frau. Sie sind noch so jung.«

Sie lächelte seltsam. »Jung? Ich habe das Gefühl, als sei ich uralt geworden in diesem halben Jahr meiner Ehe.«

»Wer weiß, wie schnell Sie sich wieder jung fühlen lernen. Irgendwo in der Welt wird ein besseres Glück auf Sie warten. Es ist heute nicht die rechte Zeit, davon zu sprechen. Aber ich wünsche Ihnen eine glückliche Zukunft.«

Sie sah ihn einen Moment an, daß er betroffen zusammenzuckte. Dann senkte sie schnell die Augen.

»Wer in die Zukunft blicken könnte – nur einen einzigen Augenblick«, sagte sie leise.

In demselben Moment trat Rita in das Zimmer und schritt an Günters Seite heran.

»Wir wollen nun auch heimfahren, Günter«, sagte sie. Und als sie ihn ansah, merkte sie, daß seine Stirn gerötet war. Sie wandte sich wie fragend zu Carry. Aus deren Augen aber traf sie ein feindlicher Blick, der scharf wie ein Messer in ihre Seele schnitt. Sie fühlte in diesem Moment mit peinlicher Gewißheit, daß Tante Exzellenz recht gehabt hatte, sie vor Carry zu warnen. Aber warum ihr Carry feindlich gesinnt war, wußte sie nicht.

Ehe sie sich überhaupt klarwerden konnte über ihr eigenes Empfinden, hatte Carry auch schon ihren Arm um sie gelegt und sagte sehr sanft und liebevoll zu ihr:

»Soeben habe ich Ihrem Gatten gesagt, daß ich vorläufig

mit meinen Eltern einige Wochen nach Hause gehe, bis ich die letzten Aufregungen ein wenig verwunden habe. Wenn ich wiederkomme, dann gönnen Sie mir wohl hin und wieder ein warmes Plätzchen in Valberg, liebe Frau Rita.«

Rita war wenig geübt, konventionelle Phrasen zu tauschen, und jeder hätte merken können, daß es ihr nicht aus dem Herzen kam, als sie erwiderte:

»Gewiß, liebe Frau Carry, ich werde mich immer freuen, Sie bei uns zu sehen.«

Und als Carry sie scheinbar zärtlich küßte zum Abschied, schauerte sie wie fröstelnd zusammen.

Als Günter dann auf der Heimfahrt wie sonst liebevoll seinen Arm um seine junge Frau legte und zärtliche Worte zu ihr sprach, verlor sich der beklemmende Druck von Ritas Herzen. Sie schalt sich selbst eine Torin, die Gespenster am hellen Tage sah. Offenherzig, wie sie war, sagte sie aufatmend:

»Ach Günter, ich wollte, Tante Exzellenz, du und Papa, ihr hättet mich nicht so vor Frau Carry gewarnt. Da setzt sich einem, ehe man sich's versieht, das häßliche Mißtrauen ins Herz. Denke dir, eben, als ich zu dir und ihr trat, glaubte sich zu sehen, daß mich ihre Augen feindlich anfunkelten, als ob sie mich haßte. Und das ist doch Unsinn, nicht wahr? Warum sollte sie mich hassen? Ich habe ihr doch nie etwas zuleide getan. Ich könnte mir selbst zürnen, daß ich so töricht bin.«

Er zog sie fest an sich, als wollte er sie vor allen trüben Gedanken schützen.

»Hast recht, Liebling, man sollte dich gar nicht mit solchen Warnungen beunruhigen. Es wäre ja zu schade, wenn dein goldenes Vertrauen zu dem Guten im Menschen verlorenginge. Das darf nicht sein, meine kleine Rita.«

Sie sah gläubig und vertrauend zu ihm auf, so daß er voll Andacht ihre Augen küßte.

»Ach, es ist zu schrecklich, wenn man mißtrauisch ist. Ich muß dir gleich etwas beichten«, stieß sie hastig hervor.

»Nun?« fragte er besorgt.
»Mußt aber nicht böse sein.«
»Gewiß nicht.«
Sie holte tief Atem. »Also denke dir, ich sah heute bei der Beerdigung, daß du Frau von Croner ganz seltsam ansahst – ganz anders als sonst – ich weiß nicht, wie ich ihn dir beschreiben soll. Und da wurde mir so – so –, ich hätte vor Angst weinen mögen. Und ich sprach mit dir, und du hörtest mich nicht. Ich kann dir nicht sagen, wie schrecklich mir einige Minuten zumute war, bis du wieder lieb und gut mit mir sprachst. Bin ich nicht eine rechte Törin?«
Er drückte ihren Kopf sanft an seine Brust, so daß sie nicht sah, wie seine Stirn sich rötete. Eine heiße Angst war in ihm, daß sein junges Weib leiden könnte unter dem Zwiespalt seines Empfindens. Er war sich plötzlich bewußt, daß er ein wenig mit dem Feuer gespielt hatte, daß in seiner Seele der leise Hauch eines Unrechts saß. Und da wehrte er alle Gedanken an Carry energisch von sich ab. Es wurde wieder klar in seiner Seele. Ritas Glück durfte und sollte nicht getrübt werden. Was galt ihm Carry noch – Carry, die ihn betrogen und sich um Geld an den Mann verkauft hatte, über dessen Gruft ihn heute ihre Augen wieder so sehnsüchtig angesehen und ihn beunruhigt hatten – ihn und auch sein junges Weib. Fort mit allen Gedanken an Carry, die ihn wie einen Spielball benutzen wollte. Hier neben ihm saß seine junge Frau und zeigte ihm gläubig und vertrauensvoll, was in ihrem Herzen vorging. Ihr gehörte jetzt sein ganzes Leben, sein ganzes Herz, und seine Pflicht war es, sie vor jedem Ungemach zu schützen. Zart und innig küßte er ihre Augen.
»Mein süßes, kleines Herz, ich danke dir für dein Vertrauen. Mußt mir immer gleich alles sagen, was dich drückt, damit ich dir gleich allen Kummer verscheuchen kann. Du bist wirklich eine törichte kleine Frau gewesen. Wer weiß,

wo ich in Gedanken war, als ich Frau von Croner angesehen habe. Und nun denken wir gar nicht mehr daran. Diesen traurigen Tag streichen wir ganz aus unserem Gedächtnis. Er paßt gar nicht in unser junges Glück. Wir wollen wieder froh und heiter sein, daß mein Liebling wieder lachen kann.«

Sie schmiegte sich an seine Brust. »Ach, mir ist nun wieder ganz leicht und frei. Wie gut, daß ich gleich zu dir kam mit meinen dummen, ängstlichen Gedanken.«

»Ja, das war sehr gut, sehr gut, mein Liebling.«

Innig aneinandergeschmiegt fuhren sie heim. Der erste leise Schatten auf Ritas Glück war gebannt.

Wochen vergingen nun für Günter und Rita in friedlichstem Glück. Sie kamen wenig in Gesellschaft. Der Verkehr mit der Nachbarschaft beschränkte sich auf kurze Besuche, die gemacht und empfangen wurden. Carry Croner war gleich nach der Beerdigung ihres Gatten mit ihren Eltern nach der Residenz gereist.

Tagsüber war Günter von seinen Pflichten stark in Anspruch genommen, und Rita versuchte, sich mehr und mehr in ihre Hausfrauenpflichten einzuarbeiten. Die gemeinsamen Mahlzeiten führten das junge Paar zusammen, und die Teestunde wurde meist etwas länger ausgedehnt. Gemeinsame Ritte wurden fast täglich bei gutem Wetter unternommen. Abends aber las Günter seiner jungen Frau vor. Mit Bedacht wählte er solche Werke, die ihre junge Seele leicht aufnehmen konnte, und die ihr doch einen weiteren Blick ins Leben verschafften.

Unmerklich streifte Rita bei diesem innigen Zusammenleben mehr und mehr das Kindliche ab und überraschte Günter oft durch tiefe Gedanken und Betrachtungen, die sich über ihre Lippen drängten.

Günter war selbst ein Mensch, der nach Vertiefung trachtete. Als Soldat hatte er wenig Gelegenheit gehabt, mit geistig hochstehenden Menschen zu verkehren. Unter den

Kameraden hatte ein leichter Ton geherrscht, man interessierte sich da hauptsächlich für schöne Frauen, Pferde, den Beruf und höchstens noch für die leichte Muse.

Nun hoffte er, sich Rita als einen Lebensgefährten heranbilden zu können, der mit ihm durch alle Höhen und Tiefen des Lebens ging. Und Rita ging so ganz auf in der Liebe zu ihrem Gatten, daß sie instinktiv den rechten Weg fand, ihm zu gefallen.

So verging der größte Teil des Herbstes. Günter ging mit Rita für einige Tage nach der Residenz, um Theater und einige Gesellschaften zu besuchen. Natürlich waren sie viel mit Tante Exzellenz zusammen, hauptsächlich Rita, die auch dann glücklich plaudernd bei der alten Dame saß, wenn Günter sich mit seinen alten Regimentskameraden verabredet hatte.

Exzellenz Tronsfeld konnte sich befriedigt von dem wolkenlosen Glück des jungen Paares überzeugen.

Von Carry sprachen die beiden Damen auch. Exzellenz erzählte, daß die junge Witwe sehr zurückgezogen bei ihren Eltern lebe und doch wohl den ganzen Winter in der Residenz zubringen würde.

Rita verschwieg jedoch der alten Dame, welche Beobachtungen sie am Begräbnistag des Herrn von Croner gemacht hatte. Erstens wußte sie selbst kaum noch, was sie eigentlich gesehen hatte, und zweitens wollte sie nicht darüber sprechen.

Günter und Rita hatten im Hotel Wohnung genommen. Die Tage vergingen ihnen sehr schnell. Eines Tages sagte dann Rita: »Müssen wir nicht Frau von Croner einen Besuch machen, Günter? Sie könnte von unserer Anwesenheit in der Residenz hören und es unfreundlich finden, wenn wir uns nicht nach ihrem Befinden erkundigten.«

Günter war sofort einverstanden. Er hatte schon selbst daran gedacht, daß man Carry aufsuchen müsse, hatte aber die Anregung dazu nicht geben wollen, weil er heimlich in Sorge war, Rita könne sich darüber beunruhigen.

So fuhr das junge Paar noch an demselben Tage bei Oberst von Platen vor.

Als sich das junge Paar melden ließ, saß Carry mit ihrer Mutter zusammen im Wohnzimmer, das zwar behaglich, aber sehr einfach ausgestattet war. In der Wohnung des Obersten waren nur die Empfangsräume elegant möbliert. Die anderen Räume zeigten noch die schlichten Möbel aus jener Zeit, da der Oberst mit seiner Gattin einen sehr bescheidenen Haushalt gegründet hatte, auf eine mühselig zusammengebrachte Kaution gestützt.

Die Oberstin sah ihre Tochter fragend an. »Willst du die Herrschaften empfangen, Carry?«

»Gewiß, Mama – warum sollte ich nicht?« fragte Carry scheinbar ganz ruhig. Sie hatte ihrer Mutter nichts anvertraut von ihren Herzenskämpfen, aber diese war doch nicht so ganz sicher, ob Carry ganz verwunden hatte, daß sie einst einen sehr ernsten Flirt mit Günter Valberg gehabt hatte.

Als ihr Carry nun mit großen, ruhigen Augen diese Frage vorlegte, fühlte sich die Mutter ein wenig irritiert.

»Nun – ich meine nur, Carry. Es hätte dir doch unangenehm sein können.«

»Keineswegs, Mama. Du weißt doch, daß ich mit Baron Valberg und seiner jungen Frau viel zusammengekommen bin. Warum soll ich sie also nicht auch hier empfangen?«

»Ja, ja, freilich – ich meinte ja nur.«

Sie »meinte« immer sehr viel, die gute Frau Oberst. Das war bei ihr zur stereotypen Redensart geworden, die ihre Angehörigen zur Genüge kannten.

»Also bitte, Mama, geh hinüber in den Salon und begrüße einstweilen die Herrschaften, ich komme gleich nach«, sagte Carry.

Die Oberstin tat, wie ihr geheißen wurde.

Carry ging in ihr Zimmer und betrachtete sich aufmerksam im Spiegel. Das langnachschleppende Witwenkleid schmiegte sich elegant und weich um ihre herrlichen Glieder. Leuchtend hob sich das üppige, goldblonde Haar von dem tiefen Schwarz des Kleides ab. Der breite, schwere Saum des Kleides, aus Trauerkrepp, zog den feinen Stoff herab, so daß er sich fast faltenlos um den schönen Körper legte. Ihr Antlitz war etwas bleicher als sonst, aber die roten Lippen leuchteten rot und verlangend aus diesem blassen Gesicht, als wollten sie die trauernde Resignation Lüge Strafen. Auch in den Augen lag ein Glanz, der nichts von Entsagung wußte.

Mit sanfter Liebenswürdigkeit begrüßte sie Rita, zog sie an sich und küßte sie auf die Wangen. Dabei flog über Ritas Köpfchen hinweg ihr Blick einen Moment, in heißer Sehnsucht aufleuchtend, zu Günter hinüber.

Günter wandte sich schnell ab und sprach mit der Oberstin, damit Rita nicht sehen konnte, daß ihm das Blut in die Stirn trieb. Er zürnte sich selbst, daß er noch immer nicht ruhig sein konnte bei Carrys Anblick.

Diese sah die gerötete Stirn und war zufrieden. Sie zeigte sich nun ganz ruhig, begrüßte Günter höflich und freundlich – aber nicht mehr.

Rita blieb ganz harmlos und unbefangen. Der damals in ihr aufgetauchte, halb unbewußte Argwohn hatte sich längst in dem ruhigen Glück der vergangenen Wochen verloren. Sie dachte gar nicht mehr daran. Freundlich fragte sie die junge Witwe:

»Werden Sie bald nach Cronersheim zurückkommen, Frau Carry, oder bleiben Sie den Winter über in der Residenz?«

Carry sah auf ihre weißen Hände herab. Dann blickte sie lächelnd auf.

»Ich habe mich schon so sehr an das Landleben gewöhnt, daß es mir in der Residenz gar nicht mehr auf die Dauer gefallen wird. Weihnachten will ich noch bei meinen Eltern verleben, aber dann kehre ich nach Cronersheim zurück.«

Günter mußte sich zu seinem eigenen Ärger gestehen,

daß er noch immer nicht ganz ruhig bleiben konnte in Carrys Gesellschaft. Ihre Persönlichkeit übte noch immer etwas wie einen magnetischen Einfluß auf ihn aus. Solange er sie nicht sah, war er froh und frei, stand er ihr jedoch gegenüber, so war ein Gefühl in ihm, als ob sie sich hineindränge in seine Gedanken und Empfindungen.

Die Oberstin erzählte eifrig und stolz, daß der ganze Hof lebhaften Anteil genommen hätte an Carrys Verlust. Prinz Herbert habe schon wiederholt seine Aufwartung gemacht, um sich nach Carrys Befinden zu erkundigen.

Günter hatte bereits von seinen Kameraden gehört, daß Prinz Herbert anscheinend Feuer gefangen habe und sich für die schöne Frau von Croner lebhaft interessiere. Das stimmte mit den Worten der Oberstin zusammen. Unwillkürlich sah Günter Carry forschend an. Sie merkte diesen Blick und glaubte, er sei von Eifersucht diktiert. Sie hätte aufjubeln mögen. Aber es huschte nur ein seltsames Lächeln um ihren schönen Mund.

»Der gute Prinz! Er hilft mir zuweilen einige langweilige Stunden ertragen und ist außerordentlich aufmerksam.«

Rita blickte bewundernd in Carrys Gesicht. Wie schön sie war – wie wunderschön.

Nachdem sie sich mit Günter von den beiden Damen verabschiedet hatten und wieder im Wagen saßen, sagte Rita in ehrlicher Bewunderung:

»Frau Carry ist die schönste Frau, die ich je gesehen habe. Ich kann mir sehr gut denken, daß sie auch von einem Prinzen verehrt wird. Was meinst du, Günter, dürfte Prinz Herbert, wenn er wollte, Frau Carry zu seiner Gemahlin machen?«

»Aber Rita – wie kommst du auf solchen Unsinn?« stieß Günter ärgerlich hervor.

Dieser Ton war ihr fremd. Sie erschrak und sah ihn hilflos an.

»Ach Günter – es kam mir nur so in den Sinn. Ist denn das ein Unrecht? Warum bist du so heftig?«

Er war über sich selbst erschrocken. Nun lachte er – ein wenig gezwungen freilich und faßte ihre Hand.

»Kleines törichtes Frauchen! Siehst mich gleich an wie Rotkäppchen den bösen Wolf, der sie fressen wollte.«

Sie seufzte lächelnd.

»Ich bin so gar nicht gewöhnt, daß du mich in einem rauhen Ton anläßt.«

»Das habe ich doch auch jetzt nicht getan.«

»Es schien mir so, aber vielleicht habe ich mich getäuscht.«

»Ganz sicher, Rita. Also du möchtest wissen, ob Prinz Herbert Frau Carry heiraten dürfte?«

»Ja.«

Er zuckte die Achseln.

»Ich glaube es nicht. Trotzdem er bei der Erbfolge nicht in Betracht kommt, da unser Herzog selbst mehrere Söhne hat, so würde doch der Herzog seinem Neffen kaum die Genehmigung zu einer solchen, nicht standesgemäßen Ehe erteilen. Hier käme wohl höchstens eine morganatische Ehe in Betracht, und eine solche einzugehen wäre sicher wiederum Frau von Croner zu stolz.«

Rita seufzte lächelnd.

»Ich möchte weder Prinz noch Prinzessin sein. Aber nun laß uns gleich noch bei Tante Exzellenz vorfahren, ehe wir ins Hotel zurückkehren.«

»Haben wir noch Zeit? Du weißt, wir wollen heute mit einigen Kameraden und ihren Damen zusammen dinieren.«

Er sah nach der Uhr.

»Noch ein halbes Stündchen bleibt uns für Exzellenz.«

So war Rita von dem gefährlichen Thema abgelenkt. Günter aber mußte sich selbst fragen, ob er es ruhig ertragen könnte, wenn Carry sich mit Prinz Herbert verbinden würde.

Er sagte sich entschieden »ja« und wußte doch nicht, ob es die Wahrheit sei. Durch das Wiedersehen mit Carry war er wieder aus seinem seelischen Gleichgewicht gekommen.

Einige Kameraden Günters hatten seine Einladung zur Jagd angenommen. Und nun meldete sich auch Ritas Vater für einige Wochen in Valberg an. So wurde es bald nach der Rückkehr des jungen Paares aus der Residenz sehr lebhaft in Schloß Valberg.

Rita machte in reizender, graziöser Art die Honneurs als Hausfrau. Die leise Unsicherheit, die diesem ersten Debüt anhaftete, ließ sie nur noch anmutiger erscheinen. Günters Kameraden priesen ihn als einen Glückspilz und huldigten der reizenden Hausfrau samt und sonders. Rita nahm diese Huldigungen mit einem köstlichen Gemisch von Freude und Verwirrung entgegen und sah mit reizendem Lächeln in ihres Gatten Gesicht.

Günter fühlte sich wieder sehr glücklich. Der Gedanke an Carry verblaßte bald wieder. Er konnte sogar ruhig mit anhören, wenn die Kameraden darüber debattierten, ob die Bemühungen Prinz Herberts um die schöne junge Witwe ernsthafter Natur seien.

Sobald Carrys Persönlichkeit nicht magnetisch auf ihn einwirkte, war er auch innerlich frei von ihr, und er hoffte, in Zukunft auch in ihrer Gegenwart seine Ruhe behalten zu können.

Viktor fühlte sich die ersten Wochen in Valberg über Erwarten glücklich und behaglich. Er ließ sich mit Wonne von Rita sorglich umhegen, freute sich herzlich an ihrem jungen Glück, konstatierte befriedigt, daß sie immer hübscher wurde und jetzt eine sehr eigenartige liebliche Erscheinung war, und interessierte sich lebhaft für ihre Toiletten. Er verschrieb ihr selbst dies und das, was er für besonders wirkungsvoll hielt, und gab ihr mit seinem ästhetischen Feingefühl mancherlei Direktiven und Anregungen, so daß sie selbst Interesse an ihrer eigenen Person gewann und sich mit eigenem Geschmack zu kleiden begann. So lernte sie spielend die für eine Frau so wichtige Kunst, sich auch äußerlich zur Geltung zu bringen.

Der Vater lehrte sie, ihre feinen Reize gewissermaßen

zu unterstreichen. Der gewiegte Frauenkenner und Ästhet betrachtete seine Tochter jetzt gewissermaßen als ein Kunstwerk, das er geschaffen hatte und dem er nun durch allerlei Verbesserungen noch allerlei Feinheiten gab.

Günter war jetzt oft ganz frappiert von Ritas Aussehen. Sie wurde ihm gewissermaßen interessant. Da Rita den Kostenpunkt nicht zu berücksichtigen brauchte, konnte sie sich alles leisten, was ihr begehrenswert erschien.

Viktor wunderte sich selbst, daß ihm seine Tochter so viel Interesse einflößte, und sie wurde ihm immer lieber, je schöner sie aufblühte. Seine Vatereitelkeit vertiefte seine Liebe.

Er hatte mit Günter über Frau von Croner gesprochen, und dieser hatte ihm gesagt, sie scheine vernünftig geworden zu sein seit dem Tode ihres Mannes. So glaubte Viktor das Glück seiner Tochter von keiner Seite mehr bedroht.

Nachdem Günters Kameraden wieder abgereist waren, wurde es stiller in Valberg, und es dauerte nicht lange, bis die Wandervogeltriebe des Barons aufs neue erwachten. Er behauptete, nach der Residenz zurückkehren zu müssen, um in seinem Heim einmal wieder nach dem Rechten zu sehen.

Rita hatte gehofft, daß der Vater bis nach dem Weihnachtsfest in Valberg bleiben würde. Sie hatte auch Tante Exzellenz eingeladen und es sich sehr schön gedacht, dies Weihnachtsfest im Verein mit all ihren lieben Menschen zu feiern. Gerade am Weihnachtsfest war ihr früher immer ihre Verlassenheit und der Mangel an Liebe zum Bewußtsein gekommen, und sie meinte, daß sie nun an diesem Feste auch doppelt den Reichtum an Liebe empfinden müsse, der ihr jetzt zuteil geworden war.

Betrübt sagte sie das dem Vater.

Er streichelte lächelnd ihre Wangen.

»Natürlich verleben wir Weihnachten gemeinsam, Töchterchen, das habe ich als ganz selbstverständlich angesehen. Bis zum Fest ist ja fast noch drei Wochen Zeit. Da kann ich vorher bequem mein Haus in der Residenz in Ordnung bringen, kann einige Besuche machen und mich für die kommende Festsaison anmelden. Vor allem aber kann ich mich in der Residenz nach hübschen Weihnachtsgeschenken für meine kleine Maus umsehen. Dann stelle ich mich kurz vor dem Feste Tante Exzellenz als Reisemarschall zur Verfügung und komme mit ihr für die Festtage nach Valberg, um mich hier in den schönsten Weihnachtszauber einspinnen zu lassen. Ist es recht so, Töchterchen?«

Rita küßte ihn aufjubelnd.

»Ja, so ist es schön und gut. Oh, es sollen herrliche Weihnachten werden. Ich werde selbst die schönsten Tannen im Walde aussuchen.«

»Und die schmücken wir gemeinsam, Tante Exzellenz und ich wollen auch dabei helfen.«

»Dann müßt ihr aber einen Tag früher kommen.«

»Schön, das wollen wir tun.«

So reiste der Baron vergnügt und froh nach der Residenz.

Es gab nun für Rita ein geschäftiges Treiben. Sie ließ es sich nicht nehmen, auch für die Domestiken eine stimmungsvolle Feier zu rüsten. Schon lange Zeit vorher hatte sie mit der Haushälterin eifrig beraten, was zur Bescherung für die Leute nötig war. Sie kümmerte sich sogar in hausfraulicher Geschäftigkeit um die Weihnachtsbäckerei und konnte staunend zusehen, was in der schönen großen Backküche unter den Händen des Küchenpersonals an köstlichen Leckereien entstand. Als dann der Vater mit Tante Exzellenz eintraf, duftete schon das ganze Haus weihnachtlich nach Tannenbäumen, Kuchen und Marzipan.

Es wurde wirklich ein herrliches, wunderschönes Weihnachtsfest, wie es sich Rita so innig gewünscht hatte. Von allen Seiten wurde sie reich beschenkt und mit so viel Liebe umgeben, daß sie aufschluchzend vor Glückseligkeit ihrem Gatten in die Arme fiel und ausrief:

»Mir tut das Herz weh vor lauter Glück und Freude. Es kann auf der ganzen Welt kein glücklicheres Menschenkind geben als mich!«

Tante Exzellenz legte ihr die Hand auf den Mund.

»Nicht doch, Kind. Man soll den Neid der Götter nicht erwecken.«

Viktor sah seine alte Freundin neckend an.

»Teuerste Exzellenz – jetzt entdecke ich die erste Untugend an Ihnen. Sie sind abergläubisch?«

Sie lächelte. »In manchen Dingen ja.«

»Aber, aber! Eine so kluge, geistvolle Frau.«

Mit feinem ironischem Lächeln sah sie ihn an. »Ich behaupte, jeder Mensch hat in seinem Empfinden ein dunkles Winkelchen, wo dieser mittelalterliche Gast noch haust.«

»Oh, davon müssen Sie zum mindestens mich ausnehmen, ich kenne keinen Aberglauben«, versicherte Viktor lachend. Er saß behaglich in seinem Sessel und sah die Generalin mit mokantem Ausdruck so recht selbstsicher an.

Da trat Rita hinter ihn, legte ihm die Arme schmeichelnd um den Hals und fragte schelmisch: »Wer war es denn, der neulich beim Aufbruch zur Jagd sich auf Schleichpfaden aus der Hintertür entfernte, um der alten Berger-Christel nicht zu begegnen, die vor dem Schlosse den Schnee aus den Wegen schaufelte?«

Verblüfft sah der Baron zu seiner Tochter empor und dann zur Exzellenz hinüber, die vergnügt auflachte.

»Hm! Allerdings – aber das sind nur Jägergewohnheiten.«

»Nennen Sie es, wie Sie wollen, lieber Freund – es ist doch Aberglauben.«

Mit komischer Zerknirschung sah er in ihr Gesicht.

»Müssen Sie mir immer überlegen sein? Und mein Töchterchen hilft Ihnen auch noch, mich hereinzulegen.«

Rita lachte: »Wir Frauen müssen doch zusammenhalten, Papa.«

Man ging dann zu Tisch. Die Bescherung der Leute hatte bereits vorher stattgefunden. In ihrem weißen Kleide war Rita wie ein Weihnachtsengel zu ihnen getreten, hatte selbst die Gaben ausgeteilt und für jeden, auch für die niedrigste Magd, ein gutes, freundliches Wort gehabt. Ihr Herz war so voll Liebe, daß sie abgeben mußte. Und sie hatte sich die Herzen ihrer Untergebenen heute vollends gewonnen. Behaglich saß man nun an der weihnachtlich geschmückten Tafel, in innigster Harmonie verbunden.

Und als Rita sich an diesem Abend mit ihrem Gatten zurückzog, warf sie sich noch einmal an seine Brust.

»Laß mich dir danken, mein geliebter Mann, daß du mich so reich gemacht hast. Mein Herz ist so voll Liebe, daß ich immer nur mit vollen Händen austeilen muß, um nicht zu ersticken. Sollte ich das alles noch wie früher in mich verschließen, wenn ich keinen Menschen hatte, dem ich davon austeilen konnte – dann müßte mir das Herz brechen.«

Er streichelte liebevoll das schöne dunkle Haar, und es war wie ein stilles Gelübde in ihm, alles zu tun, was in seiner Kraft stand, ihr Glück zu bewahren und zu hüten. Es erschütterte ihn immer, wenn sie ihm davon sprach, wie arm an Liebe sie früher gewesen war. Es lag jetzt zuweilen etwas verhalten Leidenschaftliches in ihrem Wesen, eine scheue, stille Glut, die ihn beglückte. Er fühlte dann, daß sie eines großen tiefen Gefühls fähig war. Fast kam er sich dann arm vor mit dem, was er ihr zu bieten hatte, und zuweilen meinte er, daß er nur selbst den Ton anzugeben brauchte, um aus ihrer Seele das heiße, volle Gefühl des reifen Weibes hervorzurufen, das er bisher an ihr vermißt hatte. In ihren großen, dunklen Augen lag jetzt zuweilen eine scheue Glut, die, ihr selbst unbewußt, auf Erlösung zu harren schien und die ihm wie die Ahnung eines großen, tiefen Glücks erschien, das ihm bisher noch gefehlt hatte.

Nach dem Weihnachtsfeste waren der Vater und die Exzellenz wieder abgereist. Viktor fand es jetzt weder schrecklich noch lächerlich, sich in der Gesellschaft mit einer erwachsenen Tochter zu zeigen. Im Gegenteil, er freute sich darauf und hatte sich mit Eifer an den Beratungen beteiligt, was für Toiletten seine Tochter fragen sollte. So reiste das junge Paar bald nach dem Baron in die Residenz, für drei Wochen diesmal.

Rita feierte zum ersten Male während dieser Festlichkeiten gesellschaftliche Triumphe, und Günter war stolz und glücklich im Besitz seiner reizenden Frau, während Viktor vor Vatereitelkeit strahlte. Es ging von einem Fest zum anderen, und Rita hatte kaum Zeit, Carry einen flüchtigen Besuch abzustatten. Günter begleitete sie diesmal nicht, er schützte eine Abhaltung vor. Im Grunde wollte er sich durch eine neue Begegnung mit Carry nicht wieder seinen Seelenfrieden stören lassen. Aber auch Rita traf Frau Carry nicht mehr an, die Oberstin sagte ihr, sie sei nach Cronersheim zurückgekehrt. Ihrer Mutter hatte Carry als Grund zu ihrer Rückkehr nach Cronersheim angegeben, daß ihr die vielen Besuche Prinz Herberts unangenehm seien. Dieser hatte allerdings der schönen, jungen Witwe in sehr ausdrücklicher, wenn auch zarter Weise den Hof gemacht.

Carry zog aber ein anderer Grund nach Cronersheim – die Sehnsucht nach Günter, die ihr keine Ruhe ließ.

Kaum war dann das junge Paar nach Valberg zurückgekehrt, als sich auch schon Carry zu einem Besuch einfand. Sie kam Rita mit so auffallender Liebenswürdigkeit entgegen, daß diese, trotz einer halb unbewußten inneren Abwehr Gleiches mit Gleichem erwidern mußte.

Und trotz dieser Abwehr kam wieder ein sehr lebhafter Verkehr zwischen Cronersheim und Valberg zustande.

Carry war mit dem festen Vorsatz nach Cronersheim zurückgekehrt, eine Trennung zwischen Günter und Rita herbeizuführen – um jeden Preis. Jedes Mittel zu diesem Zweck war ihr recht. Sie war in diesen Monaten der Zurückgezogenheit mit sich zu Rate gegangen, wie sie Günter für sich frei machen konnte. Ein fester Plan war in ihrer Seele fertig. Sie mußte nur noch sondieren, wie sie ihn ausführen konnte.

In ihrem Plan sollte das eine große Rolle spielen, was sie damals erlauscht hatte hinter dem Gebüsch am Parksee.

Verlor Günter mit einer Trennung von Rita Valberg – wenigstens zu Lebzeiten des Barons, so war das auch nicht schlimm. Sie war ja jetzt selbst reich, und Cronersheim würde Günter entschädigen. Rita konnte dann mit ihrer Person und ihrem Gelde einen andern glücklich machen. Es würde ihr nicht an Ersatz fehlen. Und für dies kleine dumme Lämmchen würde ein anderer auch genügen, es brauchte ja nicht gerade der Mann zu sein, nach dem sich Carry Croner mit allen Fasern ihres Seins sehnte. Was galt ihr überhaupt Rita? Sie sollte und durfte ihr nicht länger ein Hindernis sein, sich mit dem geliebten Manne zu vereinigen. Und sie hatte den Mut, Ungewöhnliches für ihr ersehntes Glück zu wagen.

Rita hatte keine Ahnung, welche drohende Wolke über ihrem Glücke aufzog, und Günter fühlte sich im Innern sehr froh, als er merkte, daß ihn jetzt Carrys Gegenwart ruhig ließ und ihn nicht mehr erregte. Seine Liebe zu Rita hatte sich vertieft und machte ihn stark gegen alle Versuchungen.

Zunächst beobachtete Carry eine gewisse Reserve Günter gegenüber, in der Absicht ihn zu reizen. Sie hatte nur zu wohl bemerkt, daß ihre kühle Ruhe ihn erregt hatte.

Ganz sicher wurde sie, daß Günter sie noch immer liebte, als er sich eines Tages bei ihr sehr angelegentlich nach Prinz Herbert erkundigte. Sie glaubte, einen eifersüchtigen Ausdruck in seinen Augen zu bemerken und hätte aufjauchzen mögen.

Mit einem seltsamen Blick in sein Gesicht sagte sie leise:

»Ich habe die Residenz hauptsächlich deshalb verlassen,

weil mir die unentwegten Aufmerksamkeiten des Prinzen Herbert lästig wurden.«

Als sie das gesagt hatte, schien es ihr, als ob seine Augen aufleuchteten. Sie hatte aber nicht bemerkt, daß Rita hinter ihr stand und daß dieser aufleuchtende Blick Günters Rita galt, weil diese ihm verstohlen ein Zeichen gab, als wollte sie sagen: »Siehst du wohl, Prinz Herbert interessiert sich doch für Frau Carry!«

Für Carry hätte es dieses Aufleuchtens, das sie falsch deutete, gar nicht bedurft, um sie zu überzeugen, daß Günter sie noch liebte.

Und nun begann sie langsam wieder ihre Fühler nach ihm auszustrecken. Fast täglich kam sie nach Valberg, immer mit einem bittenden, liebenswürdigen Lächeln.

»Bei Ihnen ist es so traut und behaglich, liebste Frau Rita. In Cronersheim ist alles leer und öde – mich friert dort so allein. Lassen Sie mich ein wenig bei Ihnen rasten.«

Und Rita machte sich Vorwürfe, daß sie Carry nicht freudiger willkommen heißen konnte.

Trotz Carrys stark betonter Freundschaft konnte Rita kein Herz mehr zu ihr fassen, und manchmal fragte sie sich unter Carrys seltsam flimmernden Blicken: »Was will diese Frau von dir?«

Günter hatte jetzt viel zu tun. Der alte Administrator verließ seinen Posten, und der neu eingestellte hatte sich zwar unter seiner Leitung schon ein wenig eingearbeitet, aber immerhin blieb für Günter mehr zu tun als sonst.

Wenn er aber auch noch so beschäftigt war, die Teestunde widmete er stets seiner Frau und saß behaglich plaudernd bei ihr. Das hatte Carry bald herausgefunden, und sie stellte sich nun immer zur Teestunde ein, worüber Rita gar nicht erfreut war, denn diese kurze Stunde war ihr die liebste des ganzen Tages, und sie wäre viel lieber mit ihrem Gatten allein geblieben.

6

ES WAR AN einem klaren, schönen Märztag. Rita hatte am Vormittag in Günters Begleitung den ersten Ritt wieder unternommen seit dem Herbst. Er hatte draußen auf den Feldern zu tun gehabt, und sie hatte ihn begleitet.

Es war ein herrlicher Ritt gewesen. Froh und heiter kamen sie nach Hause. Als Günter seine Frau vom Pferde hob, hielt er sie fest an seinem Herzen und sah ihr strahlend in die aufleuchtenden dunklen Augen. Langsam gab er sie frei, als der Reitknecht herbeieilte. Und jauchzend hätte er es der Welt verkünden mögen, daß er sein junges Weib liebte. Er war sich jetzt seiner Liebe erst so recht bewußt geworden.

Gemeinsam nahmen sie dann das Mittagsmahl ein.

Nach demselben mußte sich Günter zu einer längeren Konferenz mit dem neuen Administrator in sein Arbeitszimmer zurückziehen.

»Und was tut mein kleines Frauchen jetzt?« fragte er, als er sich von Rita verabschiedete.

Sie sah ihn lächelnd an.

»Oh, ich habe allerlei zu tun. Erst will ich an Papa schreiben, dann habe ich mit der Haushälterin allerlei zu beraten, und wenn mein gestrenger Herr dann noch keine Zeit für mich hat, werde ich in der Gärtnerwohnung einmal nachschauen, wie es der kranken Frau des Gärtners geht. Zum Tee bin ich aber sicher zurück, dann sehen wir uns wieder.«

»Ja, mein liebes Herz – die Teestunde lassen wir uns nicht nehmen.«

Rita seufzte leise. Er sah sie forschend an.

»Was sollte dieser Seufzer, kleine Frau?«

Sie zog unsicher die Schultern empor: »Ach – eigentlich ist es ja recht ungastlich und unfreundlich – aber ich wünschte doch, wir hätten unsere Teestunde wieder öfter für uns allein. Jetzt, wo du den ganzen Tag so wenig Zeit für mich hast, wäre es mir wirklich lieber, Frau Carry käme nicht so oft gerade um diese Zeit nach Valberg. Oder ist es dir lieb, daß sie da ist?«

Unter dem dringlich fragenden Blick ihrer Augen wurde er, ohne recht zu wissen, warum, sehr rot und sah an ihr vorbei.

Rita sah diese verräterische Röte und bemerkte seine Verlegenheit. Und plötzlich schnürte ihr eine törichte, unbestimmte Angst die Brust zusammen, trotzdem sie sich selbst darum schalt. Das war wieder dies schreckliche beklemmende Gefühl, wie damals am Tage der Beisetzung Franz von Croners.

Günter zwang seine Verlegenheit nieder, und er hätte es jetzt direkt als eine Erlösung empfunden, Rita alles sagen zu dürfen, was je zwischen ihm und Carry gewesen war. Er wußte genau, daß er dann von allem frei sein würde, was ihn je gequält hatte. Er nahm sich vor, daß Rita alles erfahren sollte, wenn sie ein wenig älter und reifer geworden war, wenn er ihr erst das volle Verständnis für menschliche Irrungen und Schwächen zutrauen konnte. Jetzt hätte er ruhig über alles sprechen können, denn jetzt fühlte er, daß er alles überwunden hatte und daß er nur Rita allein liebte.

»Nein, Rita, es ist mir so wenig lieb wie dir. Frau von Croner ist auch für meinen Geschmack zu viel in Valberg. Aber es ist ja verständlich, daß sie sich in Cronersheim sehr einsam fühlt, und wir können sie doch nicht fortschicken. Gastfreundschaft über alles, nicht wahr?«

Sie nickte nur stumm. Er merkte, sie war bedrückt. Aber er fühlte sich nicht unbefangen genug, sie zu trösten und aufzuheitern und verschob es auf später. So verabschiedete er sich mit einem Kuß von ihr und ging schnell hinaus.

Rita suchte sich selbst auszuschelten und zur Ordnung zu rufen wegen des törichten, quälenden Gefühls. Aber es gelang ihr nicht recht. Am liebsten wäre sie Günter nun nachgeeilt und hätte ihm ihre Unruhe gebeichtet, aber erstens wußte sie, daß er nicht allein war, und dann schämte sie sich auch dieses Gefühls wegen, das doch entschieden einen Schein des Mißtrauens an sich hatte.

Sie suchte sich abzulenken, schrieb an ihren Vater und Tante Exzellenz, beriet mit der Haushälterin den Küchenzettel und ging im Hause umher. Etwas ruhiger war sie geworden und suchte sich selbst auszulachen. Und sie nahm sich nun doch vor, Günter alles zu beichten, damit er sie in seiner lieben – ach so lieben Art beruhigte. Wenn nur Carry Croner wenigstens heute nicht kommen wollte. Sie sah nach der Uhr. Die zeigte erst die vierte Stunde. So beschloß sie, noch nach der kranken Gärtnersfrau zu sehen.

Günter stand neben dem Administrator am Fenster seines Arbeitszimmers und sah sie über den breiten Weg vor der Veranda gehen. Sie schritt zu dem Laubengang hinüber, der mitten über den weiten freien Platz vor dem Schlosse bis zum Park hinüber führte. Er freute sich über die graziöse Haltung der jetzt voll erblühten Gestalt, und die anmutige Art, wie sie das Kleid raffte und wie sie den feinen Kopf auf den Schultern trug. Warm und zärtlich stieg es in ihm auf. Er wünschte sehnlichst, daß auch der letzte kleine Schatten zwischen ihnen beseitigt würde.

Als Rita in dem Laubengang verschwunden war, wandte er sich wieder mit Aufmerksamkeit seinem Administrator zu. Er mußte diesem dann noch in den Büchern verschiedene Eintragungen zeigen. Endlich war alles Nötige für heute erledigt, und der Administrator entfernte sich.

Günter sah nach der Uhr. Es fehlten noch fünfzehn Minuten auf fünf. Vielleicht wartete Rita schon auf ihn am

Teetisch – vielleicht blieb ihnen ein ungestörtes Viertelstündchen, ehe Frau von Croner kam. Er wünschte sehnlicher noch als Rita, sie möge überhaupt nicht kommen.

Er eilte in das Zimmer, in dem sie immer den Tee zu nehmen pflegten. Rita hatte schon manchmal hier auf ihn gewartet. Schnell trat er ein. Aber die freudige Erregung in seinem Gesicht erlosch schnell wieder – statt Rita fand er Carry Croner hier.

Sie stand in lässig graziöser Haltung am Fenster und sah hinaus. Bei seinem schnellen Eintritt wandte sie sich um.

»Sie hier, gnädige Frau? Ich wußte gar nicht, daß Sie anwesend seien. Ist meine Frau nicht hier?«

Sie sah mit großen feuchtglänzenden Augen in sein Gesicht, und es wollte ihm scheinen, als brenne wieder der sehnsüchtige unbeherrschte Ausdruck wie früher darinnen.

»Ich wollte nicht, daß man Sie störte, man sagte mir, Sie seien beschäftigt. Als ich mich Ihrer Frau Gemahlin melden lassen wollte, sagte man mir, sie sei ins Gärtnerhaus gegangen. Da nahm ich mir das Recht, die fehlende Viertelstunde hier zu warten. Ihre Frau Gemahlin ist noch nicht zurück – so müssen Sie einstweilen mit meiner Gesellschaft fürliebnehmen.«

Er merkte sehr wohl, daß sie sehr erregt war. Ihr Atem ging schnell, und die roten Lippen bebten. Vor allem aber verrieten ihm ihre sehnsüchtig schimmernden Augen, daß sie sich heute nicht wie sonst beherrschte.

Seit langer Zeit waren sie zum ersten Male wieder allein.

Eine starke Unruhe und Verlegenheit befiel ihn, eine Angst, sie könne sich in Ritas Gegenwart irgendwie verraten.

Sie merkte frohlockend seine Unsicherheit, seine Erregung, die sie ganz falsch deutete.

»Wollen Sie nicht Platz nehmen, gnädige Frau?« fragte er, ihr einen Sessel zuschiebend.

Sie schüttelte den Kopf, ohne den Blick von seinem Gesicht zu lassen.

»Nein, nein – ich danke, ich mag jetzt nicht sitzen – ich bin so unruhig, so erregt.«

»Sie haben hoffentlich nichts Unangenehmes erfahren?« fragte er höflich, konventionell.

Sie blickte ihn an mit heiß hervorbrechender Glut.

»Wie artig wir Konversation machen! Es könnte lächerlich sein – wenn es nicht so traurig wäre. Mir scheint, wir hätten uns anderes zu sagen.«

»Gnädige Frau!«

Sie trat einen Schritt näher zu ihm heran und machte eine hastig abwehrende Bewegung.

»Gnädige Frau – gnädige Frau! Wenn ich dies schrecklich förmliche Wort nur nicht mehr von Ihnen hören müßte. Einst fanden Sie so viel süßere Namen für mich. Ach Günter – Günter – wann wirst du endlich diese furchtbare kalte Maske fallenlassen. Ich habe gewartet und gewartet – ganz krank bin ich geworden vor sehnsuchtsvoller Ungeduld. Günter – ich weiß doch, daß du mich liebst, mich allein, weiß, daß du dich in Sehnsucht nach mir verzehrst, wie ich mich nach dir. Ich kann so nicht weiterleben. Nur einmal nimm mich wieder in deine Arme wie einst, nur einmal küsse mich wieder. Ich sterbe vor Sehnsucht nach deinen Küssen, Günter!«

Er konnte ihren Worten nicht Einhalt tun, und ehe er es hindern konnte, warf sie sich mit leidenschaftlicher Erregung in seine Arme, umschlang seinen Hals, zog seinen Kopf zu sich herab und preßte ihren Mund auf den seinen, als wollte sie sich nie mehr von ihm lösen.

Sie hatten beide nicht bemerkt, daß bei Carrys letzten Worten ein leichter Fuß durch das Nebenzimmer geschritten kam und daß die Portiere an der Tür zum Nebenzimmer zur Seite geschoben wurde, in demselben Moment, als Carry ihre Lippen auf die Günters preßte.

Rita stand auf der Schwelle. Sie hatte gehört, daß Carry

sagte: »Ich sterbe vor Sehnsucht nach deinen Küssen, Günter.« Und nun sah sie, wie Günter und Carry eng umschlungen beisammen standen und sich küßten.

Daß ihr Gatte selbst fassungslos erschrocken war und eine steife, abwehrende Haltung bewahrte, sah sie nicht. Vor ihren Augen wurde es Nacht. Sie seufzte auf wie zu Tode getroffen und taumelte mit ausgestreckten Händen vorwärts, als müsse sie ein furchtbares, schreckliches Bild abwehren.

Da erst gewahrte Günter seine Frau. Dieser Anblick riß ihn aus seiner Erstarrung. Er stieß Carry fast brutal zur Seite und wollte auf Rita zueilen, war aber so fassungslos, daß er kein Wort hervorbringen konnte. Nur seine Arme streckte er nach Rita aus, als wollte er sie schützen.

Da kam Leben in ihre Gestalt. Mit einem gewaltsamen Ruck richtete sie sich hoch auf und wich ihm aus. Und dann richtete sie das versteinerte, qualverzerrte Gesicht auf Carry, die viel weniger erschrocken als Günter, zur Seite stand und sich Haltung zu geben suchte. An Carry vorbei schritt Rita schnell zur Tür und klingelte nach dem Diener.

»Sie werden Valberg sofort verlassen, ich wünsche Sie nie mehr hier zu sehen«, sagte sie tonlos, aber fest.

Und da der Diener in diesem Augenblick eintrat, sagte sie hart und schroff zu diesem:

»Begleiten Sie die gnädige Frau zu ihrem Wagen, sie wünscht nach Hause zu fahren.«

Damit glitt sie an dem Diener vorbei aus dem Zimmer, ehe es Günter hindern konnte, und lief wie verfolgt in ihre Gemächer, wo sie sich einschloß und halb ohnmächtig auf den Diwan warf.

Carry sah sich nach Günter um.

»Ich erwarte Sie in Cronersheim«, sagte sie hastig.

Er machte eine unwillig abwehrende Bewegung. Aus Rücksicht auf den Diener konnte er ihr die schroffe Antwort, die ihm auf den Lippen schwebte, nicht zurufen. Ohne sich weiter um Carry zu kümmern, die der Diener hinausbegleitete, folgte er seiner Frau, um ihr alles zu erklären. Er fand jedoch ihre Tür verschlossen. Leise klopfte er an, aber nichts rührte sich drinnen.

»Rita, bitte öffne mir und höre mich an«, bat er, den Schall seiner Worte mit den Händen dämpfend wegen der Domestiken.

Rita hörte diese Worte, trotz ihrer halb bewußtlosen Erstarrung. Aber sie rührte sich nicht und antwortete auch nicht. Niemand hätte sie geglaubt, der ihr gesagt hätte, Günter sei treulos, aber ihren eigenen Augen, ihren eigenen Ohren mußte sie glauben. Sie hatte ihn gesehen in zärtlicher Umarmung mit Carry, hatte gesehen, daß sie sich küßten und hatte gehört, daß Carry ihren Gatten »du« und »Günter« nannte und ihm gesagt hatte, daß sie nach seinen Küssen Sehnsucht habe – also hatte er sie schon früher geküßt. Dazu kam die Beobachtung an Croners Begräbnistag und manches andere noch. Diese Zeichen konnten nicht trügen. In dem Moment, da sie sah, daß Carry und ihr Gatte sich küßten, war ihr Vertrauen und ihr Glück gestorben.

Starr und reglos lag sie auf dem Diwan und reagierte weder auf sein Klopfen noch auf seine bittenden Worte. Sie hörte dann noch eine Weile wie in einem dumpfen, schweren Traume, daß er sich langsam und zögernd entfernte.

Und so lag sie lange wie gelähmt, wie versteinert in Schmerz und Qual. Hundert quälende Kleinigkeiten, die sie vorher nicht beachtet hatte, kamen ihr nun ins Gedächtnis. Carrys aufdringliche und doch unechte Liebenswürdigkeit, ihre feindlich funkelnden Blicke, Günters Erröten, seine rauhen Worte, als sie fragte, ob Prinz Herbert Carry heiraten dürfe, jede Unsicherheit ihres Mannes – alles bekam jetzt ein anderes Gesicht und bewies Rita, daß sie betrogen worden war, vielleicht schon seit langer Zeit. Und sie stöhnte auf in tiefster Qual, daß sie den Mann falsch und treulos finden mußte, den sie so namenlos geliebt und vertraut hatte.

Ach, sie konnte ja verstehen, daß die soviel schönere Carry mehr geliebt wurde als sie – aber sie konnte nicht verstehen, daß Günter so falsch war und ihr eine so grausame Komödie vorgespielt hatte. Was sollte sie nun tun? Wie sollte sie diese Erkenntnis – wie das Leben überhaupt ertragen nach dieser furchtbaren Erfahrung? Sie meinte, Günter nie mehr ins Gesicht sehen zu können und glaubte, auf der Stelle sterben zu müssen vor Scham und Not, wenn er versuchen würde, sich und diese Frau zu entschuldigen. Nein – nein – das durfte nicht sein – sie konnte ihm nie wieder in die Augen sehen – nie wieder.

Aber was tun – was tun? Sie war unfähig, einen klaren Gedanken, einen Entschluß zu fassen.

Günter kam nochmals an ihre Tür und bat um Einlaß. Sie preßte die Lippen zusammen und sah angstvoll nach der Tür. Sie hätte ja nur laut und qualvoll aufschreien müssen, wenn sie die Lippen geöffnet hätte.

Er entfernte sich wieder – sie hörte ihn tief aufseufzen. Da preßte sie die Hände an die Ohren und wimmerte leise vor sich hin.

So lag sie lange, eine qualvolle Ewigkeit, und wußte doch nicht, ob Stunden oder Minuten vergangen waren, seit sie hier lag.

Dann klopfte es wieder an die Tür. Diesmal war es nicht Günter, sondern die Zofe.

»Gnädige Frau wollen die Güte haben zu öffnen. Ich habe einen wichtigen Brief abzugeben!« rief diese.

Rita erhob sich mühsam, sie fühlte sich wie zerschlagen.

»Sind Sie allein draußen, Rosa?« fragte sie heiser mit einer fremden Stimme.

»Gewiß, gnädige Frau, ganz allein.«

Da öffnete Rita die Tür, ließ die Zofe eintreten und schloß hinter ihr hastig wieder zu.

Es war ganz dunkel geworden. Gewohnheitsmäßig stellte Rosa das elektrische Licht an. Sie erschrak, als sie in Ritas bleiches, verstörtes Gesicht blickte.

»Da ist ein Brief von Frau von Croner abgegeben worden. Ein reitender Bote hat ihn gebracht. Er ist über den Wirtschaftshof gekommen und hat mich selbst im Souterrain aufgesucht. Ich soll der gnädigen Frau den Brief abgeben, sofort und ohne daß es jemand merkt. Es wäre wegen einer Geburtstagsüberraschung für den gnädigen Herrn.«

Rita taumelte und hielt sich den Kopf.

»Legen Sie den Brief hin, Rosa«, sagte sie apathisch und sah nach der Uhr. Sie hatte seit Stunden hier auf dem Diwan gelegen.

Die Zofe sah sie besorgt an.

»Gnädige Frau befinden sich nicht wohl?«

»Ich habe Kopfweh, Rosa.«

»Darf ich der gnädigen Frau eine Tablette geben oder die Stirn mit Eau de Cologne reiben?«

»Nein nein – nur Ruhe muß ich haben. Gehen Sie, Rosa – sorgen Sie, daß ich nicht gestört werde.«

»Sehr wohl, gnädige Frau.«

Rosa entfernte sich und ging wieder in die Domestikenstube zurück, wo man sich schon allerlei zugeflüstert hatte.

Rita hatte hinter Rosa sofort wieder die Tür geschlossen. Nun starrte sie mit erloschenen Augen auf Carrys Brief herab. Eine Geburtstagsüberraschung für den Herrn Baron? Unter dieser Devise war der Brief bei ihr eingeschmuggelt worden.

Einem ersten Impuls folgend, wollte Rita den Brief verbrennen, ohne ihn zu lesen. Aber dann besann sie sich. Nein – es war besser, sie las ihn.

Vielleicht enthielt er eine Erklärung der ganzen Angelegenheit. Dann brauchte sie wenigstens eine solche nicht von ihrem Gatten entgegenzunehmen. So faßte sie erschauernd nach dem Brief und riß ihn auf. In einen Sessel gleitend nahm sie die eng beschriebenen Bogen aus dem eleganten Enveloppe, das versiegelt war.

Erst tanzten die Buchstaben in wilder Hast vor ihren Augen, so daß sie den Sinn nicht begreifen konnte, aber endlich faßte sie sich mühsam und zwang sich zur Ruhe, so daß sie lesen konnte, was Carry schrieb.

Sehr geehrte Frau Baronin! Sie haben mich aus Ihrem Hause gewiesen wie eine Verbrecherin. Das enthebt auch mich aller Umstände. Gestatten Sie mir, daß ich Ihnen die Sachlage klarstelle, ohne Umschweife; es muß klar werden zwischen uns.
Baron Günter Valberg war heimlich mit mir verlobt. Unsere beiderseitige Armut hinderte uns an einer Verbindung. Ich folgte endlich, schweren Herzens, dem Rat meiner Eltern und nahm die Bewerbung Franz von Croners an. Günter zürnte mir deshalb – aber seine Liebe zu mir war zu stark, um sich unterdrücken zu lassen. Ich wußte nicht, was ich tat, als ich Frau von Croner wurde. Es hat keinen Zweck, Ihnen zu sagen, wie furchtbar und namenlos ich gelitten habe in dieser Ehe. Nur das lassen Sie mich noch bemerken, daß ich dem Wahnsinn nahe war, als ich hörte, – daß Günter inzwischen in die Lage gekommen war, durch den Verzicht Ihres Vaters auf das Majorat Valberg eine arme Frau heiraten zu können.
Ich ließ mich fassungslos von den Ereignissen treiben und litt Qualen, die unerträglich schienen. Ich konnte Günter so wenig vergessen, wie er mich vergessen konnte. Und so kam ich endlich zu dem Entschluß, mich von Croner scheiden zu lassen, um Günter angehören zu können. Das wollte ich Günter sagen. Da ich ihn nie allein traf, lauerte ich ihm auf im Park. Eines Tages kam er auch – aber in Gesellschaft Ihres Vaters. Ich verbarg mich deshalb im Gebüsch, und zufällig nahmen die beiden Herren vor diesem Gebüsch auf einer Bank Platz. Ich hörte ihr ganzes Gespräch, hörte zu meiner Qual, daß Ihr Vater, Baron Viktor Valberg, Günter seine Tochter zur Frau anbot, weil ihm das Zusammenleben mit Ihnen lästig war,

weil er seine Freiheit Ihretwegen nicht aufgeben wollte. Günter versicherte ihm zwar, daß er Sie nur wie ein Bruder liebe und daß er nie mehr eine Frau so lieben könne, wie er mich geliebt, aber ihr Vater redete ihm zu – und verkaufte Sie an Günter, dem er dafür die andere Hälfte der Revenuen von Valberg als Ihr Nadelgeld zusicherte. Günter nahm das Anerbieten an, weil er mich doch gefesselt wußte an Croner und weil er sich Ihrem Vater für Valberg dankbar erweisen wollte. Und ehe ich Günter nur noch ein Mal allein sprechen konnte, hatte er sich mit Ihnen verlobt.
Ich wußte nicht, daß dies so schnell geschehen war. An dem Tag, da Sie mit Ihrem Vater nach der Residenz reisten, suchte ich Günter in Valberg auf, um ihm zu sagen, daß ich mich für ihn freimachen wollte. Da sagte er mir, daß es zu spät sei, er habe sich soeben mit Ihnen verlobt und fühle sich an Sie gebunden.
In tiefster Verzweiflung kehrte ich nach Cronersheim zurück. Ich habe dann die Dinge gehenlassen müssen. Wir haben ehrlich gerungen mit unserer Liebe, Günter sowohl als auch ich.
Was ich dann empfand, als ich durch meines Gatten Tod frei wurde, erlassen Sie mir zu schildern. Ich floh in die Residenz, um Günter nicht mehr zu sehen. Aber die Sehnsucht zog mich nach Cronersheim zurück, ich wollte ihn wenigstens sehen dürfen. Daß ich Sie gehaßt habe, können Sie vielleicht verstehen, ich gestehe es offen ein. Sie standen ja als Hindernis zwischen mir und meinem Glück. Wir haben beide gekämpft, um uns nicht zu verlieren, haben jedes Alleinsein vermieden und nicht mehr mit einem Wort gerührt an dem, was gewesen war. Aber heute, da wir kurze Zeit allein waren, da ist die Sehnsucht so mächtig geworden, die Minute gewann Macht über uns – und in diesem Moment traten Sie ein. Nun verurteilen Sie uns, wenn Sie können. Aber ich halte Sie für gut und edel, und ich flehe Sie an, geben Sie Günter

frei, seien Sie großherzig. Günter hat wohl nicht den Mut, Sie darum zu bitten, er fürchtet, Ihnen wehe zu tun. Ich aber habe heute den Mut. So, wie die Sache jetzt steht, sind wir alle drei unglücklich. Sie haben es in der Hand, Günter und mich glücklich zu machen und sich selbst zu befreien von einer Verbindung, die Ihrer nicht würdig ist. Sie haben ein besseres Glück verdient. Das sage ich Ihnen, trotzdem ich Sie gehaßt habe. Jetzt, da Sie alles wissen, tue ich es nicht mehr. Sie konnten ja nichts dafür, daß Ihr Vater Sie verkaufte, weil Sie ihm lästig waren. Ich bitte Sie um Verzeihung und erwarte von Ihrer Großherzigkeit eine baldige Entscheidung.

Carry Croner.

Zweimal las Rita diesen Brief durch, weil sie das erste Mal nicht alles fassen konnte. Nun lehnte sie wie gebrochen in ihrem Sessel und starrte mit großen, erloschenen Augen vor sich hin. Nun wußte sie alles, alles, wußte, daß sie wie eine Ware verkauft worden war an den Mann, den sie liebte und an dessen Liebe sie geglaubt hatte, wie an das Evangelium. Er war weniger schuldig, als sie geglaubt hatte, aber ihr Elend war darum nicht geringer geworden. Verkauft – vom eigenen Vater verkauft, weil sie ihm lästig war. Auch er liebte sie nicht – niemand liebte sie – sie war wieder bettelarm – ärmer als je.

Und als sie sich das klargemacht hatte, erhob sie sich langsam wie ein Automat. Es war etwas zerbrochen in ihr. Wie eine Nachtwandlerin trat sie an ihren Schreibtisch, und ohne sich zu setzen, schrieb sie hastig mit einer Bleifeder auf ein Blatt Papier:

Lieber Günter! Ich weiß nun alles und kann nicht mehr leben in dem Bewußtsein, daß ich dir und meinem Vater eine Last war. Du sollst glücklich werden mit der Frau, die du liebst. Wenn ich nicht für dein Glück leben konnte, so kann ich doch dafür sterben. Mich liebt kein Mensch –

es wird keinem wehe tun, wenn ich sterbe. Verzeihe, daß ich dich hinderte, glücklich zu sein – ich wußte es nicht. Leb wohl und gönne mir die Ruhe, die ich auf Erden nie finden würde. Ich segne dich – ich habe dich namenlos geliebt.

Rita.

Mechanisch schloß sie diese Zeilen mit Carrys Brief zusammen in ein Kuvert und schrieb ihres Mannes Namen darauf. Sie legte den Brief mitten auf den Schreibtisch. Dann sah sie sich mit toten, leeren Augen noch einmal in dem Zimmer um, wie abschiednehmend, und verließ es lautlos.

Einen Augenblick lauschte sie hinaus, aber es war draußen alles still und ruhig. Wie ein Automat, mit starr geradeaus gerichteten Blicken, schritt sie leise durch das Haus und trat durch das offene Portal ins Freie. So wie sie ging und stand, in dem dünnen Kleidchen, ohne Kopfbedeckung lief sie hinaus.

Niemand begegnete ihr. Ihre kleinen Füße schienen kaum den Boden zu berühren. Sie ging dahin, als sei ihre Seele schon entflohen aus dem Körper.

Günter hatte verzweifelt sein Zimmer aufgesucht, als Rita ihm den Einlaß verwehrt hatte. Er war außer sich vor Schmerz, daß Rita an seine Schuld glauben mußte und nun sicher ganz verzweifelt auf ihrem Zimmer saß.

Nie zuvor hatte er so tief empfunden, wie lieb er sie hatte. Das Herz tat ihm weh, wenn er an ihre Schmerzen dachte. Er hätte Carry in dem Moment, als sie sich in seine Arme warf und ihn küßte, nur mit brutaler Gewalt abschütteln können. Aber auch da war es schon zu spät, um Rita Schmerz zu sparen. Wie furchtbar mußte der Anblick auf sie gewirkt haben. Sie mußte ihn für treulos halten, mußte das Vertrauen zu ihm verloren haben. Und doch war er sich keiner Schuld bewußt. Er hatte getan, was er konnte, um Carry zur Vernunft zu bringen, selbst da schon, als er selbst noch mit sich zu kämpfen hatte.

Als sie sich heute, jeder weiblichen Zurückhaltung bar, in seine Arme warf, hatte sie sich den letzten Rest von Teilnahme bei ihm verscherzt. Er hätte sie zu Boden schlagen mögen, als er in Ritas versteinertes, entsetztes Gesicht gesehen hatte.

Sein Erschrecken, sein Verstummen mußte ihn schuldig scheinen lassen.

Qualvoll stöhnte er auf. Und noch einmal versuchte er Einlaß zu erhalten bei Rita. Aber sie öffnete ihm nicht, und er ging in sein Zimmer zurück. Mit Gewalt konnte er doch nicht bei ihr eindringen. Er mußte ihr Zeit lassen, sich zu fassen, so sehr es ihm auch schmerzte, sie so lange im Zweifel lassen zu müssen.

Daß er ihr jetzt alles sagen mußte, daß er keinerlei Rücksicht auf Carry mehr nehmen konnte, stand fest bei ihm. Das Schicksal hatte selbst eine Entscheidung herbeigeführt, und er mußte Rita alles beichten, trotzdem er sie jetzt noch nicht mit diesen Eröffnungen hatte belasten wollen. Nun gab es kein Vertuschen mehr, sie mußte alles erfahren, sonst vermochte er sie nicht von seiner Schuldlosigkeit zu überzeugen.

Ob er das überhaupt noch konnte, ob er ihr den Glauben an sich, ihr Vertrauen in seine Liebe zurückgeben konnte? War ihre junge Seele nicht für immer vergiftet, durch Zweifel und Mißtrauen? Wenn er doch früher gesprochen, wenn er Carry den Eintritt in sein Haus doch unmöglich gemacht hätte! Einen Trost hatte er in diesen qualvollen Stunden – daß nun seine Seele frei wurde von dem quälenden Bann und daß es zu einem offenen Bruch mit Carry kommen mußte. Aber um welchen Preis war diese Befreiung erkauft worden. Würde sein armes, junges Weib nicht für immer Schaden gelitten haben an ihrer Seele?

Düster vor sich hinbrütend, stand er am Fenster und preßte die heiße Stirn an die Scheiben. Draußen vor dem

Portal brannten die hellen Bogenlampen und erleuchteten den ganzen Platz vor dem Schlosse. Und drüben im Park blitzten vereinzelte Laternen durch die laublosen Bäume.

Und plötzlich zuckte er zusammen. Er sah eine schlanke, zierliche Gestalt in einem hellen Kleide die Freitreppe hinabschreiten und in seltsam unbewegter, starrer Haltung quer über den Weg gehen und in dem Laubengang verschwinden.

Es war Rita. Sie trug trotz der kühlen Abendluft weder Tuch noch Mantel über dem dünnen Kleide, und auch der Kopf war unbedeckt. Wo wollte sie hingehen?

Ohne sich zu besinnen, eilte er hinaus, um ihr zu folgen. Als er in die Halle kam, stieg gerade ein Diener aus dem Souterrain herauf, sonst war niemand zu sehen.

»Schnell ein warmes Tuch für meine Frau«, herrschte er den Diener an. Dieser flog die Treppe empor und kam schnell mit einem Plaid zurück. Günter riß es ihm aus der Hand und stürmte hinaus, den Laubengang entlang nach dem Park hinüber. Rita würde sich erkälten, sie hatte wohl in ihrer Erregung nicht darauf geachtet, daß sie kein warmes Überkleid trug.

Voll Unruhe spähte er umher. Wohin hatte sie sich gewendet? Er sah sie nicht und lief planlos weiter, die Blicke spähend umherschweifen lassend. Und plötzlich sah er sie von weitem. Sie passierte gerade eine Stelle, die hell von einer Laterne beleuchtet war. Sie schien jetzt schneller zu laufen, aber noch immer mit der seltsam starren Haltung, ohne sich umzusehen, wie einem bestimmten Ziel entgegen. Sie hielt die Richtung auf den Parksee zu.

Als ihm das bewußt wurde, schrak er plötzlich zusammen und stand einen Moment wie betäubt von einem furchtbaren Gedanken, der ihn wie ein Blitz durchzuckte. Es war ihm, als hörte er Rita sagen:

»Müßte ich jetzt wieder in das alte liebeleere Leben zurück – dann wollte ich viel lieber sterben – ich müßte sterben.«

So hatte sie einmal zu ihm gesprochen. Er fing plötzlich an, in – wilder Hast hinter ihr herzulaufen, wie ein Wahnsinniger, mitten durch die Parkanlagen, hinüber nach dem See.

Dieser war nur matt beleuchtet, am oberen und unteren Ende von einer Laterne. Sonst lag er dunkel und geheimnisvoll da.

Dicht neben der ersten Laterne sah er jetzt wieder Ritas Gestalt auftauchen, gleich darauf verschwand sie wieder im Dunkel. Und wenige Sekunden später hörte er ein klatschendes Geräusch, als wenn ein schwerer Gegenstand ins Wasser fiel.

Wie von Sinnen schrie er auf.

»Rita! Rita!«

Aber sie hörte ihn nicht mehr. Unentwegt war sie ihrem Ziel zugestrebt, wie von einer inneren Macht getrieben, und ohne Zaudern war sie über die steile Uferböschung hineingesprungen in das dunkle, kalte Wasser.

Günter legte die letzte kurze Strecke in wilder Hast zurück. Er warf, im Laufen noch, das warme Tuch und seinen Rock von sich. Am See angelangt, spähte er, gegen das schwache Licht der unteren Laterne, über den Wasserspiegel. Und da sah er eine Stelle, auf der sich weite, zitternde Kreise bildeten, und inmitten dieser Kreise tauchte eine stille, helle Gestalt empor und versank wieder.

Ohne zu zaudern sprang er ihr nach in die dunkle, stille Flut. Einige kräftige Stöße brachten ihn an ihre Seite. Eben tauchte sie wieder auf. Da faßte er schnell nach ihrem Kleid.

Das kalte Wasser hatte sie bewußtlos gemacht. Sie setzte seinen Rettungsversuchen keinen Widerstand entgegen. Er schwamm mit ihr der Stelle zu, wo das kleine Ruderboot lag. Hier war das Ufer nicht so steil, sonst hätte er sie kaum allein herausbringen können. Auch hier war es noch ein schweres Werk, aber die Angst um sie gab ihm Kraft.

Endlich war das Rettungswerk gelungen, Rita lag auf

dem weichen Rasen. Ohne sich zu besinnen, raffte er seinen Rock empor und warf ihn über, und dann nahm er das Plaid auf, hüllte Rita in dasselbe und hob sie empor.

So schnell er konnte, eilte er mit seiner Bürde dem Schlosse zu.

Es war ein furchtbarer Weg, und so kurz er auch war, erschien er ihm doch endlos lang. Sein Atem keuchte, das Wasser lief an ihm herab, und die nassen Kleider hinderten ihn beim Gehen.

Er schritt nicht erst durch den Laubengang, quer durch die Anlagen bahnte er sich den Weg, um ihn abzukürzen. Der Diener stand auf der Freitreppe am Portal.

Günter rief ihn an. Er kam erschrocken herbei und sah fassungslos auf seinen triefend nassen Herrn, der die bewegungslose, in das Plaid gehüllte Gestalt der Baronin trug.

»Schnell den Chauffeur rufen – Auto nach Arzt senden – meine Frau ist im Dunkeln ausgeglitten und in den See gestürzt«, keuchte ihm Günter entgegen.

Bestürzt wollte der Diener ihm die Last tragen helfen, aber er schüttelte heftig den Kopf.

»Eilen Sie – den Arzt – alarmieren Sie die Dienerschaft – schnell, schnell.«

Der Diener jagte ins Schloß zurück und machte die Dienerschaft rebellisch. Alles kam erschrocken herbei. An einen Unfall glaubten die wenigsten.

Günter kümmerte sich nicht um die gaffenden Leute. Draußen sauste in demselben Augenblick das Auto davon, um den Arzt herbeizuholen. Er trug Rita selbst bis in ihr Schlafzimmer und legte sie behutsam auf den Diwan.

Die Haushälterin hielt die Leute zurück und rief nur Ritas Zofe zu, ihr zu folgen. Diese beiden Frauen entkleideten Rita auf Günters Befehl und legten sie, in warme Decken gehüllt, ins Bett.

Inzwischen hatte sich Günter in Eile trockene Sachen angezogen. Nun kam er wieder in Ritas Schlafzimmer. Bis der Arzt kam, hatte er und die beiden Frauen alles mögliche getan, Rita ins Leben zurückzurufen, aber sie war noch nicht zum Bewußtsein gekommen.

Der erfahrene Blick des Arztes erfaßte sogleich, daß es sich hier mehr um eine tiefe, nervöse Ohnmacht handelte, als um den Einfluß des Wassers. Viel Wasser konnte die junge Frau nicht geschluckt haben, sonst hätten sich ganz andere Symptome gezeigt.

Ohne viel zu fragen, waltete der Arzt seines Amtes, und nach einer Weile kam ein zitternder, tiefer Atemzug über Ritas blasse Lippen. Aber die Augen öffneten sich noch immer nicht.

Trotzdem stellte jetzt der Arzt seine Bemühungen ein. Die Frauen mußten aufhören, die Glieder der jungen Baronin zu massieren. Sie wurde nur in frische, warme Dekken gehüllt und warm zugedeckt.

Nun wandte sich der Arzt zu Günter und winkte ihm zu, ihm ins Nebenzimmer zu folgen.

»Zuerst, Herr Baron, verordne ich Ihnen einige Glas Glühwein nach dem kalten Bade – ich habe Ihre Haushälterin schon mit dem Auftrag fortgeschickt, sofort welchen zu bereiten. Am besten wäre es, Sie legten sich auch zu Bett«, sagte er, den jungen Mann forschend betrachtend.

Günter schüttelte heftig den Kopf.

»Zu Bett gehe ich auf keinen Fall – den Glühwein will ich trinken, um mich zu erwärmen. Aber erst sagen Sie mir, Herr Doktor, ob meine Frau noch in Lebensgefahr schwebt.«

Der Arzt schob die Brille empor.

»Lebensgefahr ist momentan nicht mehr vorhanden, aber eine Erkrankung infolge Erkältung ist natürlich nicht ausgeschlossen. Vor allen Dingen scheint mir aber eine starke Nervendepression vorzuliegen. Aber jetzt verlange ich erst energisch, daß Sie sich erwärmen. Nehmen Sie einige Glas Glühwein, so stark und so heiß sie ihn vertragen können, und wenn Sie durchaus nicht zu Bett wollen, so legen Sie wenigstens wärmere Kleider an. Ich bleibe so lange bei Ihrer Frau Gemahlin. Nachher sprechen wir weiter.«

Günter fühlte wirklich ein starkes körperliches Unbehagen. Er ließ sich von seinem Diener eine kurze, pelzgefütterte Jacke überwerfen, die er oft trug, wenn er im Winter im Freien zu tun hatte. Dann trank er hastig zwei Glas Glühwein. Danach wurde ihm etwas wohler. Er empfand die ihn durchströmende Wärme angenehm. Aber obwohl er sich nun körperlich wohler fühlte, überkam ihn jetzt der seelische Schmerz um so heftiger.

Trotzdem er sich nicht direkt schuldig fühlte, lag es doch wie eine schwere Last auf seinem Gewissen. Und ein tiefes, namenloses Mitleid mit Rita erfüllte seine Seele.

Von Carrys Brief hatte er nicht die leiseste Ahnung.

Wie sollte er Rita nun, wenn sie am Leben erhalten blieb, überzeugen, daß trotz des falschen Scheins seine Liebe nur ihr allein gehörte? Ach – so fest war sie ihm unversehens ins Herz gewachsen, seine kleine, anschmiegende, süße Frau mit ihrem lauteren Sinn und ihrer schrankenlosen Liebe und Hingebung. Wie hätte er das Leben tragen sollen, wenn er nicht gerade noch zur rechten Zeit gekommen wäre, sie dem sicheren Tode zu entreißen?

Kaum hatte er den Glühwein getrunken, da eilte er wieder in Ritas Zimmer hinüber.

Als er eintrat, fühlte der Arzt ihr gerade den Puls. Rita lag noch immer mit geschlossenen Augen da. Um den kleinen Mund, der fest zusammengepreßt war, lag ein tiefer Schmerzenszug, der ihrem Antlitz ein ganz fremdes, herbes Gepräge gab.

Die Zofe hatte leise die nassen Kleider hinausgeräumt und hatte ein weiches, weißes Frottiertuch unter das ausgebreitete, schwere und nasse Haar gebreitet, das sie gelöst und zu trocknen versucht hatte, so gut es ging. Die Haushälterin hielt einen schweißtreibenden Tee bereit auf Befehl des Arztes.

Auch dieser hatte vergeblich versucht, Rita einige Löffel

Wein einzuflößen. Selbst in ihrer Bewußtlosigkeit schien sie sich zu wehren, ins Leben zurückzukehren.

Aber sie lebte doch wenigstens, sie atmete leise und unruhig, und der Herzschlag war, wenn auch schwach, zu spüren.

Der Arzt ließ ihre Hand los und ging wieder mit Günter in das Nebenzimmer. Dort sagte er halblaut:

»Ihre Frau Gemahlin wird auf alle Fälle einige Zeit das Bett hüten müssen, Herr Baron. Sehr notwendig ist es, sobald sie das Bewußtsein wiedererlangt hat, daß sie vor jeder Erregung geschützt wird. Ihrem Sturz ins Wasser muß, meines Erachtens nach, eine starke seelische Erschütterung vorausgegangen sein. Ich enthalte mich jeder Frage, aber es würde mir die Behandlung der Kranken wesentlich erleichtern, wenn Sie mir Aufschluß geben könnten, ob meine Vermutung zutrifft.«

Günter atmete gepreßt.

»Sie haben recht, Herr Doktor. Meine Frau hat heute nachmittag einen großen Schrecken, einen heftigen Kummer gehabt. Sie ist vielleicht so erregt gewesen – daß sie nicht auf den Weg achtete – und – in der Dunkelheit ist sie wohl ausgeglitten –.«

Der Arzt hob die Hand.

»Genug, genug, Herr Baron. Das genügt mir vollständig. Und nun geben Sie mir einmal Ihren Puls. Haben Sie etwas Warmes getrunken?«

Günter nickte hastig.

»Ich bin vollständig wohl und gut durchwärmt. Nur die Sorge und Angst um meine Frau macht mich ganz elend.«

»Nun, nun, es wird ja alles wieder gut werden. Ich will gleich ein Beruhigungsmittel für die Nerven der jungen Frau anwenden. Und dann – wie gesagt – Ruhe, unbedingte Ruhe für die Frau Baronin! Die Haushälterin kann ja wohl mit der Zofe abwechselnd die Pflege übernehmen. Wenn es nötig wird, können wir auch eine Diakonissin beordern. Ich will jetzt noch einmal zu der Patientin gehen und versuchen, ihr etwas Wein oder Tee einzuflößen.«

»Ich begleite Sie, Herr Doktor«, sagte Günter rasch.

Der Arzt sah ihn mit einem seltsamen Blick über die Brille hinweg an.

»Wenn ich Ihnen raten darf, Herr Baron, so halten Sie sich vorläufig der Patientin fern. Wenn sie wieder zu sich kommt, ist es am besten, sie spricht vorläufig mit niemand. Sie darf auch in keiner Weise erregt werden. Nur wenn Sie ganz sicher sind, daß Ihre Anwesenheit beruhigend auf Ihre Frau Gemahlin wirkt, können Sie zu ihr gehen. Sonst nicht.«

Der Arzt ging hinüber zur Kranken.

Günter lauschte mit angehaltenem Atem. Aber drüben blieb alles still. Nur einmal hörte er den Arzt beruhigend einige Worte murmeln, als wenn er einem kranken Kinde zuredete.

Günter erhob sich und sah verstohlen durch den offenen Türspalt hinüber. Er konnte gerade auf Ritas Lager sehen. Der Arzt hatte sich über sie gebeugt. Sie lag noch immer wie schlafend da und hielt den Mund fest geschlossen. Der Arzt versuchte ihr etwas einzuflößen, da wandte sie den Kopf zur Seite wie in unbewußter Abwehr.

Mit einem schweren Seufzer trat Günter zurück und ging lautlos auf den dicken Teppichen hin und her.

Und auf dieser Wanderung kam er auch an ihren Schreibtisch, blieb stehen und sah den Brief mitten auf der Platte liegen. Er stutzte, beugte sich vor – und las seinen Namen auf dem Kuvert. Hastig griff er danach, und in den Sessel vor dem Schreibtisch sinkend, öffnete er das Kuvert.

Und da las er zuerst Ritas Worte, die sie ihm als Abschied hinterlassen hatte. Wie ein Schauer rann es durch seinen Körper.

»Mich liebt kein Mensch – es wird keinem wehe tun, wenn ich sterbe.« Diese Worte erschütterten ihn namenlos. Und dann auch der Schluß der Zeilen: »Ich habe dich namenlos geliebt.«

Günter warf die Arme auf den Schreibtisch und barg sein zuckendes Gesicht in den Händen. Und dann küßte er das Blatt Papier und fuhr sich über die feuchten Augen.

»Mein armes, süßes Kind – mein liebes, teures Weib«, flüsterte er.

Und dann riß er sich empor.

Was hatte sie da geschrieben?

Er las den Brief nochmals durch: »Ich weiß nun alles und kann nicht mehr leben in dem Bewußtsein, daß ich dir und meinem Vater eine Last war.«

Was meinte sie damit?

Und da bemerkte er, daß noch andere Blätter in dem Kuvert waren. Er zog sie hervor und erkannte erschrocken Carrys Handschrift.

Mit brennenden Augen las er, was Carry geschrieben hatte. Und je weiter er las, desto zorniger rötete sich sein Gesicht.

Also das war es – das erst hatte Rita den letzten Halt geraubt? Oh – wie fein hatte Carry Croner Wahrheit und Dichtung zusammengemischt, so daß die arglose Rita jedes Wort glauben mußte. Vielleicht hatte Carry das alles selbst geglaubt. Welch ein unglücklicher Zufall, daß Carry jene Unterredung zwischen ihm und seinem Schwiegervater belauscht hatte. Und sein armes Weib hatte nun nicht nur an seiner, sondern auch an ihres Vaters Liebe zweifeln müssen, hatte gemeint, sie stehe seinem Glück im Wege.

Carry hatte freilich nicht glauben können, daß dieser Brief Rita in den Tod treiben würde, sie hatte auf Ritas Großherzigkeit gerechnet, hatte wohl gar angenommen, sie tue ihm selbst einen Gefallen damit, wenn sie Rita zu einem Verzicht bewegte. Ach, wie falsch beurteilte sie ihn, wie wenig ahnte sie, wie es in seinem Herzen aussah, in dem nur noch Raum war für Rita allein.

Er konnte kein Mitleid mehr hegen mit der verblendeten Frau, die ihn sich um jeden Preis zurückerobern wollte. Es war nur ein wilder, heißer Zorn in ihm, daß Carry durch ihr ganzes Verhalten seine arme junge Frau fast in den Tod getrieben und ihr unsägliche Schmerzen bereitet hatte.

Er sprang auf und ging unruhig auf und ab. Was sollte er tun, um dieses Truggespinst zu zerreißen und Rita ihre Ruhe, ihren Glauben zurückzugeben?

Mühsam ordnete er seine Gedanken. Und dann kam ihm eine Erleuchtung. Vor allen Dingen mußte er Ritas Vater herbeirufen. Er mußte sofort nach Valberg kommen. Und auch Exzellenz Tronsfeld. Diese kluge, gütige und erfahrene Frau konnte ihm vielleicht helfen. Mit ihr mußte man alles besprechen, ihr alles offen und ohne Rückhalt beichten. Carry konnte und sollte nicht mehr geschont werden. Außerdem würde Exzellenz diskret sein und über nichts reden, was man ihr anvertraute. Auch seinem Schwiegervater mußte er noch alle Einzelheiten berichten, die dieser noch nicht wußte.

Dieser Entschluß machte Günter das Herz etwas leichter. Er setzte sofort zwei Telegramme auf. Das an die Exzellenz lautete:

»Rita schwer erkrankt, bitte inständig um sofortigen Besuch. Baron Valberg ist gleich falls benachrichtigt und wird Sie begleiten.

Günter Valberg.«

Das andere an den Baron lautete:

»Rita von Unfall betroffen, schwer krank. Habe Exzellenz depeschiert und um Kommen gebeten. Bitte komme sofort und begleite Exzellenz. Wagen ist zu jedem Zug am Bahnhof.

Günter.«

Diese beiden Telegramme ließ er sofort besorgen. Sie würden heute abend noch ankommen, ehe die Herrschaften zur

Ruhe gingen. Morgen früh mit dem ersten Zug konnten sie schon eintreffen.

Als er das besorgt hatte, wurde er etwas ruhiger. Ritas und Carrys Brief steckte er zu sich in seine Brieftasche und ging wieder in das Gemach neben dem Krankenzimmer zurück.

Mit brennenden Augen lugte er durch den Türspalt. Und da sah er, daß der Arzt Rita jetzt etwas einflößte, daß sie die Lippen bewegte und langsam die schweren Lider hob. Sie sah den Arzt starr an, aber ohne Bewußtsein.

Impulsiv wollte er hinüberstürzen an ihr Bett und angstvoll bittend ihren Namen rufen, aber da dachte er an das Gebot des Arztes, jede Erregung zu vermeiden. Er blieb stehen und hörte nun den Arzt sagen: »So so – das war brav – nun noch einmal – schön – schön – das tut gut, nicht wahr? Und nun schön schlafen – ganz ruhig schlafen – es ist alles gut – alles gut.«

Günters Augen feuchteten sich. Er hätte dem Arzt dankbar die Hände drücken mögen für diese besänftigenden, beschwichtigenden Worte. Wie zerschlagen fühlte er sich nun vor Erregung. Er fiel in einen Sessel. Da lag er noch, als der Arzt eintrat.

»Jetzt sind wir über den ersten Schrecken hinweg, Herr Baron. Die Patientin schläft, hoffentlich recht lange. Und dann wird sich ihre gesunde Natur schon weiterhelfen. Ich hoffe, es wird alles gutgehen.«

Günter konnte nicht antworten, er drückte nur stumm die Hand des Arztes, dessen erfahrener Blick tiefer sah als der anderer Menschen.

Carry Croner war, als sie von Valberg nach Hause gekommen war, sofort an ihren Schreibtisch geeilt, hatte in fliegender Eile den Brief an Rita geschrieben und ihn mit einem reitenden Boten nach Valberg gesandt. Der Bote war zurückgekehrt mit dem Bescheid, daß er den Auftrag genau ausgeführt habe.

Auf Carrys Frage, ob ihn auch sicher Baron Valberg nicht gesehen habe, antwortete er, daß ihn niemand gesehen habe als die Dienerschaft. Die Zofe der Frau Baronin habe selbst den Brief ihrer Herrin abgegeben, die allein in ihrem Zimmer gewesen sei.

Carry wußte also nun Rita im Besitz ihres Schreibens. Die Entscheidung über ihr und Günters Schicksal war nun nahe. Keine Spur von Mitleid mit Rita erfüllte ihr Herz, sie dachte überhaupt gar nicht daran, daß sie dieser einen großen Schmerz zugefügt haben könnte. Ihr Entschluß, Günter zu befreien, wenn es sein mußte, gegen seinen Willen, hatte festgestanden, und jedes Mittel dazu war ihr recht gewesen. Nun war es freilich schneller zu einer Entscheidung gekommen, als sie geplant hatte. Eine nagende Unruhe war in ihrer Seele, was Rita tun würde. Würde sie Stolz genug besitzen, sich von Günter zu lösen? Oder würde sie sich trotz dieses Briefes kleinlich und engherzig an ihn klammern?

Aber nein, das konnte sie doch nicht, soviel Stolz würde sie doch besitzen, einen Mann freizugeben, an den sie der eigene Vater verkauft hatte und der eine andere liebte.

Carry glaubte noch immer an Günters Liebe.

O ja – stolz war Rita. Wie sie ihr so schimpflich die Tür gewiesen hatte! Sie hatte die Haltung nicht einen Augenblick verloren – nur ihr Gesicht war wie versteinert gewesen.

An dies blasse, versteinerte Gesicht Ritas konnte Carry doch nicht ohne Herzklopfen denken. Aber sie schob den Gedanken daran weit von sich. Nur daran wollte sie denken, wie Rita sie hinausgewiesen hatte, wie eine Verworfene. Und da ballte sie die Hände zusammen und drückte sie an die Augen.

»Günter – Günter wirst du nun zu mir kommen, wird nun – alles wieder gut werden zwischen uns?« fragte sie flüsternd und starrte sehnsüchtig in die Nacht hinaus.

Und dann ging sie im Zimmer auf und ab und wartete –

wartete auf das, was geschehen würde. Ihr war, als sei ihr ganzes Dasein im vergangenen Jahre ein einziges Warten gewesen, ein qualvolles, furchtbares Warten – auf was?

Sie warf sich stöhnend in einen Sessel und barg das Gesicht in den Händen. War denn dies Spiel des Einsatzes wert? Würde sie wirklich glücklich werden an Günters Seite, wenn es gelang, ihn sich zurückzugewinnen?

Er hatte weder ihre Umarmung, noch ihre Küsse erwidert. Steif und starr hatte er gestanden, wie gebannt vor Schrecken, als sie ihm um den Hals fiel.

War es doch vielleicht ein Irrtum, wenn sie glaubte, er liebe sie noch wie früher? Hätte er dann so kaltbleiben können unter ihren Küssen?

Das alles kam ihr jetzt erst zum Bewußtsein. Sie dachte auch jetzt erst daran, daß er sie bei Ritas Erscheinen fortgeschleudert hatte. Zornig und entstellt hatte er ausgesehen und hatte sich nicht mehr um sie gekümmert, sondern war Rita nachgelaufen.

Wie sich ihr das alles jetzt schmerzhaft einprägte? In der Erregung hatte sie sich das nicht klargemacht, hatte nur immer gedacht, daß jetzt der Moment der Entscheidung da sei. Aber jetzt – jetzt kam eine heiße Angst über sie. Wenn sie sich getäuscht hätte – wenn er sie gar nicht mehr liebte?

Aber nein – nein – das durfte nicht sein, daran durfte sie nicht denken. Nur seine Ehrenhaftigkeit stand trennend zwischen ihnen. Er kämpfte nur mannhaft gegen seine Liebe. Wenn Rita ihn freigab, wurde das alles anders. Er hatte nur nicht den Mut gehabt, sie um seine Freiheit zu bitten. Und deshalb hatte sie selbst es für ihn getan.

Es würde gewiß nun alles – alles gut werden – wie dankbar wollte sie Rita sein, wenn sie großherzig war. Ja – sie würde Günter freigeben. Und dann kam er zu ihr zurück.

Und was dann?

Carry schauerte zusammen. Sie konnte sich plötzlich das »dann« nicht mehr in den leuchtenden, rosigen Farben ausmalen wie bisher. Die fieberhafte Erregung, die sie zu einer Entscheidung gedrängt hatte, machte einer großen Anspannung Platz. Und die Befriedigung über ihre mutige Tat wollte sich nicht einstellen Ihr war mit einem Male zumute, als sei auch ihre Liebe zu Günter gar nicht mehr so groß, so gewaltig. Ihr war, als wäre es besser, wenn alles bleiben würde, wie es zuvor gewesen.

Aber dazu war es nun wohl zu spät. Irgend etwas mußte geschehen – würde geschehen.

Ach – wäre sie Günter doch damals treu geblieben, dann hätte sie all das Quälende nicht erdulden müssen, was sie so schlecht gemacht hatte.

Ja – schlecht! Es war doch schlecht von ihr, daß sie sich störend in diese Ehe drängte, daß sie ohne Rücksicht Rita beiseite schieben wollte. Wenn Rita nun Günter liebte, wenn sie doch eines großen, tiefen Gefühls fähig war? Sie hatte so bleich und versteinert ausgesehen, als sie ihren Gatten in Carrys Armen überraschte.

Ach – sie hatte bisher in ihrem Leben immer nur an sich gedacht – immer nur an sich, nicht an andere.

So quälte sich Carry selbst mit widerstreitenden Empfindungen.

Am nächsten Morgen, als sie nach einem kurzen, unruhigen Schlummer spät erwachte und ihrer Zofe klingelte, brachte ihr diese eine aufregende Nachricht.

»Gnädige Frau werden sich gewiß sehr erschrecken, der Vorwerkskutscher hat eine fürchterliche Nachricht mitgebracht von der Station.«

Carry fuhr unruhig empor.

»Was denn – was ist geschehen, Betty?«

»Ach, ich wage es gnädiger Frau gar nicht zu sagen. Die junge Frau Baronin Valberg soll sich gestern abend im Parksee ertränkt haben. Der Herr Baron hat sie selbst aus dem Wasser geholt, und sie hat nun die ganze Nacht wie tot gelegen. Der Arzt hat sie nicht wieder zum Bewußtsein bringen können, und sie wird wohl sterben müssen, die arme junge Frau Baronin. An der Station hat der Valberger Chauffeur mit dem Auto auf den alten Herrn Baron und Exzellenz von Tronsfeld gewartet, an die der junge Herr Baron depeschiert hat, gestern abend noch. O Gott! Wie gnädige Frau vor Schrecken bleich geworden sind!«

Carry war allerdings totenbleich geworden. Sie würgte mühsam die aufsteigende Angst hinunter.

»Unsinn! Schwatzen Sie doch nicht so schreckliche Sachen, Betty«, stieß sie tonlos hervor.

»Der Vorwerkskutscher hatte es doch selbst vom Chauffeur des Herrn Baron gehört«, verteidigte sich Betty.

Carry zwang sich gewaltsam zur Ruhe. »Gehen Sie – Sie haben mich mit Ihren törichten Reden so erschreckt. Ich will noch ein Weilchen ruhen.«

Die Zofe entfernte sich knixend. Sobald Carry allein war, warf sie sich mit verzweifelter Gebärde mit dem Gesicht in die Kissen und stöhnte tief auf.

»Nur das nicht – Vater im Himmel! – nur das nicht! Nicht schuld sein am Tode eines Menschen! Das habe ich nicht gewollt – das nicht. Laß es nicht wahr sein, lieber Gott, laß es nicht wahr sein. Lieber will ich auf alles Glück verzichten. Das wollte ich nicht – es darf nicht sein!«

Zitternd lag sie, nicht fähig, an etwas anderes zu denken. Sie sah Ritas Gesicht vor sich, kalt und still, das Gesicht einer Toten. Und vor Angst schlugen ihr die Zähne wie im Frost zusammen.

»Wenn sie ihn so geliebt hat – mein Gott – was habe ich ihr dann angetan?« fragte sie sich erschauernd.

Sie ertrug es nicht länger, stillzuliegen. Ihr Herz lag ihr wie ein Stein in der Brust vor Entsetzen. Sie sprang auf und lief auf und ab, wie auf der Flucht vor sich selbst. Und die Wände des Zimmers schienen zusammenzurücken und wollten sie erdrücken.

Gewaltsam zwang sie sich zur Ruhe und klingelte ihrer Zofe.

Schnell ließ sie sich ankleiden. Sie fühlte, daß sie Gewißheit haben mußte, wenn sie nicht wahnsinnig werden sollte. Und während sie ihre Zofe flink und geschickt bediente, sagte sie, ihrer Stimme Festigkeit gebend:

»Sie haben mich durch Ihr törichtes Gerede doch erschreckt, Betty. Wenn in Valberg etwas so Furchtbares geschehen wäre, hätte ich sicher Nachricht. Aber trotzdem – ich bin nun doch in Unruhe und möchte Gewißheit haben. Bei den Herrschaften selbst kann ich nicht gut anfragen lassen, wenn es bloß Leuteklatsch ist, wäre das sehr fatal. Lassen Sie sich gleich einen Wagen anspannen und fahren Sie bis an den Valberger Park heran. Dann sehen Sie zu, daß Sie unbemerkt in die Domestikenstube in Valberg kommen und fragen Sie, was an der Sache Wahrheit ist. Vielleicht kann Ihnen die Zofe der Baronin genaue Auskunft geben. Aber seien Sie klug und vorsichtig, es darf von der Herrschaft niemand merken, daß Sie sich erkundigen. Ich verlasse mich auf Sie.«

Betty versprach alles.

Ehe sie aber ihren Auftrag ausführen konnte, kam ein Bote von Valberg an und brachte ein versiegeltes Schreiben an Frau von Croner.

Betty selbst nahm es ihm ab und trug es zu ihrer Herrin.

»Hier ist ein Schreiben vom Herrn Baron Valberg. Nun werden gnädige Frau gewiß die Wahrheit erfahren.«

Mit bebenden Händen faßte Carry nach dem Briefe.

»Es ist gut – gehen Sie.«

»Soll ich noch nach Valberg fahren, gnädige Frau?«

Carry blickte das Mädchen an wie geistesabwesend. Der Brief Günters brannte ihr in den Händen, und doch fürchtete sie sich, ihn zu öffnen.

»Nein – es wird nicht mehr nötig sein. Wenn ich Sie brauche, rufe ich Sie – ich will jetzt allein sein – niemand soll mich stören.«

»Sehr wohl, gnädige Frau!«

Betty verließ das Zimmer und warf von der Tür her noch einen heimlich forschenden Blick in das starre Gesicht ihrer Herrin. Erst als sich die Tür hinter Betty geschlossen hatte, riß Carry hastig den Brief auf.

Ihr Antlitz bekam eine fahle Blässe, während sie las:

Frau Carry von Croner auf Cronersheim. Gnädige Frau! Der Brief, den Sie an meine Gattin geschrieben haben, sowie das, was gestern geschehen ist, haben meine Frau der Verzweiflung nahegebracht, so daß sie, gleich nach Erhalt Ihres Briefes, ihrem Leben ein Ende machen wollte. Sie hat sich in den Parksee gestürzt. Nur einem Zufall danke ich es, daß ich ihre Entfernung aus dem Hause noch zur rechten Zeit bemerkte und ihr, von Angst getrieben, folgen konnte, ohne daß sie eine Ahnung hatte. Leider kam ich aber doch zu spät, sie an dem furchtbaren Schritt zu hindern, ich kam nur ins letzten Moment, um sie dem sicheren Tode entreißen zu können. Nun liegt meine Frau schwer krank darnieder, und es ist noch nicht abzusehen, was in ihr zerstört worden ist.

Was ich dabei empfinde, will ich nicht berühren, aber klar soll es jetzt werden zwischen Ihnen und mir.

Sie haben zweimal verheerend in mein Leben eingegriffen. Einmal geschah es durch Ihre Untreue – das zweite Mal durch Ihre Sucht, mich wieder an sich zu fesseln. Ich weiß nicht, ob Sie wirklich glauben konnten, daß ich Sie noch liebte oder ob Sie das wissentlich gelogen haben in Ihrem Briefe an meine Frau. Aber ich weiß, daß ich Ihnen niemals Veranlassung gegeben habe, seit Sie sich mit Herrn von Croner verlobten, an meine Liebe zu glauben. Und um Sie von jedem Irrtum zu befreien, sage ich Ihnen hiermit, daß meine Liebe zu Ihnen mit der Hochachtung vor Ihnen gestorben ist in der Stunde, da ich Ihre Treulosigkeit erfuhr. Was damals noch kurze Zeit in mir blieb, war eine offene, schmerzende Wunde, die keine Berührung vertrug. Doch diese Wunde heilte – bald durch ein neues, starkes Gefühl das mir meine Gattin einflößte, und es blieb in meiner Seele nichts für Sie übrig als ein Gefühl des Mit-

leids, weil Sie mir zeigten, wie sehr Sie selbst litten unter den Fesseln, die Sie sich in Ihrer Sucht nach Reichtum übergestreift hatten. Sie hätten aber aus meinem ganzen Verhalten Ihnen gegenüber merken müssen, daß es zwischen uns nie mehr eine Gemeinschaft geben konnte; ich habe Sie stets in Ihre Schranken zurückgewiesen, wenn Sie sich bemühten, mich wieder an sich zu fesseln, und ich begreife nicht, wie Sie es wagen konnten, meiner Frau zu schreiben, daß ich Sie noch liebe.

Nur um die junge Seele, den reinen Sinn meiner Frau nicht mit trüben Bildern zu belasten und auch aus einem Gefühl der Ritterlichkeit Ihnen gegenüber habe ich es unterlassen, meiner Frau von unseren früheren Beziehungen zu beichten, so gern ich es auch getan hätte, um den Verkehr mit Ihnen ganz abbrechen zu können. Denn seit ich merkte, daß Sie mich, trotz Ihrer Ehe mit Herrn von Croner, zurückerobern wollten, war ich immer in Sorge, daß Ihr unbeherrschtes Wesen meiner jungen Frau die Seelenruhe trüben könnte. Nur in der Angst um das Glück und den Seelenfrieden meiner Frau war ich unsicher Ihnen gegenüber, sonst hätte ich Sie wohl energischer zurückgewiesen, als ich es tat. Ich habe für die Ruhe meiner Frau gezittert, so oft ich Sie in ihrer Nähe wußte und konnte Sie doch nicht von ihr zurückhalten, ohne die Unbefangenheit meiner Frau zu stören.

Dann wurde ich ruhiger, weil Sie mir nach dem Tode Ihres Gatten ruhiger erschienen. Ich muß leider annehmen, daß Sie mir mit dieser Ruhe nur eine Komödie vorspielten, um meine Wachsamkeit einzuschläfern. Und leider ist Ihnen das so gut gelungen, daß ich gestern fassungslos dem Ausbruch Ihrer Leidenschaft gegenüberstand. Als Sie mich plötzlich umarmten und küßten, war ich so erschrokken, daß ich dann meiner Frau bei ihrem Eintritt als Schuldiger erscheinen mußte, und doch weiß es Gott, daß ich meiner Frau nicht mit einem Atemzug, nicht mit einem Gedanken untreu war.

Sie begnügten sich aber nicht damit, daß Sie meiner armen, jungen Frau den Glauben an meine Liebe, an meine Treue nahmen, Sie raubten ihr auch noch die Zuversicht, daß sie von ihrem Vater geliebt wurde. Daß Sie unglücklicherweise die Unterredung zwischen meinem Schwiegervater und mir belauschten, ist von Ihnen in einer wenig achtenswerten Weise ausgebeutet worden. Sie haben durch Ihre Darstellung diese Unterredung in einem ganz falschen Lichte gezeigt – nur, um meine Frau zu demütigen und Ihren Wünschen willfährig zu machen. Was Sie durch Ihre Handlungsweise angerichtet haben, mag Ihnen ewig ein Vorwurf sein. Und wenn ich es auch nach allem, was Sie meiner Frau und mir angetan haben, fast für eine Profanierung halte, so will ich Ihnen doch sagen, damit es klar zwischen uns wird, daß ich meine Frau über alles liebe, daß ich sie schon geliebt habe, ehe ich um sie warb, und daß ich sie immer lieben werde, was sie auch über uns beschließen wird, wenn der Himmel gibt, daß sie wieder gesund wird. Denn ihre Seele ist vergiftet, ihr Vertrauen zu mir zerstört, und ich weiß nicht, ob es mir gelingen wird, sie zu überzeugen, daß ich nur sie liebe und ihr nie treulos gewesen bin, weder in Taten, Worten noch Gedanken.
Ich bedaure schmerzlich, daß ich meiner Frau nicht alles gebeichtet habe, bedaure tief, daß ich sie nicht besser geschützt habe. Dies ist meine einzige Schuld, ich hätte mein Haus vor Ihnen verschließen müssen, so wie ich es jetzt für alle Zeiten tue, denn ich wußte, daß Sie meiner Frau feindlich gesinnt waren. Zwischen uns kann es nie mehr eine Gemeinschaft geben.

Günter Valberg.

Lange starrte Carry auf diesen Brief herab. Und dann flog ihr Blick tot und leer ins Weite. Noch einmal bäumte sich in ihrem Herzen alles auf gegen das neidische Geschick, das sie von dem vollen Glück des Lebens schied. Und dann sank alles zusammen wie ein ausgebrannter Aschenhaufen. Alt und müde kam sie sich vor und bei allem Reichtum so arm – so elend, daß auch sie am liebsten hätte sterben mögen. Und ihr Gewissen marterte sie furchtbar. Was hatte sie getan in ihrer blinden Leidenschaft – was hatte sie alles zertreten und zerstört im herrischen Egoismus ihrer Liebe, die ihr einst doch so wenig galt, daß sie dieselbe für Glanz und Geld dahingegeben hatte?

Es war eine bittere, schwere Stunde für Carry Croner – und dieser Stunde folgten mehrere.

In Angst und Sorge zitterte sie um Ritas Leben. Vor dieser Angst und Sorge verblaßte sogar das Gefühl herber Demütigung, das Günters Brief in ihr wachgerufen hatte. Sie betete heiß und inbrünstig um Erhaltung dieses jungen Lebens, das sie gefährdet hatte, und alles andere ging in ihr unter, vor der Angst, daß ihre Seele mit einem Mord belastet würde.

Sie fand keine Ruhe in diesen Tagen und ging rastlos durch das Haus. Sie wartete – wartete wieder, wie so oft. Aber diesmal nicht auf die Erfüllung der heißen Wünsche ihres Herzens, sondern auf die Kunde, daß Rita Valberg dem Leben und der Gesundheit wiedergegeben sei.

Als am Morgen nach dem Unfall der Baron mit Tante Exzellenz angekommen war, hatte Günter den beiden eine ausführliche, genaue Beichte abgelegt.

Erschüttert hatten die beiden Menschen zugehört. Zum ersten Male erfaßte Viktor die Angst um ein teures, geliebtes Leben. Seine Vaterliebe triumphierte über all seine kleinen Marotten, über all seine Leichtlebigkeit. Exzellenz zeigte sich auch in dieser Stunde als eine Frau, die alles verstehen und verzeihen kann und der nichts Menschliches fremd war.

Kein Vorwurf kam über ihre Lippen, als sie hörte, in welcher Weise Viktor über die Hand seiner Tochter verfügt hatte, um seine Freiheit behalten zu können.

Aber ein tiefes, inniges Mitleid mit Rita erfüllte ihre Seele. Auch Günter tat ihr leid. Es entging ihr nicht, wie er sich in tiefster Seele um Rita bangte. So sorgte sich nur die echte, wahre Liebe, das fühlte sie. Und da war sie aufgestanden, hatte ihre Hand auf Günters Arm gelegt und gesagt:

»Wir wollen nicht verzagen, lieber Günter. Wenn Sie Rita lieben von ganzem Herzen, dann wird noch alles gut. Unseren vereinten Kräften wird es schon gelingen, das arme junge Herz zu beruhigen und ihr Glauben und Vertrauen zurückzugeben.«

Und sich zu Viktor wendend, hatte sie diesem mit einer fast mütterlichen Gebärde über das gesenkte Haupt gestrichen. Wie ein leises Lächeln flog es über ihr Antlitz.

»Auch an die Liebe ihres Vaters soll Rita wieder glauben lernen. Ich will ihr helfen, diese absonderliche Liebe zu verstehen, die keine Fesseln tragen will. Erst wollen wir aber das Kind gesund pflegen.«

Seit dieser Stunde hatte sie Posten an Ritas Lager bezogen.

Vier Tage waren seitdem vergangen. Rita war einige Male für kurze Zeit aus einem totenähnlichen Schlafe erwacht, hatte still und starr in das gütige Gesicht der alten Dame gesehen, ohne zu sprechen, ohne zu fragen. Mechanisch hatte sie sich einflößen lassen, was der Arzt verschrieben hatte und war dann immer in tiefen Schlaf gesunken.

Der Arzt erklärte zufrieden, dieser tiefe Schlaf sei eine Selbsthilfe der Natur, und verlangte nur immer wieder unbedingte Ruhe für seine Patientin.

So kam der fünfte Tag heran. In der Nacht hatte Tante Exzellenz etwas geschlafen, während Rosa bei ihrer jungen Herrin Wache hielt. Nun saß die alte Dame frisch und gestärkt an Ritas Lager.

Um die zehnte Stunde schlug Rita die Augen auf und sah die Generalin mit einem klaren, bewußten Blick an.

»Tante Exzellenz!«

»Ja, mein Töchterchen.«

»Was tust du denn hier an meinem Bett?« fragte Rita schläfrig.

»Ich möchte dir gern ein wenig Nahrung einflößen. Hast du keinen Hunger?«

»Ja – ich habe Hunger.«

Die alte Dame freute sich. Der Arzt hatte gesagt: »Wenn unsere Patientin nur erst wieder auf die Bedürfnisse ihres Magens reagiert, dann ist alles gut.«

Ein Glas Portwein, mit frischem Eidotter verrührt, stand bereit.

Davon flößte die Generalin Rita ein. Folgsam, wie ein Kind, schluckte diese die gebotene Nahrung und sah dabei nachdenklich in das Gesicht der alten Dame. Und plötzlich zuckte es in ihren Augen auf und sie schob hastig die Hand, die sie fütterte, zurück.

»Nein – ich mag nicht mehr.«

»Nur noch ein wenig, Kind.«

Ein schmerzlich grübelnder, unruhiger Ausdruck trat in Ritas Augen.

»Bin ich krank?«

»Ein wenig, meine kleine Rita.«

Da kam ein Ausdruck in Ritas Gesicht, als horchte sie in sich hinein. Und plötzlich richtete sie sich hoch auf, sich auf die Arme stützend, und sah sich angstvoll im Zimmer um.

Wieder in die Kissen zurückfallend, wimmerte sie:

»Warum habt ihr mich nicht sterben lassen?«

Die beiden Herren hatten im Nebenzimmer alles gehört. Günter wollte jetzt hinüberstürzen, aber der Baron hielt ihn fest.

»Ruhe, Günter«, flüsterte er. Da blieb Günter zitternd vor Erregung stehen.

Im Krankenzimmer strich Exzellenz sanft über Ritas Haar. »Ganz ruhig mußt du sein, Rita. So törichte Sachen darfst du gar nicht mehr denken.«

In wilder Angst richtete sich Rita wieder auf und faßte nach der Hand der alten Dame.

»Günter darf nicht hierherkommen – hörst du – laß ihn nicht herein – ich flehe dich an, liebe Tante Exzellenz!«

»Nein nein, mein armes, liebes Kind, er kommt nicht, sei ganz ruhig. Wir zwei bleiben allein, solange du es willst – mein Wort darauf.«

Ermattet sank Rita zurück.

Dann lag sie eine Weile ganz still, sah starr zur Decke empor und suchte sich in ihren Gedanken alles zusammen, was geschehen war. Die alte Dame streichelte nur immer sanft und liebevoll ihre Hände.

Und da lösten sich große schwere Tränen aus Ritas Augen. Es war ein trostloses, stilles Weinen, das erschütternd wirkte. Diese Tränen waren heilsam, das wußte die alte Dame. Sie ließ Rita ruhig weinen und trocknete nur sanft wieder und wieder die Tränen von dem zuckenden Gesicht. Endlich versiegten die Tränen, und da faßte die Exzellenz fest und warm Ritas Hand.

»So, mein liebes Kind, nun ist dir wohler, nicht wahr? Die Tränen haben dir Erleichterung gebracht. Nun liegst du ganz still und hörst mich an. Oder willst du schlafen?«

Rita schluchzte nochmals auf.

»Nein – sterben möchte ich – sterben – ich kann ja nicht leben!«

»Doch, du wirst es können, wirst deinem Gatten dankbar sein, daß er dich ins Leben zurückgeholt hat, du kleine, törichte Frau. Du weißt ja gar nicht, was für einen furchtbaren Schmerz du Günter und deinem Vater zugefügt hättest, wenn du dein schreckliches Vorhaben ausgeführt hättest.«

Rita schüttelte im bitteren Schmerz den Kopf.

»Mich liebt niemand, du vielleicht ein wenig, Tante Exzellenz – sonst bin ich allen nur eine Last. Ich weiß es.«

»Nichts weißt du, mein Kind, gar nichts. Eine unselige Verkettung von Umständen, Lug und Trug einer törichten

Frau hat dir den klaren Sinn getrübt. Was dir Carry Croner geschrieben hat, ist eine Entstellung der Tatsachen, aber nicht Wahrheit. Glaube mir, dein Vater liebt dich, und Günter liebt dich auch, dich allein, so sehr der Schein auch trügt.«

Sie suchte Rita alles zu erklären, so gut sie konnte. Diese stutzte wohl zuweilen, aber als Tante Exzellenz zu Ende war, sagte sie traurig:

»Du meinst es gut, liebe Tante Exzellenz, du willst mir helfen, mich wieder im Leben zurechtzufinden – aber ich kann das nicht glauben. So schamlos ist eine Frau nicht, sich einem Mann an den Hals zu werfen und den zu küssen, der sie nicht liebt.«

»Kind – ach Kind – es gibt noch ganz andere Dinge im Leben, die möglich sind. Übrigens glaubte sich Carry Croner vielleicht wirklich noch geliebt. Ihre Eitelkeit hat es wohl nicht zugelassen, daß sie erkannte, daß dein Mann sie längst nicht mehr liebte. Erinnerst du dich nicht, daß ich dich vor ihr warnte, daß Günter und dein Vater das auch getan haben? Wir wußten, daß sie dich nicht liebte.«

»Ja, ja – ich weiß. Ich habe es ja auch selbst gefühlt, daß sie mir feindlich gesinnt war. Und das kann ich nun auch verstehen. Wenn sie Günter liebte, mußte sie mich hassen. Und das weiß ich auch – wer eine so schöne Frau, wie Carry Croner, geliebt hat, der kann so ein unscheinbares Ding, wie ich bin, nicht lieben. Ach – wie ich mich schäme, daß mich mein Vater Günter angeboten hat. Er konnte ja danach nicht anders, als mich zur Frau nehmen. Und nun soll ich weiterleben mit dem Bewußtsein, daß ich den Menschen, die ich liebe, eine Last bin. Nein, das kann ich nicht, das kann ich nicht. Wäre Günter doch barmherzig gewesen und hätte mich sterben lassen!«

»Wie konnte er das, Rita! Er liebt dich doch, glaube es mir, ich will dir das nicht nur aus Barmherzigkeit einreden. Wenn du wüßtest, wie er bangt und zittert um dein

Leben, um deine Gesundheit, wenn du wüßtest, wie sehnlich er darauf wartet, daß du ihn rufst und ihm gestattest, dir alles selbst zu sagen. Und auch dein Vater liebt dich, wenn er auch zu sehr an seine Junggesellenfreiheit gewöhnt war, um sie dir opfern zu können. Er wußte, daß du in Günter einen Gatten bekommen würdest, der dich auf Händen tragen würde. Und nun bangen diese beiden Männer um dich, sehnen sich nach einem verzeihenden Wort von dir und haben mich gebeten, ihr Fürsprecher bei dir zu sein.«

Rita sah sie traurig an.

»Ich zürne ihnen nicht – sage ihnen, daß ich ihnen verzeihe – sie können ja nicht dafür, daß sie mich nicht lieben konnten.«

»So darf ich sie rufen?«

Rita fuhr angstvoll empor.

»Nein, nein – ich kann sie nicht sehen – jetzt noch nicht – laß mir Zeit, ruhig zu werden.«

»Aber du versprichst mir nun, nicht mehr so törichten Gedanken nachzuhängen, versprichst mir, zu glauben, daß es keinen wirklichen Grund für dich gab, das Leben von dir zu werfen. Glaube daran, mein Kind, daß dein Gatte dich wirklich liebt.«

Rita stöhnte auf wie in tiefster Qual, und ein jammervoller Ausdruck lag auf ihrem Antlitz.

»Ich kann nicht, liebste Tante Exzellenz, ich kann nicht! Es ist etwas in mir zerbrochen – ich kann nicht mehr glauben, nicht mehr vertrauen. Auch dir nicht – ich habe das Mißtrauen jetzt in mir, daß du mich nur wieder in einen Wahn einlullen willst. Ihr wollt mir wohl als Mitleid diese fromme Mär glaubhaft machen. So schrankenlos ich früher vertraute, so wenig kann ich es jetzt noch. Das wird nie, nie wieder heil, was in mir zerbrochen ist.«

Die alte Dame atmete tief auf, und drüben die beiden Männer sahen sich schmerzlich an.

Exzellenz konnte sich nur zu gut in Ritas Seele hineindenken. Gerade die gläubigsten Menschen werden die größten Zweifler, wenn man ihnen den Glauben stört. Sie sah auch ein, daß man jetzt nicht weiter in Rita dringen durfte. Man mußte ihr Zeit lassen, sich selbst zurückzufinden. Aber ob sie je wieder ohne Schatten glücklich sein und glücklich machen konnte – wer konnte das voraussehen?

Eins war sicher: Fanden die beiden Gatten sich wieder zueinander, war es möglich, Ritas Zweifel zu bannen, dann mußte das Verhältnis der beiden ein tieferes, innigeres werden als zuvor, dann war ihre Liebe im Sturm erprobt. Aber wie leicht konnte der Bruch zwischen ihnen unheilbar bleiben!

Sanft streichelte die alte Dame Rita das Haar aus der Stirn.

»Nun werde erst ruhig und gesund, mein Kind. Ich wollte dir nur erst durch das, was ich dir gesagt habe, einen dumpfen Druck von der Seele nehmen. Du wirst dich zurechtfinden, deine Liebe zu Günter wird dir den rechten Weg zeigen. Jetzt wollen wir nicht mehr davon sprechen. Nimm noch ein wenig Nahrung zu dir – tu's mir zuliebe.«

Halb gegen ihren Willen nahm Rita noch einige Löffel Nahrung zu sich. Dann wehrte sie ab und schloß die Augen. Still setzte sich die Generalin zu ihr und grübelte darüber nach, wie Rita und auch Günter zu helfen wäre.

Rita aber ließ das, was ihr Exzellenz gesagt hatte, in sich ausklingen und rang verzweifelt mit ihrem Mißtrauen. Ach, wie glücklich hätte sie sein können, wenn sie wieder hätte glauben und vertrauen können!

Endlich machte jedoch der Körper wieder seine Rechte geltend, und sie schlief ein über all ihren Zweifeln und Nöten. Und zum ersten Male wieder lag ein leises Rot auf ihren Wangen.

Leise erhob sich die Exzellenz und ging ins Nebenzimmer. Da saßen die beiden Herren, beide den Kopf in den Händen vergraben, und sahen nun erschüttert zu ihr auf.

Sie schüttelte lächelnd den Kopf.

»Nur nicht verzagen! Ein gläubiges Vertrauen kann zwar mit einem Schlag zerstört werden, aber es braucht Zeit und Geduld, um es wieder aufzurichten. Ich gebe noch nichts verloren«, sagte sie tröstend.

Es war am nächsten Tage. Rita hatte lange geschlafen und auch etwas Nahrung zu sich genommen. Der Arzt war sehr zufrieden, verlangte aber noch Ruhe und Schonung für die Patientin. Die Exzellenz hatte nur über oberflächliche Dinge mit Rita geplaudert und suchte sie von traurigen Gedanken abzulenken.

Schließlich schlief Rita wieder ein. Die alte Dame gebot Rosa, ihren Platz einzunehmen. Wenn die Kranke erwachen sollte, während sie abwesend war, sollte Rosa ihr sagen, sie sei ein wenig ins Freie gegangen.

Dann bat die alte Dame Günter, das Auto vorfahren zu lassen. Die beiden Herren befanden sich in Günters Arbeitszimmer.

»Sie wollen ausfahren, Exzellenz?« fragte Günter, sich erhebend, um den Befehl zu geben.

Sie lächelte sonderbar.

»Ja – ein wenig – in die Nachbarschaft. Ich will nach Cronersheim.«

Überrascht sahen sie die beiden Herren an.

»Nach Cronersheim?«

»Ja. Ich habe nämlich im langen Nachdenken die Überzeugung gewonnen, daß nur die Person, die Ritas Glauben zerstört hat, ihr denselben zurückgeben kann. Und deshalb will ich mit Carry Croner sprechen.«

»Das wird nutzlos sein, liebe Freundin. Ich glaube nicht, daß Frau von Croner helfen kann noch will«, sagte Viktor.

Mit einem guten, stillen Blick sah ihn die Generalin an.

»Lieber Baron, es wird weder meiner Menschen- noch

meiner Frauenwürde schaden, wenn ich einer armen, verirrten Seele einen Weg zeige, auf dem sie gutmachen kann, wenn ich einer Frau, die gestrauchelt ist, die Hand reiche, daß sie sich wieder aufrichten kann. Ich habe nie viel von Carry Croner gehalten, deshalb braucht es nicht vergeblich zu sein, wenn ich nach einem Goldkörnchen in ihrer Seele suche. Solche Goldkörnchen finden sich, nach meinen Erfahrungen, auch in der ärmsten Seele, wenn man sich nur die Mühe des Suchens nicht verdrießen läßt. Also adieu einstweilen. Rosa ist bei Rita, so lange ich fort bin.«

Kurz darauf saß Maria Tronsfeld im Auto und fuhr nach Cronersheim. Dort angekommen, ließ sie sich bei Frau von Croner melden und wurde sofort vorgelassen.

Als sie eintrat, stand Carry mitten im Zimmer, hoch aufgerichtet in ihrem langschleppenden Trauerkleid. Ihr Antlitz war totenbleich und zuckte vor Erregung, und in ihren Augen lag eine furchtbare Angst.

»Exzellenz – Ihr Besuch überrascht mich – ich wage nicht zu fragen – was Sie mir bringen«, stieß sie zitternd hervor.

So sah keine verstockte Sünderin aus. Die Exzellenz streckte Carry ihre Hand entgegen.

»Zuerst will ich Ihnen guten Tag sagen, Frau von Croner«, sagte sie lächelnd. Mit krampfhaftem Druck faßte Carry ihre Hand.

»Gottlob – Sie lächeln – es ist nichts Schlimmes geschehen, nicht was ich seit Tagen in namenloser Qual befürchte.«

Groß und gütig sahen die Augen der alten Dame in das bleiche, schöne Gesicht Carrys.

»Sie fürchteten eine Trauerbotschaft aus Valberg zu hören, nicht wahr?«

Carry sank in einen Sessel und preßte die Hand aufs Herz.

»Ich habe mich namenlos gefürchtet, seit ich wußte, was Rita Valberg getan hat«, flüsterte sie bebend.

Die Generalin hatte ihr gegenüber Platz genommen und faßte ihre Hand. »Ich habe es mir denken können, daß Sie in Angst und Not sind – denn ich weiß von Baron Günter alles, was geschehen ist. Und weil ich weiß, daß Sie unerträglich leiden müssen, deshalb komme ich heute zu Ihnen, um Ihnen zu künden, daß Rita körperlich aus aller Gefahr ist. Sie wird leben und gesund sein.«

Carry barg das Gesicht in den Händen, und ein trockenes Schluchzen brach sich Bahn aus ihrer Brust.

»Gottlob – ach – gottlob! Ich wäre schuld gewesen an ihrem Tode, wäre sie gestorben. Das wollte ich nicht, Exzellenz, bitte glauben Sie mir.«

»Ich glaube Ihnen, gnädige Frau – ich glaube noch mehr – daß Sie die Tragweite Ihres Schrittes überhaupt nicht übersehen haben. Sie waren selbst aus Ihrem seelischen Gleichgewicht und dachten an nichts, als an die Befriedigung Ihrer Wünsche, die Sie für erreichbar hielten. Sie glaubten, weil Sie es wünschten, daß sich alles ohne große Opfer von Ritas Seite regeln lassen würde, nicht wahr?«

Carry führte ihre Hand an die Lippen.

»Warum sind Sie so gut zu mir?« fragte sie leise.

»Warum? Weil ich vielleicht an mir selbst erfahren habe, wie eng uns Frauen die Grenzen gesteckt sind, so daß es nur eines unglücklichen Anlasses bedarf, um uns über das Ziel hinausschießen zu lassen. Wir sind alle arme irrende Menschen, und schuldig werden ist so bedauernswert leicht. Ich habe versucht, mich in Ihre Lage zu denken und habe mir gesagt, daß Sie jetzt wohl von dem Wunsche beseelt sind, gutmachen zu dürfen, so viel in Ihren Kräften steht. Ist es so – oder irre ich mich?«

»Nein, nein – Sie irren nicht. Ich habe nur noch diesen einen Wunsch und werde Ihnen dankbar sein, wenn Sie mir sagen wollen, was ich tun kann, um zu sühnen. Aber ehe Sie es mir sagen, hören Sie mich an. Sie sind so gut zu mir, daß ich Ihnen mein ganzes Herz offen darlegen möchte. Auch ich habe gelitten – namenlos, weil ich mich verkaufte und dann von Sehnsucht verzehrt wurde nach der reinen, schuldlosen Liebe, die ich einst besaß, so sehr sehnte, daß ich den falschen Weg einschlug, sie mir zurückzugewinnen.«

Carry erzählte die ganze Geschichte ihres Irrens und Fehlens, die Qual ihrer liebeleeren Ehe und alles, was sie erlebt und erduldet hatte. Das alles drängte, wie von einer inneren Gewalt getrieben, ans Licht. Die gütigen, verstehenden Frauenaugen ihr gegenüber lösten alles aus ihrer Brust, und diese Beichte schien ihr eine Erlösung und Befreiung. So hätte sich Carry nicht einmal ihrer Mutter anvertrauen können, sie hätte bei dieser wohl auch nicht so viel Verständnis gefunden wie bei Maria Tronsfeld.

Als sie mit ihrer Beichte zu Ende war, drückte sie die Hände auf die Brust.

»Oh, wie hat das wohlgetan – wie danke ich Ihnen, daß Sie mich angehört haben und daß Sie nicht mit strenger, kritischer Miene über mich zu Gericht sitzen«, sagte sie dankbar.

Die alte Dame schüttelte den Kopf.

»Nein, Sie armes Kind. Wer fühlt sich rein und schuldlos genug, um den Stab zu brechen über eine irrende Seele? Und wer sich selbst erkannt hat, wie Sie es getan, der hat sich auch selbst besiegt und bezwungen. Und das, liebe Frau Carry, führt allein zur Größe – und zum Frieden.«

»Und nun sagen Sie mir, bitte, was ich tun kann, meine Schuld an Rita Valberg zu sühnen«, bat Carry.

»Das will ich tun. Also hören Sie mich an. Rita ist ganz zerbrochen innerlich, ganz elend, weil sie den Glauben verloren hat an die Liebe ihres Gatten wie auch an die ihres Vaters. Das arme Kind hat schon eine schlimme, liebeleere Jugend hinter sich, ist aus einer Hand in die andere gegangen, ohne daß man ihr ein wenig Liebe gegeben hätte. Und nun sie das Glück gefunden hatte, nun sie sich geliebt glaubte, wurde ihr alles wieder genommen, Glück, Liebe – und Vertrauen. Trotzdem ich ihr alles erklärt habe, kann sie den Glauben an ihren Gatten nicht wiederfinden, sie hat ihn noch nicht wiedergesehen, will ihn nicht vor sich lassen. Und sie wünscht noch immer, zu sterben, glaubt, ich erzähle ihr eine fromme Lüge und bildet sich ein, wir wollten sie nur aus Mitleid in dem Glauben lassen, daß sie geliebt werde. Baron Günter liebt aber seine Frau wirklich, wie auch Baron Viktor trotz allem seine Tochter liebt.

Rita wollte sterben, weil sie meinte, zwischen Ihnen und Günter zu stehen. Sie schrieb ihm in ihrem Abschiedsbriefe, da sie nicht für sein Glück leben könne, wolle sie dafür sterben, er möge mit Ihnen glücklich werden und ihr verzeihen, daß sie zwischen ihm und Ihnen gestanden hätte. Als sie das erste Mal mit vollem Bewußtsein erwachte, jammerte sie: Warum habt ihr mich nicht sterben lassen? Und das fragt sie jetzt noch immer und kann den Glauben an ihren Gatten nicht wiederfinden. Sie allein, liebe Frau Carry, können ihr diesen Glauben wiedergeben, wie Sie ihn ihr genommen haben. Deshalb bitte ich Sie – schreiben Sie Rita die volle Wahrheit, nehmen Sie zurück, was nicht auf Tatsachen beruht – sagen Sie ihr vor allem, daß es ein Irrtum von Ihnen war, zu glauben, daß Günter Sie noch liebte.«

Carry sprang auf.

»Nein, nein – das ist nicht nötig – ich weiß ein anderes, besseres Mittel, die Ärmste zu überzeugen, ihr Glauben und Vertrauen zurückzugeben. Warten Sie bitte einen Augenblick.«

Sie eilte hinaus und kam schnell wieder zurück. In der Hand hielt sie einen Brief.

»Da ist ein Schreiben Baron Günters an mich. Ich erhielt es am Morgen nach der schrecklichen Tat Frau Ritas. Sie soll diesen Brief lesen – dann wird sie alles glauben. Und bitten Sie für mich um Verzeihung – oder besser

– ich will meine Bitte selbst unter diesen Brief schreiben. Und sagen Sie ihr, daß ich ihren Weg nie mehr kreuzen will. Ich gehe zu meinen Eltern zurück und später vielleicht lange Zeit auf Reisen – bis wir alle ruhiger geworden sind.«

Sie schrieb schnell unter Günters Brief:

»Versuchen Sie zu verzeihen, und verdammen Sie nicht eine Frau, die Ihnen in einem Irrwahn Böses getan. Gott schenke Ihnen ein neues volles Glück, damit Ruhe findet
Ihre bereuende
Carry Croner.«

Dann reichte sie der Generalin den Brief. Diese faßte ihn zugleich mit ihrer Hand, die sie warm drückte.

»Ich danke Ihnen, liebe Frau Carry. Und wünsche Ihnen, daß Sie Frieden finden mögen.«

Carry atmete tief auf.

»Ich werde ihn suchen. Und – wenn ich einmal mein Herz erleichtern möchte – wenn ich mich nach Trost und Verständnis sehne – darf ich dann zu Ihnen kommen, Exzellenz? Oder werden Sie mir die Tür weisen lassen?«

Die Generalin zog die schöne Frau an sich und küßte sie auf die Stirn.

»Maria Tronsfeld hat noch niemand die Tür gewiesen, der Trost und Hilfe bei ihr suchte. Ich werde mich herzlich freuen, Sie recht oft bei mir zu sehen. Und nun Gott mit Ihnen – ich muß mich eilen, nach Valberg zurückzukommen. Leben Sie wohl, Frau Carry.«

Diese küßte der alten Dame inbrünstig die Hand.

»Leben Sie wohl, Exzellenz – und tausend Dank, daß Sie mir Frieden brachten für meine schuldbeladene Seele.«

Sie begleitete die alte Dame bis zum Wagen.

»Also – glückliche Reise, Frau Carry – Baron und Baronin Valberg lassen sich Ihnen nochmals empfehlen, da sie nicht selbst kommen konnten«, sagte die Exzellenz laut, mit einem bedeutungsvollen Blick zu Carry, damit es der Chauffeur und auch die Cronersheimer Diener hörten.

Carry drückte ihr dankbar die Hand. Sie wußte, daß die Exzellenz das gesagt hatte, um vor der Dienerschaft zu dokumentieren, daß kein Zerwürfnis bestand zwischen den Herrschaften. Das Auto fuhr davon. Carry sah ihm eine Weile nach mit umflorten Augen. Dann ging sie ins Haus zurück.

Als die Exzellenz wieder in das Krankenzimmer trat, lag Rita mit offenen Augen da und sah ihr entgegen.

»Nun schilt nur die säumige Pflegerin, mein liebes Kind. Ich habe dich lange allein gelassen«, sagte die alte Dame, neben Ritas Lager Platz nehmend.

Rita lächelte matt.

»Du hast frische Luft so nötig gehabt, Tante.«

»Und du hast brav dein Süppchen genommen, wie mir Rosa berichtete. Das ist lieb von dir.«

Rita seufzte. »Ich hatte Hunger, liebste Tante.«

Die Generalin lachte.

»Das ist herrlich. Und weil du so brav warst, habe ich dir auch etwas Schönes mitgebracht.«

Rita sah sie groß an.

»Wo warst du?«

Die Exzellenz beugte sich vor und sah sie fest an.

»In Cronersheim – bei Frau Carry.«

Dunkle Röte schoß in Ritas Gesicht. »Oh, von ihr wirst du mir schwerlich etwas mitgebracht haben, was mir Freude machen kann«, sagte sie im bitteren Schmerz.

Die Generalin zog den Brief hervor. »Ich war bei einer Unglücklichen, Rita, bei einer Frau, die Angst und Reue gefoltert haben. Wenn du sie gehört und gesehen hättest, du würdest ihr verzeihen.«

Mit großen, traurigen Augen sah Rita in ihr Gesicht. »Wenn es etwas zu verzeihen gibt – so habe ich es längst getan. Sie kann ja nichts dafür, daß sie Günter liebt, und ich kann es wohl verstehen, daß sie ihn nicht lassen will.«

»Aber sie würde es müssen, auch wenn sie nicht wollte. Günter liebte sie nicht, schon lange nicht mehr, er liebt seine törichte kleine Frau, die ihm nicht glauben, nicht vertrauen will.

Carry Croner weiß, daß sie nichts mehr zu hoffen hat, und sie wird Cronersheim verlassen und draußen in der Welt Ruhe und Frieden wiederfinden. Ihre Seele hat sich geläutert. In ihrer Angst und Reue, in ihrer Sorge um ein Leben, das sie gefährdet hatte, hat sie sich selbst wiedergefunden. Und dies hat sie mir für dich mitgegeben. Es ist ein Brief deines Mannes an Carry Croner, den er ihr geschrieben hat am Morgen nach all den schrecklichen Begebenheiten. Der Brief war nur für Frau von Croner bestimmt – und leicht mag es ihr nicht geworden sein, ihn dir zu senden. Jetzt lasse ich dich mit diesem Briefe allein – und wenn du ihn gelesen hast – dann wirst du wohl nach anderer Gesellschaft als der meinen verlangen.«

Mit unsicherem Blick und bebenden Händen faßte Rita nach dem Briefe. Die Generalin küßte sie auf die Stirn, ging ins Nebenzimmer und ließ die Tür halb offenstehen.

Drüben stand Günter voll Unruhe am Fenster. Die Exzellenz trat zu ihm.

»Ich gehe jetzt zu meinem alten Freund, lieber Günter – und helfe ihm warten – bis Rita ihn rufen läßt. Wenn sie den Brief gelesen hat, braucht sie nur einen einzigen Menschen in ihrer Nähe. Geben Sie gut acht – und Gott mit Ihnen«, flüsterte sie ihm zu.

Dann verließ sie leise das Zimmer.

Günter lauschte voll Unruhe. Durch die halboffene Tür konnte er Rita erblicken. Sie saß halb aufgerichtet im Bett und stützte den Kopf in die Hand. Einige lose Löckchen fielen über die weiße Stirn, und eine leise Röte lag auf ihrem Gesicht.

Mit großen Augen sah sie auf den Brief herab, ihr Atem

ging schnell und unruhig, und der Brief zitterte in ihrer Hand. Als sie zu Ende war, schluchzte sie krampfhaft auf und barg das Antlitz weinend in die Kissen. Aber das war ein erlöstes Weinen, das die Seele befreit.

Günter konnte sich nicht mehr zurückhalten. Er eilte hinüber, sank neben dem Bett in die Knie und umfaßte Rita mit beiden Armen.

»Rita! Rita! Mein geliebtes Weib«, flüsterte er, vor Erregung zitternd.

Sie zuckte zusammen und wandte erschrocken das Gesicht nach ihm. Ihre Augen blickten in die seinen hinein, die zärtlich flehend die ihren suchten.

Und tief und ernst, in heiliger Ergriffenheit, sahen sie sich an – fragend und Antwort gebend. Und die Augen weiteten sich und hielten einander fest. Ein Zittern lief über Ritas Körper. Was sie in den Augen ihres Mannes las, das scheuchte den letzten Zweifel aus ihrer Seele.

»Günter – Günter?«

Ein scheues, atemloses und doch glückliches Fragen lag in diesem Wort.

Er zog sie fest an sich.

»Mein Weib – mein geliebtes, teures Weib, glaubst du nun wieder an meine Liebe, an meine Treue? Und verzeihst du mir, daß ich dir in meiner Sorge um deine Herzensruhe verheimlichte, was einst zwischen Carry Croner und mir gewesen ist?«

Sie schmiegte sich zitternd in seine Arme und sah ihm wieder lange und tief in die Augen.

»Kann ich dich wirklich glücklich machen, Günter – kannst du wirklich Carry Croner vergessen an meiner Seite?« fragte sie leise.

Er preßte seine Lippen auf die ihren.

»Liebling – fühlst du es nicht, was du mir bist – hast du es nicht gefühlt in all den seligen Stunden. Ich liebe dich – nur dich allein, so wahr ich selig bin im Besitz deiner Liebe. Was mich einst an die andere band, ist längst gestorben. Dein Glück ist das meine, glaube es mir – du wirst namenlos geliebt von deinem Gatten.«

Ihre Augen senkten sich ineinander. Und in denen der jungen Frau lag die heilige stille Glut des bewußt liebenden Weibes, das durch Schmerzen gegangen ist und seine Liebe erprobt hat.

Günter sah in diese heilige Glut hinein, und da schlugen die Wogen namenloser Glückseligkeit über ihm zusammen. Was er oft so heiß ersehnt, erfüllte ihm diese Stunde. Heißer und stärker denn je erfüllte ihn der süße Rausch des Glückes. Was er bisher noch in seiner Ehe entbehrt hatte, das wurde ihm jetzt zuteil. Er hielt kein schüchternes Kind mehr in seinen Armen, sondern ein junges, vollerblühtes Weib, das sich bewußt war seiner Liebe, das mit ihm durch alle Höhen und Tiefen des Lebens gehen konnte.

Viel hatten sie sich zu sagen. Alles sollte nun klarwerden zwischen ihnen. Sie beichteten einander ihre Schmerzen und Nöte und küßten sich immer wieder in inniger Lust.

Und dann erinnerte sich Günter auch endlich, daß noch ein anderer darauf wartete, ein liebes, verzeihendes Wort von Rita zu hören. Er erzählte Rita, wie sich der Vater um sie gesorgt und gebangt hatte, wie sehr er sie liebte, trotz seiner fanatischen Freiheitsliebe.

Rita hörte ihm selig lächelnd zu, und die roten Rosen des Lebens lagen auf ihren Wangen. Was hätte sie in dieser Stunde nicht willig verziehen.

»Ich will Papa sehen, Günter – rufe ihn zu mir.«

»Gleich soll es geschehen, laß mich nur noch ein Weilchen bei dir bleiben, daß ich mir bewußt werde, daß du mir gehörst, daß ich dich gesund und glücklich in meinen Armen halte. Sage mir, daß du glücklich bist, meine süße Rita.«

Sie küßte ihn, wie sie ihn noch nie geküßt hatte, und dann sagte sie leise:

»Laß mich's still im Herzen tragen – ich will es nicht wieder berufen, um den Neid der Götter nicht zu wecken.

Halte mich fest an deinem Herzen – dann soll es dir mein Herzschlag künden.«

Es verging doch noch eine lange Zeit, ehe Günter Viktor herbeirufen ließ. Schnell kam dieser herbei. Und in dieser Stunde fanden sich auch Vater und Tochter in starker, inniger Liebe, im gegenseitigen Verstehen.

Schon am nächsten Tag konnte Rita auf einige Stunden ihr Lager verlassen. Glück und Liebe wirkten Wunder an ihr. Und so ist noch kein Weib geliebt und verwöhnt worden, wie dies zärtliche, junge Geschöpf, das mit so dankbaren, glücklichen Augen in die schöne Welt blickt.

An Carry Croner schrieb Rita an diesem Tage ein kurzes Billett. Ihr Vater und Günter wollten es erst nicht zulassen, aber die Generalin redete ihnen zu. Und so gaben sie schließlich ihre Einwilligung.

Ritas Worte lauteten:

»Liebe Frau Carry! Wenn es etwas zu verzeihen gab, so hatte ich es schon getan, ehe Sie mich darum baten. Gott schenke Ihnen Frieden und Vergessen – und wenn Sie ruhig geworden sind – ein neues, reiches Glück. Vielleicht können wir uns dann noch eines Tages die Hände reichen – in echter Freundschaft.

Ihre Rita Valberg.«

Carry Croner verließ Cronersheim, sobald sie wußte, daß Rita ganz gesund war. Sie weilte lange bei ihren Eltern, denen sie eine liebevollere Tochter war als je zuvor.

Prinz Herbert sah sie in dieser Zeit fast täglich.

Carry besuchte die Generalin Tronsfeld sehr oft und fand bei ihr wärmste Teilnahme und inniges Verständnis. Unter den sorglichen Händen der alten Dame befreite sich Carry nach und nach von allen Schlacken in ihrer Seele. Sie reifte in dieser Zeit zu einem sehr liebenswerten Charakter heran.

Dann ging Carry mit ihren Eltern lange Monate auf Reisen. Oberst von Platen hatte seinen Abschied genommen und sollte später für seine Tochter Cronersheim verwalten.

In einem stillen, weltabgelegenen Höhenkurort traf Frau Carry im Spätsommer mit Prinz Herbert zusammen. Dieser umwarb die schöne Frau nach wie vor mit zartester Aufmerksamkeit.

Und ein Jahr später hatte Prinz Herbert alle Bedenken seines Oheims, des regierenden Herzogs, besiegt, so daß dieser seinem Neffen gestattete, um Carry Croner zu werben und sie zu seiner Gemahlin zu machen.

Carry gab ihre Einwilligung. Das treue Werben des ihr sehr sympathischen Prinzen rührte sie, und wenn sie ihm auch nicht die große Leidenschaft entgegenbrachte, die sie einst für Günter gefühlt, so war er ihr doch lieb geworden, so daß sie sicher war, eine harmonische Ehe mit ihm führen zu können.

In aller Stille vermählte sich Carry mit Prinz Herbert.

Diese Ehe ist eine sehr glückliche geworden. Carry hatte ihrem Gemahl alles gebeichtet, ehe sie seine Bewerbung annahm, und sein zartes Verständnis, sein inniges Bemühen, die heißgeliebte Frau glücklich zu machen, war von Erfolg gekrönt.

Nach Jahren weilte Prinz Herbert mit seiner Gemahlin für einige Zeit in Cronersheim. Carry war glückliche Mutter eines kleinen Mädchens geworden, das kaum ein Jahr alt war.

In Valberg tollte schon seit fünf Jahren ein kräftiger Stammhalter herum, der seinen Großvater fast den ganzen Sommer in Valberg festhielt.

Und da fand die erste Begegnung statt seit jener sorgenvollen Zeit, zwischen Carry und Rita. Prinz Herbert und Günter wohnten dieser Begegnung bei. Und die beiden jetzt wunschlos glücklichen Frauen schlossen nun wirklich ehrliche Freundschaft.

In Schloß Valberg hatte das Glück eine bleibende Stätte gefunden. Auf dem Parksee haust ein Schwanenpaar, mit dem der jüngste Sproß der Valbergs, der kleine Viktor, Ritas und Günters Sohn, auf freundschaftlichem Fuße steht.

Baron Günter und seine Gattin gehen nie an diesem kleinen See vorbei, ohne ein stilles Dankgebet gegen das gütige Schicksal, das sie vor großem Leid bewahrte.

Hedwig Courths-Mahler

Hexengold

BASTEI LÜBBE

1

GRAF RUDOLF VON Ravenau schritt, in tiefes Sinnen verloren, in seinem Arbeitszimmer auf und ab. Sein vornehmes, bleiches Greisengesicht war von Schmerz getrübt. Auf der Stirn lag eine scharfe, eigentümlich gezeichnete Falte, die Trotzfalte der Ravenaus, ein charakteristisches Zeichen seines Geschlechts.

Endlich blieb er an einem der hohen Fenster stehen, dessen tiefe Nischen mit schweren Brokatvorhängen dekoriert waren. Sein Blick schweifte über den geräumigen, mit mächtigen Steinplatten gepflasterten Schloßhof, zwischen denen feines, graugrünes Moos hervorquoll.

In der Mitte des Hofs erhob sich auf ansteigendem Rasenrondell ein alter Brunnen aus Sandstein. Vier groteske Drachenleiber wanden sich um das runde Becken. Die Köpfe der steinernen Ungeheuer strebten über den Bekkenrand der Mitte zu, als wollten sie gierig den Wasserstrahl aufsaugen, der aus der Mitte des Wasserspiegels emporstieg.

Des Grafen Blick haftete an diesem Brunnen, der unzertrennlich mit der Geschichte des Hauses verknüpft war.

Die Ravenaus, ein altes, stolzes Geschlecht, gehörten zu den wenigen Adelsfamilien, die ihren Glanz und Reichtum bis in unsere Zeit zu wahren gewußt hatten. Durch Graf Rudolfs Heirat mit der Reichsfreiin Ulrike von Schönrode war auch das etwa eine Stunde entfernte Schloß Schönrode mit großem Grundbesitz an die Ravenaus gekommen. Sie nannten sich seitdem Grafen von Ravenau-Schönrode.

Nun lebte nur noch ein einziger Ravenau, der Greis, der mit düsterer Miene am Fenster seines Arbeitszimmers stand. Wie lange noch, dann schlossen auch seine müden Augen sich für immer. Er wandte sich jetzt vom Fenster ab und ließ sich vor seinem Schreibtisch nieder. Mit bebenden Händen ergriff er einen Brief, der geöffnet vor ihm lag, und überflog noch einmal die energische Damenhandschrift.

»Ich möchte Euer Hochgeboren zu bedenken geben, daß Komtesse Jutta in den nächsten Tagen ihr neunzehntes Jahr vollendet. Ihre Erziehung ist in allen Teilen harmonisch abgeschlossen, so daß Euer Hochgeboren zufrieden sein werden; Komtesse Jutta wurde eine Zierde unseres Institutes.
So gern wir die junge Dame noch behielten, halten wir es doch für unsere Pflicht, darauf aufmerksam zu machen, daß alle Altersgenossinnen der Komtesse unser Institut bereits verlassen haben, um in die Welt eingeführt zu werden. Komtesse Jutta quält sich scheinbar mit der Frage, weshalb sie nicht heimgerufen wird. Deshalb bitten wir ganz ergebenst, diesen Gedanken in gütige Erwägung ziehen und uns mit Instruktionen versehen zu wollen.
Uns Euer Hochgeboren angelegentlich empfehlend, zeichnen wir

hochachtungsvoll
Geschwister Leportier.«

Der Graf legte den Brief seufzend beiseite.
»Neunzehn Jahre alt«, sagte er, wie in tiefes Sinnen verloren.
Hatten die Jahre Flügel gehabt, diese für ihn so einsamen, schweren Jahre, in denen er erst mit Gott und Menschen haderte und dann allmählich in dumpfem Schmerz dahinlebte?

Komtesse Jutta! Seine Enkelin, das einzige Kind seines zu früh gestorbenen Sohnes. Komtesse Jutta! Warum hatte er sie aus seiner Nähe verbannt, warum sich nicht durch ihren Anblick in seinem Leid trösten lassen?

Er blickte zu dem lebensgroßen Porträt seines Sohnes empor. Es zeigte die edlen Züge des Vaters, die hohe Stirn mit der charakteristischen Trotzfalte. Aber die Augen sahen lebensfroh, in sonniger Heiterkeit, auf den einsamen Mann nieder.

»Hans-Georg – dein Kind – dein Kind!« Fest hafteten die Augen des Greises an dem jungen, frohen Gesicht. All das war nun schon längst in Staub zerfallen. Nichts war dem Greis von ihm geblieben, der sein Stolz, sein Glück, seine Hoffnung war, nichts als sein Kind, die Enkelin. Und dieses Kind, dieses heilige Vermächtnis, hatte er fremden Leuten übergeben, die es erziehen sollten. Nach dem Tod des Vaters war das damals sechsjährige Mädchen einem erstklassigen Genfer Pensionat übergeben worden. Nicht ein einziges Mal in all den Jahren hatte die Komtesse den Großvater besuchen dürfen.

Warum aber mußte Jutta in der Verbannung fern vom Großvater aufwachsen? Weil sie nicht nur das Kind seines Sohnes, sondern auch das der Frau war, die Schuld trug am Tod seines Sohnes, die ihm Schmach und Schande gebracht und seine Lebenskraft gebrochen hatte. Hans-Georg hatte gegen den Willen seines Vaters eine Schauspielerin geheiratet, die Tochter eines verarmten polnischen Edelmanns, die er in Paris kennengelernt hatte. Er war der koketten Sirene mit den schwarzen Augen und dem rotgoldenen Haar ins Netz gegangen.

Sein Vater hatte alle Hebel in Bewegung gesetzt, um diese Heirat zu verhindern, aber es war nutzlos. Und so mußte er, wenn er sich nicht für immer mit seinem Sohn entzweien wollte, dessen im Ausland geschlossene Ehe sanktionieren.

Zwei Jahre ungetrübten Glücks verlebte Hans-Georg mit

seiner schönen Gattin. Sie wohnten im Schloß Schönrode, und dort wurde nach einem Jahr Jutta geboren.

Daß das Kind kein Knabe war, verstimmte den alten Grafen Ravenau sehr. Er blieb überhaupt gegen Gwendoline fremd und zurückhaltend. Nachdem diese zwei Jahre in Schönrode die Schloßherrin gespielt, wurde ihr das stille Leben langweilig. Sie bestimmte ihren Gatten, den Winter mit ihr in Nizza zu verbringen.

Dort traf sie mit einem entfernten Verwandten, Henry de Clavigny, zusammen, der die Zuneigung der schönen Gwendoline ausbeutete. Sie verpfändete heimlich die Familiendiamanten, um Clavigny eine große Summe aushändigen zu können.

Hans-Georg wurde zum ersten Mal mißtrauisch gegen seine Frau, als er sah, wie sie Clavigny bevorzugte, und eines Abends glaubte er Grund zur Eifersucht zu haben. Er griff zur Waffe, um im Zorn Clavigny zu züchtigen. Dieser kam ihm jedoch zuvor, und Hans-Georg fiel, durch die Brust geschossen, zu Boden.

Der alte Graf Ravenau eilte an das Lager seines schwerverwundeten Sohnes. Nach einer häßlichen Szene, die Gwendoline dem alten Grafen machte, zwang er sie, abzureisen.

Die Ehe wurde geschieden. Clavigny war rechtzeitig geflohen, und Gwendoline sah ihn nicht wieder.

Hans-Georg sollte nie wieder ganz genesen. Als er im nächsten Sommer mit seinem Vater nach Ravenau zurückkehrte, ein kränklicher, gebrochener Mann, war die Scheidung bereits rechtskräftig geworden und Gwendoline aus seinem Leben gestrichen. Ob auch aus seiner Erinnerung, wußte niemand. Ihr Name wurde nie mehr erwähnt, aber in Hans-Georgs eingesunkenen Augen lag oft ein Ausdruck großer Seelenqual.

Der alte Graf wich auch jetzt nicht von der Seite seines Sohnes, dem er rührende Sorgfalt angedeihen ließ. Ihn selbst hatte dieser Schicksalsschlag innerlich zermalmt.

Ein unversöhnlicher Haß gegen die Verderberin seines Sohnes erfüllte seine Seele und machte ihn hart und finster.

Die kleine Jutta war inzwischen fröhlich herangeblüht. Wäre es nach Graf Rudolf gegangen, so hätte sie Schönrode auch jetzt nicht verlassen. Hans-Georg sehnte sich nach seinem Kind, dem einzigen, was ihm von seinem trügerischen Glück geblieben war.

Graf Rudolf wich der Kleinen aus, soviel er konnte. Er sah sie kaum. Sein Haß gegen die Mutter übertrug sich auch auf das schuldlose Kind.

Er sah das Leben seines Sohnes langsam verlöschen. Keine Macht der Erde konnte ihm Frische und Gesundheit wiedergeben. Was der alte Herr in diesen Jahren erduldete, als er einsame Sommer in Ravenau und einsame Winter im Süden mit seinem kranken Sohn verlebte, davon sprachen nur die gramvollen Augen. Nie kam ein Wort der Klage über seine Lippen, aber in jenen Tagen stellten sich zuerst die Vorboten einer Herzenskrankheit ein.

Die Nachbarn und Freunde des Grafen Ravenau erfuhren nie recht, was eigentlich geschehen. Durch die Dienerschaft war verbreitet worden, Graf Hans-Georg sei mit seiner Gemahlin bei einer Wagenfahrt verunglückt und Gräfin Gwendoline gestorben.

Dieser Auslegung widersprachen Vater und Sohn nicht, zumal Hans-Georg wünschte, daß Jutta an den Tod ihrer Mutter glaubte. Die wenigen Besucher, die sich in der ersten Zeit nach der Rückkehr der beiden Grafen in Ravenau einfanden, blieben allmählich aus. Nur einer kam immer wieder und suchte in treuer Freundschaft die beiden Einsamen aufzuheitern. Fritz von Gerlachhausen, dessen Gut zwischen Ravenau und Schönrode lag, war Hans-Georgs bester Freund, obwohl er fast zehn Jahre mehr zählte als dieser.

Fritz von Gerlachhausen kam öfter nach Ravenau. Zuweilen brachte er seinen Sohn Götz mit, und dieser spielte dann mit der kleinen Jutta, die mit ihren großen Kinderaugen erstaunt zu dem großen Jungen aufsah. Er war viel älter und ließ das niedliche Komteßchen seine junkherrliche Überlegenheit fühlen.

Über vier Jahre schleppte Hans-Georg sein Leben noch hin. Als er starb, stützte ihn die langjährige, treue Haushälterin, die ihm herzlich ergeben gewesen. Am Bett saßen sein Vater und Fritz Gerlachhausen und hielten seine erkaltenden Hände.

Als er den letzten Seufzer aushauchte, trippelten draußen in der langen Galerie leichte Kinderfüßchen an der Tür vorbei. Das sechsjährige Komteßchen spielte mit seinem Dackel und jauchzte vor Vergnügen über dessen possierliche Sprünge. Dieses Jauchzen schnitt in Graf Rudolfs Herz. Mit finsterer Miene starrte er zur Tür. Dann drückte er die gebrochenen Augen seines Sohnes zu und wandte seinen Blick nicht mehr von den geliebten Zügen.

Graf Rudolf verfiel fortan in finstere Schwermut. Die kleine Jutta, noch zu jung, um zu begreifen, was ihr der Tod genommen hatte, durfte ihm nicht vor die Augen kommen. Vergebens suchte Fritz von Gerlachhausen zwischen dem verbitterten Mann und seiner unschuldigen Enkelin zu vermitteln. Voll Liebe nahm sich Frau Henriette Wohlgemut, die brave Haushälterin des Grafen, der kleinen Komtesse an. Wußte sie doch manches, was das übrige Hauspersonal nicht erfuhr.

Fritz von Gerlachhausen wollte Jutta seiner Frau zur Erziehung überbringen. Graf Rudolf aber lehnte das Anerbieten finster ab. Er schickte die Kleine, wenige Wochen nach dem Tod des Vaters, in die schon erwähnte Genfer Pension.

Nun lebte der Graf während der letzten Jahre fast ganz verlassen in seinem großen Schloß. Er sprach nur mit seinen Beamten und hin und wieder ein paar Worte mit der Haushälterin. Hans-Georgs Kammerdiener Joseph war

Kastellan im Schönroder Schloß geworden. Er schwieg wie der Grab über die Tage von Nizza.

Ganz allein saß Graf Rudolf bei seinen Mahlzeiten in dem großen Speisesaal an der reichgedeckten Tafel mit dem herrlichen Silbergeschirr. Hinter ihm, am Kredenzschrank, pflegte dann Herr Franz Seidelmann zu stehen und mit den Augen die Diener zu dirigieren. Franz Seidelmann war eine Art Vertrauensmann des Grafen. Halb Kammerdiener, halb Haushofmeister, nahm er die erste Stelle unter den männlichen Dienern ein, während Jettchen Wohlgemut über die weiblichen Dienstboten regierte. Gelegentlich bekriegten sich diese beiden Machthaber ein wenig, im ganzen kamen sie aber gut miteinander aus.

Nie hatte Graf Ravenau eine der Fotografien Juttas angesehen, die er geschickt bekam. Auch von Gräfin Gwendoline existierte kein Bild mehr im Schloß.

Und nun, nachdem Komtesse fast dreizehn Jahre in der Genfer Pension verbracht, schrieben deren Inhaber, die Geschwister Leportier, daß seine Enkelin gewissermaßen ihrem Institut entwachsen sei. Nun ging es wohl nicht mehr an, die Heimkehr seiner Enkelin zu verzögern. Er würde sie heimrufen müssen, das sah er ein.

Eine leise Hoffnung regte sich in ihm, daß Jutta ihrem Vater ähnlich sehen möge, daß sie eine echte Ravenau sein könne und ihn nicht an ihre verhaßte Mutter erinnere. Wenn das möglich wäre, wenn er sie lieben könnte, wenn sein einsames Alter durch ihre Gegenwart erwärmt und erhellt würde!

Aber wie dem auch sei, heimrufen mußte er sie, die Erbin von Ravenau-Schönrode, die künftige Herrin des ausgedehnten Besitzes. Ihr Platz war nun, da sie erwachsen, an seiner Seite. Auch galt es, einen passenden Gatten für sie zu wählen. Das fiel ihm nicht schwer. Im Grunde hatte er ihn schon längst gefunden. Ravenau und Schönrode sollten wenigstens einen Besitzer nach seinem Wunsch erhalten: Götz von Gerlachhausen würde sein würdiger Nachfolger sein. Er war seines Vaters echter Sohn, ehrlich, rechtschaffen, klar und wahr. In diesem Gedanken hielt der Graf mit der ganzen Zähigkeit seines Willens fest.

Er wußte, daß schon Fritz Gerlachhausen schwer um seinen Besitz gekämpft hatte. In Gerlachhausen fehlte es an Barmitteln. Auch Götz hatte seine jungen starken Schultern gegen den Untergang gestemmt und arbeitete, von seiner tatkräftigen, prächtigen Mutter unterstützt, unermüdlich von früh bis spät.

Während Graf Rudolf an seinem Schreibtisch saß, erwog er seine Idee noch einmal nach allen Seiten hin.

Dann nahm er mit einer entschlossenen Bewegung die Feder zur Hand und begann zu schreiben. Zuerst einen Brief an die Geschwister Leportier, denen er mitteilte, daß er in kurzer Zeit seine Enkelin durch seinen Haushofmeister abholen lassen werde. Eine Jungfer zu ihrer persönlichen Bedienung würde den Hofmeister begleiten. Dann schrieb er einen zweiten Brief, der sehr viel kürzer ausfiel und an Götz von Gerlachhausen gerichtet war. Diesen Brief schickte er durch einen reitenden Boten zu dessen Gut.

2

Götz Gerlachhausen war eben von einem Ritt durch die Felder heimgekehrt. Schnell hatte er sich vom Staub gesäubert und trat in das altväterlich eingerichtete Speisezimmer. Nachdem er seine Mutter herzlich begrüßt hatte, tat er dem schmackhaft zubereiteten Mahl alle Ehre an.

Frau von Gerlachhausen, eine rüstige, stattliche Fünfzigerin, legte ihrem Einzigen immer wieder vor und freute sich an seinem gesunden Appetit.

»Nichts Neues, Mama?« fragte ihr Sohn während des Essens. »War Besuch da?«

»Nein. Aber eine Überraschung habe ich für dich! Höre und staune. Graf Ravenau hat eine Botschaft für dich gesandt. Der Bote wartet auf Antwort.«

»Graf Ravenau? An mich?«

Seine Mutter gab ihm den abgegebenen Brief. Götz erbrach ihn rasch.

»Warum hast du mir den Brief nicht gleich gegeben, Mama?«

»So eilig wird es ja nicht sein, daß du deine Mahlzeit aufschieben mußt. Er hat jahrelang nicht nach uns gefragt.«

Sie war erzürnt über Graf Rudolf. Hatte er doch, nachdem ihr Mann ihm bis zu seinem Tod treu zur Seite gestanden, ihren Sohn bei seinem Besuch unhöflich abgewiesen. Trotzdem sah sie nun mit einiger Spannung in ihres Sohnes Gesicht.

»Nun? Was schreibt der Einsiedler von Ravenau?«

Götz sah auf.

»Er bittet um meinen Besuch, und zwar herzlich und dringend.«

Sie machte ein ungläubiges Gesicht. »Willst du mich necken?«

»Da, lies selbst.«

Frau von Gerlachhausen las und schüttelte den Kopf.

»Das ist allerdings sehr überraschend. Aber gleichviel – natürlich mußt du der Aufforderung Folge leisten, und zwar gleich.«

Götz lachte. »So eilig?«

»Gewiß, mein Sohn, daß er dich so dringend bittet, beweist, daß er dich braucht!«

Er faßte ihre Hand und küßte sie.

»Meine gütige, schnell versöhnte Mutter! Es genügt dir, daß man deine Hilfe braucht, um dich sofort zu besänftigen. Nun gut. Damit du dich zufriedengibst, will ich dem Boten Bescheid sagen, ich würde noch heute nachmittag nach Ravenau kommen. Ist es so recht?«

Sie nickte lächelnd und er ging, um den Boten abzufertigen.

Graf Ravenau hatte Befehl gegeben, Herrn von Gerlachhausen in sein Arbeitszimmer zu führen. Dort saß der alte Herr mit zusammengepreßtem Mund und sinnenden Augen und wartete auf den angekündigten Besucher.

Im Geist suchte er sich seine Enkelin vorzustellen. Wenn er nur erst wüßte, ob sie ihrer Mutter ähnlich sah, ob sie deren unheilvolle schwarze Augen besaß!

Er erhob sich plötzlich und verließ das Zimmer. Schneller als sonst durchschritt er die von langen Galerien durchschnittene große Halle. Hier hatte Jutta mit ihrem Dackel gespielt, wenn schlechtes Wetter herrschte und sie nicht im Park herumtollen konnte. Er warf einen Blick in diese breiten Gänge, als er die Treppe emporstieg.

Auch in der ersten Etage befand sich eine solche Galerie, doppelt so lang, da sie nicht durch die Halle unterbrochen wurde. Hier hingen die Porträts seiner Vorfahren. Die Galerie führte vom östlichen Turm bis zum westlichen, dem Gespensterturm. Die Tür zu diesem Turm sollte sich, so behauptete das Schloßgesinde, zuweilen um Mitternacht geheimnisvoll öffnen, obwohl Jettchen Wohlgemut den Schlüssel dazu verwahrte. Dann erschien auf der Schwelle eine schwarzgekleidete Frauengestalt mit weißem, totenähnlichem Gesicht und Blutflecken an den schlanken weißen Händen. Sie glitt, meistens in Vollmondnächten, die Ahnengalerie entlang, die Treppe hinab durch die große Halle in den Schloßhof, woran das geschlossene Portal sie nicht hinderte. Im Hof schwebte sie bis zum Drachenbrunnen, dessen Wasserstrahl sie über die blutbefleckten Hände fließen ließ. Dann huschte sie hinüber zur Schloßkapelle und rüttelte an der Tür, die indes widerstand. Verzweifelt rang sie die Hände, bis sie zum Schluß der Geisterstunde auf demselben Weg zum Gespensterturm zurückkehren mußte, um in ihm wieder zu verschwinden.

Der eine oder andere von den Bediensteten wollte der Gestalt begegnet sein. Aber alle behaupteten, zuweilen aus dem Gespensterturm Stöhnen und Wimmern gehört zu haben, das so grausig klang, als befände sich ein Mensch in höchster Todesgefahr.

Es half nichts, daß Jettchen Wohlgemut energisch gegen solchen Unsinn zu Felde zog; hinter ihrem Rücken erzählten sich die Leute immer wieder die gruseligen Geschichten, und wenn Frau Wohlgemut Großreinemachen im Gespensterturm ansetzte, gab es jedesmal erst Jammern und Wehklagen, ehe die Mägde ihr mit Besen und Scheuertüchern in das angebliche Gespensterreich folgten.

Graf Ravenau kannte diese Spukgeschichten, ohne mehr als ein Achselzucken dafür zu haben. Wie sie entstanden, wußte niemand. Später durchforschte er einmal die alten Chroniken seines Geschlechts nach einem Anhalt für das Entstehen dieses Gerüchtes und entdeckte folgendes:

Ein Graf Roderich Ravenau war in dem Gespensterturm eines Tages ermordet aufgefunden worden, anno 1680. In seiner Brust steckte ein feiner, zierlicher Dolch, der seiner Gattin, der Gräfin Katherina Charlotte, gehörte. Diese, eine geborene Prinzessin Twiel, wurde des Gattenmordes beschuldigt. Ehe man aber gegen sie vorgehen konnte, hatte sie sich selbst entleibt, mit demselben Dolch, der ihren Gatten getötet. Ihr eigener Sohn glaubte an die Schuld der Mutter und schrieb diese Historie nieder. Die Seele der Gräfin Katherina Charlotte sollte nun keine Ruhe im Grab gefunden haben und verdammt sein, ruhelos umherzuwandeln, bis der letzte Ravenau in der Familiengruft beigesetzt sein würde.

Graf Rudolf schritt langsam die Galerie hinab, von Bild zu Bild. Vor manchem blieb er eine Weile stehen, als wolle er sich die Züge einprägen. Vor allem die Porträts der Frauen seines Hauses sah er forschend an. Alle hatten helle Augen, blaue oder graue, die meisten braunes, nur wenige lichtblondes Haar. Schwarze Augen besaß keine dieser Gräfinnen von Ravenau – keine.

Doch halt! Graf Rudolfs Fuß stockte, und sein Blick heftete sich düster auf ein Frauenporträt, das unweit des Eingangs zum Gespensterturm hin. Es trug die Unterschrift: »Katherina Charlotte, geb. Prinzessin Twiel. Geb. den 13. März 1649. Gestorben d. 21. Juli 1680.«

Der alte Herr sah auf die feinen, kapriziösen Züge dieser erlauchten Frau. Sie war ihrer Abstammung nach die vornehmste unter den Gräfinnen von Ravenau. Das blasse Antlitz verriet einen leidenschaftlichen Charakter. Die roten Lippen leuchteten wie Blutstropfen aus dem weißen Gesicht.

Er stand und bohrte die Blicke in diese schwarzen Augen, und zu gleicher Zeit stieg ein anderes Frauenbild vor seinem Geist auf, das der Gattin seines Sohnes. Auch sie besaß solche schwarzen Augen, und auch sie mordete den Gatten, wenn auch nicht mit eigener Hand.

Mit müden Schritten ging er zurück. Vor den beiden letzten Bildern an der Wand neben der Treppe blieb er nochmals stehen: Das eine ein Porträt seines Sohnes, von dem eine Kopie unten in seinem Arbeitszimmer hing, das andere das seiner Gattin Ulrike.

Es zeigte feine, seelenvolle Züge, tiefblaue Augen, wie die seines Sohnes, einen schöngeschwungenen, zarten Mund und wundervolle schlanke Hände, die leicht verschlungen im Schoß ruhten.

Lange sah Graf Rudolf in das liebe Frauengesicht. Ein Seufzer entstieg seiner Brust.

Unten in der Halle traf er Frau Wohlgemut. Er ersuchte sie, mit ihm ins Zimmer zu treten.

»Ich habe etwas mit Ihnen zu besprechen, Frau Wohlgemut.«

Sie trat mit ehrerbietigem Knicks ins Gemach und blieb an der Tür stehen.

Einige Male ging der Graf im Zimmer auf und ab. Schon glaubte sie, er habe ihre Anwesenheit vergessen, und wollte sich gerade respektvoll räuspern, als er plötzlich vor ihr stehenblieb.

»Welche Zimmer im Hause eignen sich am besten als Wohnung für eine junge Dame?« fragte er in seiner halblauten Sprechweise.

Jettchen Wohlgemut wäre vor Schreck beinahe zu Boden gesunken. Ihr altes Herz klopfte heftig. Eine junge Dame? Damit konnte doch nur ihr liebes Komteßchen gemeint sein. Die gute Alte schluckte krampfhaft, dann sagte sie stotternd:

»Alle Zimmer, Euer Gnaden brauchen nur zu befehlen!«

»Alle Zimmer dürften sich wohl nicht dazu eignen, Frau Wohlgemut. Sie haben mich wohl nicht recht verstanden. Ich meine die Zimmer, die sich für meine Enkelin, Komtesse Jutta, zur Wohnung eignen würden.«

Jettchen Wohlgemut war das Blut in das Gesicht gestiegen. Ihre Hände zitterten.

»Die Zimmer, die sich über denen des Herrn Grafen befinden, im ersten Stock, dürften sich wohl am besten dafür eignen«, sagte sie endlich, ohne zu verraten, daß sie seit Jahren schon diesen Gemächern die liebevollste Fürsorge angedeihen ließ, weil sie immer darauf wartete, daß Komtesse Jutta sie eines Tages beziehen würde. Der Graf wandte sich ihr wieder zu.

»So, meinen Sie? Sind sie denn vollständig eingerichtet?«

»Ja, Euer Gnaden. Ich habe sie regelmäßig reinigen und lüften lassen.«

»Schön. Nun aber weiter! Unter unserem weiblichen Personal befindet sich wohl kaum eine Person, die Komtesse Jutta persönlich bedienen könnte. Ich meine eine Jungfer, die einer vornehmen Dame bei der Toilette behilflich zu sein versteht.«

»Nein, Euer Gnaden, das sind alles nur Mägde für die Hausarbeit.«

»Hm! Dann müssen Sie schleunigst eine solche Person engagieren. Das beste ist, Sie annoncieren in den Zeitungen der Hauptstadt. Seidelmann kann Ihnen das Inserat aufsetzen. Das Engagement überlasse ich Ihnen. Sorgen Sie dafür, daß eine geeignete Persönlichkeit in zwei bis drei Wochen in Ravenau eintrifft. Sie muß dann von hier aus mit Seidelmann nach Genf reisen, um der Komtesse auf der Heimreise zur Verfügung zu stehen. Ich verlasse mich auf Sie, Frau Wohlgemut, und gebe Ihnen vollständig freie Hand.«

Jettchen Wohlgemut knickste wieder wortlos, zum Zeichen, daß sie den Auftrag ausführen werde.

Götz von Gerlachhausen war inzwischen angekommen und trat in das Arbeitszimmer des Grafen. Dieser sah ihn mit scharf prüfendem Blick an, als er sich erhob, um ihn zu begrüßen. Götz machte eine höfliche, formelle Verbeugung, aber Ravenau trat auf ihn zu und reichte ihm die Hand.

»Seien Sie mir herzlich willkommen, lieber Götz. Ich danke Ihnen, daß Sie meine Bitte so schnell erfüllt haben.«

Götz sah mit heimlichem Mitleid in das schmerzdurchfurchte Gesicht des Alten. »Als ich das letzte Mal in Ravenau war, zeigten Sie mir deutlich, daß ich Ihnen ein lästiger Fremder sei, Herr Graf.« Dieser lud ihn mit einer Handbewegung zum Sitzen ein und nahm darauf selbst Platz.

»Ein lästiger Fremder? Fritz Gerlachhausens Sohn ein lästiger Fremder in Ravenau? Nein, mein lieber Götz, da haben Sie mich falsch verstanden. Ihr herrlicher Vater, der meinem Sohn und mir ein so treuer Freund gewesen, hätte Sie eines anderen belehrt und Ihnen gesagt: Der alte Ravenau hat einen Hang zum Einsiedlerleben, er will sein Leid nicht hinaustragen aus den Mauern seines Hauses. Vergessen habe ich Sie darum nicht, Götz. Nun geben Sie mir noch einmal die Hand und sagen Sie mir, daß Sie mir nicht zürnen.«

Götz reichte mit impulsiver Wärme dem alten Herrn seine Hand. »Darf ich nach der Ursache Ihrer Aufforderung, Sie aufzusuchen, fragen, Herr Graf? Kann ich Ihnen irgendwie dienen?« Ravenau wandte sich ihm zu. Ohne auf die Frage zu antworten, sagte er, wie vor sich hin:

»Meine Enkelin kehrt in allernächster Zeit nach Ravenau zurück.«

Götz sah überrascht auf.

»Komtesse Jutta kehrt heim?« rief er erstaunt.

»Ja. Sie wundern sich wohl gar darüber?« entgegnete Ravenau mit mattem Lächeln.

»Jedenfalls freue ich mich herzlich«, antwortete Götz ehrlich. Ravenau sah ihm sinnend ins Gesicht.

»Wissen Sie, Götz, was mein Sohn einst zu Ihrem Vater sagte, als dieser Jutta aus der Taufe hob?«

Götz verneinte. Ravenau faßte ihn fest ins Auge und fuhr fort:

»Dann will ich es Ihnen sagen: Mein Sohn rief: Fritz, das

wird einmal deine Schwiegertochter. Dein Götz und meine Jutta, ein Gerlachhausen und eine Ravenau, das muß doch gut zusammenstimmen. Was sagen Sie zu diesem Ausspruch meines Sohnes, lieber Götz?«

Dieser machte ein verblüfftes Gesicht. »Dazu kann ich gar nichts sagen, Herr Graf.«

»Das ist wenig. Aber Sie glauben vielleicht, ich frage Sie nur so obenhin. Nein, mein lieber Götz, mit diesem kurzen ›Nichts‹ kann ich mich nicht zufriedengeben. Ich frage Sie in ernster Erwägung dieses Ausspruches meines Sohnes, dem ein wirklicher Herzenswunsch zugrunde lag. Oder können Sie sich nicht dazu äußern? Sind Sie vielleicht schon mit Herz und Hand gebunden? Dann freilich –«

»Nein, Herr Graf, ich bin vollständig frei. Aber trotzdem wüßte ich auf diese Frage keine andere Antwort zu geben.«

»Dann muß ich anders fragen: Würde Ihrerseits ein Hindernis bestehen, meine Enkelin zu Ihrer Gattin zu machen?«

»Herr Graf«, erwiderte Götz erregt, »ich weiß wirklich nicht, was ich Ihnen antworten soll. Komtesse Jutta und ich sind einander doch völlig fremd geworden. Jeder von uns hat sich nach seiner Art entwickelt. Wie kann ich wissen, ob wir uns, wenn wir uns wiedersehen, auch nur sympathisch sind? Und dann die Hauptsache: Ihre Enkelin ist eine der reichsten Erbinnen des Landes und ich bin ein armer Landjunker, das harmoniert nicht.«

»Also, daß Jutta meine Erbin ist, wäre ein Grund für Sie, nicht um sie zu werben?«

»Ich würde wenigstens nicht an diese Verbindung denken, wenn nicht eine große, alles bezwingende Liebe in meinem Herzen mich den Unterschied zwischen reich und arm vergessen machte. Um eine junge Dame zu freien, nur weil sie reich ist, halte ich meines ehrlichen Namens für unwürdig.«

Graf Ravenau legte seine Hand auf die Schulter des jungen Mannes. »Götz, Sie sind ein prächtiger Mensch. Ihre

Ansicht macht Ihnen Ehre. Aber nun lassen Sie uns mal vernünftig miteinander reden. Ravenau und Schönrode brauchen einen Herrn, wenn ich nicht mehr bin. Und ich wüßte keinen, in dessen Hände ich meinen Besitz lieber übergehen lassen möchte, als in die Ihrigen.«

Götz hatte tief erregt zugehört. Was ihm da geboten wurde, war überwältigend. Er kannte den Reichtum der Ravenaus. Wie ein Rausch überkam es einen Moment seine Sinne. Aber schnell kehrte Klarheit in sein Denken zurück. Dies war der Plan eines alten Mannes, der ihm seines Vaters wegen wohlwollte. Er brauchte sich weder dafür noch dagegen zu entscheiden.

»Sie sehen mich tiefbewegt, Herr Graf«, sagte er. »Ihre Güte und Ihr Vertrauen ehren mich hoch. Ich danke Ihnen herzlich. Aber Sie vergessen, daß Komtesse Jutta die Entscheidung zu treffen hat.«

»Das vergesse ich nicht, wenn ich auch meine Autorität in die Waagschale lege. Jutta hat im Institut auf meinen Wunsch sehr zurückgezogen gelebt. Es dürfte Ihnen kaum schwerfallen, das junge Herz zu erobern. Jutta soll ein hübsches und gutgeartetes Mädchen sein, das Ihnen hoffentlich gefallen wird. Meine Frage, ob Ihrerseits Hindernisse in dieser Sache bestehen würden, galt etwas anderem. Sie kennen doch sicher durch Ihre Eltern die Geschichte der Ehe meines Sohnes?«

Götz sah ihn zögernd an. Dann sagte er freimütig:

»Ja, meine Eltern sprachen oft in meiner Gegenwart von dem Unglück, das Ihren Sohn betroffen hatte. Sie nannten die Gräfin Gwendoline die Verderberin Hans Georg Ravenaus.«

Der Graf atmete schwer und fuhr fort: »Das war es, was ich meinte, Götz. Würden Sie die Tochter einer solchen Frau zur Frau begehren?«

»Was kann ein Kind für die Handlungen seiner Eltern? Wie sie selbst ist, das würde für mich maßgebend sein. Ihre Mutter kümmert mich nicht.«

»Aber sie lebt noch, ich fühle es. Jutta glaubt freilich, sie sei damals gestorben. Wo sie sich aufhält und in welchen Verhältnissen sie lebt – ich weiß es nicht. Würde Sie die Erinnerung an diese Frau nicht erschrecken, wenn Sie Jutta liebten?«

»Nein, es wäre für mich nur ein Grund mehr, sie zu lieben und zu behüten.«

Ravenau atmete auf und schüttelte dem jungen Mann die Hand. »Götz, das war ein Wort, für das ich Ihnen danke. Sie behüten! Das ist es, was ich wünschte. Sie soll nie erfahren, daß ihre Mutter lebt, nie soll dieses Weib ihren Weg kreuzen. Bei Ihnen wüßte ich sie in starkem, treuem Schutz. Götz – lassen Sie sich sagen, es ist der einzige Wunsch, den mir das Leben gelassen hat, daß Jutta Ihre Gattin wird. Denn nur dann bin ich sicher, daß jenes Weib sich nicht hier eindrängt, wenn ich die Augen schließe, und neue Giftsaat ausstreut.«

Götz war aufgesprungen und fuhr sich mit der Hand durch das Haar.

»Das kommt mir alles so überraschend. Wenn wir beide, Komtesse Jutta und ich, uns sympathisch sind und sie einwilligt, meine Frau zu werden, dann will ich versuchen, Ihr Vertrauen zu rechtfertigen. Aber erst müssen wir uns wiedersehen und kennenlernen. Binden kann ich mich jetzt noch mit keinem Wort.«

»Davon soll auch heute noch keine Rede sein, mein lieber Götz, ich wollte mich nur vergewissern, daß Sie nicht prinzipiell gegen mein Projekt sind. Hätte ich einen männlichen Erben, so brauchte ich dem Geschick nicht vorzugreifen. Aber Ravenau und Schönrode sind mir zu teuer, um sie dem ersten besten Glücksritter auszuliefern. Und dann: Jutta braucht einen energischen Mann, der sie schützen muß vor der eignen Mutter. Es ist ja nicht ausgeschlossen, daß diese dereinst versuchen würde, sich hier festzusetzen. Jutta in ihrer Unerfahrenheit wäre dieser Intrigantin schwerlich gewachsen. Götz, wenn Sie Juttas Gatte würden, die eine Bedingung müßte ich stellen: Nie dürfte Juttas Mutter auf meinem Grund und Boden heimisch werden.«

Götz sah ihn fest an.

»Auf diese Bedingung würde ich ohne weiteres eingehen, denn durch meine Eltern weiß ich genug von dieser Frau, um Ihren Wunsch begreiflich zu finden.«

»Und Sie versprechen mir, Jutta nicht zu verraten, daß ihre Mutter noch lebt?«

»Das verspreche ich.«

Schon am nächsten Tage besuchte der Graf die Mutter von Götz, um auch mit ihr seinen Plan und Wunsch zu besprechen. Frau von Gerlachhausen erklärte dem Grafen, daß es ihr große Freude machen würde, wenn die beiden jungen Leute aneinander Gefallen finden sollten. Sie bat jedoch den Grafen dringend, Jutta in keiner Weise zu beeinflussen. Götz träte sofort zurück, wenn er wahrnähme, daß irgendein Zwang auf die junge Dame ausgeübt werde.

Sie verhehlte dagegen dem Grafen nicht, daß Götz eine schmerzliche Herzensaffäre hinter sich habe. Er liebte die Hofdame der Herzogin-Mutter, Claire von Hochheim, und glaubte an ihre Gegenliebe, bis sie einem reichen Freier, Baron Karst, plötzlich das Jawort gab. Götz litt um so schwerer darunter, als gerade in dieser Zeit sein Vater starb. Jetzt hatte er zwar die Sache verwunden, aber immerhin sollte Graf Ravenau darum wissen. –

Dieser legte der Sache keine besondere Bedeutung bei und empfahl zum Schluß seine Enkelin dem Wohlwollen Frau von Gerlachhausens. Im besten Einvernehmen schieden die beiden.

In Schloß Ravenau entfaltete sich in den letzten Tagen vor Juttas Heimkehr ein ungewöhnlich lebhaftes Treiben. Jettchen Wohlgemut ordnete noch einmal in den für die junge Herrin bestimmten Zimmern alles auf das zierlichste.

Die Zeitungsannonce hatte den erwünschten Erfolg. Schon wenige Tage, nachdem sie erschienen, engagierte Frau Wohlgemut ein hübsches, freundliches Zöfchen, das von den Bedienten mit Wohlgefallen betrachtet wurde. Johanna Möbius brachte von ihrer letzten Herrin, bei der sie drei Jahre gewesen, ein so glänzendes Zeugnis mit und gefiel durch angenehmes, bescheidenes Wesen Frau Wohlgemut so sehr, daß sie ihr vor anderen Bewerberinnen den Vorzug gab. Sie blieb sogleich in Ravenau und erwies sich im Anordnen der für Komtesse Jutta bestimmten Räume als sehr geschickt.

Nun war Seidelmann mit der neuen Zofe nach Genf abgereist. Eine erwartungsvolle Stimmung lag auf allen Gemütern. Am unruhigsten war Graf Ravenau selbst.

Götz war in der letzten Zeit oft in Ravenau gewesen. Zwischen ihm und dem alten Herrn gab es noch manche ernste Unterredung, die alle Ravenaus Herzenswunsch zum Mittelpunkt hatten. Götz übte augenscheinlich einen wohltätigen Einfluß auf den Grafen aus. Dieser betrachtete ihn schon als seinen Nachfolger und besprach vertraulich alles mit ihm.

Für alle Fälle hatte Graf Ravenau ein Dokument aufgesetzt, das er in einem Geheimfach seines Schreibtisches verbarg. Er weihte Götz in die Mechanik dieses Faches ein und machte ihn mit dem Inhalt des Dokumentes bekannt. Es enthielt genaue Mitteilungen über alles, was Graf Ravenau über die Gattin seines verstorbenen Sohnes seinerzeit in Erfahrung gebracht hatte. Dieses Dokument sollte Götz, wenn er etwa Jutta trotz aller Vorsicht nicht vor einer Annäherung ihrer Mutter schützen könnte, seiner Enkelin übergeben. Das Schriftstück enthielt den strikten Befehl, Gwendoline nie in Ravenau und Schönrode zu dulden. Götz hatte sein Ehrenwort geben müssen, diesen Auftrag zu erfüllen, nach bestem Willen und Gewissen. Ravenau erwog gar nicht die Möglichkeit, daß sein Wunsch sich nicht erfüllen könne. Götz war das einigermaßen peinlich, sosehr ihn das Vertrauen des Grafen ehrte. Er schlug die Vorteile, die ihm eine Verbindung mit Jutta bringen mußte, natürlich nicht gering an, aber daß Ravenau ihm gleichsam die Selbstbestimmung über den Kopf hinweg nahm, widerstrebte seinem männlichen Empfinden. Des Grafen Art ihm gegenüber war aber so herzlich, so wahrhaft väterlich, daß er an eine schroffe Zurückweisung nicht denken konnte.

3

MIT UNRUHIGEN SCHRITTEN ging Graf Ravenau in seinem Arbeitszimmer auf und ab. Der Wagen, der Jutta vom Bahnhof in Schwarzenfels abholen sollte, mußte jede Minute zurückkommen. Hier, in seinem Arbeitszimmer, wollte er sie empfangen. Allein mußte er mit ihr in dem ersten Augenblick des Wiedersehens sein. Er fühlte sich nicht stark genug, sie im Beisein der Leute zu begrüßen.

In Gerlachhausen waren die Rosen aufgeblüht, die in weitem Umkreis als die schönsten berühmt waren. Götz vereinte selbst die schönsten, die er fand, zu einem Strauß und sandte sie mit seiner Karte nach Ravenau. Frau Wohlgemut stellte die herrlichen Blüten an augenfälliger Stelle in Juttas Boudoir und begab sich dann hinunter auf die Freitreppe, wo die Dienerschaft zum Empfang der jungen Herrin aufgestellt war.

Das etwas verwitterte Sandstein-Portal mit dem Wappen der Ravenaus hatte Jettchen Wohlgemut eigenhändig mit einer Girlande verziert. Damit es doch nach etwas aussähe.

Endlich fuhr der Wagen durch die Säulenhalle und hielt vor der Freitreppe. Komtesse Juttas schlanke Gestalt sprang, von Seidelmann unterstützt, aus dem Wagen. Den ehrfurchtsvollen Gruß der Leute erwiderte sie mit anmutiger Freundlichkeit, aber ihr Blick schweifte unruhig suchend umher.

Wo war der Großvater? Ein Schatten flog über ihr Gesicht. Schon auf dem Bahnhof hatte sie vergebens nach ihm ausgeschaut; nun bot er ihr auch hier nicht einmal die Hand, sie einzuführen in das Haus ihrer Väter.

Mit einem bangen Blick stieg sie langsam die Freitreppe empor. Heller Sonnenschein lag über dem Schloßhof, und der Drachenbrunnen rauschte leise, als wollte er die Erbin von Ravenau begrüßen.

Jettchen Wohlgemut hatte den bangen Blick Juttas aufgefangen, und ihr Herz klopfte vor Rührung. Sie löste sich aus der Gruppe der Dienerschaft und trat Jutta entgegen.

»Gottes Segen zur Heimkehr, gnädigste Komtesse!« sagte sie ergriffen. Jutta sah in das alte, freundliche Gesicht, und eine Erinnerung erwachte in ihr, als habe sie diese schwarzgekleidete, rundliche Frau mit der weißen Schürze und den fliegenden Haubenbändern schon gesehen.

Fragend sah sie in Jettchen Wohlgemuts feuchtschimmernde Augen. »Ich danke Ihnen. Mir ist, als müßte ich Sie schon kennen.«

Jettchen Wohlgemut knickste.

»Als gnädige Komtesse noch ein kleines Mädchen waren, habe ich Sie manchmal auf meinem Arm getragen. Ich bin Frau Wohlgemut, die Haushälterin im Schloß Ravenau.«

»Dann muß ich also eine sehr alte Bekanntschaft erneuern, Frau Wohlgemut«, sagte Jutta. Dabei richtete sich aber ihr Blick wieder bang und suchend auf das offene Portal.

»Unser gnädigster Herr Graf erwartet Komtesse in seinem Arbeitszimmer«, sagte Frau Wohlgemut schnell.

Das schlanke, schöne Mädchen neigte noch einmal das Haupt gegen die Dienerschaft.

»Bitte, führen Sie mich zu ihm«, sagte sie ruhig, obwohl ihr die Tränen nahe waren.

Die Flügeltür zu dem Arbeitszimmer öffnete sich. Hell von der Sonne beschienen, trat Jutta über die Schwelle und stand dem Großvater gegenüber. Er hatte sich erhoben und sah mit weit geöffneten Augen auf die anmutsvolle Gestalt. Tief erschüttert umkrampfte er die Lehne eines Sessels.

War seine Jugend wieder lebendig geworden? Stand da nicht das leibhaftige Abbild seiner Gattin Ulrike?

Nein – die Stirn war anders gebildet, eine echte Ravenausche Stirn – und das Haar hatte einen lichteren Schein, aber die Augen, diese tiefblauen Mädchenaugen, die so groß und bang aus dem erblaßten Gesichtchen strahlten – ja, das waren die Augen seines Sohnes, die seiner Frau.

Gottlob, sie war eine Ravenau. Sogar die »Trutzfalte« erschien jetzt auf der weißen Mädchenstirn, ganz fein und zart, aber unverkennbar in der seltsamen dreieckigen Form.

Eine furchtbare Erregung war über den alten Herrn gekommen. Er fühlte einen Herzkrampf nahen, und kalter Schweiß stand auf seiner Stirn.

Schweigend sahen sich die beiden eine Weile an. Dann trat Ravenau auf Jutta zu und streckte ihr die Hand entgegen.

»Gott segne deinen Eingang, Jutta! Sei herzlich willkommen und – und nun laß mich allein. Frau Wohlgemut wird dich in dein Zimmer führen. Du mußt mich jetzt entschuldigen – auf später – jetzt geh«, sagte er, sich mühsam die Worte abringend.

Er winkte matt mit der Hand, nachdem er die ihre nervös berührt, und sie fühlte, wie es kalt und würgend in ihr emporstieg. Sie wußte nicht, was in dem alten Herrn vorging, ahnte nicht, daß er sich nur mit Mühe aufrecht hielt, und empfand nur schmerzlich die hastige, eilige Begrüßung und die schnelle Entlassung. War das ein Willkommen nach den so langen Jahren der Trennung? Sie ging langsam hinaus, indem sie mühsam die Tränen unterdrückte.

Jettchen Wohlgemut stand draußen schon bereit. Sie kam schnell auf Jutta zu.

»Darf ich Komtesse in ihre Zimmer führen? Unser Herr Graf werden zu angegriffen sein, Komtesse selbst zu begleiten«, bemerkte sie freundlich.

»Ist Graf Ravenau sehr leidend?« fragte Jutta leise.

»Nicht eigentlich krank, gnädigste Komtesse, aber schlimme Jahre der Einsamkeit und Trauer liegen hinter ihm. Er ist bei der kleinsten Aufregung leicht hinfällig.«

Jutta stieg die Treppe empor und sah nicht mehr, daß Seidelmann in das Arbeitszimmer eilte. Der Graf hatte, sobald Jutta das Zimmer verlassen, mit dem letzten Rest seiner Kraft nach ihm geklingelt – vom Herzkrampf befallen.

Jettchen Wohlgemut geleitete Jutta in ihre Zimmer und plauderte gutmütig, bestrebt, sie aufzuheitern.

»Unser Herr Graf ist keine Freude mehr gewöhnt. Ganz langsam muß er sich wieder daran gewöhnen. Seit Graf Hans-Georg, Komtesses Herr Vater, starb, hat es keinen frohen Tag mehr in Ravenau gegeben, bis heute.«

Jutta fühlte sich freudlos und traurig. Ein bitteres Lächeln umspielte bei den Worten der alten Frau ihre Lippen.

Sie sah sich ohne Freude in ihren Zimmern um, so schön und gediegen sie auch ausgestattet waren.

Dann kleidete sie sich fast mechanisch um, wobei ihr Frau Wohlgemut zur Hand ging. Kaum hatte diese sie verlassen, so bemerkte sie die prachtvollen Rosen aus Gerlachhausen. Wer mochte ihr diesen duftenden Gruß gespendet haben?

Da gewahrte sie das Kärtchen dazwischen und las: »Götz Gerlachhausen«. Nachdenklich schüttelte sie den Kopf. Der Name sagte ihr nichts. Sie kannte ihn nicht mehr. Trotzdem freute sie sich, daß jemand ihrer gedacht. Sie nahm eine der Rosen und befestigte sie am Gürtel.

Nun trat sie an das Fenster, um Umschau zu halten. Da lag der Drachenbrunnen, wie sie ihn oft im Traum gesehen.

Sie begab sich in die breite Galerie hinaus und blickte, an eines der hohen Fenster gelehnt, träumend auf das herrliche Landschaftsbild, das sich vor ihr ausbreitete. Auf einem Hügel erhob sich aus den Blätterkronen des Waldes ein Schloß mit runden Türmen.

Jutta hatte das Gefühl, als sähe sie einen alten, halbvergessenen Bekannten wieder. »Schloß Schönrode – es muß Schönrode sein«, flüsterte sie. Dort war sie geboren, dort hatte sie die ersten Jahre ihres Lebens als glückliches Kind verlebt, geliebt und behütet von ihren Eltern. Tränen traten ihr in die Augen, sehnsuchtsvoll sah sie hinüber, als liege dort das Paradies ihres Lebens.

Eine Stunde später saß Jutta allein in dem großen Speisesaal an der reichgedeckten Tafel.

Graf Ravenau hatte sich mit leichter Unpäßlichkeit entschuldigen lassen; Jutta sollte nicht durch die Nachricht von seinem Herzkrampf erschreckt werden.

So empfand sie es als eine bittere Kränkung, daß er unsichtbar blieb. Was hatte sie getan, daß er ihr gegenüber solche Kälte und Gleichgültigkeit zeigte?

Jutta war froh, als sie sich erheben konnte, und da es hieß, der Graf würde vor dem Abend nicht sichtbar sein, beschloß sie, gleich nach Tisch in den Wald zu gehen.

Sie nahm Hut und Handschuhe und eilte hinaus. Seidelmann wollte ihr eine Begleitung aufdrängen, aber sie dankte mit Entschiedenheit und schritt leichtfüßig über den Schloßhof durch die Säulenhalle. Sie durchkreuzte den Park, der den Schloßberg umgab und dann in den Wald überging. Mitten im Wald atmete sie auf, wie von einem furchtbaren Druck befreit.

Dann schlug sie verschiedene Wege ein, um irgendwie einen Ausblick auf Schönrode zu gewinnen – vergebens. Endlich blieb sie stehen und sah sich ratlos um. Sie hatte nicht mehr auf den Weg geachtet und nun die Richtung verloren.

Vergeblich spähte sie nach dem Schloß Ravenau aus, das bisher über den dichten Blätterkronen leuchtete.

Etwas ermüdet lehnte sie sich an einen Baumstamm

und suchte sich zu orientieren. Dabei entging ihr, daß seitwärts auf dem weichen Waldboden im Schritt ein Reiter sich ihr näherte, Götz Gerlachhausen, die Zügel lässig in der Hand. Er war in Schwarzenfels gewesen und ritt nun, um den Heimweg abzukürzen, durch den Ravenauer Forst.

Plötzlich hielt er sein Pferd an. Er sah die regungslose Mädchengestalt und ließ prüfend seine Augen über das elegante, leichte Kostüm gleiten. Die reizvolle Erscheinung, die sich so unerwartet seinen Blicken bot, fesselte ihn. Da machte das Pferd eine unruhige Bewegung. Jutta schrak empor und blickte in Gerlachhausens gebräuntes Gesicht, der sich grüßend verneigte. Da trat sie schnell einige Schritte näher zu ihm heran.

»Verzeihung, mein Herr! Ich habe mich verirrt. Können Sie mir den Weg zum Schloß Ravenau zeigen?« fragte sie ruhig, wenn auch innerlich ein wenig beklommen unter seinem forschenden Blick.

Sie war so gar nicht gewöhnt, mit jungen Herren zu verkehren. Götz schwang sich mit einem gewandten Satz aus dem Sattel und verneigte sich artig:

»Wenn Sie gestatten, werde ich Sie bis zum Park begleiten, Komtesse.«

Sie sah ihn überrascht an.

»Sie kennen mich?«

Er verneigte sich lächelnd.

»Ich glaube, daß ich die Komtesse Ravenau vor mir sehe. Dann kann ich Ihre Frage mit ja beantworten. Ich kenne Sie schon sehr lange.«

»Schon sehr lange?«

»Sie waren kaum auf die Welt gekommen, als ich die Ehre hatte, Ihre Bekanntschaft zu machen.«

»Und da haben Sie mich jetzt gleich wiedererkannt?« fragt sie scherzend.

»Das wage ich nicht zu behaupten. Aber daß Sie heute in Ravenau erwartet wurden, weiß ich. Auch pflegen sich fremde junge Damen nicht in dem Ravenauer Forst zu verirren. Es bedurfte also keines Scharfsinnes, um Ihre Persönlichkeit zu erraten.«

»Leider stehen mir solche Hilfsmittel nicht zu Gebote, und mit Aufgebot all meines Scharfsinns vermag ich Ihre Persönlichkeit nicht festzustellen«, erwiderte sie.

Er zog wieder den Hut und verbeugte sich.

»Götz Gerlachhausen.«

Sie faßte unwillkürlich nach der Rose an ihrem Gürtel und errötete leicht, da er diese Bewegung bemerkte.

»So kamen die herrlichen Rosen, die mich bewillkommneten, von Ihnen, und ich kann Ihnen dafür gleich meinen Dank aussprechen.«

»Hoffentlich haben die Blumen ihren Zweck, Sie zu erfreuen, erreicht.«

Sie blickte ernst in sein Gesicht.

»Ich empfand es als Wohltat, daß wenigstens ein Mensch mir in Ravenau ein Willkommen bot«, sagte sie leise mit Bitterkeit im Ton.

Er schaute sie betroffen an.

»Und Graf Ravenau, Ihr Großvater, Komtesse?«

Sie wußte nicht, wie es kam, aber es drängte sie, ihm ihren Schmerz zu offenbaren, und so erzählte sie, was sich seit ihrer Ankunft zugetragen.

Götz blickte mitleidig in das junge, traurige Gesicht.

»Vielleicht hat Ihr Anblick Ihren Herrn Großvater so erschüttert, daß er die Fassung zu verlieren fürchtete und Sie deshalb so schnell entließ. Ich weiß, daß er Ihre Ankunft voll Ungeduld erwartete. Zweifeln Sie nicht an seiner Liebe, wenn er auch im Anfang etwas zurückhaltend sein sollte.«

»Wenn ich das glauben dürfte«, kam es leise über ihre Lippen.

»Sie dürfen es gewiß.«

Sie atmete auf.

»Ihre Worte erwecken eine leise Hoffnung in mir. Ich

danke Ihnen. Aber nun haben Sie noch die Güte, mir zu sagen, in welcher Beziehung Sie zu Ravenau stehen. Sie sagten, wir seien alte Bekannte. Wollen Sie mir ein wenig helfen, mein Gedächtnis aufzufrischen?«

»Mit Vergnügen, gnädigste Komtesse. Ihr Herr Vater und der meine waren innig befreundet, und ich bin mit meinen Eltern sehr oft in Schönrode und Ravenau gewesen.«

»Auch in Schönrode? Oh, dann müssen Sie auch meine Mutter gekannt haben«, stieß sie hastig hervor, ihn erwartungsvoll anblickend.

Er wich zum ersten Mal ihrem Blick aus.

»Ja, ich kannte Ihre Frau Mutter.«

Sie hob bittend die Hände.

»Oh, erzählen Sie mir von ihr! Ich weiß ja so wenig von meiner Mutter, sie ist so jung gestorben.«

Er machte sich am Zaumzeug seines Pferdes zu schaffen, das er neben sich führte.

»Leider kann ich Ihnen nur wenig berichten, Komtesse. Ich war ein Knabe von kaum zwölf Jahren, als Sie geboren wurden. Zwei Jahre später reisten Ihre Eltern in den Süden, und nur Ihr Herr Vater kam zurück.«

»Ja, meine Mutter starb in Nizza, das weiß ich. Ist Ihnen gar nichts mehr von ihr bekannt?«

»Sie war eine sehr schöne Frau mit goldenem Haar und schwarzen Augen. Ich bewunderte das Haar seiner seltenen Farbe wegen. Weiter kann ich nichts mitteilen.«

»Goldenes Haar und schwarze Augen – dann bin ich ihr nicht ähnlich«, sagte Jutta verträumt.

»Nein, ich glaube, Sie sind eine echte Ravenau.«

In seinem Gesicht lag dabei so viel ehrliches Wohlgefallen, daß ihr eine leichte Röte in das Gesicht stieg.

Verwirrt blickte sie um sich.

»Bitte, zeigen Sie mir nun den Weg, ich will Sie nicht weiter bemühen«, sagte sie hastig.

»Darf ich Sie nicht begleiten, Komtesse?«

»Ich möchte Ihre kostbare Zeit nicht länger in Anspruch

nehmen. Ihr Weg führt gewiß nach einer ganz anderen Richtung.«

»Gerlachhausen liegt südlich zwischen Ravenau und Schönrode. Ich mache keinen großen Umweg, wenn ich Sie bis zum Park begleite.«

Sie gingen nebeneinander weiter.

»Wieviel Zeit brauchen wir, um bis zum Ravenauer Park zu kommen?«

»Etwas mehr als eine halbe Stunde.«

Sie erschrak.

»So weit bin ich gegangen? Dann muß doch Schönrode in der Nähe sein. Ich wollte es gern sehen und ging deshalb immer weiter.«

»Da haben Sie sich in der Richtung geirrt, Komtesse. Schönrode liegt dort hinaus.«

Er deutete mit der Hand die Richtung an.

»Dann freilich half mir mein Suchen nichts.«

»Wenn Sie es noch zu sehen wünschen, führe ich Sie auf einem Seitenpfad zurück. Ich kenne eine Stelle, von der aus Sie einen Durchblick auf Schönrode haben können.«

»Wenn es nicht zu unbequem und zeitraubend für Sie ist, wäre ich Ihnen dankbar.«

»Dann wollen wir hier abbiegen.« Sie schlugen einen schmalen Weg ein.

»Ist Schönrode bewohnt?« fragte Jutta interessiert.

»Nur der Kastellan wohnt mit seiner Frau im Schloß. Im übrigen ist in Schönrode noch alles so wie zur Zeit, da Sie geboren wurden. Ich war erst vorgestern im Auftrag Ihres Herrn Großvaters dort, um einmal zu inspizieren.«

Sie sah erfreut zu ihm auf.

»Sie stehen in regem Verkehr mit Großpapa?«

»Erst wieder seit kurzer Zeit. Jahrelang, seit dem Tod meines Vaters, war auch mir Ravenau verschlossen. Erst seit er Ihre Heimkehr bestimmt in Aussicht nahm, trat er mit meiner Mutter und mir wieder in Verbindung. Ich gestehe Ihnen offen, meine Mutter und ich haben ihm gegrollt, daß er Sie so lange fernhielt. Aber seit wir wieder in näheren Verkehr getreten, überzeugten wir uns, daß es gewiß nicht aus Lieblosigkeit Ihnen gegenüber geschah.«

»Oh, wenn er mich nur ein wenig liebte, hätte er mich nicht so kalt und abweisend empfangen können!«

»Kalt und abweisend? Ich müßte mich sehr täuschen, wenn das nicht Ihrerseits ein Irrtum wäre. Glauben Sie mir, Graf Ravenau ist ein bedauernswerter Mann. Verschließen Sie ihm nicht grollend Ihr Herz Zeigen Sie ihm, daß Sie ihn liebhaben und nach seiner Liebe verlangen. Eine Entfremdung dürfen Sie gar nicht aufkommen lassen.«

Sie seufzte.

»Diese Entfremdung besteht aber schon; und zwar seit Jahren, solange ich denken kann. Ach, und ich habe doch nichts getan, mir seine Liebe zu verscherzen.«

Götz erschrak innerlich über die leidenschaftliche Klage in ihren Worten. Dieses holde, liebliche Geschöpf tat ihm unsagbar leid. Es drängte ihn, Trost zu spenden. Ohne sein Empfinden zu verraten, fragte er ernst:

»Haben Sie schon jemals versucht, sich seine Liebe zu erringen?«

»Nein –«, erwiderte sie betroffen, »ich war zu stolz, um seine Liebe zu betteln.«

»Sehen Sie wohl! Sie wollten ernten, ohne zu säen, und als Landwirt weiß ich, daß dies nicht gut möglich ist.«

Sie reichte ihm impulsiv die Hand. »Ich glaube, Sie meinen es sehr gut mit mir, und danke Ihnen herzlich.«

Er küßte ihre Hand.

»Es sollte mich freuen, wenn Sie davon überzeugt sind und mir ein wenig Vertrauen schenken. Ich werde immer bestrebt sein, es zu rechtfertigen.«

Sie lächelte mit feuchtschimmernden Augen zu ihm auf.

»So freundlich wie Sie hat noch niemand mit mir gesprochen, und mit dem Vertrauen habe ich, wie ich meine, doch schon einen guten Anfang gemacht. Madame Leportier würde sehr unzufrieden mit mir sein, wenn sie wüßte, wie vertraulich ich mit einem fremden jungen Herrn verkehre.«

»Jung? Nun ja, mit knapp einunddreißig Jahren ist man noch jung. Aber fremd? Da muß ich doch protestieren. Wir kennen uns schon seit neunzehn Jahren.«

Sie lachte leise.

»Also mein ganzes Leben lang?«

»Gewiß. Und daraufhin müssen Sie mir versprechen, daß wir gute Freunde werden wollen.«

Sie errötete leicht, sagte dann aber, ihn ehrlich anblikkend:

»Ich verspreche es Ihnen, weil ich selbst dabei am meisten gewinnen werde, da ich sehr arm an Freunden bin.«

»Und noch etwas müssen Sie mir versprechen. Wenn es Ihnen in Ravenau zu still und einsam ist, dann kommen Sie nach Gerlachhausen. Meine Mutter hofft und freut sich schon darauf, daß Sie uns oft besuchen werden.«

»Auch das verspreche ich Ihnen gern.«

Wenige Schritte weiter bat er sie, sich umzuwenden. Sie tat es, und ein leiser Ruf der Überraschung entfloh ihren Lippen. Vor ihren Blicken lag Schloß Schönrode. Der Wald bildete gleichsam einen Rahmen um das Schloß, das in den Lüften zu schweben schien. Wie eine Fata Morgana, so greifbar nahe und doch so fern. Der Anblick war für Jutta überwältigend. Die schon seit Tagen mühsam unterdrückte Erregung brach sich jetzt Bahn. Zitternd lehnte sich die Komtesse an einen Baumstamm und Tränen traten in ihre Augen, sosehr sie sich auch dagegen wehrte. Götz stand schweigend an ihrer Seite. Gern hätte er ihr ein mitfühlendes Wort gesagt, aber er fühlte, daß sie dann vollends die Fassung verlieren würde.

Jutta beruhigte sich allmählich wieder. Dann wandte sie sich ein wenig verlegen nach Götz um.

»Sie halten mich gewiß für eine große Törin, Herr von Gerlachhausen«, sagte sie mit noch feuchtschimmernden Augen, die ihm sehr schön und seelenvoll erschienen.

»Nein, ganz gewiß nicht«, beteuerte er.

Sie tilgte die letzten Tränenspuren aus ihren Augen.

»Ich bin auch schon wieder vernünftig«, sagte sie, sich zum Gehen wendend.

Er folgte ihr, und so plauderten sie weiter wie gute alte Bekannte. Am Ravenauer Park verabschiedeten sie sich in herzlicher Weise. Götz blickte der schlanken Gestalt noch eine Weile nach, ehe er sein Pferd bestieg und davonritt.

4

JETTCHEN WOHLGEMUT HATTE nach Jutta schon ängstlich Ausschau gehalten. Sie kam ihr aufatmend entgegen.

»Bin ich zu lange fortgeblieben? Hat Großpapa nach mir verlangt?« fragte Jutta schnell.

»Nein, ich fürchte nur, gnädigste Komtesse könnten sich verirrt haben. Der Wald ist dicht, und ohne Begleitung sollte gnädigste Komtesse jetzt lieber noch nicht ausgehen.«

»Ist Großpapa noch immer unsichtbar?«

»Er hat sein Zimmer noch nicht verlassen. Befehlen gnädige Komtesse jetzt den Tee?« Jutta hatte durch den Spaziergang Appetit bekommen und bejahte.

Frau Wohlgemut bediente sie jetzt. Sie hatte auf der Veranda ein behagliches, schattiges Eckchen zurechtgemacht. Als Jutta Platz nahm, schob ihr die alte Frau noch ein Kissen hinter den Rücken. Jutta lächelte ihr zu.

»Sie verwöhnen mich, liebe Frau Wohlgemut.«

»Lieber Gott – wenn gnädige Komtesse nur wüßten, wie wohl es tut, jemand von unserer Herrschaft dienen zu können! Als wäre die Sonne aufgegangen, so ist uns zumute gewesen, als gnädige Komtesse hier eintrafen. Nun wird es auch für den Herrn Grafen wieder besser werden!«

Jutta sah freundlich in das gute runde Gesicht und dann hinaus in die Frühsommerpracht.

»Wie schön ist es hier!«

»Ja, dies ist auch eins der schönsten Plätzchen in Ravenau. Graf Hans-Georg, gnädiger Komtesse hochseliger Herr Vater, hat am liebsten hier gesessen, als er nicht mehr so frisch und froh umherstreifen konnte wie früher.«

»Mein Vater war schwer leidend in seinen letzten Lebensjahren, nicht wahr?« fragte Jutta.

»Es war ein Jammer ohnegleichen, gnädige Komtesse. Wenn man ihn kannte, als er noch gesund war, so stark, so lustig, und nachher, nach dem furchtbaren Unglück, so grausam verändert!«

Jutta stützte das Haupt in die Hände, und ihre Augen hingen bang an der alten Frau.

»Wie kam es denn, daß er sich so verändert hatte? Welches Unglück geschah eigentlich? Ich weiß das alles nicht.«

Jettchen Wohlgemut sah entschieden verlegen aus. Da hatte sie sich wohl auf ein schwieriges Gebiet gewagt. Sie wußte zuviel von jenen unheilvollen Tagen, um an die Mär zu glauben, die man unter dem Dienstpersonal verbreitet hatte. Aber davon durfte sie ihrer jungen Herrin nicht sprechen. Sie holte tief Atem und sagte:

»Wir wissen nur, daß Graf Hans-Georg und Gräfin Gwendoline bei einer Wagenfahrt verunglückt sind. In voller Gesundheit waren sie abgereist, und wenige Wochen später kam das furchtbare Unglückstelegramm. Ich sah, wie es unser Herr Graf öffnete und darauf leichenblaß zurücktaumelte. Damals war er selbst noch ein stolzer, kräftiger Herr. Ich sprang hinzu, um ihn zu stützen, weil ich fürchtete, er werde umsinken. Aber da raffte er sich schon wieder auf und rief mit rauher Stimme nach Seidelmann, damit dieser alles zur Reise ordnete. Ganz allein reiste er eine Stunde später ab. Es dauerte dann sehr lange, bis wir unsere beiden Herren Grafen wiedersahen – und Graf Hans-Georg – den erkannten wir gar nicht wieder.«

»Und meine Mutter?« fragte Jutta hastig, atemlos.

Frau Wohlgemut sah an ihr vorbei, als sie antwortete:

»Wir haben Gräfin Gwendoline nicht wiedergesehen – sie ist da unten im Süden gestorben.«

»Gestorben – so jung und so schön!« murmelte Jutta traurig.

»Ja, schön wie ein Bild war Gräfin Gwendoline mit ihrem goldenen Haar und der weißen, zarten Haut.«

»Mein Vater hat sie gewiß schmerzlich betrauert.«

»Das soll wohl sein. Nie habe ich ihn mehr lachen hören.«

»Und ich kam gleich nach meines Vaters Tod in das Pensionat, nicht wahr?«

»Nicht lange danach. Es war auch gar zu düster und traurig in Ravenau, und ein Kind braucht Sonnenschein und frohe Umgebung.«

Eine Weile blieb es still. Frau Wohlgemut wollte sich schon zurückziehen, als Jutta plötzlich sagte:

»Gibt es im Schloß nicht Bilder von meinen Eltern?«

»Vom Grafen Hans-Georg hängt ein Porträt im Arbeitszimmer des Herrn Grafen und dasselbe noch einmal in der Ahnengalerie. Es stellt ihn dar, als er noch gesund und heiter war. Von der hochseligen Gräfin Gwendoline existiert kein Bild. Sie sollte erst später für die Galerie gemalt werden.«

»Wollen Sie mir die Ahnengalerie zeigen?«

»Komtesse brauchen nur zu befehlen. Soll es gleich geschehen?«

»Ich bitte darum.«

Jutta erhob sich und schritt neben Jettchen Wohlgemut durch die Halle und die Treppe hinauf. Wenige Augenblikke später stand sie vor dem Porträt ihres Vaters.

Lange sah Jutta in das strahlende, sonnige Gesicht, und das Herz tat ihr weh. Und doch war ihr dies lachende Gesicht fremd. So hatte der Vater nicht ausgesehen, wenn er sich liebevoll über sie neigte und mit der traurig-zärtlichen Stimme sagte: »Meine arme kleine Jutta!«

Sie wandte sich ab.

»Ein späteres Bild meines Vaters existiert nicht?«

»Nein, gnädige Komtesse.«

Jutta blickte zum Bild der Gräfin Ulrike empor und trat überrascht zurück.

»Wer ist das?«

»Die hochselige Gräfin Ulrike, der gnädigen Komtesse Großmutter.«

»Ach – mir ist, als sähe ich ihr ähnlich.«

»Das ist mir auch schon aufgefallen.«

Jutta betrachtete bewegt das gütige, feine Frauenantlitz. Dann durchwandelte sie langsam die Ahnengalerie. Hie und da blieb sie vor einem Bild länger stehen und erbat sich nähere Auskunft darüber. Auch vor dem Porträt der unseligen Katharina Charlotte machte sie Halt. Fast unwillkürlich streckte Jettchen Wohlgemut die Hand aus.

»Gnädige Komtesse sollten dies Bild nicht so lange betrachten. Man sagte, Gräfin Katharina Charlotte habe den Ravenaus Unheil gebracht. Die Dienerschaft schwört darauf, daß sie keine Ruhe im Grab gefunden hat, und manche von den Leuten bilden sich gar ein, ihr begegnet zu sein.«

Jutta lächelte.

»Ah, wir haben also auch ein Schloßgespenst? Das müssen Sie mir erzählen.«

Jettchen Wohlgemut erzählte ausführlich. Jutta hörte interessiert zu und schaute unverwandt in Katharina Charlottes weißes Gesicht mit den schwarzen Augen.

Ein kühler Luftstrom durchzog plötzlich die Galerie. Jutta fröstelte und kehrte mit Frau Wohlgemut in ihr Zimmer zurück. Aber ein wenig gruselig war ihr doch zumute, obwohl sie sich frei wußte von Gespensterfurcht und Aberglauben.

Am Abend war die Tafel ebenso reich und vornehm geschmückt wie beim Diner. Jutta bemerkte sofort, daß zwei Gedecke darauf lagen. Mit fragendem Blick wandte sie sich an Seidelmann. Er verstand ihn sofort. »Der gnädige Herr Graf werden das Super in Gesellschaft der gnädigen Komtesse einnehmen«, meldete er zeremoniell.

Gleich darauf öffnete sich die hohe Flügeltür und der Graf trat ein. Er hatte wie immer sorgfältig Toilette gemacht und gab Seidelmann einen Wink, sich und die Diener vorläufig zu entfernen.

Jutta stand mit klopfendem Herzen hinter ihrem Sessel.

Ravenau, sehr bleich und offenbar angegriffen, trat auf sie zu und blickte bewegt in das schöne, junge Gesicht.

»Ich habe dich heute morgen wohl durch mein Benehmen erschreckt, mein liebes Kind?« fragte er mit etwas matt klingender Stimme. Jutta hörte nur den warmen Tonfall.

»Nicht erschreckt«, erwiderte sie ehrlich, »nur sehr betrübt, lieber Großpapa. Ich glaubte, mein Anblick sei dir aus irgendeinem Grunde unangenehm.«

Er nahm ihre Hand in die seine, und unter ihren flehenden Blicken fühlte er, wie sein Herz ihr liebevoll entgegenschlug. »Du mußt ein wenig Geduld mit mir haben, Jutta. Unangenehm war mir dein Anblick gewiß nicht. Du gleichst deinem Vater – und deiner Großmutter. An diese beiden geliebten Menschen wurde ich durch dich erinnert. Ich war erschüttert, fassungslos; und um das zu verbergen, um mich erst wiederzufinden, schickte ich dich fort. Du warst mir gewiß sehr böse darüber.«

Sie lächelte ihn tapfer an.

»Erst grollte ich allerdings ein wenig. Es tat mir weh, daß du mich nach so langen Jahren nicht wärmer willkommen hießest. Da bin ich nach Tisch in den Wald gegangen.« Nun berichtete sie ihre Begegnung mit Götz von Gerlachhausen.

»Du hast mit Götz Gerlachhausen gesprochen?« fragte der Graf sichtlich interessiert.

»Ja. Sein ganzes Wesen flößte mir so viel Vertrauen

ein, daß ich ihm gegenüber meinem Groll ein wenig Ausdruck gab. Ach, Großpapa, warum mußte ich so lange von Ravenau fern sein? Hättest du mir doch erlaubt, bei dir zu bleiben, deinen Kummer zu teilen und mir deine Liebe zu erringen! Darf ich das jetzt wenigstens versuchen?«

Er küßte ihre schönen, bittenden Augen. »Das hast du nicht mehr nötig, mein liebes Kind. Ich habe ein großes Unrecht begangen, daß ich dich so lange von mir ließ. Das weiß ich jetzt. Versuche, mich zu verstehen, dann wirst du mich nicht verurteilen.«

Sie küßte bewegt seine Hand.

»Ich habe dir in Gedanken oft gezürnt, Großpapa. Bitte, verzeihe mir!« Er strich sanft über ihr Haar.

»Ich habe dir nichts zu verzeihen, denn ich bin selbst daran schuld. Wir wollen beide nachholen, was wir versäumt haben. Und nun laß uns Platz nehmen. Bei Tisch erzähl mir ausführlich, wie du Götz Gerlachhausens Bekanntschaft erneuertest.«

Er klingelte und gab Seidelmann das Zeichen, servieren zu lassen.

Jutta schilderte eingehend ihr Erlebnis am Nachmittag. Am Schluß nickte der alte Herr befriedigt.

»Es freut mich sehr, daß du schon selbst herausgefunden hast, welch lieber, prächtiger Mensch Götz ist. Du wirst viel auf seine Gesellschaft angewiesen sein. Seiner Obhut vertraue ich dich mit Freuden an.«

»Ich sprach auch mit ihm über Schönrode. Werden wir nie mehr dort wohnen, Großpapa?«

Ravenau lehnte sich mit bleichem Gesicht in seinen Sessel zurück und schloß einen Moment die Augen. Erschreckt gewahrte sie seine Erregung.

»Ich werde Schönrode nie mehr betreten«, sagte er, sich mühsam fassend. »Wenn du Lust hast, hinüber zu fahren oder zu reiten, kann dich Götz Gerlachhausen begleiten. Er weiß da gut Bescheid.«

Sie griff impulsiv über den Tisch nach seiner Hand.

»Verzeih, ich rührte an Dinge, die dir schmerzlich sind«, bat sie leise.

Er lächelte ihr beruhigend zu.

»Das konntest du nicht wissen, Jutta.«

Nach dem Essen führte Ravenau seine Enkelin in den großen, im Stil Ludwigs XIV. dekorierten Salon, dessen Wände mit herrlichen Gobelins bekleidet waren.

Ravenau nahm Jutta gegenüber an einem Tischchen Platz und fragte, wie sie die Reise zurückgelegt habe. Sie berichtete das Wesentliche, ohne ihre Gedanken von Schönrode abwenden zu können.

Der alte Herr war nicht mehr gewöhnt, eine Unterhaltung in Fluß zu erhalten. Es entstand ein Schweigen. Ravenau saß in Juttas Anblick versunken da und vergaß zu reden. Die junge Dame suchte nach einem neuen Unterhaltungsstoff. Endlich fand sie ihn.

»Frau Wohlgemut führte mich heute auf meinen Wunsch in die Ahnengalerie, Großpapa.«

Er nickte.

»Recht so, mein Kind! Sieh dich in deiner Heimat um, damit du wieder mit ihr vertraut wirst. In Frau Wohlgemut hast du eine gute Führerin. Niemand von meinen Angestellten ist so mit den Ravenaus verwachsen wie diese treue Seele.«

»Das habe ich auch schon herausgefunden. Sie zeigte mir die Bilder von Großmama und Papa. Aber vergeblich suchte ich ein Bild meiner Mutter. Gibt es gar keins von ihr?«

Ravenau fuhr auf wie von einem Peitschenhieb getroffen. Sein Gesicht verzerrte sich. Haß glühte in seinen Augen.

»Schweig! Sprich mir nie mehr von deiner Mutter, nenne mir nie mehr ihren Namen«, rief er heiser. Doch als er Juttas vor Entsetzen blasses Gesicht sah, bezwang er sich mühsam und fuhr gemäßigter fort:

»Erschrick nicht, Kind. Aber erwähne nie wieder diesen

Namen. Vergiß, daß du eine Mutter hattest. Sie ist deines Gedenkens nicht wert.«

Jutta preßte die zitternden Hände zusammen und rang nach Fassung.

Was hatte ihre Mutter getan, daß ihr Andenken sogar im Herzen ihres Kindes ausgelöscht sein sollte?

Ravenau bereute einen Moment, die Herrschaft über sich verloren zu haben. Er nahm Juttas kalte, bebende Hand und streichelte sie: »Vergiß, was ich sagte, Jutta, und vergiß deine Mutter! Löse deine Gedanken von allem, was mit ihr zusammenhängt. Sucht deine Erinnerung liebe Bilder, so denke an deinen Vater, dessen letzter Gedanke voll Liebe dir gehörte.«

Sie suchte ihre Tränen zurückzudrängen. Es tat ihm weh, wie sie sich mühte. Langsam erhob er sich.

»Ich hätte mich nicht hinreißen lassen sollen, dir einen Einblick in die dunkelsten Tiefen meiner Seele zu gestatten. Das ist nichts für so junge Augen. Nun siehst du selbst, wie wenig ich zum Umgang mit Menschen tauge. Vergiß diese Stunde, mein Kind! – Und nun muß ich mich zurückziehen. Für heute bin ich am Ende meiner Kraft. Gute Nacht, Jutta. Schlaf gut.«

Er küßte sie auf die Stirn und wandte sich zum Gehen. Sie sah, daß er wankte. Da eilte sie ihm nach und umfaßte seinen Arm.

»Du bist krank, Großpapa. Darf ich nicht bei dir bleiben und dich pflegen?«

Er lächelte gerührt und drückte sie an sich. »Vielen Dank für deinen guten Willen! Es ist aber unnötig. Ich gehe sofort zu Bett. Morgen früh bin ich wieder frisch, dann sehen wir uns wieder.«

Er nickte ihr zu und ging. Sie blickte ihm lange nach.

In ihrer Seele lag eine bange Frage. Was hatte ihre Mutter getan, daß der Großvater sie noch im Tod mit unversöhnlichem Haß verfolgte? Dem Toten soll man alles verzeihen, war sie belehrt worden. Ein heißes Mitleid mit der toten Mutter erwachte in ihr, eine sich erbarmende Liebe. Mochten alle Menschen im Groll ihrer gedenken, sie war ihr Kind, sie wollte ihr Liebe weihen.

Sinnend ließ sie sich von Johanna das schwere Haar für die Nacht ordnen.

Als ihr Johanna ein leichtes, weiches Negligé übergeworfen hatte, entließ sie dieselbe und setzte sich noch eine Weile an das Fenster. Der Mond stand fast über dem Schloß und beleuchtete den Drachenbrunnen. Ihre Gedanken verweilten noch immer bei der Szene mit dem Großvater. Plötzlich löste sich ein klarer Gedanke aus dem Chaos ihrer Gefühle.

»Jetzt weiß ich, weshalb ich so lange von Ravenau ferngehalten wurde. Ich habe das Erbe meiner toten Eltern angetreten. Großvater liebt mich wohl, weil ich das Kind seines Sohnes bin, aber der Haß, den er gegen meine Mutter hegt, wirft auf mein Dasein einen Schatten.«

Sie schlug die Hände vor das Gesicht und weinte, bis ihr das Herz leichter wurde. Dann ging sie zu Bett und schlief trotz aller Unruhe bald ein.

Kaum hatte die Zofe ihr hübsches, neben den Gemächern ihrer jungen Herrin gelegenes Zimmer betreten, begann sie eilig in ihrem Koffer zu kramen. Sie holte Briefpapier und Schreibzeug daraus hervor, schloß die Tür von innen zu und setzte sich zum Schreiben nieder.

Sehr geehrte gnädige Frau!
Wollen Sie gütigst entschuldigen, daß ich Ihnen noch nicht ausführlich berichtet habe. Ich bin aber bis jetzt nicht eine Stunde frei gewesen. Wie ich Ihnen schon mitteilte, wurde ich auf Ihr vorzügliches Zeugnis sofort in Ravenau engagiert und mußte mit dem Haushofmeister, Herrn Seidelmann, nach Genf reisen, um meine junge Herrin, Komtesse Jutta Ravenau, von der Pension abzuholen.
Ihren Befehlen, gnädige Frau, bin ich trotzdem, so gut es

ging, nachgekommen. Gnädige Frau können sich ganz auf mich verlassen. Ich werde gewiß nicht vergessen, daß Sie mich vor dem Gefängnis bewahrt haben. Ehe ich Bericht gebe, will ich nochmals heilig versichern, daß ich das entwendete Armband ganz sicher vom Versatzamt eingelöst und zurückgegeben hätte, wenn mir nur Zeit geblieben wäre. Aber gnädige Frau hatten es zu meinem Schrecken gleich entdeckt. Ach, es war wirklich nicht Schlechtigkeit, ich konnte mir nicht anders helfen. Mein Bräutigam mußte nach Amerika, weil er sich in blindem Zorn an seinem Feldwebel vergriffen und eine schwere Strafe zu erwarten hatte. Da gab ich ihm mein Erspartes, und weil es nicht reichte, versetzte ich das Armband. Ich hatte nicht Zeit, das Geld anders zu beschaffen. Nun ist er gottlob in Sicherheit, und ich danke Ihnen noch tausendmal, daß Sie mich des Armbandes wegen nicht in das Unglück brachten. Ich will nun hier auch alles nach Ihrem Wunsche besorgen, auch wenn mir gnädige Frau nicht eine so hohe Belohnung versprochen hätten.
Nun will ich erzählen, was ich weiß. Sie haben mir ja versichert, daß kein Unrecht dabei ist und alles nur den guten Zweck hat, meine junge Herrin vor einer großen Gefahr zu behüten.
Komtesse Jutta ist sehr schön und immer traurig. Ich möchte schon gern, daß sie vor Leid bewahrt wird.
Also ehe ich mit Herrn Seidelmann nach Genf reiste, blieb ich noch ein paar Tage hier im Schloß, um die Zimmer für die Komtesse vollends einzurichten. Es passierte gar nichts Besonderes. Graf Ravenau verließ seine Gemächer nur, um im Park spazierenzugehen und einmal nach Gerlachhausen, das ist ein Gut, zu fahren.
Aber gleich am dritten Tag, als ich hier war, kam nach Tisch ein sehr vornehmer junger Herr in den Schloßhof geritten und wurde vom Grafen in seinem Arbeitszimmer empfangen. Ich hörte später, es sei Götz von Gerlachhausen. Ich konnte mich unbemerkt durch einige Räume bis

an die Tür des Arbeitszimmers schleichen. In diesem Salon stand ich nun und versteckte mich hinter dem Türvorhang. Und da konnte ich alles hören, was die beiden Herren sprachen.
Erst war davon die Rede, daß Graf Ravenau wünschte, Herr von Gerlachhausen solle Komtesse Jutta heiraten. Der junge Herr machte verschiedene Einwendungen, als wenn er nicht recht wollte. Aber Graf Ravenau ließ gar nichts gelten und sagte sehr laut: ›Sie und kein anderer sollen Juttas Gatte und mein Nachfolger werden‹.« Herr von Gerlachhausen sprach dann etwas von einer früheren Liebe. Da schnitt ihm Graf Ravenau das Wort ab und sagte: ›Ich weiß, ich weiß, das ist eine alte Geschichte. Sie brauchen Jutta keine große Leidenschaft entgegenzubringen, die Hauptsache ist, daß Sie mein Nachfolger werden. Nur bei Ihnen bin ich ganz sicher, daß Sie jenes verworfene Weib niemals in Ravenau und Schönrode dulden werden. Ich habe Ihr Wort, Juttas Mutter mit allen Mitteln von ihr fernzuhalten. Solange es geht, soll Jutta nicht erfahren, daß ihre Mutter noch lebt. Ist sie aber nicht anders vor dieser Abenteuerin zu schützen, dann übergeben Sie Jutta diese Papiere. Hier, in diesem Geheimfach meines Schreibtischs, finden Sie im Fall der Not eine Niederschrift von mir und alle Beweise der Schuld dieser Frau. Dann wird sie selbst nichts mehr mit ihr zu tun haben wollen.‹ So ungefähr sprach der Herr Graf, und Herr von Gerlachhausen gab sein Ehrenwort, daß er alles tun werde, was der Herr Graf verlange. Gnädige Frau können mir glauben, ich erschrak sehr, als ich das alles hörte. Daß Komtesse Juttas Mutter noch lebt, weiß hier kein Mensch. Der Silberdiener erzählte mir, die Gräfin Gwendoline, so hieß die Mutter der Komtesse, sei vor vielen Jahren mit ihrem Mann auf einer Wagenfahrt verunglückt und gestorben.
Und nun hörte ich, daß sie lebe. Ich werde natürlich keinem Menschen außer Ihnen verraten, was ich erlauscht

habe. Meine arme junge Herrin tut mir leid. Weiß ich doch von Ihnen, daß ein Unheil über ihr schwebt. Ich will alles tun, um Ihnen zu helfen, es abzuwenden.
Sonst weiß ich nichts mehr zu berichten, als daß Herr von Gerlachhausen für die Komtesse herrliche Rosen geschickt hat.
Und ein Gespenst soll es hier im Schloß geben. Davon schreibe ich der gnädigen Frau das nächste Mal. Ich bin nun sehr müde und will Sie nicht länger auf den Brief warten lassen.
Ich hoffe, gnädige Frau zufriedengestellt zu haben, und will auch in Zukunft alles beachten und Nachricht geben. Bitte nochmals um Verzeihung wegen des Armbandes.

Gehorsamst und hochachtungsvoll
Johanna Möbius

Aufatmend lehnte sich Johanna einen Augenblick zurück und rieb sich die müden Augen. Dann adressierte sie den Brief: »An Frau Dolly von Sterneck, Berlin W 50. Kurfürstendamm 108, III.«

Johanna hatte schon alles zum Ankleiden ihrer Herrin zurechtgelegt, als diese erwachte. Flink und gewandt leistete die Zofe ihre Dienste. Noch ehe Jutta die Toilette beendete, wurde ein neuer Strauß Rosen für sie abgegeben. Mit leichtem Erröten nahm sie ihn in Empfang und öffnete das schmale Kuvert, das die Rosen begleitete. Es enthielt ein Kärtchen mit der Aufschrift: »Götz Gerlachhausen wünscht Komtesse Ravenau einen recht fröhlichen guten Morgen.«

Jutta fühlte sich durch die wenigen Worte erfrischt und gehoben. Wie hübsch war es von ihm, ihr auf diese Weise neuen Mut einzuflößen!

Eilig zog sie sich fertig an und begab sich auf die Veranda, wo sie gestern den Tee genommen hatte. Dort war der

Frühstückstisch einladend gedeckt, und der Großvater erwartete sie bereits.

Er war so freundlich zu ihr, daß ihr das Herz aufging. Dazu der herrliche Sommermorgen, das wundervolle, in Licht getauchte Landschaftsbild vor ihr und die Erinnerung an die Gerlachhausener Rosenspende. Das Leben war doch schön, wunderschön, trotz alledem!

Mit neunzehn Jahren ist es ja so leicht, sich zu freuen, zu genießen und – Leid zu vergessen. Jutta plauderte leicht und graziös mit dem alten Herrn. Etwas wie Behagen lag auf seinem sonst so düsteren Antlitz, und Jettchen Wohlgemut, die von einem Fenster des Treppenhausturms das friedliche Bild überblickte, zeigte eine sehr zufriedene Miene. »So gut hätte er es doch schon lange haben können! Ordentlich frisch sieht er aus«, sagte sie später zu Seidelmann.

Der machte ein bedenkliches Gesicht. »Dreimal hat er diese Nacht sein Pulver nehmen müssen, ehe er Ruhe bekam.«

»Ja doch, nach der Aufregung von gestern. Lassen Sie das Komteßchen nur erst länger hier sein, dann wird er bald keins von den gräßlichen Pulvern mehr brauchen.«

»Oder noch mehr.«

»Sie krächzen wie ein Unglücksrabe.«

Damit wollte sie ärgerlich abgehen. Er hielt sie indes am Ärmel fest, sah sich vorsichtig um und flüsterte:

»Die schwarze Dame ist diese Nacht wieder gesehen worden.«

Frau Wohlgemut zuckte leise zusammen, richtete sich aber dann um so resoluter auf und fragte:

»Wer will sie denn gesehen haben?«

»Der Kutscher.«

»Na, dem werde ich mal ein bißchen auf die Finger sehen.«

»Sie natürlich sind über derlei erhaben und glauben nicht an das Schloßgespenst.«

»Solange ich es nicht mit eignen Augen gesehen habe, ganz sicher nicht. Ehrlichen Christenmenschen geht solcher Spuk aus dem Weg. Es wird viel zuviel Unfug mit diesem Gespenst getrieben. Die Leute benutzen es entweder als Popanz oder bilden sich in blinder Angst alles mögliche ein. Seidelmann, ich hoffe doch, daß Sie an diesen Spuk nicht glauben.«

Trotz aller Energie lag ein heimliches, zagendes Forschen in ihren Worten. Nicht um die Welt hätte sie zugegeben, daß in einem stillen Winkel ihrer Seele eine ganz leise Furcht vor der nächtlichen Erscheinung nistete.

Sie ging hocherhobenen Hauptes davon, aber die gute Laune hatte sie verloren. Es hieß, die spukhafte Frau zeigte sich nur, wenn den Ravenaus Unheil drohe. Trotz aller Abweisung beunruhigte sie der Gedanke. Der Zustand des Grafen war bedenklich, vielleicht schlimmer, als die meisten ahnten. Wenn er nun starb? Welche Umwälzungen mußte das zur Folge haben!

Zu töricht, sich solche Gedanken zu machen! Gleich jetzt wollte sie zum Trotz einmal wieder die Spukzimmer lüften lassen. Sie rief ein paar Mägde herbei und befahl ihnen, ihr mit Besen und Staubtüchern zu folgen.

Es gab natürlich wieder Angst und Wehklagen, als sie mit ihnen vor dem Eingang zum westlichen Turm stand. Schneller als sonst war die Arbeit verrichtet, und aufatmend eilten die Mägde hinaus. Die alte Frau schloß, über den Unfug erbost, heftig die Tür. In demselben Augenblick ertönte ein lauter Krach. Die Mägde liefen kreischend die Treppe hinab, und Jettchen Wohlgemut wandte sich etwas blaß und erschrocken um. Da zeigte es sich, daß das Porträt Katharina Charlottes von der Wand gestürzt war.

Sich selbst und die Mägde scheltend, trat die alte Frau heran und hob mit zitternden Händen das Bild in die Höhe. Ein breiter Riß klaffte in der Leinwand, quer durch die schwarzen, leidenschaftlichen Augen.

Jettchen Wohlgemut ließ den Schutt aufkehren, der mit

dem eisernen Haken, an dem das Bild gehangen hatte, aus der Mauer gefallen war, und stieg dann langsam die Treppe hinab, um dem Grafen von dem Vorgang Meldung zu machen.

Er saß noch mit Jutta auf der Veranda. Nachdem Frau Wohlgemut ihren Bericht beendet, erhob sich der alte Herr ruhig.

»Willst du mich hinaufbegleiten, Jutta? Wir wollen sehen, welchen Schaden unser Schloßgeist angerichtet hat.«

Jutta legte ihre Hand zutraulich auf seinen Arm und rief: »Natürlich komme ich mit, Großpapa.«

»Hast du keine Angst vor Gespenstern?«

Sie lächelte. »Nein.«

»Recht so, Jutta. Eine Ravenau muß Mut und einen klaren Blick haben. Vor den Toten brauchen wir uns nicht zu fürchten, wenn uns die Lebenden nichts Böses zufügen.«

Sie begaben sich, von Frau Wohlgemut begleitet, in den Ahnensaal. Der Graf litt an Atembeschwerden und mußte die Treppe sehr langsam ersteigen. Oben überblickte er schnell die Sachlage.

Jutta suchte den Riß im Bild zu schließen und machte darauf aufmerksam, daß er mitten durch die Augen gegangen war.

»Um diese Augen ist es nicht schade«, bemerkte der Graf herb.

»Das Bild wird sich schwer reparieren lassen und der Riß sichtbar bleiben«, meinte Jutta bedauernd und fügte dann hinzu:

»Ein schönes Frauengesicht, aber es ist keine Güte darin.«

Ravenau strich über ihr Haar.

»Sieh da, welcher Scharfblick! Du hast recht, Jutta, dies Gesicht ist ohne Güte. Schau dir die kleinen, schmalen Hände an. Mit diesen Händen hat Katharina Charlotte den Dolch in ihres Gatten Herz gestoßen und sich dann aus Furcht vor der Strafe selbst getötet. Wie du wohl schon gehört hast, soll sie, einer Sage zufolge, als ruheloser Geist umgehen, bis der letzte Ravenau zu Grabe getragen wird. Da ich dieser letzte Ravenau bin, wird sie ja bald erlöst sein.«

Jutta faßte sanft seinen Arm.

»So mußt du nicht sprechen, Großpapa.«

Er sah ihr freundlich in das liebe Gesicht.

»Würde es dich betrüben, wenn der alte griesgrämige Großvater dich verließe?«

»Man muß sehr reich an Menschenherzen sein«, erwiderte sie ernst, »wenn man eines ohne Schmerz aufgeben kann. Ich habe nur dich auf der Welt, nur du gehörst mir.«

Damit kehrten sie auf die sonnige Veranda zurück.

5

DREI TAGE WAREN seit Juttas Heimkehr vergangen. Am Nachmittag des vierten Tages fuhren sie endlich zu Frau von Gerlachhausen, die Jutta mit warmer Freude empfing und sich an dem schönen Geschöpf gar nicht satt sehen konnte.

Sie schickte schnell einen Boten zu den nahe gelegenen Wiesen, wo das erste Heu gemäht wurde, um Götz heimzurufen. Es dauerte nicht lange, bis er erschien. Schnell hatte er sich umgekleidet und trat nun froh erregt in das Zimmer. Während er und Jutta sich herzlich begrüßten, blickten die beiden Älteren forschend auf das junge Paar, und ihre Augen begegneten sich dann im lächelnden Einverständnis.

Ravenau ersuchte darauf Götz, seiner Enkelin die Gerlachhausener Rosenzucht zu zeigen, wozu dieser sich mit Vergnügen bereit erklärte, und Jutta folgte ihm mit leichtem Erröten.

Kaum waren die beiden jungen Leute draußen, als Frau von Gerlachhausen ihrem Entzücken über Jutta Ausdruck gab.

»Welch süßes, liebreizendes Mädchen ist aus der kleinen Jutta geworden, lieber Graf! Ihr Herz muß sich doch weit auftun vor Glück bei ihrem Anblick.«

»Also hätten Sie gegen Jutta als Schwiegertochter nichts einzuwenden?«

»Im Gegenteil, ganz im Gegenteil.«

»Hat Götz Ihnen von seiner Begegnung mit Jutta im Wald erzählt?«

»Ja, ganz erregt kam er nach Hause. Jedenfalls hat ihm Jutta sehr, sehr gefallen.«

»Das freut mich aufrichtig. Ich glaube, unsere Sache steht günstig.«

»Gott gebe es!«

Götz und Jutta waren inzwischen in dem großen Garten hinter dem Gutshaus angelangt. Hunderte von Rosenstöken standen da in herrlicher Blüte. Jutta stieß einen Ruf des Entzückens aus.

»Wie herrlich, Herr von Gerlachhausen! Eine solche Menge Rosen sah ich noch nie beieinander. Ich war schon in Sorge, daß ich Sie beraubte, weil Sie mir jeden Tag so viele Rosen sandten. Nun sehe ich aber diesen Reichtum und will mich darauf beschränken, Ihnen herzlich zu danken.«

»Und ich darf Ihnen weiter, solange der Vorrat reicht, täglich einen blühenden Gruß senden?« fragte Götz.

Sie betrachtete scheinbar sehr angelegentlich eine besonders schöne Blüte, um ihn nicht ansehen zu müssen.

»Wenn Sie es tun wollen, nehme ich es dankbar an.«

Er sah sie unverwandt an, und das Herz wurde ihm warm. Welch schönes und liebenswertes Menschenkind sie war! Welch beneidenswertes Los dünkte es ihn, der Gatte dieses holdseligen Geschöpfes werden zu dürfen!

Um seine Bewegung zu verbergen, fragte er leichthin:

»Haben Sie sich in Ravenau schon etwas eingelebt, Komtesse?«

»O ja, sogar mit unserem Schloßgespenst habe ich bereits Bekanntschaft gemacht, wenigstens im Bild.«

»Ah, Sie meinen die schwarzäugige Gräfin Katharina Charlotte?«

»Kennen Sie das Bild und seine Geschichte?«

»Gewiß«, sagte er, indem er einige Rosen abschnitt und sie ihr mit einer Verbeugung überreichte. Sie befestigte sie am Gürtel ihres lichtgrauen Kleides. Plaudernd gingen sie dann weiter.

Jutta brannte eine Frage auf dem Herzen. Sie wußte nur nicht, wie sie dieselbe anbringen sollte. Schließlich machte sie ihrem Zaudern ein Ende.

»Herr von Gerlachhausen, Sie sind doch schon ein sehr alter Freund von mir, und ich glaube, Sie meinen es ehrlich mit dieser Freundschaft.«

»Stellen Sie meine Freundschaft auf die schwerste Probe, Komtesse«, sagte er ernst.

»Ich möchte Sie etwas fragen. Es beschäftigt mich im Inneren sehr, und ich kann mich damit nur an Sie oder Ihre Frau Mutter wenden.«

»Bitte, fragen Sie, ich will Ihnen ehrlich Antwort geben, wenn ich es kann.«

Sie holte tief Atem.

»Wissen Sie, weshalb Großpapa meine Mutter noch im Tod mit seinem Haß verfolgt?«

Er erschrak und blickte an ihr vorbei. »Gnädige Komtesse! Wie kommen Sie zu dieser Annahme?«

Sie erzählte ihm die Szene mit dem Großvater am ersten Abend ihrer Anwesenheit in Ravenau.

Inzwischen hatte er Zeit, sich zu fassen. Als sie am Schluß die Frage wiederholte, erwiderte er scheinbar ruhig:

»Ihr Herr Großvater ist ein verbitterter Mann, Komtesse. Wenn er so schlimme Worte über Ihre Mutter gebrauchte, so hatte er sich nicht in der Gewalt.«

»Aber mir ist seitdem zumute, als sei mir etwas Heiliges zerstört worden. Warum spricht Großpapa in dieser Weise von ihr?«

Götz war in großer Verlegenheit, ließ es sich jedoch nicht merken. »Ich kann Ihnen ebensowenig eine Erklärung dafür geben, wie es meine Mutter könnte, Komtesse. Sie sollten nicht darüber grübeln und, wie es Ihr Herr Großvater wünscht, nicht mehr davon sprechen. Lassen Sie sich dadurch die Erinnerung an Ihre Mutter nicht trüben. Es schadet niemand, wenn Sie nur Gutes und Liebes von ihr denken, und Sie selbst macht es glücklich.«

Sie reichte ihm dankbar die Hand.

»Sie finden immer so teilnahmsvolle Worte für mich. Ich danke Ihnen und will Ihren Rat zu befolgen suchen. Der liebe Gott«, fuhr sie mit feuchten Augen fort, »meint es gut mit mir, daß er mich hier so schnell einen wahren Freund finden ließ. Darf ich Ihnen noch eine Bitte vortragen?«

»Ja gewiß, sprechen Sie!«

»Ich möchte gern nach Schönrode. Großpapa will mich nicht begleiten, und allein möchte ich wenigstens das erste Mal nicht dorthin. Großpapa meint, Sie würden mich gern begleiten.«

»Sie machen mir eine Freude, wenn Sie mir gestatten, Sie nach Schönrode zu führen.«

»Ist Ihre Zeit auch nicht zu knapp bemessen?«

»Um Ihnen zu dienen, wird sie immer ausreichen.«

»Wann also?«

»Sie brauchen nur zu bestimmen. Am schönsten wäre es, wir könnten hinüberreiten.«

»Ja, das wäre schön. Aber im Ravenauer Stall gibt es kein Damenpferd. Großpapa wollte Sie ersuchen, mir eines zu besorgen.«

»Dazu ist vielleicht in meinem eigenen Stall Rat zu schaffen.«

Sie waren inzwischen zum Haus zurückgegangen. Auf der Terrasse, im Schatten einer breitästigen Linde, saßen Graf Ravenau und Frau von Gerlachhausen am Teetisch.

»Nun, Jutta, was sagst du zu dem Gerlachhausener Rosenflor?«

»Wundervoll ist der Anblick, Großpapa. Liebe gnädige Frau, Sie können sich alle Zimmer mit diesen herrlichen Blüten schmücken.«

Frau von Gerlachhausen zog das junge Mädchen an ihre Seite.

»Erst wollen wir schnell die ›gnädige Frau‹ zwischen uns streichen, mein liebes Kind. Als Sie noch ein kleines Mädchen waren, sagten Sie ›Tante Anna‹ zu mir. Das wollen wir beibehalten, nicht war, und ich darf Sie beim Rufnamen nennen?«

»Gern. Wenn Sie erlauben, sagte ich also liebe Tante Anna.«

Nach dem Tee führte Frau von Gerlachhausen Jutta im Hause umher. Götz und Ravenau blieben auf der Terrasse.

»Nun, Götz, welchen Eindruck hat Jutta auf Sie gemacht?« fragte der alte Herr gespannt.

»Sie ist ein schönes und liebenswertes Geschöpf«, antwortete er mit großem Ernst.

»Und mein Wunsch erscheint Ihnen nicht mehr unerfüllbar?«

»Mir gewiß nicht. Ich wünschte nur, ich hätte durch die Eröffnung dieses Wunsches nicht die Unbefangenheit verloren. Mir ist, als hätte ich Komtesse Jutta gegenüber ein schlechtes Gewissen, weil wir sie schon vor ihrer Ankunft zum Gegenstand von Unterhandlungen gemacht haben.«

»Götz, schlagen Sie sich solche Sentimentalitäten aus dem Sinn! Es war kein Unrecht dabei, weil wir Juttas Wohl im Auge hatten. Es freut mich, daß Ihnen das Kind gefällt. Juttas Herz ist noch frei, ein unbeschriebenes Blatt. Es wird Ihnen nicht schwer werden, Ihren Namen hineinzuschreiben.«

»Ich würde mich glücklich schätzen, das kann ich ehrlich versichern. Übrigens, vorhin sprach Komtesse Jutta mit mir über ihre Mutter. Es hat sie erschreckt, daß Sie Ihrem Haß Ausdruck gaben, Herr Graf.«

Ravenau stützte den Kopf in die Hand und blickte düster vor sich hin.

»Ich habe mir schon selbst Vorwürfe darüber gemacht, daß ich mich nicht beherrschen konnte. Was sagte sie Ihnen?«

Götz berichtete. Als er geendet, nickte der alte Herr zustimmend.

»Das haben Sie gut gemacht, Götz. Dabei bleiben Sie nur

Jutta gegenüber, solange es geht. Drängt sich aber ihre Mutter später wirklich einmal an sie heran, dann dürfen Sie die Wahrheit nicht unterdrücken. Wie ich Jutta nun kenne, würde sie glauben, kindliche Pflicht geböte ihr, die Mutter aufzunehmen, und das würde die gewissenlose Abenteuerin ausbeuten wollen. Dann wissen Sie ja, was Sie zu tun haben. Ich besitze Ihr Ehrenwort.«

»Das werde ich halten, Herr Graf. Aber ich hoffe, es wird nicht nötig sein. Vielleicht lebt Gräfin Gwendoline wirklich nicht mehr. Möchten Sie nicht einmal Nachforschungen anstellen lassen?«

»Nein, ich will dieses traurige Kapitel meines Hauses nicht noch einmal fremden Blicken preisgeben. Ich weiß, daß sie lebt, wahrscheinlich hat sie sich mit dem Mörder meines Sohnes verheiratet. Eine Gräfin Gwendoline Ravenau gibt es nicht mehr – aber achten Sie auf eine Gwendoline de Clavigny.«

Haß verzerrte wieder seine Züge. Götz legte beschwörend die Hand auf seinen Arm.

»Die Damen können jeden Augenblick zurückkommen.«

Ravenau richtete sich matt empor.

»Ja – richtig, Götz –, ich hoffe, Jutta wird an Ihnen einen verständnisvollen Gatten finden. Und nun ein unverfängliches Thema.« Der Graf sprach von dem Reitpferd für Jutta, und Götz meinte, daß sich ein gutes Damenpferd in seinem Stall befinde.

»Es war für meine Mutter bestimmt, aber sie reitet nicht mehr, weil sie es nicht mehr gut verträgt.«

Die Damen kamen eben zurück und Götz ersuchte Jutta, ihm in die Stallungen zu folgen, wo er ihr das Damenpferd »Wunschmaid« vorführen wollte.

»Wunschmaid? Der Name nimmt mich schon für das Pferd ein«, rief Jutta lebhaft.

Sie gingen zu den Ställen. Jutta fand großen Gefallen an der schöngebauten Fuchsstute mit dem seidig glänzenden Fell, den schlanken Fesseln und dem feingeformten Kopf.

Götz versprach, Wunschmaid am nächsten Tag nach Ravenau zu bringen.

»Wir machen dann gleich einen kurzen Proberitt, wenn es Ihnen recht ist, Komtesse.«

»Sehr recht, Herr von Gerlachhausen. Und wann reiten wir nach Schönrode?«

»Übermorgen?«

»Ja, wenn es Ihre Zeit erlaubt.«

»Also abgemacht!«

Er begleitete sie zu den beiden älteren Herrschaften zurück.

Bald darauf brachen Großvater und Enkelin frohgemut nach Ravenau auf.

Als Götz am nächsten Tage mit Wunschmaid eintraf, erwartete ihn Jutta bereits im Reitkleid.

Er hob sie mit einem kraftvollen Schwung in den Sattel, nachdem er diesen und das Zaumzeug sorgsam nachgeprüft hatte, und bestieg darauf wieder sein Pferd.

Graf Ravenau stand am Fenster und winkte ihnen grüßend nach. Seite an Seite ritten die jungen Leute über den Schloßhof in den Park. Beide saßen sicher und elegant zu Pferde. Ein herzerfreuender Anblick für den Grafen.

Auch Johanna blickte von oben verstohlen dem jungen Paar nach. Als es zwischen dem Säulengang verschwunden war, trat sie in ihr Zimmer zurück und zog einen Brief aus dem Lederbeutelchen, das sie unter dem Kleid trug. Die Adresse auf dem Kuvert war von einer anderen Hand geschrieben als der Brief selbst. Johanna las ihn noch einmal aufmerksam durch. Er lautete:

»Liebe Johanna! Ihren Brief habe ich erhalten. Ich bin sehr zufrieden mit Ihnen. Fahren Sie fort, mir alles, auch was Ihnen unwichtig erscheint, zu berichten. Vor allen Dingen möchte ich genau über den Gesundheitszustand des Grafen Ravenau unterrichtet sein. Versuchen Sie,

Herrn Seidelmann vorsichtig danach auszuforschen oder auch die Haushälterin. Ihre Berichte sind mir sehr wichtig. Vielleicht können Sie auch auf unverfängliche Art erfahren, wie Komtesse Ravenau über ihre angeblich verstorbene Mutter denkt.

Wenn irgend möglich, suchen Sie alle Gespräche des Grafen mit Herrn von Gerlachhausen und auch mit sonstigen Besuchern, die der Graf empfängt, zu belauschen, ich möchte auch wissen, wie sich die Komtesse zu Herrn von Gerlachhausen stellt. Sind die beiden viel zusammen?

Ich verlasse mich auf Sie. Aber Vorsicht – größte Vorsicht, es steht viel auf dem Spiel! Diesen Brief verbrennen Sie, sobald Sie sich alles eingeprägt haben. Führen Sie Ihre Mission zu meiner Zufriedenheit durch, bin ich nicht abgeneigt, die versprochene Belohnung zu erhöhen. Vergessen Sie nicht, daß ich Ihrer jungen Herrin nur nützen kann, wenn Sie unser Geheimnis streng hüten.

Ihre wohlgesinnte
D. von Sterneck.«

Johanna seufzte und verbrannte nachdenklich den Brief an einer Kerze, worauf sie die Asche aus dem Fenster schüttete. Sehr wohl fühlte sie sich bei diesem geheimnisvollen Auftrag nicht. Was Frau von Sterneck nur mit allem bezweckte?

Aber gehorchen mußte sie, nicht nur um ihrer selbst, sondern auch um ihres Bräutigams willen. Das Herz war dem armen Mädchen sehr schwer. Es sprach in Briefen an den Geliebten, die es ihm unter fremden Namen nach New York sandte, nicht von der schwierigen Stellung, um ihn nicht zu beunruhigen, und tröstete ihn mit der Angabe, daß eine kleine Erbschaft zu erwarten sei und sie ihm dann folgen wollte. Die Erbschaft war natürlich die versprochene Belohnung.

Voll Ungeduld erwartete Jutta am übernächsten Tag die mit Götz zum Ritt nach Schönrode verabredete Stunde. Er traf pünktlich ein, um sie abzuholen. Kurz darauf ritten sie im leichten Trab auf dem schattigen Waldweg dahin. Juttas Augen strahlten in ungeduldiger Erwartung. Sie plauderte erregt und erzählte Götz, wie sich Schönrode in ihrer Phantasie zum Märchenschloß gestaltet habe, setzte aber hinzu:

»Ich glaube nicht, daß mein Phantasiebild der Wirklichkeit entspricht.«

»Jedenfalls ist Schönrode eines der schönsten Gebäude im weiten Umkreis«, sagte Götz und beschrieb es ihr in allen Einzelheiten.

»Und all das Schöne soll nun nutzlos vergehen, kein Mensch soll sich daran erfreuen?« meinte Jutta betrübt.

»Vielleicht wählen Sie selbst einmal später Schönrode als Wohnsitz.«

»Wer weiß! Inzwischen wird mir Ravenau so liebgeworden sein, daß ich es nicht verlassen möchte. Es betrübt mich, daß Großpapa diesen schönen Besitz meidet. Warum flieht er die frohen, lichten Erinnerungen und hält nur die trüben Bilder aus der Vergangenheit fest? In Schönrode war mein Vater glücklich. Es müßte Großpapa doch aufheitern, an diese Zeit erinnert zu werden. Statt dessen grübelt er in Ravenau den Tagen nach, als mein armer Vater ein unglücklicher Mann war.«

»Sie werden ihn lehren, sein Herz der Freude wieder zuzuwenden. Schon jetzt scheint er mir aufzuleben. Aber um das zu erreichen, müssen Sie selbst froh und heiter sein und sich von nutzlosen Grübeleien frei halten. Sie haben es mir versprochen.«

»Und ich will es auch halten.«

Schweigend ritten sie auf dem weichen Waldboden weiter. Die Pferde gingen Seite an Seite. Sonnenlichter zitterten durch das Laub und warfen goldene Reflexe auf den Weg.

Juttas Herz klopfte unruhig. Noch nie war sie mit einem

jungen Mann in so nahe Berührung gekommen wie mit Götz Gerlachhausen. Er hatte ihr auf den ersten Blick gefallen, sie durch sein männliches, ritterliches Wesen gefesselt. Die warme Herzlichkeit, mit der er ihr entgegenkam, das gütige Eingehen auf ihre kleinen Leiden und Freuden tat ihrem nach Liebe verlangenden einsamen Herzen wohl. In seiner Gegenwart fühlte sie sich so sicher und geborgen, so wohlig beschützt, daß sie sich freute, wenn er kam. Willenlos und unbefangen gab sie sich der Einwirkung hin, die er auf ihr Herz übte. Sie dachte an nichts weiter als an die beglückende Gegenwart. So reich und schön erschien ihr jetzt das Leben, so dankbar war sie dem Geschick, daß sie wünschte, es möge immer so bleiben.

Daß sie als Erbin von Ravenau und Schönrode Anspruch auf eine bevorzugte Lebensstellung hatte, kam ihr gar nicht zum Bewußtsein. Es gab für sie auch keinen materiellen Unterschied zwischen ihr und dem armen Götz Gerlachhausen. Sie empfand nur froh und beglückt, daß sie in gläubigem Vertrauen zu ihm aufsehen konnte, daß sie auf seine Freundschaft stolz sein durfte. Götz beobachtete verstohlen ihr wechselndes Mienenspiel. Auch er hing seinen Gedanken nach.

Wie elegant sie im Sattel saß, wie stolz und lieblich zugleich die Haltung des feinen Kopfes war! Die langen dunklen Wimpern lagen auf den rosig gefärbten Wangen wie zarte Halbmonde. Die schweren Flechten waren unter dem Reithut festgesteckt.

War es nicht ein schweres Unrecht, eine große Vermessenheit, ohne Liebe um dieses holde Geschöpf zu werben?

Ohne Liebe? Er war ihr herzlich zugetan und bewunderte ihre Schönheit, ihr vornehm liebes Wesen. Aber war das nicht zu wenig, was er ihr bieten konnte, diese warme, herzliche, fast brüderliche Zuneigung? Durfte sie nicht mehr von dem Mann verlangen, dem sie sich zu eigen gab? In diesem Augenblick sah Jutta ihn lächelnd an.

»So schweigsam, Herr von Gerlachhausen?«

Er schrak empor. Unter ihrem Blick wurde ihm doch warm ums Herz. Hätte er sie unbefangen kennengelernt, ohne zuvor Graf Ravenaus Wünsche zu kennen, sicher hätte er dann das, was in seinem Herzen keimte, sich freier entfalten lassen. So lebte gewissermaßen ein Mißtrauen gegen sein eigenes Empfinden in seiner Brust und machte ihn unsicher.

»Ich fürchtete, Sie in Ihren Gedanken zu stören, Komtesse Jutta«, entgegnete er.

Sie wurde rot und blickte an ihm vorbei, als sie fragte:

»Haben wir noch weit bis Schönrode?«

»In fünf Minuten sehen wir es vor uns, wenn wir den Wald verlassen. Dann noch ein kurzer Weg über die Wiesen, und Sie können Ihren Einzug halten.«

Sie verließen den Wald und ritten auf dem schmalen Wiesenweg weiter. Schönrode lag vor ihnen auf einem breit auslaufenden Hügel, an dessen Fuß sich das Dorf hinstreckte.

Vom Schloß bis zum Dorf herab zog sich ein in breiten Terrassen angelegter Garten. In der Mitte führte eine von Taxushecken eingesäumte Treppe empor. Seitlich zog sich der Fahrweg den Hügel hinan bis vor das Schloßtor.

Jutta blickte mit großen, schimmernden Augen auf das herrliche Bild. Ihre Brust hob sich. Schweigend trieb sie ihr Pferd an, als könne sie nicht schnell genug nach oben kommen. »Ich möchte fliegen«, sagte sie, sich plötzlich an ihren Begleiter wendend, mit unterdrücktem Jubel in der Stimme. Er blieb an ihrer Seite. Ihre Erregung schien sich ihm mitzuteilen. Wenige Minuten später waren sie vor dem Schloßtor.

Jutta sah erstaunt auf eine festlich gekleidete Menge, die vor dem Schloß Aufstellung genommen hatte.

Blumen, Kränze, Girlanden, wohin sie blickte! Die Flagge auf dem Turm wurde in diesem Augenblick gehißt, freudig erregte Gesichter blickten ihr entgegen, und ein lauter, einstimmiger Willkommensruf ertönte.

Götz faßte schnell den Zügel ihres Pferdes, weil es unruhig wurde, sprang aus dem Sattel und hob Jutta herab, die ihn mit feuchten Augen anblickte.

»Das ist Ihr Werk«, sagte sie leise.

Er küßte ihr die Hand.

»Hier durfte Ihr Einzug nicht sang- und klanglos sein.«

»Sie sind ein lieber, treuer Freund, ich danke Ihnen von Herzen. Aber nun möchte ich, daß die Leute heute einen Festtag haben. Darf ich das wohl bestimmen?« fragte sie zaghaft.

»Gewiß, Komtesse. Ich werde Ihnen sofort den Verwalter vorstellen. Ihm brauchen Sie nur Ihren Wunsch mitzuteilen, er wird dann das Weitere veranlassen.«

»Wird Großpapa das nicht als einen Übergriff in seine Rechte betrachten?«

Er lachte herzlich.

»Nein, gewiß nicht, es wird im Gegenteil ganz in seinem Sinne sein.«

Da war auch schon der Verwalter, ein hünenhafter, energischer und zugleich bieder aussehender Mann. Nachdem Jutta ihn von ihrem Wunsch verständigte, wandte er sich an die Leute und rief ihnen zu, daß die gnädige Komtesse einen Festschmaus und Freibier spenden wolle. Ein begeistertes Hurra quittierte diese freudige Nachricht.

Jutta nickte den Leuten lachend zu und schritt die Stufen zum Schloßportal empor. Dort stand der Kastellan, Hans-Georgs ehemaliger Kammerdiener, mit seiner Frau. Sie begrüßten die junge Herrin sehr erfreut und meldeten, daß im kleinen Gartensaal eine Erfrischung bereitstehe.

Jutta gönnte sich jedoch nicht viel Zeit zu einem Imbiß. Sie wünschte, sich im Schloß umzusehen. Der Kastellan führte sie durch alle Räume, und mit einem Gefühl der Ehrfurcht besichtigte Jutta die Gemächer. Hier hatten ihre Eltern gelebt, als das Glück ihnen gelächelt, hier war sie selbst geboren worden.

Sie betrat die Zimmer ihrer Mutter. Ein eigenartiger,

feiner Duft hing noch in den seidenen Damastvorhängen. Auf dem Toilettentisch standen noch die Kristallflakons, die sie benutzt, feine Döschen und Schalen. Ein Handschuhknöpfer mit goldenem Griff steckte dazwischen. Auf dem Flügel im Musikzimmer lagen noch die Noten, deren sich die Mutter bediente, und ein feiner, seidener Schal, den sie wohl um die Schultern getragen, hing über einer Sessellehne. Auch in dem Zimmer des Vaters fand Jutta noch Spuren von ihm. Eine Reitpeitsche, eine Zigarrenspitze und Bücher mit Lesezeichen, die seine Hand hineingelegt.

Auch ihr Spiel- und Schlafzimmer neben den Räumen der Eltern waren in demselben Zustand wie damals belassen worden – alles unverändert.

Jutta konnte sich von den Gemächern kaum trennen. Die Zeit verging ihr viel zu schnell, und Götz mußte schließlich zum Aufbruch mahnen.

Von den Wirtschaftsgebäuden herüber scholl lauter Jubel. Die Leute feierten den ersten Besuch ihrer jungen Herrin. Nach freundlichem Abschied vom Verwalter, dem Kastellan und seiner Frau ritten die Herrschaften davon. Jutta hatte baldige Wiederkehr versprochen.

Der Kastellan blickte ihr lange nach.

›Das ist ein anderer Schlag, als ihre leichtfertige Mutter war, gottlob‹, dachte er zufrieden.

Lange ritt Jutta stumm neben Götz dahin, mit verträumten Augen vor sich hinschauend. Er ließ sie gewähren. Er verstand, was in ihr vorging.

»Ich danke Ihnen für diese Stunde«, sagte sie endlich mit zitternder Stimme, indem sie ihm die Hand reichte. Plötzlich stürzten Tränen aus ihren Augen, und Schluchzen erschütterte ihre Brust.

Er drängte sein Pferd dicht an das ihre.

»Nicht weinen, liebe Komtesse, nicht weinen! Das kann ich nicht sehen«, bat er weich.

Aber unaufhaltsam rannen die Tränen über ihr Antlitz.

Die Spannung ihrer Nerven löste sich in diesem wohltätigen Strom.

»Lassen Sie mich weinen. Sie können ja nicht wissen, wie mir in Schönrode zumute war. Meine ganze einsame, liebeleere Kindheit ist wieder aufgewacht.«

Er hielt ihre Hand fest in der seinen. Ein warmes, inniges Gefühl für sie erfüllte sein Herz.

»Sie sollen nie mehr einsam sein, Komtesse«, sagte er bewegt und gelobte sich im Innern, wenn sie wirklich seine Frau werden sollte, sie mit Liebe und Zärtlichkeit zu umgeben. Er erkannte in dieser Stunde, daß seine Zuneigung zu diesem holden Mädchen stärker und edler sei als die rasch aufwallende Leidenschaft damals für Claire Hochheim.

Vielleicht hätte er jetzt nur ein Wort zu sagen brauchen, um dieses junge, liebeheischende Herz dauernd an sich zu ketten. Einen Augenblick stieg die Versuchung dazu in ihm auf. Aber er bezwang sich. Es widerstrebte ihm, ihre weiche Stimmung auszunutzen.

Allmählich beruhigte sich Jutta. Wie die Verheißung eines großen Glücks waren seine Worte in ihr Herz gedrungen.

»Sie sollen nie mehr einsam sein«, hatte er gesagt, und sie glaubte ihm.

Endlich trocknete sie die letzten Tränen von den Wimpern und versuchte zu lächeln.

»Nun schelten Sie mich tüchtig aus«, forderte sie ihn auf.

Aber er tat es nicht, um ihre Tränen nicht von neuem fließen zu machen.

Nach einer Weile waren sie dem Ravenauer Park nahe gekommen. Jutta versuchte, die Tränenspuren zu entfernen.

»Sieht man es mir an, daß ich geweint habe?« fragte sie zaghaft. »Ich möchte nicht, daß Großpapa etwas davon merkt.«

Götz betrachtete sie forschend.

»Ein wenig ja, doch das können wir schnell ändern. Bitte, halten Sie Wunschmaid zurück.«

Er sprang aus dem Sattel und schlang die Zügel um einen Baum. Verwundert parierte sie ihr Pferd und sah zu ihm nieder.

»Was wollen Sie tun?«

Er lachte über ihr verwundertes Gesicht.

»Geben Sie mir Ihr Taschentuch bitte.« Sie reichte es ihm. Er eilte einige Schritte weit in den Wald, wo eine klare Quelle rieselte, feuchtete das feine Tüchlein an und kam damit zurück.

»So, Komtesse, ein kühler Umschlag für die heißgeweinten Augen. Wir rasten ein paar Minuten, bis Sie sie gekühlt haben. Wünschen Sie abzusteigen?«

Sie drückte das feuchte Tuch an die Augen.

»Nein, ich danke Ihnen herzlich. Diese Kur kann ich ja wohl auf Wunschmaids Rücken vornehmen. Aber ich bewundere Sie, denn Sie wissen für jede Not einen Ausweg.«

Er hatte sich an sein Pferd gelehnt und sah zu ihr empor.

»Für jede Not? Das wäre famos, das ließe ich mir patentieren, Komtesse. Doch nun lassen Sie mich sehen, ob Ihre Augen schon besser geworden sind.«

Sie beugte sich zu ihm herab. Er sah ganz ernsthaft prüfend in ihre Augen. Aber unter ihrem Blick verlor sich der ruhige Ausdruck in den seinen. Wie gebannt schauten sie einander an. Heiße Röte stieg in Juttas Wangen, und auch seine Stirn tönte sich dunkler.

Mechanisch faßte er, ohne den Blick von ihr zu wenden, nach dem Tuch, das sie ihm entgegenhielt. Dabei berührten sich ihre Hände. Beide zuckten zusammen und wandten die Blicke voneinander. Er preßte seine Lippen einen Moment auf ihre Hand und ging schnell zu der Quelle. Sie fühlte, daß ihre Hand von der Berührung mit seinen heißen Lippen brannte. Wie im Traum sah sie darauf nieder, wie in seligem, ungläubigem Staunen.

Dieser Ausdruck war noch auf ihrem Gesicht, als er zurückkehrte. Ein unsagbar süßer Reiz lag darüber ausgegossen.

Aber er hatte Zeit gehabt, sich zu fassen, und wollte nicht dem Zauber dieser Stunde erliegen.

Mit einem Scherzwort reichte er ihr das Tuch.

»Sehen Sie, mein Rezept hat geholfen, die Tränenspuren sind fast verwischt«, sagte er, aber ohne sie anzusehen. Er ordnete die Steigbügel an seinem Pferd und stieg wieder auf.

Dann ging es in beschleunigtem Tempo vorwärts! Sie plauderten sehr angelegentlich über gleichgültige Dinge, um den Eindruck jenes Augenblicks der Selbstvergessenheit zu verwischen. Aber die Erinnerung daran blieb in ihnen um so lebendiger.

Als sie bald darauf vor der Freitreppe hielten, winkte ihnen Graf Ravenau vom Fenster aus zu. Er empfing die jungen Leute mit prüfenden Blicken. Jutta berichtete aufgeregt von dem festlichen Empfang, von dem Festschmaus, den sie geben ließ, und fragte, ob er darüber erzürnt sei.

Er streichelte ihre Wangen.

»Nein, Jutta. Durchaus nicht. Betrachte dich schon jetzt als Herrin von Schönrode. Es ist mir ganz lieb, daß du zu den Leuten in Beziehung trittst.«

Götz verabschiedete sich gleich darauf. Ravenau fing den Blick auf, den das junge Paar beim Abschied austauschte. Froh klopfte er Götz auf die Schultern und nickte ihm zu.

6

EINIGE WOCHEN VERGINGEN. Götz und Jutta waren fast täglich beisammen, und wenn sie sich auch beide beherrschten, fühlten sie doch, wie sie sich innerlich näherrückten. Sie lernten sich immer besser kennen, und mit ihrer herzlichen Zuneigung verband sich unbegrenzte Hochachtung.

Leider fühlte sich Graf Ravenau von Tag zu Tag unwohler. Mit Unruhe spähte er, wenn die jungen Leute von einem Ausflug zurückkehrten, ob nicht das erlösende Wort endlich gesprochen worden war.

Warum zögerte Götz noch immer? Daß er und Jutta sich innig zugetan waren, merkte man doch an ihrem Verhalten. An Gelegenheit zur Aussprache fehlte es auch nicht. Es lag also kein vernünftiger Grund vor, noch länger zu zögern.

Ravenau fühlte, daß es hohe Zeit für ihn sei, sein Haus zu bestellen.

Über die Verlobung vermochte der Graf mit Götz noch nicht wieder zu sprechen, weil er mit ihm nie allein war. Aber in seinen Blicken lag oft ein unverkennbares Drängen. Götz verstand das wohl, aber je lieber ihm Jutta wurde, desto peinlicher war ihm der Gedanke an das, was zwischen ihm und dem Grafen vor Juttas Heimkehr verhandelt worden. Er fühlte sich ihr gegenüber unfrei, und so oft es ihn drängte, sie in seine Arme zu schließen, ihre Augen, daraus ihm ihr Gefühl entgegenleuchtete, zu küssen – er hielt das entscheidende Wort dennoch zurück.

Graf Ravenau hatte wieder eine qualvolle Nacht durchlebt. Heftiger als sonst war der Schmerzanfall gewesen, und schwer rann das Blut durch seine Adern. Trotzdem erhob er sich am Morgen, nahm mit Jutta wie sonst das Frühstück und erfreute sich an ihrem Geplauder. Waren seine Schmerzanfälle vorüber, fühlte er sich zwar matt, aber doch nicht so schwach, daß er das Bett hätte hüten müssen. Er wußte aber, daß ein so heftiger Anfall wie in dieser Nacht sein Ende schnell herbeiführen konnte. Jutta sagte ihm beim Frühstück, daß Götz heute wegen dringender Geschäfte nicht kommen werde. Am Tage vorher war sie allein nach Gerlachhausen gefahren, um Tante Anna zu besuchen, an die sie sich wie ein liebendes Töchterchen angeschlossen hatte.

Den Grafen verlangte aber danach, Götz unter Darlegung seines Gesundheitszustandes zur Eile anzuspornen. Er beschloß daher, ihm zu schreiben. Das tat er denn auch gleich nach dem Frühstück und schloß den Brief mit folgenden Worten:

»Zögern Sie nicht länger, um Juttas Hand anzuhalten, mein lieber Götz. Glauben Sie mir, Eile tut not. Die letzten Wochen haben mein bißchen Lebenskraft aufgezehrt. Ich war der Freude zu sehr entwöhnt. Jutta liebt Sie, Götz, ich weiß es, und Sie werden keine Fehlbitte tun. Nehmen Sie mir die lastende Unruhe vom Herzen. Morgen wollen Sie mit Jutta nach Schönrode, sorgen Sie dafür, daß Sie mit ihr als Verlobte heimkehren, ich bitte Sie mit aller Dringlichkeit darum. Geben Sie mir durch den Boten Antwort, ob Sie meinen Wunsch erfüllen wollen. Mit herzlichem Gruß, mein lieber Sohn,

Ihr
Ravenau.«

Götz erhielt diesen Brief in dem Augenblick, als er auf die Felder reiten wollte. Da der Bote Antwort begehrte, ging er in das Haus zurück. Als er Ravenaus Brief gelesen, reichte er ihn stumm seiner Mutter und setzte sich, um die Antwort zu schreiben.

Die Mutter legte, nachdem sie gelesen, den Brief neben Götz und berührte leicht seine Schulter.

»Nun, Junge?«

»Ich werde seinen Wunsch erfüllen, Mama. Aber zuvor soll es zwischen mir und Jutta klarwerden. Ich bin es ihr und mir schuldig.«

Sie strich lächelnd über seine Stirn und nickte ihm verständnisvoll zu. Dann verließ sie ihn.

Götz schrieb.

»Mein lieber, verehrter, väterlicher Freund!
Ihrem Wunsch gemäß will ich morgen mit Jutta sprechen, wenn wir nach Schönrode reiten, obwohl ich gern noch eine Weile gewartet hätte, bis ich ganz fest überzeugt wäre, daß Jutta mich genug liebt, um mir zu verzeihen. Denn das steht bei mir fest, sie muß erfahren, daß wir beide diese Heirat schon besprochen, ehe sie heimkehrte. Ich liebe Jutta unaussprechlich, mein teurer väterlicher Freund. Sie ist in den wenigen Wochen das Glück und der Inhalt meines Lebens geworden. Ich weiß, daß sie mir schrankenlos vertraut, und dieses Vertrauen darf und will ich nicht täuschen. Klar und wahr soll es zwischen uns sein, und dann möge sie entscheiden, ob sie, meine angebetete Frau sein kann und will.
Daß Sie sich so leidend fühlen, tut mir herzlich leid. Ich verstehe Ihren Wunsch nach Beschleunigung der Entscheidung. Deshalb darf ich nicht mehr zögern, mit Jutta zu sprechen. Hoffentlich sind ihr Vertrauen und ihre Liebe zu mir groß genug, um mir trotz allem zu glauben, daß ich sie mit dem heiligsten, tiefsten Empfinden eines gereiften Mannes liebe. Ich will es an heißen Bitten nicht fehlen lassen, und so Gott will, bringe ich Ihnen Jutta morgen als meine Braut heim. Liebt sie mich wahrhaft,

so wird sie mir verzeihen, daß ich gegen sie fehlte, ehe ich sie kannte, daß es mich einen Augenblick lockte, Herr von Ravenau und Schönrode zu werden. Heute sehne ich mich nur danach, Jutta als mein Weib heimführen zu dürfen, gleichviel, ob sie die Erbin von Ravenau und Schönrode oder eine Bettlerin ist.

Mit herzlichen Grüßen und Wünschen für Ihre Gesundheit Ihr treu ergebener Götz Gerlachhausen.«

Als der Graf diesen Brief gelesen, sah er eine Weile mit zufriedenem Lächeln darauf nieder. Juttas Glück schien ihm in Götz' Händen wohlgeborgen. Er zweifelte keinen Augenblick, daß sie ihm verzeihen werde. Eigentlich gab es ja gar nichts zu verzeihen, Götz war offenbar zu gewissenhaft. Aber mochte es drum sein, mochte er ihr alles beichten.

Gerührt las er den Brief noch einmal durch. Schade, daß er ihn Jutta nicht geben durfte. Dieser Brief hätte ja alles gesagt, was Götz für nötig hielt. Aber erhalten sollte sie ihn eines Tages doch, wenn sie erst Götz' Gattin geworden war.

Es drängte ihn, ihr etwas recht Liebes zu erweisen, ihr einmal zu offenbaren, was sie ihm geworden und warum er sie so lange ferngehalten hatte. Rasch entschlossen begann er zu schreiben. Auch er legte für sein Enkelkind eine Beichte ab. Sein Schreiben schloß er mit Götz' Brief zusammen in ein Kuvert. Darauf schrieb er mit festen Zügen:

»Für meine herzlich geliebte Enkelin Jutta.«

Dann trat er zu einem Wandschrank, dessen Tür sich glatt, mit Tapete bespannt, in das Mauerwerk fügte. Er öffnete sie mit einem seltsam geformten kunstvollen Schlüssel. Der Wandschrank, feuersicher in das Mauerwerk eingebaut, enthielt kostbare Silber- und Goldgeräte und in einer silbernen Kassette den Familienschmuck der Ravenaus, den

Gwendoline damals verpfändete. Auf dem Deckel der Kassette befand sich das Wappen der Ravenaus in Gold, mit erhabenen Ornamenten verziert. Ein leiser Druck auf eine winzige Rosette in den Ornamenten öffnete den Deckel der Kassette. Ohne den Schmuck eines Blickes zu würdigen, legte der Graf das verschlossene Kuvert mit den beiden Briefen hinein und verschloß den kostbaren Behälter.

Dann ließ er durch Seidelmann seine Enkelin rufen, die bald darauf eintrat.

»Willst du nicht ein wenig draußen im Sonnenschein sitzen, Großpapa? Es ist so herrlich im Freien.«

»Gleich gehe ich mit dir, mein Kind. Zuvor will ich dir etwas sagen. Sieh hier diese Kassette, sie enthält die Familiendiamanten der Ravenaus und Schönrodes, später kannst du dich daran erfreuen, heute will ich dir nur zeigen, wie die Kassette zu öffnen ist.«

Nachdem dies geschehen war, stellte er die Kassette wieder in den Wandschrank, schloß ihn ab und überreichte Jutta den Schlüssel.

»Wahre ihn gut, Kind. Der Schrank enthält viele Kostbarkeiten, und das Schloß ist so kompliziert, daß es unendliche Mühe kosten würde, es ohne Schlüssel zu öffnen. Am besten trägst du den Schlüssel an einer Kette um den Hals.«

Jutta versprach, das zu tun, fragte aber:

»Warum gibst du ihn mir, Großpapa?«

»Weil der Inhalt dieses Schrankes mich nicht interessiert und doch eines Tages dir gehören wird. Versprich nur, solange ich lebe, die Kassette nicht zu öffnen, außer, wenn ich dir die Erlaubnis dazu gebe.«

»Ich verspreche es dir. Und jetzt laufe ich gleich hinauf, um ein Kettchen für den Schlüssel zu holen. Dann komme ich zurück, und wir gehen ins Freie.«

In der Nacht, die diesem Tag folgte, wurde es plötzlich im Schloß lebendig. Der Graf hatte wieder einen besonders schweren Anfall seines Leidens. Er verlangte nach seiner

Enkelin und ließ einen reitenden Boten nach Gerlachhausen senden, Götz um sein Kommen zu bitten.

Jutta eilte bestürzt herbei. Sie hatte nur einen Morgenrock übergeworfen. Ihr Haar hing in zwei schweren Flechten über den Rücken.

Als sie mit bleichem Gesicht das Schlafzimmer ihres Großvaters betrat, fand sie ihn halbaufgerichtet, von Seidelmann und Frau Wohlgemut unterstützt, im Bett sitzend. Schwer rang er mit der furchtbaren Atemnot, die ihn befallen hatte. Sein Gesicht war bläulich verfärbt, und die Augen starrten ihr angstvoll entgegen.

Sie eilte an seine Seite und beugte sich über ihn.

»Großpapa, lieber Großpapa!« rief sie schmerzerfüllt.

Er tastete nach ihrer Hand und sah sie mit einem unbeschreiblichen Blick an.

»Mein – liebes – Kind!«

Jutta küßte seine Hand und wandte sich an Frau Wohlgemut.

»Wurde zum Arzt gesandt? Was ist denn mit Großpapa geschehen?«

»Der Arzt muß bald hier sein. Es ist ein Anfall des alten Leidens unseres Herrn Grafen.«

Jutta blickte betroffen auf.

»Hatte Großpapa schon öfter solche Anfälle?«

»Ja, leider, aber nicht so schlimm wie heute. Es ist auch schon nach Herrn von Gerlachhausen geschickt worden.«

Jutta umfaßte fest die Hand des Kranken.

»Mein armer, lieber Großpapa, ich wußte ja gar nicht, daß du so krank bist! Kann ich dir nicht helfen?«

Der Kranke schüttelte leicht den Kopf und machte Seidelmann ein Zeichen. Der verstand es sofort und reichte dem Kranken ein neues Pulver.

Danach wurde der Atem etwas leichter. Ravenau ließ sich noch mehr aufrichten. Dann zog er Jutta zu sich.

»Kind – meine Jutta! Du kannst mir das Sterben leicht machen.«

»Großpapa!«

»Ja – es geht zu Ende. Willst du?«

»Alles will ich tun, nur bleibe bei mir«, sagte sie mit tränenerstickter Stimme. »Ich habe ja niemand als dich, mein lieber, lieber Großpapa!«

»Doch! Götz Gerlachhausen – Jutta, liebst du ihn?«

Sie verbarg erglühend ihr Gesicht in seinen Händen und nickte nur ein wenig. Aber er hatte es bemerkt, und auch Jettchen Wohlgemut, die mit ihrem guten Gehör die geflüsterte Frage vernommen, sah das Erglühen und das leise Neigen des jungen Kopfes.

Ravenaus Augen leuchteten in verklärtem Glanz.

»Dann ist alles gut. Götz wird dein Schutz und Schirm sein – bald ist er hier – dann – dann –«

Ein neuer Herzkrampf hinderte ihn am Weitersprechen. Juttas Hand umklammernd, bäumte er sich auf, dann fiel er plötzlich zurück, ein stöhnender Seufzer entfloh seinen Lippen und darauf noch ein Ruf:

»Jutta! Hans Georg!«

Mit brechenden Augen sank der letzte Ravenau zurück auf sein Lager.

Der Arzt, der bald danach eintrat, konnte nur noch den erfolgten Tod konstatieren.

Jutta saß wie erstarrt neben dem Sterbebett. Jettchen Wohlgemut, die weinend ihrem Herrn die Augen zugedrückt hatte, wollte Jutta fortführen, aber sie schüttelte stumm den Kopf und barg das Gesicht in den Händen.

Sie konnte das Grauenvolle nicht fassen. Zum erstenmal in ihrem Leben hatte sie einen Menschen sterben sehen, und es war der einzige, mit dem sie Bande des Blutes verknüpften.

So fand sie Götz, als der Morgen bereits graute. Er war so schnell wie möglich von Gerlachhausen abgeritten, kam aber nun doch zu spät.

Voll herzlicher Liebe und Teilnahme faßte er Juttas Hände und zog sie sanft von ihrem bleichen, Gesicht. Wie rührend kindlich sie aussah mit den herabhängenden Flechten!

»Jutta – liebe Jutta!« sagte er bewegt.

Tiefes Rot färbte ihr Gesicht. Sie gedachte der letzten Worte des Großvaters.

»Großvater hat Sie sehr liebgehabt, Herr von Gerlachhausen. Er erwartete sehnlichst Ihre Ankunft. Nun ist er doch ohne Abschied von Ihnen gegangen.«

Er küßte ihre zarte Hand, die sie rasch zurückzog.

»Hat er meiner gedacht? Keinen Auftrag – nichts für mich hinterlassen?«

Sie erglühte, und er sah es mit unruhigem Herzklopfen.

»Einen Auftrag, nein – aber er sprach noch zuletzt von Ihnen. Ich – erzähle Ihnen das vielleicht alles später einmal, jetzt kann ich es nicht. Ich bin so erschreckt, so verzagt. Dies schnelle Ende! Nun habe ich den letzten Menschen verloren, der mir gehörte!«

»Kommen Sie zu meiner Mutter nach Gerlachhausen, Jutta«, bat er dringend.

Sie schüttelte den Kopf.

»Ich danke Ihnen, aber ich bleibe bei ihm, bis er in die Gruft getragen wird.«

»Dann gestatten Sie mir wenigstens, Ihnen alles abzunehmen, wofür in der nächsten Zeit zu sorgen ist. Es wird jetzt manches Ungewohnte an Sie herantreten, denn Sie sind jetzt die Herrin von Ravenau und Schönrode.«

Sie reichte ihm die Hand und sah mit tränenden Augen zu ihm auf. Es lag schrankenloses Vertrauen in ihrem Blick.

»Ich nehme Ihre Hilfe unbedenklich an. Sie werden alles in Großpapas Sinn ordnen. Und, nicht wahr, Sie helfen mir, mich in den neuen schweren Pflichten zurechtzufinden?«

»Sie dürfen unbedingt auf mich zählen, teure Komtesse.«

7

IN DEN NÄCHSTEN Tagen stürmte so viel Neues und Ungewohntes auf Jutta ein, daß sie nicht zur Ruhe kam. Götz und seine Mutter standen ihr zur Seite und nahmen ihr das Schwerste ab.

Ein glänzendes Trauergefolge traf in Ravenau ein. In Vertretung des Herzogs erwies der Erbprinz dem letzten Ravenau die letzte Ehre. Bei dieser Gelegenheit stattete er auch seinem Freund Götz Gerlachhausen einen Besuch ab.

Götz besorgte hauptsächlich die Regelung der geschäftlichen Angelegenheiten. Ravenau und Schönrode wurde von tüchtig erprobten Beamten verwaltet, und es hielt nicht gar so schwer, dafür zu sorgen, daß die Geschäfte in Ruhe und Ordnung, wie zu Lebzeiten des Grafen, weitergeführt wurden. Jutta wurde mündig gesprochen, wie es Graf Ravenau in seinem Testament bestimmt hatte. Sie war nun unbeschränkte Gebieterin über Ravenau und Schönrode. Das Testament bestimmte auch, daß die alten Diener und Beamten ihre Stellungen behalten sollten, und setzte verschiedene Legate aus.

Jutta verlebte diese unruhigen Tage wie in einem bangen Traum. Hätte sie Frau von Gerlachhausen nicht zur Seite gehabt, wäre sie außerstande gewesen, den zahlreichen Trauergästen gegenüber die Pflichten der Wirtin zu erfüllen.

Wie erlöst atmete sie auf, als alle wieder abgereist waren.

Frau von Gerlachhausen wollte Jutta nun mit in ihr Haus nehmen, aber diese dankte. Wohl gewährte es ihr großen Trost, diese beiden treuen Freunde zu besitzen, aber ihrem Verhältnis zu Götz war durch die letzten Worte des Großvaters das Unbefangene genommen worden. Sie hatte ihn nur zu gut verstanden und wußte, daß er mit dem Wunsch entschlafen war, sie und Götz für das Leben zu vereinen. Der schnell eingetretene Tod hinderte ihn daran. Jutta fühlte tiefen Schmerz darüber. Wäre sie jetzt Götz Gerlachhausens Braut gewesen, so wäre sie geborgen und alles klar zwischen ihnen. So aber hatte der Tod des Großvaters vorläufig eine Scheidewand zwischen ihnen aufgerichtet. Ihr zartes mädchenhaftes Empfinden veranlaßte sie, Götz gegenüber zurückhaltender zu sein als bisher, denn sie war sich erst in der Todesstunde des Großvaters richtig bewußt geworden, daß das, was sie für Götz empfand, Liebe sei – eine tiefe Liebe, die sie traurig und selig zugleich machte.

Sie wußte nicht, ob Götz diese Neigung erwiderte. Zuweilen glaubte sie es fest, zuweilen kamen ihr aber Zweifel, ob seine warme Herzlichkeit nicht einem nur freundschaftlichen Gefühl entsprang.

In dieser Situation gab sie sich Götz gegenüber scheinbar kühler. Die innige Vertraulichkeit wich einer gehaltenen Freundlichkeit.

Götz bemerkte das sehr wohl, und in seinem Herzen erwachte eine peinvolle Unruhe. Was hatte Jutta so verändert? Er suchte eine Erklärung dafür und fürchtete, sie endlich gefunden zu haben. Nach einigen Tagen fragte er sie, ob sie ihm noch nicht mitteilen möchte, was Graf Ravenau zuletzt über ihn gesprochen hatte. Da wurde sie sehr verwirrt und antwortete schließlich stockend und verlegen, sie könne sich dessen nicht mehr erinnern, sie habe es über all den Sorgen vergessen.

Götz merkte ihr an, daß sie bewußt eine Unwahrheit sagte und zugleich sich dieser Unwahrheit schämte.

Sie ging sofort zu einem geschäftlichen Thema über und war so formell und kühl, daß es ihm weh tat.

Alles das erklärte er sich nur dahin, daß Graf Ravenau seinen Wunsch, Jutta mit Götz zu verbinden, ihr in seiner letzten Stunde eröffnet hatte und sie diesen Wunsch nicht erfüllen wollte.

Hatte er sich getäuscht, liebte sie ihn nicht? Sah sie in ihm nur den Freund, und war sie nun durch des Großvaters Worte erschreckt worden?

Vielleicht hätte er allem Hangen und Bangen ein Ende gemacht und eine offene Aussprache herbeigeführt, aber die Rücksicht auf Juttas Trauer hielt ihn davon ab.

Frau von Gerlachhausen, der gegenüber Jutta unverändert war, suchte die junge Dame nochmals zu bewegen, wenigstens die nächsten Wochen in Gerlachhausen zu verbringen. Jutta, deren Blick dabei die erwartungsvollen Augen Götz Gerlachhausens traf, errötete jäh und antwortete, sich abwendend, fast heftig:

»Ich bleibe in Ravenau, Tante Anna. Sie werden sehen, dort komme ich am ersten wieder ins Gleichgewicht.«

Götz' Mutter erfaßte ihre Abwehr viel richtiger als er und lächelte über sein betroffenes Gesicht.

»Sie werden aber nicht so einsam in Ravenau hausen können, liebe Jutta. Haben Sie sich das schon überlegt?« fragte sie mit ruhiger Freundlichkeit, als habe sie Juttas Absage gar nicht berührt.

»Ja, ich habe schon darüber nachgedacht, liebe Tante Anna. Ich werde wohl eine Gesellschafterin und Anstandsdame engagieren müssen.«

»Sehr richtig, mein liebes Kind. Eine liebenswürdige Dame, nicht zu alt und nicht zu jung, heiter, gewandt und zuverlässig! Wir wollen nach einer solchen Dame d'honneur baldigst Umschau halten.«

»Darf ich Ihnen ein hierauf bezügliches Inserat besorgen, Komtesse?« fragte Götz höflich.

»Wenn ich Sie damit behelligen darf?«

Er sah sie vorwurfsvoll an.

»Haben Sie denn je den Eindruck gehabt, es könne mich etwas ›behelligen‹, was Ihrem Wohl diente?«

Sie reichte ihm schnell die Hand.

»Seien Sie nicht böse, Sie lieber Freund! Haben Sie im Hinblick auf die jüngst vergangene Zeit ein wenig Geduld mit mir!«

Er preßte ihre Hand an seine Lippen.

»Mir ist, als läge seit den letzten Tagen etwas Fremdes zwischen uns, Komtesse. Ich fürchtete fast, Ihre Freundschaft verscherzt zu haben, wußte aber nicht, wodurch.«

Sie schüttelte errötend den Kopf.

»Ich kann mir nicht denken, daß irgend etwas Ihnen meine Freundschaft zu entziehen vermöchte. Sind Sie nicht in all der Zeit hilfreich wie ein Bruder gewesen? War ich anders als sonst zu Ihnen, so bedenken Sie, was alles auf mich einstürmte. Großvaters Tod, die vielen Menschen in Ravenau und meine neue verantwortungsvolle Stellung, der gegenüber ich ziemlich ratlos bin! Was sollte ich ohne Ihre Freundschaft, ohne Tante Annas Güte und Liebe anfangen?«

Mit dieser Erklärung mußte er sich zufriedengeben. Daß sie sein Verhältnis zu ihr als ein brüderliches, freundschaftliches betonte, schien ihm zart andeuten zu wollen, er möge die Hoffnung auf eine innigere Verbindung schwinden lassen.

Als er später mit seiner Mutter allein war, sah er sehr niedergeschlagen aus. Die Mutter betrachtete ihn eine Weile prüfend. Endlich berührte sie seinen Arm.

»Warum bist du so verstimmt, Götz?«

Er antwortete ausweichend.

Sie fuhr über sein kurzgeschnittenes Haar und sagte: »Nicht wahr, nun sitzt es doch tiefer, als du dachtest? Jutta hat die alte Liebe siegreich aus dem Feld geschlagen, wie?«

Er nickte.

»Was nützt es mir aber, Mama? Du hast ja selbst gehört, wie sie unser Verhältnis auffaßt, brüderlich – freundschaftlich. Leider habe ich ganz andere Wünsche.«

Sie lachte leise.

»Oh, ihr Herren der Schöpfung, was für anspruchsvolle Leute ihr seid! Solange ihr selbst lau empfindet, sollen auch die Frauen um Himmels willen nicht mit stürmischen Gefühlen lästig fallen. Habt ihr aber einmal Feuer gefangen, dann soll die Frau, die ihr liebt, sofort lichterloh brennen.«

»Du kennst meine Herzensnot und lachst!«

»Ja, du lieber, törichter Junge, und da ich lachen kann, darfst du getrost glauben, daß ich deine Schmerzen für eingebildet halte. Glaube nur dem klaren Blick deiner Mutter. Jutta liebt dich. Gerade ihr zurückhaltendes Wesen beweist mir, daß sie sich in der letzten Zeit ihrer Liebe bewußt geworden ist. Nun verschanzt sie sich in ihrer mädchenhaften Sprödigkeit hinter diese ›Brüderlichkeit‹, damit nur ja niemand merkt, wie ihr ums Herz ist.«

Er umarmte die Mutter ungestüm.

»Glaubst du das wirklich, Mama?«

»Ja doch, Götz! Ravenau ist leider zur Unzeit gestorben. Du wirst nun fein geduldig noch eine Weile warten müssen, bis du ihr sagen kannst, wie lieb du sie hast, die süße kleine Jutta. Aber sei unbesorgt! Laß sie nur ein wenig mädchenhafte Komödie spielen und lerne, dahinter ihr wahres Gesicht zu entdecken. Und noch eins, Götz. Wir müssen so schnell wie möglich eine Dame finden, die Jutta zur Seite steht. Wer weiß, ob ihre Mutter hier nicht eines Tages auftaucht, wenn sie erst erfährt, daß Graf Ravenau tot ist. Da wird es für alle Fälle gut sein, sie unter sicherem Schutze zu wissen.«

»Daran habe ich auch schon gedacht und vorläufig Frau Wohlgemut beauftragt, mir alles Ungewöhnliche sofort melden zu lassen.«

»Das ist gut. Auf die alte treue Seele kann man sich verlassen.«

Jutta saß allein in ihrem Salon. Sie hielt ein Buch, das sie sich aus der reichhaltigen Schloßbibliothek geholt hatte, in den Händen. Aber ihr träumerischer Blick schweifte darüber hinaus ins Weite. Ihre Gedanken weilten in Gerlachhausen, wie fast immer, als ob dort ihre eigentliche Heimat wäre. In der stillen Zeit nach des Großvaters Tod fand sie viel Muße zum Sinnen und Grübeln. Zuweilen wanderten ihre Gedanken zurück in die Vergangenheit. Manches im Wesen des Großvaters war ihr unverständlich geblieben. Wenn sie darüber nachdachte, ertönte immer wieder die Frage in ihrer Seele: Was hatte der Großvater gegen meine Mutter? Etwas Geheimnisvolles mußte geschehen sein.

Sie hatte Götz versprochen, nicht mehr über diese Dinge zu grübeln, und sie wollte das Versprechen halten. Daher flüchtete ihre Seele von den dunklen, quälenden Bildern zu ihm, dem treuesten, uneigennützigsten Freund, den sie liebte mit der innigen Glut ihres reinen Herzens.

Johanna trat ein und brachte ihrer jungen Herrin ein Glas Limonade, das diese verlangt hatte. Als sie es vor Jutta hingestellt, blieb sie zögernd stehen. Jutta blickte auf. »Wünschen Sie etwas, Johanna?« Die Zofe ließ die Stickerei an ihrer Schürze verlegen durch die Finger gleiten.

»Gnädigste Komtesse verzeihen. Ich hätte etwas auf dem Herzen – wenn mir Komtesse gütigst gestatten wollten –«

»Sprechen Sie, Johanna.«

»Ich habe gehört, daß gnädige Komtesse eine Dame zur Gesellschaft und Repräsentation engagieren wollen. Komtesse sind immer so gütig zu mir, und da wollte ich nur sagen, daß ich eine Dame wüßte, die sehr gut dazu passen würde.« Jutta horchte auf.

»Reden Sie ohne Scheu, Johanna. Was Sie sagen, interessiert mich sehr. Ich suche allerdings eine Gesellschaftsdame. Von wem sprechen Sie?«

»Von Frau von Sterneck, meiner früheren Herrin.«

»Wie? Hat Frau von Sterneck die Absicht, eine solche Stellung anzunehmen?«

»Jedenfalls weiß ich, daß ihre Vermögensverhältnisse sie dazu nötigen. Sie hat alles verloren und wäre in der bedrängtesten Lage, wenn ihr Neffe, der sie zärtlich liebt, seine schmale Rente nicht mit ihr teilte. Aber für die Dauer geht das nicht, und Frau von Sterneck sucht schon eine ganze Weile nach einer passenden Stellung. Bis jetzt hat sie noch nichts gefunden, und als ich nun hörte, daß Komtesse eine solche Dame suchen, da dachte ich an meine frühere Herrin. Sie wäre gewiß sehr geeignet für einen solchen Posten, denn sie ist eine sehr kluge und feine Dame. Da hab' ich mir nun gedacht, ich könnte vielleicht gnädiger Komtesse und Frau von Sterneck zugleich helfen.«

»Das ist ja ein prächtiger Zufall, Johanna«, rief sie lebhaft. »Sie sind wirklich ein gutes und kluges Mädchen. Das läßt sich erwägen. Wie alt ist Frau von Sterneck?«

»Ich denke vierzig bis fünfundvierzig Jahre, genau kann ich es nicht sagen.«

»Und sie ist Witwe?«

»Ja, Herr von Sterneck lebte schon nicht mehr, als ich zu ihr kam.«

»Hat sie Kinder?«

»Nein, nur einen früh verwaisten Neffen, den sie an Kindes Statt zu sich nahm. Er ist der Sohn einer Schwester des Herrn von Sterneck und wird wohl schon oder bald dreißig Jahre alt sein. Er studiert in Berlin. Ich glaube, sonst hat sie keine Verwandten.«

»Also ist sie im Grunde ganz frei und unabhängig?«

»Gewiß.«

»Sie würde also schnell hierherkommen können? Ich müßte sie sehr bald erwarten dürfen.«

»Ich glaube, Frau von Sterneck könnte sofort eintreffen.«

Jutta sah nachdenklich vor sich hin. Nach einer Weile fragte sie weiter:

»Ist Frau von Sterneck eine sympathische Erscheinung?«

»O ja, sie ist noch immer eine sehr stattliche Dame.«

»Blond oder brünett?«

»Sie hat schwarzes Haar und dunkle Augen und einen sehr weißen, zarten Teint mit nur wenig Falten im Gesicht.«

Jutta richtete sich entschlossen auf.

»Johanna, gut, geben Sie mir die Adresse der Dame. Ich werde an sie schreiben. Ihre Treue und Anhänglichkeit spricht sehr zu ihren Gunsten.«

Johanna knickste.

»Gnädige Komtesse sind sehr gütig.«

Jutta lächelte freundlich.

»Tun Sie doch gerade, als hätte ich Ihnen etwas Gutes erwiesen! Aber warten Sie, Johanna, Ihre seltene Treue verdient wirklich eine Anerkennung.«

Sie erhob sich und nahm aus ihrer Schmuckschatulle ein goldenes Kettenarmband, das sie in der Pension oft getragen hatte.

»Hier, Johanna, das nehmen Sie zur Belohnung.«

Die Zofe wurde dunkelrot und küßte ihrer Herrin die Hand, Tränen in den Augen. Jutta wehrte ihren Dank ab.
»Gehen Sie jetzt, Johanna, ich will sogleich schreiben.«

Die Zofe blieb draußen vor der Tür stehen und drückte die Hände vor die Augen.

»Lieber Gott, hilf nur, daß es kein Unglück gibt! Mir ist so bange. Wenn es nur meiner Komtesse zum Glück ausschlägt, daß Frau von Sterneck hierher kommt.«

Sie ging in ihr Zimmer, zog den Brief hervor, den sie am Morgen von Frau von Sterneck erhalten, und las ihn noch einmal durch, um zu erkennen, ob sie alles richtig gemacht habe. Der Brief enthielt eine genaue Instruktion, was Johanna ihrer jungen Herrin sagen sollte, damit sie Frau von Sterneck engagiere. Sie überzeugte sich, daß sie sich genau an die Vorschrift gehalten hatte. Dann verbrannte sie den Brief.

Der Zofe war ihr heimliches Tun schon lange sehr unbehaglich geworden. Am liebsten hätte sie keine Berichte mehr an Frau von Sterneck gesandt. Aber sie fürchtete ihren Zorn, und dann lockte sie auch die Belohnung.

Frau von Sterneck versicherte immer wieder, alles geschähe nur, um Komtesse Jutta vor heimlichen Feinden zu beschützen, und im letzten Brief schrieb sie, Johanna werde ihres geheimen Dienstes enthoben sein, sobald Frau von Sterneck als Gesellschaftsdame der Komtesse engagiert sei. Dann würde sie ihre Belohnung erhalten und könne abreisen, um sich mit ihrem Bräutigam zu vereinen.

Trotz dieser Versicherung war Johanna sehr ängstlich und niedergedrückt. Sie wünschte sehnlichst, Ravenau verlassen zu können.

Jutta hatte Frau von Sterneck kurzentschlossen gefragt, ob sie zu ihr kommen wolle. Am nächsten Tage fuhr sie nach Gerlachhausen, um mit Tante Anna die Angelegenheit zu besprechen. Auch diese kluge Frau fand nichts Befremdliches in dem Angebot. Jedenfalls war es ein sehr günstiger Zufall, und Johannas Fürsprache konnte man schon gelten lassen, denn Dienstboten pflegen ihre Herrschaften meist sehr genau zu kennen und scharf zu kritisieren.

Götz, der bald nach Juttas Ankunft heimkehrte und sie erfreut begrüßte, war viel zu sehr in ihren Anblick vertieft, als daß er sonderlich auf das gehört hätte, was die Damen verhandelten. Zwischen ihm und Jutta herrschte jetzt ein eigentümlicher Ton, eine tastende Unsicherheit und ein unruhiger Wechsel zwischen Zurückhaltung und hervorbrechender Herzlichkeit. Die Zuversicht seiner Mutter hatte Götz wieder Hoffnung gemacht. Aber das durch die Trauerzeit bedingte Warten wurde ihm zur Qual. Immer sehnsüchtiger verlangte er danach, Jutta eine Beichte abzulegen und ihr zu bekennen, wie unaussprechlich lieb er sie habe.

Frau von Sterneck antwortete umgehend und erklärte sich in der liebenswürdigsten Weise bereit, die sich darbietende Stellung anzunehmen. Einige Briefe wurden noch gewechselt und dann der Termin der Ankunft festgesetzt.

Jutta fuhr selbst nach Schwarzenfeld zum Bahnhof, um Frau von Sterneck abzuholen. Die Ravenauer Equipage mit dem vornehm livrierten Diener und Kutscher auf dem Bock erregte Aufmerksamkeit in dem stillen Städtchen, wo man außer dem Hofwagen der Herzogin-Mutter selten ein elegantes Fuhrwerk sah.

Neugierige Blicke folgten der schönen, jungen Dame in Trauerkleidung, die im Wagen saß.

Nach einigen Minuten hielt der Wagen vor dem Bahnhofsgebäude. Der Diener half Jutta beim Aussteigen. Dann folgte er ihr in respektvoller Entfernung auf den Perron.

Die wenigen Menschen, die hier den Zug erwarteten, starrten wie hypnotisiert auf die elegante junge Dame. Der Stationsvorsteher grüßte mit vielen Verbeugungen.

Der bald danach einlaufende Schnellzug hatte nur eine Minute Aufenthalt. Jutta musterte erwartungsvoll die Aussteigenden. Welchen Eindruck würde Frau von Sterneck auf sie machen?

Unter den Passagieren befand sich nur eine Dame, die in Betracht kommen konnte. Jutta gab dem Diener einen Wink, ihr zu folgen, und schritt selbst der Dame entgegen. Zu gleicher Zeit hatte die Angekommene, die ein einfaches, aber sehr kleidsames Reisekostüm trug, Jutta bemerkt und ging nun ihrerseits auf sie zu.

Es war eine große, junonische Erscheinung, eine schöne Frau, die offenbar mit allen Mitteln diese Schönheit zu erhalten strebte. Aber die Jugendfrische war verschwunden. Die Züge begannen bereits schlaff zu werden, und die Haut zeigte bei schärferer Beobachtung jenes Verblühtsein, das an welkende Rosenblätter erinnert. Immerhin machte sie noch einen vorteilhaften Eindruck auf Jutta, die zu unerfahren war, um zu erkennen, was an dieser Erscheinung echt oder unecht sein mochte. Mit forschenden Blicken sahen sich die beiden Damen entgegen.

»Frau von Sterneck?« fragte Jutta.

In den Augen der Angekommenen zuckte es seltsam auf. Fliegende Röte stieg in ihr Gesicht. Das war jedoch das einzige, was ihre innere Unruhe verriet. Mit liebenswürdigem Lächeln neigte sie das Haupt.

»Komtesse Ravenau? Wie liebenswürdig, Komtesse, daß Sie sich selbst bemühen!«

Jutta reichte ihr die Hand.

»Seien Sie mir willkommen, gnädige Frau. Ich hoffe, wir werden uns gut miteinander einleben.«

»Das hoffe ich auch, Komtesse«, erwiderte diese und führte etwas nervös ihr Taschentuch an den Mund.

»Es ist heute sehr heiß, Sie hatten gewiß eine beschwerliche Fahrt? Wollen Sie vielleicht erst eine Erfrischung im Wartesaal nehmen? Wir haben noch eine Stunde Fahrt.«

Frau von Sterneck hatte inzwischen dem Diener ihren Gepäckschein ausgeliefert, und dieser entfernte sich damit.

»Ich danke sehr, Komtesse, ich bedarf keiner Erfrischung.«

Die Damen schritten langsam den Perron entlang. Frau von Sterneck ließ dabei ihre Augen keinen Moment von Juttas Gestalt. Fest umklammerte ihre Hand die kleine braune Reisetasche, die sie dem Diener nicht überlassen hatte. Ihre Lippen zuckten nervös, und ein seltsamer Ausdruck lag in ihren Augen.

Der Diener eilte, nachdem er die Beförderung des Gepäcks nach Ravenau besorgt, herbei, um den Damen beim Einsteigen zu helfen. Die braune Handtasche behielt Frau von Sterneck auch jetzt bei sich, als fürchte sie, sie könne verlorengehen.

Unterwegs tauschten die Damen einige Liebenswürdigkeiten aus und unterhielten sich über die Umgegend. Frau von Sterneck berührte diskret den Trauerfall, der Jutta betroffen. Jutta erzählte, wie anhänglich und ergeben Johanna ihrer früheren Herrin sei.

Dabei sahen sich die Damen oft verstohlen an, als wollten sie ergründen, ob sie einander sympathisch sein würden. Zuweilen lag ein feiner, lauernder Zug in Frau von Sternecks Gesicht.

In Ravenau wurden die Damen von Seidelmann und Jettchen Wohlgemut empfangen. Im Hintergrund der Halle tauchte Johannas blonder Kopf auf. Frau von Sterneck begrüßte sie freundlich, während Johanna sichtlich befangen war.

Seidelmann repräsentierte in seinen steifen Bücklingen die ganze Ravenausche Vornehmheit. Er blickte sehr von oben herab auf Frau Wohlgemut, die nicht so auf der Höhe der Situation stand wie er. Jutta sagte, daß sie Frau von Sterneck selbst ihre Zimmer zeigen wolle, und ersuchte Frau Wohlgemut, eine Erfrischung hinaufzusenden.

Während die beiden Damen die Treppe emporstiegen, sah Jettchen Wohlgemut grübelnd, zerstreut hinter ihnen her.

»Wo hab' ich nur schon ein ähnliches Gesicht gesehen?« sagte sie halb zu sich selbst und schüttelte den Kopf.

Frau von Sterneck war allein in den beiden für sie bestimmten Zimmern. Als sich die Tür hinter Jutta geschlossen hatte, riß sie mit ungestümer Bewegung den Hut vom Kopf und den Mantel von den Schultern und warf beides achtlos in eine Ecke. Sie atmete, als ob sie ersticken müsse. Wild hob sie die Arme empor und rief in zitternder Erregung: »Endlich!« Dann trat sie mit dem Fuß auf.

»Ravenauer Boden – hier stehe ich, und nichts soll mich

zum Wanken bringen.« Sie schritt unruhig auf und ab. Ihr Gesicht hatte den liebenswürdigen Ausdruck verloren. Die Augen glühten, die Brust hob sich in schweren Atemzügen, und die Hände krampften sich zusammen. Allmählich wurde sie ruhiger. Sie trat an das Fenster und blickte starr auf den Drachenbrunnen.

»Und läßt das Wasser über ihre blutbefleckten Hände spülen.« So hatte Johanna ihr von der spukhaften Ahnfrau berichtet. Ein höhnisches Lächeln glitt über ihr Gesicht und entstellte es. Wie verschieden war dies leidenschaftdurchwühlte Gesicht von dem, das sie Jutta gezeigt hatte.

Es klopfte. Sie schrak zusammen und sah sofort wieder ruhig und freundlich aus. Auf ihr »Herein« erschien Johanna, sehr schüchtern und ängstlich.

»Gnädige Komtesse schicken mich, ob ich irgendwie behilflich sein kann.«

Frau von Sterneck trat auf sie zu. »Meine Sachen sind noch nicht hier, ich kann mich nicht umkleiden, Johanna. Später können Sie mir beim Auspacken helfen, wenn die Komtesse Ihrer nicht bedarf.«

»Gnädige Komtesse brauchen mich sehr wenig, ich habe viel freie Zeit.«

»Gut, gut! Aber lassen wir das jetzt. Ist in den letzten Tagen noch etwas Besonderes vorgefallen?«

»Nein, gnädige Frau.«

»Wann war Herr von Gerlachhausen das letzte Mal hier?«

»Das ist wohl schon eine Woche her. Aber Komtesse waren gestern in Gerlachhausen.«

»Gut, Johanna. Geben Sie mir die Hand, ich bin sehr zufrieden mit Ihnen. Sie sollen nicht bereuen, mir so treu und umsichtig gedient zu haben.«

Johannes Augen füllten sich mit Tränen. »Gnädige Frau verzeihen, aber bei alledem ist mir so ängstlich zumute gewesen, wenn auch gnädige Frau versichert haben, daß kein Unrecht dabei ist.«

»Das versichere ich nochmals, Johanna. Sie haben nicht

nur mir, sondern auch der Komtesse einen großen Dienst geleistet. Das sollen Sie bald erfahren.«

»Und gnädige Frau entlassen mich nun? Ich kann meine Stellung kündigen?«

»Gewiß. Kündigen Sie am nächsten Ersten unter dem Vorwand, daß Ihr Bräutigam Sie bittet, ihm zu folgen.«

»Gnädige Frau wissen, daß dies kein Vorwand ist.«

»Ja, ja, ich weiß es. Und ehe Sie abreisen, erhalten Sie die versprochene Summe. Möglicherweise wird Komtesse Ravenau diese Summe noch erhöhen.«

»Komtesse Ravenau?« fragte Johanna erstaunt.

Frau von Sterneck nickte.

»Das braucht Ihnen nicht wunderlich zu erscheinen. Ich sagte Ihnen ja, Sie haben der Komtesse einen ebenso großen Dienst geleistet wie mir.«

Johanna preßte die Handflächen zusammen.

»Wenn das wahr ist, freue ich mich doppelt und werde gnädiger Frau sehr, sehr dankbar sein. Niemals will ich vergessen, was ich gnädiger Frau zu danken habe.«

»Schon gut, Johanna. Und nun gehen Sie. Man darf hier nicht merken, daß wir Geheimnisse miteinander haben. Nur noch eine Weile Vorsicht und Verschwiegenheit!«

»Gnädige Frau dürfen sich auf mich verlassen. Gnädige Komtesse erwarten Sie im Salon.« Frau von Sterneck nickte und Johanna ging.

Die neue Gesellschafterin trat darauf zum Spiegel und ordnete leicht ihr Haar. Sie betrachtete prüfend ihr Gesicht und studierte wie eine Schauspielerin ihr Mienenspiel. Dabei zeigte sich, daß sie ihre Züge sehr gewandt nach Belieben verändern konnte.

Befriedigt wandte sie sich ab. Dann nahm sie die kleine braune Handtasche und verschloß sie sorgsam in einem Wandschrank, dessen Schlüssel sie zu sich steckte. Darauf begab sie sich zu Jutta.

Entzückt äußerte sie sich im Laufe der Unterhaltung über das alte Schloß und die herrliche Umgebung.

»Wahrhaftig, es ist ein Märchenschloß, Komtesse Ravenau!«

»Nennen Sie mich der Einfachheit halber beim Vornamen, Frau von Sterneck, es klingt gemütlicher«, sagte Jutta freundlich.

8

SEIT ZWEI WOCHEN wohnte Dolly von Sterneck in Ravenau und hatte es verstanden, durch Klugheit, Gewandtheit und liebenswürdiges Wesen alle Personen für sich einzunehmen, die mit ihr in Berührung kamen. Nicht nur die unerfahrene Jutta hatte sie bezaubert, auch Götz von Gerlachhausen und seine Mutter fanden, daß sie eine charmante Dame sei.

Die Dienerschaft, Seidelmann an der Spitze, war des Lobes voll über die neue Hausgenossin. Nur Jettchen Wohlgemut bewahrte ihr gegenüber instinktiv eine mißtrauische Haltung, obwohl sie keinen Grund dafür angeben konnte. Seidelmann behauptete, sie wäre neidisch und mißgünstig. Diese Charakterfehler besaß aber das brave Jettchen mit ihrem ehrlichen Herzen gar nicht.

Sie konnte nicht leugnen, daß Frau von Sterneck von bestrickender Liebenswürdigkeit sei, daß sie das Komteßchen mit fast zärtlicher Sorge umgebe, sie aufheitere und stets ihr Wohl im Auge habe. Trotzdem konnte die alte Frau kein Vertrauen zu ihr fassen, sosehr sie sich auch deshalb Vorwürfe machte.

Götz und seine Mutter waren in dieser Zeit einige Male in Ravenau gewesen, und Jutta fuhr mit Frau von Sterneck oft nach Gerlachhausen.

Selbstverständlich verkehrten Götz und Jutta in Gegenwart der Ehrendame etwas formeller als sonst miteinander. Während Jutta dies in ihrer mädchenhaften Zurückhaltung nie als Zwang empfand, quälte es Götz außerordentlich.

Immer tiefer und heißer wurde seine Liebe zu Jutta, immer sehnlicher wünschte er, daß die Zeit des Harrens, der Ungewißheit ein Ende nehmen möchte. Während Jutta durch die Gegenwart der Gesellschafterin ihre Sicherheit im Verkehr mit Götz wiederfand, fühlte sich dieser sehr bedrückt. Unbefangen und zuversichtlich blieb in dieser Zeit eigentlich nur Frau von Gerlachhausen.

Die gemeinsamen Ritte hatten sie nicht wiederaufgenommen. Götz forderte Jutta nicht dazu auf, weil er fürchtete, sich bei einem Alleinsein mit ihr nicht genug beherrschen zu können, und Jutta glaubte, Götz habe jetzt mit der Ernte zu viel zu tun, um für diese Ritte Zeit zu erübrigen. Außerdem scheute auch sie das Alleinsein mit ihm.

Dolly von Sterneck hatte während dieser Zeit Schloß Ravenau nach allen Richtungen hin durchforscht. Nur die Zimmer des verstorbenen alten Grafen, die seit seinem Tode verschlossen waren, hatte sie noch nicht betreten. Sie erklärte, großes Interesse für solche alten Schlösser zu besitzen. Jutta fand das ganz verständlich und begleitete sie oft auf ihren Streifzügen.

Zu Anfang der vierten Woche nach Frau von Sternecks Ankunft saß Jettchen Wohlgemut eines Abends noch sehr spät wach in ihrem Zimmer. Sie hatte Zahnweh und suchte dies durch Kamillenumschläge – ihr Universalmittel gegen alle Leiden – zu mildern.

Im Schloß war alles zu Bett gegangen. Kein Laut regte sich in dem großen Gebäude. Dafür wurde es draußen in den Lüften lebendig. Der Wind jagte Gewitterwolken vor sich her.

Jettchen Wohlgemut schaute aus dem Fenster. Ein schweres Wetter zog herauf. Der Mond verschwand eben hinter einer Wetterwand.

Die alte, pflichtgetreue Frau dachte daran, daß in den Zimmern des verstorbenen Grafen einige Fenster offenstanden. Es sollte Tag und Nacht gelüftet werden, hauptsächlich im Sterbezimmer.

Seufzend ergriff Jettchen ihr Schlüsselbund. Leise, um die Schläfer im Schloß nicht zu stören, machte sie sich auf den Weg, um die Fenster zu schließen.

Sie öffnete lautlos die Tür zu des Grafen Sterbezimmer. Der dabei entstehende Luftzug blies ihr die Kerze aus. Da sie ihren Weg kannte, ging sie im Dunkeln zum Fenster und schloß es behutsam. Dann tastete sie sich in des Grafen Arbeitszimmer. Gerade schlug es zwölf Uhr vom Schloßturm. Jettchen trat in die tiefe Fensternische. Der Wind hatte bereits die schwere Damastgardine blähend emporgehoben. Als die alte Frau das Fenster zumachte, fiel die Gardine glatt hinter ihr herab. Gerade wollte sie dieselbe zusammenraffen, als ein Geräusch an ihr Ohr drang, als würde leise ein Schlüssel in das Schloß zur Tür zum Arbeitszimmer gesteckt.

Etwas unheimlich war der sonst so tapferen Frau auf ihrem nächtlichen Gang ohnedies zumute. Bei jenem Geräusch zuckte sie zusammen und ließ die Gardine erschreckt aus ihren Händen gleiten. So stand sie atemlos in der Fensternische hinter dem Vorhang und lauschte. Durch einen schmalen Spalt sah sie mit Schrecken, daß die Tür sich öffnete und ein heller Lichtschein in das Zimmer fiel. Dieser ging von einem gespensterhaften Wesen aus. Es war eine hohe, in ein seltsames schwarzes Gewand gehüllte Frauengestalt mit einem weißen, starren Antlitz. Das Licht erstrahlte blendend von ihrer Brust. Jettchen Wohlgemut stand mit zitternden Knien in ihrem Versteck und sandte im stillen ein Stoßgebet nach dem andern zum Himmel.

Die unheimliche Gestalt schwebte durch das Zimmer auf den Schreibtisch des Grafen zu. Nun erhob sie die eine Hand und berührte den Tisch. Plötzlich sprang die Tür eines verborgenen Schrankfaches auf und das Gesicht beugte sich über dieses.

Weiter sah Jettchen Wohlgemut nichts. Sie mußte sich an die Wand lehnen, um nicht umzusinken. Sie gewahrte nicht, daß das vermeintliche Gespenst ein ziemlich umfangreiches Kuvert aus dem Fach des Tisches nahm und in den Falten des Gewandes verbarg.

Jettchen hörte nur das Geräusch, als das Fach geschlossen wurde, und dann das Öffnen und Schließen der Zimmertür.

Verstohlen lugte sie endlich aus ihrem Versteck hervor. Dunkel und still lag das Zimmer vor ihr. Hatte sie geträumt oder war nun auch ihr das Schloßgespenst erschienen? Hatte es auch nach dem Tode des Grafen noch keine Ruhe gefunden?

Allen Mut zusammennehmend, schritt sie zur Tür, durch die die Gestalt verschwunden war, und drückte auf die Klinke. Die Tür war verschlossen.

Nun erinnerte sie sich erst, daß sie ja durch das Nebenzimmer gekommen war. Leise und hastig legte sie ihren Weg im Dunkeln zurück. Sie fürchtete jeden Augenblick, der schattenhaften Gestalt zu begegnen. Der Angstschweiß rann ihr über die Stirn.

Endlich hatte sie ihr Zimmer erreicht. Eilig schloß sie die Tür fest hinter sich zu. Dann sank sie stöhnend auf einen Stuhl. In demselben Augenblick zuckte ein greller Lichtschein durch das Zimmer, dem ein krachender Donner folgte. Er übertönte Jettchens Schreckensschrei. Die Sinne schwanden ihr, und zum erstenmal in ihrem Leben befiel die alte Frau eine Ohnmacht.

Jettchen Wohlgemuts Ohnmacht ging in einen tiefen Schlaf über. Sie erwachte, als die helle Sonne ihr ins Gesicht schien, und fand sich zu ihrer Verwunderung in ihrem bequemen Lehnstuhl. Schlaftrunken rieb sie sich die Augen. Dann kehrte ihr dunkel die Erinnerung an das nächtliche Erlebnis zurück. Zuerst hielt sie es für einen Traum.

Sie erhob sich, steif an allen Gliedern, und trat an das Fenster. Draußen triefte noch alles vom Gewitterregen. Da fiel ihr der Blitz und Donner ein, die sie heute nacht so heftig erschreckt hatten. Nun tasteten ihre Gedanken mühsam weiter rückwärts. Was war eigentlich geschehen, was Traum und was Wirklichkeit gewesen?

Nach beendeter Toilette ging sie zuerst in die Zimmer des verstorbenen Grafen. Wahrhaftig, sie war hier gewesen. Die geschlossenen Fenster bewiesen es, und dort stand ja auch ihr Leuchter mit der vom Zugwind verlöschten Kerze. Sie blickte im Arbeitszimmer umher. Da hing der Damastvorhang noch lang vor der Fensternische herab. Mechanisch ordnete sie ihn in Falten und raffte ihn empor.

Sonst befand sich alles noch am alten Platz. Sie prüfte das Türschloß, es war vollkommen in Ordnung, ihr Schlüssel öffnete es leicht und lautlos; fast leichter als sonst, als sei es frisch geölt worden.

Lange betrachtete Jettchen dann den Schreibtisch. Wie seltsam das ausgesehen hatte, als die Tür daran aufsprang, hier an der Seite, wo doch gar keine Tür war! Und was hatte die unheimliche Gestalt gerade hierher, an den Schreibtisch des seligen Grafen geführt? Jettchen Wohlgemut kam darüber nicht völlig mit sich ins reine. All das Ungewöhnliche verwirrte ihr den Sinn.

Soviel stand aber bei ihr fest: In der Mitternachtsstunde würde sie ihr Zimmer nie mehr allein verlassen, und niemandem wollte sie etwas von dieser Nacht erzählen, sie konnte doch nach allem Schelten auch der Dienerschaft jetzt nicht zugestehen, daß sie das Schloßgespenst selbst gesehen habe.

Als Jettchen später die Morgenpost für Komtesse Jutta und Frau von Sterneck hinaufbrachte, saßen die beiden Damen plaudernd am Frühstückstisch. Jutta begrüßte die Alte freundlich. »Sie sehen recht blaß aus, Frau Wohlgemut. Sind Sie nicht wohl?«

»Danke für die gütige Nachfrage, jetzt ist mir wieder ganz gut. Ich hatte Zahnweh und konnte auch des Gewitters wegen schlecht schlafen. Haben gnädige Komtesse das Gewitter gehört?«

»Ja, ich erwachte durch einen starken Donnerschlag, bin aber bald wieder eingeschlafen.«

»Glückliche Jugend, nicht wahr, liebe Frau Wohlgemut? Wir alten Leute haben leichteren Schlaf«, sagte Frau von Sterneck, liebenswürdig lächelnd.

»Sie können doch nicht vom Alter reden, gnädige Frau. Zwanzig Jahre später ist das vielleicht etwas anderes«, erwiderte Jutta ruhig.

Dann öffnete sie den Brief, den sie erhalten hatte, und Frau Wohlgemut zog sich zurück. Frau von Sterneck griff nach einem an sie gerichteten Brief.

Der an Jutta war von ihrer Pensionsfreundin Harriet Davonshire. Er enthielt nichts Wichtiges, nur leichtes Mädchengeplauder, aber so amüsant, daß Jutta einige Male leise vor sich hin lachte.

Frau von Sternecks Brief schien dagegen gar nicht amüsant zu sein. Sie zeigte bei der Lektüre ein auffallend bekümmertes Gesicht und seufzte tief auf.

Jutta wurde aufmerksam.

»Sie haben doch nicht schlechte Nachrichten, liebe Frau von Sterneck?«

»Nicht eigentlich schlechte, Komtesse, nur betrübend. Der Brief kommt von meinem Neffen. Armer Schelm! Er hängt wie ein Sohn an mir und ist sehr traurig über unsere Trennung. – Er will sich für sein Doktorexamen vorbereiten, vermag aber vor Sehnsucht nach mir sich nicht zur Arbeit zu sammeln. Sonst ein energischer Mensch, ist er von einer Empfindungstiefe, die man heute selten bei jungen Männern findet. Nun fragt er an, ob er nicht für einige Monate in dem nahen Schwarzenfeld ein billiges Unterkommen finden könnte. Dort würde er, wie er hofft, mich doch zuweilen sehen und Ruhe zur Arbeit finden. Sie gestatten mir wohl, daß ich heute oder morgen nach Schwarzenfeld fahre und Umschau halte.«

Jutta faßte lächelnd ihre Hand.

»Aber wozu denn die Umstände, liebe Frau von Sterneck?

In Ravenau sind eine Menge Gastzimmer unbenutzt. Der ganze östliche Flügel wird nicht bewohnt. Da wollen wir Ihren armen Neffen doch nicht zu einem fragwürdigen Gasthof in Schwarzenfeld verurteilen. Hier in Ravenau soll es ihm nicht an Ruhe zur Arbeit fehlen, und Ihnen ist er dann auch näher, und er kann Sie sehen, so oft er will. Es ist also das einfachste, er kommt nach Ravenau.«

Frau von Sterneck streichelte mit strahlender Miene Juttas Hand. »Liebe, teure Komtesse, wie gütig Sie sind!«

»Ach, reden wir davon nicht! Wir gewinnen doch auch dabei, wenn wir in ihm einen neuen Hausgenossen, einen Gesellschafter bekommen.«

»So ist es wirklich Ihr Ernst?«

»Gewiß. Ich freue mich, Ihnen einen Gefallen erweisen zu dürfen. Sie schreiben doch gleich nach dem Frühstück an Ihren Neffen?«

»Gern, liebe Komtesse!« entgegnete Frau von Sterneck offenbar gerührt. »Je eher er die Freudenbotschaft empfängt, desto besser ist es. Ach, wird das ein Jubel sein!«

Jutta lächelte.

»Sie müssen mir ein wenig von Ihrem Neffen erzählen«, bat sie, in der Voraussetzung, Frau von Sterneck mit dieser Bitte zu erfreuen. »Wie alt ist er?«

»Neunundzwanzig Jahre.«

»Und was studiert er?«

»Er wollte erst Jurist werden, aber als wir verarmten, sah er ein, daß dies Studium ihm zu spät ein ausreichendes Einkommen bringen würde. Da ist er Chemiker geworden.«

»Sie hatten ihn an Kindes Statt angenommen, nicht wahr?«

»Ja. Seine Eltern sind früh gestorben. Die Mutter war meines Mannes Schwester. Herbert zählte fünfzehn Jahre, als er zu uns kam. Mit großer Liebe dankte er uns. Seine Mutter hatte ihm ein kleines, gottlob sichergestelltes Vermögen hinterlassen. Als ich verarmte, sorgte er treulich für mich, obwohl er sein kleines Kapital angreifen mußte. Oh, er ist ein lieber, großherziger Mensch, ein edler Charakter.« Sie erzählte allerlei kleine Züge aus dem Leben dieses vortrefflichen jungen Mannes, und Jutta ahnte nicht, daß ihr die größten Lügen vorgetragen wurden.

In Wahrheit besaß Dolly von Sterneck schon seit langen Jahren kein Vermögen mehr, und ihr Neffe hatte von seiner Mutter keinen Pfennig geerbt. Frau von Sterneck lebte, gleich ihrem verstorbenen Gatten, von allerlei kleinen, nicht ganz einwandfreien Geschäften. Als sie ihren Mann vor reichlich fünfzehn Jahren heiratete, brachte sie ihm eine hübsche Summe mit in die Ehe. Diese Summe war aber viel geringer, als der unternehmende Herr von Sterneck gedacht hatte. Eine leichtsinnige Spielernatur, ließ er bald das Vermögen seiner Frau auf dem grünen Tisch von Monte Carlo. Dann begann das Abenteuerleben. In diesem unsicheren, haltlosen Treiben wuchs Herbert von Sonsfeld bei seinem Oheim auf.

Nach dem Tod ihres Mannes wurde Dolly von Sterneck der Boden von Paris zu heiß. Ihre vielen Gläubiger drängten sie und fast wäre sie als Schwindlerin verhaftet worden. Aber schließlich gelang es ihr doch noch, ihre Gläubiger von neuem zu beschwatzen. Sie ging mit ihrem Neffen nach Berlin und wußte sich auch hier Kredit zu verschaffen, wobei ihr Neffe sie wacker unterstützte. Sein »Studium« diente nur als Vorwand. Im Grunde war er ebenso arbeitsscheu wie leichtsinnig, dafür aber ein bildhübscher Mensch von bestrickender Liebenswürdigkeit, wenn es ihm darauf ankam. Bei den Frauen hatte er unglaubliches Glück. Und darauf baute Dolly von Sterneck ihren Plan. Listig benutzte sie den günstigen Zufall, der die arme Johanna als willenloses Werkzeug in ihre Hände lieferte. Mit Juttas Einladung für ihren Neffen war sie der Erfüllung dieses Plans wieder um ein gutes Stück näher gerückt.

Dollys gewandtes, sicheres Wesen, ihr vornehmes Auftreten hatten ihr schon über manches Hindernis hinweggeholfen. Sie machte so gar nicht den Eindruck einer jener unsoliden Existenzen, die in jeder Großstadt zu finden sind. Sie wußte sich nun auch mit der gleichen Geschicklichkeit in Ravenau zu behaupten, und Jutta war dem Zauber ihrer Persönlichkeit vollständig verfallen.

Aufmerksam hörte sie zu, wie diese Meisterin der Lüge ihr ein rührendes Bild von dem »geliebten Neffen« entwarf. Jutta freute sich fast auf sein Erscheinen, von dem sie auch Leben und Anregung in dem stillen Ravenau erwartete.

Am Nachmittag fuhren die Damen nach Gerlachhausen, wo Jutta vergnügt erzählte, daß sie einen Gast nach Ravenau geladen habe. Frau von Gerlachhausen fand es zwar ein wenig unbedacht von Jutta, einen ihr völlig fremden jungen Mann in Ravenau aufzunehmen, aber da es Frau von Sternecks Neffe war, und sie diese nicht kränken wollte, schwieg sie dazu. Götz hörte kaum, was Jutta sprach. Sein Blick hing an dem lieblichen Mädchengesicht. Er empfand wieder eindringlich, wie die Liebe zu diesem holden Geschöpf sein ganzes Sein durchdrang. Langsam und stetig hatte sich dieses Gefühl entwickelt, wie eine gleichmäßige Flamme. Juttas Blick traf einmal mit dem seinen zusammen. Nur einen Moment lang, aber dieser Moment erfüllte Götz mit neuer beseligender Hoffnung. Auch Frau von Sterneck hatte diesen Blick bemerkt. In ihren Augen zuckte es auf, und schnell rief sie Jutta durch eine Frage in die Wirklichkeit zurück.

Auf dem Nachhauseweg saß Jutta stumm neben ihrer Begleiterin im Wagen. Ein so leuchtender Ausdruck verklärte ihr Gesicht, daß Frau von Sterneck nervös an ihren Lippen nagte. Niemals hielt sie Götz von Gerlachhausen gefährlicher für ihre Pläne als heute.

9

HERBERT VON SONSFELD traf alsbald in Ravenau ein. Als er Jutta begrüßte, war diese einen Augenblick ganz verwirrt. Seine großen, schwarzen Augen ruhten in so unverhohlener Bewunderung, in so leidenschaftlichem Entzücken auf ihr, daß sie kein Weib hätte sein müssen, um diesen Ausdruck mißverstehen zu können. Dazu war sie überrascht von Herberts körperlicher Schönheit. Seine elegante, hochgewachsene Gestalt, der klassische Kopf, die faszinierenden, ausdrucksvollen Augen, die wohlklingende Stimme, alles das konnte wohl ein Mädchenherz höher schlagen lassen. Wahrscheinlich wäre der Eindruck, den er auf Jutta machte, noch stärker gewesen, hätte ihr Herz nicht Götz von Gerlachhausen gehört. Frau von Sterneck beobachtete Jutta bei dieser Begrüßung scharf und verstohlen. Es entging ihr nicht, daß die flammende Bewunderung Herberts die junge Dame zu verwirren schien. Ein triumphierendes Lächeln huschte über ihr Gesicht.

Im weiteren Verkehr mit Herrn von Sonsfeld fand Jutta bald ihre Sicherheit wieder, weil eben ihr Herz nicht berührt war. Trotzdem lag etwas in seinem einschmeichelnden Wesen, in seiner offen zur Schau getragenen Bewunderung, das ihr schmeichelte und sie für ihn einnahm. Er wurde nie aufdringlich, sondern schien sich vielmehr zu beherrschen.

Sie ahnte nicht, daß sein ganzes Verhalten der Ausdruck kühler Berechnung war. Er wußte Frauenherzen zu betören und setzte alle Kraft ein, um hier gleichfalls zu siegen. Dies kleine Mädchen zu erobern dünkte ihn gar nicht schwer. Es kümmerte ihn wenig, daß seine Tante ihm sagte, Jutta liebe Götz von Gerlachhausen. Frauen sind wankelmütig, diese Erfahrung hatte er oft genug gemacht. Und einen biederen Landjunker aus dem Sattel zu heben erachtete er als Kleinigkeit, zumal er in seiner Tante eine kluge Helferin hatte. Daß er Jutta erobern mußte, stand bei ihm und Frau von Sterneck fest.

Am ersten Abend seiner Anwesenheit hatte er, um noch ein wenig zu plaudern, seine Tante in ihr Zimmer begleitet. Stumm sahen sie sich eine Weile in die Augen. Endlich fragte Dolly von Sterneck leise, erwartungsvoll:

»Nun?«

Er verneigte sich ironisch und tief vor ihr. Dann antwortete er ebenfalls mit halber Stimme:

»Mein Kompliment, liebe Tante, ich kann dich nur rückhaltlos bewundern. So bald hätte ich deinen Ruf nicht erwartet. Nun werden wir bald am Ziel sein.«

Sie schüttelte mißbilligend den Kopf.

»Sei nicht zu sicher, Herbert, und nimm die Sache nicht zu leicht. Mach um Gottes willen keine Torheit! Jutta ist eine ideale Schwärmerin.«

»Um so besser. Auf dieses Genre versteh' ich mich. Solche Mädchen fangen am leichtesten Feuer.«

»Du vergißt, daß sie bereits verliebt ist.«

Er drehte an seinem eleganten, schwarzen Bärtchen und machte ein unternehmendes Gesicht.

»So ist wenigstens etwas Reiz bei der Sache. Übrigens kommt dieser Götz von Gerlachhausen auf dein Konto. Du hast mir versichert, daß du ihn als Nebenbuhler unschädlich machen willst.«

»Ja, wenn alles so glückt, wie wir hoffen. Aber Vorsicht ist geboten. Wir müssen Hand in Hand arbeiten, damit Jutta deine Braut wird, ehe du Ravenau wieder verläßt. Wenn auch die Verlobung der Trauer wegen nicht veröffentlicht werden kann. Die Hauptsache ist, daß sie dich Gerlachhausen als ihren Verlobten vorstellt.«

»So ist es. Übrigens ein reizender kleiner Käfer, diese junge Schloßherrin. Es wird mir gewiß gelingen, sie von meiner Liebe zu überzeugen, zumal wenn ich als Hintergrund zu dieser Lieblichkeit dies feudale Schloß betrachte und an die famosen Geldsäcke des verstorbenen Grafen denke. Wahrhaftig, wenn du es verlangst, verliebe ich mich sogar in sie.«

»Vor allen Dingen verlange ich, daß du deinen Leichtsinn aufgibst und Jutta nicht unglücklich machst.«

Er zog die Augenbrauen hoch und meinte ironisch:

»Sei doch um Himmels willen nicht sentimental, das kleidet dich wahrhaftig nicht. Mutig vorwärts, dann sind wir bald am Ziel.«

»Nichts überhasten, Herbert. Jutta ist bei aller Weichheit ein ausgeprägter Charakter, und leicht wird in ihr der Trotz geweckt.«

»Damit haben wir ja gerechnet. Dieser Ravenausche Trotz ist doch ein Hauptfaktor in unserm Plan. Ist mir übrigens ein sympathischer Charakterzug. So ist dies reizende Komteßchen doch nicht ganz Vergißmeinnicht in Milch. Man wird mit ihr leben können, zumal als Herr dieser Schlösser. Also sei wieder vergnügt und laß den Kopf nicht hängen.«

»Du kannst dich auf mich verlassen, trotz meiner jetzt recht häufigen sentimentalen Anwandlungen. Das Messer sitzt uns bereits an der Kehle. Ich sehne mich unsagbar nach geordneten Verhältnissen, nach Ruhe und Behagen. Man wird alt und verliert an Widerstandskraft. Jedenfalls will ich nicht wieder von hier fort.«

»Sollst du auch nicht. Hast ja mein Versprechen, sogar schriftlich, auf deinen Wunsch, daß du nach Belieben in Ravenau oder Schönrode leben kannst und eine standesgemäße Rente beziehen sollst. Du hast dir doch sicher dies Papier gut aufgehoben?«

Er sah sie lauernd an. Sie gab den Blick zurück.

»Unbesorgt. Derartige wertvolle Papiere verstehe ich gut zu hüten. Wir beide kennen uns zu gut, um leichtfertig einander zu vertrauen.«

Er lachte in sich hinein.

»Sei nicht bissig, teuerste Tante. Bin ich erst Herr von Ravenau, sollst du dich wundern, zu welch vornehmem Charakter ich mich auswachse. Wir beide brauchen doch einander bei diesem Coup sehr notwendig, unsere Interessen laufen zusammen. Und was das Komteßchen anbetrifft, so mach dir keine Sorgen. Sie soll es gut bei mir haben. Ich werde nicht vergessen, daß sie mich mit ihrer kleinen Hand aus einer Misere greulicher Art in einen sturmfreien Hafen rettete. Ein Unmensch bin ich nicht, wenn ich nicht unbedingt muß. Reiche Leute haben es so leicht, tugendhaft zu sein. Sicher finde ich auch noch Geschmack daran.«

»Diese Bedingung muß ich auch noch nachträglich stellen. Jutta soll es nicht zu büßen haben, wenn sie deine Frau wird.«

»Mein Wort darauf, und ehrlich«, erwiderte er fest und reichte ihr die Hand.

Sie berieten noch mancherlei. Schließlich fragte Herbert auch nach Johanna.

»Wie stellst du dich zu ihr? Meinst du nicht, daß es gut sein wird, sie bald zu entfernen?«

»Sie hat bereits ihre Stellung gekündigt. Es kommt nur noch darauf an, ihr die versprochene Summe zu schaffen.«

»Hm, war ein bißchen leichtsinnig von dir. Hättest das Zöfchen billiger haben können nach dem kleinen Diebstahl. Die Angst um ihren Liebsten hätte sie auch ohnedies gefügig gemacht.«

»Aber nicht halb so umsichtig. Diese Summe wird nicht umsonst geopfert. Außerdem wäre es nicht gut, wenn sie mit leeren Händen abzöge. Man weiß, wozu die Not den Menschen bringen kann, und dumm ist Johanna nicht.«

»Nun, das überlasse ich alles dir, liebe Tante! Ich bin müde, gute Nacht! Träume angenehm von künftigen Herrlichkeiten. Ich will es auch tun.«

Er küßte ihr mit überschwenglicher Galanterie die Hand und ging.

Frau von Sterneck blickte ihm eine Weile müde und schlaff nach. Ein tiefer Seufzer hob ihre Brust.

»Wenn man auslöschen, ungeschehen machen, noch einmal rein und schuldlos sein könnte – so, wie dieses Kind.«

So flüsterte sie vor sich hin, die brennenden Augen mit der Hand bedeckend.

Aber dann richtete sie sich entschlossen auf und machte eine Bewegung, als wollte sie eine drückende Last abschütteln.

»Nur nicht rückwärts blicken, nicht sentimental sein, sonst bin ich verloren. Jetzt heißt es: Vorwärts und klaren Blick behalten. Ich will heraus aus diesem Elend.«

Herbert von Sonsfeld verstand es ausgezeichnet, die Damen zu unterhalten. Jutta gab sich mit Vergnügen dieser anregenden Unterhaltung hin. Sie empfand seine Anwesenheit als etwas sehr Angenehmes.

Götz von Gerlachhausen wurde das Herz schwer, als er bei einem Besuch mit seiner Mutter bemerkte, wie fröhlich und vertraulich Jutta mit dem schönen jungen Mann verkehrte. Er war Juttas Liebe nicht sicher genug, um diesen Verkehr ohne Eifersucht zu beobachten.

Daß Juttas Augen trotz allem verstohlen und voll Liebe zu ihm hinüberschweiften, gewahrte er nicht. Die beiden Männer maßen sich mit scharfen Blicken, als wollten sie gegenseitig ihre Kraft für eine heiße Gegnerschaft prüfen. Ließ Götz aber in seiner ehrlichen Art eine gewisse Reserve gegen Herbert an den Tag treten, so zeigte dieser sich ihm gegenüber liebenswürdig und zuvorkommend.

Auf dem Heimweg merkte Götz' Mutter, die in Ravenau ganz von Dolly von Sterneck in Anspruch genommen war, seine gedrückte Stimmung. Sie erfuhr durch Fragen alsbald seinen eifersüchtigen Kummer. Leider hatte sie Jutta und Sonsfeld nicht beobachtet. Um Götz, wenn möglich, Beruhigung zu schaffen, fuhr sie am nächsten Tag unter irgendeinem plausiblen Vorwand wieder nach Ravenau.

Schon beim Empfang durch Jutta erkannte sie, daß kein Grund zur Beunruhigung vorlag. Erglühend fragte Jutta, ob Götz nicht mitkomme, und sah sehnsuchtsvoll nach der Tür, ob er nicht eintrete. Sie forschte unruhig nach dem Grund seines Ausbleibens. Auch sonst verrieten allerlei Kleinigkeiten der Mutter, daß Götz keine Veranlassung zur Eifersucht habe.

Es entging ihr nicht, daß Sonsfeld trotz seiner Liebenswürdigkeit und seines bestechenden Äußeren für Jutta nichts anderes war als ein interessanter, angenehmer Gesellschafter.

Natürlich hütete sich Sonsfeld, in ihrer Gegenwart seine Absicht irgendwie zu verraten.

Beruhigt trat sie nach herzlichem Abschied von Jutta den Heimweg an. Zu Hause nahm sie sich ihren Sohn beim Rockknopf.

»Zuerst herzliche Grüße von Jutta, und dann die Mitteilung, daß du auf den Sonsfeld nicht eifersüchtig zu sein brauchst. Der ist ein Blender, den Jutta mit ihren klaren Augen bald genug durchschaut haben wird. Sie findet oberflächliches Wohlgefallen an dem schönen Menschen, wie sie sich an einem Adonis aus Marmor erfreuen würde. Außerdem vertreibt er ihr auf amüsante Weise die Zeit. Das ist alles. Dir, mein lieber Junge, kann ein solcher Windbeutel nicht gefährlich werden. Dazu hat dich Jutta viel zu lieb. Verstanden?«

Götz küßte seiner Mutter herzlich die Hand.

»Deine Zuversicht kann Berge versetzen, liebste Mama.«

Sie lachte.

»Wenn sie nur ausreicht, dir über diese quälende Wartezeit hinwegzuhelfen, dann bin ich schon zufrieden.«

Götz war wirklich wieder einigermaßen beruhigt. Obendrein brachte ihm jetzt die Erntezeit viel Arbeit, und so fand er keine Zeit zu nutzlosen Grübeleien, leider aber auch nicht, um oft in Ravenau sein zu können, und wenn Jutta mit Frau von Sterneck und ihrem Besuch nach Gerlachhausen kam, war Götz meist auf dem Feld. So sahen sich die beiden jungen Leute in diesen Tagen äußerst selten.

Fast drei Wochen waren seit Herbert von Sonsfelds Ankunft in Ravenau vergangen. Er versicherte Jutta täglich, dies sei die schönste Zeit seines Lebens. Eben kam er mit ihr vom Tennisplatz, den Jutta im Park hatte anlegen lassen. Frau von Sterneck erwartete sie bereits am Teetisch auf der Veranda.

Jutta nahm Platz, und Sonsfeld legte ihr mit sorgsamer Zärtlichkeit ein Tuch um die Schultern. Sie wollte ihm wehren.

»Mir ist reichlich warm, ich danke Ihnen.«

»Aber Sie sind erhitzt, Komtesse, und hier weht ein kühles Lüftchen. Ich kann nicht zugeben, daß Sie sich erkälten. Behalten Sie das Tuch – mir zuliebe.«

Er begleitete seine Worte mit einem heißen, bittenden Blick. Jutta war bereits an diesen Blick gewöhnt und blieb ihm gegebenüber ziemlich unbefangen. Lächelnd behielt sie das Tuch und sah zu Frau von Sterneck hinüber.

»Jetzt tyrannisiert mich Ihr Herr Neffe auch schon mit seiner Fürsorge, liebe Frau von Sterneck.«

Dolly richtete einen zärtlichen Blick auf Sonsfeld: »Er ist sehr besorgt und zartfühlend. So war er schon als Kind.«

Herbert küßte seiner Tante die Hand.

»Du hast mich immer überschätzt, Tantchen.«

Jutta betrachtete sinnend die beiden. Wie lieb sie sich hatten, wie sie einander verstanden!

Nach dem Tee verabschiedete sich Herbert von den Damen, um zu arbeiten!

»Sie sind unheimlich fleißig, Herr von Sonsheim«, sagte Jutta lächelnd.

Er küßte ihr die Hand.

»Noch nie ist mir das so schwergefallen wie hier. Wenn man so liebenswürdiger Gesellschaft entsagen muß, um sich mit trockener Bücherweisheit abzugeben, so ist das schmerzlich. Aber die harte Notwendigkeit, Komtesse, zwingt mich dazu. Sie wissen, daß ich danach streben muß, mein Ziel zu erreichen.«

»Sie tun recht daran«, sagte sie freundlich. »Ein Mann muß schaffen und streben, wenn er etwas gelten soll.«

Er bedachte sie wieder mit einem seiner Erobererblicke.

»Wenn ich erst wieder in Berlin in meiner schmucklosen Junggesellenwohnung bin, wird mir Schloß Ravenau wie ein Märchenschloß in der Erinnerung sein. Und Ihrer werde ich als der holdesten, gütigsten Märchenprinzessin gedenken, die dem armen Narren, der sich in ihr Zauberland verirrte, mit lieblichem Lächeln den Sinn verwirrte.«

Er brach ab, wie von Bewegung überwältigt, und ging schnell davon.

Jutta sah ihm ein wenig betroffen nach. War das Ernst oder Scherz gewesen? An derartige Komplimente nicht gewöhnt, vermochte sie dieselben nicht nach dem richtigen Wert zu bemessen. Sie bemerkte plötzlich, daß sich Sonsfeld nach einer Schleife bückte, die sie von ihrem Kleid verloren hatte. Erschrocken sah sie, wie er sie scheinbar verstohlen an seine Lippen preßte und schnell zu sich steckte.

Was sollte sie davon denken?

Dolly von Sterneck hatte sie während dieser Szene nicht aus dem Auge gelassen. Befriedigt sah sie dunkle Röte in Juttas Wangen steigen. Natürlich gab sie sich den Anschein, nichts bemerkt zu haben, und sagte nach einer Weile:

»Komtesse, ich wollte mir schon längst gestatten, eine

Frage an Sie zu richten. Es drängt mich innerlich dazu. Sie dürfen mir aber nicht zürnen, wenn ich indiskret erscheine.«

Jutta sah sie fragend an.

»Bitte sehr, was wünschen Sie zu wissen, liebe Frau von Sterneck?«

Diese legte die Hände gefaltet auf den Tisch und heftete auf Jutta einen eigentümlich brennenden Blick, dann sagte sie langsam, mit verhaltener Bewegung: »Warum sprechen Sie nie von Ihrer Mutter?«

Jutta zuckte zusammen und erblaßte leicht.

»Wie kommen Sie zu dieser Frage?«

Dolly seufzte tief auf.

»Ich habe es schmerzlich vermißt, Komtesse, Sie sprechen von Ihrem Großvater, von Ihrem Vater, aber von Ihrer Mutter nie.«

Jutta preßte die Hände zusammen.

»Wie kommt es, daß Sie so genau darauf achten?«

Dolly von Sterneck beugte sich vor und blickte Jutta tief in die Augen.

»Weil ich Ihre Mutter kannte.«

Jutta sprang auf und starrte die Sprecherin an. Röte und Blässe wechselten in ihrem Gesicht. Sie drückte die Hände aufs Herz.

»Sie haben meine Mutter gekannt? Und das sagen Sie mir erst jetzt?« rief sie mit halberstickter Stimme.

»Ich wagte nicht früher davon zu sprechen, weil ich nicht wußte, ob es Ihnen nicht unangenehm wäre.«

Jutta sank auf ihren Stuhl zurück.

»Mir unangenehm? Mir, die ich so sehnlich wünsche, etwas über meine Mutter zu hören?«

Mit glühenden Wangen beugte sie sich vor und faßte Frau von Sternecks Hände.

»Liebe, Teuerste – Sie haben meine Mutter gekannt? Ist das wirklich wahr?« fragte sie beschwörend.

Dolly streichelte zärtlich ihre zitternden Hände.

»Ja, Kind, so gut wie ich mich selbst kenne. Ich kenne auch ihre ganze traurige Geschichte.«

Jutta rückte nahe an sie heran und umfaßte sie schmeichelnd.

»Erzählen Sie, o bitte, erzählen Sie mir alles, was Sie von ihr wissen. Verschweigen Sie mir kein Wort. Ich will Ihnen so dankbar sein. Denken Sie doch, ich habe meine Mutter angebetet wie eine Lichtgestalt. Aber niemand konnte oder wollte mir von ihr sprechen. War sie gut und lieb? Daß sie schön gewesen, weiß ich, aber sonst nichts. Nichts, als daß mein Großvater sie haßte und ihr unversöhnlich zürnte.«

»Auch das weiß ich, liebes Kind. Graf Ravenau hat sie unerbittlich mit seinem Haß verfolgt und sie zur Verzweiflung an Gott und den Menschen getrieben.«

Mit einem zitternden Seufzer umklammerte Jutta ihren Arm.

»Aber meine Mutter war schuldlos an diesem Haß, nicht wahr? Sagen Sie schnell, daß sie schuldlos war.«

Frau von Sternecks Gesicht zuckte in tiefster Erregung. Ihre Augen überzogen sich mit einem feuchten Schleier.

Sie blickte an Jutta vorbei, als sähe sie in weite Ferne.

»Ja, Kind, sie war schuldlos, schuldlos und sehr, sehr unglücklich.«

Jutta zitterte vor Aufregung.

»Ach, ich wußte es ja, ich habe es in meinem Herzen gefühlt. O meine arme, süße Mutter.«

Frau von Sterneck streichelte zärtlich ihre Wange.

»Kind, liebes teures Kind, beruhigen Sie sich erst. Sie glühen vor Erregung und sind ganz außer sich. Sie machen sich krank. Ich verspreche Ihnen, Sie sollen alles hören, ganz rein und schuldlos sollen Sie Ihre Mutter wiederhaben. Aber erst will ich Ihnen ein Geständnis machen. Ich bin nicht durch einen glücklichen Zufall hierhergekommen. Johanna hat in meinem Auftrag gehandelt, als sie Ihnen von mir sprach; in meinem Auftrag ist auch Johanna nach

Ravenau gekommen. Ich habe Ihrer Mutter versprochen, ihr Andenken im Herzen ihres Kindes von jedem Makel zu befreien. Es war mir eine heilige Pflicht, mich Ihnen zu nähern, Sie zu schützen und zu hüten. Wie sehr Sie meines Schutzes bedürfen, werden Sie noch ermessen lernen. Und daß ich nun bei Ihnen bin, ist hauptsächlich Johannas Verdienst. Sie werden erfahren, zu wie großem Dank Sie Johanna verpflichtet sind. Ich versprach ihr eine Belohnung von fünftausend Mark, weil sie, um mir zu helfen, sich so lange von ihrem Verlobten trennen mußte, den sie nach Amerika begleiten wollte. Sie wissen, ich bin arm. Ich versprach Johanna die Summe in der Annahme, daß Sie ihr dieselbe gewähren würden. Der Dienst, den Ihnen das gute Mädchen geleistet hat, ist es wohl wert.«

»Gewiß! Mit Freuden erhöhe ich diese Summe sogar. Ich bin ja so froh und dankbar, endlich von meiner Mutter sprechen zu dürfen. Sofort steht Johanna das Geld zur Verfügung. Und gleich soll sie nun abreisen, um nicht länger von ihrem Verlobten getrennt zu sein.«

»Ich wußte, daß Sie mein Versprechen einlösen würden. Aber nun will ich Sie nicht länger quälen. Wir sind hier ungestört. Nun hören Sie zu: Ihre Mutter war die Tochter einer verarmten Adelsfamilie. Sie hieß Gwendoline von Jablonsky. Um für sich und ihre Eltern den Unterhalt zu verdienen, wurde sie Schauspielerin. Da sie schön und tugendhaft war, hatte sie viele Kämpfe zu bestehen. Es war ein schweres Leiden für sie, und sie ertrug es nur der Eltern wegen. Von ihrer Mutter, einer geborenen Französin, erlernte Gwendoline die französische Sprache.

Um eine höhere Gage zu bekommen, ging sie nach Paris. Ihre Schönheit erregte hier Aufsehen, man brachte sie zur Geltung und honorierte sie gut, so daß sie ihren Eltern jetzt besser helfen konnte. Leider starben sie bald darauf rasch nacheinander. Nun war sie ganz allein auf der Welt.

Ihre Schönheit erweckte Leidenschaften. Die Männer lagen ihr zu Füßen und bettelten um ihre Gunst. Aber

Gwendoline erhörte keinen, sie war zu stolz, um sich zu verkaufen. Ohne Liebe wollte sie keinem Mann die Hand reichen. Da kam Hans-Georg von Ravenau nach Paris. Wie Gottesflammen durchglühte es ihre Herzen. Gwendoline liebte den stattlichen, sonnig heiteren Deutschen und wurde wiedergeliebt. Graf Hans-Georg warb um ihre Hand und heiratete sie in England, obwohl sein Vater ihm bereits eine vornehme Dame zur Gattin bestimmt hatte.

Graf Rudolf Ravenau war außer sich über diese Heirat seines Sohnes. Mit allen Mitteln suchte er sie zu hintertreiben. Selbst als sie bereits geschlossen war, wollte er sie für ungültig erklären lassen. Es verletzte seinen Stolz aufs tiefste, daß sein Sohn eine arme Schauspielerin zur Gattin genommen hatte. Als alle seine Einwände wirkungslos blieben, und er die Vermählung nicht ungeschehen machen konnte, fügte er sich ins Unabänderliche. Er liebte seinen Sohn zu sehr, um sich auf die Dauer mit ihm zu entzweien. Aber sein ganzer unversöhnlicher Haß galt nun seiner Schwiegertochter. Wohl mußte er, um den Sohn nicht zu verlieren, Gräfin Gwendoline in Schönrode dulden, aber in seinem Herzen lebte nichts für sie als Haß.

Graf Hans-Georg hielt treu zu seiner Frau und suchte zwischen ihr und dem Vater zu vermitteln. Es gelang ihm nicht. Dann wurden Sie geboren, liebes Kind. Erfreut brachte Ihr Vater den Seinen die Kunde und hoffte nun auf ein freundliches Wort für seine Frau. Wären Sie ein Knabe gewesen, so hätte sich Ihr Großvater vielleicht über Ihre Geburt gefreut. Daß Sie nur ein Mädchen waren, verzieh er weder Ihnen noch Ihrer Mutter. Der Haß gegen Ihre Mutter übertrug sich nun auch auf Sie.«

Jutta, die mit großen Augen die Erzählerin anblickte, zuckte zusammen.

»Also deshalb – deshalb mußte ich fern von Ravenau leben«, rief sie mit flammendem Blick und zusammengezogener Stirn. Ein heißer Groll gegen den toten Großvater erfüllte ihr Herz.

»Sprechen Sie weiter – bitte«, sagte sie gepreßt.

Dolly fuhr fort:

»Gräfin Gwendoline litt schwer unter diesen Verhältnissen. Ihre Gesundheit wurde angegriffen. Ihr Gatte beschloß, einige Monate mit ihr an die Riviera zu gehen. Unbeschreiblich schwer wurde ihr der Abschied von ihrem heißgeliebten Kind, das in Schönrode zurückblieb. Sie vermochte sich kaum von ihm zu trennen. Wieder und wieder nahm sie es in ihre Arme, als hätte sie gefühlt, daß sie es nicht wiedersehen sollte.«

Jutta nickte verträumt.

»Manchmal im Traum ist mir, als könnte ich mich dieser Abschiedsstunde erinnern. Aber ich war ja damals kaum zwei Jahre alt.«

»So ist es. Ihre Eltern reisten also nach Nizza. Wie überall, wo Gwendoline sich öffentlich zeigte, wurde sie auch hier bewundert. Ihr Gatte war stolz darauf und neckte sie oft deswegen. Gwendoline war es stets höchst peinlich, alle Männeraugen mit mehr oder minder diskreten Blicken auf sich gerichtet zu sehen.

Sie sagte ihrem Gatten oft, daß sie froh sein würde, nach Schönrode zurückkehren zu dürfen – zu ihrem süßen, geliebten Mädchen. So vergingen Wochen.

Unter den besonders leidenschaftlichen Verehrern befand sich ein französischer Edelmann, Herr de Clavigny. Er folgte ihr wie ein Schatten mit so verzehrender Leidenschaft, daß sie sich fürchtete. Sie wagte jedoch nicht, ihrem Gatten gegenüber davon zu sprechen, aus Furcht, daß es zu einem Duell kommen könnte. Clavigny wurde immer zudringlicher. Eines Tages saß Gräfin Gwendoline in ihrem Salon. Ihr Gatte hatte sie soeben verlassen, um im Nebenzimmer einen Brief zu schreiben. Da drang plötzlich Clavigny zu ihr ins Zimmer und stürzte ihr zu Füßen. Er zog einen Revolver hervor und drohte, sie und sich zu erschießen, wenn sie ihn nicht erhöre. Sie stand wie gelähmt und vor Entsetzen starr. Da riß er sie in seine Arme und wollte sie küssen. Sie schrie auf. Da eilte ihr Gatte ihr aus dem Nebenzimmer zu Hilfe. Er stürzte dem Wahnsinnigen entgegen, aber ehe er ihn erreichte, schoß ihm Clavigny eine Kugel in die Brust und floh mit irrem Lachen.

Gwendoline brach ohnmächtig neben ihrem Gatten zusammen.

Als sie ihre Sinne wieder beherrschen und begreifen konnte, was geschehen war, hatte man bereits Graf Rudolf herbeigerufen. Er wehrte ihr den Eintritt zu ihrem Gatten. Sie durfte ihn nicht einmal pflegen.

Außer sich vor Schmerz suchte sie seinem Gebot zu trotzen; da erklärte er ihr, daß sich sein Sohn von ihr scheiden lassen würde, weil sie mit Clavigny ein Liebesverhältnis unterhalten habe. Sie war zu schwach, um sich zu wehren. Der Franzose war geflüchtet, und Ihr Großvater lehnte seine Verfolgung ab, angeblich, um den Namen Ravenau nicht öffentlich zu beschmutzen, vielleicht aber mehr, um Gwendoline nicht durch diesen Zeugen zu entlasten.

Genug, allem verzweiflungsvollen Abwehren Gwendolines zum Trotz wurde sie von ihrem heißgeliebten Gatten geschieden. Auch diesen hatte Graf Ravenau von ihrer Schuld überzeugt. Käufliche Rechtsanwälte gingen auf Graf Rudolfs Intensionen ein. Gwendoline war von ihrem Gatten in den Armen Clavignys betroffen worden, das zeugte gegen sie. Sie wurde als schuldiger Teil erklärt, und somit verlor sie sogar das Anrecht an ihr geliebtes Kind. Graf Rudolf bot ihr Geld als Abfindung. Sie wies es stolz zurück. Mit Geld lassen sich solche Wunden, wie man sie ihr geschlagen, nicht heilen. Sie hatte nur noch einen Gedanken, einen Wunsch: zu sterben. Was sollte ihr nun noch ihr Leben?«

Jutta hatte das Gesicht in die Hände gelegt und weinte vor sich hin. Es kam ihr kein Zweifel an der Wahrheit dieser Erzählung. Es lag alles so klar vor Augen. Und ihr Herz sprach für die Mutter, das entschied. Dolly von Sterneck lehnte sich in ihrem Sessel zurück und starrte auf Jutta.

Ihre Lippen waren fest zusammengepreßt, die Hände zusammengekrampft. Endlich raffte sie sich auf und umschlang das weinende Mädchen.

»Jutta – liebes armes Kind, fassen Sie sich, ich bitte Sie. Es tut mir weh, Sie weinen zu sehen«, bat sie weich mit bewegter Stimme.

Jutta richtete sich auf und trocknete ihre Tränen. Innig schmiegte sie sich an Dolly.

»Nie vergesse ich Ihnen, daß Sie mir den Glauben an meine Mutter wiedergegeben haben. Aber nun, bitte, erzählen Sie weiter, auch das Ende. Wie starb meine Mutter? Ach, ich fürchte Schreckliches. Warf sie selbst das Leben von sich, das ihr zur Last geworden war?«

»Nein, mein liebes Kind«, sagte Dolly liebevoll. »Davor wurde sie bewahrt. Aber heute kann und will ich Ihnen nichts mehr erzählen. Verwinden Sie erst, was ich Ihnen mitgeteilt. Auch ich selbst bin sehr aufgeregt, mein Kopf schmerzt. Wir wollen erst beide wieder zur Ruhe kommen. Sie gestatten, daß ich mich auf mein Zimmer zurückziehe.«

Jutta vergaß ihren Schmerz einen Augenblick und fragte besorgt:

»Verzeihen Sie, daß ich nicht darauf achtete. Ich sehe, Sie sind angegriffen. Nicht wahr, Sie haben meine Mutter sehr liebgehabt?«

Frau von Sterneck lächelte wehmütig. »So lieb – wie mich selbst«, erwiderte sie leise und ging, unfähig, sich länger zu beherrschen.

Jutta saß noch lange in Gedanken versunken auf ihrem Platz. Wie ernst war das Leben! Wie schwer machten es sich die Menschen gegenseitig, statt sich zu helfen! Wie furchtbar mußte ihre arme Mutter gelitten haben!

Der nächste Tag verging, ohne daß Jutta oder Frau von Sterneck auf das Thema zurückkamen. Mit Innigkeit kam Jutta ihrer Hausdame entgegen. Sehr gern hätte sie Frau von Sterneck gebeten, ihr von dem Ende ihrer Mutter zu berichten, aber diese sah sehr bleich und müde aus, und so wollte sie Jutta nicht bestürmen.

Herbert Sonsfeld beobachtete die beiden Frauen mit unruhigen Blicken, besonders seine Bundesgenossin.

Als man sich am Abend getrennt, ging er wieder mit ihr ins Zimmer.

»Was soll das heißen? Warum gabst du mir nicht das verabredete Zeichen? Hast du dein Ziel aus den Augen verloren?«

Sie lächelte bitter.

»Daß dies nicht geschieht, dafür sorgen meine Gläubiger. Ich habe erst heute morgen wieder einen Stoß Mahnungen bekommen.«

Er zuckte die Achseln.

»Ich auch, trösten wir uns. Aber nun sprich. Was bedeutet dein Zaudern, warum hast du heute nicht ausgeführt, was beschlossen war?«

Sie ließ sich in einen Sessel gleiten und sah mit leeren Blicken zu ihm auf.

»Auf einen Tag kommt es nicht an. Ich konnte nicht, ich muß erst meine Kräfte sammeln. Was weißt du, wie es mich gestern packte, als sie um ihre Mutter weinte! Die Sache ist schwerer, als ich dachte, und mein Herz weniger verhärtet, als ich glaubte. Vor ihren reinen Augen dies Märchen auszuspinnen, das war unendlich schwer für mich.«

Ein Zug von Roheit entstellte sein schönes Gesicht.

»Zum Teufel! Sentimentalität ist ein Luxus, den wir uns vorläufig nicht gestatten können. Oder hast du etwa Lust, mich fallenzulassen?« fragte er drohend.

Sie schüttelte den Kopf.

»Nein, ich weiß, daß ich in deiner Gewalt bin. Wir gewinnen entweder beide unser Spiel oder verlieren es zusammen.«

»Richtig! Ich sehe, daß du noch klar zu denken vermagst. Nun raff dich auf und führ deinen Plan zu Ende. Jeden Tag kann uns Götz Gerlachhausen mit einer Werbung einen Strich durch die Rechnung machen. Dann haben wir das Nachsehen.«

»Das wird nicht geschehen. Er ist viel zu korrekt, um Jutta in der Trauerzeit einen Antrag zu machen. Ein Glück, daß es nicht vor dem Ableben des Grafen geschah, sonst wäre für uns nicht mehr viel zu holen gewesen als ein Abstandsgeld von dem Bräutigam oder ein Almosen von der Braut.«

»Bravo, jetzt bist du wieder logisch. Und da das Glück bisher auf unserer Seite war, wollen wir es weiter nutzen.«

»Du hast recht. Also morgen. Sobald ich den richtigen Zeitpunkt gekommen glaube, gebe ich dir das Zeichen. Dann lasse ich dich mit Jutta allein und sorge, daß ihr ungestört bleibt. Sei klug – sage nicht zu viel und nicht zu wenig. Sobald du sie dann verläßt, gehe ich zu ihr und mache Schluß. Verstanden?«

»Unbesorgt, ich kenne meine Rolle.«

10

AM NÄCHSTEN MORGEN legte Sonsfeld Jutta gegenüber eine gedrückte, melancholische Stimmung an den Tag. Er starrte sie oft lange, wie in ihren Anblick versunken, an und seufzte, wenn sie das Wort an ihn richtete. So hatte er es schon am Tag zuvor gehalten. Da waren aber Juttas Gedanken noch zu viel mit ihrer eignen Angelegenheit beschäftigt gewesen. Heute wurde sie auf ihn aufmerksam, und nun fiel ihr auch die Szene mit der Schleife wieder ein.

Eine unbehagliche Empfindung befiel sie. Abgelenkt durch die Mitteilungen Dolly Sternecks, war ihr sein Verhalten gar nicht zum Bewußtsein gekommen. Nun beunruhigte sie sein düsteres Wesen. Sie zwang sich zur Unbefangenheit. »Was ist Ihnen, Herr von Sonsfeld? Sie kommen mir seit gestern so gedrückt, so verändert vor?« fragte sie teilnehmend.

Er zog ihre Hand mit Inbrunst an die Lippen und sah ihr mit einem schmerzlichen Ausdruck in die Augen. »Fragen Sie nicht, teuerste, gnädigste Komtesse. Es gibt Dinge, über die man nicht sprechen kann.«

Er legte die Hand über die Augen und wandte sich wie in tiefer Bewegung von ihr ab. Sie sah betreten zu ihm auf. Da aber Frau von Sterneck eben in das Zimmer trat, war das Gespräch abgebrochen. Nach dem Frühstück ging Jutta in die Bibliothek, um sich ein Buch zu holen. Sonsfeld hatte einige Tage zuvor gebeten, in die Familienchronik der Ravenaus Einblick nehmen zu dürfen, weil er sich für Katharina Charlottes Schicksal interessiere.

So fragte sie ihn, ob er sie begleiten wolle.

Herbert blickte zu seiner Tante hinüber. Diese machte ihm verstohlen ein eigentümliches Zeichen mit der Hand.

Er verbeugte sich vor Jutta:

»Wenn Sie gestatten, gnädigste Komtesse.«

Sie gingen nebeneinander durch die Zimmerreihe bis zum Ende. Die Bibliothek befand sich direkt neben dem östlichen Turm. Sie stand nicht offen wie die andern Zimmer. Jutta trat ein, und Herbert schloß die Tür hinter sich.

Dolly war ihnen unbemerkt gefolgt und ließ sich nun als Wache in einem Sessel des nebenan liegenden Zimmers nieder.

In der Bibliothek befanden sich an jeder Wand hohe Bücherregale, in den Fensternischen Sitzbänke, und die breiten Fensterbretter bildeten gleichsam Tische. In der Mitte des Raumes stand ein großer, schwerer Eichentisch mit geschnitzten Füßen. Um diesen Tisch gruppierten sich bequeme Sessel. Jutta trat an eines der Regale und zeigte auf ein dickes, in Leder gebundenes Buch.

»Dies ist die Chronik der Ravenaus, Herr von Sonsfeld, das Buch ist ziemlich schwer, wollen Sie es sich, bitte, selbst herausnehmen.«

Er faßte mit einer Verbeugung nach dem Buch, ließ indes wie unschlüssig die Hand wieder sinken und wandte ihr sein verdüstertes Gesicht zu.

»Nein, es hat keinen Zweck, wenn ich mit dieser Lektüre beginne, gnädige Komtesse. Ich könnte sie doch nicht zu Ende führen«, sagte er leise und gepreßt.

Sein flimmernder Blick streifte ihre edle, schlanke Gestalt in dem schwarzen, mit Kreppstreifen verzierten Kleid und blieb mit unbeschreiblichem Ausdruck an ihrem Gesicht haften.

»Warum nicht zu Ende führen? Sie haben doch noch so viel Zeit zur Verfügung«, sagte sie erstaunt.

Er schüttelte mit leidenschaftlicher Gebärde den Kopf.

»Nein – ich muß fort, ich kann und darf nicht länger bleiben, teuerste Komtesse. Bitte, sehen Sie mich nicht so an. Ihre Augen verwirren mir die Sinne. Nein, erschrecken Sie nicht – bitte, wenden Sie sich nicht von mir. Ich will ja alle Kraft zusammennehmen, um mich zu beherrschen. Aber lange vermag ich es nicht mehr, und deshalb verbanne ich mich aus Ihrer Nähe, wenn auch mein Herz darüber in Stücke geht.«

Jutta blickte erschrocken in sein erregtes Gesicht.

»O mein Gott, Herr von Sonsfeld, Sie sehen mich erschreckt und fassungslos!«

»Achten Sie nicht auf mich«, bat er heiser, und dann, wie unfähig, sich länger zu bezwingen, sank er vor ihr in die Knie und ergriff ihre Hände. Zu ihr aufsehend fuhr er fort wie zu einem Heiligenbild:

»Und doch – ich kann nicht anders! Einmal muß ich es aussprechen, einmal Ihnen sagen, wie heiß und unendlich ich Sie liebe. Es vermag Sie ja nicht zu beleidigen, teuerste Komtesse, ich weiß, daß meine Liebe hoffnungslos ist. Wie dürfte der arme Herbert Sonsfeld seine Hände begehrend nach der Herrin von Ravenau ausstrecken? Morgen werde ich in die Verbannung gehen, aber erst mußte ich Ihnen sagen, wie selig und unselig Sie mich gemacht haben. Gleich beim ersten Blick in Ihr holdes Gesicht wußte ich, daß Sie mein Schicksal sein würden, vom ersten Augenblick an habe ich Sie geliebt mit aller Inbrunst meines Herzens! Ich begehrte nichts, als in Ihrer Nähe bleiben, Sie sehen, mit Ihnen sprechen zu dürfen. Aber heiße Wünsche erwachten in meiner Brust, Wünsche, die sich nie erfüllen können. Und deshalb muß ich fort. Zürnen Sie mir nicht, ich bete Sie an wie eine Heilige. Sie werden dem Unglücklichen verzeihen.«

Er sprang auf und küßte ihr noch einmal die Hand. Mit unterdrückter Leidenschaft hatte er gesprochen und sie dabei angesehen, daß es wie ein Schauer über ihren Körper lief. Inniges Mitleid erfüllte ihre Seele, Tränen rannen aus ihren angstvollen Augen.

Er hob die Hand gegen sie.

»Heißen Dank für diese Tränen, teuerste Komtesse, sie werden meinen Schmerz lindern! Und nun entlassen Sie mich, bitte; ich will mich auf mein Zimmer zurückziehen, da ich erst morgen abreisen kann. Ich werde Ihnen morgen nur im Beisein von anderen Lebewohl sagen dürfen. Noch einmal: zürnen Sie dem Unglücklichen nicht, und alles Glück der Welt werde Ihnen zuteil.«

Er verbeugte sich vor der regungslosen Gestalt und wandte sich mit schmerzvollem Blick zum Gehen. Ehe sie etwas erwidern konnte, war er verschwunden.

Jutta sah ihm erschüttert nach. Der arme, arme Mensch! Wie er sie liebte, wie unglücklich hatte er ausgesehen! Welch ein Schmerz mußte ihn durchtoben! Und wie edel und männlich er in seiner stillen Entsagung erschien! Weil sie eine reiche Erbin war, wagte er nicht um sie zu werben. Ach, das wäre kein Hindernis gewesen, hätte sie nicht Götz von Gerlachhausen geliebt! Aber gerade weil sie selbst liebte, fühlte sie seinen Schmerz in tiefster Seele nach. Jutta sank in einen Sessel und preßte die Hände vor die Augen. Sie mußte ihn gehen lassen – mit der Wunde im Herzen, die sie ihm ohne Wissen und Willen geschlagen. Eine Schuld traf sie nicht, denn nie hatte sie anders als freundlich mit ihm verkehrt, wie es ihr als Gastgeberin zukam. Nur dadurch, daß sie ihn eingeladen hatte, war sie ihm zum Verhängnis geworden.

Sie seufzte tief auf und blickte ganz verzagt und traurig vor sich hin.

Da trat Frau von Sterneck ein. Scheinbar erstaunt sah sie sich um. »Sie sind allein, liebes Kind? Wo ist mein Neffe geblieben? Und so traurig? Was ist geschehen?«

Jutta stand auf und schlang impulsiv, Schutz vor sich selbst suchend, ihre Arme um Dolly.

»Ach liebe Frau von Sterneck, ich bin untröstlich, ganz außer mir. Ihnen, die ich so liebe, muß ich wider meinen Willen Schmerz verursachen!«

Dolly Sterneck schien betroffen.

»Was ist denn nur geschehen, liebe Jutta?«

»Ach, ich weiß nicht, ob ich es sagen soll. Ihr Neffe will fort, morgen schon. Und er ist so unglücklich – durch mich.« Dolly legte wie in tiefster Seele erschreckt den Arm um sie.

»So hat er sich doch verraten, der Unselige«, entfuhr es ihr scheinbar wider Willen.

Jutta sah sie ängstlich an.

»Sie wußten, was ihn bewegte?«

Frau von Sterneck nickte wehmütig. »Ja, Kind, ich sah es wachsen mit unruhigem Herzen. Ich kenne doch meinen Herbert. Er ist eine so tief angelegte Natur und hat sich nie in sogenannte Liebeleien eingelassen. Nun muß sein Herz eine so hoffnungslose Neigung fassen! Er wird schwer damit fertig werden. Aber Sie trifft keine Schuld, mein liebes Kind, beruhigen Sie sich! Denken Sie nicht mehr daran! Wir müssen ihn ziehen lassen, den armen Schelm. Ich hoffte, er würde gehen, ohne von seiner Liebe zu sprechen. Aber sie war stärker als sein Wille. Verzeihen Sie ihm!«

Jutta schüttelte den Kopf.

»Verzeihen? Daß mich ein Mann von ganzer Seele liebt? Das erfordert doch keine Verzeihung! Mir tut das Herz weh aus Mitleid mit ihm.« Frau von Sterneck zog sie in eine Fensternische und setzte sich ihr gegenüber auf die Bank.

»Nun, denken Sie nicht mehr daran, liebes Kind. Er muß sich eben damit abfinden, und damit Sie abgelenkt werden, will ich Ihnen weiter von Ihrer Mutter erzählen. Ich war durch die Erinnerung an alte Zeiten aus dem seelischen Gleichgewicht gekommen und konnte gestern nicht weiter von Ihrer Mutter sprechen.«

Vergessen war in diesem Augenblick Sonsfeld.

»Aber jetzt sagen Sie mir alles?«

»Ja, hier sind wir ungestört. Ich hatte Ihnen erzählt, daß Ihre arme Mutter sich verzweiflungsvoll nach dem Tod sehnte. Wenn man alles verloren hat, was das Leben lieb machte, tritt die Versuchung an den Menschen heran, dieses verlorene Leben von sich zu werfen. Auch Gräfin Gwendoline war bereit, in den Tod zu gehen.«

Jutta zuckte zusammen und blickte bang der Sprecherin in das Gesicht.

»Ruhig, Kind, ruhig! Gott ließ das Schreckliche nicht zu. Ein edler Mann, der Gwendoline selbst liebte und diese Liebe bisher streng in sich verschlossen hatte, ließ die Unglückliche, an die er unbeirrt glaubte, nicht aus den Augen. Er riß sie zurück von dem Sprung in das dunkle Nichts. Wie ein treuer Bruder für sie sorgend, brachte er sie zu seiner Schwester. In deren Familie fand sie liebevolle Aufnahme und wurde langsam dem Leben zurückgegeben.

Sie vertrug sich schließlich mit dem Dasein und nur eins quälte sie unaufhörlich: die Sehnsucht nach ihrem Kind, nach ihrer süßen kleinen Jutta.

Nach Jahren heiratete sie aus Dankbarkeit ihren edlen Retter, der sie mit zarter Sorge umgab. Auf ihre Bitte zog er Erkundigungen nach dem Kind ein und brachte in Erfahrung, daß es nach dem Tod seines Vaters von dem alten Grafen Ravenau in ein Pensionat verbannt worden sei. Sie wußte ja, daß Graf Rudolf das Kind haßte, wie er die Mutter gehaßt hatte. Sie reiste nach Genf, um ihr Kind zu sehen. Aber Graf Ravenau hatte dafür gesorgt, daß die unglückliche Mutter nicht zu ihrem Kind gelangen konnte.

Stundenlang stand sie oft in der Nähe des Pensionats, aber das Kind wurde scharf bewacht. Vergebens versuchte sie alles. Sie sah ihr Kind nicht und reiste schließlich unter heißen Schmerzen nach Paris zurück, wo sie mit ihrem zweiten Gatten lebte. Nach Jahren starb dieser, und nun forschte sie abermals eifrig nach ihrem Kind. Sie erfuhr, daß Graf Ravenau seine Enkelin endlich heimgerufen hatte.«

Jutta sprang auf. Mit bleichem Gesicht und krampfhaft zusammengepreßten Händen stand sie vor Dolly Sterneck.

»Meine Mutter lebte noch, als ich nach Ravenau zurückkehrte?« rief sie außer sich.

»Ja – sie lebte noch.«

Jutta umklammerte Dolly ungestüm. »O mein Gott – eine Hoffnung erwacht in mir – eine Hoffnung, die mir fast die Sinne schwinden läßt. Meine Mutter – lebt sie noch? Sprechen Sie, sprechen Sie: Lebt meine Mutter noch?«

Frau von Sterneck erzitterte unter diesem Ausbruch des Empfindens.

»Ja, Jutta, sie lebt noch.«

Jutta brach aufschluchzend in die Knie.

»Mutter! Meine Mutter! Meine arme, süße Mutter.«

Dolly von Sterneck war totenbleich geworden. Sie beugte sich zu der Fassungslosen herab.

»Meine liebe, kleine Jutta!«

Diese sprang auf.

»Wo ist sie? Wo ist meine Mutter? Liebe, Teure, sprechen Sie schnell, daß ich zu ihr eilen kann«, rief sie, leidenschaftlich Dollys Nacken umfassend. Diese küßte die Stirn des jungen Mädchens.

»Du brauchst nicht weit zu suchen, mein geliebtes Kind. Ich bin deine Mutter.«

Jutta starrte sie an.

»Meine Mutter hatte goldenes Haar«, sagte sie tonlos.

Dolly von Sterneck nickte wehmütig und begann ihre Flechten zu lösen. »Goldenes Haar von besonders auffälliger Farbe – ja, mein Kind. Ich färbte es, um zu dir gelangen zu können, denn dein Großvater hat dich mit Wächtern umstellt, die mich von dir fernhalten sollten – käufliche Menschen, die sich dazu hergaben, eine Mutter von ihrem Kind zu trennen. Ich täuschte ihre Wachsamkeit. Schau her, mein geliebtes Kind, hier, unter meinem übrigen Haar versteckt, habe ich eine Strähne meines Haares in seiner ursprünglichen Farbe gelassen, um mich vor meinem heißgeliebten Kind legitimieren zu können.«

Jutta küßte diese Strähne und schmiegte sich halb ohnmächtig in die Arme der Mutter.

Dolly fuhr fort:

»Unsägliches Leid hat meine Schönheit zerstört, meine Züge verändert. Nur mein Haar hätte mich verraten. Ohne meine treue Johanna wäre ich freilich kaum zu dir gelangt. Sieh mich an, mein teures Kind! Ich will dir alle sonstigen Beweise bringen, daß ich deine Mutter bin. Ach, die Hoffnung auf diese Stunde hat mich aufrecht erhalten in aller Not. Nun halte ich dich an meinem Herzen.«

Still ließ sich Jutta von der Mutter streicheln. Ihre leidenschaftliche Erregung war einer Erschlaffung gewichen.

»Warum hat man mir gesagt, daß meine Mutter tot sei?« fragte sie voll Bitterkeit.

»Weil man dich für immer von mir trennen wollte. Noch über seinen Tod hinaus verfolgte mich dein Großvater mit seinem Haß. Höre nun noch das Letzte, mein geliebtes Kind. Setz dich zu mir, komm in meine Arme.«

Jutta schmiegte sich still neben sie. Eine tiefe Abspannung lag auf ihren reinen Zügen. Sie war kaum noch imstande, über das Wiedersehen Freude zu empfinden.

Frau von Sterneck erzählte weiter. »Daß ich mich wieder verheiratet hatte und nun Frau von Sterneck hieß, wußte hier niemand. Meinen Vornamen wandelte ich in Dolly um. So konnte ich unerkannt zu dir kommen, und das war nötig. Als dein Großvater merkte, daß es mit ihm bald zu Ende gehen würde, rief er dich heim. Vorher aber hatte er Götz von Gerlachhausen deine Hand versprochen, und der Preis, den dieser für die Erbin von Ravenau zahlte, war das Versprechen, nie deine Mutter in deine Nähe gelangen zu lassen.«

Jutta zuckte wie unter einem Schlag zusammen; leichenblaß, mit großen Augen starrte sie die Mutter an.

»Götz Gerlachhausen? Das hätte er getan!« stieß sie hervor, und ihr Herz schlug wild.

»Ja, mein Kind. Dieser Biedermann, der sich unter der Maske eines guten Freundes in dein Vertrauen schlich, ist ein schlauer, berechnender Mensch. Da sein Besitz verschuldet ist, gelüstete es ihn nach dem Reichtum der Ravenaus. Ein unerfahrenes Mädchenherz zu betören, erschien ihm nicht schwer. Alles war schon zwischen ihm und dem Großvater abgemacht, ehe du nach Ravenau kamst. Besinne dich nur, wie dein Großvater in deiner Gegenwart Götz lobte, wie er ihm immer wieder Gelegenheit gab, mit dir allein zu sein. Eure gemeinsamen Ritte waren Mittel zum Zweck, und du wirst ja selbst am besten wissen, wie er versuchte, sich bei dir in Gunst zu setzen. Und alles das, obwohl er eine andere liebte.«

Jutta sprang auf und streckte abwehrend die Hände aus.

»Nein – nein, das ist nicht wahr, das kann nicht wahr sein«, rief sie gequält.

»Es ist wahr, glaube es mir! Frage ihn selbst, ob er nicht diesen Pakt mit deinem Großvater geschlossen hat. Enterben konnte dich dein Großvater nicht, aber er gönnte seine Güter lieber einem Fremden als dir. Dieser mußte daher deine Person mit in Kauf nehmen. Ob du ihn liebtest oder nicht, wäre gar nicht gefragt worden. Auch gegen deinen Willen hätte man dich zu dieser Heirat gezwungen. Noch auf seinem Sterbebett wollte dich Graf Ravenau diesem Götz ausliefern, aber Gott hatte es anders beschlossen. Das Mädchen, das Götz liebte, war ihm zu arm, ohne Bedenken wandte er sich der reichen Erbin zu. Auch seine Mutter ist mit im Bund. Gierig warten sie auf den Ablauf des Trauerjahres, um das Netz über dich zu werfen. Er hätte dich schon zu umgarnen gewußt, wäre ich nicht zu deiner Hilfe herbeigeeilt. Er scheint seiner Sache sehr sicher zu sein, denn er spielt sich ja deinen Beamten gegenüber schon als Herr auf.«

Juttas Gesicht war wie versteinert in Groll und Herzeleid. Auf der Stirn zeigte sich die Trotzfalte, ihre Augen sprühten, und die Hände ballten sich. Tief gedemütigt, schwer beleidigt kam sie sich vor. Hatte sie wirklich ihr Herz einem Unwürdigen geschenkt? Die Worte der Mutter klangen so überzeugend, stimmten so fein zu ihren eigenen Erlebnissen. Seit vorgestern war so viel auf sie eingestürmt, daß sie nicht mehr klar zu denken vermochte. Unbändiger Zorn und Trotz nahm ihre Seele gefangen. Man hatte frevelhaft mit ihr gespielt, unverdient sie gekränkt. Sie wollte Vergeltung üben.

Plötzlich richtete sie sich auf.

»Verzeih, ich muß allein sein, muß das alles erst in mir durcharbeiten«, rief sie hastig und war aus dem Zimmer entschwunden, ehe ihre Mutter etwas erwidern oder sie zurückhalten konnte.

Mit zusammengezogenen Brauen sah diese ihr nach. Der jähe Aufbruch paßte nicht in ihre Pläne. Sie hatte Jutta trösten und ihre Gedanken auf Herberts treue, uneigennützige Liebe lenken wollen. Finster grübelte sie vor sich hin. Sollte Juttas unberechenbarer Charakter zuletzt alles verderben?

Ehe sie darüber schlüssig geworden, hörte sie im Schloßhof Pferdehufe aufschlagen und blickte hinaus. Da jagte Jutta auf der Wunschmaid über den Schloßhof. Ohne Begleitung verschwand sie hinter dem Säulengang im Park.

Gleich darauf trat Herbert mit verstörtem Gesicht zu seiner Tante ins Zimmer.

»Was ist geschehen?«

»Etwas Unerwartetes. Jutta ist, nachdem ich ihr die Eröffnung über Gerlachhausen gemacht habe, sinnlos davongestürmt.«

»Warst du ungeschickt?«

»Ich habe die größte Vorsicht walten lassen, aber ihre Liebe zu Gerlachhausen scheint tiefer, als wir glaubten.«

»Was nun?«

Sie sahen sich beide starr an. Endlich richtete sich Dolly auf.

»Abwarten, noch ist nichts verloren.«

»Und wenn sie nach Gerlachhausen reitet? Wenn sie ihn fragt?«

»Er kann im Grunde nichts ableugnen. Jedenfalls müssen wir auch darauf gefaßt sein. Kehre einstweilen ruhig in dein Zimmer zurück.«

Er lachte gereizt.

»Ruhig?«

Sie brauste auf.

»Glaubst du, ich bin in behaglicher Stimmung? Geh, ich muß nachdenken, wie wir uns aus der Schlinge ziehen.«

11

JUTTA WAR IN ihr Zimmer geeilt. Hastig ließ sie sich von Johanna, die eben ihre Sachen zur Abreise packte, das Reitkleid überwerfen. Eine besorgte Frage des Mädchens über ihr bleiches Aussehen beantwortete sie nur mit einem stummen Kopfschütteln.

Als sie dann ihr Pferd bestieg und eilig davonritt, brannte ein düsteres Feuer in ihren Augen. Auf der Stirn trat die charakteristische Trotzfalte schärfer als je hervor. Wohin sie reiten würde, wußte sie nicht. Nur hinaus wollte sie, nur allein sein mit dem furchtbaren Schmerz, der ihre Seele erfüllte, nur austoben lassen, was ihre Brust wie mit eisernen Klammern einpreßte.

Planlos jagte sie durch den Wald. Ihr Atem ging schwer, ihr Haar, für den wilden Ritt nicht fest genug geflochten, lockerte sich. Pferd und Reitkleid waren mit Schaum bedeckt. Sie sah und hörte nichts, dachte nur immer das eine: Er hat dich betrogen mit seinen herzlichen Worten, mit seinen werbenden Blicken, er liebt eine andere. Du solltest ihm nur Mittel zum Zweck, das überflüssige Anhängsel an Ravenau und Schönrode sein. Sein ganzes Wesen war Lüge – Lüge!

Sie wußte nicht, wo sie sich befand.

Wunschmaid hatte keine Führung mehr, und ihre flüchtigen Hufe berührten kaum den Boden.

Plötzlich, an einem Kreuzweg, scheute sie und sprang leicht zur Seite. Jutta blickte auf. Vor ihr erschien Götz Gerlachhausen, der eben ihren Weg kreuzen wollte.

Jutta riß das Pferd zurück. Zornig, mit schmerzverzogenem Gesicht sah sie ihn an. Er grüßte sie sichtlich erfreut. Aber ein Blick in ihre düster flammenden Augen, auf ihre finstere Stirn machte ihn betroffen. So hatte er Jutta Ravenau noch nie gesehen.

Sie nahm sich zusammen. Ihr Stolz bäumte sich auf. Ihn nur nicht merken lassen, wie sie litt bei dem Bewußtsein, nicht von ihm geliebt zu werden.

»Sie hier, Komtesse Jutta? Und ganz allein?« fragte er besorgt.

Sie warf den Kopf zurück. Ein hochmütiger Zug lag um ihren zusammengepreßten Mund.

»Ich konnte allerdings nicht hoffen, Sie hier zu treffen, Herr von Gerlachhausen. Da es jedoch geschehen ist, trifft es sich günstig, da ich einige Fragen an Sie zu richten habe.«

Er ritt näher an sie heran. »Was wünschen Sie zu wissen, Komtesse?« fragte er beunruhigt.

Sie sah ihn scharf an und antwortete brüsk: »Wußten Sie, daß meine Mutter noch lebt?«

Er fuhr erbleichend zurück.

»Komtesse – wer – wie kommen Sie zu dieser Frage?«

»Gleichviel. Wußten Sie darum?«

Er richtete sich hoch auf, ihr Ton beleidigte ihn.

»Ja, ich wußte es.«

Sie lachte nervös auf. »Obwohl Sie mir das Gegenteil versicherten! Aber noch eine Frage: Ist es wahr, daß Graf Ravenau Sie zu meinem Gatten bestimmte, ehe ich nach Ravenau zurückkehrte? Haben Sie ihm dafür versprechen müssen, mich um jeden Preis von meiner Mutter zu trennen?«

Götz schaute bleich und ernst, aber ruhig in ihr zuckendes Antlitz.

»Ja, es ist wahr. Hören Sie mich an, Komtesse, ich –«

Sie ließ die Reitpeitsche durch die Luft sausen.

»Bitte, sparen wir uns Auseinandersetzungen. Ich will Ihnen nur sagen, daß ich mir erlaubte, selbst über meine

Hand zu verfügen, denn ich habe mich mit Herrn von Sonsfeld verlobt. Und meine Mutter ist in Ravenau. Guten Morgen, Herr von Gerlachhausen. Eine Empfehlung an Ihre Frau Mutter.« Sie warf ihr Pferd herum und jagte davon, ohne noch einen Blick auf sein verstörtes Gesicht zu richten. Götz starrte ihr wie versteinert nach. War das wirklich Jutta Ravenau, die so zu ihm gesprochen, die dort in solcher Wildheit auf dem bereits erschöpften Pferde dahinraste? Verlobt? Mit Herbert Sonsfeld? Und ihre Mutter in Ravenau? Woher wußte sie von dem unseligen Plan des Grafen Ravenau, wer hatte ihn ihr hinterbracht, gewiß in entstellter Weise?

Wie Blei lag es in seinen Gliedern. Von all den Gedanken, die auf ihn einstürmten, löste sich immer klarer der eine heraus: Sie ist dir verloren, ist die Braut Sonsfelds.

Willenlos ließ er das Pferd laufen und erwachte erst aus seinem Brüten, als es vor dem Tor seines Hauses hielt.

Jutta war endlich nach Hause zurückgekehrt. Ohne das Reitkleid abzulegen, trat sie in den Salon und ließ Herrn von Sonsfeld zu sich bitten.

Dieser folgte ihrem Ruf sehr schnell und warf bei seinem Eintritt einen prüfenden Blick auf die regungslos am Fenster stehende Mädchengestalt.

»Gnädigste Komtesse haben befohlen«, sagte er mit elegischer Miene.

Jutta wandte sich ihm zu. Erst jetzt warf sie Hut und Reitpeitsche auf den Tisch und zerrte nervös die Handschuhe von ihren Fingern. Ihr Haar, sonst so sorgfältig geordnet, hing wirr um ihren Kopf. Sie war sehr bleich. Tiefe Ringe umschatteten ihre Augen, und hochmütiger Trotz lag noch immer auf ihrem Gesicht.

Ohne Sonsfeld anzublicken, sagte sie hastig, als habe sie Eile, die Worte loszuwerden:

»Herr von Sonsfeld, Sie sagten mir vor wenigen Stunden, daß Sie mich lieben, ohne mich um meine Hand zu bitten. Ich erwarte, daß Sie das Versäumte nachholen.«

Er trat in freudiger Bestürzung auf sie zu, und diesmal war der Ausdruck seines Gesichtes echt, ebenso der erlösende Seufzer, der seiner Brust entstieg.

»Komtesse – gnädigste Komtesse, Sie treiben doch nicht Spott mit dem Herzen eines Mannes, das nur für Sie schlägt?«

»Nein, es ist mein Ernst. Ich will Ihnen auch mein seltsames Verhalten erklären. Wissen Sie, daß Frau von Sterneck meine Mutter ist?«

»Ja, Komtesse. Ich war in den letzten Jahren der einzige Vertraute der Ärmsten und Zeuge ihrer schmerzvollen Sehnsucht nach ihrem Kind. Als ich noch ein Knabe war, kam Ihre Mutter zu meinen Eltern. Mein Oheim brachte uns die Unglückliche. Ihre Schönheit, ihr Leid machten einen tiefen Eindruck auf mich. Ich hatte sie lieb vom ersten Tag an. Von ihr weiß ich alles, was mit Ihnen zusammenhängt bis zum heutigen Tage.«

Jutta stützte sich auf den Tisch und preßte ihre fiebertrockenen Lippen aufeinander. Dann sagte sie leise:

»So wissen Sie auch, daß mein Großvater mich an Götz Gerlachhausen verhandeln wollte?«

Er blickte wie erschüttert zu Boden. »Ich glaubte, daß Herr von Gerlachhausen bereits ein Recht an Sie hätte, Komtesse. Um so hoffnungsloser erschien mir meine Liebe.«

Sie trat auf ihn zu, die Stirn finster zusammenziehend.

»Ich lasse mich aber nicht verhandeln, Herr von Sonsfeld. Frei will ich über meine Hand verfügen und sie dem Mann reichen, der mich treu und uneigennützig liebt. Ich bin Herrin meiner selbst. Daß ich Sie so liebe wie Sie mich, kann ich nicht behaupten, aber ich schätze Sie hoch und empfinde freundschaftlich für Sie. Lassen Sie mir Zeit, vielleicht erwidere ich eines Tages Ihre Neigung. Wollen Sie es daraufhin mit mir wagen? Ich brauche einen männlichen Schutz. Vielleicht läßt Herr von Gerlachhausen die Maske der Freundschaft fallen und zeigt sich mir als Feind. Wollen Sie mein Beschützer sein?«

Sonsfeld faßte, wie überwältigt vom Glück, ihre Hand und preßte sie an seine Lippen.

»Jutta, teure geliebte Jutta, Sie machen mich zum Glücklichsten der Sterblichen. Ob ich will? Mit heißer Freude! Wehe demjenigen, der es wagt, Ihnen auch nur mit einem Blick zu nahe zu treten! Heißen, innigen Dank für Ihr Vertrauen! Ich weiß, es wird mir gelingen, Ihr Herz zu gewinnen. Meine grenzenlose Liebe kann nicht ohne Erwiderung bleiben. Unermüdlich will ich darum werben.«

Sie starrte vor sich hin. Seine Worte klangen wie aus weiter Ferne an ihr Ohr, stumm ließ sie es geschehen, daß er ihre zitternden Hände mit Küssen bedeckte. Sie in seine Arme zu nehmen und ihren Mund zu küssen, wagte er nicht. Er wußte, daß sie wie im Fieber handelte, und hütete sich, sie durch unangebrachte Zärtlichkeit zu erschrekken.

Jutta trat von ihm zurück.

»Bitte, lassen Sie die Leute herbeirufen, lieber Herbert, auch meine Mutter. Sofort soll unsere Verlobung proklamiert werden. Man mag sich in der Halle versammeln.«

Sonsfeld verbeugte sich und gab einem Diener die nötige Weisung.

Jutta lehnte blaß und müde mit brennenden Augen am Kamin. Sonsfeld trat neben sie und zog wieder und wieder ihre Hand an die Lippen. Als ihre Mutter eintrat, atmete Jutta auf und trat ihr entgegen. Sie sah nicht den heimlichen Blick des Einverständnisses, den diese mit Sonsfeld tauschte.

»Meine liebe Mutter, Herbert und ich haben uns verlobt. Du brauchst dich nicht mehr von ihm zu trennen, und hast nun zwei Kinder, die dich lieben und für langes Leid entschädigen wollen.« Dolly Sterneck nahm sie zärtlich in ihre Arme.

»Gott segne dich, mein Kind, und schenke dir Glück«, sagte sie mit wirklicher Empfindung.

Sie umarmte auch Herbert und küßte ihn.

Jutta war noch immer wie im Fieber.

»Nun komm zu den Leuten, Herbert.« Sie gingen in die Halle, wo das Hauspersonal mit erwartungsvollen Gesichtern stand. Jutta stellte Herbert als ihren Verlobten und als künftigen Herrn von Ravenau-Schönrode vor. Ein Murmeln ging durch die Reihen. Die Leute waren sichtlich mehr bestürzt als erfreut, suchten jedoch allmählich eine fröhliche Miene zu heucheln. Nur Jettchen Wohlgemut blieb wie erstarrt. Sie wußte doch, daß Götz Gerlachhausen bestimmt war, als Herr hier einzuziehen, und daß ihr das Komteßchen in der Sterbestunde des Grafen ihre Liebe zu Götz bekannt hatte. Und nun sollte plötzlich ein anderer seine Stelle einnehmen? Sie blickte verstört auf Jutta: Sah so eine glückliche Braut aus?

Nur mühsam stotterte sie einen Glückwunsch hervor.

Als die Leute entlassen waren, hielt Jutta Herrn Seidelmann und Frau Wohlgemut zurück und sagte mit matter Stimme: »Für Sie beide, die Sie wohl am längsten in Ravenau sind, habe ich noch eine besondere Mitteilung. Sie haben doch meine Mutter gekannt, nicht wahr?«

Die beiden Alten bejahten. Jutta nahm ihre Mutter bei der Hand.

»Sehen Sie sich einmal Frau von Sterneck an. Denken Sie, sie sei zwanzig Jahre jünger und habe statt des schwarzen Haares goldblondes. Fällt Ihnen da nichts auf?«

Seidelmann schüttelte verständnislos den Kopf, aber Jettchen Wohlgemut stieß ihn mit einem kleinen Schrei der Überraschung in die Seite, so daß er empört die Nase rümpfte.

»Seidelmann, was habe ich gleich am ersten Tag gesagt? Frau von Sterneck erinnert mich an jemand. Jetzt weiß ich, an wen! Wirklich – an unsere Gräfin Gwendoline! Wenn sie jünger wäre und ihre schöne glatte Haut und das goldene Haar hätte –«

Jutta gab die Hand ihrer Mutter frei.

»Das Haar ist gefärbt, liebe Frau Wohlgemut, und in die

glatte Haut hat großes Herzeleid seine Runen gezogen. Frau von Sterneck ist meine Mutter. Ich bitte Sie, machen Sie das der Dienerschaft plausibel. Näheres erfahren Sie später einmal. Für heute wissen Sie genug. Sorgen Sie, daß die Leute eine kleine Feier haben. Der Trauer wegen bleibt meine Verlobung noch unveröffentlicht.«

Jettchen Wohlgemut verbeugte sich und stammelte, zu Gwendoline gewandt:

»Verzeihung, daß ich gnädige Gräfin nicht erkannte.«

Leutselig legte diese der alten Frau die Hand auf die Schulter.

»Keine Entschuldigung, liebe Frau Wohlgemut! Und ich bleibe auch in Zukunft Frau von Sterneck. So hieß mein zweiter Mann. Sein Name kommt mir allein zu.«

»Wie gnädige Frau befehlen«, stotterte Jettchen und zog sich zurück. Seidelmann hielt erst noch eine wohlgesetzte Rede. Er wußte, was er seiner Stellung schuldig war. Dann folgte er Jettchen Wohlgemut.

Diese war in der Küche wie betäubt auf einen Stuhl gefallen. »Ach du grundgütiger Himmel, das geht nicht in meinen alten Kopf hinein«, stöhnte sie ganz verzweifelt.

Seidelmann trat zu ihr.

»Was sagen Sie nun, Verehrteste? Eine große Überraschung nach der andern! Wie auf dem Theater, nicht wahr?«

»Die Toten stehen auf. Ich werde mich nicht wundern, wenn jetzt auch unser hochseliger Herr Graf aus seiner Gruft ans Tageslicht steigt. Was er wohl zu alledem sagen würde? Lieber Himmel, was erlebt man doch alles in diesem Hause!«

»Hm, hm. Fanden Sie nicht auch, daß Komtesse sehr seltsam auftrat? Im Reitkleid eine Verlobung zu proklamieren – sonderbar, höchst sonderbar.«

»Ach, auf das Kleid kommt es nicht an; aber das Gesichtchen! Von Glück stand nichts darin, und – ich hab' es anders erwartet.«

»Hm, hm, ich hätte auch auf den Gerlachhausen geschworen. Dem wird diese Verlobung wohl ein bißchen gegen den Strich gehen. Aber was geht es uns an, wie sich die vornehmen Herrschaften das Leben schwermachen? Wir tun unsere Pflicht, basta.«

Inzwischen hatte Jutta ihre Mutter und ihren Verlobten gebeten, sich zurückziehen zu dürfen. Sie war am Ende ihrer Kraft und vermochte sich kaum noch aufrecht zu halten. Zärtlich besorgt begleiteten sie die beiden bis an ihre Zimmer.

Jutta zog schnell die Tür hinter sich ins Schloß und atmete wie erlöst auf. Johanna erwartete sie bereits zum Umkleiden.

Während sie ihrer jungen Herrin in ein bequemes Hauskleid half, starrte diese geistesabwesend vor sich hin. Als das Umkleiden beendet, fragte Johanna, ob die Komtesse noch etwas befehle.

»Nein, Johanna, Sie können gehen. Sie werden noch mit dem Einpacken Ihrer Sachen zu tun haben. Morgen früh reisen Sie ab, nicht wahr?«

»Ja. Gnädigste Komtesse gestatten mir, noch einmal herzlich zu danken für das viele Geld und für alle Freundlichkeit und Güte.«

»Es ist gut, Johanna. Sie haben mir einen sehr großen Dienst geleistet.«

»Gnädige Komtesse, ich habe nur getan, was Frau von Sterneck mir befohlen.«

»Frau von Sterneck ist meine Mutter, Johanna, und durch Ihre Hilfe haben wir uns nach langer Trennung wiedergefunden.«

Johanna fuhr betroffen zurück.

»Das – also das war das Geheimnis! O mein Gott!«

Jutta winkte ihr matt zu.

»Ich will nun allein sein. Niemand soll mich stören, ich brauche Ruhe.«

Die Zofe entfernte sich gehorsam.

Jutta schloß hinter ihr das Zimmer ab und warf sich

dumpf aufstöhnend auf den Diwan. Ihr Kopf schmerzte, ihre Glieder waren steif, und der Puls fieberte. Sie vermochte nicht mehr zu denken. Die Bilder verwirrten sich in ihrem Kopf. Sie fühlte sich grenzenlos unglücklich und so einsam wie nie in ihrem Leben, obwohl sie die Mutter wiederhatte. Sie empfand nichts als unerträglichen Jammer um Götz Gerlachhausen, der das Ideal ihrer Mädchenseele gewesen war, den sie geliebt mit der tiefen, heiligen Glut ihres jungen Herzens und der sie betrogen und verraten hatte.

Wirr ging ihr durch den Kopf, was sie seit dem Morgen erlebte. Sie hatte gegen sich selbst gewütet, um Götz Gerlachhausen demütigen zu können, um ihm zu zeigen, wie sehr sie ihn verachtete. Ihre Verlobung hatte sie ihm in wildem Triumph ins Gesicht gerufen, um ihm zu zeigen, daß sie ihn nicht liebe.

Und nun lag sie da, von Grauen über sich selbst geschüttelt, elend und verzweifelt zum Sterben. Wenn sie doch einschliefe, um nie mehr zu erwachen! Das wünschte sie.

12

HERBERT SONSFELD HATTE seine Tante in ihr Zimmer geleitet. Dort standen sie sich eine Weile stumm gegenüber. Endlich sagte Herbert aufatmend und heiser vor Erregung: »Gewonnen! Der Sieg ist unser.« Sie setzte sich müde in einen Sessel. »Ja, aber fast wäre alles verloren gewesen. Ich habe gezittert, solange Jutta fort war. Wo mag sie gewesen sein? Sie sah furchtbar verstört aus. Ich kann mich kaum am Gelingen unseres Plans freuen. Götz Gerlachhausen war ihr mehr, als wir dachten. Mir ist wirklich bange um sie.«

Herbert warf den Kopf zurück. »Nun verdirb mir doch die Freude nicht und laß die Klagelieder. Die Hauptsache ist: Wir sind gerettet. Um Jutta sei unbesorgt. An einer ersten Liebe stirbt man nicht. Schließlich bin ich doch auch nicht zu verachten.« Er zündete sich eine Zigarette an und bot der Tante sein Etui. Sie folgte seinem Beispiel. Dann sah sie bittend zu ihm auf.

»Herbert, versprich mir, daß du gut zu dem Kind sein willst.«

»Herrgott, ich bin doch kein Kannibale, der kleine Kinder verschlingt! Natürlich werde ich gut zu ihr sein, und auf ein bißchen Süßholz soll es mir auch nicht ankommen, wenn jemand wie ich auch längst über solche Kinderkost hinaus ist. Wird mir gar nicht schwerfallen, und du sollst sehen, sie verliebt sich noch bis über die Ohren in deinen vortrefflichen Neffen. Ernsthaft: Du brauchst nicht Trübsal zu blasen, es fehlt jeder Grund dazu. Bedenke, was wir erreicht haben!«

Sie lehnte sich in ihren Sessel zurück und blickte den Rauchwölkchen nach. Sein Ton schien sie nicht zu verletzen.

»Gewiß«, sagte sie, »sehr viel! Und ich habe mich bisher auch nie mit fruchtloser Reue abgegeben, aber wenn ich jetzt so rein und schuldlos vor meiner Tochter stehen könnte, wie ich es ihr glaubhaft machte, kein Preis wäre mir zu hoch. Doch genug davon! Nicht umsonst will ich gegen die Macht eines Toten gerungen haben. Hier stehe ich, hier bleibe ich, fort mit nutzlosen Sentimentalitäten!«

»Bravo, liebe Tante, in dem Sinne will ich ein paar Flaschen Pomery kalt stellen lassen. Wir trinken vorläufig ohne die kleine Braut auf unsere Verlobung.«

Er klingelte und gab den bezüglichen Befehl, der prompt ausgeführt wurde.

Erst am nächsten Morgen kam Jutta wieder aus ihren Zimmern. Beim Ankleiden hatte ihr bereits die neue Zofe geholfen, da Johanna schon abgereist war.

Jutta erschien sehr bleich am Frühstückstisch, aber sie schien ruhig und gefaßt. Ihre Mutter und ihr Verlobter umgaben sie mit zarter Aufmerksamkeit.

Da zwischen ihr und der Mutter Jahre überbrückt werden mußten, fehlte es nicht an Gesprächsstoff. Mit heimlichem Schmerz empfand Jutta, daß ihr die Mutter fremder erschien als zur Zeit, da sie noch nicht wußte, wie innig sie zusammengehörten. Lag es an ihrer allgemeinen Seelenstimmung, daß ihr Herz nicht so warm für die Mutter zu schlagen vermochte?

Es quälte sie ungemein, daß sie sich zu zärtlichen Worten zwingen mußte. Wenn ihre Mutter sie mit Liebkosungen überschüttete und ihrer Freude über das endliche Wiederfinden Ausdruck gab, war ihr zumute, als fände das all keinen Widerhall in ihrem Herzen. Sie zwang sich in eine freudige Stimmung hinein und fühlte doch, daß sie zum erstenmal in ihrem Leben vor sich selbst und anderen Komödie spielte.

Noch mehr hatte sie diese Empfindung ihrem Verlobten gegenüber. Als er einmal leicht den Arm auf der Stuhllehne um sie legte, glaubte sie vor Schrecken zu erstarren.

›Was hab' ich getan? Mein Gott, was hab' ich in sinnlosem Trotz getan‹, dachte sie zum Verzweifeln schmerzerfüllt. Herbert sah ihr an, daß sie sich durch seine Vertraulichkeit verletzt fühlte. Schnell zog er seinen Arm zurück und plauderte unbefangen.

Während sie sich bemühte, darauf einzugehen, irrten ihre Gedanken immer wieder ab.

›Nun kann Götz Gerlachhausen nicht mehr annehmen, daß ich ihn geliebt habe, selbst wenn ich mich irgendwie verraten hätte. Jetzt, wo ich mich mit einem andern verlobte, wird er glauben, daß er mir gleichgültig war‹, meinte sie bei sich und wollte sich einreden, daß sie bei diesen Gedanken Befriedigung empfinde. Es war ein ganz vergebliches Bemühen.

Qualvoll verging ihr der Morgen. Sie sehnte sich nach der Einsamkeit ihres Zimmers und mußte doch die Gesellschaft der beiden Menschen ertragen, die ihr nun die liebsten auf der Welt sein sollten.

Das Wetter war trübe und unfreundlich; der graue Himmel drohte sich in einen Landregen aufzulösen.

Die drei saßen sich im Salon neben dem Speisesaal gegenüber und bemühten sich zu plaudern. Da sie in der Tiefe des Zimmers am Kamin Platz genommen, sahen sie nicht, daß Götz Gerlachhausen in den Schloßhof ritt. Als der Diener meldete, daß Herr von Gerlachhausen Komtesse Ravenau zu sprechen wünsche, fuhr Jutta in jähem Schreck empor und erblaßte. Sie wollte den Besuch abweisen lassen, aber ihre Mutter hatte bereits gesagt:

»Wir lassen bitten.«

Zu Jutta gewandt, fuhr sie fort: »Du kannst ihn nicht ablehnen, Jutta. Was sollte die Dienerschaft denken? Außerdem ist es wohl das richtigste, du stellst Herbert als deinen Verlobten vor. Dann weiß er, daß für ihn nichts mehr zu hoffen ist.«

Jutta wurde glühend rot. Sie dachte daran, daß sie Götz bereits ihre Verlobung gemeldet hatte, ehe sie vollzogen war.

»Ich traf Herrn von Gerlachhausen gestern im Wald. Er weiß, daß – daß Herbert mein Bräutigam ist; auch daß du hier bist, Mutter.«

Blitzschnell flog ein warnender Blick aus Herberts Augen zu Frau von Sterneck hinüber. Sie richtete sich kampfbereit auf. Sie wußte nun, was Götz hier wollte. Ein Strauß mit ihm stand ihr bevor, aber sie glaubte des Sieges sicher zu sein.

Götz trat ein. Er verneigte sich vor den Damen und grüßte Herbert kühl und höflich. Juttas sonderbares Wesen vom Tage vorher ignorierend, ging er auf sie zu und küßte ihr die Hand. Er fühlte, wie ihre Finger zuckten, und gab sie schnell frei.

»Sie haben sich gestern so eilig von mir verabschiedet, daß ich Ihnen zu Ihrer Verlobung nicht Glück wünschen konnte, Komtesse Jutta. Ich gestatte mir, das jetzt nachzuholen, zugleich im Namen meiner Mutter«, sagte er ernst und ruhig.

Nichts verriet, was er beim Anblick ihres leidenden Gesichts empfand. Sie sah scheu zu ihm auf. Der gequälte Zug, der seit gestern auf seinem bleichen Antlitz lag, entging ihr nicht. Ein wehes Gefühl schnürte ihr die Brust zusammen.

»Ich danke Ihnen, Herr von Gerlachhausen«, erwiderte sie höflich, und dabei war ihr zumute, als müßte sie laut aufschreien. Götz richtete auch an Herbert einige höfliche Worte, die derselbe mit steifer Höflichkeit entgegennahm.

Götz wandte sich dann schnell wieder Jutta zu.

»Zugleich möchte ich Sie um eine Unterredung unter vier Augen bitten, Komtesse Jutta.«

Sie zog die Stirn zusammen.

»Bitte, Herr von Gerlachhausen, vor meinem Verlobten habe ich kein Geheimnis.«

Götz verbeugte sich und wandte sich dann artig an Frau von Sterneck. »Gnädige Frau, darf ich bitten? Ich habe Komtesse eine streng familiäre Mitteilung zu machen.«

»Dabei wird uns Frau von Sterneck nicht stören, Herr von Gerlachhausen. Sie ist meine Mutter«, bemerkte Jutta laut und fest.

Götz fuhr zurück und starrte ungläubig auf Juttas Mutter.

»Unmöglich, Komtesse. Ihre Mutter hatte blondes Haar.«

Frau von Sterneck machte ihm eine ironische Verbeugung.

»Blondes Haar kann man schwarz färben, Herr von Gerlachhausen, und eine Mutter überwindet noch ganz andere Schwierigkeiten, wenn man sie böswillig von ihrem Kind trennen will. Dazu hatte Graf Ravenau Sie doch mit allen Machtbefugnissen ausgestattet, nicht wahr?«

Götz, der sich bereits gefaßt hatte, sah sie ernst und gebieterisch an.

»Allerdings, und sein Auftrag war mir heilig. Für so feine List ist ein ehrlicher Landmann zu grob geartet; auf geradem Wege wäre es Ihnen nicht gelungen, in Ravenau einzudringen.«

Jutta konnte den Blick nicht von seinem zürnenden Gesicht wenden. Sah so ein Mensch aus, den man eines Unrechts überführte? War es möglich, daß hinter diesen edlen Zügen erbärmliche Berechnung lauerte?

Frau von Sterneck lachte höhnisch auf, und dieses Lachen tat Jutta fast körperlich weh.

»Nun, für Ihre mangelhafte Wachsamkeit sind Sie hinlänglich bestraft, denn der Lohn, den man Ihnen dafür bot, mich von Ravenau fernzuhalten, ist Ihnen entgangen. Meine Tochter hat es vorgezogen, sich selbst den Verlobten zu wählen. Die Zeiten, da man Frauen als Sklavinnen verkaufte, sind vorbei.«

Götz wandte sich mit einer ruhig vornehmen Gebärde von ihr ab und Jutta zu.

»Gnädige Komtesse, ich bin hierhergekommen, um ein Ehrenwort einzulösen, das ich Ihrem verstorbenen Großvater gab. Unabhängig von anderen Ereignissen unterziehe ich mich der Erfüllung dieser Verpflichtung. Ihr Herr Großvater trug mir auf, mit allen Mitteln zu verhindern, daß die geschiedene Gattin seines Sohnes sich Ihnen nähere. Sollte sie dennoch bis zu Ihnen dringen, dann wünschte er, daß Sie die ganze Wahrheit über Ihre Mutter erfahren sollten. Er setzte dabei allerdings voraus, daß ich ein Recht haben würde, Sie zu schützen. Dies Recht gaben Sie einem anderen. Ich bin jetzt nur noch verpflichtet, Ihnen hinterlassene Dokumente Ihres Großvaters auszuliefern. Ich kenne den geheimen Ort, wo sie liegen, und bitte Sie, mich in das Arbeitszimmer des Grafen Ravenau zu begleiten, damit ich vor Ihren Augen die Schriftstücke ihrem Versteck entnehmen und Ihnen übergeben kann.« Jutta erhob sich unschlüssig. Götz Gerlachhausens maßvolle Haltung blieb nicht ohne Eindruck auf sie.

Ihre Mutter war ebenfalls aufgestanden und legte lächelnd den Arm um ihre Schultern. »Komm, Kind, gehen wir hinüber, um uns zu überzeugen, daß uns Herr von Gerlachhausen ein romantisches Märchen erzählt hat.«

Götz fuhr auf.

»Gnädige Frau! Bedenken Sie bitte, daß ich als Mann eine Beschimpfung von einer Dame wehrlos über mich ergehen lassen muß.«

»Aber bitte, Herr von Gerlachhausen, ich will mich gern von der Wahrheit Ihrer Worte überzeugen lassen.«

Die beiden Damen und Götz begaben sich nun in das Arbeitszimmer des verstorbenen Grafen. Herbert blieb ruhig auf seinem bequemen Sessel und sah ihnen mit ironischem Lächeln nach.

Als die Herrschaften eintraten, war Jettchen Wohlgemut gerade dabei, frische Spitzenstores unter den Damastvorhängen anzubringen. Noch ehe sie von der Leiter herunterkommen konnte, war Götz an den Schreibtisch getreten und drückte nun auf die verborgene Feder. Die Tür zu dem Geheimfach sprang auf. Ohne hineinzusehen, sagte er zu Jutta:

»Bitte, gnädige Komtesse, wollen Sie die Dokumente an sich nehmen!«

Jutta faßte hinein, zog aber die Hand rasch zurück. Ihr Gesicht war bleich bis in die Lippen.

»Das Fach ist leer. Bitte, überzeugen Sie sich selbst«, bemerkte sie tonlos.

Götz blickte bestürzt in die Öffnung und fuhr erblassend zurück.

»Das begreife ich nicht«, murmelte er. Frau von Sterneck lachte. »Vielleicht hat Graf Ravenau sich eines Besseren besonnen und die Papiere vernichtet? Vielleicht auch hat sie der Spukgeist des Schlosses auf geheimnisvolle Weise entführt, weil er nicht leiden wollte, daß man die Gattin des letzten Ravenau mit unverdienter Schmach bedeckte«, sagte sie hart und laut.

Bei ihren letzten Worten war Jettchen Wohlgemut wie vom Schlag getroffen zusammengeknickt. Das Kästchen mit Stecknadeln entfiel ihren zitternden Händen. Sie sah im Geist wieder die unheimliche Gestalt, die in jener Gewitternacht genau auf dieselbe Weise wie Herr von Gerlachhausen den Schreibtisch an der Seite geöffnet hatte.

Hastig bückte sie sich nach den Stecknadeln, um den Ausdruck ihres Gesichts zu verbergen. Es war ihr plötzlich, als ginge ihr ein großes Licht auf. Ihr Erlebnis in jener Nacht erschien ihr plötzlich in einer ganz anderen Bedeutung.

Einen forschenden Seitenblick auf Frau von Sternecks hohe Gestalt werfend, verließ sie schnell das Zimmer und lehnte sich in der Halle fassungslos an eine Wand.

›Wenn ich nur wüßte, welches Schriftstück da fehlt. Wenn ich mir das nur erklären könnte‹, dachte sie und grübelte darüber weiter nach. Seit sie erfahren hatte, daß Frau von Sterneck Juttas Mutter sei, war ihre Abneigung gegen diese noch bedeutend gestiegen.

Im Zimmer stand Götz noch immer vor den beiden Frauen. Gwendolinens Hohn berührte ihn nicht. Aber daß Jutta der Willkür dieser Frau preisgegeben war, bekümmerte ihn sehr. Er erkannte nun die Fäden, die das junge Mädchen umstrickten, war aber machtlos, sie daraus zu befreien.

Jutta hatte ihn groß und ernst angeschaut. »Sie haben sich überzeugt, Herr von Gerlachhausen, daß das Fach leer ist. Vielleicht sah mein Großvater doch in letzter Stunde ein, daß er meiner armen Mutter Unrecht getan«, sagte sie ruhig. Sie wollte nicht, daß er eine Niederlage erleide oder der Lüge bezichtigt werde. Etwas in ihr sprach trotz allem zu seinen Gunsten und rüttelte an ihrer bisherigen Annahme, er könne verächtlich gehandelt haben. Sie glaubte ihm auch, daß er von dem Vorhandensein der Dokumente überzeugt gewesen war.

Götz verbeugte sich vor ihr.

»Jedenfalls habe ich gesehen, daß Graf Ravenau die Dokumente in diesem Fach aufbewahrte. Wo sie geblieben sind, weiß ich sowenig wie Sie.«

»Sie können auch trotzdem ganz ruhig sein, Herr von Gerlachhausen. Meine Tochter hat aus meinem eigenen Mund erfahren, mit welch häßlichem Verdacht mich Graf Ravenau gekränkt hat. Bei ihr habe ich gottlob nicht um Glauben betteln müssen, weil sie nicht vom Haß verblendet war«, erklärte Frau von Sterneck stolz.

Götz richtete einen schmerzlichen Blick auf Jutta.

»Meine Mission ist hier zu Ende, Komtesse. Ich bitte, mich verabschieden zu dürfen. Leben Sie wohl – und werden Sie glücklich!«

Sie zuckte zusammen. Das war ein Abschied für immer. Götz, das fühlte sie, würde nicht wiederkommen. Ihr war, als sei alles Licht aus der Welt verschwunden, als müsse sie wie ein furchtsames Kind seinen Arm umklammern und ihn bitten: »Verlaß mich nicht, ich weiß ja nicht, wie ich mich nun in diesem schweren Leben zurechtfinden soll. Ich habe nur im Trotz, in Verzweiflung so töricht gehandelt und mir eine Fessel angelegt, die meine Seele erdrücken wird. Verlaß mich nicht!«

Aber sie rührte sich nicht und sprach kein Wort. Ihre trockenen Lippen bewegten sich, aber kein Laut drang hervor. Ehe sie es erfaßte, war er fort. Es ging wie ein Riß durch ihr Herz, als sich die Tür hinter ihm schloß.

Frau von Sterneck zog sie in ihre Arme. »Mein liebes Kind – nun sind wir von diesem Heuchler befreit, er hat gemerkt daß seine Rolle in Ravenau ausgespielt ist.«

Jutta starrte sie an. Fühlte die Mutter denn nicht, wie elend die Tochter war?

Früher, wenn irgendein Leid sie bedrückte, dachte Jutta oft: »Wenn du jetzt eine Mutter hättest, wie tröstlich müßte es sein, ihr deine Schmerzen klagen zu dürfen!« Jetzt hatte sie eine Mutter, und der größte, bitterste Schmerz ihres Lebens erfüllte ihre Seele, aber sie trug kein Verlangen, am Herzen der Mutter Trost zu suchen.

Jettchen Wohlgemut war inzwischen mit ihren Grübeleien zu Ende und zu einem Entschluß gekommen. Sie eilte über den Schloßhof in den Park und postierte sich wartend hinter einem Gesträuch. Es dauerte nicht lange, da sah sie Götz Gerlachhausen durch die Säulenhalle reiten. Himmel, wie blaß und verstört sah der sonst so frische junge Herr aus! Noch einen Moment stand sie unschlüssig. Dann trat sie resolut in seinen Weg und rief ihn an. Trotz seiner bedrückten Stimmung grüßte er freundlich.

»Wünschen Sie etwas von mir, Frau Wohlgemut?«

»Ja, Herr von Gerlachhausen. Ich möchte wohl ein paar Worte mit Ihnen reden. Aber wenn Sie auf dem Pferd sitzen, muß ich zu laut sprechen. Es ist zwar niemand in der Nähe, aber man muß vorsichtig sein.«

Götz kannte die kluge, praktische alte Frau zu gut, um nicht zu wissen, daß sie ihm hier nicht wegen einer Kleinigkeit begegnete. Er sprang vom Pferd und trat dicht vor sie hin.

»Nun, bitte!«

Sie fuhr mit der Hand an ihrem Schürzensaum entlang.

»Ich weiß nicht, gnädiger Herr, mir ist seit gestern so unheimlich zu Sinn, als drohe unserer gnädigen Komtesse ein Unheil. Sie sieht so jammervoll aus, und ich weiß doch auch, daß unser gnädiger Herr Graf das anders bestimmt hatte.«

Götz zeigte ein gequältes Gesicht.

»Davon reden wir besser nicht, Frau Wohlgemut; bitte, kommen Sie zur Sache.«

Jettchen nickte.

»Ja, also ich wollte Sie fragen, ob die Dokumente, die Sie im Schreibtisch des Herrn Grafen nicht vorfanden, sehr wichtig sind?«

Er sah sie forschend an.

»Gewiß, von der allergrößten Wichtigkeit.«

Jettchen blickte sich vorsichtig um und sagte danach leise:

»Dann möchte ich Ihnen etwas anvertrauen, gnädiger Herr. Unser hochseliger Herr Graf hielt so große Stücke auf Sie, und ich bin nur eine einfache Frau, die sich hierbei nicht zu helfen weiß. Vielleicht können Sie sich einen Vers darauf machen, gnädiger Herr, und mir sagen, ob es unserer gnädigen Komtesse etwas nützen kann, wenn ich darüber spreche.«

Götz war aufmerksam geworden.

»Also sprechen Sie; Komtesse Ravenau hat keinen treueren Freund als mich.«

»Das weiß ich, gnädiger Herr«, entgegnete sie und erzählte ihm ausführlich die Erlebnisse in jener Gewitternacht.

Götz hörte erregt zu. Er erriet, daß sich Juttas Mutter

auf diese Weise in den Besitz der Dokumente gesetzt hatte. Auf irgendeine Weise mußte sie Kenntnis davon erhalten haben, und das Geheimnis des verborgenen Fachs war ihr vielleicht früher durch ihren Gatten mitgeteilt worden. Sie hatte sich durch den Hinweis auf den Spukgeist selbst verraten.

Nachdenklich sagte er zu der alten Frau, die ihn erwartungsvoll ansah:

»Ich danke Ihnen für die Mitteilung, liebe Frau Wohlgemut, sie ist mir sehr interessant. Leider kann ich nichts damit anfangen, denn ich bin heute wahrscheinlich das letzte Mal in Ravenau gewesen.«

»Gnädiger Herr!« rief sie erschrocken.

Er nickte.

»Ja, Frau Wohlgemut. Komtesse Ravenau hat mir ihre Freundschaft entzogen. Ungerufen komme ich nicht mehr. Mit Ihrer Mitteilung kann ich leider nichts anfangen, wenn sich die verschwundenen Dokumente nicht auffinden lassen. Aber achten Sie ein wenig auf Ihre junge Herrin. Sie braucht treue Herzen, jetzt wohl nötiger als je, und wenn Sie wahrnehmen, daß sie eines zuverlässigen Freundes bedarf, dann rufen Sie mich. Vergessen Sie das nicht.«

»Ich will mir das wohl merken, gnädiger Herr. Aber, bitte, sagen Sie mir noch eins: Soll ich unserer Komtesse erzählen, was ich in jener Nacht gesehen habe?« Götz dachte einen Augenblick nach. Dann sagte er entschlossen:

»Ja, wenn sich einmal die Gelegenheit dazu bietet – und wenn ihre Traurigkeit sich nicht verliert. Wird sie glücklich, so ist es besser, sie erfährt nichts von jener Sache.«

»Vielen Dank, gnädiger Herr, danach will ich mich richten und wohl achtgeben. Wenn ich nur wüßte, wo ›sie‹ die Dokumente versteckt hat.«

Götz lächelte bitter.

»Die sind sicher vernichtet, meine gute Frau Wohlgemut. Aber nun kehren Sie ins Haus zurück. Es ist nicht nötig, daß wir gesehen werden.«

Er bestieg wieder sein Pferd, grüßte die alte Frau noch einmal freundlich und ritt schnell davon, während Jettchen sich ins Schloß begab.

Götz grübelte auf dem ganzen Nachhauseweg über das nach, was er eben in Ravenau erlebt hatte. Juttas blasses Gesicht wollte ihm nicht aus dem Gedächtnis. Der Schmerz über ihren Verlust ging unter in der Sorge um ihr Glück. Er sah sie von allerlei Gefahren umgeben, vor denen er sie nicht schützen konnte, weil sie einem anderen das Recht dazu gegeben hatte. Aber war Herbert Sonsfeld der Mann, sie zu schützen und zu hüten? War er nicht mit dieser Abenteuerin nach Ravenau gekommen – als Werkzeug ihrer Pläne und Ränke? Oh, er durchschaute sie! Um ihn selbst unschädlich zu machen, brauchte sie diesen Sonsfeld. Dem glänzenden Kavalier war es wohl ein leichtes gewesen, Juttas Herz zu betören, ihre Liebe zu gewinnen. Und um die freundliche Neigung zu ihm selbst gründlich zu ersticken, braute die schlaue Dame ein Tränklein aus Wahrheit und Dichtung. Das brachte sie Jutta bei, um sie mit Mißtrauen gegen den bisherigen Freund zu erfüllen.

Es war alles vortrefflich gelungen. Frau Gwendoline triumphierte und wandelte stolz auf Ravenauschem Boden. Wenn Graf Ravenau das wüßte!

Hätte Götz eine Ahnung davon gehabt, daß Juttas Herz nicht Sonsfeld, sondern ihm gehörte, trotz allein, so würde er Jutta sicher aus diesem Netz von Falschheit und Berechnung, das die eigene Mutter um sie gewoben hatte, befreit haben. So aber waren ihm die Hände gebunden. Niedergedrückt und verstimmt ritt er heim.

13

EINIGE WOCHEN SPÄTER kehrte Herbert Sonsfeld nach Berlin zurück, ohne seiner Braut innerlich viel nähergekommen zu sein. Jutta wünschte, daß er das Doktorexamen mache, aber er versuchte, ihr das auszureden.

»Ich bitte dich, Jutta, wozu soll ich den Doktortitel erwerben? Was soll ich als künftiger Gemahl meiner hohen Schloßherrin mit einem Doktortitel?« Sie sah ihn befremdet an.

»Ein Mann soll eine Aufgabe, die er sich gestellt hat, nicht ungelöst lassen. Treibt es dich nicht selbst, dein Ziel zu erreichen?«

Er fand ihre Auffassung reichlich unbequem.

»Es war mein Ziel, weil ich darauf meine Zukunft aufbauen wollte. Jetzt hat sich das doch geändert, und ich sehe nicht ein, wozu ich meine Zeit damit vergeuden soll.«

Ihr ernster Blick ließ nicht von seinem Gesicht.

»Und womit gedenkst du die Zeit bis zu unserer Hochzeit auszufüllen?«

Er zog ihre Hand an die Lippen.

»Mit dem Gedanken an dich, Geliebte«, flüsterte er leidenschaftlich.

Sie entzog ihm die Hand.

»Willst du denn ganz ohne Arbeit leben?«

Ihr Ton mahnte ihn zur Vorsicht.

Er lachte.

»Es war nur ein Scherz, Jutta. Natürlich mache ich mein Examen. Du willst mich doch durchaus in die Verbannung schicken.«

»In Ravenau kannst du jetzt, als mein Verlobter, doch nicht bleiben.«

»Schönrode ist ja auch noch da. Aber nein, blick nicht so strafend, ich reise nach Berlin. Aber ich darf dich bald besuchen?«

»Weihnachten wirst du ja hier verleben.«

»Das scheint dir bald? Für meine Sehnsucht ist es eine Ewigkeit. Aber ehe ich gehe, laß uns noch den Termin zu unserer Hochzeit festsetzen.«

Sie war an das Fenster getreten und legte die heiße Stirn an die Scheiben.

»Schon jetzt?«

»Jutta«, rief er vorwurfsvoll.

Sie raffte sich auf.

»Das Trauerjahr muß doch erst zu Ende sein.«

Er seufzte.

»Aber dann, Jutta – dann wirst du mein Weib. Anfang August kann unsere Hochzeit sein, ja?«

Mit heißen Augen blickte er sie an. Sie schauerte innerlich zusammen und unterdrückte einen bangen Seufzer.

»Gut – weil du es wünschst, Herbert.«

Nun waren seit seiner Abreise Wochen vergangen. Jutta hatte sie durchlebt wie jemand, der eine immer schwerere Last mit sich herumträgt. Sie konnte nicht mehr froh sein, konnte Götz Gerlachhausen nicht vergessen.

Was hätte sie darum gegeben, ihre Verlobung rückgängig machen zu können. Aber Herbert besaß ihr Wort, das sie selbst ihm aufgedrängt. Ihn durfte sie nicht entgelten lassen, daß sie sich, nur um Götz zu kränken, mit ihm verbunden. Sie war überzeugt, Herbert liebe sie grenzenlos, und suchte sich einzureden, sie werde diese Liebe einst erwidern können.

Jedenfalls gewährte es ihr aber eine Erleichterung, daß Herbert abgereist war.

Meist dachte sie jetzt an Götz. Freilich, der Großvater

hatte ihn in Versuchung geführt, als er ihm die Aussicht eröffnete, Herr auf Ravenau und Schönrode zu werden. Aber mit der Liebe zu einer andern im Herzen durfte er nicht darauf eingehen, durfte vor allem nicht durch sein mehr als freundschaftliches Verhalten in ihr den Glauben erwecken, daß er sie liebe. Damals, an der Waldquelle, als er ihr das Tuch für ihre verweinten Augen kühlte, wie er sie dabei angesehen hatte! So voll Zärtlichkeit, daß sie meinte, in den Himmel zu blicken. Und das war Falschheit und Berechnung gewesen? Oh, sie hatte doch recht getan, ihm zu zeigen, daß er ihr nichts, gar nichts gelte.

So, und im Hinblick auf Herberts »uneigennützige« heiße Liebe, suchte sie sich zu beschwichtigen. Dabei flogen aber ihre Gedanken immer wieder nach Gerlachhausen. Wie glücklich war sie dort gewesen! Wenn sie, eine Handarbeit in den unruhigen Fingern, der Mutter gegenübersaß, trat oft ein langes Schweigen ein. Jede der beiden Frauen hing dann ihren Gedanken nach. Die Gwendolinens hatten freilich ein anderes Gepräge. Nachdem sie erreicht, was sie erreichen wollte, lag ihr Leben wieder sorgenfrei und glänzend vor ihr. Was sie sich einst durch ihren Leichtsinn verscherzt, hatte sie durch kluge Berechnung zurückerobert. Sie hätte nun eigentlich zufrieden sein können, aber trotzdem wurde sie ein seltsames Unbehagen nicht los. In den ärgsten Beklemmungen ihres Lebens war sie nicht so in Unfrieden mit sich selbst gewesen wie jetzt.

Waren es Juttas traurige Augen, die sie quälten? War die Liebe zu ihrem Kind, die trotz allem in ihrem Herzen erwachte, schuld an dieser heimlichen Unruhe? Oder standen die Schatten der Toten vor ihr auf und raubten ihr den Frieden? Sie wußte es nicht. Daß sie über manche Stunde in ihrem Leben Reue empfand, gestand sie sich in schwachen Stunden ein, wenn sie sich auch dagegen zur Wehr setzte. Manche Nacht konnte sie nicht schlafen. Dann wurde die Vergangenheit lebendig. Sie dachte an die Jahre ihrer ersten Ehe. Dann war nach ihrer Scheidung eine grauenvolle Zeit gekommen. Um ihre Reue, ihren Schmerz zu betäuben, hatte sie sich in einen Strudel des Vergnügens gestürzt. Verwöhnt, wie sie war, streute sie das Geld mit vollen Händen aus, ohne daran zu denken, wie lange es zu ihrem Unterhalt reichen mußte. Nie war sie mehr gefeiert und geliebt worden als in jener Zeit, nie war sie schöner gelesen als mit einer verhaltenen Leidenschaft in ihrem Wesen. Aber ihre Anbeter schlugen einen wenig ehrerbietigen Ton gegen sie an, und die Damen ignorierten die schöne, geschiedene Gräfin auffallend.

Dann geriet sie an den grünen Tisch in Monte Carlo. Mit lächelndem Gleichmut gewann oder verlor sie. Ihr Auftreten war das einer sehr reichen Dame. Dort lernte sie Franz von Sterneck kennen, der mit seiner verwitweten Schwester und deren Sohn nach Monte Carlo gekommen war, um sein Glück zu versuchen. Er war ein schöner Mann mit einnehmendem Wesen. Wegen einer etwas unklaren Sache beim Rennen hatte der damalige Offizier seinen Abschied nehmen müssen.

In der Hoffnung, seinen sehr knappen Finanzen durchs Spiel aufzuhelfen, ging er nach Monte Carlo, sah sich getäuscht, trat aber trotzdem wie ein Millionär auf.

Er und Gwendoline wurden aufeinander durch diesen zur Schau getragenen Reichtum aufmerksam. Sie hatte endlich mit Schrecken bemerkt, daß ihre hunderttausend Franc wie Schnee an der Sonne zusammenschmolzen, und mußte sich wohl oder übel nach einem reichen Freier umsehen. Sterneck seinerseits glaubte, in dieser geschiedenen Frau einen Goldfisch fangen zu können. Man spielte sich gegenseitig Komödie vor und heiratete schließlich, bis es nach der Hochzeit zutage kam, daß beide betrogene Betrüger waren.

Sie fanden sich mit einem gewissen Galgenhumor mit dieser Enttäuschung ab und nahmen nun gemeinsam das abenteuernde Leben wieder auf.

Jedenfalls weihten sie sich mit unbegrenzter Offenheit

in ihre gegenseitige Vergangenheit ein und kamen im ganzen gut miteinander aus, weil sie keine Illusionen mehr hatten und sich gegenseitig volle Freiheit zugestanden.

In dieser Ehe fand dann Herbert Sonsfeld nach dem bald darauf erfolgten Tod seiner Mutter Aufnahme.

Franz von Sterneck äußerte zuerst die Idee, Herbert müsse sich einst mit der Tochter seiner Frau vermählen. Eine glänzende Aussicht würde sich dadurch für alle eröffnen. Die Idee wurde mit Begeisterung aufgenommen. Man ließ fortan Jutta nicht aus den Augen, um im geeigneten Zeitpunkt eingreifen zu können.

Als Jutta sechzehn Jahre alt war, reisten die drei nach Genf. Schon damals färbte Gwendoline das Haar, um zu ihrer Tochter zu gelangen und sie mit Herbert bekannt machen zu können.

Aber Jutta wurde zu scharf bewacht. Ohne etwas erreicht zu haben, mußten sie abreisen.

Dann starb Franz von Sterneck plötzlich an den Folgen eines Sturzes über das Treppengeländer. Es geschah dies eines Nachts bei der Heimkehr in der Trunkenheit.

Gwendoline kehrte nun mit Herbert nach Deutschland zurück und stellte von Berlin aus Nachforschungen über Jutta an.

Kurz nach Johannas Diebstahl fand sie eines Tages die Annonce, durch die man eine Zofe nach Ravenau suchte. Das war ein günstiger Zufall, den Gwendoline bestens benützte.

Sie hatte die Absicht, Herbert Sonsfeld, dessen Beziehungen zu ihr niemand in Ravenau ahnen konnte, auf irgendeine Weise in Ravenau einzuschmuggeln, damit er Jutta für sich gewinnen könne.

Ehe sie das auszuführen vermochte, starb Graf Ravenau. Da entwarf sie einen andern Plan und führte ihn in allen Details getreulich aus. Sie war nun am Ziel, aber die Freude am Gelingen wurde durch die Regungen ihrer Mutterliebe getrübt. Juttas trauriges Gesicht war ihr ein steter

Vorwurf. Hätte sie ihren Bundesgenossen ausschalten können, ohne sich selbst zu schaden, so wäre das sicher geschehen, aber daran durfte sie nicht denken.

Der erste Schnee war gefallen, die beiden Damen saßen in Juttas Salon, die sinnend durch das Fenster auf den beschneiten Schloßhof blickte. Auf dem Drachenbrunnen lagen dicke Schneekonturen und gaben ihm ein groteskes Aussehen, das durch herabhängende Eiszapfen verstärkt wurde. Wie im Vorhof eines verwunschenen Schlosses lagen die riesigen Drachenleiber regungslos unter der Schneedecke. Jutta seufzte selbstvergessen auf. Sie paßte in diese Umgebung, in der alles Blühen und Hoffen erstickt schien.

Ihre Mutter hielt ein Buch in den Händen, sah aber über dasselbe zu ihr hinüber. Juttas Gesicht erschien blaß und schmal im Kontrast zu dem schwarzen Kleid, das sie trug.

»Kind, du seufzt ja herzbrechend! Hast du so große Sehnsucht nach Herbert? Dann wollen wir doch auf einige Tage nach Berlin fahren. Hast du nicht Lust?«

Jutta wandte sich um.

»Offen gestanden nein. Im Winter reisen ist unbehaglich«, antwortete sie ausweichend.

»Aber du kämst wieder einmal unter Menschen. Wir könnten eventuell Weihnachtseinkäufe machen. Du hast keine Ahnung, wie amüsant es in einer solchen Weltstadt ist.«

»Mit Trauerkleidern kann man doch nicht Vergnügungen nachgehen, liebe Mama.«

»Ach, das ist nicht so schlimm. Dort achtet niemand auf dich. Und wie sich Herbert freuen würde! Du wirst ganz verstimmt und trübselig in der Einsamkeit. Das tut dir nicht gut.«

»Ich bin an Einsamkeit gewöhnt, Mama, und habe ja dich. Wirklich – ich mag von Ravenau nicht fort. Aber wenn du nach Abwechselung verlangst, so nimm, bitte, keine Rücksicht auf mich.«

Frau von Sterneck schüttelte den Kopf. »Kind, nicht für mich, nur in deinem Interesse machte ich den Vorschlag. Ich glaubte, du sehntest dich nach Herbert.« Jutta wandte sich ab.

»Er kommt ja zu Weihnachten«, sagte sie leichthin.

»Ei, welch ein vernünftiges kleines Bräutchen bist du!«

Jutta sah die Mutter an, als wollte sie etwas erwidern, preßte dann aber die Lippen aufeinander, um ihre Bemerkung zurückzuhalten. Sie setzte sich nieder und stützte den Kopf in die Hand. Dann sagte sie scheinbar ruhig:

»Ich kann nun einmal nicht überschwenglich empfinden, wie es vielleicht die Bräute in Romanen tun.«

Frau von Sterneck seufzte.

»Freilich, das Leben ist auch ganz anders. Die großen Gefühle sterben in unserer nüchternen Zeit aus. Es ist ja auch friedlicher und behaglicher, wenn man in diesem Punkt nicht zu überschwenglich ist, wie du sagst. Wenn du aber nur ein wenig froher und vergnügter wärst!«

»Ich bin ein schwerfälliger Charakter, Mama, und habe, wie du weißt, in letzter Zeit manches zu verwinden gehabt. Deine Lebensgeschichte hat mich sehr ergriffen und mir gezeigt, wie schwer das Leben sein kann. Was wußte ich bisher vom Leben und seinen Kämpfen? Nun bin ich etwas aus dem Gleichgewicht gekommen. Laß mich nur erst innerlich mit alledem fertig sein, dann sollst du dich nicht mehr über mich beklagen.«

Frau von Sterneck stand auf und umarmte sie.

»Mein armes Kleines, wie leid tut es mir, daß ich dir diese Erfahrung nicht ersparen konnte! Aber sei nur getrost! Wenn du erst mit deinem Gatten in die große schöne Welt hinauskommst, wirst du schon Freude am Leben finden. Ich sehe dich schon im Geist als gefeierten Mittelpunkt einer glänzenden Gesellschaft, in herrlichen Toiletten, geschmückt mit den wundervollen Familiendiamanten der Ravenaus. Hast du je etwas Schöneres gesehen als diesen Schmuck?«

»Ich habe ihn noch nie angesehen.«

Frau von Sterneck schüttelte verwundert den Kopf.

»Du hast ihn noch nie gesehen? Aber Jutta. Du bist wirklich ein seltsames Mädchen. Besitzt die herrlichsten Steine, um die dich jede Frau beneiden muß, und siehst sie dir nicht einmal an! Das müssen wir gleich nachholen. Geh, Kind, hol den Schmuck, ich sehe ihn mir auch gern wieder einmal an. Alte Erinnerungen an eine glückliche schöne Zeit, da mich dein Vater liebend damit schmückte, werden in mir geweckt. Da war ein Diadem von Smaragden und Brillanten, das konnte er in meinem Haar nicht genug bewundern. Geh, Jutta, hole es. Die Zeit wird uns beim Betrachten schnell genug vergehen.«

Jutta erhob sich bereitwillig, um der Mutter eine Freude zu machen, und begab sich in das Arbeitszimmer des Großvaters. Als sie den Schlüssel zum Wandschrank, den sie an einer Kette um den Hals trug, hervorholte, gedachte sie der Stunde, als ihr der Großvater diesen Schlüssel überreichte, und der Worte, die er dabei gesprochen: »Versprich mir, solange ich lebe, die Kassette nicht zu öffnen, außer wenn ich dir selbst die Erlaubnis dazu gebe.«

Langsam schloß sie den Schrank auf, nahm die Kassette heraus und stellte sie behutsam auf den Tisch.

Wie spielend glitt dann ihre Hand über den Deckel, um zu ermitteln, ob der Verschluß sich leicht öffne. Kaum hatte sie die kleine Rosette berührt, da sprang der Deckel zurück. Verwundert gewahrte sie den Brief, der oben in der Kassette lag.

»Für meine herzlich geliebte Enkelin Jutta«, stand in des Großvaters charakteristischer Handschrift darauf. Das junge Mädchen fuhr erschrocken zusammen und starrte mit großen Augen auf diese Worte.

So schrieb er auf den Brief, er, der sie nach Ausspruch ihrer Mutter gehaßt haben sollte?

Hastig barg sie das Schreiben in der Tasche ihres Kleides, um es später zu lesen. Instinktiv war diese Bewegung, vom Moment eingegeben, sie kennzeichnete aber die Art, wie sie im Innern zu ihrer Mutter stand. Ganz selbstverständlich erschien es ihr, daß der Inhalt nicht geeignet sei, ihn der Mutter mitzuteilen.

Schnell warf sie den Deckel der Kassette zu und trug sie, nachdem sie auch den Schrank verschlossen, aus dem Gemach. Auf ihren Wangen lag ein leises Rot, und ihre Augen blickten lebhafter. Ihre Mutter betrachte sie lächelnd.

»Du siehst aus, als hättest du schon einen Blick in die Schatulle geworfen.«

Jutta errötete noch mehr.

»Nur flüchtig«, erwiderte sie leise.

»Desto gründlicher wollen wir das nun tun. Komm, setz dich hierher. Ich will dir die einzelnen Stücke so gruppieren, daß sie gut zur Geltung kommen.«

Sie öffnete die Kassette und legte ein Stück des Schmucks nach dem andern auf ein Deckchen aus mattgelbem Samt, das oben über den Schmuck gebreitet gewesen war. Das eine und andere Stück befestigte sie an ihrer Toilette, um die Wirkung vor dem Spiegel zu erproben, und das Diadem, von dem sie gesprochen, drückte sie sich ins Haar.

»Ah, es sieht im schwarzen Haar nicht annähernd so schön aus wie in meinem Goldblond. Wirklich, Kind, mein Haar war meine größte Schönheit. Aber ich habe es um deinetwillen gern geopfert. Sieh nur, welches Feuer die Steine ausstrahlen! Herrlich, wundervoll.« Sie drehte sich nach allen Seiten, und Jutta mußte gestehen, nie etwas Schöneres gesehen zu haben.

Gwendoline löste endlich das Diadem aus ihrem Haar. Dabei verletzte sie sich an der zum Befestigen angebrachten Nadel.

Als sie das Diadem schnell in das weiß gefütterte Etui zurücklegte, fiel ein Blutstropfen auf den weißen Samt.

Starr blickte sie darauf nieder. Ein leichter Schauer rann durch ihre Glieder. Ihr war zumute, als drohe ihr Unheil, wenn sie noch ein Stück dieses Schmuckes berühre, den

sie einst leichtsinnig verpfändete, um ihrem Gatten entfliehen zu können. Sie betrachtete ihren blutenden Finger.
»Hast du dich verwundet, Mama?«

»Ein wenig. Du mußt nun selbst auspacken, Jutta.«

Diese tat mechanisch, wie ihr geheißen worden. Ihre Augen ruhten aufmerksam auf all den kostbaren Sachen, aber ihre Gedanken waren bei dem Brief in ihrer Tasche. Gwendoline bat Jutta, doch den Schmuck einmal anzulegen, aber diese schüttelte den Kopf.

»Nein, Mama. Ich weiß, daß die Frauen der Ravenaus diesen Schmuck stets zuerst an ihrem Hochzeitstag trugen.«

»Nur einmal zur Probe, Kind.«

»Auch das nicht. Es käme mir vor wie eine Entweihung, wenn ich den Schmuck an meinen Trauerkleidern befestigte.«

»Du bist ein Närrchen. Dein Großvater hat es wahrlich nicht um dich verdient, daß du ihm so ehrlich nachtrauerst.«

Jutta blickte sie ernst und ruhig an.

»Ich bin seine Enkelin. Wie er sich im Herzen zu mir gestellt hat, weiß ich nicht. Ich betrachte es als meine Pflicht, sein Andenken zu ehren.«

Frau von Sterneck wandte sich unsicher von ihr ab und sagte:

»Du bist ein sehr gewissenhaftes kleines Mädchen, mein Kind.«

Jutta erwiderte nichts. Stumm legte sie die Schmucksachen in die Kassette zurück und trug sie wieder an ihren sicheren Ort. Gleich danach forderte Frau von Sterneck zu einer Schlittenfahrt auf, und die Damen fuhren nach Schönrode.

Der Kastellan wurde von Gwendoline stets nur mit einem hochmütigen Kopfnicken begrüßt. Sie verzieh es ihm nicht, daß er damals in Nizza so schnell den alten Grafen herbeigerufen hatte. Die Antipathie beruhte jedenfalls auf

Gegenseitigkeit, denn der Kastellan war begreiflicherweise sehr wenig davon entzückt, daß Gwendoline wieder in Ravenau auftauchte, hütete sich aber natürlich, sie das merken zu lassen.

Nach der Heimkehr von der Schlittenfahrt nahmen die Damen zusammen den Tee, und auch später blieb Frau von Sterneck in Juttas Gesellschaft, so daß diese erst am vorgerückten Abend, nachdem sie sich zurückgezogen hatte, den Brief des Großvaters zu öffnen vermochte.

In ein weißes Negligé gehüllt, setzte sie sich in einen Sessel und schnitt das Kuvert auf.

Zwei Briefe lagen darin. Sie ergriff den ersten und las:

Meine geliebte Jutta, mein liebes, kleines Mädchen! Ich fühle, meine Tage sind gezählt, so gern ich auch noch eine Weile bei Dir bleiben möchte. Der Tod, den ich oft so heiß herbeigesehnt, wird mir nun doch zu schnell kommen.
Mir erscheint es selbst wie ein Wunder, daß Du mir das Leben wieder lieb gemacht hast, und ich bereue schmerzlich, Dich und mich beraubt zu haben, als ich Dich so lange von Ravenau fernhielt.
Warum ich das getan?
Oft las ich diese Frage in Deinen unschuldsvollen Augen, mein liebes Kind, aber ich konnte mich nie entschließen, sie zu beantworten. Schuldig bleiben will ich Dir jedoch die Antwort nicht, wenn Du sie auch erst nach meinem Tod erhalten sollst. Dann wirst Du mich vielleicht milder beurteilen.
Ich gab Dich von Ravenau fort, weil ich Dein harmlos fröhliches Kinderlachen in der qualvollen Zeit nach dem Tod Deines Vaters nicht hören konnte. Gerade als er den letzten Atemzug tat, lachtest Du draußen in der Halle. Du wußtest ja nicht, was Dir eben genommen worden war, was weiß ein Kind vom Leben und Sterben! Aber Dein Lachen erschien mir damals, als ich vor Schmerz nicht klar und gerecht urteilen konnte, als ein Zeichen der ge-

fühllosen Sinnesart Deiner Mutter. Möge Dir erspart bleiben zu erfahren, welche Rolle Deine Mutter in meinem und Deines armen Vaters Leben gespielt hat! Meine Unbedachtsamkeit hat Dir einst verraten, wie sehr ich diese Frau haßte. Glaube mir, sie hat es verdient, ich muß Dir das sagen, damit Du mich ganz verstehst. In all den Jahren, als Du in Genf warst, verließ mich die Angst nicht, Du könntest Deiner Mutter gleichen. Immer wieder schob ich Deine Rückkehr hinaus, vernichtete ungesehen Deine Fotografien und beraubte mich des Trostes, meines Sohnes Kind um mich zu haben, aus dieser Angst heraus, die sich fast krankhaft gestaltete.

Endlich konnte ich Deine Heimkehr nicht länger hinausschieben und raffte mich zu einem Entschluß auf. Zugleich erwog ich, daß Du inzwischen das heiratsfähige Alter erreichtest. Dein Vater besaß einen Freund, den er sehr liebte. Götz Gerlachhausen ist der Sohn dieses Freundes. Es war immer der Wunsch Deines Vaters, daß Du Dich dereinst mit Götz Gerlachhausen vermählen mögest. Diesen Wunsch gedachte ich zu verwirklichen. Götz war auch mir wert und sympathisch. Seine Charaktereigenschaften nötigten mir Hochachtung ab. Was lag näher, als daß ich selbst wünschte, daß er Dein Gatte und mein Nachfolger in Ravenau würde. Ehe Du heimkehrtest, ließ ich ihn zu mir kommen und fragte ihn, ob er eventuell Dein Gatte werden wolle. Götz war zuerst sehr betroffen und zurückhaltend. Ich legte ihm die Gründe dar, die mich zu diesem Vorgehen veranlaßten. Er wurde nachdenklich. Schließlich machte er seine Einwilligung davon abhängig, daß ihr beide Gefallen aneinander fändet und Du unbeeinflußt einwilligen müßtest, seine Gattin zu werden.

Ich wollte keine Einwendungen gelten lassen und war gewillt, Dich kraft meiner Autorität zu dieser Heirat zu bewegen, aber Götz und seine kluge, gütige Mutter verlangten, daß ich keinen Zwang auf Dich ausübe.

Am meisten nahm mich für Götz ein, daß er die traurige Geschichte unseres Hauses kannte und daß er – davon war ich überzeugt – Dir in allen Lebenslagen ein treuer und fester Schutz sein würde. Eine frühere unglückliche Neigung hatte Götz eine trübe Erfahrung gebracht. Er liebte ein Mädchen, das ihn betrog und einen andern wählte, weil er keinen großen Besitz sein eigen nannte. Ich konnte nicht annehmen, daß er Dir eine große Leidenschaft entgegenbringen würde, aber ich habe im Leben oft erfahren, daß eine Ehe, die auf gegenseitige Sympathie und Hochachtung basiert, besser gerät als eine in blinder Leidenschaft geschlossene. Dann kamst Du heim, meine liebe kleine Jutta, und schautest mich mit den großen unschuldsvollen Augen an. Es waren die Augen Deines Vaters. Du warst eine echte Ravenau, nichts erinnerte mich an Deine Mutter. Weißt Du noch, wie schnell ich Dich nach der ersten Begegnung auf Dein Zimmer schickte? Ich war durch Deinen Anblick so tief erschüttert, daß ich einen Herzkrampf nahen fühlte, und wollte nicht, daß der Anfall meines Leidens Dich erschrecke.
Was nun folgte? Kind, mein liebes kleines Mädchen, es war, als ob der Frühling in das vom Winter erstarrte Land einzog. Dein alter verbitterter Großvater lernte die Freude wieder, die Freude an einem Wesen, das er liebte. Und mit inniger Befriedigung sah ich zwischen Dir und Götz eine tiefe, reine Neigung keimen. Du hattest seinen Wert bald erkannt und er – nun, vorhin habe ich beiliegenden Brief von ihm erhalten, ich lege ihn hier bei, weil seine Worte so ganz der Ausfluß seines ehrlichen, männlichen Wesens sind. In wenigen Tagen bist du hoffentlich seine Braut; sein ehrliches Geständnis wird Dich nicht schrekken. Er liebt Dich und Du liebst ihn, ich werde Eure Hände mit inniger Freude ineinander legen und Euch segnen. Heimlich wünschte ich mir oft, Du wärst ein Sohn. Es schmerzte mich, daß unser altes Geschlecht ausstirbt. Aber nun hat der Gedanke seinen Stachel für mich verlo-

ren. Du wirst eine Gerlachhausen; ein neues glückliches Geschlecht möge in Ravenau aufblühen! Gott segne dieses Geschlecht, dem die letzte Gräfin Ravenau angehören wird.

Und wenn Du glücklich bist, dann verzeihe mir, daß ich Deine Kindheit freudlos vergehen ließ. Meine Liebe und mein Segen mit Dir allezeit!

Dein Großvater Rudolf Ravenau.

Jutta hatte diesen Brief mit wachsender Erregung und Ergriffenheit gelesen. Nun griff sie hastig, mit zitternden Händen zu dem andern. Heiße Tränen rannen über ihre Wangen, sie mußte sie wieder und wieder trocknen und vermochte die Buchstaben des zweiten Briefes kaum zu lesen. Zu mächtig war die Bewegung über des Großvaters liebevolle Worte.

Endlich beruhigte sie sich so weit, daß sie das andere Schreiben lesen konnte. Mit unbeschreiblichen Gefühlen erkannte sie Götz Gerlachhausens Handschrift. Es war die Antwort auf das Schreiben, das der Graf damals an Götz richtete. Götz bestand in ihm darauf, Jutta müsse erfahren, daß der Graf und er die Vermählung Juttas schon besprochen hätten, ehe sie heimkehrte.

Bleich, mit weit geöffneten Augen starrte Jutta auf diesen Brief, der in ihren Händen zitterte. Ihre Lippen preßten sich fest aufeinander, als wollten sie den Schrei der Verzweiflung ersticken, der sich aus ihrer Brust lösen wollte. Mit dumpfem Stöhnen ließ sie die Arme auf den Tisch sinken und barg dann ihr Gesicht in den Händen. Die Erkenntnis, daß er sie liebte, die sie aus seinen Zeilen gewonnen, war nicht imstande, sie zu entzücken, versank vielmehr in dem Jammer um ihr vernichtetes Lebensglück.

Götz Gerlachhausen liebte sie! Und sie hatte ihn gekränkt, beleidigt wie ein boshaftes Kind. Stolz und Trotz hatten sie zu einem törichten Schritt getrieben. Nun war sie die Braut eines andern, den sie nicht liebte, nie lieben würde. Immer würde ihr Herz in Sehnsucht und Liebe an Götz hängen.

Sie sprang auf und hielt den schmerzenden Kopf mit beiden Händen.

»Was hab' ich getan? Gott im Himmel, was hab' ich getan«, jammerte sie verzweifelt.

Große schwere Tränen rannen zwischen ihren Händen herab, heiße Tränen, die keine Erleichterung brachten.

Wie bittend streckte sie die gefalteten Hände aus.

»Vergib, Götz – vergib mir.«

Wie schnell hatte sie den Glauben an ihn aufgegeben, weil die Mutter ihn anklagte und er stolz jede Verteidigung verschmähte! Sie hätte ihn gegen eine ganze Welt verteidigen müssen, sie kannte ihn doch, sein schlichtes, ehrliches Wesen, und hätte der Mutter sagen sollen: »Du irrst dich, du bist falsch unterrichtet, Götz Gerlachhausen ist ein Ehrenmann, ich liebe ihn und glaube an ihn.«

Wie blaß und düster er damals aussah, als er das letzte Mal in Ravenau war! Warum hörte sie in jener Stunde nicht auf die Stimme ihres Herzens? Aber da war es ja auch schon zu spät und sie bereits durch ihr Wort an Herbert gebunden. Und ein gegebenes Wort muß man halten, auch wenn es drückend erscheint. Niemand konnte sie davon lösen als Herbert, dem sie sich freiwillig zu eigen gegeben hatte.

Sie warf sich voll Jammer auf den Diwan. In ihr Weh schlich sich ein Gefühl, aus Mißtrauen und Abneigung gegen ihre Mutter gemischt. Sie hätte es nicht in Worte fassen können, aber plötzlich war es da. Warum hatte sie so häßliche Worte über Götz gesagt? Glaubte sie denn selbst daran? Und wie sollte sie den hinterlassenen Brief des Großvaters mit der Erzählung der Mutter zusammenbringen? Jedes Wort in diesem Brief atmete Liebe und erklärte alles, was ihr im Wesen des Großvaters unverständlich gewesen. Nur eins blieb geheimnisvoll: Warum er die Mutter mit seinem Haß verfolgte. War es möglich, daß er, ein echter Edelmann, eine schuldlose Frau so grausam strafte und bis zu seiner Sterbestunde voll Abscheu ihrer gedachte?

Götz wollte ihr Dokumente übergeben, die sie darüber aufgeklärt hätten. Er erwartete ganz sicher, sie in dem Geheimfach zu finden, und als sie fehlten, erschrak er und verfärbte sich.

Wo waren diese Dokumente geblieben, wo waren und was enthielten sie?

Wirr und zerrissen sah es in ihrem Innern aus. Sie fürchtete sich vor dem Leben wie ein Kind im Dunkeln, das die führende Hand verloren hat.

Sehnsüchtig flogen ihre Gedanken nach Gerlachhausen. Wie liebevoll war sie dort immer von Götz und seiner Mutter aufgenommen worden! Wie übel hatte sie es ihnen gedankt! Groll und Bitterkeit mußte jetzt ihre Herzen gegen die Undankbare erfüllen.

Wenn sie alles wüßten, ob sie ihr verzeihen würden? Sie schämte sich bis zur Verzweiflung, daß sie an Götz hatte zweifeln können.

Aber es schien nun zu spät – zu spät!

Seit jenem Abend war Jutta eine andere geworden. Still und ernst ging sie ihren Weg, wie um Jahre gereift.

Zu Weihnachten kam Herbert.

In seiner Gegenwart beherrschte sie sich, so gut es ging, und war freundlich und entgegenkommend. Aber dabei fühlte sie, daß er ihr von Tag zu Tag fremder wurde. Er hatte sich nicht stets so in der Gewalt, daß nicht zuweilen sein wahres Wesen ein wenig durchschimmerte; doch verstand er es immer wieder, sie von seiner unbegrenzten Liebe zu überzeugen, und veranlaßte sie dadurch, ihn zu dulden.

Einmal sagte er:

»Jutta, wenn ich dich jetzt noch lassen müßte, ich könnte das Leben nicht mehr ertragen. Lieber tot als ohne dich leben!«

Da schauerte sie erblassend zusammen. Sie fühlte wieder die Fessel, die sie sich selbst angelegt.

Jutta hatte Götz nicht wiedergesehen, aber ihre Gedanken lösten sich nicht von ihm. Ihrer Mutter gegenüber mußte sie sich mehr denn je Zwang antun. Sie konnte Zweifel und Mißtrauen nicht wieder loswerden, seit sie den Brief des Großvaters gelesen. Da sie aber schon vorher sehr still und zurückhaltend gewesen war, fiel es ihrer Mutter nicht weiter auf, daß sie nun noch verschlossener wurde.

Herbert und Gwendoline machten schon fleißig Pläne für die Hochzeit. Jutta verhielt sich dabei meist stumm. Einmal debattierten sie darüber, ob das junge Paar in Ravenau oder Schönrode leben solle. Herbert plädierte für Schönrode. Das heitere Rokokoschlößchen sagte ihm mehr zu als das düstere Schloß Ravenau. Aber Jutta hatte seltsamerweise ihre Vorliebe für Schönrode aufgegeben. Sie wollte nichts davon hören, nach der Hochzeit in Schönrode zu wohnen, und machte ihren Wunsch mit einer sonst ganz ungewohnten Energie geltend, so daß sich Herbert klugerweise fügte. Im Grunde war es ihm gleich, wo er residieren sollte, denn in der Hauptsache gedachte er ja doch, sich, »fern von Madrid« seines Lebens zu freuen.

So viel hatte er schon ermittelt: Wenn man Juttas kleine Schrullen respektierte, war gut mit ihr auszukommen. Ein leiser Wink Gwendolines hatte Jutta veranlaßt, Herbert durch ihren Rendanten so viel Geld, wie er wünschte, anweisen zu lassen. Gwendoline selbst war durch sie in den Stand gesetzt worden, ihre sämtlichen Schulden zu bezahlen. Jutta kümmerte sich gar nicht darum, welche Summen die beiden erhoben.

Herbert blieb bis nach Neujahr. Am Neujahrstag machte das Brautpaar mit Frau von Sterneck eine Schlittenfahrt. Unweit der Stelle, wo sich Götz und Jutta das erste Mal gesehen hatten, begegnete ihnen ein anderer Schlitten. Götz und seine Mutter waren die Insassen. Ganz unvorbereitet sah Jutta plötzlich Götz Gerlachhausens Antlitz vor sich. Er fuhr selbst. Jutta lehnte sich erbleichend zurück, und einen Moment traf ihr gequälter Blick mit dem seinen zusammen. Auch er war blaß geworden, aber er grüßte ruhig und höflich.

Ehe sich Jutta von ihrem Schrecken erholte, war der Schlitten vorüber. Herbert und Gwendoline hatten Jutta verstohlen beobachtet und tauschten einen schnellen Blick, als wollten sie sagen: Vorsicht, sie ist noch nicht damit fertig.

Jutta saß stumm in ihrer Ecke. Sie fröstelte bis ins Herz, und grenzenloses Weh schnürte ihr die Brust zusammen.

Götz faßte sich schnell und wandte sich mit einem Lächeln zur Mutter, das diese beruhigen sollte. Sie merkte nur zu gut, was ihn dies Lächeln kostete.

»Wie schmal und blaß ihr Gesicht geworden ist«, bemerkte sie halblaut. Götz hieb mit der Peitsche durch die Luft, antwortete aber nicht. Da lehnte sie sich seufzend in die Polster zurück.

14

JUTTA ATMETE AUF, als Herbert wieder abgereist war. Sie brauchte nun wenigstens nicht mehr seine zärtlichen Worte und Liebkosungen über sich ergehen zu lassen. An die Hochzeit mochte sie gar nicht denken. Sie wünschte, das Trauerjahr möchte nie ein Ende nehmen, und hätte die Tage festhalten mögen. Ihre Seele rieb sich wund an den Fesseln, die sie drückten und die sie für unlösbar hielt, denn er hatte selbst gesagt, daß es sein Tod wäre, wenn er sie aufgeben müßte. Seine Liebe band sie wie mit Ketten.

Jutta suchte sich von ihren trostlosen Gedanken abzulenken und ergriff jede Gelegenheit dazu.

Jettchen Wohlgemut, die während der ganzen Zeit ihr Komteßchen mit sorgenden Augen bewachte, hielt im Spukturm wieder einmal Scheuerfest.

Jutta hatte vorher den Turm noch nicht betreten und ging nun hinüber, um sich in den Zimmern umzusehen. Die Mägde waren gerade mit der Arbeit fertig geworden und trollten sich, als die Komteß eintrat. Jettchen Wohlgemut schloß eben die Fenster.

Jutta setzte sich in einen Lehnstuhl und wandte sich zu der alten Frau.

»Diese Zimmer sind eigentlich sehr behaglich und gemütlich. Ich hatte sie mir viel unheimlicher vorgestellt, liebe Frau Wohlgemut. Es ist doch schade, daß sie unbenutzt bleiben.«

»Ja, schade ist es wohl. Aber zum Wohnen sind sie nun

doch wohl ein bißchen gruselig. Das müssen gnädigste Komtesse bedenken.«

»Also ein wenig glauben Sie doch auch an das unheimliche Treiben Katherina Charlottes?« fragte Jutta mit einem blassen Lächeln.

Jettchen Wohlgemut wurde unruhig. Schon seit Wochen ging sie mit sich zu Rate, ob es nicht an der Zeit sei, ihrem Komteßchen ihr Geheimnis anzuvertrauen. Götz hatte ihr gesagt, nur wenn sie glücklich würde, solle sie nichts davon erfahren. Aber glücklich war ihre arme junge Herrin doch ganz sicher nicht. Ihre Augen blickten trauriger denn je, und ihr blasses Gesichtchen wurde immer schmaler und leidender.

Jetzt war eigentlich eine günstige Gelegenheit, ihre Spukgeschichte zu erzählen. Sie trat zu Jutta heran, räusperte sich und sagte, sich ein Herz fassend, bedeutungsvoll:

»Früher glaubte ich nicht daran, gnädigste Komtesse, und im Grunde glaube ich jetzt noch weniger daran, obwohl ich selbst mit meinen eignen Augen einen Spukgeist gesehen habe.«

»Aber Frau Wohlgemut«, rief Jutta ungläubig, »das ist doch wohl nur ein Scherz!«

»Wie sollte ich mir einen solchen Scherz erlauben! Gnädigste Komtesse können mir schon glauben, ich sah wirklich einen Spukgeist, und eine seltsame Bewandtnis muß es damit haben. Ich möchte wohl gnädigster Komtesse gern einmal davon erzählen.«

»Sie machen mich neugierig, liebe Frau Wohlgemut. Also erzählen Sie. Aber, bitte, setzen Sie sich, Sie sind soviel älter als ich, und ich kann es gar nicht sehen, wenn Sie vor mir stehen.«

Jettchen setzte sich auf die Kante eines Sessels und rückte mechanisch an ihrer Haube. Dann erzählte sie ausführlich ihr nächtliches Abenteuer.

Jutta hörte erst lächelnd, dann immer ernster werdend zu. Als Jettchen von dem geheimen Schreibtischfach berichtete, fuhr sie überrascht empor. Jettchen schloß dann ihren Vortrag, indem sie sagte:

»So gruselig hat das alles ausgesehen, daß ich Hasenfuß mich nicht aus meinem Versteck herauswagte. Hätte ich damals gewußt, was ich später zufällig hörte, als Herr von Gerlachhausen das letzte Mal in Ravenau war, so hätte ich wohl den Mut gehabt, das Gespenst beim Kragen zu packen. Dann wären wohl die wichtigen Dokumente, die gnädige Komtesse und Herr von Gerlachhausen suchten, nicht so spurlos verschwunden gewesen.«

Jutta sah verstört in das erregte Gesicht der alten Frau.

»Und Sie haben das Gesicht nicht erkannt?« fragte sie gepreßt.

»Gnädige Komtesse, das war gar kein Gesicht. In meiner Angst sah ich nur etwas Starres, Weißes. Nachher, lange nachher ist mir zum Bewußtsein gekommen, daß es wohl eine weiße Larve gewesen sein kann.«

Jutta sprang auf und legte ihre Hand auf die Schulter der alten Frau.

»Sie haben doch mit niemand davon gesprochen? Die Leute sind ohnedies so furchtsam.«

»Hier im Hause mit keinem Menschen, gnädige Komtesse. Aber an dem Tag, als die Dokumente gesucht wurden, da wußte ich nicht, ob ich reden oder schweigen sollte, und da hab' ich im Park auf Herrn von Gerlachhausen gewartet und ihm alles mitgeteilt.«

»Götz Gerlachhausen?« rief Jutta betroffen.

»Ja, gnädige Komtesse.«

»Warum gerade ihm?«

»Weil unser hochseliger Herr Graf so große Stücke auf Herrn von Gerlachhausen hielt, und weil ich weiß, daß er der ehrlichste, beste Freund von gnädigster Komtesse ist. Und ein kluger Herr ist er auch.«

»Und was hat er Ihnen geantwortet?«

Jettchen teilte ihr das getreulich mit und endete damit, daß sie nun den geeigneten Augenblick für gekommen erachtet hätte, ihr Schweigen über jene Nacht zu brechen.

Jutta sah in diesem Augenblick gar nicht blaß aus. Ihre Wangen brannten, und die Ravenausche Falte trat stark hervor. Sie faßte Jettchens Arm und beugte sich zu ihr.

»Sie haben einen bestimmten Verdacht, Frau Wohlgemut?«

Diese hielt ihren Blick offen aus.

»Gnädigste Komtesse, mehr als vierzig Jahre bin ich nun in Ravenau, und mein Herz gehört meiner Herrschaft. Leid und Freud meiner Herrschaft habe ich mit empfunden, und gnädigste Komtesse sind mir ans Herz gewachsen wie ein eigenes Kind. Gnädigste Komtesse können wohl verstehen, daß ich nun auf meine alten Tage nicht von Ravenau fortgejagt werden möchte, und deshalb sage ich: Nein, ich habe keinen Verdacht. Gott verzeihe mir diese Lüge.«

Jutta ließ ihren Arm los und trat zurück.

»Sie werden immer in Ravenau bleiben, liebe Frau Wohlgemut. Aber wenn Sie einen Verdacht haben, so sprechen Sie ihn nicht aus – mir zuliebe. Es ist besser so. Denn wenn ich die Dokumente nicht habe, ist doch alles umsonst.«

»So wichtig sind dieselben, gnädigste Komtesse?«

»Ich würde sie mit Gold aufwiegen, denn nur diese Dokumente können mich von furchtbaren Zweifeln befreien und mir Klarheit bringen. Aber sie sind verschwunden und werden wohl nicht wiedergefunden werden. So bleibt mir ewiger Zweifel, ewige Unruhe. Aber nun wollen wir gehen, es ist kalt hier und mich schaudert.«

Sie sahen sich noch einmal fest in die Augen – mit einem Blick, der tausend Worte ersetzte. Dann verließen sie schnell den Raum.

Jutta ging durch die Galerie in ihre Zimmer mit einem Gefühl, als habe sie den Boden unter den Füßen verloren. Sie schloß sich ein.

Nur mühsam vermochte sich Jutta fortan im Verkehr mit ihrer Mutter so weit zu beherrschen, daß diese nichts von ihren Seelenkämpfen merkte. Manchmal dachte sie mit wehmütigem Spott, daß Madame Leportier jetzt sehr zufrieden mit ihr sein würde. Aber sie selbst war gar nicht mit sich zufrieden. Haltlos schwankte sie zwischen einander widerstrebenden Empfindungen hin und her. Zuweilen erschien es ihr wie ein Verbrechen, an der Mutter zu zweifeln, und dann wieder fühlte sie mit peinigender Klarheit, daß die Mutter nicht wahr zu ihr gewesen. Sie fragte sich oft, ob Herbert nicht auch an der Wahrhaftigkeit ihrer Mutter zweifele. Daß er selbst mitgeholfen, ihr eine Komödie vorzuspielen, dieser Gedanke lag ihr vollständig fern. Vergebens grübelte sie auch darüber nach, woher ihre Mutter erfahren hatte, daß zwischen Götz und dem Großvater von ihrer Verbindung mit Götz die Rede war.

Ihre Mutter selbst danach fragen wollte sie nicht, als hätte sie schon im voraus geahnt, daß sie die Wahrheit doch nicht erfahren würde. Und diese Frage hätte der Mutter vielleicht auch ihr Mißtrauen verraten.

Jettchen Wohlgemut bangte sich in rechtschaffener Weise um ihr Komteßchen. Sie sorgte wahrhaft rührend für ihre täglichen Bedürfnisse. Jutta verlor kein Wort über diese Beweise treuer Ergebenheit. Aber einmal streichelte sie sanft Jettchens runzlige Hand und sah sie dankbar an. Da bekam diese feuchte Augen und zergrübelte sich den Kopf noch mehr. Sie hatte seit ihrer Unterredung mit Jutta nur noch einen alles beherrschenden Gedanken: Wie schaffe ich dem Komteßchen die Dokumente wieder her? Sie ersann die abenteuerlichsten Pläne, die natürlich alle unausführbar waren.

Eines stand fest bei ihr: Waren die Dokumente nicht schon vernichtet, so befanden sie sich in den Zimmern der Frau von Sterneck. Aber wo?

Jettchen Wohlgemut faßte jetzt geradezu eine Vorliebe für Frau von Sternecks Zimmer. Sie schien von einem förmlichen Reinlichkeitsdämon besessen zu sein, und immer half sie selbst beim Staubwischen und Säubern mit. Der alten treuen Seele wäre es auch nicht auf einen kleinen Einbruch angekommen, hätte sie nur sicher gewußt, wo sie die Dokumente finden könnte.

Mit ihrem Verlobten korrespondierte Jutta regelmäßig. Ihre Briefe glichen freilich in keiner Weise denen einer liebenden Braut. Desto glühender und zärtlicher waren Herberts Briefe, und sie überzeugten Jutta immer mehr davon, daß sie ihn nicht aufgeben dürfe.

Zu seinem Mißvergnügen interessierte sich Jutta sehr für seine Doktorarbeit und erkundigte sich in jedem Brief, wie weit sie fortgeschritten sei. Es fiel ihm gar nicht ein zu studieren. Hatte er es bisher vorzüglich verstanden, jeder ernsten Arbeit aus dem Weg zu gehen, so hielt er es jetzt geradezu für Unsinn, sich mit den Büchern herumzuquälen. Er genoß in vollen Zügen die Wintersaison in Berlin, war auf allen galanten Bällen, in Theatern leichteren Genres und sonstigen amüsanten Orten zu finden. Er soupierte in Gesellschaft leichtherziger Damen und verstand es, die auserlesensten Menüs zusammenzustellen, bewohnte eine hochelegante Etage im Tiergartenviertel, hielt sich einen Diener und lebte vollständig als Grandseigneur, natürlich vom Geld seiner Braut, das er ohne Gewissensbisse vergeudete.

Dabei ließ er Jutta in dem Glauben, daß er eifrig bei der Arbeit sei. Die einzige »Arbeit«, die er mit Seufzen und Stöhnen verrichtete, waren die verlogenen Briefe an seine Braut.

Frau von Sterneck korrespondierte natürlich auch mit Herbert. Sie hatte ihn voll Unruhe gefragt, wie er sich Jutta gegenüber aus der Affäre ziehen wolle, wenn sie erfahren wurde, daß sein »Studium« nicht zum Ziel führte. Da hatte er geantwortet: »Darüber laß dir keine grauen Haare wachsen. Ostern komme ich als Doktor summa cum laude nach Ravenau. Ich will Jutta schon von meinem glänzend bestandenen Examen überzeugen. Dann wird sie sich zufriedengeben und nicht mehr daran denken. Den Doktortitel führe ich dann aus Bescheidenheit nicht, und sind wir erst verheiratet, wird sie diese Schrulle bald vergessen haben.«

Da Gwendoline wußte, daß Herbert gar nicht imstande war, den Doktorgrad zu erwerben, mußte sie auch diese Täuschung gutheißen.

Der Winter war vergangen. Frühlingsstürme durchtobten das Land. Sie schüttelten den Schnee von den Bäumen und Sträuchern und wandelten ihn in segenspendende Nahrung für den Boden. Das Erdreich duftete herb und feucht, und die Bäume füllten sich mit neuem Lebenssaft. Jutta unternahm jetzt häufig einsame Ritte. Stundenlang war sie mit Wunschmaid unterwegs. Sie liebte das Tier, weil es sie an glückliche Zeiten erinnerte. Einen Begleiter nahm sie trotz der Erinahnungen ihrer Mutter nie mit. Er hätte sie in der beruhigenden Waldeinsamkeit gestört.

Wenn sie dann müde nach Hause kam, brauchte sie nicht viel zu sprechen und hatte einen Vorwand, sich zum Ausruhen zurückziehen zu dürfen.

Anfang April kam Herbert Sonsfeld nach Ravenau. Er sah etwas weniger frisch aus als sonst, woran das genußreiche Leben in Berlin schuld war. Natürlich schob er es auf angestrengteste wissenschaftliche Tätigkeit und verkündete Jutta, daß er das Doktorexamen mit der ersten Note bestanden habe. Jutta wünschte ihm Glück dazu, und ließ es geschehen, daß er sie in seine Arme zog. Wie eisige Kälte rann es dabei durch ihre Glieder. Sie hätte ihn am liebsten von sich gestoßen und ihm zugerufen: »Rühr mich nicht an.« Aber sie schloß die Augen und regte sich nicht. Ihre kalten Lippen duldeten den Kuß, gaben ihn jedoch nicht zurück.

Auch während Herberts Anwesenheit setzte sie ihre einsamen Ritte fort. Herbert war ein sehr mittelmäßiger Reiter und saß schlecht zu Pferde. Er wußte, daß er sich als solcher unvorteilhaft präsentierte, und war froh, wenn Jutta auf seine Begleitung verzichtete. Er blieb während ihrer Abwesenheit bei seiner Tante und unterhielt sich, zur Erholung, wie er sagte, mit dieser in seiner spöttisch-frivolen Art.

Gwendoline war nach ihrer eigenen Meinung in Ravenau ganz stumpfsinnig geworden. Der Verkehr mit Jutta, die unentwegt tugendhafte Pose, strengten sie ungemein an. Sie freute sich, in Herberts Gesellschaft sich gehenlassen zu können.

»Du hast es gut, Herbert, kannst dich nach Herzenslust in Berlin amüsieren und brauchst dich nicht immer im Zügel zu halten. Es ist wirklich schauderhaft langweilig in Ravenau«, sagte sie.

»Das glaube ich dir gern. Dieses klösterliche Leben ist nichts für dich. Ich begreife nicht, daß es Jutta aushält. Sie ist doch eigentlich nicht dazu gezwungen. Es tut mir leid für dich, daß du sie nicht zu einer kleinen Erholungstour nach Berlin bestimmen konntest. Aber es ist unbedingt nötig, daß du bis zu unserer Hochzeit hier bleibst. Jutta darf nicht allein gelassen werden.«

»Sie darf nicht ohne Aufsicht bleiben, meinst du?«

»So ist es.«

»Ich weiß es. Sei unbesorgt, ich halte aus. Aber manchmal ist es mir, als erdrückten mich die Mauern von Ravenau. Nach eurer Hochzeit will ich nach Schönrode übersiedeln, da ihr doch nicht dort wohnen werdet, und dort werde ich mir mein Leben ganz anders einrichten, das versichere ich dir. Ich will auch etwas für meine Mühe haben.«

Er lachte.

»Dieser Versicherung bedarf es nicht. Du hast recht. Was nützen Glanz und Reichtum, wenn man nichts davon zu gebrauchen versteht?«

»Du kannst mich dieser Tage einige Male nach Schönrode begleiten. Es sind da verschiedene Kleinigkeiten nötig, die du mir in Berlin besorgen mußt. Schönrode soll bis zu eurer Hochzeit zu meiner Aufnahme vollständig bereit sein. Jutta hat mir bereits Vollmacht erteilt, anzuschaffen, was ich wünsche.«

»Sie ist entschieden eine äußerst noble Natur. Hat sie sich darüber geäußert, daß ich zu viel verbrauche?«

»Nein, den Geldpunkt berührt sie nie; darin erscheint sie ganz als große Dame, während sie in bezug auf sich selbst die Anspruchslosigkeit selbst ist.«

»Das wird sich schon ändern, wenn sie sich erst draußen in der Welt befindet. Warte nur, dieses stille Burgfräulein wird eines Tages vor Lebenslust überschäumen. Laß mich nur erst mit ihr verheiratet sein. Sie soll das Leben kennenlernen.«

»Mit einem Lebenskünstler wie dir zur Seite wird das nicht schwerhalten. Darauf hoffe ich. Hier in dem toten Ravenau grübelt sie zu viel. Sie ist eine ungemein gründliche, gewissenhafte Natur. Kein Zug in ihrem Wesen ist mir verwandt, und das sonnig-heitere Temperament ihres Vaters scheint sie auch nicht geerbt zu haben.«

»Abwarten! Ich will sie schon aufmuntern.«

»Hoffentlich gelingt dir das.«

Wieder war Jutta ausgeritten, und Herbert und Gwendoline fuhren nach Schönrode.

Jettchen Wohlgemut räumte wieder einmal gründlich in Frau von Sternecks Zimmern auf. Jedes Möbel wurde daraufhin untersucht, ob es wohl die geheimnisvollen Dokumente verbergen könne. Auch der Wandschrank wurde mit kritischen Blicken von ihr betrachtet. Er schien ihr immer am geeignetsten als Versteck für derartig wichtige Sachen, denn all diese Wandschränke im Schloß hatten komplizierte Verschlüsse. Auch ließ Gwendoline sonst alle Schlüssel stecken; nur der des Wandschrankes fehlte stets. Die alte Frau warf zornige Blicke auf den unschuldigen Schrank und schlug grimmig mit der Faust an seine Tür. Ihr armes

Komteßchen wurde immer betrübter, und Jettchen hatte es sich in den Kopf gesetzt, ihr sei nur zu helfen, wenn die Dokumente herbeigeschafft würden.

Mit aller Wucht warf sie eine schwere Leiter gegen die Schranktür. In demselben Augenblick krachte es in der Galerie, als wenn ein schwerer Gegenstand zu Boden fiele.

Erschrocken eilte Jettchen hinaus. Da lag wieder das Bild Katherina Charlottes auf dem Boden, und in der Mauer klaffte ein tiefer Riß, aus dem sonderbarerweise eine Holzplanke herausragte.

Die Wand, an der das Bild hing, gehörte zu Gwendolinens Zimmer, und an ihr befand sich der Wandschrank, dem soeben Jettchens energische Behandlung gegolten hatte. Die herausragende Holzplanke bildete einen Teil der hölzernen Rückwand des Wandschrankes. Sie hatte sich im Laufe der Zeit gesenkt. Dadurch war das Mauerwerk dicht über dem Schrank in Mitleidenschaft gezogen worden. Schon als das Bild das erste Mal herabgefallen war, hatte sich durch diesen Umstand der Haken gelockert, an dem das Bild gehangen. Man schlug den neuen Haken daneben ein und hing das schwere Bild daran, ohne zu wissen, daß sich dicht darunter der Wandschrank befand. Der geringe Halt war durch Jettchens Hantierung vollends erschüttert worden, der Haken löste sich, und das Bild stürzte herunter, diesmal die gefährdete Planke mit sich reißend. Die alte Frau sah vorläufig nur das Bild, die Planke und den auffliegenden Staub.

Gerade wollte sie den Schaden näher besichtigen, als hinter ihr Jutta im Reitkleid die Treppe heraufkam. Sie war eben von ihrem Ritt zurückgekehrt.

»Was ist hier geschehen?« fragte sie verwundert.

Frau Wohlgemut gab den nötigen Bescheid und ließ darin nur ihren wilden Zornesausbruch fehlen. Die beiden Frauen traten heran und schauten in die entstandene Öffnung. Mit einem leisen Schrei fuhren sie zurück. Ein weißes Gesicht starrte ihnen entgegen. Jettchen faßte aber sofort resolut danach und förderte eine Gazelarve zutage. Schweigend senkten die beiden Frauen die Blicke ineinander. Jutta war fast so blaß wie die Larve in Jettchens Händen. Diese legte endlich die Maske wieder an ihren Platz. Dabei schob sie das schwarze Gewand und die kleine elektrische Laterne, die dicht daneben stand, etwas beiseite, und plötzlich erblickte sie ein gelbliches Kuvert darunter. Solche Kuverts pflegte Graf Ravenau zu benutzen. Jettchen durchzuckte es wie eine Offenbarung: Das sind die Dokumente! Hätte ihr Leben davon abgehangen, sie wäre nicht von der Stelle gegangen, ohne sich davon zu überzeugen. Schnell schob sie das Gewand vollends fort und zog das Kuvert hervor. Mit zitternden Händen hielt sie es Jutta vor die Augen. Diese las mechanisch und noch immer fassungslos die Aufschrift:

»Meiner Enkelin Ulrike Sophie Jutta, Gräfin von Ravenau.«

»Die Dokumente, gnädigste Komtesse! Sind das die Dokumente, die verschwunden waren?« fragte Jettchen Wohlgemut leise.

Jutta riß sich gewaltsam aus ihrer Erstarrung. Sie nahm hastig das Kuvert an sich.

»Ich werde es untersuchen«, sagte sie ebenso leise. Sie wollte in ihr Zimmer eilen, drehte sich aber noch einmal um.

»Wo ist meine Mutter?«

»Mit Herrn von Sonsfeld nach Schönrode gefahren.«

Jutta kehrte nochmals zurück und faßte Jettchens Hand.

»Ich kann mich fest auf Sie verlassen, Frau Wohlgemut?«

»Gnädigste Komtesse können mir vertrauen. Mein Leben gehört mit jedem Atemzug meiner gütigen jungen Herrin.«

Jutta drückte ihre Hand.

»Hören Sie genau zu. Dies hier«, sie zeigte auf die Wand, »muß sofort in Ordnung gebracht werden. Man möge das Bild vorläufig etwas höher hängen, damit es Halt bekommt und den in der Wand angerichteten Schaden einstweilen verdeckt. Bitte, sorgen Sie, daß es sofort geschieht, ich möchte vor allen Dingen verhüten, daß meine Mutter etwas von der Sache merkt. Bis zu ihrer Rückkunft müssen äußerlich die Spuren getilgt sein.«

»Sehr wohl, gnädige Komtesse.«

»So eilen Sie. Melden Sie mir, wenn alles in Ordnung ist.«

Jettchen Wohlgemut kugelte fast die Treppe hinab, während Jutta in ihre Zimmer schritt. Die gefundenen Dokumente sah sie nur flüchtig an, um sich zu überzeugen, daß es in der Tat die vermißten waren. Dann schloß sie dieselben in ihren Schreibtisch. Sie wäre jetzt nicht fähig gewesen, die Papiere durchzulesen; wie ein Schlag berührte sie die Gewißheit, daß ihre Mutter unter der Maske eines Spukgeistes die Papiere gestohlen hatte. Bis jetzt konnte sie wenigstens noch daran zweifeln, jetzt aber war ihr jeder Zweifel genommen.

Überwältigt von dem Ungeheuerlichen, lehnte sie am Fenster und betrachtete den Schloßhof. Draußen hörte sie eifriges Klopfen und Rascheln. Man war bei der befohlenen Arbeit. Jettchen Wohlgemuts Stimme kommandierte das Ganze.

Nach kaum einer halben Stunde pochte Jettchen an Juttas Tür und meldete, daß alles fertig sei. Jutta überzeugte sich, daß nichts mehr von der geborstenen Wand zu sehen war. Das Bild Katharina Charlottes verdeckte den Schaden vollständig. Daß es etwa eine Handbreit höher hing, fiel nicht auf.

»Es ist gut so, ich danke Ihnen, Frau Wohlgemut. Wenn meine Mutter und mein Verlobter nach Hause kommen, entschuldigen Sie mich für heute mit starkem Unwohlsein. Sagen Sie, daß ich zu Bett gegangen sei.«

»Wie gnädigste Komtesse befehlen. Darf ich jetzt einen Imbiß für gnädigste Komtesse heraufbringen?«

»Nur ein Glas Tee, nichts weiter.«

Jettchen sah bekümmert drein. Jutta gewahrte ihre treue Sorge, und ihre Augen feuchteten sich.

»Also bringen Sie noch ein paar Toasts mit, Sie liebe, gute Seele«, sagte sie leise und begab sich in ihr Zimmer zurück.

Jettchen Wohlgemut richtete in der Küche einen äußerst verlockenden Imbiß für ihr Komteßchen her und trug ihn hinauf. Jutta schloß hinter ihr die Tür ab und ließ sich müde in einen Sessel nieder. So saß sie stundenlang, ohne von den leckeren Sachen, die Jettchen gebracht, etwas zu genießen.

Eine fürchterliche Stimmung drückte sie. Sie konnte sich nicht entschließen, heute schon des Großvaters hinterlassene Dokumente zu lesen. Sie fürchtete sich vor der ungeschminkten Wahrheit. Daß diese Papiere ihr wirklich die Wahrheit über ihre Mutter enthüllen würden, davon war sie nur zu fest überzeugt.

Sie hätte der Mutter jetzt nicht ins Gesicht sehen können und wußte auch nicht, was nachher geschehen sollte, wenn alles an den Tag gekommen sein würde. Eine namenlose Furcht vor der Mutter, vor Herbert, vor der Zukunft füllte ihr Herz. Sie wußte sich nicht zu raten, nicht zu helfen.

Nur einen Ort gab es auf der Welt, an den sie sich jetzt mit ihrem Jammer, ihrer Qual hätte flüchten mögen: Gerlachhausen! Aber dieses Paradies war ihr verschlossen, sie konnte nicht dorthin, weil sie Herbert Sonsfelds Braut war und weil sie Götz Gerlachhausen nicht verraten durfte, wie namenlos sie ihn liebte. Sah sie ihn jetzt wieder, dann war es mit aller Selbstbeherrschung zu Ende, das wußte sie.

Frau von Sterneck und Herbert kehrten von Schönrode in angeregter Stimmung heim. Frau Wohlgemuts Meldung über Juttas Unwohlsein befremdete sie nicht besonders. Es kam oft vor, daß sie sich auf diese Weise isolierte. Man ließ sie gewähren.

Tante und Neffe nahmen das Souper in ungestörtester Behaglichkeit ein. Sie blieben dann auch länger als sonst beisammen und plauderten amüsiert in dem leichten Ton miteinander, den sie als Erholung von der seriösen Unterhaltung mit Jutta betrachteten.

Als sie sich gegen elf Uhr gute Nacht sagten, verabredeten sie, am nächsten Vormittag noch einmal nach Schönrode zu fahren, da sie heute dort mit ihren Anordnungen nicht fertig geworden waren.

15

FRAU VON STERNECK und Herbert waren Langschläfer. Jutta pflegte meist die Morgenstunden zu einem Spaziergang in den Park zu benutzen. Am nächsten Morgen erhob sie sich besonders früh und fand endlich den Mut, die Dokumente zu lesen. Was sie dabei empfand, verrieten nur ihre weit geöffneten Augen, ihre gepreßten Atemzüge.

Endlich war die furchtbare Lektüre beendet. Jutta wußte nun alles, nichts blieb ihr von der Schuld ihrer Mutter verborgen.

Schauer des Entsetzens flogen über ihren Körper, Angst und Furcht beklemmten ihre Seele.

Was sollte sie tun?

Ihr war, als müsse sie leblos umsinken, wenn sie der Mutter wieder ins Auge sehen würde. Wie aber ließ sich das vermeiden? Sollte sie Herbert ins Vertrauen ziehen? Aber er würde ihr nicht helfen können, und wozu sollte sie ihm dann den nutzlosen Schmerz zufügen? Er liebte und verehrte seine Tante, von deren Unwert er gewiß keine Ahnung hatte. Eins stand bei Jutta fest: Ihre Mutter mußte von Ravenau fort, das war sie dem Andenken ihres Vaters, ihres Großvaters schuldig. Die Ruhe dieser beiden Abgeschiedenen sollte nicht durch die Anwesenheit der Frau gestört werden, die ihr Leben einst vergiftete.

Für ihren standesgemäßen Unterhalt würde sie sorgen, damit die Mutter nicht noch tiefer auf die abschüssige Bahn geriet, die sie betreten. Hier war ihres Bleibens nicht länger.

Wie aber sollte sie dies alles ordnen, wie sich mit der Mutter auseinandersetzen? Es würde dabei eine qualvolle Szene geben, und davor fürchtete sie sich unsagbar.

Vorläufig war sie nicht dazu imstande.

Wie sehr begriff sie nun des Großvaters Verhalten, seine Vorsorge, daß sie nicht erfahre, ihre Mutter sei noch am Leben. Er und Götz hatten ihr die Wahrheit so lange wie irgend möglich ersparen wollen. Wie treu war sie damals beschützt worden! Und nun war sie allein. Herbert konnte ihr nicht helfen, und ihre einzige Vertraute war eine alte Dienerin. Ihr Kopf schmerzte, die Wände des Zimmers schienen auf ihr zu lasten. Sie sehnte sich ins Freie.

Ein Ritt auf Wunschmaid mußte jetzt eine Erholung sein. Sie sah nach der Uhr. Vor einer Stunde würden weder ihre Mutter noch Herbert aufstehen. Sie überlegte eine Weile, dann schickte sie die Zofe zu Frau Wohlgemut. Inzwischen schloß sie die Dokumente sicher ein.

Als Jettchen eintrat, ging ihr Jutta entgegen und faßte ihre Hand.

»Liebe Frau Wohlgemut, ich muß Sie schon wieder um Ihre Hilfe bitten. Ich habe Gründe, heute noch nicht mit meiner Mutter zusammenzutreffen, und sehne mich doch nach frischer Luft. Nun will ich jetzt solange die Herrschaften noch schlafen, ausreiten. Ich gehe nach Schönrode und halte mich dort bis zum Abend auf. Vielleicht bleibe ich auch die Nacht und morgen noch dort, ich weiß es noch nicht. Jedenfalls soll man außer Sorge sein, wenn ich nicht heimkomme. Etwas Nachtzeug nehme ich für alle Fälle mit. Meine Mutter oder mein Bräutigam würden mich stören, wenn sie wüßten, wo ich mich aufhalte. Deshalb sollen sie glauben, daß ich mich noch krank auf meinem Zimmer befinde. Sie schließen nachher hinter mir ab und sagen, wenn man nach mir fragt, ich hätte starkes Kopfweh und brauchte nichts als Ruhe. Ja?«

»Gewiß, gnädige Komtesse, es soll alles geschehen.«

»Gut. Schicken Sie mir die Zofe, damit ich mich umkleide, und sorgen Sie dafür, daß mein Pferd gesattelt in den Park geführt wird. Ich will es dort erst besteigen, damit mein Aufbruch nicht bemerkt wird. Der Stallbursche und meine Zofe müssen natürlich eingeweiht werden, damit sie nicht plaudern.«

»Ich werde das alles zur Zufriedenheit besorgen, gnädigste Komtesse – und – und dann möchte ich mir auch noch eine Frage erlauben: Darf ich nicht zu Herrn von Gerlachhausen senden? Vielleicht könnten gnädigste Komtesse einen so treuen Freund jetzt brauchen. Er hat mir selbst gesagt, daß er sofort kommen will, wenn ihn gnädigste Komtesse rufen lassen.«

Jutta schüttelte traurig den Kopf. »Nein, liebe Frau Wohlgemut. Sie meinen es gut, ich weiß es, aber es kann nicht sein. Ich muß mir selbst helfen.«

Jutta atmete auf, als sie auf Wunschmaids Rücken durch den Park sprengte. Am Sattel hatte sie ein kleines Paket befestigt das das Nötigste für die Nacht enthielt. Sie war ziemlich entschlossen, vor morgen nicht nach Ravenau zurückzukehren. Die Kastellanin würde schon für ein passendes Unterkommen in Schönrode sorgen. Da ihre Mutter und Herbert erst gestern in Schönrode gewesen, war nicht zu fürchten, daß sie heute schon wieder dorthin kamen. Sie wußte nicht, daß sie auch für heute eine Fahrt nach Schönrode planten.

In ihren Zimmern in Ravenau hätte es Jutta nicht bis morgen ausgehalten. Sie hoffte, so eher zur Klärung ihrer Gedanken und zu einem Entschluß zu kommen.

In Schönrode war außer dem Kastellan und seiner Frau niemand zu sehen. Die Leute befanden sich fast alle mit dem Verwalter auf dem Feld, und die wenigen Diener, die im Schloß zu tun hatten, schafften in entlegenen Zimmern.

Jutta übergab ihr Pferd dem Kastellan und teilte der Kastellanin mit, daß sie bis morgen in Schönrode bleiben wolle. Diese war äußerst erstaunt und wollte große Vorbereitungen treffen. Jutta lehnte jedoch ab. »Es findet sich schon ein Lager für mich. Vorläufig besorgen Sie mir nur ein Glas Milch und ein Butterbrot. Ich werde in das Turmzimmer gehen, von dem aus man den schönen Ausblick hat. Dorthin bringen Sie mir den Imbiß.«

»Wie gnädigste Komtesse befehlen.«

»Noch eins. Es wäre mir lieb, wenn die Leute gar nichts von meiner Anwesenheit erführen, damit nicht davon nach Ravenau berichtet wird. Verstehen Sie?« Die Kastellanin verstand offenbar gar nichts, aber ihr Mann, der eben aus dem Stall kam, wo er das Pferd eingestellt, zeigte sich intelligenter.

»Gnädigste Komtesse wünschen sich inkognito hier aufzuhalten«, sagte er verständnisvoll.

Jutta nickte.

»So ist es. Ich möchte ganz ungestört sein.«

Sie begab sich in das Turmzimmer. Dies war ein großer, saalartiger Raum, an den sich der runde Ausbau des Turmes schloß. Dieser Ausbau war durch schwere Portieren von dem Hauptzimmer getrennt. Wenn man sie hinter sich zufallen ließ, bildete der Ausbau ein rundes, behaglich eingerichtetes Zimmer. Jutta hatte schon oft ein Stündchen hier verbracht und sich an dem herrlichen Ausblick erfreut.

Heute ließ sie sich müde und teilnahmslos in einen Sessel gleiten und schloß die Augen.

Als die Kastellanin die Milch brachte, bat Jutta sie um ein warmes Tuch. Es war noch kühl in dem kleinen Zimmer, und ihre nervöse Abspannung ließ sie das doppelt empfinden.

In das schnell herbeigeschaffte Tuch gehüllt, saß die Schloßherrin stundenlang regungslos in ihrem Sessel und dachte mit geschlossenen Augen über ihre qualvolle Lage nach. Was tun – was tun?

Sie kam noch immer zu keinem endgültigen Entschluß.

Sie durchlebte Stunden trostloser Verlassenheit und Vereinsamung. Ein Grauen vor der Zukunft, Furcht vor dem Leben und Sehnsucht nach dem Tod füllten ihre Seele.

Da hörte sie schnelle Schritte nahen. Gleich darauf stand der Kastellan vor ihr.

»Gnädige Komtesse, soeben ist die Ravenauer Equipage aus dem Wald herausgekommen. Herr von Sonsfeld und die gnädige Frau Mutter sitzen darin. Ich wollte mir anzufragen erlauben, wie wir uns zu verhalten haben?«

Jutta sprang aufgeschreckt empor. Wie ein verfolgtes Wild sah sie den Kastellan an.

»Ich will ihnen nicht begegnen. Ich – das heißt – ich kann nicht. Sie dürfen nicht wissen, daß ich hier bin – auf keinen Fall. Sie werden ja nicht hereinkommen.«

»Das glaube ich doch. Gnädige Frau haben schon gestern alle Zimmer besichtigt, weil Verschiedenes erneuert werden soll.«

Jutta sah sich angstvoll nach einem Versteck um.

»Könnte ich mich nirgends verbergen? Bitte, helfen Sie mir.«

Der Kastellan sah sie an. Es dämmerte in seiner Seele, daß die »schöne Gwendoline« wieder irgendein Unheil angerichtet hatte. Sofort war er bereit, seiner jungen Herrin beizustehen. Er bat sie, ihm zu folgen. In dem großen Saal schob er schnell einen hohen Spiegel beiseite, der eine Wandnische verbarg.

»Wenn gnädige Komtesse dieses Versteck benutzen wollten –«

»Ja ja, nur schnell.«

Der Kastellan stellte rasch einen Stuhl in die Nische und legte seiner Herrin das entfallene warme Tuch um die Schulter. Umsichtig reichte er ihr auch noch Hut, Handschuhe und Reitpeitsche in das Versteck und schob den Spiegel, der auf Rollen lief, wieder vor die Nische.

»Verstecken Sie mein Pferd!« rief ihm Jutta noch zu.

»Es soll sofort geschehen, gnädige Komtesse«, erwiderte

er, »und wenn die Herrschaften fort sind, melde ich es gnädiger Komtesse.«

Jutta dankte mit hastigen Worten und rief ihm noch zu, das Tablett mit dem Imbiß mitzunehmen, damit sie dadurch nicht verraten würde.

Sie hörte, wie der Kastellan sich eilig entfernte. Fröstelnd hüllte sie sich in das Tuch und schloß die Augen. Es wäre ihr entsetzlich gewesen, jetzt mit ihrer Mutter zusammenzutreffen. Lange weilte sie noch nicht in ihrem Versteck, als sie im Nebenzimmer die Stimmen ihrer Mutter und Herberts hörte. Sie kamen näher und hatten anscheinend das Turmzimmer betreten. Jutta vernahm nun ihre Unterhaltung ganz deutlich und hoffte, sie würden sich bald entfernen.

Diese Hoffnung sollte sich indessen nicht erfüllen. Sie hörte, wie ihre Mutter sich ganz in der Nähe ihres Verstecks niederließ und Herbert sich einen Stuhl herbeizog.

»Dies Zimmer war immer mein besonderer Liebling«, sagte ihre Mutter. »Es ist alles heiter und farbenfreudig in diesem Raum. Sieh nur die Deckengemälde mit diesen genuß- und lebensfrohen Motiven. Die Schönroder haben entschieden eine vergnügtere Lebensauffassung gehabt als die Ravenauer. Ach, wo ist die Zeit hin, da ich hier als gefeierte Herrin lebte.«

Herbert trommelte auf der marmornen Platte eines Tischchens.

»Ja, dies Schlößchen ist ein famoser Bau. Überhaupt, geliebteste Tante, seit ich hier und in Ravenau die Verhältnisse kenne, begreife ich erst, wie leichtsinnig du damals gewesen sein mußt, als du diese beneidenswerte Position aufs Spiel setztest.«

»Leichtsinnig? Mein Lieber, ich glaube, ich war niemals schwerblütiger als damals. Aber was weißt du mit deinem Fischherzen, was ich für Henry de Clavigny empfand.«

Herbert lachte so roh, daß Jutta in ihrem Versteck zusammenzuckte. »Du wirst ja jetzt noch förmlich schwärmerisch, obwohl dich dieser Clavigny zweimal schmählich verließ.«

»Ja, trotzdem. Er hat mir durch seine Persönlichkeit ein Gefühl eingeflößt, wie ich es vorher und nachher nie mehr empfand.«

»Für deine beiden Männer ist demnach nicht viel übriggeblieben. Ravenau erwähltest du, weil er dir einen goldenen Hintergrund verschaffte, und meinen braven Oheim beglücktest du mit deiner Hand, weil du ihn für einen Millionär hieltest.«

»Wie er mich für eine Millionärin.«

Herbert lachte frivol. »Sehr böse Entdeckung beiderseitig nach der Hochzeit! Habt euch aber doch famos damit abgefunden. Onkel war ein ganz patenter alter Knabe, nur höchst leichtsinnig. Ihr seid doch immer brillant miteinander ausgekommen. Wenn ich bloß daran denke, wie ihr gegenseitig eure Sündenbekenntnisse aufgenommen habt! Da gab es keine Illusion zu zerstören. Das wird mir einmal nicht so gut werden. Ich brauche mir nur vorzustellen, welche Szene mir mein Bräutchen machen wird, wenn ich ihr nach der Hochzeit gestehe, daß ich ihr den Doktor summa cum claude vorgeschwindelt habe. Brr –!«

»Vielleicht braucht sie es gar nicht zu erfahren. Ich glaube nicht, daß sie noch darauf zurückkommt.«

»Hoffentlich nicht. War ja auch eine verbohrte Idee von ihr. Was brauche ich zu studieren, wenn ich Herr von Ravenau und Schönrode bin.«

»Jedenfalls hast du es im süßen Nichtstun zur Virtuosität gebracht.«

»Das ist auch eine Kunst. Übrigens bin ich jetzt stark beschäftigt. Denke doch nur, was es für Mühe kostet, meiner spröden Braut die Rolle des glühenden Liebhabers vorzuspielen. Sie ist ja ein ganz süßer kleiner Käfer, und wenn sie erst ihre Trauermiene um den verflossenen Gerlachhausen abgelegt hat, dann wird sich es mit ihr leben lassen. Aber das Gefühlsvolle liegt mir schlecht.«

»Sei nur um Gottes willen nicht unvorsichtig. Sie liebt diesen Götz noch immer, und es tut mir leid, daß sie sich so lange damit herumquält.«

»Nur unbesorgt, das Täubchen wird schon noch kirre. Es war ein famoser Trick von dir, den Landjunker so kaltzustellen. Wie sie sich über seine scheinbare Gemeinheit entrüstete! So hab' ich sie nie wieder gesehen! Ich dachte schon, sie wäre uns glatt durch die Lappen gegangen, als sie dir nach der Doppelszene in der Bibliothek auskniff. Und dann plötzlich die Erlösung aus aller Not, als sie heimkam und mich rufen ließ! Schneidig hat sie sich damals benommen, Donnerwetter, ich hätte mich fast in sie verlieben können.«

»Ja, sie ist ein sehr komplizierter Charakter, man weiß nie, wie man mit ihr dran ist«, bemerkte Frau von Sterneck seufzend. »Ich habe sie wirklich liebgewonnen, aber sie läßt uns immer abfallen. Ich hoffe viel von eurer Verbindung. Du wirst sie schon aufrütteln, damit sie vergnügter wird. Ihre Stimmung legt sich wie Mehltau auf meine Freude am Gelingen unseres Plans.«

»Ach geh, ich habe dir schon oft gesagt, die Zeit bringt alles ins Lot. Bin ich froh, daß wir hier festen Fuß gefaßt haben! Schade, daß sich Onkel nicht an unserem Wohlleben beteiligen kann. Im Grunde hatte er doch zuerst die kostbare Idee, daß ich einmal Juttas Gatte werden müßte. Nun kann er die Früchte nicht genießen.«

»Einen großen Anteil am Gelingen unseres Plans hat auch Johanna. Sie leistete uns als Spionin unbezahlbare Dienste. Was sie erlauschte, setzte mich allein in den Stand, Gerlachhausen und die Dokumente unschädlich zu machen.«

»Hast du sie nun endlich verbrannt?«

»Nein, ich war schon einige Male im Begriff dazu, konnte mich jedoch noch nicht dazu entschließen. Meine Charakterisierung in diesen Schriftstücken ist sehr interessant, und es ist immer gut, wenn man einen Spiegel vorgehalten bekommt.«

»Ich begreife dich nicht. Sei doch froh, wenn du das Zeug verbrennen kannst.«

»Es liegt in seinem Versteck ganz sicher. Wenn ich damit aufräume, muß ich zugleich auch mein Spukgewand vernichten.«

Herbert lachte.

»Schade, daß ich dich nicht als gespensterhafte Ahnfrau sehen konnte.«

»Mir ist es lieber, daß mich niemand sah. Weißt du, zum Lachen ist mir das alles nicht. Zehn Jahre meines Lebens gäb' ich darum, könnte ich heute mit reinem Gewissen vor meinem Kind stehen. Dann würde ich auch ihr Herz gewinnen, das weiß ich. So steht die Schuld zwischen uns.«

»Brr, jetzt bist du wieder bei dem Thema, das ich nicht vertragen kann. Sei doch nun endlich vernünftig in diesem Punkt! Reue ist für die Dummen. Wenn es dir Spaß macht, kannst du ja dein ferneres Leben der Tugendhaftigkeit zuwenden. Ich werde dir möglichst nacheifern. Dank Juttas fürstlichem Vermögen können wir uns diesen Luxus gestatten. Und nun komm, daß wir hier fertig werden. Ich habe Sehnsucht nach meinem Bräutchen. Vielleicht ist sie heute bei Tisch sichtbar. Mir erscheint es als Notwendigkeit, ihr so oft wie möglich zu versichern, daß ihr Verlust mein Tod wäre. Das bindet sie bei ihrem sensitiven Charakter fester an mich, als wenn sie mich liebte. Sie ist wirklich ein zu gutmütiges kleines Ding, wenn sie nicht gereizt wird.«

Bei den letzten Worten verließen sie das Zimmer.

Jutta saß wie versteinert in ihrem Versteck. In ihren Augen lag ein erschütternder Ausdruck von Angst und Grauen. Einer Ohnmacht nahe, unfähig sich zu regen, lehnte sie in ihrem Stuhl. Was sie eben gehört, mischte sich mit dem, was ihr die Dokumente enthüllten. Wie furchtbar war doch die Welt! Die Mutter, die den Tod ihres Gatten verschuldet, brachte ihr Kind in eine Verbindung mit dem Ehrlosen, um sich Wohlleben zu sichern! Wie sie Juttas ganze Kindheit durch ihre Schuld freudlos und liebeleer gemacht, so wollte sie auch ihr ferneres Leben durch die Vermählung mit einem solchen Mann schal und inhaltslos machen.

Und dieser Mann selbst! Wie hatte er sie mit seinen heißen Liebesworten gequält, über die er hier zynische Bemerkungen machte! Er belog und betrog sie gleich der Mutter mit jedem Wort, mit jedem Blick, nur des erbärmlichen Geldes wegen.

Das waren nun die beiden Menschen, die ihr am nächsten stehen sollten. Konnte eine Mutter so schlecht an ihrem Kind handeln?

Des Geldes wegen hatte man sie von dem Mann getrennt, der ihrem Herzen teuer geworden war. Mit teuflischer Berechnung hatte man Trotz und Stolz in ihr geweckt und den Mann beschimpft, der sie liebte.

Sie schluchzte auf.

»Götz – Götz, hilf mir!«

In diesem Augenblick kam der Kastellan und erlöste sie aus ihrem Versteck. Erschrocken sah er Juttas schmerzentstelltes Gesicht. »Gnädigste Komtesse sind krank!«

Jutta sprang auf und warf das Tuch ab. Sie schüttelte sich wie im Fieber, und die Zähne schlugen wie im Frost aufeinander. »Sind die Herrschaften fort?« fragte sie heiser.

»Ja, gnädigste Komtesse können unbesorgt sein.«

Jutta richtete sich plötzlich auf.

»Mein Pferd.«

Der Kastellan sah sie besorgt an.

»Gnädigste Komtesse sollten jetzt nicht reiten.«

Sie wehrte heftig und ungeduldig ab.

»Schnell, schnell, mein Pferd.«

Er ging, um ihren Befehl auszuführen.

Während Jutta ihm langsam folgte, flogen ihre Gedanken noch einmal zurück bis zur Zeit, da ihre Mutter in Ravenau erschien. Was hatte sie alles erlitten, wie grausam war sie belogen und betrogen worden. Nein, sie konnte die Mutter nicht wiedersehen und auch Herbert Sonsfeld nicht. Er hatte sie selbst von den Banden erlöst, die er um sie geschlagen, seine Worte von vorhin machten sie frei – frei!

Jetzt konnte sie sich zu Götz Gerlachhausen flüchten. Er allein vermochte ihr in ihrer Not zu helfen.

Wenige Minuten später saß sie auf Wunschmaid und jagte auf dem Weg nach Gerlachhausen dahin.

Ihre brennenden Augen schauten sehnsuchtsvoll ihrem Ziel entgegen. Sie trieb das Pferd immer mehr an. Der Weg schien ihr endlos, und als sie endlich in den Hof von Gerlachhausen sprengte, waren das Pferd und ihr Kleid mit Schaumflocken bedeckt.

Götz ging gerade quer über den Hof nach den Ställen. Wie erstarrt blieb er stehen, aber ein Blick in ihr verstörtes, verzweifeltes Gesicht genügte, um ihn schnell an ihre Seite zu führen. Sie streckte ihm mit unbeschreiblichem Blick hilflos die Hände entgegen.

»Helfen Sie mir – retten Sie mich«, stammelte sie.

Als er sie, bis in die Tiefen seiner Seele von ihrer Hilflosigkeit erschüttert, vom Pferde hob, glitt sie kraftlos an ihm herab. Er umfaßte sie erschrocken und hielt sie fest. Halb ohnmächtig lag sie in seinen Armen; er trug sie ins Haus, das Tier vorläufig sich selbst überlassend.

Im Wohnzimmer ließ er sie sanft in den Lehnstuhl seiner Mutter sinken. Er fühlte, daß etwas ganz Außerordentliches geschehen sein mußte.

Schnell mischte er ein Glas Rotwein mit Wasser und hielt es an ihre blassen Lippen. Sie war wieder zu sich gekommen und nahm gehorsam einen Schluck. Um ihr Zeit zu geben, sich zu fassen, trat er ans Fenster und pfiff einem Stallburschen, damit er die abgehetzte Wunschmaid sachgemäß verpflege. Dann wandte er sich wieder zu Jutta.

»Meine Mutter ist heute morgen nach Schwarzenfeld

gefahren, um Einkäufe zu machen«, sagte er unsicher. »Sie wird aber bald zurück sein.«

Er sah, wie Jutta zitterte, wie ihre Brust sich in hastigen Atemzügen hob und senkte. Ihre angstvoll flehenden Augen drohten ihm die kaum errungene Fassung wieder zu rauben. Er wandte sich abermals von ihr.

Jutta raffte sich mühsam auf.

»Ja – wenden Sie sich nur verächtlich von mir, Götz, ich habe es um Sie verdient«, sagte sie tonlos.

Er fuhr auf.

»Sprechen Sie nicht so, Komtesse. Sie haben mir nichts zuleide getan.«

»Ich habe Ihnen nichts zuleide getan? Ach Götz, ich schäme mich so sehr – schäme mich bis zur Qual und komme doch zu Ihnen! Viel Böses hab' ich Ihnen getan – Ihnen und mir selbst.«

Er sah sie mit brennenden Augen an. »Sich selbst auch? Jutta, sind Sie nicht glücklich?«

Sie schlug die Hände vor das Gesicht.

»Glücklich? Sehe ich aus, als ob ich glücklich wäre?«

Er schüttelte nur stumm den Kopf.

Sie hob flehend die Hände.

»Wenn Sie mir doch verzeihen könnten, Götz! Ich wußte ja nicht, was ich tat. Ich war so töricht, so maßlos stolz und trotzig.« Er dachte daran, daß sie ihm einst gesagt: »Ich habe einen schlimmen Charakterfehler, ich kann sehr trotzig sein, wenn ich mich gekränkt glaube.«

»Ich habe Ihnen nichts zu verzeihen, Komtesse, und hätte ich's, dann wäre es bereits geschehen.«

»Sie sind so gut zu mir, obwohl ich es nicht verdiene. Ich habe so schnell den Glauben an Sie verloren. Aber nun ist es klar geworden vor meinen Augen, schrecklich klar. Ich trage nicht allein die Schuld. Ach Götz, man hat mich so grausam betrogen!«

»Komtesse!?«

»Ja, Götz, ich weiß nun alles – alles. Meine – meine

Mutter hatte die Dokumente entwendet, die Sie mir damals übergeben wollten. Frau Wohlgemut hat sie aufgefunden und –«

Er trat wie schützend an ihre Seite. »Sie haben sie gelesen?« fragte er leise.

»Ja – ja, ich weiß nun alles – alles.«

Sie umklammerte seinen Arm.

»Arme kleine Jutta!«

»Götz, Sie haben Großpapa versprochen, mich zu schützen. Retten Sie mich, helfen Sie mir. Ich kann meine Mutter nicht wiedersehen. Sie nicht – und auch Sonsfeld nicht.«

Er zuckte zusammen.

»Jutta, verstehe ich Sie recht? Sie wollen Ihre Verlobung lösen?« fragte er atemlos.

Sie hielt seinen Arm noch immer fest.

»Ja, ja. Nie will ich ihn wiedersehen. Er ist ein Ehrloser, er hat mich betrogen.«

Er stöhnte auf.

»Jutta, was hat er Ihnen getan? So schlecht hat er Ihre Liebe gelohnt?«

Sie sah ihn glühend an und beichtete ihm nun ausführlich, was sie in Ravenau und in ihrem Herzen erlebt, wie sie Götz verkannt, da man ihn ihr verleumdete. Sie schloß: »Ich war ja damals wie von Sinnen, weil ich glaubte, Sie liebten eine andere.«

Er faßte ihre beiden Hände.

»Und jetzt, Jutta – und jetzt?«

»Jetzt weiß ich es besser. Götz, ich habe Ihren Brief gefunden in einem Schreiben von Großpapa an mich. Hier, ich trage ihn seitdem auf meinem Herzen. Ach Götz, wie furchtbar habe ich gelitten für meinen unseligen Trotz.«

Sie weinte leise vor sich hin.

Götz trat von ihr zurück, weil er fühlte, daß er nicht imstande sei, sich länger zu beherrschen. Am liebsten hätte er sie in seine Arme genommen und ihr die Tränen von den Augen geküßt.

Fern von ihr blieb er stehen und sagte mit unterdrückter Stimme: »Jutta, wissen Sie, daß Ihr ganzes Verhalten jetzt mir ein Recht gibt, zu glauben, daß Sie mich lieben?«

Sie hob den Kopf. Ihre Hände lagen fest auf den Armlehnen des Stuhles. Obwohl dunkle Röte in ihr Antlitz stieg, hielt sie seinen Blick aus.

»Ja, Götz, ich liebe Sie – schon seit ich Sie das erste Mal gesehen habe, und ich war so glücklich, als ich zu bemerken glaubte, daß auch Sie mich gern hätten. Götz, verzeihen Sie mir, stehen Sie mir nicht so fremd gegenüber, soll ich mich noch mehr vor Ihnen demütigen?«

Er preßte die Hände um eine Stuhllehne, als wollte er sich einen Halt geben.

»Jutta, auf Ihre Worte gibt es nur eine Antwort, die ich Ihnen aber nicht geben darf. Deshalb wage ich mich nicht in Ihre Nähe. Noch sind Sie Sonsfelds Braut. Sie tragen seinen Ring noch am Finger.«

Jutta streifte hastig den Ring ab und legte ihn auf den Tisch.

»Hier, nehmen Sie ihn, und helfen Sie mir, meine Freiheit wiederzuerlangen. Es ist kein Unrecht, daß ich von diesen unwürdigen Fesseln frei sein will. Dann lege ich mein Schicksal in Ihre Hände.«

Er kam langsam näher und setzte sich ihr gegenüber. Mit einer zarten Bewegung zog er ihre Hand an die Lippen. Endlich fragte er verhalten:

»Und was soll nun geschehen, Jutta?«

»Frei will ich sein – frei. Alles andere überlasse ich Ihnen, Götz.«

Sie sahen sich lange tief und innig in die Augen. Dabei entging ihnen ganz, daß der Wagen vorfuhr, der Frau von Gerlachhausen aus der Stadt zurückbrachte. Als diese gleich darauf in das Zimmer trat, blieb sie erschrocken stehen. Doch schon hing Jutta an ihrem Halse.

»Tante Anna, liebe Tante Anna – verzeih mir, sei mir wieder gut.«

Da blieb der überraschten gütigen Frau nichts weiter übrig, als Jutta an sich zu drücken.

»Eine sturmverschlagene Schwalbe hat sich zu uns geflüchtet, Mama. Du wirst etwas zum Pflegen und Verwöhnen haben«, sagte Götz mit glücklichem Lächeln zu seiner Mutter. Diese sah das Lächeln und das glühende Mädchenantlitz vor sich. Sie zog Jutta mit sich auf das Sofa.

»Nun erzählt, schnell, eure Gesichter verraten seltsame Geschichten.«

Nachdem sie alles erfahren hatte, berieten alle drei, wie Juttas Angelegenheit mit möglichster Vermeidung unnötigen Aufsehens geregelt werden konnte.

Da Jutta bestimmt erklärte, daß sie ihre Mutter jetzt nicht wiedersehen wolle, fand Götz sich bereit, nach Ravenau zu reiten.

»Meine Mutter darf nicht in Ravenau bleiben«, hatte Jutta gesagt. »Sie soll eine standesgemäße Rente unter der Bedingung erhalten, daß sie Ravenau verläßt. Was Sonsfeld betrifft, so bieten Sie ihm Geld für meine Freiheit, Götz, ich glaube, damit kommen Sie am ehesten zum Ziel.«

»Bitte, geben Sie mir einige Worte an Ihre Mutter und an Sonsfeld mit, damit ich mich auf Ihren Willen berufen kann. Dem Schreiben an Sonsfeld können Sie Ihren Ring beilegen.« Jutta schrieb sofort. Als Götz kurz darauf, zum Aufbruch fertig, sich von Jutta und seiner Mutter verabschiedete, bemerkte letztere:

»Du wirst gut tun, Frau Wohlgemut zu bitten, daß sie für unser armes Schwälbchen einige bequeme Sachen herüberschickt.«

Jutta fiel ihr um den Hals.

»Du behältst mich hier, du Liebe, Gute?«

»Selbstverständlich. In Gerlachhausen bist du vorläufig am besten aufgehoben. Und mein Götz hätte doch keine ruhige Minute mehr, wenn er dich Unband nicht in sicherem Gewahrsam wüßte.«

16

FRAU VON STERNECK und Sonsfeld erfuhren, als sie nach Hause kamen, von Frau Wohlgemut, daß Jutta noch immer nicht wohl sei.

»Das Kind wird doch nicht ernstlich krank sein? Ich werde sofort zu ihr gehen«, sagte Gwendoline zu Frau Wohlgemut.

»Gnädige Komtesse verlangt nur Ruhe wegen heftiger Kopfschmerzen«, berichtete Jettchen, »sie hat sich eingeschlossen.« Damit beruhigte sich die Mutter.

Als dann die Diener nicht mehr anwesend waren und Gwendoline mit Sonsfeld im Salon den Kaffee nahm, saßen sie sich sehr behaglich gegenüber und rauchten mit Genuß Zigaretten.

Gegen vier Uhr wurde ihnen zu ihrer Verwunderung plötzlich Götz Gerlachhausen gemeldet.

»Was will denn der?« fragte Sonsfeld leise.

Gwendoline gab dem Diener einen Wink.

»Wir werden ja hören«, sagte sie seelenruhig.

»Es ist nur gut, daß Jutta unsichtbar bleibt. Der hat, scheint mir, ein dickes Fell.«

Frau von Sterneck warf den Rest ihrer Zigarette fort und sah Götz mit ironischer Höflichkeit entgegen. »Was verschafft uns die Ehre Ihres so seltenen Besuchs?«

Götz hatte sich höflich vor beiden verneigt.

»Ich komme im Auftrage der Komtesse Jutta.«

Gwendoline richtete sich halb auf und blickte ihn verständnislos an. Auch Sonsfeld war ziemlich verblüfft.

»Sie belieben zu scherzen, Herr von Gerlachhausen«, sagte Gwendoline nachlässig.

»Sie irren, gnädige Frau. Komtesse Jutta schickt mich wirklich zu Ihnen.«

Gwendoline saß hochaufgerichtet und maß ihn mit einem undefinierbaren Blick. War er irrsinnig?

»Da meine Tochter sich seit gestern eines Unwohlseins wegen in ihren Zimmern aufhält –«

»Komtesse Jutta befindet sich in Gerlachhausen.«

Gwendoline und Sonsfeld fuhren auf.

»In Gerlachhausen?« riefen sie wie aus einem Mund und starrten Götz betroffen an. Er verneigte sich und überreichte Gwendoline und Sonsfeld je einen Brief.

»Bitte, wollen Sie erst lesen, ehe ich weiterspreche.«

Er lehnte sich ruhig wartend an den Kamin.

Sonsfeld fühlte erbleichend einen Ring in seinem Kuvert und riß es hastig auf. Auch Gwendoline nahm sich nicht erst Zeit, den Brief regelrecht zu öffnen. Nervös zerrte sie das Papier heraus und las:

»Mutter! Du hast mir das Leben gegeben, und es kommt mir nicht zu, mich zu Deinem Richter aufzuwerfen. Es ist aber für uns beide das beste, wenn wir uns nicht wiedersehen. Ich bleibe in Gerlachhausen, bis Du Ravenau verlassen hast. Du wirst selbst nicht wünschen zu bleiben, wenn ich Dir sage, daß ich weiß, wer die Dokumente aus Großpapas Schrank entwendet hat. Ich habe sie gefunden und gelesen. Das Bild Katharina Charlottes stürzte herab und riß die Rückwand des Wandschrankes auf, wo Du die Dokumente und andere Sachen verbargest. Ich flüchtete mich heute morgen nach Schönrode, weil ich mich nicht entschließen konnte, Dir in die Augen zu sehen. In Schönrode hörte ich in einem Versteck, was Du mit Herrn von Sonsfeld sprachst. Ich weiß nun alles –
Da ich mein ferneres Geschick in Götz Gerlachhausens Hände lege, habe ich ihn bevollmächtigt, mit Dir und

Herrn von Sonsfeld zu verhandeln. Deine Zukunft soll sichergestellt werden, und auch Herr von Sonsfeld soll eine Summe erhalten. Mögest Du Ruhe und Frieden finden – lebe wohl.

Jutta Ravenau.«

Sonsfeld hatte den Verlobungsring vor sich hingelegt und inzwischen auch seinen Brief gelesen. Er war sehr kurz:

»Herr Herbert von Sonsfeld.
Hierdurch löse ich meine Verlobung mit Ihnen auf. Ich war Zeuge Ihres Gesprächs mit meiner Mutter in Schönrode und brauche mich danach nicht mehr als gebunden zu betrachten. Herr von Gerlachhausen ist mein Bevollmächtigter, ich habe mich in seinen Schutz begeben. Von Ihrem Verhalten wird es abhängen, ob ich Ihnen eine Abfindungssumme auszahlen lasse.

Jutta Ravenau.«

Gwendoline und Sonsfeld starrten sich mit blassen Gesichtern an. Endlich griff Sonsfeld mechanisch nach dem Ring, den Jutta gesandt, und legte ihn vor Frau Sterneck hin.

»Rien ne va plus«, zischte er zwischen den Zähnen hervor.

Ohne auf Gerlachhausen zu achten, tauschten sie ihre Briefe aus und lasen sie.

Gwendoline sank wie vernichtet in ihren Sessel zurück. Mehr als sie je geglaubt hatte, schmerzte sie der Gedanke, so erbärmlich klein vor ihrer Tochter zu erscheinen. Sie fand nicht die Kraft, sich aufzuraffen, um sich zur Wehr zu setzen oder eine neue Intrige zu spinnen.

Sonsfeld sprang auf. Auch er sah ein, daß alles verloren war und er nur noch darauf rechnen konnte, eine möglichst hohe Abfindungssumme zu gewinnen. Er trat vor Götz hin und drehte an seinem Verlobungsring.

»Was haben Sie uns für Vorschläge zu machen?«

Es begann nun eine rein geschäftliche Auseinandersetzung. Klugerweise wurde beiderseitig jede Schärfe, jeder Ausfall vermieden. Man verständigte sich schließlich dahin, daß Sonsfeld eine ziemlich bedeutende Summe und Frau von Sterneck eine Rente erhalten solle, die ihr ein standesgemäßes Leben sichere. Beide versprachen, schon am nächsten Tag abzureisen. So war schnell alles geordnet, und Götz verabschiedete sich mit formeller Höflichkeit.

Als er schon an der Tür stand, eilte ihm Gwendoline nach. »Herr von Gerlachhausen – bitte, vergelten Sie nicht Böses mit Bösem. Sagen Sie, bitte, meiner Tochter, daß ich sehr unglücklich bin, in ihren Augen so verwerflich dazustehen. Wir Menschen sind alle Produkte unserer Verhältnisse, vielleicht war ich mehr unglücklich als schlecht. Ich lasse Jutta bitten, ohne Groll an mich zu denken. Werden Sie glücklich mit Jutta! Mein Segen ist Ihnen beiden wohl wertlos, aber es ist immerhin der Segen einer Mutter.«

»Ich werde Jutta Ihre Botschaft ausrichten. Leben Sie wohl.«

Er verbeugte sich noch einmal kurz vor Sonsfeld und ging. Als er fort war, warf sich Sonsfeld geräuschvoll in einen Sessel. »Wir haben schlechte Arbeit geliefert und verdienen unser Geschick. Wer heißt uns Geheimnisse ausplaudern und verdächtigte Dokumente aufheben!« rief er bissig.

Gwendoline erwiderte nur müde:

»Wir können also unser Bündel schnüren.«

Er legte die Beine übereinander und schnippte mit den Fingern. »Ein Glück nur, daß meine holde Ex-Braut eine so noble Ader hat! Also trösten wir uns, es konnte auch schlimmer kommen. Etwas haben wir schließlich doch erreicht.«

Götz hatte inzwischen Jettchen Wohlgemut aufgesucht. Sie stand in der Plättstube und wollte gerade einen Stoß Servietten forttragen, als er die gute Alte herausrief.

»Herr von Gerlachhausen, Sie hier?« Er reichte ihr die Hand.

»Ich will Ihnen zuerst dafür danken, daß Sie Komtesse Jutta so tapfer zur Seite standen. Sie ist in Gerlachhausen und hat mir alles erzählt.«

Jettchen schlug die Hände zusammen. »In Gerlachhausen? Guter Gott, das ist ja ein Glück, gnädiger Herr. Nun werden Sie schon helfen, daß ihr kein Unrecht geschieht.«

»Unbesorgt, Frau Wohlgemut, jetzt steht sie unter meinem Schutz.« Und nun entledigte er sich des von der Mutter erhaltenen Auftrags wegen einiger Sachen für die Komtesse nach Gerlachhausen, teilte auch mit, daß Juttas Mutter und Sonsfeld auf Nimmerwiederkehr abreisen würden.

Jettchen Wohlgemut faltete die Hände.

»Unser armes gnädiges Komteßchen! Nun mag Gott geben, daß sie glücklich wird und der letzte Wunsch unseres hochseligen Herrn Grafen in Erfüllung geht.«

Er nickte ihr zu.

»Sehen Sie nach dem Rechten hier, Frau Wohlgemut, und wenn die Herrschaften abgereist sind, so schicken Sie einen Boten zu mir.«

»Das will ich tun, gnädiger Herr.«

Als Götz zu Hause anlangte, schaute ihm Jutta vom Wohnzimmerfenster aus bang entgegen. Er stürmte ins Haus.

Gleich darauf stand er vor ihr und breitete sehnsüchtig die Arme aus. »Nun komm an mein Herz, du lieber Ravenauerscher Trotzkopf. Du bist frei – und nun bist du mein.«

Sie eilte in seine Arme, und als die Mutter eintrat, fand sie ein glückliches Brautpaar.

Schon im August wurde Jutta Götz von Gerlachhausens Gattin. Sie erwählten Ravenau zum Wohnsitz. Götz' Mutter blieb in Gerlachhausen, besuchte aber ihre Kinder täglich.

Band 12798

Billie Letts

Wo das Herz schlägt

Die anrührende Geschichte einer jungen Frau, die für sich und ihr Kind ein neues Leben aufbaut

Novalee ist 17 und im siebten Monat schwanger, als sie mit ihrem Freund Willy von Tennessee aufbricht, um in Kalifornien ihren Traum von einem Leben in Luxus und Reichtum zu verwirklichen. Doch bereits in Oklahoma läßt Willy sie sitzen. Allein und völlig mittellos, hat sie keine andere Wahl, als in der fremden Stadt eine Bleibe zu suchen.
Bald lernt Novalee Schwester Thelma kennen, eine sehr warmherzige, mütterliche Frau, die sie bei sich aufnimmt. Und da gibt es noch Moses, einen alten Fotografen, der sie in die Geheimnisse seiner Kunst einweiht, und den exzentrischen Bibliothekar Farney Hull. Sie alle helfen ihr, für sich und ihr Kind eine Existenz aufzubauen. Aber dann tritt plötzlich wieder Willy in ihr Leben, der inzwischen ein berühmter Popsänger geworden ist...

BASTEI LÜBBE